國家社科基金
GUOJIA SHEKE JIJIN HOUQI ZIZHU XIANGMU
後期資助項目

楊維楨全集校箋 （七）

Notes and Commentary on the Complete Works of
Yang Weizhen

【明】楊維楨 著

孫小力 校箋

上海古籍出版社

卷七十九　東維子文集卷二十五

馮進卿墓志銘[一]

富春馮堅氏，衰衰來拜予姑胥舍次，曰："堅不孝，先子以某年某月日猝亡，堅忍死將以某月某日葬。先生以異姓弟，先子亡無先生銘，與草木没没①也，堅不孝益甚。"予爲之位②哭。堅歸，而畁之志與銘，使刻諸碣云。

君名士升，字進卿，其先陳留人[二]。自其曾大父志學，徙家杭之富春山，遂爲富春人。大父從周，宋承事郎、華亭縣鹽塲提幹。伯父驥[三]，宋武康主簿[四]，宋亡，死節於獨松關。父革[五]，不仕，及長，跅跎不羈而有大志。通律令圖籍及九丘之書，以時舉子業爲俗學，棄弗習。然負器略，喜功名，慕傅介子[六]、班定遠之爲人[七]。嘗欲走京師，吐其磊硊者於執政貴臣，以爲世之爵禄可俯而拾也。至正初，漳徼賊作[八]，朝廷聚湖江浙之兵，相持不即殄滅，君欲獻策招誘：不煩一矢之遺，可拘③繫，弗行。晚乃與群弟拓祖廬，起大門宅，誓同居不分。宅成而君卒矣，享年五十有一。

嗚呼，君之器可謂奇矣，志可謂大矣，而訖無所就以卒。嗚呼，天既生人之才以爲用，然又夭閼不使直遂者，不可得而知也。君生於大德丁酉[九]，至正丁亥五月四日卒，以明年某月葬某地。弟四人：士頤[十]、士晉[十一]、士豫、士仁[十二]。娶裘氏，生男堅，女貞。孫男二人：允邵、允文。婿爲同里諸國用。嗚呼，以君才之跼、志之縮而卒也，則其有後者可知已。銘曰：

已乎進卿，有才以爲庸，有志以爲衷。天既信其始，而又絀其終。彼蒙者從我，明獨則凶。已乎進卿，貴也者吾不知其所以④通，賤也者吾不知其所以窮。

【校】

① 没没：原本作"役役"，據文淵閣四庫全書本改。

② 位：四部叢刊本作“泣”。

③ 拘：原本作“苟”，據文淵閣四庫全書本改。

④ 所以：原本作“所已已”，據文淵閣四庫全書本改。

【箋注】

〔一〕文撰於元至正七年丁亥（一三四七），其時鐵崖寓居姑蘇城內，授學爲生。
　　繫年依據：文中曰馮士升“至正丁亥五月四日卒，以明年某月葬某地”，可
　　見本文撰於墓主謝世之年。馮士升（一二九七——一三四七）：字進卿，
　　一作俊卿，富春（今浙江富陽）人。鐵崖與其兄弟交好，至正初年寓居杭州
　　之時，交往尤多。參見鐵崖文集卷五祭馮仁山先生文。

〔二〕陳留：縣名，元代隸屬於河南江北等處行中書省汴梁路。今爲鎮，屬河南
　　開封市。

〔三〕馮驥：馮士升伯父。南宋末年戰死於獨松關，參見鐵崖咏史樂府卷八獨松
　　節士歌。

〔四〕武康：縣名，宋代隸屬於湖州。位於今浙江湖州德清。

〔五〕馮革：馮士升父，人稱仁山先生。參見鐵崖文集卷五祭馮仁山先生文。

〔六〕傅介子：漢書傅介子傳：“傅介子，北地人也。以從軍爲官……持節使誅
　　斬樓蘭王，安歸首縣之北闕，以直報怨，不煩師衆。其封介子爲義陽侯，食
　　邑七百戶。”

〔七〕班定遠：班超。後漢書班超傳：“班超，字仲升，扶風平陵人……嘗輟業投
　　筆，歎曰：‘大丈夫無他志略，猶當效傅介子、張騫，立功異域，以取封侯。
　　安能久事筆研間乎？’……其封超爲定遠侯，邑千戶。”

〔八〕漳：即漳州路。元代隸屬於江浙行省，今屬福建。

〔九〕大德丁酉：大德元年（一二九七）。

〔十〕士頤：萬曆杭州府志卷七十五人物九：“馮士頤，富春人。贈集賢修撰驥
　　子也。倜儻有大志。能文章，作詩風格清峻。與吳見心、黃子久并負才
　　名。”按：黃子久即黃公望，吳見心即鐵崖弟子吳復，皆富春人。參見西湖
　　竹枝集馮士頤傳。

〔十一〕士晉：馮革第三子。按：馮士晉與士升、士頤乃同胞兄弟，皆馮革之子。
　　參見東維子文集卷二十六馮處謙墓銘。

〔十二〕按：馮士豫、士仁爲同胞兄弟，馮革弟馮觀之子。馮士豫，或曰名豫。參
　　見東維子文集卷二十六馮處謙墓銘。

虞隱君墓志銘[一]

　　吳郡海虞山之陰[二]，其溪曰東蘆，有隱君焉，爲虞仲元氏。生於前至元甲午十月十有三日，歿于至正戊子三月二日，是年十月某日葬於虞山西麓小澗之原。先葬之一月，其孤德懋來拜余吳門，曰："先君生無仕績禩於世，死不得文可傳者銘，草亡木卒耳，不孝孤惟是懼。且今奎章學士虞公集游吳[三]，謂君曰：'吾渡江派有在海虞，而海虞之隱德賴有君焉。'於是與公通譜牒。吾子，公之上第門生[四]，幸有以銘諸！"按狀：

　　君名安壆，字仲元，其系實出虞仲氏[五]。自唐文懿公世南陪葬昭陵[六]，始爲雍人[七]。後十有一世某[八]，從僖宗入蜀[九]，又爲蜀人。八傳而爲宋太師雍國公允①文[十]，扈駕渡南。子姓有尋"周讓王"之隱迹於海虞者[十一]，故隱君爲吳人。曾大父某，仕②宋將仕郎。父某，弗仕。母郭③氏。

　　君生而性静深，長有器局。謹事其親如禮，其④親歿，事其長如父，家政必承其出，又必相其審於義、決於力⑤也，故舉無過差。時節祀先，必哭泣若初喪時。歲延碩師，課⑥子姪以道義學。將招其私塾，籍私田其中，以爲先氏虞仲學官，事未集而歿。兄弟同居者五十年，鄉黨以孝友聞，婣戚朋舊服其交久而敬。後至元間，行丞相府聞其人才且賢，嘗檄授福寧州路都監稅官[十二]。君不苟進，曰："使某有仕宦⑦情，吾官不在笇庫家矣！"遂謝病，傳事家督，不入官府，不事鄉里請謁，自號野齋。然郡有名公卿，往往以客禮見之。垂終，呼德懋，無他語，惟曰："吾幸生承平時，竊師友之教，安富尊榮，優游以卒世，得爲一世全人，吾復何憾！爾曹勉旃，不爲吾不爲，爲吾所能爲而已。"

　　娶同里望族周氏，恭儉慈惠，克相於内。子二人：長德懋也，娶同里沙溪故宋楊察推女孫；次德賢，居幼。女一人，贅同郡于⑧尚書孫德潤[十三]。孫男一人，寶住。夫德有所助，雖賤必書，春秋法也，樹石立銘，固不得顯諸六服官政者。若君引迹自晦，上德有光於虞仲，得稱隱君焉，是得銘已。銘曰：

　　繄海虞氏，縣隱南犇。追雍國公，南派又分。式忠式孝，在爾子

孫。相爾子孫，既才寔蕃。才而弗用，用野自文。觀其事親，出可事
君。夫豈筦庫，而可詘身。爲世全人，闇然而晦。年若弗永，永德於
聞。大海斎斎，小澗沄沄。我文著隱，勿崩其墳。

【校】

① 允：原本誤作“兄”，徑改。參見注釋。
② 仕：原本作“弗仕”，據文淵閣四庫全書本删。
③ 郭：四部叢刊本作“郎”。
④ 其：原本作“甚”，據文淵閣四庫全書本改。
⑤ 決於力：原本作“決於三力”，四部叢刊本作“沃于三力”，據文淵閣四庫全書
　　本删“三”字。
⑥ 課：原本作“過”，據文淵閣四庫全書本改。
⑦ 仕宦：四部叢刊本作“任官”。
⑧ 干：四部叢刊本、文淵閣四庫全書本皆作“于”。

【箋注】

〔一〕文撰於元至正八年戊子（一三四八）九月，其時鐵崖寓居姑蘇，授學爲生。
　　繫年依據：墓主虞安垕於至正八年十月下葬，葬前一月，其子德懋到姑蘇
　　請鐵崖撰此墓志。虞安垕（一二九四——一三四八），字仲元，自號野齋，
　　常熟（今屬江蘇）人。隱居不仕。按：道光琴川三志補記卷六氏族載其小
　　傳，注明“據楊維禎東維子集虞隱君墓志”，然著録其姓名爲虞垕。
〔二〕海虞山：指虞山，位於今江蘇常熟。
〔三〕虞集：元史有傳。
〔四〕按：虞德懋稱鐵崖爲虞集“上第門生”，蓋因鐵崖於泰定四年丁卯科中進
　　士，而此科讀卷官爲虞集，故二人有師生關係。
〔五〕虞仲氏：泰伯弟。史記周本紀：“長子太伯、虞仲知古公欲立季歷以傳昌，
　　乃二人亡如荆蠻，文身斷髮，以讓季歷。”正義：“太伯奔吳，所居城在蘇州
　　北五十里，常州、無錫縣界梅里村。其城及冢見存。”
〔六〕唐文懿公世南：虞世南。虞世南字伯施，越州餘姚人。頗受唐太宗寵信，
　　官至銀青光禄大夫、弘文館學士。陪葬昭陵。贈禮部尚書，諡文懿。新、
　　舊唐書均有傳。昭陵：唐太宗陵園，位於今陝西禮泉西北九嵕山上。
〔七〕雍：即唐初雍州，後改爲京兆府。位於今陝西西安一帶。
〔八〕後十有一世某：其名不詳。道園學古録卷四十三亡弟嘉魚大夫仲常墓志

銘："虞氏系出虞仲,世家會稽。唐永興文懿公諱世南,陪葬昭陵,爲雍人。後十一世諱□□,從僖宗入蜀,守仁壽郡,因家焉。"

〔九〕僖宗:指唐僖宗李儇。廣明、中和年間,爲躲避黃巢農民軍,唐僖宗在蜀地滯留數年。

〔十〕雍國公允文:虞允文。宋史孝宗本紀:"(乾道八年九月)戊寅,以虞允文爲少保、武安軍節度使、四川宣撫使,封雍國公。"又,道園學古録卷四十三亡弟嘉魚大夫仲常墓志銘:"八傳爲五世祖故宋乾道丞相贈太師雍國忠肅公,諱允文。"

〔十一〕周讓王:本指周朝泰伯、虞仲讓賢而奔吳,此指虞仲。相傳虞仲葬於虞山,故此山以虞爲名。

〔十二〕福寧州:隸屬於福州路。

〔十三〕于尚書:當指于文傳。于文傳(一二七六——一三五三),平江(今江蘇蘇州)人。官至禮部尚書。其生平參見元史本傳、正德姑蘇志卷五十二人物傳九名臣。

吳君見心墓銘〔一〕

至正八年十月二十六日,余友生①富春吳君卒。家貧,無以葬。閱明年十一月某日,賴同里友馮士頤葬某②地〔二〕。其孤毅來求銘〔三〕,余悲,不忍銘,往哭其墓,慟甚③。毅申前請,嗚呼,又何忍不銘!

君諱復,字子中〔四〕,後改④字見心。生有異稟,四歲能誦書千餘言。弱冠失怙,刻苦讀書,不以貧難⑤少置。長無師承,通春秋五傳學,不爲覓舉計⑥。生無僞言行,與人約,雖千里外不失期刻。性喜吟哦,善效白長慶歌謠襍⑦詩〔五〕。有諷切貪奸,其人諱者,欲以危法中之,不爲屈。予讀書大桐山中時〔六〕,君通長⑧書,願與弟子⑨。及余寓居錢唐、太湖間〔七〕,遂舍妻子從予游,學古文歌詩。

始君持所作詩來自夸,穢同列詩,屏棄如棄涕唾。余攬⑩詩笑曰:"子欲輩季唐,伎亦至高;欲追古,必焚滅舊語。"君變色,不敢言,徐⑪取楮筆,録余琴操及春俠辭二十餘首去。越一月,復來謝曰:"先生詩法得矣,吾舊詩⑫亦焚矣。第出語猶吾前日詩也,奈何?"余曰:"姑歇汝⑬哦事,静讀古風雅騷及古樂府,幾耳!"又退而閱三月來,出所作曰：“余舊語忘，新語出矣。賴先生教，幸而或馴致於古。”遂編次余古詩凡十卷[八]，加以評注，能道余所欲言。余善其能知詩，斯能詩已[14]。余詩有逸者，君輒能補之，觀者謂可亂余真。自後下筆有語[15]，必出人意表。嘗雪夜與余游東西洞庭，及[16]徒步登七十二弁之峰[九]。其語益厓拔，皆奇氣所鍾[17]，世人莫之識也。去年約余游廬山，觀瀑布，馴至岳陽訪鐵笛亭[十]。未行而以病告，病三月而逝矣。臨終，告其友[18]陳倫曰[十一]：“天乎，死我矣！使加我數年，吾詩不後二李[十二]，吾文不遜吾師也[19]。”

　　嗚呼！君死矣。吾愛游大山[20]長谷，孰余相耶？吾唱古歌詩，孰余和耶？吾性急率[21]，未能寡過，君執直敢議，又孰余議耶？吾方[22]見君之學也，如朱、頓積不毮[十三]，江河之傾不可休。其立志，必[23]如匙勘鑰、矢破的。爲文章如大將建旗鼓，方建[24]而三軍所指，無不如意。蓋其來日登而未止，迺今止於斯耶！前年夢游天漢，探天孫支機石，穴爲研池，遂自稱[25]雲槎秋客，因以號詩集[26]，而所攜研且號機石云。

　　嗚呼，君也生而食不給、禄不及也，蓋不以外者爲憾矣！其不五十而卒也，又豈以[27]爲憾哉！大父某，父某，皆負[28]學而不仕。娶李氏。子毅、穆。女一人，適同里余[29]驥。世傳其雲槎集凡十卷，茅山張外史雨爲之序云[十四]。銘曰：

　　天間氣，靈厥人。人靈器，賦厥真。嗟吳子，文龍鱗，筆驚人，驚鬼神。穴天閟，天所嗔。吁斗牛，豈不仁？子之道，宜鬱屯。嗟吾子，忽已淪。文不槁，千萬春。我銘詩，不同塵[30]。

【校】

① 明成化五年劉傚刊鐵崖先生古樂府卷十附録此文，據以作校本。生：原本無，據鐵崖先生古樂府本增補。

② 某：鐵崖先生古樂府本作“其”。

③ 慟甚：原本無，據鐵崖先生古樂府本增補。

④ “字子中後改”五字：原本無，據鐵崖先生古樂府本增補。

⑤ 難：鐵崖先生古樂府本作“艱”。

⑥ “長無師承通春秋五傳學不爲覓舉計”十五字：原本無，據鐵崖先生古樂府本增補。

⑦ 效：原本作“劾”；襟：原本作“襟”，鐵崖先生古樂府本作“集”，四部叢刊本作“衿”，據文淵閣四庫全書本改。

⑧ 通長：文淵閣四庫全書本作“長通”。

⑨ 願與弟子：鐵崖先生古樂府本作“願爲弟子”，文淵閣四庫全書本作“願與弟子列”。

⑩ 攬：鐵崖先生古樂府本、文淵閣四庫全書本作“覽”。

⑪ 徐：鐵崖先生古樂府本無。

⑫ 詩：鐵崖先生古樂府本作“語”。

⑬ 汝：鐵崖先生古樂府本無。

⑭ “余善其能知詩斯能詩已”十字：原本無，據鐵崖先生古樂府本增補。

⑮ 有語：原本無，據鐵崖先生古樂府本增補。

⑯ 及：原本無，據鐵崖先生古樂府本增補。

⑰ 鍾：鐵崖先生古樂府本作“發”。

⑱ 友：原本無，據鐵崖先生古樂府本、文淵閣四庫全書本增補。

⑲ 也：原本無，據鐵崖先生古樂府本增補。

⑳ 山：鐵崖先生古樂府本作“川”。

㉑ 率：原本作“卒”，據鐵崖先生古樂府本改。

㉒ 方：原本無，據鐵崖先生古樂府本增補。

㉓ 必：原本無，據鐵崖先生古樂府本增補。

㉔ 爲文章如大將建旗鼓方建：原本作“爲文如大將旗鼓建”，據鐵崖先生古樂府本改。

㉕ 稱：原本作“歸”，鐵崖先生古樂府本作“號”，據文淵閣四庫全書本改。

㉖ 因以號詩集：原本無，據鐵崖先生古樂府本增補。

㉗ 以：鐵崖先生古樂府本無。

㉘ 負：原本作“貧”，據鐵崖先生古樂府本改。

㉙ 余：鐵崖先生古樂府本作“徐”。

㉚ 銘文原本爲：“嗟吳子，雕龍貴麟賊天真，天所嗔。子之道，宜鬱屯。嗟吾子，忽已淪。文不死，千萬春。”據鐵崖先生古樂府本改。

【箋注】

〔一〕文當撰於元至正九年（一三四九）冬日，其時鐵崖受聘於松江呂良佐，教授其子弟。繫年依據：吳復卒於至正八年十月二十六日，因家貧而無法落葬。次年賴友人資助，方擬於十一月某日下葬。而吳復子吳毅來請鐵崖

撰文,當在下葬前不久。吳復(一三〇〇?——一三四八):字子中,一作
孚中,改字見心,自號雲槎秋客,富春(今浙江富陽)人。至正初年從學於
鐵崖。按:本文曰吳復"不五十而卒",則其生年當在大德四年(一三
〇〇),或稍前。

〔二〕馮士頤:參見本卷馮進卿墓志銘。

〔三〕吳毅:吳復子。亦求學於鐵崖。參見東維子文集卷二送檢校王君蓋昌還
京序。

〔四〕按:成化五年劉傚刊鐵崖先生古樂府卷首吳復輯録鐵崖先生古樂府序後
有注:"復字子中,後改字見心。見廉夫所作墓銘。"然汲古閣刊鐵崖古樂
府十卷序云,鐵崖撰吳復墓銘謂復原字"孚中"。疑子中當作孚中。

〔五〕白長慶:即白居易。

〔六〕大桐山:即大桐岡,位於鐵崖家鄉諸暨鄭里東一里,鐵崖祖、父俱葬於此。
按:所謂"讀書大桐山中時",蓋即鐵崖丁憂之際。其父於元順帝至元五
年(一三三九)去世,鐵崖回鄉守喪,必廬墓於大桐岡。參見鐵崖文集卷二
先考山陰公實録、清樓藜然撰鐵崖先生里居考(載鐵崖詩集三種卷首)。

〔七〕余寓居錢唐、太湖間:即至正初年,鐵崖丁憂服闋,補官不果,遂游寓於杭
州、湖州等地,授學爲生。

〔八〕按:吳復輯録鐵崖先生古樂府序,撰于至正六年三月一日,然其時并未全
部完成。今據本文及成化刊鐵崖先生古樂府所録作品推斷,吳復輯注鐵
崖詩集,當在至正五年至八年之間。

〔九〕登七十二弁之峰:指至正五年除夕日游太湖諸山。參見鐵崖先生古樂府
卷三望洞庭序。

〔十〕至岳陽訪鐵笛亭:與傳説中君山老父鐵笛有關。參見東維子文集卷二十
八跋君山吹笛圖。

〔十一〕陳倫:疑指陳大倫。陳大倫(一二九八——一三六七)字彦理,諸暨人。
博學,"遠近歆豔之,交聘爲家塾師,留富春山中者最久",與鐵崖友富春
馮士頤交好。富春吳復與之爲友應在情理之中。其生平詳見宋濂故諸
暨陳府君墓碣(載文憲集卷二十三)。

〔十二〕二李:當指李商隱、李賀。

〔十三〕朱、頓:指陶朱公、猗頓,春秋時著名富商。

〔十四〕張外史雨:參見鐵崖先生古樂府卷二奔月巵歌注。

孝友先生秦公墓志銘[一]

　　孝友先生既没五年,其嗣子<u>約</u>因其友<u>袁華</u>謁予<u>雲間</u>[二],而致其辭曰:"<u>約</u>不幸,先人學而貧,貧而又不得高年,死又不①得名能文者銘,重不孝。先人事業不用,亡得稱;行義著述,有不得不白者。已賴<u>楊東溪</u>氏狀其詳[三],敢丐吾子屬比之。"

　　余始來<u>吳</u>,聞<u>昆</u>、<u>太倉</u>爲貨居地。不爲習屈,挺然以文行自立者二人焉:曰<u>東溪</u>老人<u>楊公</u>譓洎先生也。予皆不及識矣②[四],而獲見<u>東溪</u>所爲先生狀,蓋若識於目睫間。故不辭,論次其事而銘之。

　　先生諱<u>玉</u>,字<u>德卿</u>,姓<u>秦</u>氏。其先<u>鹽城</u>人[五],世以儒學顯。<u>宋紹興</u>間[六],由某祖徙居<u>崇明</u>之<u>東沙九</u>[七],與<u>袁</u>、<u>陸</u>、<u>謝</u>爲望族,而<u>秦</u>氏尤以衣冠文物稱重其鄉。曾祖<u>棟</u>,祖<u>楳</u>③,皆<u>宋</u>太學上舍生。父<u>庚</u>[八],從<u>蛟峰方先生</u>學[九],<u>咸淳</u>末,以詩試<u>通州</u>第一人④。國朝不仕,遭萬户<u>玉溪劉公</u>聞其隱德[十],延致於館,因又徙<u>昆</u>之<u>太倉</u>家焉[十一]。

　　君四歲即嶷⑤然不群,能屬句對。五歲能暗誦<u>孝經</u>、<u>論語</u>。八歲而喪父,哀慕如成人。母<u>顧</u>氏日夜躬織紝資,先生亦感奮曰:"吾家世有聞人,其可自我斬乎!"益刻苦自力。比長,通<u>五經</u>,尤邃於<u>詩</u>。會貢舉法行,州長踵其後⑥舉先生。先生曰:"予學豈爲決科計哉!"遂辭。

　　性至孝友,事母與兄無違禮,事大小悉稟以行。母有疾,藥食必親嘗,累旬日不解帶。母卒,哀泣至血,執喪過禮,終喪不沐浴、不盂⑦酪,人以爲難。初居喪,隣有火,熾⑧不可救,家人收資爲出走計,獨先生伏檽⑨,慟不去。火且及屋壁,遽自滅。州長上其孝行,將得旌寵,輒謝止之。憲史<u>張公</u>揆行部,閱其行義,見其所著文,論薦之,且約偕詣闕,弗行。居常晦默如愚人,見貴人益自閉匿。然衣冠服器必整飭⑩,與弟子講解,音吐灑然而娓娓無倦。教授鄉里二十年,嘗曰:"士讀書將以惠天下,不幸不及仕,而教人爲文行經術,亦惠耳!"里之貧不能學者,爲給饘粥筆札教之。嘗行道間得遺金,訪其主還之,封識如故。有盜入室竊布帛去,明日復來,僕覘執之,使縱之去。舊有土田在<u>東沙</u>,族人據有之,遂不問,并以舊書歸之。後其人感化,皆歸⑪

於善類。先生之於孝友、於蹈義執禮至此,亦可謂之篤行君子者已。

　　先生前歿之歲,嘗夢爲詩,猶⑫記其末句曰"五湖四海一閑人"。及覺,悟曰:"合五與四、一爲十,五、十月疾,驗矣;四而虛其一爲三,明年三月,吾疾殆不起矣乎!"至期,果符其言。屬纊,神色不變,時至正四年二月二十四日也,得年五十有三。其徒私諡曰孝友先生。君娶顧⑬氏。子男二:長約,次璧。璧先卒,約能世其學。女二。先生讀書之舍,自名曰迂闊。所著有詩經纂例、大學中庸探說、宋三朝摘要、齋居雜録,并詩文若干卷藏於家。葬某所〔十二〕。銘曰:

　　人之機也我曰愚,我之達也人曰迂。嗟先生,愚不如,迂自居,四一以虛卒允符。誠使狃⑭愚以好用,偭迂以利趨,道弗信而畫於途,孰愈"孝"與"友"之諡於徒。

【校】

① 不:原本無,據文淵閣四庫全書本增補。
② 原本"不及識矣"以下有"而獲見東溪老人楊公謑泪先生也予皆及識矣"十九字,蓋承上而衍,據文淵閣四庫全書本刪。
③ 楳:四部叢刊本作"傑"。
④ 人:原本殘缺,據文淵閣四庫全書本補。
⑤ 嶷:四部叢刊本作"歸",文淵閣四庫全書本作"挺"。
⑥ 後:原本無,據文淵閣四庫全書本增補。
⑦ 盃:原本作"鹽",據四部叢刊本改。
⑧ 熾:原本作"幟",據四部叢刊本、文淵閣四庫全書本改。
⑨ 櫬:原本作"襯",四部叢刊本作"棺",據文淵閣四庫全書本改。
⑩ 整飭:原本作"整整",據文淵閣四庫全書本改。
⑪ 歸:原本爲墨丁,據四部叢刊本、文淵閣四庫全書本補。
⑫ 猶:原本作"禮",據文淵閣四庫全書本改。
⑬ 顧:四部叢刊本作"顏"。
⑭ 狃:原本作衵,據四部叢刊本、文淵閣四庫全書本改。

【箋注】

〔一〕文撰於元至正九年(一三四九),其時鐵崖受聘於松江呂良佐,授學爲生。
　　繫年依據:秦玉卒於至正四年二月二十四日,"既没五年",其子秦約至松江請鐵崖撰此墓志。秦玉（一二九二——一三四四），生平除本文外并參見强齋集卷四孝友秦先生改葬記、康熙崇明縣志卷十一孝友秦玉傳。

〔二〕秦約：字文仲，別號樵海道人。秦玉長子。於書無所不讀，家傳詩經學，文行皆備。張翥、貢師泰皆推重之。至正年間，爲崇德州學教授。洪武初，應試，拜禮部侍郎，以母老辭歸。再徵，上疏稱旨，授溧陽教諭。在任八年，請老歸。所著有師友話言、樵史補遺、孝節録、書話舊聞、樵海謾稿。參見列朝詩集甲集秦約傳、康熙崇明縣志卷十一文學傳、千頃堂書目。袁華：參見鐵崖撰可傳集序（見本書佚文編）。

〔三〕楊東溪：楊譓，號東溪老人，參見鐵崖文集卷四崑山郡志序。

〔四〕“予皆”句：孝友先生秦玉與東溪老人楊譓先後卒於至正四年春夏之間，而楊維禎游寓太倉，則在至正七、八年間，故“皆不及識矣”。參見鐵崖文集卷四崑山郡志序。

〔五〕鹽城：今屬江蘇。

〔六〕紹興：南宋高宗年號，公元一一三一至一一六二年。

〔七〕崇明：今屬上海市。

〔八〕秦庚（？——一二九九）：秦玉父。號月山。參見鐵崖撰崇明州學先賢祠堂記（見本書佚文編）。按：本文曰秦玉“八歲而喪父”，則秦庚於大德三年謝世。

〔九〕蛟峰方先生：即宋方逢辰。方逢辰（一二二一——一二九一）初名夢魁，字君錫，號蛟峰，淳安人。登淳祐十年進士第一，理宗改賜今名。官至吏部侍郎，以母憂歸。德祐初，徵拜禮部尚書，會父疾，未赴。宋亡，元世祖詔御史中丞崔彧起之於家，以疾堅辭不出。有蛟峰文集傳世。參見黄溍蛟峰先生阡表、文及翁故侍讀尚書方公墓志銘（以上二文載蛟峰外集卷三）、四庫全書總目蛟峰文集。

〔十〕玉溪劉公：指劉必顯。至正崑山郡志卷五人物：“劉必顯（？——一三〇五）號玉溪，世居崇明。至元乙亥，歸附王招討，從哈剌歹元帥收温、台、福建，授武略將軍。復從張宏範征崖山。辛巳，從李元帥征日本，授從事餽餉。遷居太倉。累官至信武將軍、海漕副萬户。大德乙巳卒於家。三子：居賢、居仁、居義。居仁，武略將軍，慶紹所海運千户。”

〔十一〕徙崑之太倉家焉：康熙崇明縣志卷十一秦玉傳謂“泰定間，僑居崑山”。

〔十二〕按：强齋集卷四孝友秦先生改葬記曰，當時秦玉葬“於州治之南三里”。

元故樂閒①先生墓志銘〔一〕

公諱錫珪,字君玉,其先出唐學士遂良②〔二〕。遂良由河南遷錢唐,子孫所居號褚家塘。其後有徙居莒城者〔三〕,亦以“褚”姓其巷。今聚族南潯之西朱塢庄者,即自莒城來。有起身科第者,爲宋迪功郎、淮安縣丞士登〔四〕,公曾大父也。宋將仕郎管元吉,公大父也。宋將仕郎、國史實錄院檢閱文字天祐〔五〕,公考也。

公性沈靜寡言,自幼有識量。檢閱君嘗夜遇盜,盜認君巾服,欲刺之,公潛以他衣冠易之於傭③皂而免。長究心經史,游庠序間,獵獵有俊聲。安定書院舉之儒臺〔六〕,授耒陽縣學④〔七〕。公曰:“吾親老且病,忍一日去側耶! 雖不仕,得朝夕養吾親,吾志周滿,借有高位,違孝而往,不爲也,矧縣學師不能⑤信所志者乎!”遂辭。朝夕躬上食親前,親有疾,衣不解帶者累月,藥餌必親嘗乃進。居喪,哀而毀,有常情所不堪。既葬,追慕若將見之,至老弗渝。篤孝之行,人無間言,里父老訓其子弟之事親,必指公爲則云。族有貧不自給者則貸⑥之粟,貸不償者焚其券,又多蓄善藥以濟人。平居雖燕處⑦必冠,對客則風流談論,務使之盡驩。晚歲鑿池築圃,蒔花竹以自娛,創“樂閒堂”,因自號樂閒居士。其在鄉閭平率人物,比漢陳寔⑧〔八〕;博古而尤善知今事,人比唐齊澣〔九〕。行游城中,邦大夫候其車音,爭相迎致問時政,莫⑨不尊而稱之爲樂閒先生。

公生於宋德祐五月二十二日〔十〕,卒於今至元庚辰六月二十九日〔十一〕,年六十有六。娶張氏。四男:長嗣良〔十二〕;次嗣英〔十三〕,出繼叔後;次嗣俊;嗣賢〔十四〕。女一,適董汝華。孫男六:應椿,應桂,應松,應杓,應權⑩,應樞。以至正三年正月六日葬於烏程永新鄉大金峰塢⑪之原。傳曰:“施、嬙女衣褐,天下稱妍;賁、諸赤手,天下稱勇〔十五〕。”士之美者,又豈藉區區爵位耶! 吾觀樂閒先生者是已。先生卻仕而閒,爲孝子,爲義士,其卒也,不應銘法歟! 銘曰:

孝爲則兮義不頗,仕則少兮德則多。先生之樂兮陰陽爭和,先生之則兮爭紀於瀆與河。南之潯可竭,金之岡兮可陂,我銘其人兮不可磨。

【校】

① 閒: 原本作"間",據四部叢刊本、文淵閣四庫全書本改。

② 遂良: 原本作"亮亮",據文淵閣四庫全書本改。

③ 備: 原本作"庸",據文淵閣四庫全書本改。

④ 耒陽縣: 原本作"求陽縣",四部叢刊本作"求縣",據文淵閣四庫全書本改。
　　學: 原本作"孝",文淵閣四庫全書本作"令",皆誤。據下文改。

⑤ 縣學師: 原本作"縣孝師",文淵閣四庫全書本誤作"縣令",據四部叢刊本
　　改。不能: 文淵閣四庫全書本作"未必能"。

⑥ 貸: 原本無,據文淵閣四庫全書本增補。

⑦ 燕處: 原本作"然燕",據文淵閣四庫全書本改。

⑧ 平率人物比漢陳寔: 四部叢刊本作"平率人物比漢陳",似當作"平心率物,
　　人比漢陳寔"。參見注釋。

⑨ 莫: 原本作"善",據文淵閣四庫全書本改。

⑩ 權: 四部叢刊本作"雄"。

⑪ 大金峰塢: 四部叢刊本作"大舍降塢"。按銘文爲"金之岡","金峰"不誤。

【箋注】

〔一〕文當撰於元至正三年(一三四三)正月六日墓主褚錫珪下葬之前不久,其
　　時鐵崖寓居杭州,等候補官。按: 褚錫珪墓葬在元末戰亂時或遭損毁,明
　　洪武二年己酉(一三六九)夏,鐵崖應褚質(褚錫珪子)之請而補書此文。
　　其時距離褚錫珪下葬已二十餘年。詳見致松月軒主者手札(載佚文編)、
　　東維子文集卷十四松月軒記。褚錫珪(一二七五——一三四〇),生平見
　　本文。同治湖州府志卷七十七人物傳孝義有褚錫珪傳,注明源自鐵崖所
　　撰墓志。然又曰錫珪"烏程人,世居南潯"。

〔二〕褚遂良: 生平見唐書本傳。

〔三〕苕城: 湖州(今屬浙江)別稱。按: 苕城褚氏之遷徙,參見東維子文集卷六
　　褚氏家譜序。

〔四〕褚士登(? ——一二四七): 錫珪曾祖。起身科第,曾任宋迪功郎、淮安縣
　　丞。卒於宋淳祐七年丁未。參見同治湖州府志卷四十九金石略四褚公
　　祠碣。

〔五〕褚天祐(一二四三——一三一九): 字善甫,號友竹,錫珪父。曾任宋將仕
　　郎、國史實録院檢閲文字。其生平事迹參見元統元年十月十五日褚錫瑜

所撰褚公祠碣（文載同治湖州府志卷四十九金石略四烏程縣）。按：褚公
祠碣并未言及褚天祐官職。

〔六〕安定書院：在湖州路。參見吳興金石記卷十五大元湖州路安定書院夫子
燕居堂碑銘。

〔七〕耒陽縣：當指耒陽州。據元史地理志，耒陽在唐、宋皆爲縣，元至元十九
年陞爲州，隸屬於湖廣行省。今爲耒陽市，隸屬於湖南衡陽。

〔八〕陳寔：東漢人。後漢書陳寔傳：“陳寔字仲弓，潁川許人……在鄉閭平心
率物，其有爭訟輒求判正，曉譬曲直，退無怨者。至乃歎曰：‘寧爲刑罰所
加，不爲陳君所短。’……（卒於家），海内赴者三萬餘人，制衰麻者以百
數。共刊石立碑，謚爲文範先生。”

〔九〕齊幹：或作齊澣。舊唐書文苑傳：“齊澣，定州義豐人。少以詞學稱，弱冠
以制科登第，釋褐蒲州司法參軍。景雲二年，中書令姚崇用爲監察御史。
彈劾違犯，先於風教，當時以爲稱職。開元中，崇復用爲給事中，遷中書舍
人。論駁書詔，潤色王言，皆以古義謨誥爲準的……秘書監馬懷素、右常
侍元行沖受詔編次四庫群書，乃奏澣爲編修使，改秘書少監。”

〔十〕德祐：此指德祐元年（一二七五）。

〔十一〕今至元庚辰：指元順帝至元六年庚辰（一三四〇）。

〔十二〕褚嗣良：錫珪長子，死於元末戰亂。參見致松月軒主者手札、東維子文
集卷十四松月軒記。

〔十三〕褚嗣英：錫珪次子，出繼其二叔錫琦爲子。曾請鐵崖撰寫褚氏家譜序
（載東維子文集卷六）。按：褚嗣英亦死於元末戰亂，參見致松月軒主
者手札、東維子文集卷十四松月軒記。

〔十四〕褚嗣俊、褚嗣賢：分別爲錫珪三子、四子。按：此二子中一人，後改名
質、字彦之，明初尚存於世，創松月軒。參見東維子文集卷十四松月
軒記。

〔十五〕“施、嫱女衣褐”四句：施，西施。嫱，毛嫱。賁，孟賁。諸，專諸。戰國
策卷十六楚三：“唐雎見春申君曰：‘……臣聞之，賁、諸懷錐刃而天下爲
勇，西施衣褐而天下稱美。’”

元故用軒先生墓志銘〔一〕

番有隱君子爲用軒韓先生。先生歿十年所，其嗣元璧既①克

葬[二],尚銜哀弗置,走余錢唐次舍,拜有請曰:"先子生有輔世志,訖不
得禄位以死。片言觭行有幾古人,死又不得文而可②傳者銘,是與草
亡木卒等,不孝孤罪益甚。吾子屢③銘德人義士賢公卿,先子世次言
行具在歲志,吾子哀而賜之銘,非真不孝孤貫④罪,先世世遠有耀已。"
余嘗觀杭圖志,見有宋韓左廂者,以進士起身,由臨安令以嚴明陞臨
安府左廂官。臨安剽民財者白擎子聞公至,皆屏迹。謠曰:"韓廂明,
無白擎。韓廂死,白擎起。"未嘗不起慕其人。問元璧,曰即先生五世
祖也。

按家乘,韓爲番著姓。其先南陽人,唐末徙徽之黃墩,復遷饒之
樂平。歷宋,擢科者代不乏絕。靖康間,諱屏者中武舉[三],尋自耻悔,
再游太學,登文第,官至臨安左廂者,即治白擎者也。諱仲龍[四],丞相
趙忠定公之婿[五],以詩學五中待補者,先生之祖也。諱如璋,遭宋革,
隱居讀書於里之北山,號菜山先生者,先生之考也。

先生諱思恭,字德用,學者尊之曰用軒先生。先生幼不習群弄,
蚤悟書數學,長負器備,好善惡惡甚,至鄉⑤里有不平事,掀髯一言,折
於稠衆中,衰者屈鬱者吐氣。或爲非義,惟恐先生聞之,若畏王彥方
者[六]。邑大夫史公夢龍,豪傑士也,事先生如師。先生嘗語之曰:"土
敝者草不蕃⑥,水煩者魚不育。守令者,民之土水也。"又曰:"廉而不
諒,直而不決,糊塗皂白以從事,其敝⑦甚跕[七]。"史⑧公書其言於座
右。訟有不決者,馳狀質先生,憑一言舉置爲曲直。饒⑨有貢,國初以
大⑩姓督陶。先生嘗領其事,有獻策⑪者:某室之基⑫在陶,某田之畔
在汰,即依策毀室廬、壞溝渠⑬,計百十家立待,先生不從,曰:"損民利
國,非國福⑭,矧利有誣民乎!"既而室若田者或來謝,復拒之。水旱疾
疫,必露香籲天,爲衆告急,告必有應。歲饑,率有力者食餓,至藥病
掩骼。自奉薄甚,碩師教子弟,歲金節幣⑮,竊竊⑯惟恐後。事親至孝,
妣李孺人没,水漿不入口者三日,因致重疾。菜山公年垂八袠,晚多
病,侍藥膳不少懈。病革,不交睫,至掐掌代痛[八]。居喪一遵朱氏
禮[九],喪祭之具⑰獨任,不以綴伯仲氏。配曰程夫人,同里程剛愍公孫
女也[十],克相無違,先生資以修於家,先生⑱卒。子男三⑲:璧,璠,璿。
女二,婿爲王恭簡公孫與善[十一]、王知録孫惟澤。先生生於宋咸淳丙
寅六月二十有八日,没於今至順壬申七月八日,享年六十又七。

　　先是,里之石龍岡有龜蛇交集勢,秀峰離列,下走兩阜爲陂陀,若雙蚌然,兩源挾蜂出,瀺瀺循龜虵而東去。龜之有二石筍,相距尋丈間,術青烏者以爲古人宅兆也。先生喜之,嘗挾策⑳止此,語元璧曰:"吾百歲後,必藏此。"於是明年八月某日,葬於龍岡之眥,用治命也。吾聞士有隱德者,必享其榮,以及其子孫。先生德人也,享榮不於身,使不禄位以没,荷其及者,不在後之人乎!元璧清明好學,有仕才,吾見左厢氏之重榮可必也。銘曰:

　　龍之支㉑兮,爲蛇爲龜(叶"鳩")。龜之筍兮,相捔相繆。下走雙蜂㉒兮,兩源挾流。小鍾草石兮,大鍾俊髦。矧德之人兮,閟㉓於丘。

【校】

① 既:原本作"即",據文淵閣四庫全書本改。
② 可:原本作"可可",據文淵閣四庫全書本删。
③ 屢:原本作"婁",據文淵閣四庫全書本改。
④ 貫:蓋"貰"之誤寫。
⑤ 至鄉:原本作"色鳧",據文淵閣四庫全書本改。
⑥ 土敝者草不蕃:原本作"土敝不蕃",據文淵閣四庫全書本改。
⑦ 敝:原本作"敞",據四部叢刊本、文淵閣四庫全書本改。
⑧ 史:原本作"吏",據文淵閣四庫全書本改。
⑨ 饒:原本作"鐃",據四部叢刊本、文淵閣四庫全書本改。
⑩ 大:原本作"天",據四部叢刊本改。
⑪ 策:原本作"榮",據文淵閣四庫全書本改。
⑫ 基:四部叢刊本作"墓"。
⑬ 策:原本作"榮",據文淵閣四庫全書本改。渠:原本無,據文淵閣四庫全書本增補。
⑭ 非國福:文淵閣四庫全書本作"非國之福也"。
⑮ 幣:原本作"弊",據文淵閣四庫全書本改。
⑯ 竊竊:原本作"窮窮",據文淵閣四庫全書本改。
⑰ 具:文淵閣四庫全書本作"禮"。
⑱ 先生:似脱一"先",當作"先先生"。
⑲ 三:原本作"四",據文淵閣四庫全書本改。
⑳ 策:原本作"榮",據文淵閣四庫全書本改。

㉑ 之支：原本作“支之”，據文淵閣四庫全書本改。

㉒ 蟲：原本作“蜂”，文淵閣四庫全書本作“峰”。二本皆誤，故承前徑改。
　　“蟲”，乃“蚌”之異體字。

㉓ 刿：文淵閣四庫全書本作“有”。閟：原本作“閟”，據文淵閣四庫全書本改。

【箋注】

〔一〕文當撰於元至正二年(一三四二)前後。其時鐵崖丁憂服闋，寓居杭州吳
　　山，等候補官。繫年依據：文曰銘主韓思恭“歿十年所”，其子韓璧赴鐵崖
　　錢塘寓所請銘，而韓思恭卒於至順三年壬申(一三三二)。用軒韓先生：
　　名思恭。韓思恭(一二六六——一三三二)，生平見本文外，參見鐵崖撰韓
　　璧墓銘(見本書佚文編)。

〔二〕韓璧(一三〇〇——一三六七)：字元璧，又字奎璘，號芝山老樵，又號雲
　　樵、璧翁，韓思恭子。曾游廣東，留嶺南教授，丁憂歸。後歷任漕吏、錢塘
　　清管長勾、杭州路知事、經歷等職。至正十八年春，奉江浙行省丞相之命
　　赴江西，遭陳友諒羈留，兩年後回返，官至松江府推官。吳元年(一三六
　　七)四月三日，松江錢鶴皋起事遭鎮壓時，投水自盡。工詩，傳世有雲樵詩
　　稿注釋八卷，清嘉慶年間王朝瑞整理并刊刻。其生平事迹詳見鐵崖撰韓
　　璧墓銘，以及羅鷺元人別集雲樵詩稿及其注釋的發現與文獻價值一文(載
　　文獻二〇〇七年第四期)。

〔三〕韓屏：即前文所謂“宋韓左厢”。生平參見鐵崖撰韓璧墓銘。

〔四〕韓仲龍：韓思恭祖父，丞相趙汝愚孫女婿。按：此從鐵崖撰韓璧墓銘之
　　説。本文則謂韓仲龍爲趙汝愚女婿。

〔五〕趙忠定公：名汝愚，字子直，謚忠定。追封沂國公。宋史有傳。

〔六〕王彦方：後漢書王烈傳：“王烈字彦方，太原人也。少師事陳寔，以義行
　　稱。鄉里有盜牛者，主得之，盜請罪曰：‘刑戮是甘，乞不使王彦方知也。’”

〔七〕跖：即盜跖。

〔八〕掐掌代痛：北齊書孝昭帝紀：“太后常心痛不自堪忍，帝立侍帷前，以爪掐
　　手心，血流出袖。”

〔九〕朱氏禮：指朱熹家禮書中喪禮、祭禮兩卷所載禮儀制度。按：四庫全書總
　　目認爲世傳所謂朱氏家禮，并非朱熹所撰。

〔十〕程剛愍公：名振，字伯起，饒州樂平人。謚剛愍。宋史有傳。

〔十一〕王恭簡公：名剛中，字時亨，饒州樂平人。南宋孝宗時官至端明殿學
　　士、同知樞密院事。謚恭簡。宋史有傳。

故張君子墓銘[一]

吳人張天祥，既克葬先孝君，被服斬縗謁予門，拜有請曰："吾子以文章銘世之賢公卿善人，先孝君雖賤，雅亡惡，吳之人無①識不識，咸稱曰君子人②。先世多繇進士起，幸子立一言，信若惇史，非直不肖孤幸，先世世遠有耀已。世次言行，謹備婿馬良狀。"余至蘇，讀蘇郡乘，知張、吳、顧、陸爲四顯姓，而張氏蔓衍爲獨盛。今又聞其後有君子人者，張氏之澤，曷其遠也哉！按良狀：

君諱必成，字舜卿。曾大父巡，大父浩，父愷，俱隱德不仕。其先自晉廣州刺史彭祖[二]，後子姓至宋、齊彌昌，遂爲吳大家。逮前朝登皇祐進士第者僑[三]，僑後顏[四]，顏後敏功[五]，敏功後攀[六]，四世皆第進士。君，攀八世孫也，生至元③乙酉八月十七日，卒至正戊子正月八日，年六十有四。配陳氏。子男三：嫡天祥，天德，庶天祐。女三人：長適馬良，仲適程可大，季適曹繼宗④。仲，適出也。孫男女八人⑤。卒之年三月⑥十日，葬長洲縣武丘鄉靈壽崗之原。

君生不好弄，長簡厚甚。年十四喪父，哀毀如禮⑦。養母以孝聞，事其伯氏若父。既冠娶自立，盡讓田廬諸兄，旁建宅一區，客亭師舍，靡不完好。外養市徒理生產，日富⑧畜藏，必推其羨以及人弗恡。兒婦入諫止，則曰："積弗散，不有天菑，必⑨有人禍。"緩急扣門者應如不及。佛老家營大土木，亦樂予之資⑩。惟不樂⑪遣子孫習吏術、尋仕階，以爲"棄今誤人之仕，寧棄道路。吾非不欲仕也，仕而弗利人，人覆我病，不若不仕，兩忘失云"。平居氣貌和霽，於物無忤，雖家人姜僕，未嘗識其⑫疾聲怒色。有以橫逆加之，必自反，久之，其人意自消。晚年病痿痹，弗接人事。誠諸子曰："予少自奪鑒，延方伎士卻病而病速，施財非鬼覬福報報邀如。惟寡欲迺大藥，擇師傅教子孫乃樹福本，若輩識之。"故三子有仕才，類弗奸⑬禄。天祥且繼志，築書樓，購未見典籍藏之，厚禮碩師，以淑子姪及里中兒。君聞其所⑭爲，喜曰："天祥爲吾所未及爲，非其⑮孝乎！吾雖臥爲廢人，無憾！"又誠諸子，誓弗以婦言分異。書田氏荆木事[七]，視曰："無知如木，尚識所托，況人乎？若輩思之，罔隊⑯吾訓，吾門其大矣。"其言鑿乎應君子之教，且過未嘗弗知,知未嘗復爲,君子之仁也。

　　吾聞古者有諸侯大夫之位,雖無德,稱君子,稱其位也;有諸侯大夫之德,雖無位,稱⑰君子,稱其德也。一介之賤,稱君子,法不當得銘乎! 銘曰:

　　位振人,德振身。振人者,名⑱歸之而尊弗親。振身者,天下歸仁。日以尊親,無群君子哉若人,視予銘詩詩可信。

【校】

① 無:原本無,據文淵閣四庫全書本增補。

② "人"之下原本有"見"字,據文淵閣四庫全書本删。

③ 元:原本作"正",至正乙酉即至正五年(一三四五),顯然有誤。當爲元世祖至元二十二年乙酉(一二八五)。徑改。

④ 繼宗:四部叢刊本作"維宋"。

⑤ 人:原本作"人人",據文淵閣四庫全書本删。

⑥ 三月:原本作"三月三月",據文淵閣四庫全書本删。

⑦ 哀毀如禮:原本作"哀毀如四禮",四部叢刊本作"哀如四禮",據文淵閣四庫全書本删改。

⑧ 富:原本作"當",據文淵閣四庫全書本改。

⑨ 必:原本無,據文淵閣四庫全書本增補。

⑩ 資:原本無,據文淵閣四庫全書本增補。

⑪ "樂"之下原本有"資"字,據文淵閣四庫全書本删。

⑫ "其"之下原本有"病"字,據文淵閣四庫全書本删。

⑬ 奸:文淵閣四庫全書本作"干"。

⑭ 所:原本無,據文淵閣四庫全書本增補。

⑮ 其:原本作"生",據文淵閣四庫全書本改。

⑯ 隊:文淵閣四庫全書本作"墜"。

⑰ 稱:原本無,據文淵閣四庫全書本增補。

⑱ 名:四部叢刊本作"民"。

【箋注】

〔一〕文撰於元至正八年(一三四八)二月,其時鐵崖寓居姑蘇,授學爲生。繫年依據:銘主張必成卒於至正八年正月,同年三月十日下葬,其子"被服斬經"請銘。

〔二〕彭祖：張必成始祖。宋范成大吳郡志卷二十三人物："張彭祖，廣州刺史。
　　子敞，侍御史、度支尚書。桓玄簒位，以事忤玄，敞表獻忠欵事玄，爲吳郡
　　太守。一云爲吳國内史。子裕，仕宋。敞子孫至宋、齊之後益昌，爲吳大
　　家。"又，唐張懷瑾書斷卷下能品："（晉）張彭祖，吳郡人，官至龍驤將軍。
　　善隸書，右軍每見其緘牘，輒存而玩之。"

〔三〕張僑：必成十一世祖。寶祐重修琴川志卷八叙人進士題名："張僑，字安
　　道。皇祐元年馮京榜。"又，同卷人物門載有張僑傳，述其生平較詳。

〔四〕張顔：必成十世祖。寶祐重修琴川志卷八叙人進士題名："張顔，字正甫。
　　熙寧六年余中榜。終於秘書省校書郎。贈中奉大夫。"

〔五〕張敏功：必成九世祖。寶祐重修琴川志卷八叙人進士題名："張敏功，字
　　守道。政和五年何槳榜。終於朝請大夫。"

〔六〕張攀：必成八世祖。寶祐重修琴川志卷八叙人人物："張攀字從龍，由太
　　學登淳熙十一年進士第。初調四明之鄞縣尉……除將作監丞、太府寺丞、
　　秘書丞，詮次中興館閣書目凡一萬四千九百四十三卷，上之。兼權右曹郎
　　官，除尚右郎官，改尚左軍器監，同日再命，拜殿中侍御史兼侍講。在憲府
　　凡兩年，除起居郎，兼崇政殿説書，卒年七十。贈通議大夫、集英殿修撰，
　　時嘉定十六年也……有益齋集、奏議、漢唐論共若干卷。"

〔七〕田氏荆：參見鐵崖先生古樂府卷一桓山禽注。

蔣生元冢銘〔一〕

　　生名元，字亨之，吳興安化鄉陳瀆里人也。祖慶元主簿必直〔二〕，
父宣政院掾克明〔三〕。元生質機警，五歲入小學，日誦書數千言。十歲
善屬文，二十學明經義。試有司，不競，輒自忿曰："吾學經，無師説，
吾黜宜也。"乃歸告其父曰："會稽楊先生某，東南授經之師，吾將不遠
千里執贄①而北面之。"父憂其素病羸，止之曰："天其蔣門之幸，先生
從吾聘，汝學可已，不須犇走千里。學未可望，而我憂先焉②。汝學之
成不成，卜於先生之來不來也。"予嘉其父子心，往焉，時至正四年十
一月某日也〔四〕。閲三年，元學成，蔣氏之族咸相慶曰："元以先生之來
不來，卜學之成不成③。某等又以元之成不卜④蔣氏之盛衰焉！元成
矣，先生之賜不微矣，蔣氏之慶長矣。"嗚呼，又豈料元學成而娶，娶而

即死乎!

　　始余至元家,元婦家催元娶速。予語其父曰:"元娶,學無成理;遲,吾業可授。"父力卻婦家娶期,期三年而通媾。元得卒學,婦家申娶期,適相者又言曰:"元娶早,早亡。娶遲十年,可免爾。"元父弗信,娶焉。娶未月而元病,未期而元死矣! 於戲,相者之言,其得天歟? 得人歟? 元學吾春秋者也,春秋之法,以人合天,不以天任天。元之卒受教,予其以人合天歟! 其娶⑤而即死,抑以天任天者歟! 嗚呼,人歟,天歟? 吾不得而知之矣。

　　元生於泰定元年四月二十七日,死至正七年八月初六日也。閱二十日,無赴。又閱二十日,夜夢元衣其所常服來拜曰:"元死矣,元幸遵先生教,不娶而學僅有成。不幸而符相者言,急娶而速死也。吾父兄將以某月某日葬元車注之原〔五〕。元學於先生,無毫毛表世,死無先生一言以表吾埋土,吾其迄與黃土同腐乎!"予聞其言,怛而警,亟諾之。明旦,有扣門者,乃蔣氏伻赴也。予爲之哭慟,遂俾學子吳毅書其志〔六〕,復銘曰:

　　生以人得天⑥,死不得天以人。吁嗟元乎,睿而病而屆,未宦而昏,力夭⑦厥身,人耶吾不知其所因。

【校】

① 贄:原本作"摯",據文淵閣四庫全書本改。
② 焉:原本作"爲",據文淵閣四庫全書本改。
③ 成:原本無,據四部叢刊本增補。
④ 卜:原本無,據文淵閣四庫全書本增補。
⑤ 娶:原本作"取",據文淵閣四庫全書本改。
⑥ 天:原本作"夭",據文淵閣四庫全書本改。
⑦ 夭:原本作"天",據文淵閣四庫全書本改。

【箋注】

〔一〕文撰於元至正七年(一三四七)季秋,弟子吳毅書寫。其時鐵崖寓居姑蘇,授學爲業。繫年依據:墓主蔣元卒於至正七年八月初六日,死後四十日,訃告送達鐵崖寓所,遂撰此墓銘。
〔二〕蔣必直:蔣元祖父。曾任慶元主簿。當爲東湖書院創始人蔣必勝之叔伯

　　兄弟。參見鐵崖撰東湖書院修造田記。

〔三〕蔣克明：字德芳，號逸休居士，吳興長興縣安化鄉人。質甫之侄，蔣元父。
　　　元末任宣政院掾。卒葬本縣平遼鄉銀錠岡。參見嘉慶十年刊長興縣志卷
　　　十一陵墓。

〔四〕"予嘉"三句：至正四年十一月，鐵崖到湖州陳瀆里教授蔣元，實因元父蔣
　　　克明專程至杭州，力邀鐵崖到其東湖書院授學。參見鐵崖撰東湖書院修
　　　造田記（載本書佚文編）。

〔五〕車注：即車渚山。嘉慶十年刊長興縣志卷八山："車渚山在磨盤山北，去
　　　縣北十二里。"又，同書卷十三陵墓："文學蔣元墓，在縣北車渚山之原。"

〔六〕吳毅：吳復之子，元至正前期，在姑蘇、松江一帶追隨鐵崖，從之受學。參
　　　見東維子文集卷二送檢校王君蓋昌還京序。

華亭縣主簿王佳母夫人李氏墓志銘〔一〕

　　華亭縣主簿王佳母夫人李氏，諱淑貞，處州教授某之女。教授君
博極群書，而傳業在其女，嘗曰："吾女必嫁奇士。"年既笄，適同郡遂
昌邑西平王氏迪功君之子延①洪。洪負卓越才，以青年游京師。華衣
奴②馬，從名貴③游，得游徵官於湖西鬱林州〔二〕，未幾没官所。時夫人
年方艾，鞠養三子，長學，次佳，次海。擇以傅就學。學回，必親試其
所誦書，探其課對工拙爲賞罰。故三子克有成立，夫人之教也。
　　至正戊戌，鄉民乘亂爲椎埋剽奪，夫人挈奴屬避④地松陽之眷家
所〔三〕。長子學死於兵，故廬燬於火。夫人憂悸成疾，辛丑冬十二月，
卒於眷家所。明年春，藁葬遂昌月山之麓〔四〕。龍鳳乙巳〔五〕，江表吳
主延攬英俊，凡鉅室子弟有奇才者，不次登用。丙午秋，佳在選中。
丁未春，授官華亭縣主簿。明年冬，始獲歸葬於先塋西亭之原。先遠
日，佳以其友葉微⑤所著行狀來乞銘。
　　予客華亭，親見佳健於趣辦，浚蘇河，領夫丁若干萬，無失所慢役
者。漕糧四十餘萬至京城，無後期。繼漕麥五十餘萬，淞麥以潦失
穫，折銀估，大家藉其稱貸鉅豪濟所急。佐邑長聽獄訟，先燭其欺，後
翦其蔓，民自以爲無冤滯，得佐邑循吏稱，豈非母夫人之教澤耶！故
樂爲之銘曰：

　　婦艾失夫,子幼失父。婦訖完其節,子訖以才舉。焚黃薦哀,亦榮爾母。我銘不已,爰示來後(叶"户")。

【校】

① 延:四部叢刊本作"進"。

② 奴:依文意當作"怒"。

③ 原本於"貴"字下衍一"之"字,據文淵閣四庫全書本删。

④ 奴:原本作"挐",文淵閣四庫全書本作"帑",據四部叢刊本改。避:原本作"碎",四部叢刊本作"辟",據文淵閣四庫全書本改。

④ 微:四部叢刊本作"徵"。

【箋注】

〔一〕文撰於明洪武元年(一三六八),其時鐵崖寓居松江。繫年依據:文中曰李氏於丁未年之"明年冬"下葬,其子王佳在葬前請銘。而丁未之明年,即洪武元年戊寅。李氏:李淑貞:遂昌(今屬浙江)人。光緒遂昌縣志卷九列女傳載李淑貞事迹,實摘自本文。王佳,王延洪次子。元至正二十六年,投奔朱元璋。次年春,松江守臣不戰而降,松江屬朱元璋政權管轄,任華亭縣主簿。

〔二〕鬱林州:隸屬於湖廣行省南寧路。即今廣西玉林。參見元史地理志。

〔三〕松陽:縣名。隸屬於江浙行省處州路。今屬浙江麗水。參見元史地理志。

〔四〕遂昌:縣名。隸屬於江浙行省處州路。今屬浙江麗水。參見元史地理志。

〔五〕龍鳳:爲吳王朱元璋年號,龍鳳乙巳即元至正二十五年(一三六五)。

王母李氏墓志銘[一]

　　江陰王孝子作①逢,去其母逝已十②餘年,猶作嬰兒泣③,謁於會稽楊維禎,曰:"逢藉有立,母教也。傳見野史沈蒙氏[二],未得名能文如韓愈氏者志。親逝不得韓公銘,不孝今以屬先生,先生幸哀而賜之銘。"辭不獲,按狀:

　　夫人姓李氏,諱靖真,宋獄官同郡潤之女④,杭庫使王惠之妻。生子一,即逢也。庫使君善律己,起身憲漕,累遷至永豐縣幕〔三〕,致事杭庫副使。初,姑徐氏器庫使君之爲人,求可與齊者姻,里皆賢李舊族,教子女不違古訓,求偶莫李氏若,妁告宜。笄五年,歸于王,婦道甚飭。庫使君在吳時,李侍姑就養姑清,閱一紀若一日,舉族嘖⑤以爲難。其訓子嚴有法,日給膏燭,誦書約丙夜止。或逾約,輒誦至旦,罰餘食。出就外傅,乏贄師物,躬紡績以資之。且多市古奇書,廣其聞見。逢齒壯,所還往皆海内一時名俊⑥。陰自懌曰:“兒不負我矣!”天曆飢〔四〕,民相引鼠偷,率女奴夜⑦績更寢,盜不敢闖,巷以爲之歌曰:“東家辟纑,西家穿窬。”其内治類此。至正五年秋八月三日,疾卒於夫官下,壽五十九。逢護櫬⑧旋葬黄山原。

　　逢齒今四十,以才諝顯,東州諸侯争欲致門下,浙憲使舉丘園,俱不就,風節益烈焉。君子⑨稱王母氏有子矣,是可銘。銘曰:

　　子以母教者臧,母以子留者皆⑩長。益後歐陽〔五〕,歐陽謝(句),嘻(句),以王。(先生自注曰:“以字旌也,不可作助語辭。”)

【校】

① 作:當屬衍字。
② 十:原本作“十十”,據四部叢刊本、文淵閣四庫全書本删。
③ 泣:原本無,據文淵閣四庫全書本增補。
④ 女:原本作“女女”,據四部叢刊本、文淵閣四庫全書本删。
⑤ 嘖:文淵閣四庫全書本作“皆”。
⑥ 俊:原本作“畯”,據四部叢刊本、文淵閣四庫全書本改。
⑦ 夜:原本作“疽”,文淵閣四庫全書本作“組”。據四部叢刊本改。
⑧ 櫬:原本作“襯”,據四部叢刊本、文淵閣四庫全書本改。
⑨ 子:原本作“氏”,據文淵閣四庫全書本改。
⑩ 皆:原文作“背”,據文淵閣四庫全書本改。

【箋注】

〔一〕文當撰於元至正十九年(一三五九)冬,其時鐵崖自杭州歸隱松江不久。
　　繫年依據:其一,文中曰“逢齒今四十”,而至正十九年王逢四十一歲。其二,王逢於至正十七年躲避戰亂,自江陰遷居松江青龍鎮,其時鐵崖尚在

富春。鐵崖與王逢交游,始於至正十九年冬歸隱松江之初。王逢(一三一

九——一三八八),參見東維子文集卷七梧溪詩集序、梧溪集卷三趙待制

畫馬邵臺掾題、列朝詩集甲前集席帽山人王逢。

〔二〕沈蒙:道光江陰縣志卷二十八識餘:"沈蒙字伯亨,西秦人。從陸文圭學。

江陰亂,偕友趙乾宗往依馬沙巨室。馬沙又亂,寇執蒙,索巨室主所在。

蒙卒不言,遂與趙俱遇害。"

〔三〕永豐縣:隸屬於江浙行省信州路。今屬江西。參見元史地理志。

〔四〕天曆飢:當指天曆二年(一三二九)大饑荒。據元史文宗本紀,此年四月,

陝西諸路饑民一百二十三萬四千餘口,江浙行省池州、廣德、寧國、太平、

建康、鎮江、常州、湖州、慶元諸路及江陰州饑民六十餘萬戶。參見鐵崖先

生古樂府卷六彭義士歌。

〔五〕後歐陽:意爲李靖真能繼歐陽修之後,爲教子楷模。按:歐陽修母教子事

迹,詳見文忠集卷二十五瀧岡阡表。

故鄒元銘妻金氏墓碣銘〔一〕

吳常熟鄒元銘之妻金氏,諱玉,字孟姬,寧國路旌德縣税務大使

辟之冢婦,衛輝路管民長官司總管謙之長女,廣德路道録善信之

孫〔二〕,漳州路龍興縣尹煥之曾孫也。

姬從幼慧齊,性孝謹,日在父母傍,不忍頃刻離去,撫婢御未嘗見

迕氣。其織紝組紃及音律書算,皆不習而工,有過人者。諷詩書即通

大義,讀列①女傳,見有孝於親、事舅姑盡苦節者,必識之,信踐之。及

歸鄒氏,執婦②職如禮甚。育子若女,自襁褓有法。相其夫,急人以

義,睦娣任恤,無不適宜焉,舅姑皆稱賢無間言。然慕父母,未嘗一日

替,嫁凡十歲,三歸寧,及辭去,戚戚如初嫁時。今年遂以歸寧終父母

家,訃聞,夫族齊望門哭曰:"某婦死,無以成吾鄒氏家矣。"得年僅二

十有七。生於至治辛酉十二月初五日〔三〕,卒於至正丁亥三月二十有

五日〔四〕。女一人,升奴。男一人,壽童。元銘卜是年四月初一日,祔

於武丘鄉半塘祖塋之原,閱十日,來請銘。

余住吳久之,聞沙湖金氏爲有禮法之家〔五〕,往往所適女多賢行。

都人士之詩曰:"彼君子女,謂之尹、吉〔六〕。"尹、吉者,周大族有禮法之

家也。女有君子行，必推自尹、吉、孟姬出大家，而閑於禮法如此，謂尹、吉女非歟！尹、吉女爲詩人所著，而予爲銘詩著孟姬，閔其令質不永年，使名氏有傳，豈過乎？銘曰：

　　梓共而秀，而夭抱株。驥墮地走，而躓中途。彼惡終天齡，跛運長衢，吾壹不知其所如。嗟嗟乎，孟女宜，鄒大家。孰長短，於短之不足而長有餘，誦我銘詩不人諉。

【校】

① 列：原本作“烈”，據文淵閣四庫全書本改。
② 婦：原本無，據文淵閣四庫全書本增補。

【箋注】

〔一〕文撰於元至正七年（一三四七）四月，其時鐵崖寓居姑蘇，授學爲生。繫年依據：金氏卒於至正七年丁亥三月二十五日，同年四月一日祔於祖塋，十日後鄒元銘謁鐵崖請銘文。

〔二〕金善信：金玉祖父。道士，任廣德路道録，封號體仁守正弘道法師。宋濂曾爲黃溍代筆撰其碑文。宋景濂未刻集卷下體仁守正弘道法師金君碑：“吳之長洲有爲老子之學者，曰金君，諱善信，字實之，家故儒也。曾大父曰球，大父曰睅，父曰焕，漳州路龍溪縣尹……始君受知嗣天師留國公，起爲廣德路道録，仍提點仁壽觀，畀之號曰體仁守正弘道法師。”

〔三〕至治辛酉：元英宗至治元年（一三二一）。

〔四〕至正丁亥：元順帝至正七年（一三四七）。

〔五〕沙湖：江南通志卷十二輿地志山川二蘇州府：“沙湖在府東二十里，一名金沙湖。湖雖小而與吳淞江諸水吞吐，有青邱、戴墟二浦。”

〔六〕“彼君子女”二句：毛詩正義小雅都人士箋云：“吉，讀爲姞。尹氏、姞氏，周室昏姻之舊姓也。人見都人之家女，咸謂之尹氏、姞氏之女，言有禮法。”

卷八十　東維子文集卷二十六

卷八十 東維子文集卷二十六

高節先生墓銘[一]

　　先生諱侶,字君友,姓嚴氏,子陵三十五世孫也[二]。嚴本莊姓,以漢明帝諱易之[三]。子陵以高名著史册,耕富春山[四],釣桐水[五],年八十終。娶梅氏,西京壽春尉福女[六]。生茂,茂生隆,隆生卓。由是而降,逾唐歷宋,衍爲四家。甲家傳格,爲先生曾大父①;潤玉②,大父;自中,考也,俱不仕。

　　先生生而有奇氣,讀書不爲覓舉計。從學鄉先生漢英賈公[七],賈公得於復齋③趙公[八],趙公得於潛室陳公[九],陳公親授於晦庵朱子[十],此其淵源也。貴官至釣臺[十一],必訪先生,勸之仕,則曰:"漢雲臺諸將[十二],仕非不赫赫,今子姓④無聞。吾鼻祖去之一千三百有餘年,而高風遠韻,與富山桐水相爲峙流,士奚必以仕而貴哉? 某不敏,願爲嚴子陵賢子孫足矣。"居家教授生徒,有裹糧自甌越來者。宋相文山氏客謝翱[十三],奇士也,雪夜與之登西臺絶頂[十四],祭酒慟哭,以鐵如意擊石,復作楚客歌,聲振林木,人莫能測其意也。暮年建汐社爲會[十五],取晚而有信。翱卒,無子,與社中友買地臺南葬之,築許劍亭[十六],憲使盧公摯高其義[十七],爲之書。

　　嘗游錢唐,偕石塘胡公[十八]、山村仇公過孤山[十九],酹林處士、岳鄂王墓[二十]。卒有動於中,告二人曰:"某常時如此,親必不安。"亟歸。及門,遽有終天之别,擗踊氣絶者數四。治喪祭,一用朱子禮[二十一]。廬墓三年,不税衰絰,不見賓客。有白燕巢墳木。事母益虔,母卒,哀毀成疾,幾不起。每至生旦,服墨縗,哀慟逾它時。所居室⑤堂,名以高遠,取郡守王泌記⑥釣臺書院語[二十二]。至順辛未冬十月晦[二十三],疾革,呼其子淵曰:"吾年已逾六十,不稱夭。奉祖祠四十年,復土⑦田,教養無忝。吾死何憾! 平疇西地⑧,吾已買諸官,死必葬是。"遂逝⑨。越若干年爲至正丁亥[二十四],始克葬。賢者故事有易名,門人黄廷玉等私謚曰高節,復請諸郡守,祠於祖祠西小室。娶黄氏,宋榜眼進士黄蛻曾孫女〔二十五〕。子一,淵也。越十年丁酉,余以建德理官過釣臺,淵從余謁祖祠,遂登雙臺,訪子陵釣迹,因酹高節君墓,又訪臺南謝奇士冢,余爲奇士立阡表。明年,淵持廷玉所爲狀來謁⑩,曰:"謝奇士表於吾子若有待,先子之行應銘法,其待如奇士,幸吾子銘之。"遂銘曰:

　　於古風,澒乎胡可追?千有百禩,不⑪畫厥岐。不背厥馳,瞠乎不知其後時。我銘其人,維高有基。維高有基,維遠有遺。

【校】

① 曾大父:鐵崖文集本作"曾王大父"。

② 玉:鐵崖文集本作"王"。

③ 齋:原本作"齊",據四部叢刊本改。

④ 姓:鐵崖文集本作"姪"。

⑤ 室:原本無,據四部叢刊本增補。

⑥ 王泌記:原本作"王秘已",據鐵崖文集本改。

⑦ 土:原本作"上",據鐵崖文集本改。

⑧ 地:鐵崖文集本作"田"。

⑨ 逝:原本作"游",據鐵崖文集本改。

⑩ 謁:文淵閣四庫全書本作"請"。

⑪ 不:鐵崖文集本作"一"。

【箋注】

〔一〕文撰於元至正十八年(一三五八)春,其時鐵崖任建德理官,寓居睦州。繫年依據:其一,文中曰"越十年丁酉,余以建德理官過釣臺……明年,淵持廷玉所爲狀來謁",知本文撰於至正丁酉年之明年,即至正十八年。其二,至正十八年三月,朱元璋右翼統軍元帥胡大海自昱嶺關攻克建德(參見國榷卷一),鐵崖遂避入富春山中。故本文當作於至正十八年三月之前。高節先生:指嚴侶。明徐象梅撰兩浙名賢録卷四十四高隱載高節先生嚴君友侶傳、萬曆續修嚴州府志卷十六嚴侶傳,皆源自本文。

〔二〕子陵:姓嚴名光。生平見後漢書嚴光傳。

〔三〕東漢明帝:姓劉名莊。

〔四〕富春山:位於今浙江桐廬縣西。

〔五〕桐水:即桐江,指富春江之上游。

〔六〕西京壽春尉福:即西漢梅福。漢書有傳。

〔七〕賈漢英：富春人。或謂南康人，蓋其原籍南康（今屬江西贛州）。師從趙
　　　彦肅。參見宋元學案卷六十五復齋門人賈先生漢英。

〔八〕復齋趙公：指趙彦肅。四庫全書總目復齋易説六卷：“宋趙彦肅撰。彦肅
　　　字子欽，號復齋，太祖之後。嘗舉進士，掌寧國軍書記。調秀州推官，移華
　　　亭縣丞，攝縣事。以内艱歸。趙汝愚奏爲寧海軍節度推官，旋病卒。蓋朱
　　　子薦之汝愚也。”

〔九〕潛室陳公：指朱熹弟子陳埴。四庫全書總目木鐘集十一卷：“宋陳埴撰。
　　　埴字器之，永嘉人。嘗舉進士，授通直郎，致仕。其學出於朱子。永樂中
　　　修五經大全，所稱潛室陳氏，即埴也。”

〔十〕晦庵朱子：即朱熹。

〔十一〕釣臺：即嚴子陵釣臺，位於富春江畔、桐廬西南七里灘。參見鐵崖先生
　　　古樂府卷八覽古之十五注。

〔十二〕雲臺：漢代宮中高臺。東漢明帝追念前世功臣，曾畫鄧禹等二十八將肖
　　　像於此臺。參見後漢書馬武傳。

〔十三〕宋相文山氏：指文天祥。謝翱（一二四九——一二九五）：字皋羽，福寧
　　　長溪人，後徙建之浦城。南宋末追隨文天祥，參議軍事。元初，與浦陽
　　　方鳳等游。愛睦州山水，於嚴子陵釣臺設文天祥位。參見宋方鳳撰存
　　　雅堂遺稿卷三謝君皋羽行狀。

〔十四〕西臺：嚴子陵釣臺有東西兩峰，又稱雙臺。相傳東臺爲嚴子陵隱釣處，
　　　謝翱則於西臺祭奠文天祥。詳參謝翱晞髮集卷十登西臺慟哭記。嚴侶
　　　與謝翱同祭事，黄宗羲南雷文定前集卷一謝皋羽年譜游録注序考之
　　　甚詳。

〔十五〕汐社：徐乾學資治通鑑後編卷一百五十七元紀五：“侶，子陵之裔孫也。
　　　家在江岸，奉祖祠。桂芳，亦睦人。他如翁登、方幼學、方燾、吳謙、翁衡
　　　等十餘人，皆與翱同志。會友之所名汐社，義取晚而信也。”

〔十六〕許劍亭：其名源於謝翱許劍録。資治通鑑後編卷一百五十九元紀七：
　　　“方鳳、吳思齊、馮桂芳、翁登等爲卜兆於子陵臺南，買山而葬焉，表曰
　　　‘粵謝翱墓’。初，翱以朋友道喪盡，吳越無挂劍者，思合同志氏名作許
　　　劍録，勒諸石。未就。鳳等復爲建許劍亭于墓右。從翱志也。”

〔十七〕盧摯：元詩選三集卷三盧摯疎齋集：“摯字處道，一字莘老，號疎齋，涿
　　　郡人。至元五年進士。博洽有文思，累遷少中大夫、河南路總管。真人
　　　吳全節代祀嶽瀆，過洛陽，嘉其治行，力薦之。大德初，授集賢學士、大
　　　中大夫。出，持憲湖南，遷江東道廉訪使，復入爲翰林學士，遷承旨，卒。

所著曰疎齋集."按：盧摯有題子陵釣臺、春晚歙郡高齋二詩,約撰於大
德七年(一三〇三),其時盧摯任江東建康道提刑按察副使,蓋即本文所
謂"憲使".參見盧疏齋集輯存李修生按語.

〔十八〕石塘胡公：即胡長孺.長孺字汲仲,號石塘,婺州永康人.元史有傳.

〔十九〕山村仇公：即仇遠.仇遠字仁近,號山村,錢唐人.元初爲溧陽州儒學
教授.好古博雅,工詩文,楷書學歐.游其門者若張雨、張翥、莫維賢皆
有名.參見萬姓統譜卷六十三、書史會要卷七小傳.孤山：位於杭州
西湖之濱,宋詩人林逋隱居地.

〔二十〕林處士：指北宋詩人林逋.岳鄂王：指岳飛.宋史皆有傳.

〔二十一〕朱子禮：指朱熹家禮有關喪葬禮儀.參見東維子文集卷二十五元故
用軒先生墓志銘注.

〔二十二〕王泌：宋淳祐年間嚴州守."泌"或作"必".釣臺書院：景定嚴州續
志卷三釣臺書院："紹定戊子,知州陸子遹始創書院.淳祐辛丑,知州
王必始延堂長訓嚴氏子孫,月計所廩給之."大明一統志卷四十一嚴
州府："釣臺書院在府城東五十里,乃漢嚴光隱釣處.宋范仲淹始創
祠宇.紹定中,郡守陸子遹即其地建書院,內有客星閣、羊裘軒、招
隱堂."

〔二十三〕至順辛未：至順二年(一三三一).

〔二十四〕至正丁亥：至正七年(一三四七).

〔二十五〕黃蛻：淳安(今屬浙江)人.南宋淳祐七年榜眼.嘉靖淳安縣志卷十
一人物："黃蛻,字新之,號警齋.先蛟峰一科登張淵微榜榜眼.歸,
蛟峰題綵封以迎之,云：'狀元留後舉,榜眼探先鋒.'蛻亦答之云：
'吾與狀元留地位,先須榜眼破天荒.'次科,逢辰果中狀元.蛻學博
而正.著作不留稿,人得其片紙隻字,必珍藏之.自建昌軍僉判遷大
理卿,所至以文學知名.未幾歸老于家而卒.學者祠之於石峽
書院."

馮處謙墓銘[一]

至正丙申秋,余以建德理官道富陽,抵友馮頤家.頤伯仲氏曰升
與豫,皆相次去世,豫之子宣衰衰前拜,曰："宣不孝,先子以壯年歿外
邸,歿且六年,未克葬.今年冬某月日,將祔吉峴祖墓次,幸先生哀而

賜之銘,庶先子不悼不百齡,不孝孤不無蓋覆。"余與頤爲昆弟交十三①年,嘗銘其伯考父寺丞公、考仁山公、伯氏升,今又銘豫,尚忍援②筆耶!

　　君名豫,字處謙,宋承信郎、僉嘉興府廳事從周孫,集賢③殿修撰驥從子。承信君生三子,長蒙,夭④。次革,次觀。革以孝義式鄉里外,中書以"義士"旌其門。義士生三子,曰升,曰頤,曰晉。觀生二子,一即君,次仁。君於伯仲居四,蚤喪父,義士公撫之如己子。君友悌長氏,不翅同母出。一門數百指,怡怡恂恂,内外無間言。義士公殖⑤生,日以饒⑥。君以里之困乏者勸分,援劉子曰〔二〕:"惠君子,君子得其福;惠小人,小人得其力。利出者禄反⑦,怨往者禍入。"公是其言。又嘗謂人:能群者以分,能分者以禮。義士公逝,歲時月旦,相其長氏,必請⑧合族綴食之禮,惟恐不及。

　　君爲人高亢剛直,讀書務通⑨大義。與人友,尚氣節,痛遠烏⑩集之交。狀貌魁梧,美鬚髯。達官要人皆折勢位友之,曰:"君固我朝人也!"薦之仕,則辭曰:"吾剛不能售以磷,吾直不能售以回。"薦者謝而止。娶李氏,宋南劍知府桂孫女〔三〕。一子,宣也。君懇懇戒曰:"瘠地民材,勞也;沃地民不材,饒也。汝毋恃驕棄學,使吾有沃地懼也。"宣力學,訖爲名士。君生於大德⑪己酉八月八日〔四〕,以暑疾卒於杭,至正九年五月十三日也,得年四十有一⑫。銘曰:

　　不屬而剛剛不礱,不矯⑬而直直不蹫。小夫匍匐等禽犢,欿然我信無不足。天路中止匪不禄,奇⑭言特義聞者服。剢曰有子子式穀⑮〔五〕,長轂遝行續前躅。

【校】

① 十三:原本作"三十",據鐵崖文集本改。按鐵崖文集卷五祭馮仁山先生文,知馮士頤父仁山謝世之時(至正九年之前十年),鐵崖尚未結識馮氏兄弟。故此處所謂"爲昆弟交三十年",必誤。

② 援:原本作"换",據鐵崖文集本改。

③ 賢:鐵崖文集本作"英"。

④ 夭:原本作"殀",據鐵崖文集本改。

⑤ 公殖:鐵崖文集本作"父殂",誤。

⑥ 饒：鐵崖文集本作“撓”，誤。

⑦ 反：文淵閣四庫全書本作“及”。

⑧ 請：鐵崖文集本作“講”。

⑨ 通：鐵崖文集本作“遵”。

⑩ 烏：原本作“鳥”，據鐵崖文集本、文淵閣四庫全書本改。

⑪ 大德：當作“至大”。“己酉”爲至大二年（一三〇九）。參見注釋。

⑫ 一：原本作“二”。逕改。

⑬ 矯：原本作“橋”，據文淵閣四庫全書本改。

⑭ 奇：原本作“寄”，據鐵崖文集本改。

⑮ 穀：原本作“穀”，據鐵崖文集本改。

【箋注】

〔一〕文撰於元至正十六年丙申（一三五六）秋。其時鐵崖被任命爲建德路總管府理官，自杭州前往睦州受職，途經富陽，應馮士豫子馮宣之請而撰此文。按鐵崖尚爲士豫兄士升銘墓，見上卷馮進卿墓志銘，有關馮氏世次、伯仲等，均參該文。

〔二〕劉子：指西漢劉向。説苑卷六復恩：“故惠君子，君子得其福；惠小人，小人盡其力。夫德一人，活其身，而況置惠於萬人乎？故曰：德無細，怨無小，豈可無樹德而除怨務利於人哉？利施者福報，怨往者禍來，形於內者應於外，不可不慎也。”

〔三〕李氏：馮士豫妻，馮宣母，建安（今福建建甌）人。其祖父李桂，南宋慶元二年丙辰鄒應龍榜進士，曾任南劍知府。參見嘉靖建寧府志卷十五選舉上。

〔四〕大德己酉：當作至大己酉。大德爲成宗年號，無己酉年。至大爲武宗年號，至大二年己酉，即公元一三〇九年。

〔五〕式穀：詩小雅小宛：“教誨爾子，式穀似之。”朱熹集傳：“式，用；穀，善也……戒之以不惟獨善其易，又當教其子使爲善也。”

姚處士墓志銘[一]

君諱椿壽，字大年。其先出唐開元宰相崇[二]，曾孫秘監合嘗守睦[三]，因家焉。至六世孫爲秘簿宗之。宗之子三人，一居峨溪，曰“二府君”,是爲君八世祖。曾大父思晟〔四〕,登宋景定壬戌榜進士第,階承節郎。大父潼翔〔五〕,宋鄉貢進士。父元慶,隱居不仕。妣王氏,司諫某女。

君幼機敏,不習群兒弄。長丰姿偉特,讀書輒了大義。闢樂育館,歲聘海内名師儒教子弟及里中兒。君性端直,平生無二言,與人交,始終見底裏。於義利曲直,必嚴其卞①。鄉鄰有争者,不直有司,直於君,得一言即解去。歲飢,周人之急,惟恐弗及,稱貸②者久,則焚券與之。創世濟橋峨溪上,橋置亭,歲五六月,施茗飲饘粥於行者,行者不倦。橋西,古松篁萬立,築亭名深浄③,又搆層屋④曰松麓,賢士夫往來,必延致其中,觴詠笑談,至忘朝夕。邦大夫馬公薛超吾道經桐廬〔六〕,聞君,枉道過門,以處士禮禮之。邑侯周古⑤、達都等皆嘗問政於君,君必以利害中民窾者鑿鑿言之,民便其言者甚衆。晚勉其弟桐⑥壽〔七〕,曰:“兄老病,無宦情。弟齒壯學裕,必厠⑦名仕版,圖光其先。”桐壽因自奮北覲,得餘干校官〔八〕。

君娶袁氏,吉水教授某女也。子三:曰雋,先卒;次綮〔九〕,次采〔十〕。孫男四:曰德元⑧、德懋、德祥、德瑞。君生於大德庚子五月十三日〔十一〕,没於至正癸巳十月十九日〔十二〕,得年五十有四⑨。越三年,十一月六日,窆於桐君山北孝仁之原〔十三〕。又一年,其子綮謁余理官次,再拜泣曰:“先子介,不樂仕,無功德可書。然孝友行於家、任恤行於里者,不得文章家一言以示不朽,非先子不幸,綮不孝也。綮辱爲先生徒⑩,幸先生賜之銘。”按其客鄉貢進士魏鈞狀,爲之志而銘曰:

桐之岡蚓蚓,桐之瀨秋秋。孝原一培,山水⑪相繆,是爲峨溪姚處士之丘。

【校】

① 卞:鐵崖文集本作“辯”。
② 貸:原本作“貨”,據文淵閣四庫全書本改。
③ 浄:四部叢刊本作“静”。
④ 屋:文淵閣四庫全書本作“臺”。
⑤ 古:文淵閣四庫全書本作“善”。
⑥ 桐:原本作“同”,據四部叢刊本改。下同。

⑦ 厠：原本作“厮”,據鐵崖文集本改。

⑧ 元：鐵崖文集本作“光”。

⑨ 四：原本無,據鐵崖文集本增補。

⑩ 徒：原本作“從”,據鐵崖文集本改。

⑪ 山水：鐵崖文集本作“水山”。

【箋注】

〔一〕文撰於元至正十七年(一三五七),其時鐵崖任建德路總管府理官,寓居睦
　　州。繫年依據：姚椿壽卒於至正十三年癸巳,四年後其子姚粲至鐵崖“理
　　官次”請銘。姚椿壽(一三〇〇——一三五三)：字大年,睦州(今浙江建
　　德)人。乾隆桐廬縣志卷十二人物二忠義傳載其事迹,實源自本文。

〔二〕姚崇：本名元崇,陝州硤石人。開元年間宰相。新、舊唐書皆有傳。

〔三〕姚合：姚崇曾孫。唐憲宗元和年間進士及第,調武功尉,遷監察御史,官
　　至秘書少監。善詩。生平附見新唐書姚崇傳。

〔四〕姚思晟：椿壽曾祖父。南宋景定三年(一二六二)進士,階承節郎。據乾
　　隆桐廬縣志卷三營建,桐廬莪溪之八步坊,爲姚思晟所立。

〔五〕姚潼翔：椿壽祖父。南宋鄉貢進士。宋末元初參與月泉吟社。宋詩紀事
　　卷八十一姚潼翔：“潼翔,家釣臺。月泉吟社第廿一名,自署社翁。”

〔六〕薛超吾：或作薛超吾兒,或稱之爲馬薛超吾,蓋因其漢姓馬,字昂夫,維吾
　　爾人。或曰“其氏族爲回鶻人,其名爲蒙古人,其字爲漢人”。曾任衢州路
　　總管。參見王德淵薛昂夫詩集序(載元周南瑞編天下同文集卷十五)、吳
　　師道書疊記(載禮部集卷十二)以及楊鐮等撰元曲家薛昂夫。

〔七〕姚桐壽：字樂年。椿壽弟。元順帝至元年間嘗爲餘干州教授,解官歸里,
　　自號桐江釣叟。至正中流寓海鹽,撰樂郊私語,所記軼聞瑣事多近小説家
　　言,然亦頗足與史傳相參。參見四庫全書總目樂郊私語。

〔八〕餘干：州名。隸屬江浙行省饒州路。今爲江西餘干縣。參見元史地
　　理志。

〔九〕姚粲：姚椿壽仲子。至正十七年前後從學於鐵崖。

〔十〕姚采：椿壽三子。元末曾偕同鄉王舉等收集鄉兵,保衛鄉里。後歸附明
　　軍。參見萬曆續修嚴州府志卷十六人物志四王舉傳。

〔十一〕大德庚子：大德四年(一三〇〇)。

〔十二〕至正癸巳：至正十三年(一三五三)。

〔十三〕桐君山：方輿勝覽卷五建德府：“桐君山在桐廬。有人採藥,結廬桐木

下。人間其姓,指桐木示之。江、山因以桐名,郡曰桐廬。"孝仁：鄉名,
參見景定嚴州續志卷七桐廬縣。

故處士馮君墓志銘[一]

君諱天瑞,字通甫,世居和州之烏①江縣[二]。曾大父某,本郡幕府
長,曾祖妣黄氏。大父某,隱德不仕。祖妣慶氏。

君自幼機警,讀書不事章句,務大義。善屬文。見人善必稱道不
已,見惡則嫉之如仇。試②藝不售,借迻於郡史。復自厭其筐篋之習,
竟辭歸,卒業於儒。築草堂青山之麓,日以書史課子,招延賓客,爲觴
詠之樂。兵興,藩閫以屢徵不應。游徽入境,不敢犯處③士門,鄉里稱
爲季世之全人。乙未夏六月,以疾終於寢,榮年五十有九。娶張氏,
先一年卒。生子一人,居仁,由帥府經歷④調分水丞,遷京城兵馬。女
一人,適同里汪晉。再娶華氏,生子二人,長居義,後更名榮[三],由京
都鎮撫調神武清軍衛知事,遷華亭縣知縣。次居禮,未仕。女一人,
適同郡鄧英。

公生於大元元貞丁酉九月四日[四],没於大明龍鳳乙未六月二
日[五]。時淮甸兵梗,未得返故丘,權厝周家圩之原。戊申冬[六],合張
氏兆,歸葬於邑東東山祖塋之次。是年秋,居仁偕榮衰絰拜予雲間邸
次,乞一言銘墓石："且爲孝子禄養不得於事生,而得先生大事於送
終,孝子孤之心亦揚矣,是敢乞銘於先生。"辭不獲,爲之銘曰：

金以不祥躍兮[七],璧以有用瑑(叶)。吁嗟先生兮,是爲全人。

【校】

① 烏：原本作"馬",據傅增湘校勘記改。按元史地理志,和州下轄歷陽、含山、
烏江三縣。

② 試：原本作"議",據四部叢刊本改。

③ 處：四部叢刊本作"勇",誤。

④ 歷：四部叢刊本作"陞"。

【箋注】

〔一〕文撰於明洪武元年戊申(一三六八)秋,其時鐵崖寓居松江。繫年依據:
墓主於洪武元年冬歸葬故鄉,"是年秋",其子馮居仁、馮榮兄弟至鐵崖雲
間寓所請銘文。

〔二〕和州:按元史地理志,和州隸屬于河南江北等處行中書省廬州路。今安
徽和縣。烏江縣,隸和州。

〔三〕馮榮:明初華亭知縣,鐵崖與之交好。參見東維子文集卷二送馮侯之新昌
州尹序二首之一。

〔四〕元貞丁酉:元貞三年(一二九七)。

〔五〕明龍鳳乙未:即至正十五年乙未(一三五五)。按:劉福通等迎韓林兒至,
立爲皇帝,建都亳州,國號宋,改元龍鳳。後朱元璋稱雄,仍沿用龍鳳
年號。

〔六〕戊申:指明洪武元年(一三六八)。

〔七〕金以不祥躍:參見鐵崖先生詩集丙集自題鐵笛道人像注。

喬山處士翟君墓志銘〔一〕

君諱德興,字宗起,姓翟氏,喬山野人,其自號也,世居無爲州濡
須之巢縣〔二〕。曾大父某,自巢遷和州之含山〔三〕,父福遂占籍焉。兵
變,君挈家避地滁州〔四〕,閱三月而没,藁葬全椒縣之明山。娶同邑司
氏,君没四年後,卒於太平州〔五〕,藁葬采石之麓〔六〕。子二人:長桂,次
清。女一人,滿兒,適同里①孫偘。桂以才名簡知今天子於南京,授千
夫長,部落于同僉趙公〔七〕,征進宣、徽〔八〕、安慶、九江等處,以功升鎮
撫。清,京城廣武衛②百夫長。

君生於大元大德甲辰〔九〕,殁於至正壬辰四月初五日〔十〕,享年四
十有九。洪武二年,桂遷柩於明山,復遷妣柩采石,合葬於巢之翟③家
嶠西關之原。先遠日,桂來拜予草玄閣次〔十一〕,曰:"不孝孤生齒未丁
壯,不幸失所恃。又三年,失所怙。零丁孤苦,藉祖考澤,得以籧名仕
版,禄食於朝,而三釜之養,不能一勺及親〔十二〕,此不孝孤終天之憾也。
倘死又不得當代大手筆紀其卒葬地所,不孝之罪,號天何以自贖?是

敢介④先生從子明〔十三〕,具狀以乞銘。"吾重違其情,畀之銘曰:

父澀先兮無以家(叶),母去棄兮又以途。於乎,孝子之天天曷呼。
淮之西兮江之東,歸合兆兮兆既同。於乎,孝子之天天終從。

又銘曰:

玉韞兮火烈,木定兮風危〔十四〕。親弗獲兮莫予追,匪今兹兮我懼。
吁嗟翟氏之子兮,我又何悲!

【校】

① 里:文淵閣四庫全書本作"郡"。
② 衛:原本作"微",據四部叢刊本、文淵閣四庫全書本改。
③ 翟:四部叢刊本作"瞿"。
④ 介:原本作"斤",據文淵閣四庫全書本改。

【箋注】

〔一〕文撰於明洪武二年(一三六九)銘主歸葬故鄉之前,其時鐵崖寓居松江。
〔二〕無爲州:隸屬於河南江北等處行中書省廬州路,下轄無爲、廬江、巢縣三縣。參見元史地理志。濡須:河流名,自巢湖出,位於無爲州。參見太平寰宇記卷一百二十六淮南道四廬州。
〔三〕和州:亦隸屬于廬州路。含山:今屬安徽馬鞍山市。
〔四〕滁州:隸屬于河南江北等處行中書省揚州路,下轄清流、來安、全椒三縣。參見元史地理志。
〔五〕太平州:實指太平路。宋稱太平州,于元世祖至元年間升爲太平路,下轄當塗、蕪湖、繁昌三縣。參見元史地理志。
〔六〕采石之麓:采石磯旁。采石磯位于今安徽省馬鞍山市。
〔七〕同僉趙公:指朱元璋帳下大將趙德勝。趙德勝(一三二五——一三六三)曾"復太平,下銅陵","破安慶","克九江",戰功卓著,官至江南行樞密院僉事。明史有傳。
〔八〕宣、徽:指宣城、徽州,今皆屬安徽。
〔九〕大德甲辰:大德八年(一三〇四)。
〔十〕至正壬辰:至正十二年(一三五二)。
〔十一〕草玄閣:鐵崖晚年歸隱松江後之住宅。正德松江府志卷十六第宅:"(楊鐵崖)別有抎頹樓、草玄閣,皆爲東吳勝概。閣在迎仙橋西北,成化間猶存。"

〔十二〕"而三釜之養"二句：意爲兒子仕宦所得薄俸,未能供養於父母生前。
　　　莊子寓言："曾子再仕而心再化,曰：'吾及親仕,三釜而心樂；後仕,三千
　　　鍾而不洎,吾心悲。'"
〔十三〕從子明：指鐵崖侄子楊明。
〔十四〕木定兮風危：參見東維子文集卷二送楊明歸越覲親序注。

淵默先生碣銘〔一〕

　　至正十四年三月二十日壬午,淵默先生余君卒。既葬,其友及門
人問易名於會稽楊維禎。維禎曰："先生深静而寡言,嘗自號淵默,宜
從曰淵默。"皆應曰："宜!"其子安禮又持①先生門人殷奎狀來
請銘〔二〕。
　　先生諱曰②强,字彦③莊,姓余氏,其先閩之古田人。十二世祖
楬④〔三〕,仕宋,官至吏部尚書,受知徽宗,既⑤徽宗手書"余尚書祠"額
賜其子孫。曾大父諱佑,大父諱鄭。父諱與可〔四〕,武夷書院⑥山
長〔五〕,自號藍溪,始居崑山,爲崑山人。先娶趙氏,無子。再娶陳氏,
生⑦先生。初,藍溪爲李後,姓李氏,至先生始復姓"余"云。
　　先生年十四喪父,能自樹立,極力於學。修習容止,步⑧趨圈豚,
如老成人。既長,學通六經百氏,博貫精析,退然不知有餘。且善屬
文,根柢六經,不淆異説。其書有尚書補注若干卷,藏於家。嘗爲舉
子業,已而厭其剽取傳注,支延蔓衍,其言不足傳遠,遂絶意弗爲。居
一晦之宫,叱咤之聲不聞於外,足迹未嘗一至庸貴富人門。鄉人盡聞
先生,然終身有不識先生爲短長瘠肥者。世壽五十有二。配潘氏,生
子二人,長曰安禮,次安禧。女二人,長適王居敬,次適許淵。葬州南
一里先塋之左。葬之日,朋友遠近畢至。余曩來⑨崑山,與友者纔四
三人耳。今余亦老矣,去年一人卒,先生又卒,烏乎,余尚忍銘先生
耶! 銘曰：
　　驥之讁而飯駿之苑,麟之變而豢兕之圈。瑲鳴衝璜,擇地而踐⑩。
吁嗟淵默,孰云其蹇!

【校】

① 持：原本無,據文淵閣四庫全書本增補。

② 日：原本作"曰",據殷奎故淵默先生余公行狀(載强齋集卷四)改。

③ 彦：原本作"産",據殷奎撰故淵默先生余公行狀改。

④ 楬：四部叢刊本作"謁",文淵閣四庫全書本作"揭",殷奎撰故淵默先生余公行狀作"褐"。然查宋史宰輔年表,北宋徽宗時期余姓任吏部尚書者,唯有余深。

⑤ 既：原本作"即既",據文淵閣四庫全書本删。

⑥ 原本"武夷書院"四字之上有一"皇"字,據文淵閣四庫全書本删。

⑦ 生：原本無,據文淵閣四庫全書本增補。

⑧ 步：原本作"歲",據文淵閣四庫全書本改。

⑨ 來：原本作"米",據四部叢刊本、文淵閣四庫全書本改。

⑩ 踐：原本作"淺",據文淵閣四庫全書本改。

【箋注】

〔一〕文撰於元至正十四年(一三五四),其時鐵崖任杭州稅課提舉司副提舉。繫年依據：銘主余日强卒於至正十四年三月二十日(壬午),而本文撰於其"既葬"之後。余日强(一三〇三——一三五四),字彦莊,一作伯莊。原籍福建古田,其父遷居崑山,始爲崑山人。自號淵默,其摯友門生私謚之曰淵默先生。道光崑新兩縣志卷二十八隱逸："余日强,字伯莊……日强少孤,盡力以養母。母歿,日夜涕泣,終其身如初喪。於書無所不讀,尤務精析經史。爲文辯駁宏雅,追古作者。"按：余日强著有尚書補注若干卷。至正七、八年間,鐵崖游寓崑山時與余日强結爲好友。參見殷奎故淵默先生余公行狀。

〔二〕殷奎：鐵崖弟子。參見東維子文集卷二十二木齋志。

〔三〕余楬：殷奎所撰行狀作余褐,疑當作余深。宋史余深傳："余深,福州人。元豐五年進士及第……(政和)七年,拜少宰。宣和元年,爲太宰。進拜少保,封豐國公。再封衛國,加少傅。"又按福建通志卷三十三選舉："羅源縣余深,中元豐五年黃裳榜。"按元史地理志,古田、羅源兩縣皆隸屬於福州路。

〔四〕余與可：日强父。道光崑新兩縣志卷十三冢墓："藍溪先生余與可墓在城南,子淵默先生日强祔。與可自福建古田來崑,嘗爲李氏後。日强既長,始復姓。”按：本文曰余日强“年十四喪父”，知余與可卒於延祐三年（一三一六）。

〔五〕武夷書院：大明一統志卷七十六建寧府：“武夷書院在武夷山。朱熹初建精舍於此，景定中，朝命建書院，設山長。”

尚絅先生墓銘〔一〕

先生諱德嘉，字立禮，姓衛氏。其先渤海人〔二〕，七世祖文中，宋朝散大夫兼侍講，始居錢唐。六世祖上達〔三〕，大中大夫、禮部尚書，又自錢唐徙①華亭。建炎初〔四〕，大中公從叔大中大夫、禮部侍郎膚敏扈蹕南渡〔五〕，亦居華亭。五世祖稑，修職郎、國子博士。高祖端操，朝奉大夫、衛尉少卿。曾祖僑〔六〕，大中大夫、軍器監丞。祖宗武〔七〕，通奉大夫、資政殿大學士。考謙〔八〕，入國初，以世官後授溫州路治中，弗就。妣黃氏，繼張氏。男三，先生其長也。

在豎不好狎弄，就外傅，日誦經籍數千言，下逮諸子百氏，靡不言②究。性孝厚愨誠，晚年以風節自持。失儷二十有八年，不二娶。平居篤於人倫，恬於勢利。弱冠時，左丞郝公嘗辟爲僚使〔九〕，君辭曰：“吾弗能爲奴隸也。”宣慰羅公舉以茂材〔十〕，授潮州路儒學正〔十一〕，君又辭曰：“觸瘴毒以貽親憂，吾弗敢也。”自是不出户庭者三十年，布衣菲食以終其身。每戒其子曰：“汝不躬耒以耕，佃人者及汝藉之食者，宜予之以恩。汝從父縛佃以督逋，予解而去之，逋亦終不負。汝識之。”至正壬辰，盜起，剽州里，解散者十室而九，先生獨守祖考室，曰：“吾舍此將何之？寇至，吾有抱室死先祠下耳！”其孝誠之篤如此。甲子春，疾作，其子謁醫，却之。小差，忽曰：“四月九日之夕，吾當逝矣！”且曰：“汝父平生無以過人，僅不忝所生耳。父書具在，汝讀之，爲君子，毋有失德玷吾世胄，又毋徇世俗作浮屠事，壞吾家法。”言畢而逝。

生至元二十四年丁亥十月十七日，卒至正十四年甲午四月九日，享年六十有八。娶任氏，中憲大夫、浙東道宣慰副使任公仁發女〔十二〕。子男二：長仁近〔十三〕，次復。孫男二，皆幼。以是月二十九日葬佘山之原〔十四〕。距逝之六年,仁近猶衰衰來拜吾淞次舍乞銘。余曩來淞,以友兄先生。先生逝,予繫官③,不及走喪次〔十五〕,業將醵其墓,與一二友私謐先生。先生嘗自號尚絅翁,宜以尚絅易名。又不辭而爲銘,表之墓石曰:

曾子興,若華、元〔十六〕;娶不更,管又④安〔十七〕;卅⑤年不出死不兵。仲統樂志遺世榮〔十八〕,陶子給力恩必矜〔十九〕。嗟嗟兼德集以成,清規若訓貽厥仍,我謐以“絅”夫何疑!

【校】

① 徙:原本作“從”,據四部叢刊本、文淵閣四庫全書本改。

② 言:文淵閣四庫全書本作“研”。

③ 予繫官:原本作“繫官佟”,四部叢刊本作“保官佟”,據文淵閣四庫全書本改。

④ 又:當作“幼”。

⑤ 卅:原本作“世”,據傅增湘校勘記改。

【箋注】

〔一〕文當撰於元至正十九年(一三五九)冬,其時鐵崖歸隱松江不久。繫年依據:文中曰“距(尚絅先生)逝之六年,仁近猶衰衰來拜吾淞次舍乞銘”,而尚絅卒於至正十四年四月,鐵崖歸隱松江,在至正十九年十月。尚絅先生:即衛德嘉。其生平亦可參見明王禕撰衛處士誄詞(載王忠文集卷二十三)。

〔二〕渤海:一爲縣名,隸屬於濟南路濱州;一指國名,靺鞨族人建立,位於今東北地區,爲遼國所滅。未詳衛德嘉先祖出自何處。參見元史地理志。

〔三〕衛上達:字達可。德嘉六世祖,自錢唐徙居華亭。北宋大觀三年(一一〇九)中進士,徽宗賜名仲達。官至吏部尚書,卒。參見至元嘉禾志卷十三人物、嘉慶松江府志卷五十古今人傳二。

〔四〕建炎:南宋高宗年號,公元一一二七至一一三〇年。

〔五〕衛膚敏(一〇八一——一一二九):字商彥。北宋宣和元年(一一一九)以太學上舍生奏名,徽宗親擢爲第三人。扈蹕南渡,亦居華亭。南宋初官至禮部侍郎。建炎三年四月卒。生平詳見宋汪藻尚書禮部侍郎致仕贈大中大夫衛公墓志銘(載浮溪集卷二十五)及宋史本傳。

〔六〕衛僑：德嘉曾祖父。南宋大中大夫、軍器監丞。按：或謂衛僑始遷居華
　　亭。王忠文集卷二十三衛處士誄詞："衛以國氏，其宗蟬聯。華亭之支，由
　　汴來遷。始遷伊誰？自宋建炎。其諱曰僑，實爲王官。"

〔七〕衛宗武：德嘉祖父。南宋通奉大夫、資政殿大學士。嘉慶松江府志卷五
　　十古今人傳二："衛宗武，字淇父。以父蔭官州守。文及翁序其詩文，名秋
　　聲集。"又，王忠文集卷二十三衛處士誄詞："（僑）子曰宗武，繼踵高騫。
　　躋階朝散，分符外藩。"

〔八〕衛謙：字有山，一字山甫，號山齋。德嘉父。布衣終身。參見東維子文集
　　卷七衛子剛詩録序。

〔九〕左丞郝公：即郝天挺。按元史武宗本紀，大德十一年（一三〇七）七月，以
　　江浙行省左丞郝天挺爲中書左丞。郝天挺元史有傳。

〔十〕宣慰羅公：指羅璧。嘉慶松江府志卷五十古今人傳二："羅璧，字仲玉，鎮
　　江人也。至元初，授管軍總管，鎮上海，因家華亭。累功拜鎮國上將軍，廣
　　東道宣慰使都元帥。換正奉大夫、都水監，終於官。贈護軍，謚桓敏。"

〔十一〕潮州路：隸屬於江西行省。今屬廣東。

〔十二〕任仁發：參見東維子文集卷二十隆福寺重修寶塔并復田記。

〔十三〕衛仁近：字子剛。衛德嘉長子。參見東維子文集卷七衛子剛詩録序。

〔十四〕佘山：位於今上海松江。

〔十五〕"先生逝"三句：至正十四年四月衛德嘉病故之時，鐵崖在杭州任稅
　　務官。

〔十六〕"曾子輿"二句：意爲衛德嘉之賢與孝，如同曾參父子。顏氏家訓集解
　　卷一後娶第四："吉甫，賢父也；伯奇，孝子也，以賢父御孝子，合得終於
　　天性。而後妻間之，伯奇遂放。曾參婦死，謂其子曰：'吾不及吉甫，汝
　　不及伯奇。'王駿喪妻，亦謂人曰：'我不及曾參，子不如華、元。'并終身
　　不娶。此等足以爲誡。"注："元與華、曾子之二子也。大戴禮及説苑敬
　　慎篇俱云：'曾子疾病，曾元抱首，曾華抱足。'"

〔十七〕"娶不更"二句：三國志魏書管寧傳："管寧字幼安，北海朱虛人也……
　　初，寧妻先卒，知故勸更娶，寧曰：'每省曾子、王駿之言，意常嘉之。豈
　　自遭之而違本心哉！'"

〔十八〕仲統：指仲長統。後漢書仲長統傳："仲長統字公理，山陽高平人
　　也……統性俶儻，敢直言，不矜小節，默語無常，時人或謂之'狂生'。每
　　州郡命召，輒稱疾不就。常以爲凡游帝王者，欲以立身揚名耳，而名不
　　常存，人生易滅，優游偃仰，可以自娱。"

〔十九〕陶子：指晉人陶侃。晉書陶侃傳："（廬江太守張）夔妻有疾，將迎醫於
　　　數百里。時正寒雪，諸綱紀皆難之，侃獨曰：'資於事父以事君。小君，
　　　猶母也，安有父母之疾而不盡心乎！'乃請行。衆咸服其義……侃戎政
　　　齊肅，凡有虜獲，皆分士卒，身無私焉……使侃統領窮殘之餘，寒者衣
　　　之，饑者食之，比屋相慶，有若挾纊。"

雪溪處士邵公墓志銘〔一〕

　　予嘗客雲間，雲間陸先生嘗稱胥水之南多世家〔二〕，邵、吕、陳、陸
其尤也。先生自其先館邵氏，幾七世，歷凡一百五十年。又云邵氏家
老侍僮亦自高曾曾玄皆世其職業禄養，爲一家之世臣。予求世家於
近代，三葉而不替者尠矣，矧六葉七葉乎！客有持先生狀雪溪公者，
抵予次舍，爲雪溪之婿倪琦也，以墓文爲請，即胥水邵也。予欣豔其
世澤，爲之叙①而銘。

　　公諱彌遠，字子猷，自號雪溪，有譜爲康節公十世孫也〔三〕。高祖
宗穆〔四〕，流避兵火，渡江至華亭，遂家焉。曾大父德隆，大父②思聽，
皆儒業，教子以經術。父天驥〔五〕，以易經中宋待補。國朝崇學選
士，就試，入郡庠，升賽序，弗居。公，待補君冢子③也。通五④經，博
涉群子史。爲文取辭達，不喜雕繪。身服朴素，亦不喜騎乘。絕志
仕宦，有勸之仕者，則曰："仕不在吾，在吾子⑤若孫耳。"嘗戒其孫之
仕曰："古之博學深謀而不遇時者衆矣，今之遇者，大抵尸未腐而名
已滅，若輩其戒哉！"暮年假佛老學洗慮，輕財急施，至飯沙門、賑飢
民無算。民依而聚廬者，無慮百十家。所居四面大渠，悉建⑥石梁。
治園地第宅之東，風日佳時，必移觴豆以燕悦其親。守義塾於先
規⑦，年雖飢⑧，師生廩餼不輒廢也。壯年喪偶，懲閔子之寒〔六〕，弗繼
室，付妾御之慈愛者保育諸幼。預營生域，建精舍，守以浮屠，而尊
吾聖人像設其中。嘗慕漢東平王蒼〔七〕，以爲善最樂，又喜唐張公藝
"忍"字爲家法〔八〕，迺輯經傳言善⑨與忍者，爲百善百忍圖，州里多傳
之爲勸。

　　性不嗜酒。客至，必與飲，飲輒醉，醉輒放歌，客亦無不樂者。喪

明者十年,家事傳于冢子<u>南</u>〔九〕。時燕月會,必至花竹間,其衣冠濟濟然,傳儀亦潦潦然,如常時。

　　至正己亥夏〔十〕,病癰。閱月餘,悉召子若孫,曰:"吾逝矣!"永訣不少亂。或謂公直知寂⑩滅爲樂者,儒而悟理者,獨不然乎? 生<u>宋</u> <u>德祐甲戌</u>〔十一〕,殂⑪今<u>至正己亥</u>七月,享年八十有六。娶<u>馮氏</u>,先卒。男一,<u>南</u>也。庶三:<u>應奎</u>、<u>應参</u>、<u>應元</u>。女三。孫五:<u>焕</u>〔十二〕、<u>炳</u>〔十三〕、<u>燁</u>、<u>經</u>、<u>緟</u>。女孫八。曾孫五:<u>垠</u>、<u>堮</u>、<u>埏</u>、<u>垓</u>,<u>炳</u>子也;<u>麟</u>,<u>焕</u>子也。是年九月六日葬某丘生域。銘曰:

　　言有文,行有馴,蒼、藝之教儆後昆〔十四〕,歷年百五十而家有世臣。引壽及耄,終弗亂神。君子謂善之澤,吉之人。

【校】

① 叙:<u>四部叢刊</u>本作"次"。
② 大父:原本作"父",徑爲增補。
③ 子:原本作"予",據<u>四部叢刊</u>本、<u>文淵閣</u> <u>四庫全書</u>本改。
④ 五:原本作"父",據<u>四部叢刊</u>本改。
⑤ 子:原本無,據<u>文淵閣</u> <u>四庫全書</u>本增補。
⑥ 建:原本作"逮",據<u>四部叢刊</u>本、<u>文淵閣</u> <u>四庫全書</u>本改。
⑦ 規:<u>文淵閣</u> <u>四庫全書</u>本作"軌"。
⑧ 飢:原本作"餘",據<u>文淵閣</u> <u>四庫全書</u>本改。
⑨ 善:原本作"若",據<u>文淵閣</u> <u>四庫全書</u>本改。
⑩ 寂:原本作"宋",據<u>文淵閣</u> <u>四庫全書</u>本改。
⑪ 殂:當作"殁"。

【箋注】

〔一〕文撰於<u>元</u> <u>至正</u>十九年(一三五九)秋,其時<u>鐵崖</u>寓居<u>杭州</u>。繫年依據: 其一,墓主於至正十九年七月謝世,當年九月六日下葬,本文當撰於下葬之前。其二,本文起首曰"予嘗客<u>雲間</u>",可見撰文之時作者不在<u>松江</u>。<u>至正</u>十九年十月初,<u>鐵崖</u>自<u>杭州</u>退隱<u>松江</u>,本文當撰於徙居之前。<u>邵公</u>:<u>邵彌遠</u>(一二七四——一三五九):字子猷,自號<u>雪溪</u>,<u>華亭</u>人。<u>北宋</u> <u>邵雍</u>十世孫。(或謂其父<u>天驥</u>爲<u>康節</u>十世孫。參見後注。)布衣終身。按:<u>乾隆</u> <u>金山縣志</u>卷十三隱逸有<u>邵彌遠</u>小傳,所述不出本文。

〔二〕雲間陸先生：當指陸居仁。陸氏與鐵崖同爲泰定三年鄉貢進士，又共同主持應奎文會。又據本文，陸氏受聘於邵氏任塾師，"幾七世，歷凡一百五十年"，可見陸居仁世代爲儒。參見鐵崖先生集卷二淞泮燕集序。胥水：又稱胥浦、胥涇。參見東維子文集卷十二華亭胥浦義冢記。

〔三〕康節公：北宋邵雍。雍字堯夫，共城（今河南輝縣）人。宋元祐中賜謚康節。宋史有傳。

〔四〕邵宗穆：邵彌遠高祖。南渡後定居華亭，爲華亭邵氏始祖。乾隆金山縣志卷十三人物二隱逸："（邵天驥）五世祖宗穆，號靜山處士，始家胥浦之同安村。"

〔五〕天驥：邵彌遠父。嘉慶松江府志卷五十古今人傳二："邵天驥，字千里，其先洛人，康節先生十世孫也……天驥在宋，嘗以易經中選，入元不仕，以濟人利物爲心。闢義塾教鄉之子弟，割田資之。大德間，西湖書院毀，天驥與子彌遠鼎新之。"按：邵天驥晚號翠岩老人。參見東維子文集卷十七明誠齋記。

〔六〕閔子：指閔子騫。説苑："閔子騫兄弟二人，母死，其父更娶，復有二子。子騫爲其父御車，失轡。父持其手，衣甚單。父則歸呼其後母兒，持其手，衣甚厚溫。即謂其婦曰：'吾所以娶汝，乃爲吾子。今汝欺我，去無留！'子騫前曰：'母在，一子單；母去，四子寒。'其父默然。"（載藝文類聚卷二十。）

〔七〕漢東平王蒼：後漢書東平憲王蒼傳："東平憲王蒼，建武十五年封東平公，十七年進爵爲王。蒼少好經書，雅有智思……日者問東平王處家何等最樂，王言爲善最樂。"

〔八〕張公藝：宋司馬光撰家範卷一："張公藝，鄆州壽張人。九世同居。北齊、隋、唐皆旌表其門。麟德中，高宗封泰山，過壽張，幸其宅，召見公藝，問所以能睦族之道。公藝請紙筆以對，乃書'忍'字百餘以進。其意以爲宗族所以不協，由尊長衣食或有不均，卑幼禮節或有不備，更相責望，遂成乖争。苟能相與忍之，則常睦雍矣。"

〔九〕邵南：字南仲，號浦雲處士。邵彌遠嫡子。家有拱翠堂，貝瓊曾爲撰記。參見貝瓊清江文集卷四拱翠堂記。

〔十〕至正己亥：即至正十九年（一三五九）。

〔十一〕德祐甲戌：即南宋度宗咸淳十年甲戌（一二七四）。

〔十二〕邵焕：字文伯，一作文博。邵天驥曾孫，邵南長子。曾從學於鐵崖。與貝瓊爲友。家有園亭甚美，取名滄洲一曲。貝瓊於元季應邀至其家授學,教其子麟。明初,邵文博闔家被迫遷徙臨濠,歿。參見貝瓊清江文集卷四拱翠堂記、卷二十六滄洲一曲志,東維子文集卷十七明誠齋記、卷十九邵氏享德堂記,鐵崖先生詩集甲集用貝仲琚韻寄邵文伯。

〔十三〕邵炳: 其字或爲武叔。邵焕二弟。松江倪伯玉女婿。鐵崖皆爲撰明誠齋記、種瓜所記。參見東維子文集卷十七明誠齋記、卷十九邵氏享德堂記,鐵崖先生集卷二種瓜所記,元陳高撰不繫舟漁集卷十三倪母墓志銘。

〔十四〕蒼、藝: 指漢人劉蒼、唐人張公藝,參見前注。

故處士倪君墓志銘〔一〕

　　吴興倪處士名驥,字子舉。没且葬已九年,其嗣子璨猶涕泣於其父之執楊維禎〔二〕,曰:“璨不幸蚤孤,居喪無已聞。先子没若干年,又不遑以名顯,而墓道之石又不及求文章家者銘,重璨不孝。惟先子隱德不仕,其事業亡稱於世,而人之知者益鮮,非吾子以其及知書之,何以伸先志,且慰①藉後人耶!”維禎爲文静先生門生也〔三〕,先生處士之父,某父事先生,遂與處士爲弟兄。處士銘何辭?

　　吴興之倪氏,始顯於兵馬監押某公〔四〕,至文静始大。處士自幼喜讀書,有遠志。長與先生自爲師友,研極名理,非世儒所能解。嘗走京師,以其所學干貴人,不合,即遂絶仕宦志。人勸之仕,則曰:“吾賴先廕,免末秔勞苦,得稱處士苔中足矣。”去家之北三里所,爲毗山〔五〕,有園池花竹之勝,先生且治冢舍其中。處士時侍先生游息於此,登山臨水,或坐盤石,竟日無一言。忽有所得,則寫之於琴。琴不足,又寫之於畫。琴最善水雲遠意,無俗師趣數節族。畫亦有求工於人,識者謂與今高吏部争拙法於海岳庵〔六〕。

　　至正元年,處士之生四十九矣,忽謂家人曰:“買臣五十當富貴〔七〕,吾明年五十,當逝矣。”於是預爲棺斂葬埋之具。明年果②得疾,告其父曰:“驥平生一言一行,毋欺暗室,無負於大人矣。惟溘先於大人,不克報罔極,爲終天恨。天實爲之,奈之何哉!”疾亟之日③夕,尚疏喪儀,戒其子:"爾④勿用異教俗樂。"問:"夜何其?""二鼓矣。"曰:"盍秉燭我坐?"令家人勿哭,遂瞑,至正壬午九月六日也。

　　父文静先生淵,母鄭氏九。男四,長璨,次肅,次璋,皆習舉子業。女三,長適關元禄,次許適楊詠,未行,次在幼。孫男一,承孫。是年十一月十七日,葬於烏程縣崑山塁之北。銘曰:

　　四十九,已知非〔八〕,又知死。生可知,處士不仕非不時,五十焉用富貴爲? 長苕之曲山之崑,處士之墓藏於斯,視後不朽吾銘詩。

【校】

① 慰:原本作"尉",據文淵閣四庫全書本改。

② 果:原本作"過",據四部叢刊本、文淵閣四庫全書本改。

③ 日:原本作"曰",據四部叢刊本、文淵閣四庫全書本改。

④ 戒其子爾:原本作"爾其子戒",據文淵閣四庫全書本改。

【箋注】

〔一〕文撰於元至正十年(一三五〇)秋冬之際,其時鐵崖重游吴興。繫年依據:其一,本文撰於墓主卒後九年,而倪驤於至正二年壬午(一三四二)九月謝世。其二,文中曰墓主之子倪璨"涕泣於"鐵崖請銘,當爲鐵崖寓居吴興之時。倪君:倪驤(一二九三——一三四二):同治湖州府志卷八十隱逸傳載倪驤事迹,據本文剪裁而成。

〔二〕倪璨:倪驤長子。參見東維子文集卷十四鈍齋記。

〔三〕文静先生:倪淵。參見東維子文集卷二十四有元文静先生倪公墓碑銘。

〔四〕兵馬監押某公:指倪淵祖父椿年。椿年官至"某路兵馬監押"。參見金華黄先生文集卷三十二承務郎富陽縣尹致仕倪公墓志銘。

〔五〕毗山:位於烏程縣東北九里。參見方輿勝覽卷四安吉州。

〔六〕高吏部:指高克恭,克恭曾任吏部侍郎。參見東維子文集卷二十四有元文静先生倪公墓碑銘。海岳庵:指宋米芾。大明一統志卷十一鎮江府:"海岳庵在府城東,宋米芾過潤,愛其江山之勝,因卜居焉。自書其額曰海岳庵。"

〔七〕買臣:指西漢朱買臣。其言五十當富貴事,參見鐵崖先生古樂府卷二荆釵曲注。

〔八〕四十九已知非：<u>淮南子</u>原道訓：“故<u>蘧伯玉</u>年五十，而知四十九年非。”

元故陳處士墓志銘〔一〕

<u>吳興</u> <u>吳淑巽公</u>〔二〕，嘗以座①主禮事余。過余<u>錢唐</u>次舍，談其徒之好學者<u>陳君善</u>，曰：“吳人師余，數學於②文，獨君爲義理學。”又曰：“<u>陳</u>氏代以貨榷③其鄉，君始典學，鑿鑿乎期輩古之人。<u>端木生</u>不學<u>孔氏</u>④，終貨伎⑤耳〔三〕，此余稱其好學也，敢以見先生。”後余二十年過<u>吳興</u>〔四〕，而君與吳公俱已隔世。無幾，<u>趙伯陽</u>氏將君之子<u>嗣亨</u>來謁銘，因爲之感而銘諸。

君名<u>良能</u>，字<u>善之</u>，其先自<u>陳武皇</u>生<u>湖</u>之<u>長興</u> <u>白石里</u>〔五〕，子孫至今蕃衍爲郡⑥望姓。郡城之南曰<u>六老堂</u>故地，君之考<u>德新</u>號<u>恒齋</u>者，始徙居焉。曾祖<u>世昌</u>，祖<u>日裕</u>，皆奕世有隱⑦行。君自幼機敏⑧，<u>恒齋公</u>意有屬，輒能先事承之，公喜而撫之曰：“大吾門者，必是子也。”長習國字⑨學，干禄于執政者，不合即退，閉門讀書，務求聖賢旨趣，皆思<u>吳公</u>以躬行之要，其言曰：“在正心，心正則上合天理，近當人情。盡此之謂忠，推此之謂恕。”時時誦習其語以自儆。莫年治生，貲業益裕。復拓居之北偏，創宅一區，蒔花竹，設器玩，奉<u>恒齋公</u>以老，壽九裒乃終。君居喪，水漿不入口者三日，喪紀一遵<u>朱氏</u> <u>家禮</u>〔六〕。歲時祀享，極於精誠，親所嗜⑩好，必其⑪薦之；緇黃淫祀，皆屏去不惑。伯兄蚤世，奉丘⑫嫂以禮，事仲兄情好怡如，撫孤侄恩摯如子。交友以信，遇宗族以仁厚，與同閈諸老，月爲鄉飲以相樂。扁所居堂曰<u>庸齋</u>，士友至者，必款留觴詠，久益不倦。

君爲人識高量弘，兼善論裁，不苟同，不詭激。鄉之人受其言、視其行以爲則，惟恐過差聞於君。即有聞，必陳誠⑬勸止。故其卒也，咸思其人而哭之。

生於<u>至元</u>二十六年己丑閏十月二十日，歿於<u>至正</u>十年庚寅八月十八日，得年六十有二。娶<u>施氏</u>。子男一人，<u>嗣亨</u>。孫男二人，惟一習舉子業，惟讓尚幼。是年十二月十五日，葬於<u>烏程縣</u> <u>三碢鄉</u> <u>陳彎子塢</u>先塋之次，用治命也。嗚呼，君孝友儀於家，忠信行於州黨。學不

爲詞章而究名理,行不爲厓異而趨平常,是無愧於名齋且名處士者,
宜得書而銘之。銘曰:

　　學以遵所聞,孝行於厥家(叶)。言確而人允,行果而人趨。禄則
不足慶有餘,我銘其人後不誣。

【校】

① 座:原本作"産",據文淵閣四庫全書本改。

② 於:原本作"子",據文淵閣四庫全書本改。

③ 榷:原本作"確",據四部叢刊本、文淵閣四庫全書本改。

④ 氏:文淵閣四庫全書本作"子"。

⑤ 仗:四部叢刊本、文淵閣四庫全書本皆作"殖"。

⑥ 郡:原作"君",徑改。

⑦ 隱:文淵閣四庫全書本作"德"。

⑧ 敏:文淵閣四庫全書本作"警"。

⑨ 國字:文淵閣四庫全書本作"國子",誤。按元史世祖本紀:"(至元八年)十
　　二月辛卯朔,詔天下興起國字學。"

⑩ 嗜:原本作"耆",據文淵閣四庫全書本改。

⑪ 其:文淵閣四庫全書本作"具"。

⑫ 丘:文淵閣四庫全書本作"伯"。

⑬ 誠:原本作"誡",據文淵閣四庫全書本改。

【箋注】

〔一〕文撰於墓主謝世後不久,即元至正十年(一三五〇)秋冬之間。其時鐵崖
　　自松江來吳興,故地重游,盤桓約兩月。陳處士:陳良能(一二八九——
　　一三五〇),字善之,湖州長興人。同治長興縣志卷三十一下雜識下載良
　　能小傳,實據本文剪裁而成。

〔二〕吳淑巽:或作"叔巽"。曾任泰定三年江浙鄉試考官,故爲鐵崖舉主,參見
　　東維子文集卷十四則齋記。

〔三〕端木生:指孔子弟子端木賜。史記仲尼弟子列傳:"端木賜,衛人,字子
　　貢。少孔子三十一歲。子貢利口巧辭,孔子常黜其辯……子貢好廢舉,與
　　時轉貨賷。"

〔四〕後余二十年過吳興:指至正十年秋冬之間,重游吳興。按:上溯二十年,
　　當指天曆二年(一三二九)鄉試。其時鐵崖任天台縣令,受聘爲鄉試考官,

故吳淑巽赴錢塘薦其門生。參見東維子文集卷二十四故翰林侍講學士金華先生墓志銘。

〔五〕陳武皇：南朝陳高祖武皇帝，名霸先，字興國，小字法生，吳興長城下若里人。都建康，傳世凡五帝。生平詳見陳書高祖本紀。

〔六〕朱氏家禮：朱熹撰。參見東維子文集卷二十五元故用軒先生墓志銘注。

青門處士墓銘〔一〕

予讀漢、唐史，至公孫述、黃巢脅取隱士如李業〔二〕、周朴輩〔三〕，至於餘毒渙①而不免，則慘至鼎鋸。烏乎，隱者之生亂邦，幸而免於役官寺，不幸卒爲人所知，乃致毒其身若此，不亦可哀已哉！

青門處士魏一愚氏，非無仕才，寇杭者亦不知訪其人矣〔四〕，而處士□□②訖於市門，卒漒而弗露。越四三年，以病卒正寢。卒後三月，寇復至，處士之廬與堞舍同燬。方諸述、巢時隱人之不幸，處士何幸哉！是宜録其人書之，不使與齊民同殞也。

處士性醇懿靚③深，恒怕外撓，閉置一身密屋中，如處女然。雖重客至，不得面；周親謁請，或一見即退④。平日危坐，閱所蓄書幾萬卷，然無他制作，味其旨而已。其言行可爲人勸者，疏以示諸子，凡積爲若干帙。處士生某年，死至正十六年正月七日也。男六人，女三人。其孤本仁持其友王謙狀來謁銘，予在杭時識其人，遂爲銘。銘曰：

世之否，無全士。疾以戕，兵以死。吁嗟青門如處子。貌之毀，節之嬡⑤，卒完所歸木以止。（木，棺也。出左傳。）

【校】

① 渙：原本作“海”，據文淵閣四庫全書本改。

② 原本爲墨丁，文淵閣四庫全書本空兩格，小字注“闕”。四部叢刊本無闕文標志。

③ 靚：文淵閣四庫全書本作“静”。

④ 退：四部叢刊本作“送”。

⑤ 嬡：原本作“嫩”，四部叢刊本作“微”，文淵閣四庫全書本作“峙”，據傅增湘

校勘記改。

【箋注】

〔一〕文撰於元至正十六年（一三五六）秋，或稍後，其時鐵崖在睦州。繫年依據：其一，墓主卒於至正十六年正月，文中又述及當年四月杭州兵亂，本文必撰於此後。其二，文中曰"予在杭時識其人"，可知墓主子來請銘時，鐵崖已離開杭州，當爲至正十六年秋赴任建德總管府理官之後。青門處士：魏一愚（？——一三五六），號青門處士，原籍鉅鹿（今屬河北邢臺），其先世徙居錢塘，遂爲杭州人。參見南屏雅集詩卷序（載佚文編）。又，清厲鶚撰東城雜記卷下青門處士，實據本文剪裁而成，末有按語曰："青門，即東青門。"

〔二〕李業：東漢隱士。後漢書獨行列傳："李業字巨游，廣漢梓潼人也。少有志操，介特……及公孫述僭號，素聞業賢，徵之，欲以爲博士。業固疾不起。數年，述羞不致之，乃使大鴻臚尹融持毒酒奉詔命以劫業：若起，則受公侯之位；不起，賜之以藥。"

〔三〕周朴：唐末隱士。新唐書逆臣傳："（黃巢）又求處士周朴，得之，謂曰：'能從我乎？'答曰：'我尚不仕天子，安能從賊？'巢怒斬朴。"

〔四〕寇杭者：指徐壽輝爲首之紅巾軍，至正十二年七月一度攻佔杭州。

蘇先生挽者辭叙[一]

公諱大年，字昌齡，西澗其自號也，世家廣陵。性開爽亢直，有碩學奇材，不受公卿辟舉。丰姿音吐，文辭翰墨，權謀智術①，皆絕出時輩。

至正癸巳兵興[二]，走徐州，上大將策策，天子聞而想見其人，賞②官編修。明年，廣陵陷，涉江隱，隱吳市門。又明年，淮兵渡吳[三]，拜公市門，起諮主（句）。公誓一言救砧鑕萬萬命，定伯休兵，公即冠竹服薜荔③，乞骸骨，恣往還笠澤、松陵間[四]，別號林屋洞主。庚子春，扁舟泛三泖，入鶴城[五]，訪予草玄閣[六]，曰："子閣誦十年，起攫上第如券取物，奈鼠輩方擲僞月骰[七]，死爭得失。子宜蹇且退。"又曰："竟疽疽肉潰腹背潰，吾將與子狂酣俱蹈，賺④光景暴之耳。"癸卯秋[八]，予登天平石壁〔九〕,入城見公大堂。公出妻子□□事,按梨園舊部東,爲予留十日⑤別。明年,詭⑥抱犢山君貽余文二百十言,奇譎甚。律諸古,未知魁紀⑦公者何如耳〔十〕! 定約邀⑧大、小雷、七十二弁〔十一〕,約未赴而公逝。瀕終,自著墓志文,告其子曰:“吾年近七十,無憾。憾者,缺靈武覿〔十二〕、鏌⑨鋣龍山約〔十三〕、喬宜中死誓耳〔十四〕!”烏乎,公夢矣,九京不可作矣。死之後若干日,與公所⑩游成某、陶某、周某,相承祭於淞之干將山杪〔十五〕,各賦挽者辭。予辭曰:

飄飄蘇仙公,浩氣凌八表。游戲濁世來,眼帕⑪古今了。却上食葌臺〔十六〕,下視燕支沼〔十七〕。遺書於⑫世人,翩若鷖鴻矯。雙雷蒼翠開,清約隨空杪。高樓舊時月,照我夢皦皦。見爾林屋天,屋天夜如⑬曉。

【校】

① 術:原本作“所”,據文淵閣四庫全書本改。

② 賞:四部叢刊本作“嘗”。

③ 荔:原本作“力”,據文淵閣四庫全書本改。

④ 貽:文淵閣四庫全書本作“瞪”。

⑤ 日:四部叢刊本作“月”,誤。按:鐵崖於至正二十三年癸卯秋赴姑蘇,當爲短暫游訪。次年二月一日,鐵崖在松江草玄閣書友聞録序。故不可能滯留姑蘇十“月”。

⑥ 詭:文淵閣四庫全書本作“託”。

⑦ 紀:文淵閣四庫全書本作“絶”,誤。

⑧ 邀:四部叢刊本作“邀”,文淵閣四庫全書本作“游”。

⑨ 鏌:原本爲墨丁,據文淵閣四庫全書本補。

⑩ 所:文淵閣四庫全書本作“約”。

⑪ 帕:文淵閣四庫全書本作“底”。

⑫ 於:原本爲墨丁,文淵閣四庫全書本作“警”。據四部叢刊本補。

⑬ 如:文淵閣四庫全書本作“知”。

【箋注】

〔一〕文撰於元至正二十五年(一三六五),即與大年好友數人在松江干山祭奠之時。繫年依據:蘇大年謝世,當在至正二十五年。蘇大年(一二九七?──一三六五），字昌齡，以字行。自號西澗，別號西坡、林屋洞主。世家廣陵（今江蘇揚州）。或曰其年十五游學廣陵，遂定居。元末官翰林編修。亂後避兵居吳。張士誠用爲參謀，稱“蘇學士”。先吳亡而卒。爲文章有氣，工書畫，竹石師東坡，松木師廉宣仲。參見圖繪寶鑒卷五蘇大年傳、列朝詩集甲前集蘇大年傳、乾隆江都縣志卷二十六寓賢傳。按：據本文所述，蘇昌齡卒期比較模糊，然當在至正二十三年癸卯（一三六三）之明年或後年。今按僑吳集附錄蘇大年所撰遂昌先生鄭君墓志銘，此文雖無撰期，然鄭元祐卒於至正二十四年（一三六四）十一月二十九日，蘇大年爲之撰寫墓志銘，不得早於至正二十四年十二月。又，本文曰蘇大年臨終“自著墓志文”，可見蘇大年并非暴卒，其卒日必在至正二十四年以後。又，式古堂書畫匯考卷五十三無名氏雷雨護嬰圖卷附錄有“至正乙巳九月二十日諸生趙郡蘇大年”題跋，此跋雖未必可靠，然結合上述資料可以推斷：蘇大年謝世，在至正二十五年乙巳。又，蘇大年曾自稱“吾年近七十，無憾”，則其生年當在元貞三年（一二九七），或稍後。又，姜亮夫歷代人物年里碑傳綜表謂蘇大年卒於至正二十四年甲辰（一三六四），終年六十九。誤。

〔二〕至正癸巳兵興：指至正十三年癸巳（一三五三）五月，張士誠起義軍攻陷高郵；朱元璋等出濠州，南略定遠。

〔三〕淮兵渡吳：指張士誠起義軍南下佔據蘇、杭一帶。

〔四〕笠澤：太湖別稱。松陵：指松江。松江別名松陵江。

〔五〕鶴城：指松江。松江華亭鶴聞名於世，故名。

〔六〕草玄閣：此實爲鐵崖晚年歸隱松江後所取齋名，并非至正二十三年三月韓大帥所建草玄臺。

〔七〕擲偓月骰：蓋以摸彩投注爲喻，謂當時起事之王，自以爲得帝王之兆。按：“偓月”乃極貴之相。參見戰國策中山、後漢書梁皇后紀。

〔八〕癸卯：指至正二十三年癸卯（一三六三）。

〔九〕天平石壁：借指蘇州城。方輿勝覽卷二平江府：“天平山，在城西二十里，巍然特高，群峰拱揖，郡之鎮也。”

〔十〕魁紀公：唐樊紹述撰。韓愈南陽樊紹述墓志銘：“樊紹述既卒且葬，愈將銘之，從其家求書。得書號魁紀公者三十卷，曰樊子者又三十卷。……紹述無所不學，於辭於聲，天得也。”

〔十一〕大、小雷：參見鐵崖先生古樂府卷九小臨海曲注。七十二弁：參見鐵崖先生古樂府卷四弁峰七十二注。

〔十二〕靈武覲：意爲目睹王朝中興。資治通鑑卷二百十八唐紀三十四："肅宗
　　　即位於靈武城南樓，群臣舞蹈，上流涕歔欷。尊玄宗爲上皇天帝。赦天
　　　下，改元。"

〔十三〕鏌鋣龍山約：蓋蘇大年曾與友人有約，重陽日到松江干山游賞。鏌鋣：
　　　蓋借指松江干將山。龍山約：指重陽游賞，典出孟嘉故事。孟嘉爲桓
　　　溫參軍，九月九日，桓溫設宴龍山聚賞，群僚畢集，孟嘉有"落帽"嘉話。
　　　詳見晉書孟嘉傳。

〔十四〕喬宜中死誓：詳情不得而知。喬宜中當爲蘇大年詩友。元顧瑛輯草堂
　　　雅集卷十三有王鑑喬宜中邀看杏花并再和宜中劉禹疇韻，知喬宜中爲
　　　元季人士。

〔十五〕干將山：即松江干山。參見東維子文集卷五送劉主事如京師序注。

〔十六〕食蕺臺：蓋在紹興蕺山。相傳越王勾踐卧薪嚐膽之時，於此食蕺。參
　　　見陳善學序刊楊鐵崖先生文集卷六虞丘孝子詞注。

〔十七〕燕支沼：燕支山在北邊，本屬匈奴所有，此蓋以"燕支沼"泛指北疆。參
　　　見鐵崖先生古樂府卷九望鄉臺注。

卷八十一　東維子文集卷二十七

與同年索廉使書[一]

古者，天子之於諸侯："入其疆，土地闢，田野治，養老尊賢，俊傑在位，則有慶"；"入其疆，土地荒蕪，遺老失賢，掊尅在位，則有讓[二]"。然天子之耳目，不能遍觀而盡察也，故每一州置一伯焉，以佐天子之耳目而行其慶讓。得一賢伯，而所統諸侯不敢有侵虐之政，政①無侵虐而民無有不得其所者，此古之賢伯係於時者重如是也。

今之守令，古之諸侯職也。今之肅政使，古之州伯職也。守令之在位者，恣掊尅也，賢者失也，老者遺也，土地者不治也，而朝廷不知，肅政者不察；間②有一二自强於職，上③之所當慶者，不得譽於左右，則覆得所讓，是非皂白，偵④亂其真。於是民有訴其冤者，如訴於天，不得已而謁其所欲者，如謁之於鬼神，遂致民氣鬱而不伸。小則乖於一邑，大則乖於天下，長慮君子其不爲之懍懍哉！

伏惟閣下出身，以天子之賜進士；閣下之任官，以天子之寄耳目。士有握扼⑤不得展布者，以爲不得其時與地也。今閣下之任，得其時矣，得其地矣，而不以古賢伯之任爲己任⑥，巡行州郡，入其疆，宜得慶與讓者，不知所慶讓焉；民之鬱，不知所伸焉。則閣下之得其時者，與無時同；閣下之得其地者，與無地等。而閣下之出身，曾亦何優於旁岐雜進之人⑦？閣下之受官，又何優於一州一邑之濫而弗治者哉！

某於閣下雲泥⑧異途，而名則同年也。棄官以來[三]，已無意於時事。而僑居錢唐，當北南之會，人有自南來，談肅政使者之政，歷歷如指掌。聞閣下行部福、興已若干日[四]，而父老之望閣下，未有所聞，覆有所指議。流言者，亦可畏也。恃吾同年故，輒有布於閣下，幸閣下察焉。上有以佐明天子耳目之寄，而下有以塞閩⑨南北行者之言也，不勝幸甚！

【校】

① 政：原本無，據鐵崖文集本增補。

② 間：原本作“問”，據文淵閣四庫全書本改。

③ 上：原本作“土”，據鐵崖文集本改。

④ 愼：鐵崖文集本作“僞”。

⑤ 扺：原本作“抱”，據鐵崖文集本改。

⑥ 爲己任：原本無，據鐵崖文集本增補。

⑦ 人：原本作“入人”，四部叢刊本作“人入”。據鐵崖文集本、文淵閣四庫全書本删。

⑧ 雲泥：鐵崖文集本作“之浮沉”。

⑨ 塞閩：四部叢刊本作“閩塞”。

【箋注】

〔一〕文當撰於元至正三年（一三四三），或稍後，其時鐵崖服喪期滿後寓居錢塘，試圖補官未果，授學爲生。繫年依據：其一，文中鐵崖自稱“棄官以來……僑居錢唐”。其二，索廉使任浙東僉憲，不早於至正三年。索廉使：指浙東僉憲索元岱。索元岱字士巖，大名（今屬河北）人。泰定四年進士。（故鐵崖於本文曰：“某於閣下雲泥異途，而名則同年。”）曾任燕南官，又由翰林編修改任御史臺掾，兼經筵檢討，出爲燕南廉訪司經歷。至正二年遷南臺御史，次年進都事，調浙東僉憲。參見錢大昕元進士考、沈仁國元泰定丁卯進士考（文載元史及民族史研究集刊第十五輯）。又，元釋大訢有詩，題曰索士巖都事赴浙東僉憲以疾不能送行作詩寄別（載蒲室集卷一），蓋指至正初年，索士巖任浙東僉憲，遂“行部福、興”。

〔二〕“入其疆”十一句：語出孟子告子。

〔三〕棄官：實爲因守喪而失官。元順帝至元五年，因父親去世，鐵崖自錢清鹽場司令任上離職，回鄉丁憂，繼而母親去世。服除後，於至正初年攜妻兒“僑居錢唐”，欲補官而不得，遂以授學爲生。

〔四〕福、興：指福州路、興化路。按元史地理志，福州路、興化路皆隸屬於江浙行省。今皆屬福建。興化路治所即今福建莆田市。故下文言“閩南北”。

投秦運使書〔一〕

　　某聞私門塞者公道達，私事息者公事明。公之與私，陰陽水火勢也。伸道之公者，無他，能自屈其私而已矣。

　　伏惟閣下清德茂望,由臺憲表臣當鹽漕之寄于①兩浙〔二〕,臨政以來,事之損益因革,黜陟用②罷,一以公爲道。苞③苴請謁,無所容徑竇,私門塞矣;持三尺平,桀黠吏不得撓佁之,私事息矣。私門私事,一無以奸④吾之公,宜屬之吏效職而弗欺,江之商、海之民皆願出於塗而服役於其土⑤。大課運流,宿垢剗刮,最稱一專⑥,除命遄下,自官漕者來未之或聞也。

　　然而倉塲屬吏厄通課者,前後凡數十百人,豈無是非枉直其中?朝廷遣使廉問,而訖不得其是非之公,何也? 私之不是⑦屈者,公之不伸於天下也。故其抱枉受抑之人,咸願決之於閣下者,以公之道在閣下也。其得脱刑禁,與省部文符而去者,已凡數十人,而枉之大,抑之久,則莫如某也。

　　某以父憂去司令之職〔三〕,而司令之課曾無一二虧欠,而吏持文深者,猶枝蔓其罪,不使其文符而去。使公道不在閣下,則吏者之言或得以移聽;公道而在閣下,則吏持文深之過也。或謂彼數十人之去,勢力使之也。閣下不以勢力屈公道,則或者之言又過也。故某⑧不避僭罪,輒敢自明一言于閣下,惟閣下察之,使枉之大者伸,抑之久者奮,則閣下大道之公,不以某一人而累。不然,或者得以某病公道,閣下其能亡所累耶⑨? 惟閣下以大道之公自任,有以絕文深吏之過,而解或人之疑,且以恕某自明⑩之罪。幸甚幸甚!

【校】

① 鹽漕:四部叢刊本作"監漕",鐵崖文集本作"漕運"。于:四部叢刊本作
　"乎"。

② 用:鐵崖文集本作"行"。

③ 苞:原本作"包",據鐵崖文集本改。

④ 奸:原本作"干",據鐵崖文集本改。

⑤ 服:鐵崖文集本作"復"。土:原本作"上",據鐵崖文集本改。

⑥ 專:鐵崖文集本作"上"。

⑦ 是:原本作"自",據鐵崖文集本改。

⑧ 某:原本作"某其",文淵閣四庫全書本作"某甚"。據鐵崖文集本删。

⑨ 或者得以某病公道閣下其能亡所累耶:鐵崖文集本作"或者不以某病公道,
　閣下亡所某能累也"。

⑩ 明：四部叢刊本作“問”。

【箋注】

〔一〕文當撰於元至正四年（一三四四），或稍後。其時鐵崖欲補官不果，闔家寓
　　居錢塘，授學爲生。繫年依據：本文呈送秦運使，而秦從德於至正四年九
　　月始提調海運，鐵崖投書，當在秦從德上任之後不久。秦運使：秦從德。
　　秦從德，洛陽人。天曆元年（一三二八）任南臺御史。至正四年由南臺治
　　書侍御史遷江浙參政，提調海運。九年，除中書參政，出爲燕南廉訪使。
　　十二年，改任淮南行省左丞。參見元史順帝本紀、至大金陵新志卷六官守
　　志二有關記載。
〔二〕由臺憲表臣當鹽漕之寄：按元史順帝本紀：“（至正四年）九月，以南臺治
　　書侍御史秦從德爲江浙參知政事，提調海運。”鐵崖上書，蓋在此時。
〔三〕以父憂去司令之職：元順帝至元五年（一三三九）七月，鐵崖父親病逝。
　　其時鐵崖在錢清鹽場司令任上，遂即卸職歸鄉守喪。

上樊參政書〔一〕

　　某謹再拜奉書於大參相公先生閣下：某聞士有鼓琴於汾淳〔二〕，
而釣者聽之，曰：“美哉琴意！在山澤而有廊廟之志。”夫聲被于琴，一
枯木之器也，而意之所存，聽者得焉，而況士之意發而成聲、聲發而成
文者乎！萬一遇知己之聽，則其洞見所存者，宜有過於釣者之聽琴
也已。

　　伏惟閣下以中州間氣出爲當代之英，不事舉子學，而爲天下文章
之宗〔三〕。士之相指數於下者曰：“許夫子而後有子姚子、子元子〔四〕，
姚、元之後，而有子樊子而已耳！”士不志於見大人君子則已，如有志
也，其不趨下風而求出門下者，則其自棄者也。

　　某幸蚤識①閣下於任公敬叔之門〔五〕。閣下佐司於中書時〔六〕，敬
叔嘗遣某持書幣，不遠數千里請見閣下，而以病不果行。今閣下在行
垣〔七〕，去某之居不百里也，某嘗僕僕趨下風，而又以閽禁之嚴艱於見
也，則某惟有退處於野，與田叟野老爲伍②耳。然力不任負耒，而又竊
食於吳，教授市中兒，以爲妻子之養。同年之士有舉某於錢唐典市之

官〔八〕,使苟食於市,猶勝於挾策小兒;去家僅一水隔,猶勝於調邊數千里。其相知無逾於同年,而所舉如此,則某之不受知於當世,而切切於知己者之求,蓋可知矣。傳曰:"隱雷自天,而昆蟲已聽;陰雨在漢,而柱礎先覺〔九〕。"幾之先動於物類者如此。某之於閣下,懸隔若相絶,而心動於閣下,見於先覺,則恒目睫之近,故敢不以再進爲瀆,而懷抱所著曰平鳴集者二十卷、古樂府辭者十卷〔十〕,謹上獻於閣下,蓋將託知己於閣下也。閣下倘賜之聽覽,則某之心所存者,將有白焉。其不愈知音於汾淳者之琴,吾不信矣。謹書。

【校】

① 識:四部叢刊本作"職"。
② 伍:原本作"任",據文淵閣四庫全書本改。

【箋注】

〔一〕文撰於元至正十一年(一三五一),其時鐵崖初任杭州四務提舉。繫年依據:其一,據元史卷一百九十五忠義傳,樊執敬于至正十年授江浙參知政事,十二年二月,督海運于平江,是年七月戰死。故知鐵崖上書樊參政,必在至正十年之後,十二年之前。其二,文中曰"同年之士有舉某於錢唐典市之官",可見鐵崖當時已在杭州任四務提舉。又,鐵崖于至正十年十二月離開松江,赴杭州就任,然對杭州四務提舉一職,上任之前就頗致不滿,故投書樊參政訴其冤苦,當在其到杭州上任之後不久。參見芝雲堂分韻得對字(載鐵崖逸編注卷四)。樊參政:樊執敬。樊執敬字時中,濟寧鄆城人。參見鐵崖文集卷二江浙平章三旦八公勳德碑及元史本傳。

〔二〕鼓琴於汾淳:中説禮樂篇:"子游汾亭,坐鼓琴。有舟而釣者過,曰:'美哉!琴意傷而和,怨而静,在山澤而有廊廟之志。非太公之都磻溪,則仲尼之宅泗濱也。'"

〔三〕"伏惟閣下"三句:意爲樊執敬生於中州,乃天生英才,故不學科舉而成文章大家。按元史本傳,樊執敬"由國子生擢授經郎",故鐵崖有此説。又,樊執敬爲濟寧鄆城人,此所謂"中州",蓋泛指中原地區。間氣,指宏大才氣、高尚品格。唐劉長卿撰湖南使還留辭辛大夫:"大才生間氣,盛業極橫流。"

〔四〕許夫子而後有子姚子、子元子:意爲元代中州接連出現許夫子、姚子、元

子等傑出人士。許夫子：許衡，字仲平，懷州河内（今河南焦作）人。子姚
子：姚燧，字端甫，洛陽人。子元子：元明善，字復初，大名清河（今屬河北
邢臺市）人。三人元史皆有傳。

〔五〕任敬叔：籍貫生平皆不詳。

〔六〕按：據元史本傳，樊執敬“由國子生擢授經郎”，“歷官至侍御史，至正七年
擢山南道廉訪使”。故此所謂“佐司於中書”，當在其任侍御史之前，不得
遲於至正初年。

〔七〕今閣下在行垣：指至正十年樊執敬始任江浙行省參知政事。

〔八〕錢唐典市之官：指鐵崖當時所任杭州四務提舉之職。

〔九〕“隱雷”四句：藝文類聚卷七十四巧藝部：“梁任孝恭謝示圍棊啓曰：‘隱雷
自天，崑蟲已聽；浮陰在漢，柱礎先霑。’”

〔十〕平鳴集二十卷：當爲至正初年鐵崖自編文集，然後世不傳。古樂府辭十
卷：即吳復輯評鐵崖先生古樂府十卷。

上實相公書〔一〕

某謹再拜奉書于復齋司憲相公先生閣下：嘗聞士屈於不知己，而
伸於知己者，遇知己而不伸，則亦與不知已①者等耳。有人於此，懷抱
利器，而以世之流言中傷，不得與時之君子者列，必急於求知己。非
急於求知也，急於伸志也。

僕自棄官以終二親之養〔二〕，養既終，而吏部不調者十年。然十年
之中，“服近文章，砥礪廉隅〔三〕”，未嘗敢一日叛吾教也。世之自謂英
傑之士，往往有不遠數千里考德問業於僕者，則僕又以自信決非明世
棄才也。僕所著三史統論〔四〕，禁林已韙余言〔五〕，而司選曹者顧以流言
棄余，謂：“楊公雖名進士，有史才，其人志過矯激，署之筦庫，以勞其
身、忍其性，亦以大其器也。杭四務，天下之都務也，俾提舉其課，而
後除以清華處之未晚也。”僕之不遇如此，屈於不知己者也。士遇不
知己，雖孔、孟②聖且辯，不能白於人，矧又蔽以流言者歟！

伏惟閣下以高等進士賜出身，號虎龍之榜，不二十年，敭歷清要，
爲明天子耳目〔六〕。才賢所在，雖譬必舉，雖草野必訪，矧又辱③知己者
乎！而僕未嘗伸吭鳴一言於閣下，則僕之自棄罪也。僕在吳興時，固

嘗執筆以登載閣下之治績;在錢唐時,又嘗偕歐④陽生以侍筆檣於閣下,則謂之舊知己可也。久必待、遠必致者,儒行之言舉舊者如此。僕離閣下也久,去閣下也遠,閣下在高要,舉舊而不改儒行,信其賢而不信人之流言,則僕之不避瀆而鳴知己於閣下者,不得免也。庸是輒敢有布於閣下,惟閣下賜之覽察焉,則僕之伸於知己者,在閣下而不在他人也決矣!

【校】

① 已:原本無,據四部叢刊本增補。
② 孟:文淵閣四庫全書本作"門"。
③ 辱:四部叢刊本作"屬"。
④ 歐:原本作"歌",據四部叢刊本、文淵閣四庫全書本改。

【箋注】

〔一〕文當撰於元至正十一、十二年之間,其時鐵崖任杭州四務提舉。繫年依據:文中述及"杭四務"、"提舉其課"等等,知其時鐵崖尚在杭州四務提舉任上。而至遲於至正十三年正月,鐵崖已調任杭州稅課提舉司副提舉。參見東維子文集卷二十三兩浙鹽使司同知木八剌沙侯善政碑。寶相公:頗疑即江浙行省左丞黑黑國寶,黑黑國寶與鐵崖友人王逢有交往。按梧溪集卷一,有詩題爲"贈別浙省黑黑左丞國寶自常州移鎮徽州二十韵。時歲癸巳",知至正十三年癸巳前後,黑黑國寶任江浙行省左丞。如若寶相公與黑黑國寶果真爲同一人,當時由監察官擢爲江浙左丞,應付紅巾起事,并非沒有可能。又,或謂黑黑國寶即黑漢,元末於張士誠王府任樞密。元季伏莽志卷六逆黨傳黑漢:"黑漢,恐是黑黑國寶。至正十三年,黑黑自常州移鎮徽州,遷官左丞,王原吉有贈別詩。張氏據吳,或羈留在蘇耳……按鐵崖集載送玉笥生往吳大府之聘兼柬國寶樞相賓卿客省,則黑黑故張氏之樞密矣。"
〔二〕棄官以終二親之養:元順帝至元五年(一三三九)七月,鐵崖父病逝。其時鐵崖任錢清鹽場司令,遂去官還鄉。不久其母亦辭世,故鐵崖相繼丁外、內艱,直至至正元年服喪期滿。
〔三〕"服近文章"二句:禮記儒行:"儒有上不臣天子,下不事諸侯;慎静而尚寬,强毅以與人;博學以知,服近文章,砥礪廉隅。雖分國如錙銖,不臣不仕。其規爲有如此者。"

〔四〕三史統論：即鐵崖至正四年所撰三史正統辯。

〔五〕禁林已颺余言：指當時朝廷高官嶘嶘、歐陽玄等褒獎推薦三史正統辯。據宋濂撰鐵崖墓誌銘：“會有詔修遼、金、宋三史，君作正統辨千言。大司徒歐陽文公玄讀之嘆曰：‘百年後公論定於此矣！’將薦之，又有沮之者。”參見鐵崖先生集卷二歷代史要序。

〔六〕“伏惟閣下”四句：指十幾年以前，寶相公考中進士，如今爲監察官員。據其中“號虎龍之榜”、“不二十年”等語推斷，寶相公乃右榜進士，即蒙古人或色目人，其考中進士，當在天曆或元統年間。又據“復齋司憲相公”、“敭歷清要，爲明天子耳目”等語推斷，至正十一二年間，寶相公所任爲廉訪使或侍御史之類職務。

代宋無逸上省都事書〔一〕

去秋攀餞舜江〔二〕，伏承教誨獎誘，意甚勤懇，若將推而納諸古學者之後。公卿不接晚生久矣，何幸親承其寵！是以感激忖度，至忘寢食，思所以報知己。孔子曰“才難〔三〕”，某始讀此，猶以爲疑，以爲人苟有志，何才不可成？奚難之有？更涉七八載，志雖不變，而其學視之古人，奚翅霄壤之殊，然後知才之成信乎其難也。

蓋某自九歲知讀書，陋邦之中無良師友，誦習數載，雖訓詁莫曉。年十六歲，去學吏。時家祚①益落，先人没六年矣。一日讀言行録〔四〕，至范文正公事〔五〕，悚然如有所發，頗知②古人所以立志，然猶未知所以用力。今年春，游暨陽〔六〕，從鐵崖先生學春秋。方其欲往，親戚謫其迁，鄉里哂其狂③，幸而楊先生遇之如骨肉，不然不能一朝居也。幸粗聞爲學之方，則循序漸進，洪其心而密其功者，爲庶幾也。以故絶去狂④妄躁急之心，歸栖⑤一室，寂寞自若，且⑥五六年而才亦不知其成與否也。自顧蓬蓽之家，累重産薄。生母年近六十，咨嗟太息，以某雖從事於學，而不能略有所補。於是奮不知恥，西見明公。嗚呼，不有知己如明公者，何以成其志哉！

某於明公，其分甚遼絶，一旦拜下風，即謂可教，而待之以禮，其後數進見，恩意彌篤。伏語之曰：“人以貴盛而流於卑污者多矣，生微賤而能卓然自立，未必不至貴盛也。勉之哉！”某立志之迂，雖親戚不見閔,而明公惓惓若是,則世之知己者未有深於明公者也。遇知己者而不求所以自伸,則與自棄者寧有異乎!故復陳其坎坷之狀,達於左右,伏惟終曩日玉成之賜,爲之留意,使上有以寬親之憂,下有以安己之志,得致其材之所進,而無難成之歎,不勝感恩之至。罄意而言,不覺繁委,惟少垂察焉。

【校】

① 祚:原本作“作”,據文淵閣四庫全書本改。
② 知:原本作“如”,據文淵閣四庫全書本改。
③ 狂:原本作“往”,據四部叢刊本改。
④ 狂:原本作“枉”,據四部叢刊本、文淵閣四庫全書本改。
⑤ 歸栖:四部叢刊本作“掃洒”。
⑥ 且:四部叢刊本作“宜”。

【箋注】

〔一〕文當撰於元順帝至元六年(一三四〇)。繫年依據:其一,文中曰“今年春,游暨陽,從鐵崖先生學春秋”,知其時鐵崖寓居家鄉諸暨。而鐵崖於至正元年攜妻兒離家,此後未嘗返鄉,此文必撰於至正元年(一三四一)以前。其二,鐵崖出仕之後,兩度寓居家鄉:一爲至順至元統年間,即其天台縣令遭罷免之後;二爲後至元五年(一三三九)七月至至正元年,即其父母亡故守喪期間。而之所以認定宋禧前往諸暨求學,在鐵崖服喪期間,蓋因後至元年間,伯顏執政,科舉廢除,直至後至元六年十二月才有詔恢復科舉。宋禧於科舉尚未恢復之時求學,故“親戚譏其迂,鄉里哂其狂”。可見所謂“今年春”,當爲後至元六年春。宋禧:字無逸,原名玄禧,號庸庵。餘姚(今屬浙江)人。元至正十年鄉貢進士,補官繁昌教諭,不久棄歸。入明,召修元史,作外國傳。史事竣,又典福建鄉試,不受職歸。有庸庵集十四卷、文章緒論一卷傳世。參見列朝詩集甲前集宋元禧、靜志居詩話卷二。
〔二〕舜江:又名姚江,在餘姚縣南十步許。詳見浙江通志卷十五。
〔三〕才難:語出論語泰伯。
〔四〕言行錄:朱熹纂集,即宋名臣言行錄前集十卷後集十四卷。
〔五〕范文正公:范仲淹。宋名臣言行錄前集卷七范仲淹文正公:“公二歲而孤,母夫人貧,無依,再適長山朱氏。既長,知其世家,感泣去。之南都,入學舍,掃一室,晝夜講誦。其起居飲食人所不堪,而公自刻益苦。"

〔六〕暨陽:鐵崖家鄉浙江諸暨之别稱。十國春秋卷一百十二十國地理表下"諸暨"條下有注:"初改暨陽,天寶元年仍奏改諸暨。"

與吳宗師書〔一〕

僕讀傳,至孔子稱老子通禮樂、明道德,之周,遂師老子。則知先王之禮樂道德在老子者未墜①,而孔子師焉。孔子師老子,則老子道與孔子道弗殊。且老子,固周藏室之史也,又知其學有資於時君,不徒五千言道德之述也〔二〕。後之道家宗老氏,太史公取其言約而易操、事少而功多〔三〕,故西京賢君資之爲南面之術〔四〕,而成清浄寧一之治,其效不誣已。迨效者宗其傳,而欲滅絶禮樂,槌提仁義,曰"虛無可以爲治,吐納可以長生",則吾未知其説也。

我朝抑黜百家,尊上孔氏,而老氏之宗,仍俾其徒申教章以裨治化,故今孔、老氏之學并行而不悖。夫②老氏之傳至後漢,實爲輔漢氏之術,其效③能使上之人恭己垂衣裳而治,下而庶類之繁,幽而百靈之秘,罔不從令而受職以驚動之,古初之所無,而實吾先聖師之所不能有也。宜上人優崇之,呼爲天人之師。法屬國不得私懷劍章,而俾得懷之;王公大臣無不名而拜者,而俾得不名不拜,其恩隆數異,又絶古之所無也。天既昌其子④姓以壽其術,又必昌其徒以衛其道。如今桂堂氏與足下〔五〕,後先出乎其間,蓋不偶然矣。

今天子留志史學,以館閣之才爲未足,遣使草野以聘處士之良。而於足下闊去廉陛,賜之燕坐,訪問至道,以及乎歷代圖史成敗禍福之迹。足下片言,又足以予⑤奪可否,雖一時稱良史才者不能過。比之鼻祖職藏室〔六〕,益又有光矣。傳曰:學老子者絀儒學,儒學亦絀⑥老子。某,儒者徒也,孔子不能不師老子,某其敢絀老子,而以足下之道爲異,而不資求其所至者歟?

某蚤年以試藝上春官,識足下於京師〔七〕。足下還山,而某亦去官,又與足下會於錢唐湖上。然未能獲一議論之交、一文字之往復。近因足下高徒某南歸番陽〔八〕,庸是上淑孔子師老子之原,而知足下之道未嘗余悖者,書之以達掌記,惟足下不以儒學爲絀,而有以先王禮樂道德之未墜者教余,則幸甚!

　　三史統辯若干言,大禹觀銘〔九〕、仁清觀碑二通,隨此録上。不宣。

【校】

① 在老子者未墜:原本漫漶,據四部叢刊本、文淵閣四庫全書本補。

② 悖夫:四部叢刊本作"爐火"。

③ 效:四部叢刊本作"數"。

④ 子:原本殘缺,四部叢刊本作"身"。據文淵閣四庫全書本補。

⑤ 予:原本作"了",據文淵閣四庫全書本改。

⑥ 絀:原本作"拙",據文淵閣四庫全書本改。

【箋注】

〔一〕文當撰於元至正四、五年間。繫年依據:其一,據篇末所述,鐵崖欲將三史正統辨呈送吴全節,而此正統辨撰於至正四年夏秋之間。又據"今天子留志史學,以館閣之才爲未足,遣使草野以聘處士之良"等語推之,朝廷爲修南宋史,當時遣使赴南方民間採書招賢,故應在至正四、五年間。參見東維子文集卷二十四改危素桂先生碑。其二,吴全節卒於至正六年,鐵崖投書當在其生前。吴宗師:吴全節(一二六九——一三四六)。字成季,號閒閒,又號看雲道人,饒州安仁人。年十三,學道於龍虎山。至元二十四年至京師,從玄教大宗師張留孫見世祖。至治元年十二月,張留孫卒,吴全節嗣。次年制授特進、上卿、玄教大宗師、崇文弘道玄德真人,總攝江淮荆襄等處道教,知集賢院道教事。至正六年卒,年七十八。生平事迹詳見元史 釋老傳。按:上述吴全節生卒年歲,據元人傳記資料索引著録。其元史本傳誤作"卒年八十有二"。又,後世有關吴全節生平記載,頗具神話色彩,如兩浙名賢外録卷二玄玄:"吴全節,不知何許人。嘗奉詔訪異人,建紫瓊觀,久居錢塘。以禱祠被眷。薦吴澄進象山録,脱其奴籍……蓋悟道於易者。未幾仙去。"

〔二〕五千言道德:指道德經(即老子)。

〔三〕"言約而易操"二句:史記太史公自序:"(道家)其爲術也,因陰陽之大順,采儒、墨之善,撮名、法之要,與時遷移,應物變化,立俗施事,無所不宜。指約而易操,事少而功多。"

〔四〕西京賢君:指西漢初年之文帝、景帝。

〔五〕桂堂氏：疑指元中葉著名道士桂義方，或其族人兄弟如公武、仲勛、與信等。參見鐵崖撰改危素桂先生碑（載東維子文集卷二十四）。

〔六〕鼻祖職藏室：指老子曾任周守藏室之史。

〔七〕"某畣年"二句：指泰定四年（一三二七），鐵崖赴京師考進士，得以結識吳宗師。

〔八〕番陽：今江西都陽。

〔九〕大禹觀：位於杭州西湖，至正初年鐵崖曾寓居於此。參見鐵崖先生古樂府卷六洪州矮張歌。

鈍之字説〔一〕

雲間郁生，父名之曰鋭，請字於予，予字以鈍之。鋭必鈍，鋭不鈍，養鋭者摧矣。三尺之鋒出削示人，曰："孰敢攖①我？"而敵有折之者，鋒不藏也。鋒鋭而藏於不鋭，其孰能禦吾之鋭哉！故曰"鋭以鈍養"。

老子曰："大辯②若訥，大巧若拙〔二〕。"老子之辨養於訥，天下之辨莫能勝。老子之巧養於拙，天下之巧莫能争。生之鋭養於鈍，則天下之鋭莫能敵矣。庖丁之刀③，十九年所解千牛，而鋒若新發硎者〔三〕。何也？其投刃於虛者，鈍以養其鋭耳。鈍之勉哉！以鋭用鋭，天④下有攖之者；以鈍用鋭，千牛之解者，恢恢乎其有餘地也。鈍之勉哉，毋輕用鋭！

【校】

① 攖：原本作"櫻"，據四部叢刊本、文淵閣四庫全書本改。

② 辯：原本作"辨"，據文淵閣四庫全書本改。

③ 刀：文淵閣四庫全書本作"刃"。

④ 天：原本筆劃殘缺，據文淵閣四庫全書本補。

【箋注】

〔一〕文當撰於元至正九、十年間。其時鐵崖攜家寓居松江，授學璜溪吕氏塾。繫年依據：郁鋭乃松江人，蓋於鐵崖初次寓居松江璜溪時受學。

〔二〕“大辯若訥”二句：語出老子第四十五章。通行本作“大巧若拙，大辯
　　　若訥”。

〔三〕“庖丁之刀”三句：莊子養生主：“庖丁爲文惠君解牛……十九年矣，所解
　　　數千牛矣，而刀刃若新發於硎。”

數説贈吳鍾山〔一〕

　　予讀吳①志〔二〕，觀趙達九宮一算之術，其計飛蝗，推鹿肉，算某年
月日時終②之類，其應如神。公孫滕事之爲師，欲得其術，而謂③此術
父子不相授受也。夫聖賢道學，固有授受，而術者之學④，雖父子不能
相授受也，學不難於聖賢乎！

　　松江吳鍾山，以太⑤一九宮諸算之術鳴江湖間，自謂其學傳之父
竹所君，竹所又⑥傳之其父一峰君。趙達父子不能傳其傳，而⑦鍾山之
傳祖父孫三世，非其天授之性異於庸衆人遠甚能之乎？故公卿士庶
咸知推尊其術，而鍾山亦自閟其術，不輕以語人。余在姑胥時〔三〕，鍾
山持助教宇文氏詩來見〔四〕，予不扣⑧其能，鍾山亦不言也。余游
松〔五〕，鍾山又見余瑛溪之上，乃曰：“先生棄官已十年，數盈十必變，數
豈有往而不復、詘而不信者哉！”截自四十九而往，爲余下箸籌前來
之⑨事：某年曰起某官，某年曰移某所，某年曰當調内，某年曰年未⑩
致事，而先生已在水之南、山之北矣。余爲之莞爾，曰：“日中則移，月
滿則虧，天地之恒數也。進退盈縮，與時變化，君子之用數也。故君
子得時則義行，失時則⑪鵲起。數之一定者在天，而用之隨變者在人，
故君子以理占數，不以數占數⑫也。子⑬徒能际吾以一定之數，其能知
吾⑭用數之道，不爲數禍福窮亨者乎？”鍾山謝曰：“吾能知吾之所知，
特⑮不能知先生之所能也。”請書其説以去⑯。將循海⑰而歸，見予方外
友⑱道原衍禪師〔六〕。禪師静閲萬⑲物之盛衰，而其所傳之道，有不物
物⑳者在，與吾不異也，誠㉑出余言以質之。

【校】

① 吳：原本作“吾”，據楊鐵崖先生文集全録本、文淵閣四庫全書本改。

② 終：原本作“中”，據楊鐵崖先生文集全録本改。參見三國志趙達傳，

③ 謂：原本作“爲”，據楊鐵崖先生文集全録本改。

④ 學：原本作“本”，據楊鐵崖先生文集全録本改。

⑤ 太：原本作“大”，據文淵閣四庫全書本改。

⑥ 又：原本作“有”，據楊鐵崖先生文集全録本改。

⑦ 原本於“而”字下有一“傳”字，據楊鐵崖先生文集全録本删。

⑧ 扣：四部叢刊本作“知”。

⑨ 下箸籌前來之：原本漫漶，據楊鐵崖先生文集全録本、文淵閣四庫全書本補。

⑩ 未：原本作“來”，據楊鐵崖先生文集全録本改。

⑪ 則：原本無，據楊鐵崖先生文集全録本增補。

⑫ 不以數占數：原本無，據楊鐵崖先生文集全録本增補。

⑬ 子：原本作“予”，據楊鐵崖先生文集全録本、文淵閣四庫全書本改。

⑭ 知吾：原本作“之乎”，據楊鐵崖先生文集全録本改。

⑮ 特：原本作“時”，楊鐵崖先生文集全録本作“而”，據文淵閣四庫全書本改。

⑯ 以去：原本無，據楊鐵崖先生文集全録本增補。

⑰ 海：楊鐵崖先生文集全録本作“南海”。

⑱ 友：原本作“有”，據楊鐵崖先生文集全録本改。

⑲ 萬：原本無，據文淵閣四庫全書本增補。

⑳ 物物：原本作“物之”，據楊鐵崖先生文集全録本改。

㉑ 誠：原本無，據楊鐵崖先生文集全録本增補。

【箋注】

〔一〕文當撰於元至正九、十年間。其時鐵崖受聘於松江吕良佐，教授其子弟。繫年依據：據文中“鍾山又見余璜溪之上”、“先生棄官已十年”等語推斷。吴鍾山：正德松江府志卷三十人物七藝術：“吴鍾山，不詳其名。家郡之鍾賈山，遂以自號，人亦因而稱之。善太乙九宮諸算術，自言其學得之父竹所，竹所傳之其父一峰。江湖間推重其術，而鍾山亦自秘，不輕以語人。”皆出鐵崖本文。

〔二〕吴志：三國志吴書趙達傳：“趙達，河南人也。少從漢侍中單甫受學，用思精密。謂東南有王者氣，可以避難，故脱身渡江。治九宮一算之術，究其微旨，是以能應機立成，對問若神，至計飛蝗，射隱伏，無不中效……太史丞公孫滕少師事達，勤苦累年，達許教之者有年數矣，臨當喻語而輒復止。”

〔三〕余在姑胥：指至正七、八年間,鐵崖游寓姑蘇,授學爲生。

〔四〕助教宇文氏：蓋指宇文公諒。宇文公諒字子貞,其先成都人,父挺祖徙吳
　　　興,遂爲吳興人。至順四年進士,曾任國子助教。元史有傳。按：至正初
　　　年,宇文公諒與鐵崖有交往,且參與唱和西湖竹枝詞。參見西湖竹枝集詩
　　　人小傳。

〔五〕游松：實爲受聘而赴松江。至正九年三月,鐵崖應松江吕良佐之邀,至其
　　　璜溪義塾授學,直至次年歲末。

〔六〕道原衍禪師：指釋宗衍。元詩選二集石湖禪師宗衍:"宗衍,字道原,中吳
　　　(今江蘇蘇州)人。善書法,遍讀内外書,而獨長於詩。至正初,住石湖楞
　　　伽寺佳山水處,一時名士多與之游,爲危翰林太僕、先輩覺隱誠公所推許。
　　　嘗以僧省堂選主嘉禾德藏寺,才辯聞望,傾於一時。年四十三而殁,孫西
　　　白金嗣其法。"又據今人楊鐮考證,宗衍生於至大二年(一三一〇),卒於
　　　至正十一年(一三五一)。著有詩集碧山堂集三卷,原本已佚,然詩淵與元
　　　詩選收録其詩共計一百七十首左右,蓋碧山堂集大體得以留存。參見楊
　　　鐮撰元佚詩研究(載文學遺産一九九七年第三期)。又,周清澍撰日本所
　　　藏元人詩文集珍本一文曰:"碧山堂集五卷,釋宗衍(一三〇九——一三五
　　　一)撰,日本應安五年(一三七二)刊本……此書目録後有'吳郡張克明
　　　刊','卷之五終'後一行題'應安五季(疑誤,當爲"年"之異體字)八月初
　　　旬中華大唐俞良甫學士謹置',説明此書在蘇州已有刻本,經中國人帶到
　　　日本翻刻……現國會圖書館和東洋文庫各有一部,唯東洋文庫本前二卷
　　　是抄配本。此書五卷皆詩,往來唱和的元代知名文人甚多。"(載元蒙史
　　　札,内蒙古大學出版社二〇〇一年版。)

命説贈夫容子〔一〕

　　　客有夫容子,過余譚壽富貴人之命,曰:"某不道也,而算逾大
耋①;某不仁也,而貲連鉅萬;某②不學無術也,而官極隆品。吁,德之
不勝乎命也,奈何?"

　　　予莞爾曰:"甚矣,夫容子之不讀書也! 子不讀東③郭先生之議北
宫、西門二子之厚薄歟? 則知命有亡瘉乎德者。西門子之達,非智得
也;北宫子之窮,非愚失也,皆天也。西門以命厚自矜④,北宫以德⑤厚
自愧,皆失固然之理也。先生之言一出,西門不敢言達,北宫退而衣

褐有狐貉之温,食菽有膏粱之腴,蓬廬有廣厦之廳,蓽輅有文軒之飾,終身迫⑥然,不知有榮辱之在人在我也〔二〕。此德勝命説也。夫容子談貴富人命屢矣,未見譚德人之德浮於命者。子⑦游東州,金華有鹿皮子〔三〕,武夷有清碧君〔四〕,會稽有梅梁道人〔五〕,皆竄而有隱德,不願乎人之食肉衣繡⑧,連欐之居,結駟之騎者也。子往見之,試以吾言扣之,其識德命勝不勝之辨已。”

夫容子行,書其説以去。

【校】

① 耋:原本誤作“老至”,據楊鐵崖先生文集全録本改正。

② 某:原本無,據楊鐵崖先生文集全録本補。

③ 東:原本無,據楊鐵崖先生文集全録本補。

④ 矜:原本誤作“務”,據楊鐵崖先生文集全録本改。

⑤ 德:原本作“得”,據楊鐵崖先生文集全録本改。

⑥ 迫:原本作“卣”,據楊鐵崖先生文集全録本改。

⑦ 子:原本作“予”,據楊鐵崖先生文集全録本改。

⑧ 不願乎人之食肉衣繡:楊鐵崖先生文集全録本作“不顧乎人之肉食繡衣”。

【箋注】

〔一〕本文撰期不詳。夫容子:名字籍貫生平皆不詳,蓋爲游學之士,至正初年浪迹江浙一帶。

〔二〕“子不讀東郭先生”十八句:轉述東郭先生論北宮子、西門子之窮達與德命,源出列子。列子力命:“西門子曰:‘北宮子言世族、年貌、言行與予并,而賤貴、貧富與予異。予語之曰:予無以知其實。汝造事而窮,予造事而達,此將厚薄之驗歟?而皆謂與予并,汝之顔厚矣。’東郭先生曰:‘汝之言厚薄不過言才德之差,吾之言厚薄異於是矣。夫北宮子厚於德,薄於命;汝厚於命,薄於德。汝之達,非智得也;北宮子之窮,非愚失也。皆天也,非人也。而汝以命厚自矜,北宮子以德厚自愧。皆不識夫固然之理矣。’”

〔三〕鹿皮子:指陳樵。參見東維子文集卷六鹿皮子文集序注。

〔四〕清碧君:指杜本。參見東維子文集卷十四生春堂記注。

〔五〕梅梁道人:不詳。疑指王冕,王冕有素梅詩曰:“濕雲挾得梅梁起,半夜飛空作怒雷。”(載全明詩第一册竹齋集卷四素梅之十五。)按:王冕爲諸暨人,元季隱逸不仕,鐵崖與之有交往。參見鐵崖先生詩集庚集題王元章畫梅。

拆字説贈陳①相心〔一〕

拆字之術,原出於蒼頡〔二〕,而説得於子華子〔三〕。頡之制字,象形諧聲,各有其義。子華子於制字之破,嘗推其説,曰:"韋革雖柔,擴之則裂;礦石雖堅,攻之則碎。以此知物之剛柔雖不同,而同於一也盡〔四〕。"使字之寓意義一一若是,揚雄、許慎之説〔五〕,不亦闇也②哉!

永嘉相心生以拆字術鳴於公卿間,其推原禍福,考索成敗,亦既驗矣。生亦能以子華子之所推者推③之乎?子華子曰:"無數無有,隆庳無形,無有成虧〔六〕。"生能泯其數形,勿使庳有隆之因、成有虧之漸,吾且許子得道於頡之初,而游於河未圖、洛未書之天已〔七〕。字之制,拆何有哉!

【校】

① 陳:楊鐵崖先生文集全録本無。

② 也:原本無,據楊鐵崖先生文集全録本增補。

③ 推者推:原本作"推",據楊鐵崖先生文集全録本補。

【箋注】

〔一〕文撰期不詳。陳相心:相心蓋其別號,永嘉(今屬浙江溫州)人。名字生平不詳。按:乾隆溫州府志卷二十方技傳載陳相心事迹,實源自本文。

〔二〕蒼頡:相傳爲黄帝大臣,首創文字。

〔三〕子華子:相傳爲先秦人,作有子華子,原書亡佚,後世傳本爲宋人著作。四庫全書總目子華子二卷:"舊本題晉人程本撰。按程本之名見於家語,子華子之名見於列子,本非一人。吕氏春秋引子華子者凡三見,高誘以爲古體道人。是秦以前原有子華子書,然漢志已不著録,則劉向時書亡矣。此本自宋南渡後始刊板於會稽晁公武,以其多用字説,指爲元豐後舉子所作。"

〔四〕"韋革雖柔"六句:子華子卷下執中:"是以韋革雖柔,擴之則裂;礦石雖堅,攻之則碎,剛柔重輕、大小長短雖不同也,同於一盡。故古之制字,字爲之破而文亦如之。"

〔五〕揚雄、許慎之説:指二人有關語言文字之學説。揚雄,西漢末年人士,撰有方言,又稱輶軒使者絕代語釋別國方言。按:或疑方言今傳本并非揚雄原本,詳見四庫全書總目。許慎:東漢人,著有説文解字。

〔六〕"無數無有"三句:子華子卷下執中:"大道無形無數,無名無體。以無體故無有生死,以無名故無有有無,以無數故無有隆痹,以無形故無有成虧。"

〔七〕河未圖、洛未書:意爲河圖、洛書出現之前。

神鑒説贈薛生〔一〕

嘉禾相者薛氏生,以"神鑒"自命,裝潢名公卿所贈鑒卷,訪余雲間次舍,自乞一言。

余莞①然笑曰:"生知夫人②鑒乎! 物之善鑒③,若鏡,若珠,若髹,若靈石,若止水,若白日明月④。而鑑之神,非至人則莫能洞物之微⑤。其鑑之神者,大無外,小無内,前無古,後無今,遁訖⑥莫之遁,而⑦庚訖莫之庚,此人⑧之鑒之至也。君子談神鑒者,曰叔⑨向氏之於伯有也〔二〕,子輿氏之於盆括⑩也〔三〕,郭泰氏之於史淑賓〔四〕、許劭氏之於曹阿瞞也〔五〕。又高而神之,圖澂之鑒河黿⑪也〔六〕,辛有之鑒被髮也〔七〕,延陵子之⑫鑑國〔八〕,姬公旦之鑑世也已〔九〕,至乙鑑愚⑬,愈推而愈神,若是者,斯可與語神鑑也已。嘻,是豈許負氏之細伎乎〔十〕! 生之神鑒,其亦識是乎!"

生逡巡拜手於額,曰:"牛馬走於賢聖之鑒乎,吾知願學⑭焉。庶先生大人之大余鑑,不啻許負氏之細伎也。請書卷首,爲薛氏月鑑志。"會稽鐵崖道人⑮。

【校】

① 莞:原本作"筦",楊鐵崖先生文集全録本作"局",據文淵閣四庫全書本改。

② 知夫人:楊鐵崖先生文集全録本作"則夫神"。

③ 鑒:原本作"監",據楊鐵崖先生文集全録本、文淵閣四庫全書本改。

④ 白日明月：原本作“白日月”，楊鐵崖先生文集全録本作“白月”，據文淵閣四庫全書本增補。

⑤ 此句原本作“至人之莫能洞物之徵”，據楊鐵崖先生文集全録本增一“非”字、改“徵”爲“微”；又據文淵閣四庫全書本改“之”爲“則”。

⑥ 訖：原本作“説”，據楊鐵崖先生文集全録本改。下同。

⑦ 而：原本無，據楊鐵崖先生文集全録本增補。

⑧ 人：楊鐵崖先生文集全録本作“神”。

⑨ 叔：原本作“升”，據楊鐵崖先生文集全録本、文淵閣四庫全書本改。

⑩ 括：文淵閣四庫全書本作“城”。

⑪ 河黿：原本作“可龜”，據楊鐵崖先生文集全録本、文淵閣四庫全書本改。

⑫ 之：原本無，據楊鐵崖先生文集全録本增補。

⑬ 至乙鑑愚：文淵閣四庫全書本作“經乙鑑愚”，楊鐵崖先生文集全録本作“賢聖之鑒”。

⑭ 學：原本作“字”，據文淵閣四庫全書本改。

⑮ 會稽鐵崖道人：原本無，據楊鐵崖先生文集全録本增補。

【箋注】

〔一〕文當撰於元至正九、十年間，其時鐵崖在松江吕良佐私塾授學。繫年依據：其一，此神鑒説爲薛生（即薛月鑑）撰，而在此之前，鐵崖與月鑑父薛見心有交往，曾於吴興贈予詩歌。參見鐵崖先生古樂府卷六秀州相士歌。其二，本文曰“訪余雲間次舍”，知其時鐵崖寓居松江。薛氏：薛月鑑，嘉興人，其父如鑑，其子鑑心、白雲、秋蟾等，皆以相術謀生。參見鐵崖先生古樂府卷六秀州相士歌、鐵崖先生詩集辛集贈相士薛如鑑。

〔二〕叔向：春秋時晉大夫羊舌肸。伯有：名良霄，鄭卿。春秋左傳正義卷三十八：“文子告叔向曰：‘伯有將爲戮矣。詩以言志，志誣其上，而公怨之，以爲賓榮，其能久乎？幸而後亡。’叔向曰：‘然，已侈。所謂不及五稔者，夫子之謂矣。’”注：“稔，年也。爲三十年鄭殺良霄傳。”

〔三〕子輿氏：指孟子，孟子字子輿。盆括：孟子弟子盆成括。孟子盡心下：“盆成括仕於齊。孟子曰：‘死矣，盆成括！’盆成括見殺，門人問曰：‘夫子何以知其將見殺？’曰：‘其爲人也小有才，未聞君子之大道也，則足以殺其軀而已矣。’”

〔四〕郭泰：或作郭太，字林宗。後漢書郭太傳：“其獎拔士人，皆如所鑒……史叔賓者，陳留人也。少有盛名。林宗見而告人曰：‘牆高基下，雖得必失。’

後果以論議阿枉敗名云。”

〔五〕“許劭”句：曹阿瞞，指曹操。曹操小字阿瞞。後漢書許劭傳：“曹操微時，常卑辭厚禮求爲己目。劭鄙其人而不肯對，操乃伺隙脅劭，劭不得已，曰：‘君清平之奸賊，亂世之英雄。’操大悦而去。”

〔六〕圖澄：晉書佛圖澄傳：“佛圖澄，天竺人也。本姓帛氏。少學道，妙通玄術……黄河中舊不生黿，時有得者，以獻季龍。澄見而歎之曰：‘桓温入河，其不久乎！’温字元子，後果如其言也。”

〔七〕辛有：周大夫。左傳僖公二十二年：“初，平王之東遷也，辛有適伊川，見被髮而祭于野者，曰：‘不及百年，此其戎乎！其禮先亡矣。’”

〔八〕延陵子：指延陵季子，即吳國季札。史記衛康叔世家：“吳延陵季子使過衛，見蘧伯玉、史鰌，曰：‘衛多君子，其國無故。’過宿，孫林父爲擊磬，曰：‘不樂，音大悲，使衛亂乃此矣。’”又，同書晉世家：“吳延陵季子來使，與趙文子、韓宣子、魏獻子語，曰：‘晉國之政，卒歸此三家矣。’”又，同書鄭世家：“吳使延陵季子於鄭，見子産如舊交，謂子産曰：‘鄭之執政者侈，難將至，政將及子。子爲政，必以禮；不然，鄭將敗。’”

〔九〕姬公旦：即周公旦，周武王弟。史記魯周公世家：“魯公伯禽之初受封之魯，三年而後報政周公。周公曰：‘何遲也？’伯禽曰：‘變其俗，革其禮，喪三年然後除之，故遲。’太公亦封於齊，五月而報政周公。周公曰：‘何疾也？’曰：‘吾簡其君臣禮，從其俗爲也。’及後聞伯禽報政遲，乃歎曰：‘嗚呼，魯後世其北面事齊矣！夫政不簡不易，民不有近；平易近民，民必歸之。’”

〔十〕許負：漢初精通相術之老婦。漢書周亞夫傳：“亞夫爲河内守時，許負相之。”應劭曰：“許負，河内温人。老嫗也。”

説相贈王生〔一〕

予史鈇之言曰〔二〕：“敗天下之士而亂天下之事者，相者之言也。”相韓信者曰①：“當背而後貴〔三〕。”啟信之叛者，相也。相鄧通者曰：“當貧而餓死〔四〕。”激②帝之富通者，相也。相英布者曰：“當黥而後王〔五〕。”縱布之爲過坐法者，相也。相章昭達者曰：“貌虧而後貴〔六〕。”縱章之毁辱③遺體者，相也。劉惔相桓元子，曰：“孫④仲謀、晉宣王之流亞也〔七〕。”啟温之懷異而亡軀者，非惔之言歟？來和相晉王廣，曰：

"眉上骨隆,貴不可言也〔八〕。"啟隋文之廢嫡而喪國者,非和之言歟?
故曰:"敗天下之士、亂天下之事者,相者之言也。"

　　客有術唐、許之術者〔九〕,曰王生①松溪⑤,來訪余睦州,談其術於廣
坐中。曰某人下吏也,術經業可封侯;某人達官也,不改往行,當蹭
位⑥;某人存心孝恭,當享遐算;某人夙有隱德,當及上第。予義⑦之
曰:"善哉,生之言相也,異乎吾史鉞之所陳者乎! 吾聞嚴君平之卜
也,其語於人以忠孝,得曾子之教〔十〕。若生之語相於人,不得曾子之
教者乎!"

　　生別余上京師,求一言叙行卷,故引余史鉞而復有取於生之言
者,書以爲贈。

【校】

① 曰:原本無,據楊鐵崖先生文集全録本增補。下同。

② 激:原本作"繳",據楊鐵崖先生文集全録本、文淵閣四庫全書本改。

③ 辱:原本作"厚",文淵閣四庫全書本作"傷",據楊鐵崖先生文集全録本改。

④ 孫:原本作"子",據楊鐵崖先生文集全録本改。

⑤ 王生松溪:楊鐵崖先生文集全録本作"王生住淞溪"。

⑥ "某人達官也不改往行當蹭位"凡十二字:原本無,據楊鐵崖先生文集全録
　本補。

⑦ 義:楊鐵崖先生文集全録本作"異"。

【箋注】

〔一〕文撰於元至正十六、十七年間,其時鐵崖任建德路總管府理官,寓居睦州。
　　繫年依據:文中曰王生來訪於睦州,必爲鐵崖任建德路總管府理官期間。
　　王生:號松溪,生平不詳。

〔二〕史鉞:又稱歷代史鉞(據宋濂撰鐵崖墓志),乃鐵崖所撰史評著作。已
　　失傳。

〔三〕"相韓信者"二句:漢書蒯通傳:"蒯通知天下權在(韓)信,欲説信令背漢。
　　乃先微感信曰:'僕嘗受相人之術,相君之面,不過封侯,又危而不安;相君
　　之背,貴而不可言。'"

〔四〕"相鄧通"二句:廣弘明集卷十二:"漢文帝以夢而寵鄧通。相者占通貧而
　　餓死,帝曰:'能富在我,何謂貧乎?'與之銅山,專任冶鑄。"

〔五〕“相英布”二句：漢書英布傳：“黥布，六人也，姓英氏。少時客相之：‘當刑
而王。’及壯，坐法黥，布欣然笑曰：‘人相我當刑而王，幾是乎？’”

〔六〕“相章昭達”二句：陳書章昭達傳：“章昭達字伯通，吳興武康人也……少
時嘗遇相者，謂昭達曰：‘卿容貌甚善，須小虧損，則當富貴。’……及侯景
之亂，昭達率募鄉人援臺城，爲流矢所中，眇其一目。相者見之，曰：‘卿相
善矣，不久當貴。’”

〔七〕“劉惔”二句：桓元子，即桓溫。晉書桓溫傳：“桓溫字元子，宣城太守彝之
子也……溫豪爽有風概，姿貌甚偉，面有七星。少與沛國劉惔善，惔嘗稱
之曰：‘溫眼如紫石棱，鬚作蝟毛磔，孫仲謀、晉宣王之流亞也。’”孫仲謀，
東吳孫權。晉宣王，即司馬懿。

〔八〕“來和”三句：隋書煬帝本紀：“開皇元年，立爲晉王……高祖密令善相者
來和遍視諸子，和曰：‘晉王眉上雙骨隆起，貴不可言。’”按：晉王，即隋煬
帝楊廣，文帝楊堅次子。

〔九〕唐、許之術：指唐舉、許負之相術。唐舉，戰國梁人，精通相術，蔡澤師之。
參見史記蔡澤列傳。許負，漢初老婦，以精於相術聞名。漢高祖封爲鳴雌
亭侯。參見史記周亞夫傳注。

〔十〕“吾聞嚴君平”三句：意爲嚴遵卜卦相命，常教人以曾子（即曾參）之忠孝。
華陽國志卷十上蜀郡士女：“嚴遵字君平，成都人也。雅性澹泊，學業加
妙。專精大易，耽於老、莊。常卜筮於市，假蓍龜以教：與人子卜，教以孝；
與人弟卜，教以悌；與人臣卜，教以忠。於是風移俗易，上下慈和。”

仁醫贈劉生①〔一〕

仁人不得爲良相，願爲良醫，則伎之仁而善濟世者，莫如醫已。
及讀扁鵲倉公傳〔二〕，則又②怪其方術之仁，而鵲不能令終；倉匿迹當
刑，微③少女幾不免焉。何也？史謂“美好者，不祥之器〔三〕”，予觀鵲
秘所傳方，時昭名譽於諸侯，此取媚得死之道。倉挾鵲秘書，決人生④
死，不爲人療病，使病家寃之，此又取怨得刑之道，何尤於器不祥耶！
倉之師，陽慶、公孫光也〔四〕。慶亦不⑤屑理人病，光屬倉積方，勿令教
人。嘻，師弟子一何不仁之甚耶！
河間醫師劉本仁〔五〕，壯負遠志，北上京師，不得志，輒放游名山

川⑥。至廬皁，遇至人，授以肘後書〔六〕，洞究醫家微奧⑦，遂以其伎翺翔
吳中。吾嘉⑧喜其視人病疾若己有之，施藥不以貴賤富貧二厥志。
蓋⑨其蓄奇秘，不異於扁、倉，而施方伎，職理病，實上於扁、倉者。若
本仁者，可稱仁醫已乎⑩。仁醫如⑪本仁而謂之器不祥，可乎？若至
人⑫者授鵲之秘，又孰愈授秘本仁乎？蓋本仁儒家子，臨江教授之孫，
宜其得術之仁⑬，而又能廣仁之施如此。

　　本仁字起元，既自號其藥室曰仁⑭，而求言於余，故爲作仁醫
贈云。

【校】

① 楊鐵崖先生文集全録本題作仁醫贈。
② 又：原本無，據楊鐵崖先生文集全録本增補。
③ 微：原本作“惟”，據楊鐵崖先生文集全録本、文淵閣四庫全書本改。
④ 生：原本無，據楊鐵崖先生文集全録本增補。
⑤ 不：原本無，據楊鐵崖先生文集全録本、文淵閣四庫全書本增補。
⑥ 川：原本無，據楊鐵崖先生文集全録本增補。
⑦ 微奧：原本作“微”，楊鐵崖先生文集全録本作“之微”，據文淵閣四庫全書
　　本補。
⑧ 嘉：原本無，據楊鐵崖先生文集全録本增補。
⑨ 蓋：原本無，據楊鐵崖先生文集全録本增補。
⑩ 已乎：原本無，據楊鐵崖先生文集全録本增補。
⑪ 仁醫如：原本作“知”，據楊鐵崖先生文集全録本改補。
⑫ 人：原本作“仁”，據楊鐵崖先生文集全録本改。
⑬ 術之仁：原本作“實之仁”，文淵閣四庫全書本作“仁之實”，據楊鐵崖先生文
　　集全録本改。
⑭ 曰仁：四部叢刊本作“同仁”。

【箋注】

〔一〕文撰期不詳。劉生：劉本仁，生平僅見本文。
〔二〕扁鵲倉公傳：載司馬遷史記。扁鵲：即秦越人，春秋戰國間名醫。因醫術
　　　高妙，時人喻以傳說中上古神醫扁鵲，其真實姓名漸隱。後遭秦太醫妒
　　　忌，被刺殺。倉公：即淳于意，西漢初年名醫。曾任齊太倉令，人稱倉公。

後獲罪，其女緹縈上書文帝，欲代父受刑，遂赦免。

〔三〕“美好者”二句：史記引老子語。史記扁鵲倉公列傳：“太史公曰：女無美惡，居宮見妬；士無賢不肖，入朝見疑。故扁鵲以其伎見殃，倉公乃匿迹自隱而當刑，緹縈通尺牘，父得以後寧。故老子曰：‘美好者，不祥之器。’豈謂扁鵲等邪？若倉公者，可謂近之矣。”

〔四〕陽慶、公孫光：其生平事迹，詳見史記扁鵲倉公列傳、宋張杲撰醫説卷一公孫光傳。

〔五〕河間：縣名，隸屬於中書省河間路。今河北河間市。

〔六〕肘後書：晉葛洪撰有肘後備急方八卷，此所謂肘後書，當屬同類醫藥書籍。

馭將論〔一〕

將，國之爪牙也。馭之善，則得其利；不善，亦足以致吾害。蓋驍武勇鷙、鷹搏而虎噬者，其素所蓄積也，又況有挾功而驕、恃恩而放者乎！故臨時馭之以智術而不勝者，不若平日束之以威令之愈也。蓋嘗觀漢高祖以術御韓、彭者〔二〕，不幸不勝則殆矣。當時如韓王信、陳豨、盧綰者〔三〕，皆號恩昵親黨，亦遠起而爲亂，高祖倉遑奔驅而僅勝之。吁，一有不及，天下非漢事矣。然則漢之有國，不幾幸乎！及觀周世宗之馭下也〔四〕，而後知高祖之勞於智術，不如世宗之逸於威令也。世至五季，將之驕惰者甚矣，梁、唐、晉、漢，大率以是喪主威而至於亡也。世宗崛起，獨秉威令於下陵上替之後，何徽①、樊愛能不用命〔五〕，兩人一誅而後，世宗枕②於不臣之將王景〔六〕、韓通輩〔七〕，收其爪牙之力，如獵者之役鷹犬耳，其去高祖以術御將，幸而勝、不幸而幾敗者，不亦優乎！

今③淮吳府之僚將也〔八〕，皆一時昆弟交也，蓋有親昵恩黨過於漢者。大抵以權利相合，則亦以權利相睽，慎於利害之際，不能無疑，則隙之所開④矣。馭之稍失其道，則有怏怏⑤恥於北面者，不可不慮也。慮而後結之以恩，恩之不勝⑥；籠之以智，智不勝，則將若之何？吾爲此懼。嗚呼，高祖之術、世宗之法，惟善御將者審其勢之利鈍而爲之所也，故作⑦馭將論。

【校】

① 徽：原本脱，據資治通鑑後周紀補。參見注釋。

② 枕：文淵閣四庫全書本作"猶"。

③ 今：原本作"令"，據文淵閣四庫全書本改。

④ 開：原本作"失"，據文淵閣四庫全書本改。

⑤ 怏怏：原本作"快快"，據文淵閣四庫全書本改。

⑥ 恩：原本爲墨丁，據文淵閣四庫全書本補。勝：原本作"朦"，據文淵閣四庫
全書本改。

⑦ 作：原本作"將"，據四部叢刊本、文淵閣四庫全書本改。

【箋注】

〔一〕此馭將論及以下人心論、總制論、求才論、守城論凡五篇，乃鐵崖獻言張士
誠而作，撰於元至正十九年（一三五九）七、八月間。繫年依據：其一，貝
瓊撰鐵崖先生傳："（至正）十八年，太尉張士誠知其名，欲見之，不往。繼
遣其弟來求言，因獻五論及復書，斥其所用之人。"（載清江貝先生文集卷
二。）貝瓊所謂"五論"，即本文及以下四論。可見鐵崖獻五論予張士誠，
不早於至正十八年。其二，至正十九年春，鐵崖自富春山中徙居杭州，此
後與張士誠屬官交往漸多，并曾任至正十九年夏季江浙行省鄉試考官。
當時張士誠弟士信乃杭州最高長官，張士誠遣士信求言，當在此時。且此
時鐵崖對張士誠及其屬下頗有好感，獻此五論，冀幸張王强盛，亦在情理
之中。其三，守城論所言，針對張士信修築杭州城牆之舉，而杭州城牆始
建於至正十九年七月；總制論言及金華失守，金華被朱元璋軍攻克，在至
正十八年歲末。其餘三論，蓋亦撰於同時。

〔二〕漢高祖以術御韓、彭：詳見史記高祖本紀、淮陰侯列傳、彭越列傳。漢高
祖，劉邦。韓、彭，指漢初大將韓信、彭越。

〔三〕韓王信：與淮陰侯韓信同名同姓，且同時代。劉邦封爲韓王、後投靠匈
奴。盧綰：與劉邦同鄉且同齡，隨劉邦起事，漢初封爲燕王。繼陳豨之後
反叛。陳豨：劉邦部將，漢初封爲列侯。因賓客衆多遭劉邦懷疑而叛，自
立爲代王。兵敗被殺。此三人傳記，史記置於一卷。

〔四〕周世宗：柴榮，後周皇帝。公元九五五至九五九年在位。

〔五〕"世宗"三句：資治通鑑卷二百九十一後周紀二："帝欲誅樊愛能等以肅軍
政，猶豫未决。己亥，晝卧行宮帳中，張永德侍側，帝以其事訪之。對曰：

‘愛能等素無大功,忝冒節鉞,望敵先逃,死未塞責。且陛下方欲削平四海,苟軍法不立,雖有熊羆之士、百萬之眾,安得而用之?’帝擲枕於地,大呼稱善。即收愛能、(何)徽及所部軍使以上七十餘人……悉斬之。”

〔六〕王景:宋史有傳。

〔七〕韓通:傳見宋史卷四百八十四周三臣。

〔八〕淮吳府:指張士誠之王府。張士誠之淮南行省始建於至正十七年秋,即張士誠受元廷招安之初,省治在平江(今江蘇蘇州)。

人心論

夫人心者,天命①之所繫,國脉之所關也。

劉文叔之中興也〔一〕,民見者曰:“不圖今日復見漢官威儀!”此人心之思漢,而文叔收之以中興也。郭子儀、李光弼之匡難也〔二〕,民見者曰:“不圖今日復見官軍!”此人心之思唐,而李、郭收之以匡難也。故曰:人心者,天命之所繫、國脉之所關。

收人心者,要常②使之如父兄子弟之親。親出於天情之固結,而不可一日離而去也。人心一歸,天下事無不可爲;人心一去,天下之事解體矣。載論三蜀之人心在於關〔三〕,江漢之人心在於城。一關失則三蜀皆無以自存,一城破則江漢③無以自守。此無他,人心所固者,在關與城也。二廣之人心在於嶺〔四〕,兩浙之人心在於江〔五〕,一夫越嶺,則二廣之民皆憂惶而不可禁;一舟渡江,則江左之民皆潰發而不可支。此無他,人心之所固者,在嶺與江也。善用兵者,必先有以收天下之人心,又有以固天下之要害。天下之要害固,天下之人心固矣。

今日之人心,閣下所知也。其收之固之之術,閣下所行也。然有離而去者,何也? 官軍所之,先以“花猫”“金鎗”之黨蕩覆我民舍〔六〕,離析④我人心,使之荷擔⑤以待,襁負而去。吾之屋廬皆爲彼之營砦,吾之牛羊皆爲彼之膾炙,妻妾子女皆爲彼之奴婢,金寶財物皆爲彼之裹囊。城郭之民養卒如養虎,田野之民避軍如避寇,今日人心離、離而去者以此,尚能爲閣下守要害乎? 閣下以誅討賊虜、恢復王土、尊

獎王室爲己任〔七〕,則請以收人心、固人心爲第一義也。吾故斷之曰:
"人心者,天命之所繫,國脈之所關也。"作人心論。

【校】

① 天命:原本作"天地命",據文淵閣四庫全書本及下文删。
② 常:文淵閣四庫全書本作"當"。
③ 江漢:原本作"江淮",據四部叢刊本改。
④ 析:原本作"枅",據文淵閣四庫全書本改。
⑤ 擔:原本作"檐",據文淵閣四庫全書本改。

【箋注】

〔一〕劉文叔:指東漢光武帝劉秀,劉秀字文叔。資治通鑑卷三十九漢紀:"更
　　始將都洛陽,以劉秀行司隷校尉,使前整修宮府。秀乃置僚屬,作文移,從
　　事司察,一如舊章。時三輔吏士東迎更始,見諸將過,皆冠幘而服婦人衣,
　　莫不笑之。及見司隷僚屬,皆歡喜不自勝,老吏或垂涕曰:'不圖今日復見
　　漢官威儀!'"
〔二〕郭子儀、李光弼之匡難:詳見新唐書郭子儀傳。二人兩唐書皆有傳。
〔三〕三蜀:蜀郡、廣漢郡、犍爲郡三郡之合稱。位於今四川中部與貴州、雲南部
　　份地區。參見華陽國志卷三蜀志。關:指劍門關,位於今四川廣元。
〔四〕二廣:廣東與廣西。嶺:蓋指大庾嶺等五嶺,位於今江西、湖南與兩廣
　　之間。
〔五〕兩浙:浙西與浙東。江:指長江。
〔六〕花猫:指以楊完者爲首之苗軍。金鎗:蓋指長槍軍。苗軍與長槍軍皆曾
　　爲元廷所用。參見東維子文集卷二送高都事序注。
〔七〕按:此謂張士誠"以誅討賊虜、恢復王土、尊獎王室爲己任",蓋因至正十
　　七年(一三五七)八月,張士誠請降於元,朝廷授予太尉之職。故鐵崖有此
　　褒獎。

總制論

　　吾聞兵法在古有五乘之制〔一〕,五乘者,軍法之根本,而人心之所

由以一者也。人心不一,而欲守之固、戰之克者,無也。俚語曰:"十人一心,有利買①金;十人十心,無利買針。"夫使百人操兵而攻虎者,虎勝;使父子三人荷鋤而攻虎者,人勝。何也?百人之心殊,父子之心一也。此言雖小,可以喻大。

"總制"之所以名者,一衆心以制敵者也,非徒一號令,一服色,一旗幟,一金鼓,七投虎龍〔二〕、八陣②之法也〔三〕。夫一衆心以制敵,則非律以五乘之法不可也。人心有所不一,雖十萬百萬之衆,而心各心於百萬,則固不如十人一心之爲利也。故戰之勝負,不在士之多寡,而在於心之一不一也。泰誓:"受有億萬人,離心離德;予有亂臣十人,同心同德〔四〕。"是商民之衆心不一,雖衆無所用之;周臣之心一,則雖十人而可敵億萬人之衆也。後世伍乘之法廢,士心既不一,而將帥又無所統。至於忌能爭功,一麾之下,自分疆界;一捷之中,妄分彼我。諸物之心如此,況可一知士之心乎!

吾求賢③將帥於三代而下,如春秋郤克、士燮、樂書者,亦可稱賢將帥矣。於鄢之捷,克之言曰:"君之訓也④,二三子之力也,臣何力之有焉?"燮之言曰:"庚⑤所命也,克之制也,燮何力之有焉?"書之言曰:"燮之詔也,克之用命也,書何力之有焉〔五〕?"二三將帥更相推讓,不自有其功,而中軍統屬未嘗⑥紊也。今秣陵之喪師⑦者〔六〕,衆心不一也。建德、金華之繼喪者〔七〕,衆心不一也。各帥之出鎮東西者,曰"漢",曰"淮⑧",曰"猫",曰"槍",部落衆矣,而衆心果能一之乎?總制者果能盡制之乎?諸部之心未能如周之亂臣,又未能如于鄢之諸將,吾恐繼爲秣陵、建德、金華者可畏也。故以古者伍乘之制、周亂臣與晉三帥之事,爲總制論。

【校】

① 買:四部叢刊本作"貿"。
② 陣:原本作"陳",據文淵閣四庫全書本改。
③ 賢:原本作"矣",據文淵閣四庫全書本改。
④ 也:原本作"曰",據文淵閣四庫全書本改。
⑤ 庚:原本作"唐",據四部叢刊本、文淵閣四庫全書本改。
⑥ 嘗:原本作"當",據四部叢刊本改。

⑦ 師：原本作"帥"，據文淵閣四庫全書本改。

⑧ 淮：原本作"惟"，據四部叢刊本改。

【箋注】

〔一〕五乘之制：參見東維子文集卷二十三於潛縣張侯禦寇碑。

〔二〕七投虎龍：當爲兵法之一種。按舊唐書經籍志，著録有龍武玄兵圖二卷，或即此類兵法。

〔三〕八陣法：相傳黄帝所創，以此敗蚩尤於涿鹿。其後諸葛亮所造八陣圖尤爲有名。

〔四〕"受有億萬人"四句：書泰誓中："受有億兆夷人，離心離德；予有亂臣十人，同心同德。雖有周親，不如仁人。"受，商紂王之名。

〔五〕"於鞌之捷"以下十三句：述春秋時齊、晉鞌之戰後，晉軍將領相互謙讓之辭。按：鞌之戰況及戰後晉諸將郤克、士燮、樂書對話，詳見左傳成公二年。

〔六〕秣陵：南京市之古稱。按國榷卷一，至正十六年三月，朱元璋軍攻陷集慶（今江蘇南京），隨即改集慶路爲應天府。

〔七〕建德、金華之繼喪：按國榷卷一，至正十八年三月，朱元璋軍攻克建德。同年十二月，攻取婺州路（即金華）。

求才論

可緩而不必求者，天下之常才；不可緩而必求者，天下之奇才也。蓋事變出不測者，非常才之所能丁，而必濟之以奇才。奇才不可咄嗟而得也，必求之至、蓄之素也。譬之醫家之蓄物也，蟲魚草木之劑，出於市之所易得者，不必蓄也；至於山海之奇産，非市之可常得者，則固旁搜素蓄，而爲吾卒急之用也。

今寇之窺釁於我，患有不測而起者，吾猶夫常才以處之，以爲其人易得也，其術易曉也，其需易應也，譬之治奇疾而欲用草木蟲魚之常劑，其不誤而敗者幾希矣。今夫提市井之衆以與悍敵抗，出奇謀秘策①以應其變而制其勝，或單辭片檄而下其城於帶甲百萬之衆，則必用夫不常之才乃可耳。其人於千百人中或一人焉，千萬人中或一人焉,不可朝取而暮得也,必先君以求之至,蓄之素,而應吾不測之用,如山河之奇產,然後有以應天下之奇疾也。

於乎,天下之奇才,王伯之佐乎! 聞之謀主也,代未嘗乏,求之而不得者,以求者非其道;求得其道,而又用之或非其所也。急奇才者,不咎吾求之②非其道,用之非其所,而咎天下之無奇才也,不亦過乎! 劉備、苻堅,嘗知奇才於葛亮〔一〕、王猛〔二〕,故求之急而任之爲謀主。周亞夫亦知奇才於劇孟,求之緩,幾資謀於野③〔三〕。蕭寶夤④亦知奇才於蘇湛,用之失其所,而乞錢⑤以去〔四〕。李密亦知奇才於徐洪客,用之失於緩,而其人已在泰山之巔⑥矣〔五〕。惟閣下立賓賢之館,於奇才也亦知所求矣,然求之非其道,用之非其所,則孰愈安坐而不知求者哉! 吾以爲閣下圖伯,必得謀主;欲得謀主,必求奇才。故作求才論。

【校】

① 策:四部叢刊本作“術”。
② 之:原本作“云”,據文淵閣四庫全書本改。
③ 野:原本無,據文淵閣四庫全書本增補。
④ 四夤:原本作“寅”,據魏書改。
⑤ 錢:疑誤。似當作“骸”。參見魏書蘇湛傳。
⑥ 巔:原本爲墨丁,據文淵閣四庫全書本補。

【箋注】

〔一〕葛亮:即諸葛亮。劉備請求諸葛亮出山,詳見三國志蜀書諸葛亮傳。
〔二〕王猛:晉書王猛傳:“王猛字景略,北海劇人也。家於魏郡。少貧賤,以鬻畚爲業……苻堅將有大志,聞猛名,遣呂婆樓招之。一見便若平生,語及廢興大事,異符同契,若玄德之遇孔明也。”
〔三〕“周亞夫”三句:漢書劇孟傳:“吳楚反時,條侯(周亞夫)爲太尉,乘傳東,將至河南,得劇孟,喜曰:‘吳楚舉大事而不求劇孟,吾知其無能爲已。’”
〔四〕“蕭寶夤”三句:魏書蘇湛傳:“蕭寶夤之討關西,以湛爲行臺郎中,深見委任。孝昌中,寶夤大敗東還……乃稱兵反。時湛臥疾於家,寶夤令姜儉報湛云……湛復曰:‘凡爲大事,當得天下奇士。今但共長安博徒小兒輩計校,辦有成理不? 湛恐荆棘必生庭闥。願乞骸骨還鄉里,脫得因此病死,可以下見先人。’寶夤素重之,以湛病,且知不爲己用,聽還武功。”

〔五〕“李密”三句：資治通鑑卷一百八十四隋紀八：“泰山道士徐洪客獻書於密，以爲大衆久聚，恐米盡人散，師老厭戰，難可成功。勸密乘進取之機，因士馬之鋭，沿流東指，直向江都，執取獨夫，號令天下。密壯其言，以書招之。洪客竟不出，莫知所之。”

守城論

城以保民爲之也，城不保民則不固，不如恃民之爲固也。故曰“衆心成城〔一〕”，誠以恃城①不如恃民也。苟得人心，雖畫一地而守，植表而限可也。不然，崇城到天，嚴②扉重閉，我之民心内攜而外叛，曾不若折柳之樊吾圃也〔二〕。昔梁伯亟城而不處，民罷③而不堪，則曰：“某④寇將至〔三〕”。楚囊瓦城郢，而沈尹戌⑤戒之曰：“苟不能衛，雖城無益〔四〕！”是皆恃城不如恃民之説也。

今錢唐新城雉堞既完，地⑥隍俱備〔五〕。人度作者之少難，吾猶慮守者之不易也。南翁之言曰：“居城者不築，築城者不居。”姑以近事明之：四明之城，不曰禦方寇乎？而方寇居之〔六〕；新安之城，不曰禦流寇乎⑦？而流寇居之〔七〕；睦州之城，又以禦胡⑧寇也，而胡寇卒居之〔八〕。豈非前轍之驗乎⑨？稽諸圖志，臨安之城凡一百二十里，宋人興築，歷十有三年而不能完其半。今之板幹取辦⑩於時月之間，雖有神工鬼役，吾不之許，不至牽架以成鹵莽滅裂之功。今兵疲食盡，不於此時爲討虜復城之舉，而爲此自疲自困之計，此虜之竊笑吾禦敵者爲無術矣。

昔齊王任檀子者守南城，而楚人不敢彎弓而南下；任盼子者守高唐，而趙人不敢漁於河〔九〕。是二子爲國長城，不啻金山鐵壁之固者，不優於一百二十里之雉堞也耶！今閣下之守土，惟知恃城，而不知恃民與恃守將也。興築已還，五郡之民財⑪窮矣〔十〕，力竭矣，小變怨而叛，大變寇乘而至矣，此時雖有泰山之城、江海之池，恐非閣下所能有也，惟閣下省之慮之。此吾占於人事⑫者。

又有占於天變者：六月十九日火，不七日地震，此天變之驚於閣下，土石之疲也至矣。閣下不知收人心以回天意，吾未知其可也。惟閣下以吾言省之慎之。

【校】

① 誠以恃城：原本作“城以恃誠”，據文淵閣四庫全書本改。
② 嚴：四部叢刊本作“巖”。
③ 民罷：原本作“罪”，據文淵閣四庫全書本改。
④ 原本“某”之下有“於”字，據文淵閣四庫全書本刪。
⑤ 戍：原本作“戊”，據春秋左傳正義本改。參見注釋。
⑥ 地：似當作“池”。
⑦ 流寇：原本作“寇”，據文淵閣四庫全書本增補。下同。乎：原本無，據文淵閣四庫全書本增補。
⑧ 又：原本作“入”，據文淵閣四庫全書本改。胡：文淵閣四庫全書本改作“邊”，下同。
⑨ 乎：原本作“卒”，據文淵閣四庫全書本改。
⑩ 辦：原本作“辨”，據文淵閣四庫全書本改。
⑪ 財：原本作“則”，據文淵閣四庫全書本改。
⑫ 事：原本作“子”，據文淵閣四庫全書本改。

【箋注】

〔一〕衆心成城：古諺。語出國語卷三周語下。
〔二〕“苟得人心”八句：宋胡寅澧州譙門記：“苟得民心，雖畫地而守，植表而限，效死者莫肯去，冒死者不能入。不然，崇城到天，嚴扉重閉，金鋼而銅鐶，鐵扇而石樞，無以固結民心。至於内携而外叛，曾不若折柳之樊吾圃也。”（文載宋樓昉編崇古文訣卷三十四宋文。）畫地而守，孫子虛實：“我不欲戰，畫地而守之，敵不得與我戰者，乖其所之也。”折柳樊圃，出自詩齊風東方未明：“折柳樊圃，狂夫瞿瞿。”注：“柳，柔脆之木。樊，藩也。圃，菜園也。折柳以爲藩園，無益於禁矣。”
〔三〕“昔梁伯”四句：春秋左傳正義卷十四：“初，梁伯好土功，亟城而弗處，民罷而弗堪。則曰：‘某寇將至。’乃溝公宮，曰：‘秦將襲我。’民懼而潰，秦遂取梁。”
〔四〕“楚囊瓦城郢”四句：春秋左傳正義卷五十：“楚囊瓦爲令尹，城郢。沈尹戌曰：‘子常必亡郢。苟不能衛，城無益也。’”按：郢爲楚國國都。
〔五〕“今錢唐”二句：元姚桐壽樂郊私語：“張氏既歸命本朝，兄弟相繼拜太尉、平章之命,乃於十九年秋七月大城武林。至起平、松、嘉、湖四路官民,以供畚築。……而督事長吏復藉之酷斂,鞭朴捶楚,無有停時,死者相望。至本年十月,始得訖功,凡費數十百萬。"按:本文則曰"今之板幹取辦於時月之間"、"今錢唐新城雉堞既完,地隍俱備。人度作者之少難",似城池已具規模,且無苛政。又據樂郊私語,錢塘新城自至正十九年七月始建,當年十月完工。而鐵崖於此年十月初即致仕退隱,闔家遷徙松江,本文當撰於離開杭州之前。按此文中曰:"今之板幹取辦於時月之間,雖有神工鬼役,吾不之許不至牽架以成鹵莽滅裂之功",可見當時城墻尚未修成,杭州官吏督責甚急,故對城墻之質量,鐵崖亦深表憂慮。

〔六〕"四明之城"三句:意爲四明城牆并未能抵擋方國珍入寇。四明,浙江寧波別稱,以境内有四明山得名。元代爲慶元路。方寇:此指方國珍。按元史順帝本紀,至正二十五年九月,朝廷"以方國珍爲淮南行省左丞相,分省慶元"。其實早在至正十七年,温州、台州、慶元等地已爲方國珍所佔據。參見國初群雄事略卷九台州方谷真。

〔七〕新安:指徽州路,今屬安徽。流寇:實指朱元璋爲首之紅巾軍。據元史順帝本紀,至正十七年七月"庚辰,大明兵取徽州路"。

〔八〕睦州:建德路治所在。胡寇:亦指朱元璋屬下胡大海軍。據元史順帝本紀,至正十八年三月"丙辰,大明兵取建德路"。又,國榷卷一:"(至正十八年)三月,(朱元璋)在翼統軍元帥胡大海自昱嶺關攻克建德。"

〔九〕"昔齊王"四句:韓詩外傳卷十:"魏王曰:'亦有寶乎?'……齊王曰:'寡人之所以爲寶,與王異。吾臣有檀子者,使之守南城,則楚人不敢爲寇;泗水上有十二諸侯,皆來朝。吾臣有盼子者,使之守高唐,則趙人不敢東漁於河。'"

〔十〕五郡:指杭州、平江(今江蘇蘇州)、松江、嘉興、湖州,當時爲張士誠轄區。

卷八十二 東維子文集卷二十八

麴生傳[一]

　　麴生，酒泉人也[二]。名不一：或曰"醇"，或曰"盎"，曰"濡①"，曰"耳"。或又以其善眩幻②顏狀呼之：曰"鬯"，曰"是"，曰"霜"，曰"差"。有嫉之者，則斥曰"离③"。皆人好惡之辭，非生本名也。

　　生初降精於星，孕於麴母高④媒[三]（句），師造於夏人儀狄⑤氏[四]，或曰陶唐時⑥已尊生於衢器[五]。堯禄之千鍾[六]。舜器重生，亦酌之以泰尊。其人嘔嘔溫雅，凡冠婚喪祭、朝聘⑦燕饗禮，無不預，號爲通才。尤善導引辟穀之術，故其人最善壽。飲其德者，可千日不食。人薰漸其化，無不晬面，陶出其性真。然以爲剛則悍怒者化柔嘿，以爲柔⑧則訥者倚之有言、懧者挾之有奮。始生從儀狄氏進禹時，先自筮⑨其繇曰："得醴於泉，得禄於天。寔用禮節，其爵世延。勿用⑩甘言，至於流淪⑪，則罔不顛。"生得繇，欲不往，狄强之。禹見生於食前，果惡之，曰："麴生之言甘，後世必有以之亡國者。"迺與狄俱斥絕之[七]。五子遂述禹戒以作歌[八]。至商，武丁舉傅説，以生自喻，而期説爲糵生者[九]，生名始重。後受不道，爲深池位生，時伴食生者三千人[十]，商用是亡。君子始信禹誠之不人⑫妄也。商亡，入周。周⑬監商轍，使正掌之，大酋⑭監之。周旦又以戒成王[十一]，王亦以誥康叔[十二]。生後游魯，幾以薄德陷公⑮於楚[十三]。生名稍減退，放肆市間，而先民獻酬之禮荒矣。

　　秦興苛律，禁生群聚民間。漢高皇賤時，常就生民間，飲王媼⑯、武負家[十四]。逮定天下，生在上所，群臣皆倚生宴見上，至甘争。上罪生，申用秦律，三人以上無故飲生者，罰金四鍰。文帝時，始賜生於民，酺三日[十五]。武帝晚年耗用，又俾生宰⑰榷民間利[十六]，豪析⑱不遺。雖博陸侯第私藏生[十七]，致京兆吏斧關椎鑿罏罌以捕。漢法衰，生隨好事者時時至揚子雲家[十八]，以問奇爲事，生將隱去矣。曹操枋⑲國，以年饑復罪生，表上禁錮法。將作大匠孔融力争之[十九]，不從。君子悼生之行禮與頤養民者,迺終以榷與鎺敗哉!生歷晉、唐,名復盛。陶處士潛家無貲,顏始安⑳送錢二萬〔二十〕,潛即轉送㉑生,生受,不爲汰。唐諫議大夫陽城所得俸錢〔二十一〕,計鹽米外,餘悉送生所,生亦不辭。

生迹若嗜貨,心實儻蕩無校㉒計,以故不問人賢鄙貴賤老穉,皆獲與接。顧獨卻交老、釋氏與喪服之士。其人或潛致生往者,生輒能形見之。其去就辭受,非人所取量若此。惟性過和順,雖樂君子宴娛,亦貪與婦人俱。漢司馬相如竊卓氏至臨卭,人不得窺,獨生得狎之爐頭〔二十二〕。晉阮公籍東鄰有美婦,亦與生狎,至招王安豐輩〔二十三〕,時時過生所,借生熟㉓卧婦側。末與王永安㉔婦交掌娛人〔二十四〕,則法士所羞譚也。

今上起生青州從事〔二十五〕,上見其貌古而㉕中粹然,問壽幾㉖何,對曰:“臣自農皇時至於今,二萬五千四百二十有八甲子矣。”問壽何術,對曰:“臣不知他術,惟不死天和耳。”上方有事南郊,及養老錫功,一採生古禮。生定一代儀,稱上旨,升從事,秩“歡伯”〔二十六〕,又加爵“醉鄉公”〔二十七〕,食若干戶。後歸老於鄉,莫知所終。

太史公曰〔二十八〕:余嘗疑麴生之爲人,稱“聖”矣,而溺之者亡國殺身,則斥曰“狂”。然交神明,揖遜俎豆,又何其唯唯㉗耶!然則生一人,顧用者何如耳。論者曰:良將仗一簞投河上,而三軍爲之死〔二十九〕;一陷反間,則宵遁爲敗軍之將〔三十〕。此其用善不善效也。觀於㉘生之用而卜成敗,雖千世可㉙知已。

【校】

① 鐵崖文集卷三、萬曆四十三年刊明陳邦俊輯廣諧史卷二、楊鐵崖先生文集全錄卷三載此文,據以作校本。濡:原本作“需”,據鐵崖文集本、廣諧史改。

② 幻:原本作“勾”,據鐵崖文集本、廣諧史、楊鐵崖先生文集全錄本改。

③ 离:廣諧史本作“醨”。原本於“离”字下有小字注:“一本自‘醇’下名皆作‘酒’邊。”

④ 孕于麴母高:原本作“乃子於麴母”,據鐵崖文集本、廣諧史改補。

⑤ 狄:原本誤作“狀”,據鐵崖文集本、廣諧史、楊鐵崖先生文集全錄本改。

⑥ 時:原本作“詩”,據鐵崖文集本、廣諧史、楊鐵崖先生文集全錄本改。

⑦ 喪祭：原本無，據鐵崖文集本、廣諧史、楊鐵崖先生文集全録本增補。聘：廣諧史無。

⑧ "嘿以爲柔"四字，原本無，據鐵崖文集本、廣諧史、楊鐵崖先生文集全録本增補。嘿：廣諧史本作"默"。

⑨ 篏：原本作"笞"，鐵崖文集本、楊鐵崖先生文集全録本作"簪"，文淵閣四庫全書本作"啓"。據廣諧史改。

⑩ 用：廣諧史作"至"。

⑪ 流淪：楊鐵崖先生文集全録本作"流連"。

⑫ 誠：原本作"誠"，據鐵崖文集本、廣諧史、楊鐵崖先生文集全録本改。人：廣諧史本無。

⑬ 周：原本承上而脱，據鐵崖文集本、廣諧史、楊鐵崖先生文集全録本補。

⑭ 大酋：鐵崖文集本作"大尊"，廣諧史作"太尊"。

⑮ 公：鐵崖文集本、廣諧史本、楊鐵崖先生文集全録本誤作"共公"。

⑯ 媼：原本誤作"娟"，據鐵崖文集本、廣諧史、楊鐵崖先生文集全録本改。

⑰ 生辜：文淵閣四庫全書本作"民酤"。

⑱ 析：原本作"柝"，據鐵崖文集本、廣諧史、楊鐵崖先生文集全録本改。

⑲ 枋：廣諧史本作"柄"。

⑳ 顔始安：原本作"劉始成"，鐵崖文集本、廣諧史、楊鐵崖先生文集全録本作"劉始安"。皆誤。據宋書陶潛傳改。參見本文注釋。

㉑ 送：原本無，據楊鐵崖先生文集全録本增補。

㉒ 校：廣諧史本作"較"。

㉓ 熟：原本與廣諧史作"執"，楊鐵崖先生文集全録本作"勢"，據文淵閣四庫全書本改。

㉔ 此處疑有脱誤，參見注釋。

㉕ 鐵崖文集本、廣諧史、楊鐵崖先生文集全録本"而"字下多一"平"字。

㉖ 幾：原本無，據鐵崖文集本、廣諧史、楊鐵崖先生文集全録本增補。

㉗ 唯唯：鐵崖文集本、廣諧史、楊鐵崖先生文集全録本作"雅雅"。

㉘ 於：原本作"其"，據廣諧史、楊鐵崖先生文集全録本改。

㉙ 可：原本作"何"，據鐵崖文集本、廣諧史、楊鐵崖先生文集全録本改。

【箋注】

〔一〕文撰於鐵崖晚年退隱松江時期，即元至正二十年（一三六〇）以後。繫年理由：據鐵崖於元末所撰題姚澤古泉譜（載本書佚文編），當時鐵崖撰有楮寶傳、楮交對、觀音楮辭等等。疑本卷所録麴生傳、冰壺先生傳、白咸傳、璞隱者傳、竹夫人傳等憤世滑稽之文，皆撰於元末隱居松江期間。

〔二〕酒泉：漢書地理志下："酒泉郡。"注："武帝太初元年開……應劭曰：'其水若酒，故曰酒泉也。'師古曰：'舊俗傳云，城下有金泉，泉味如酒。'"按：今爲酒泉市，位於甘肅西北。

〔三〕高媒：又作"皋禖"，女神名。或謂即女媧。按：先秦時，天子、后妃、嬪御等於仲春祭祀以求子嗣，詳見禮記月令、路史卷三十九皋禖古祀女媧、玉海卷九十九周祠高禖。

〔四〕儀狄：淮南子修務訓："昔者蒼頡作書，容成造曆，胡曹爲衣，后稷耕稼，儀狄作酒，奚仲爲車，此六人者，皆有神明之道、聖智之迹，故人作一事而遺後世，非能一人而獨兼有之。"

〔五〕衢尊：淮南子繆稱訓："聖人之道，猶中衢而致尊邪，過者斟酌，多少不同，各得所宜。"高誘注："道，六通謂之衢。尊，酒器也。"

〔六〕千鍾：清惠士奇撰禮説卷四地官二："古者計歙以鍾，故魏季成子食采千鍾。曾子始仕三釜，後仕三千鍾。秦、漢易鍾以石，而禄漸薄。"

〔七〕"禹見生"六句：戰國策魏策二："昔者，帝女令儀狄作酒而美，進之禹，禹飲而甘之，遂疏儀狄，絶旨酒，曰：'後世必有以酒亡其國者。'"

〔八〕五子：夏啟之子，皆太康弟。書夏書五子之歌："太康失邦（啓子也。盤于游田，不恤民事，爲羿所逐，不得反國。）昆弟五人，須于洛汭，作五子之歌。"五子之歌之二曰："訓有之：内作色荒，外作禽荒。甘酒嗜音，峻宇雕牆。有一於此，未或不亡。"

〔九〕"至商"四句：漢書五行志第七中之下："武丁恐駭，謀於忠賢，修德而正事，内舉傅説，授以國政。"注："師古曰：武丁夢得賢相，乃以所夢之像使求之，得於傅巖，立以爲相，作説命三篇。"又，書商書説命下："若作酒醴，爾惟麴蘗；若作和羹，爾惟鹽梅。爾交修予，罔予棄，予惟克邁乃訓。"

〔十〕"後受不道"三句：謂商紂王（名受）荒淫無度。史記殷本紀："（紂王）大冣樂戲於沙丘，以酒爲池，縣肉爲林，使男女倮相逐其間，爲長夜之飲。"注："正義：括地志云：'酒池在衛州衛縣西二十三里。'太公六韜云：'紂爲酒池，廻船糟丘而牛飲者三千餘人爲輩。'"

〔十一〕"周旦"句：史記魯周公世家："及成王用事，人或譖周公，周公奔楚。成王發府，見周公禱書，乃泣，反周公。周公歸，恐成王壯，治有所淫佚，乃作多士，作毋逸。"尚書無逸："無若殷王受之迷亂，酗於酒德哉！"

〔十二〕康叔：周武王小弟，封於衛，管轄殷商餘民。史記衛康叔世家："周公旦懼康叔齒少……告以紂所以亡者,以淫於酒。酒之失,婦人是用,故紂之亂自此始……故謂之康誥、酒誥、梓材以命之。"

〔十三〕"生後"二句:淮南子繆稱訓:"故傳曰:魯酒薄而邯鄲圍。"注:"魯與趙俱朝楚,獻酒於楚,魯酒薄而趙酒厚。楚之主酒吏求酒於趙,不與,楚吏怒,以趙所獻酒獻於楚王,易魯薄酒。楚王以爲趙酒薄而圍邯鄲。"

〔十四〕"漢高皇"三句:漢書高帝紀:"(高祖)好酒及色,常從王媼、武負貰酒。"

〔十五〕"文帝"三句:"酺三日"之"三",史記作"五"。史記孝文本紀:"(文帝登基,)於是夜下詔書曰:'……朕初即位,其赦天下,賜民爵一級,女子百户牛酒,酺五日。'"集解:"文穎曰:漢律,三人已上無故群飲,罰金四兩。"

〔十六〕牟權民間利:指桑弘羊等人於武帝時期主張并實施的酒榷、均輸、鹽鐵官營等措施。詳見漢書食貨志下。

〔十七〕博陸侯:此指西漢霍光之子霍禹。漢書趙廣漢傳:"初,大將軍霍光秉政,廣漢事光。及光薨後,廣漢心知微指,發長安吏自將,與俱至光子博陸侯禹第,直突入其門,廋索私屠酤,椎破盧罌,斧斬其門關而去。"按:霍光生前顯赫至極,封博陸侯,其子襲封。霍光曾反對鹽鐵官營和酒榷。霍光死後,其家族遭漢宣帝清剿,連坐誅殺數千家。漢書有傳。

〔十八〕揚子雲:揚雄字子雲。漢書揚雄傳下:"(揚雄)家素貧,耆酒,人希至其門。時有好事者載酒肴從游學。"

〔十九〕孔融力爭之:後漢書卷七十孔融傳:"及獻帝都許,徵融爲將作大匠,遷少府。每朝會訪對,融輒引正定議,公卿大夫皆隷名而已……時年飢兵興,操表制酒禁,融頻書爭之,多侮慢之辭。既見操雄詐漸著,數不能堪,故發辭偏宕,多致乖忤。"

〔二十〕顏始安:指始安郡太守顏延之。宋書陶潛傳:"先是,顏延之爲劉柳後軍功曹,在尋陽,與潛情欵。後爲始安郡,經過,日日造潛,每往必酣飲致醉。臨去,留二萬錢與潛,潛悉送酒家,稍就取酒。"

〔二十一〕陽城:舊唐書陽城傳:"陽城字亢宗,北平人也。……約其二弟云:'吾所得月俸,汝可度吾家有幾口,月食米當幾何,買薪菜鹽凡用幾錢,先具之。其餘悉以送酒媪,無留也。'"

〔二十二〕"漢司馬相如"三句:司馬相如琴挑卓文君,偕至臨卭,文君當壚,詳見漢書司馬相如傳。

〔二十三〕王安豐:指王戎,王戎爲安豐侯。世説新語任誕:"阮公隣家婦有美

色,當壚酤酒,阮與王安豐常從婦飲酒。阮醉便眠其婦側。夫始殊疑
之,伺察終無他意。"

〔二十四〕王永安:疑指南北朝時北齊人永安王高浚。然永安王諫言指斥帝王
　　　嗜酒荒淫,自身并無狎婦女事。此處蓋有脱誤。北史卷五十一神武
　　　諸子傳:"永安簡平王浚字定樂,神武第三子也……文宣末年多酒,浚
　　　謂親近曰:'二兄舊來,不甚了了,自登阼已後,識解頓進。今因酒敗
　　　德,朝臣無敢諫者,大敵未滅,吾甚以爲憂。……'人有知,密以白帝,
　　　又見銜。八年,來朝,從幸東山。帝裸袒爲樂,雜以婦女,又作狐掉尾
　　　戲。浚進言:'此非人主所宜。'帝甚不悦。"

〔二十五〕青州從事:世説新語術解第二十:"桓公有主簿善別酒,有酒輒令先
　　　嘗:好者,謂'青州從事';惡者,謂'平原督郵'。青州有齊郡,平原有
　　　鬲縣。'從事'言到臍,'督郵'言在鬲上住。"

〔二十六〕歡伯:焦贛易林坎之兑:"酒爲歡伯,除憂來樂。"

〔二十七〕醉鄉:唐王績醉鄉記:"阮嗣宗、陶淵明等十數人,并游於醉鄉。"

〔二十八〕太史公:鐵崖自稱。

〔二十九〕"良將"二句:文選張景陽七命:"單醪投川,可使三軍告捷。"李善注:
　　　"黃石公記曰:'昔良將之用兵也,人有饋一簞之醪,投河,令衆迎流而
　　　飲之。夫一簞之醪,不味一河,而三軍思爲致死者,以滋味及之也。'"

〔　三十　〕"一陷反間"二句:不詳。

冰壺先生傳[一]

　　宋蘇易簡欲作①冰壺先生傳而不果[二],密②溪清上人請余補
之[三],且屢奉蔓菁供,遂爲援毫。傳曰:

　　先生姓蘇,名葅,字受辛。始祖出蔡[四],其後分旺蜀者,名蔓菁。
知名於諸葛武侯亮,亮嘗稱其有六利[五]。蜀子孫名於唐者,曰金城
土蘇[六]。

　　先生,金城後也。性甚清淡,生不嗜羶腥。幼時在金城遇相者,
曰:"蘇生負濟民具,苦無食肉相,異日徒以三百甕黃爲其料錢耳[七]。"
然士大夫欲命世者,不可一日不接其旨論。先生學殖滋長,時出其根
苗一二干貴人鼎俎③自以薦:"吾用能使歲不饉。不然,民有吾色。且

能咀得吾本者,曷事不理?"貴人斥之曰:"賣菜傭! 賣菜傭④而譚王道乎?"先生喑曰:"吾蚤信相者言⑤,不爲豎子辱。"乃歸,歠其根葉,埋甕牖下⑥,槁項黃馘,類古野逸。雖釋、老氏精戒行者,亦與接飲食。惟太學生交最密,嘗相誓:"苟富貴,毋朝夕忘。"人有誚者曰:"太學生,腹彭亨,五經笥,實菜罋。"五侯食客曰淳毋氏、𦶜氏、縻⑦氏等凡八人〔八〕,咸謂席上珍,八賓或取厭於主者,必召先生與俱。主人甘㝮餘,若醉若寐,聞先生至,即爽健起立。時先生拔其族種,聯茹至終,不與八人者爭進,故八人亦無媢嫉⑧之者。後豪侈家有想聞其風采而不可得,輒呼帳下兒趣庾氏即菹,及中牟令苗用代⑨先生〔九〕,其風味終不似也。

　　先生嘗雪夜有故人痛飲,至夜半,吻燥甚不可當,亟呼先生清談⑩,談皆有根依。齒牙嚼嚼成宮角⑪〔十〕,已而爽入臟腑,清冰瀉玉壺也。故人快⑫曰:"今夕啟沃之樂,雖金盤瑞露無以尚此。顧無以謝德厚,死謚先生爲冰壺。"從而歌曰:"我心兮如醒,彼美人兮獨醒。"載歌曰:"美人贈我菁⑬瓊英,何以報之玉壺冰!"後先生以齒終於家,門人圖易名先生,舍"冰壺"無當者,遂相與謚曰冰壺先生云。

　　史臣曰:東海疎姓分二族,居涉鹿山者去足爲束⑭〔十一〕,居蔡者加⑮草爲蔬。束後⑯罕有聞,而蔬⑰族蔓天下,至先生世次莫詳。聞其先有⑱薦進楚惠王,以蛭事疎去〔十二〕。漢有名⑲平者,從華佗學方藥,吐咽⑳若蛇〔十三〕,人以爲奇。先生邁種德,而以相者言不仕,然歿謚冰壺,天下名士大夫至今宗之㉑不衰,豈以祿食哉! 會稽楊維禎廉夫撰㉒。

　　冰壺先生,蓋蔓菁連根薹者是也。蘇公固㉓曰"連咀數根",其義可推。予嘗於霜夜酒渴,起詣中厨覓水,鼻觀忽觸寒薹香,則悟㉔蔓菁在瓶,亟取啖其根,渴隨解而酒俱消矣。時惟歌簡齋"冰壺先生宜㉕立傳"之句,與蘇公同一適,而傳則同一欠。事後見鐵厓先生爲蘇公補傳,文中所謂"咀吾本",所謂"連茹至終",所謂"言必有根依"者,於冰壺爲實錄。非惟補蘇公之遺,實有以慰余心之缺云。中吳孟潼書傳後〔十四〕。

【校】

① 鐵崖文集卷三、萬曆四十三年刊明陳邦俊輯廣諧史卷二、明佚名鈔楊維禎詩集、楊鐵崖先生文集全錄卷三載此文,據以作校本。作:原本作"將",文淵

閣四庫全書本作"撰",據鐵崖文集本、明鈔楊維禎詩集本、楊鐵崖先生文集全録本改。

② 密：明鈔楊維禎詩集本作"蜜"。

③ 一二千貴人鼎俎：原本作"三千貴人鼎",據鐵崖文集本、明鈔楊維禎詩集本、楊鐵崖先生文集全録本改。

④ 賣菜傭賣菜傭：原本作"賣菜傭",據明鈔楊維禎詩集本增補。

⑤ 言：原本無,據明鈔楊維禎詩集本、楊鐵崖先生文集全録本增補。

⑥ "而譚王道乎？先生唶曰：吾蚤信相者言,不爲豎子辱。乃歸,欶其根葉埋甕牖下"凡三十字,原本脱,據鐵崖文集本、廣諧史、明鈔楊維禎詩集本、楊鐵崖先生文集全録本補。

⑦ 牪：鐵崖文集本作"牸",楊鐵崖先生文集全録本作"牂"。麛：原本作"麾",據鐵崖文集本、廣諧史、楊鐵崖先生文集全録本改。

⑧ 嫉：原本無,據廣諧史補。

⑨ 代：原本作"大",據鐵崖文集本、廣諧史、明鈔楊維禎詩集本、楊鐵崖先生文集全録本改。

⑩ 談：原本作"淡",據鐵崖文集本、廣諧史、明鈔楊維禎詩集本、楊鐵崖先生文集全録本改。下同。

⑪ 宫角：鐵崖文集本、廣諧史作"宫商"。

⑫ 快：原本作"侯",四部叢刊本作"俟"。據鐵崖文集本、廣諧史、明鈔楊維禎詩集本、楊鐵崖先生文集全録本改。

⑬ 菁：廣諧史本作"青"。

⑭ 去足爲束：原本作"走足爲東",據鐵崖文集本、廣諧史、明鈔楊維禎詩集本、楊鐵崖先生文集全録本改。

⑮ 加：原本作"如",據廣諧史、明鈔楊維禎詩集本、楊鐵崖先生文集全録本改。

⑯ "後"之下原本衍一"有"字,據鐵崖文集本、廣諧史、明鈔楊維禎詩集本、楊鐵崖先生文集全録本删。

⑰ 蔬：原本作"疎",據鐵崖文集本、廣諧史、楊鐵崖先生文集全録本改。

⑱ 有：原本無,據鐵崖文集本、廣諧史、明鈔楊維禎詩集本、楊鐵崖先生文集全録本增補。

⑲ 名：原本作"多",據鐵崖文集本、廣諧史、明鈔楊維禎詩集本、楊鐵崖先生文集全録本改。

⑳ 咽：鐵崖文集本作"烟"。

㉑ 之：原本無,據鐵崖文集本、廣諧史、明鈔楊維禎詩集本、楊鐵崖先生文集全

録本增補。

㉒ 會稽楊維禎廉夫撰：原本無，據明鈔楊維禎詩集本增補。

㉓ 固：原本作“周”，據鐵崖文集本、楊鐵崖先生文集全録本改。

㉔ 悟：原本作“惧”，據楊鐵崖先生文集全録本改。

㉕ 宜：楊鐵崖先生文集全録本作“當”。

【箋注】

〔一〕文撰於鐵崖晚年退隱松江時期，即元至正二十年（一三六〇）以後。繫年依據參見本卷麴生傳。

〔二〕蘇易簡：字太簡，梓州銅山（今屬四川）人。雅善筆札，尤善談笑。旁通釋典。著有文房四譜、續翰林志及文集二十卷。宋史有傳。宋曾慥編類説卷五十五玉壺清話冰壺先生：“太宗命蘇易簡講文中子，有楊素遺子食經、‘羹藜含糗’之説。上因問：‘食品何物最珍？’對曰：‘物無定味，適口者珍。臣止知薑汁爲美，臣憶一夕寒甚，擁爐痛飲。夜半吻燥，中庭月明，殘雪中覆一薤盎，連咀數根。臣此時自謂上界仙厨鸞脯鸞胎，殆恐不及。屢欲作冰壺先生傳記其事，因循未暇也。’上笑而然之。”

〔三〕密溪：寺廟名。嘉靖浦江志略卷八寺觀：“密溪教寺，去縣西三十五里。宋嘉定二年重建。”清上人：生平不詳。

〔四〕蔡：先秦諸侯國名。位於今河南上蔡、新蔡一帶。

〔五〕“知名”二句：太平廣記卷四百十一草木六蔓菁：“諸葛所止，令兵士獨種蔓菁者，取其纔出甲可生啖，一也；葉舒可煮食，二也；久居則隨以滋長，三也；棄不令惜，四也；回則易尋而採之，五也；冬有根可斸食，六也。比諸蔬屬，其利不亦博哉！劉禹錫曰：‘信矣，三蜀之人也，今呼蔓菁爲諸葛菜，江陵亦然。’”

〔六〕金城土蘇：元王禎撰農書卷八蘿蔔：“老圃云蘿蔔一種而四名：春曰破地錐，夏曰夏生，秋曰蘿蔔，冬曰土酥。故黃山谷云‘金城土酥净如練’，以其潔也。”又，補注杜詩卷四病後過王倚飲贈歌：“長安冬葅酸且綠，金城土酥静如練。”蘇曰：“土酥，即今之蘆菔也。其種蘭皋、金城尤佳。”按：金城乃郡名，位於今甘肅蘭州。參見舊唐書地理志。

〔七〕“蘇生”三句：蘇軾文集卷七十三雜記書事禄有重輕：“王狀元未第時，醉墮汴河。爲水神扶出，曰：‘公有三百千料錢，若死於此，何處消破？’明年遂登第。士有久不第者，亦效之，陽醉落河，河神亦扶出。士大喜曰：‘吾料錢幾何？’神曰：‘吾不知也。但三百甕黃齏，無處消破耳。’”

〔八〕“五侯”句：淳毋氏、牂氏等，即所謂“八珍”。“八珍”始見於周礼天官膳夫，曰“珍用八物”，鄭玄注曰：“珍，謂淳熬、淳母、炮豚、炮牂、擣珍、漬、熬、肝瞀也。”後世指稱不一，南村輟耕録卷九續演雅發揮：“所謂八珍，則醍醐、麠沆、野駝蹄、鹿唇、駝乳糜、天鵝炙、紫玉漿、玄玉漿也。”

〔九〕“及中牟令”句：明朱橚救荒本草卷二草部：“水蔓菁，一名地膚子，生中牟縣南沙崗中。苗高一二尺，葉仿佛似地瓜兒葉，却甚短小。”

〔十〕成宫商：宋楊萬里誠齋詩話：“山谷戲筆：尚書范文正公爲舉子時，作虀賦，有云‘陶家甕内淹成碧緑青黄，措大口中嚼出宫商徵羽’。”

〔十一〕涉鹿山：或作沙鹿山，位於今河北大名。晉書束晳傳：“束晳字廣微，陽平元城人，漢太子太傅疎廣之後也。王莽末，廣曾孫孟達避難，自東海徙居沙鹿山南，因去‘疎’之‘足’，遂改姓焉。”

〔十二〕“聞其先”二句：漢賈誼撰新書卷六：“楚惠王食寒菹而得蛭，因遂吞之，腹有疾而不能食。”

〔十三〕漢有名平者：指“荠虀”。後漢書華佗傳：“佗嘗行道，見有病咽塞者，因語之曰：‘向來道隅有賣餅人，荠虀甚酸，可取三升飲之，病自當去。’即如佗言，立吐一蛇，乃懸於車而候佗。時佗小兒戲於門中，逆見，自相謂曰：‘客車邊有物，必是逢我翁也。’及客進，顧視壁北，懸蛇以十數，乃知其奇。”

〔十四〕孟潼：字宗鎮，世爲吳人。官至松江府判官致仕。參見麗則遺音卷四蒼草。

白咸傳〔一〕

白咸，其先河内人〔二〕。（河内曰鹹。）在夏①后時有居青州者〔三〕，歲貢上國，未入官。至周，子孫有曰“苦”曰“飴”曰“虎”者〔四〕，始入官，共②祭祀賓客膳羞事。周末，子姓昌熾，在齊東海島間，環水以自國③。習夙沙氏術〔五〕，日以陰陽水火煉修爲事。其最有④功者，名“成金”（莄子筴言。），與齊大夫管夷吾交獨密〔六〕，遂進筴夷吾，介之通齊君，自贊：“吾筴用，可使齊富强天下。”夷吾力薦於齊⑤侯曰：“齊國貧且饑，而使成金抱遺利不用，是仲不智也。知而不言，是仲不仁也。仲爲君得利師，惟君法焉。”齊侯喜，用安車禮聘之。馭千里驥，服其輇裝，益闢土海濱,鑿井築竈,蓋䬒比比,若拂廬然〔七〕。使顒煉修其中,民搖手觸禁不得犯。不一年,曠⑥地沙土皆成白銀,抱利充然,而齊霸⑦天下矣。繇是齊侯請於王,賜爵鼎侯,封其國曰"海王",俾世子孫食邑凡若干户。

咸去鼎侯十世,父曰"潤下"〔八〕,與母富氏娟⑧禱於竈,得咸,漢青龍壬戌生,月丁未。日者推曰:"咸,水命,日⑨最旺火伏。(壬戌,大海水。未月入庚伏。)運一轉,寔能贊國家關石。"咸爲人魯重,嘗⑩自負爲席珍,與庾嶺梅處士氣味同酸醎〔九〕,結爲伯仲交,而世未有⑪薦進於上者。會吳王濞取士於魚鹽,東海人遂以咸充賦〔十〕。王見咸膚玉雪星星然,笑曰:"咸所謂'江漢濯而秋陽暴,皜皜乎不可尚⑫者〔十一〕'!"用之,吳富遂甲他諸侯。然濞因是以驕亡⑬,則亦咸有罪也。武帝元封間,咸用齊東郭咸陽薦〔十二〕,職列大司農⑭,其族屬名官者二⑮十有九。(文鍵,應前未有官。)時雒陽賈人桑弘羊、南陽大冶孔僅,皆并口附咸議〔十三〕,得寵幸。咸自謂遇不減鼎祖,然國未富而民先病矣。咸在官若干年,徒糜⑯牢廩,而績用弗成。廷臣有欲烹其黨弘羊者,帝晚年亦悔用咸,猶未罷遣,又學士群議咸失,皆願罷咸而後化可興,咸自是稍引退去⑰。

太史公曰:白⑱氏本出炎帝後,戰國時有圭者,最喻於利,俄⑲嘗見闢孟軻氏〔十四〕。咸一志利民,覆民是病。古之利民,不民之利而民自利,利莫大焉,咸廼⑳異是,故自齊管氏能用白氏,斤斤使其君霸,後之得其利者或寡矣。嗟乎,當咸遇大漢,使勸其君除苛令,調齊衆喊而無德之者㉑〔十五〕,庶幾鼎鼐之佐哉!

【校】

① 萬曆四十三年刊明陳邦俊輯廣諧史卷二、楊鐵崖先生文集全録卷三載此文,據以作校本。夏:原本無,據廣諧史、楊鐵崖先生文集全録本、文淵閣四庫全書本增補。
② 共:廣諧史本作"供"。
③ 國:廣諧史本作"固"。
④ 有:原本無,據廣諧史增補。
⑤ 於齊:原本無,廣諧史作"於",據楊鐵崖先生文集全録本增補。

⑥ 曠：原本作"功"，楊鐵崖先生文集全録本作"功成"，據廣諧史改。

⑦ 霸：原本作"羈"，據廣諧史、楊鐵崖先生文集全録本、四部叢刊本改。

⑧ 娟：楊鐵崖先生文集全録本作"媧"，文淵閣四庫全書本作"媚"。

⑨ 日：原本作"曰"，楊鐵崖先生文集全録本作"月"，據廣諧史、文淵閣四庫全書本改。

⑩ 嘗：原本作"賞"，據廣諧史、文淵閣四庫全書本改。

⑪ 未有：原本無"有"字，文淵閣四庫全書本作"未嘗"，據廣諧史、楊鐵崖先生文集全録本增補。

⑫ 皜皜乎不可尚：原本作"皜乎尚"，據廣諧史、楊鐵崖先生文集全録本改。

⑬ 驕：原本作"橋"，據廣諧史、文淵閣四庫全書本改。亡：原本作"已"，據楊鐵崖先生文集全録本改。

⑭ 職列大司農：原本作"職到大農"，楊鐵崖先生文集全録本作"職列大農"，據廣諧史本改。

⑮ 二：楊鐵崖先生文集全録本作"三"。

⑯ 糜：原本作"縻"，據廣諧史、楊鐵崖先生文集全録本改。

⑰ 去：原本作"云"，據廣諧史改。

⑱ 白：原本作"自"，據廣諧史、楊鐵崖先生文集全録本、四部叢刊本改。下同。

⑲ 俄：原本作"我"，文淵閣四庫全書本作"昔"，據廣諧史改。

⑳ 迺：原本作"通"，楊鐵崖先生文集全録本作"道"，據廣諧史改。

㉑ 喊而無德之者：文淵閣四庫全書本作"不損下以益上"。

【箋注】

〔一〕文撰於鐵崖晚年退隱松江時期，即元至正二十年（一三六〇）以後。繫年依據參見本卷麴生傳。

〔二〕河內：大約指黃河以北地區。

〔三〕夏后：夏朝帝王，即大禹與繼任者。青州：禹貢所謂"九州"之一，大約爲泰山以東至渤海一帶。尚書正義卷六禹貢："海岱惟青州……厥土白墳，海濱廣斥。厥田惟上下，厥賦中上，厥貢鹽絺海物惟錯。"

〔四〕"至周"二句：周禮天官鹽人："鹽人掌鹽之政令，以共百事之鹽。祭祀，共其苦鹽散鹽。賓客，共其形鹽散鹽。王之膳羞，共飴鹽，后及世子亦如之。"注："形鹽，鹽之似虎形。飴鹽，鹽之恬者，今戎鹽有焉。"

〔五〕夙沙氏：漢史游撰、唐顏師古注急就篇卷二："鹽，生於鹹水者也。古者夙沙氏初煮海爲鹽，其後又出河東大鹵、臨卭火井焉。今則處處有之矣。"

按：相傳夙沙氏爲黃帝時諸侯國。參見清人徐文靖撰竹書統箋卷首下前
編“作下謀之樂”條。

〔六〕管夷吾：即管仲。按：管仲獻策於齊桓公，令百姓煮鹽，政府販賣，“得成
金萬一千餘斤”。詳見管子卷二十三輕重甲第八十。

〔七〕拂廬：本指吐蕃貴族所用大型氈帳，元人則指一般氈帳（俗稱蒙古包）。
舊唐書吐蕃傳上：“貴人處於大氈帳，名爲拂廬。”

〔八〕潤下：書洪範：“水曰潤下，火曰炎上……潤下作鹹，炎上作苦。”傳：“水鹵
所生。”正義曰：“水性本甘，久浸其地，變而爲鹵，鹵味乃鹹。”

〔九〕庾嶺：即大庾嶺，“五嶺”之一，位於今江西、廣東兩省交界處。爲嶺南、嶺
北交通要道。因道旁多植梅樹，又稱梅嶺。書説命下：“若作和羹，爾惟
鹽梅。”

〔十〕“吳王”二句：漢書吳王濞傳：“吳有豫章郡銅山，即招致天下亡命者盜鑄
錢，東煮海水爲鹽，以故無賦，國用饒足。”注：“如淳曰：鑄錢煮海，收其利
以足國用，故無賦於民也。”

〔十一〕“江漢”二句：孟子滕文公上：“子夏、子張、子游以有若似聖人，欲以所
事孔子事之。强曾子，曾子曰：‘不可。江漢以濯之，秋陽以暴之，皜皜
乎不可尚已！’”

〔十二〕東郭咸陽：齊國大夫東郭牙後裔，西漢武帝時“爲大農丞，領鹽鐵事”。
參見史記平準書。

〔十三〕“時雒陽”二句：漢書食貨志下：“於是以東郭咸陽、孔僅爲大農丞，領鹽
鐵事。而桑弘羊貴幸。咸陽，齊之大鬻鹽；孔僅，南陽大冶，皆致產累
千金。”

〔十四〕見鬭孟軻氏：指孟子與白圭之争。詳見孟子告子下。

〔十五〕調齊衆喊：揚子法言問神卷：“瞽曠能默，瞽曠不能齊不齊之耳；狄牙能
喊，狄牙不能齊不齊之口。”疏：“狄牙，易牙也……狄牙能喊，謂狄牙能
和調也。司馬云：瞽曠能審正聲，而人之耳清濁高下各有所好，瞽曠不
能齊也。狄牙能嘗和味，而人之口酸辛鹹苦各有所好，狄牙不能齊也。”

璞隱者傳　爲海虞繆仲素譔〔一〕

隱者蒲氏，名玄玉①，璞隱自號也。上世祖徠人〔二〕，戰國有仕齊即
墨大夫，又爲即墨人〔三〕。其始祖曰煋氏涅②者，隱祖徠山，得煉形術。

初煉體純③赤，再而青，三而玄。其面光④可鑑，文有五龍章。涅初生時，筮之得⑤繇曰："震木其相，離火其光。非青非⑥黃，玄斯用章。水石摩蕩，吸隱吐陽。以相四目〔四〕，天下文昌。厄祖龍氏〔五〕，玄用皴皵。文塞而敝，與滕⑦氏同傷〔六〕。孰愈璞隱，卒退於洪蒙（叶厖）。"

後涅⑧相倉頡氏制字，太昊氏畫易造書契〔七〕，頡與涅同功佐文明。農黃氏、陶唐氏、姚虞氏、夏后氏⑨著三墳、五典、八索、九丘，煥乎其有成章，皆涅子姓也。秦時，有由即墨隱泰山，始皇⑩東封泰山，遇其人，爵爲"五大夫"〔八〕。及坑焚禍作，殃及大夫〔九〕。胤子在官，襲封松滋侯〔十〕。惟用於刑，俾議黥劓⑪事。時上愚視民，曰"黔"，視松滋亦⑫黔耳。松滋之後曰隃糜⑬，在漢賴尚書令僕薦引〔十一〕，與管城子毛⑭穎同升〔十二〕，道亦不能⑮行。蜀人揚雄氏居家習玄學，退而依糜。雄上長楊賦，非藉糜爲客，則不能見翰⑯林主人，故雄始信⑰，終以"客卿"呼之〔十三〕。糜遂隱於蜀，子孫不聞有顯者。

聞浮提國有分派，曰金胡氏，汁灑地能幻文成字〔十四〕。曁有九子者，與二陸爲文字交〔十五〕，然亦不利大人，多利陰陽。婚家時祝辭曰："九九子子⑱，生之松滋。宜爾子孫，蟄如⑲螽斯。"至宋紹興，而玄玉始以璞隱自秘，不知生父氏。自云與蜀之涪陵蒲序氏同居萬松岡〔十六〕，交若膠凍然，遂占姓於蒲。異日序亡，蜀亦亂。

璞隱東入吳，至海虞山〔十七〕，遇⑳繆公子稱知己〔十八〕，繆築㉑軒居之，且以其姓姓軒。權貴人詣㉒蒲軒，爭欲致璞隱。璞隱終不起，且曰："吾祖由蒼頡氏召用，佐功文明。文極而僝，天厭僝，火嬴氏，況又僝嬴後者乎？予不隱，其有不以弔滕氏者弔蒲氏乎㉓！此予璞隱亦應祖繇。"晚年㉔得道，自詫曰："吾用物精，多吾壽，可以敵堅木矣。入水不濡，入火不蒸矣，得吾道者蓋鮮矣！"（李廷珪墨可以割木〔十九〕，入水火不壞。）

太史氏曰：上古有黑鹵㉕氏，涅出燵氏，其黑鹵㉖支乎！中古孤竹君亦由台㉗氏改墨氏〔二十〕，至璞隱又冒蒲云㉘。墨氏其先雖爵顯，於秦賤與黔首㉙等，孰與無赫赫名帝皇世而功煥然在天下！嗚呼，璞隱用不用，係天下取舍。不幸殘於黥釟㉚，窮於雕篆點黯㉛。神㉜矣乎！始繇之見也。若璞隱者，謂之隱無用文者，非歟！

【校】

① 鐵崖文集卷三、萬曆四十三年刊明陳邦俊輯廣諧史卷二、楊鐵崖先生文集全錄卷三載此文,據以作校本。玄玉:廣諧史作"玄圭"。下同。

② 熛氏:楊鐵崖先生文集全錄本作"太氏"。涅:原本作"濕",據下文及四部叢刊本、楊鐵崖先生文集全錄本改。

③ 純:原本無,據鐵崖文集本、廣諧史、楊鐵崖先生文集全錄本增補。

④ 光:原本作"老",據鐵崖文集本、廣諧史、楊鐵崖先生文集全錄本改。

⑤ 得:原本無,據鐵崖文集本、廣諧史、楊鐵崖先生文集全錄本增補。

⑥ 非:原本作"州",據鐵崖文集本、廣諧史、楊鐵崖先生文集全錄本改。

⑦ 滕:原本作"勝",廣諧史作"藤",據鐵崖文集本、楊鐵崖先生文集全錄本改。

⑧ 後涅:原本作"俊捏",據鐵崖文集本、廣諧史、楊鐵崖先生文集全錄本改。

⑨ "畫易造書契,頡與涅同功佐文明。農黃氏、陶唐氏、姚虞氏、夏后氏"凡二十五字,原本無,據鐵崖文集本、廣諧史、楊鐵崖先生文集全錄本增補。

⑩ 始皇:鐵崖文集本、廣諧史、楊鐵崖先生文集全錄本作"秦皇"。

⑪ 劓:原本作"劀",據廣諧史本改。

⑫ 亦:原本作"上",據鐵崖文集本、廣諧史、楊鐵崖先生文集全錄本改。

⑬ 隃麋:原本作"瑜麋",據廣諧史改。下同。

⑭ 子毛:原本作"子",鐵崖文集本、廣諧史作"毛",合二本而補。

⑮ 能:原本無,據廣諧史、楊鐵崖先生文集全錄本增補。

⑯ 翰:原本作"幹",據鐵崖文集本、廣諧史、楊鐵崖先生文集全錄本改。

⑰ 信:原本無,據廣諧史增補。

⑱ 九九子子:鐵崖文集本、廣諧史、楊鐵崖先生文集全錄本作"九子九子"。

⑲ 蟄如:楊鐵崖先生文集全錄本作"蟄蟄"。

⑳ "與蜀之涪陵蒲序氏同居萬松岡,交若膠凍然,遂占姓於蒲。異日序亡,蜀亦亂。璞隱東入吳,至海虞山,遇"凡四十字,原本無,據鐵崖文集本、廣諧史、楊鐵崖先生文集全錄本增補。膠凍:廣諧史、楊鐵崖先生文集全錄本作"膠漆"。

㉑ 築:楊鐵崖先生文集全錄本作"竹"。

㉒ 詣:原本作"諧",據鐵崖文集本、廣諧史、楊鐵崖先生文集全錄本改。

㉓ 乎:原本無,據鐵崖文集本、廣諧史、楊鐵崖先生文集全錄本增補。

㉔ 年:原本作"午",據鐵崖文集本、廣諧史、楊鐵崖先生文集全錄本改。

㉕ 黑鹵:鐵崖文集本、廣諧史作"墨(齵)",楊鐵崖先生文集全錄本作"黑齒"。

㉖ 鹵：鐵崖文集本、廣諧史、楊鐵崖先生文集全録本作"齒"。

㉗ 台：四部叢刊本作"召"，誤。參見注釋。

㉘ 云：原本作"去"，據鐵崖文集本、廣諧史改。

㉙ 黔首：原本作"黔"，據鐵崖文集本、廣諧史增補。

㉚ 黥：鐵崖文集本、廣諧史、楊鐵崖先生文集全録本作"黔"。鈐：楊鐵崖先生文集全録本作"鑱"。

㉛ 點黝：原本作"點"，據鐵崖文集本、廣諧史、楊鐵崖先生文集全録本增補。

㉜ 神：文淵閣四庫全書本作"其命"。

【箋注】

〔一〕文撰於鐵崖晚年退隱松江時期，即元至正二十年（一三六〇）以後。繫年依據參見本卷斃生傳。海虞：山名，即虞山，借指常熟（今屬江蘇）。繆仲素：名貞，號烏目山樵，常熟人。參見東維子文集卷二十一五湖宅記。清邵松年輯海虞文徵卷二十四所録璞隱者傳後附跋語曰，常熟文人繆仲素"藏李廷珪墨，鐵崖戲爲此傳"。

〔二〕徂徠：山名。位於今山東泰安東南。按："徂徠之松"有名於世，而松烟墨産生很早，故曰"上世徂徠人"。

〔三〕即墨：今屬山東省。按：唐人文嵩撰文房四友傳，封硯爲即墨侯。

〔四〕以相四目：相傳倉頡有四目，故下文曰"後涅相倉頡氏制字"。

〔五〕厄祖龍氏：意爲遭遇秦始皇禁毁書籍，破壞文化。

〔六〕滕氏：指藤紙，借指紙張。參見宋高似孫剡録卷七紙剡藤。

〔七〕太昊氏：即伏羲氏。

〔八〕五大夫：史記秦始皇本紀："二十八年，始皇東行郡縣，上鄒嶧山，立石，與魯諸儒生議，刻石頌秦德，議封禪望祭山川之事。乃遂上泰山，立石，封，祠祀下，風雨暴至，休於樹下。因封其樹爲‘五大夫’。"

〔九〕"及坑焚禍作"二句：即上述縣文所謂"厄祖龍氏"。

〔十〕松滋侯：詳見文嵩撰松滋侯易玄光傳，文載宋蘇易簡撰文房四譜卷五。按：唐人文嵩封文房四友，筆爲管城侯，楮爲好時侯，研爲即墨侯，墨爲松滋侯，皆爲作傳。

〔十一〕隃糜：墨名。宋王十朋撰東坡詩集注卷十四孫莘老寄墨四首之二："古漆窺蠹簡，隃糜給尚方。"注："漢尚書令僕丞郎，月給隃糜墨大小二枚。尚方則官名，乃給墨之所。"

〔十二〕管城子毛穎：喻指毛筆。參見韓愈撰毛穎傳、文嵩撰管城侯毛元鋭傳。

〔十三〕客卿：漢書揚雄傳下：“雄從至射熊館，還，上長楊賦，聊因筆墨之成文章，故藉翰林以爲主人、子墨爲客卿以風。其辭曰……”

〔十四〕“聞浮提國”三句：拾遺記卷三周靈王：“浮提之國，獻神通善書二人，乍老乍少，隱形則出影，聞聲則藏形。出肘間金壺四寸，上有五龍之檢，封以青泥。壺中有黑汁如淳漆，灑地及石，皆成篆隸科斗之字。記造化人倫之始，佐老子撰道德經，垂十萬言。寫以玉牒……及金壺汁盡，二人刳心瀝血，以代墨焉。”

〔十五〕二陸：指陸機、陸雲。參見東維子文集卷十二二陸祠堂記。陸雲撰與兄平原書：“古有九子之墨，祝婚者取多子之義。祝曰：‘九子之墨，成於松烟。本姓長生，子孫無邊。’”（載明梅鼎祚編西晉文紀卷十七西晉。）

〔十六〕蒲序：宋代著名製墨工匠。元陸友撰墨史卷下宋：“蒲序字中庠，隱居涪陵，作墨名世，不爲外飾……曾見序墨一笏於大梁張君錫家……下云‘墨隱蒲序製’。或云在（李）廷珪前。序，宋渡江時尚存。其後有蒲雲、蒲彦輝、蒲廷璋，皆其族人也。”

〔十七〕海虞山：今江蘇常熟之虞山。

〔十八〕繆公子：指繆仲素。參見前注。

〔十九〕李廷珪：宋羅願新安志卷十墨：“江南黟、歙之地，有李廷珪墨尤佳。廷珪本易水人，其父超，唐末流離渡江，睹歙中可居造墨，故有名。”

〔二十〕“中古”句：史記伯夷列傳：“伯夷、叔齊，孤竹君之二子。”索隱：“按地理志，孤竹城在遼西令支縣。應劭云伯夷之國也。其君姓墨胎氏。”

竹夫人傳〔一〕

　　夫人竹氏，名箈①，字珍瓏②，自號抱節君。其先爲孤竹君之子〔二〕，曰允③，曰智〔三〕，諫武王伐紂④，不聽，遂不食周粟，餓於首陽山。且死，召其族告曰：“吾不食死，百世後當有不食飲者爲吾女氏，以救世之濁熱。器成於將作匠之羅織⑤，然未嘗如⑥鎖子婦之隳其節也〔四〕。”越若干世，爲宋之元祐⑦年，果生夫人〔五〕。

　　夫人生而瘠，如篋器，成於⑧將作匠之羅織，巧慧其中，玲瓏空洞，無他腸。又善滑稽圓轉，雖與人狎，其情邈然，如木偶氏。誚夫人者，無蠡斯分〔六〕；而善⑨之者，則無内荒長舌之禍也。嘗見聘趙氏子，充家奴畜之。豫章黃太史庭堅聞其人，作詩譃⑩之，以爲“憩臂休⑪膝”辱夫人，而況又奴之乎〔七〕！夫人亦犯而不校。夫人自以家世素清節，終恥屈身於人，鉛華絲枲弗之御，雖荆釵棘簪之微，一皆棄斥。由王后嬪妃，下至公卿百執事，無不器重之。召亦無不往，然所在抱節，終身未嘗少污其潔。先是得長生久眎術於羿娥氏〔八〕，用能辟穀導引，以應鼻祖氏之言。其蹤迹詭秘，當炎而出，方秋即遁去。囊括其身，自比蜃⑫甎〔九〕。人或謂尸解，竟⑬不知其終。

　　史氏曰：莊周稱姑射山有神人〔十〕，肌膚若冰雪，綽約若處子。夫人豈其流亞歟！惟其辟穀，不食飲，故老不死，人疑爲女仙。後人有見於葛陂者，與壺丈人同蜕去云〔十一〕。

【校】

① 鐵崖文集卷一、萬曆四十三年刊明陳邦俊輯廣諧史卷二、楊鐵崖先生文集全録卷三載此文，據以作校本。筎：鐵崖文集本、廣諧史、楊鐵崖先生文集全録本作“筊”。

② 字珍瓏：鐵崖文集本、廣諧史、楊鐵崖先生文集全録本作“小字玲瓏”。

③ 曰允：原本無，鐵崖文集作“曰元”，據廣諧史、楊鐵崖先生文集全録本、史記增補。參見注釋。

④ 諫武王伐紂：鐵崖文集本、廣諧史作“見武王伐紂，諫”。

⑤ “器成於將作匠之羅織”凡九字：原本脱，據楊鐵崖先生文集全録本補。

⑥ 如：鐵崖文集本作“奴”。

⑦ 祐：原本作“佑”，據楊鐵崖先生文集全録本、文淵閣四庫全書本改。

⑧ 於：原本無，據鐵崖文集本、廣諧史增補。

⑨ 善：楊鐵崖先生文集全録本作“喜”。

⑩ 譃：原本作“雪”，據鐵崖文集本改。

⑪ 休：原本作“體”，據鐵崖文集本、楊鐵崖先生文集全録本改。

⑫ 蜃：原本作“雖有”，四部叢刊本作“維有”。據鐵崖文集本改。

⑬ 竟：原本無，據鐵崖文集本、楊鐵崖先生文集全録本增補。

【箋注】

〔一〕文撰於鐵崖晚年退隱松江時期，即元至正二十年（一三六〇）以後。繫年依據參見本卷麴生傳。竹夫人：圓柱形竹器，夏日用於清暑。擱脚墊臂，又名竹奴、青奴。參見明佚名鈔本楊維禎詩集卷下竹笐注。

〔二〕孤竹君：伯夷、叔齊之父，名初，字子朝。參見史記伯夷列傳。

〔三〕曰允曰智：史記伯夷列傳：“伯夷、叔齊，孤竹君之二子。”索隱：“……伯夷名允，字公信。叔齊名智，字公達。”

〔四〕鎖子婦：疑指鎖骨菩薩。續玄怪録補遺延州婦人：“昔延州有婦女，白皙頗有姿貌，年可二十四五，孤行城市，年少之子悉與之游，狎昵薦枕，一無所却。數年而歿，州人莫不悲惜，共醵喪具爲之葬焉。以其無家，瘞於道左。大曆中，忽有胡僧自西域來，見墓，遂趺坐具，敬禮焚香，圍繞讚歎數日……僧曰：‘非檀越所知，斯乃大聖，慈悲喜捨，世俗之欲，無不狥焉。此即鎖骨菩薩，順緣已盡，聖者云耳。不信即啓以驗之。’衆人即開墓，視遍身之骨，鈎結皆如鎖狀，果如僧言。”

〔五〕宋之元祐年果生夫人：黄庭堅與趙子充唱和竹夫人詩，在北宋元祐四年（一○八九），鐵崖以此爲竹夫人之生年。參見宋黄䆫撰山谷年譜卷二十五。

〔六〕螽斯：毛詩正義卷一螽斯：“螽斯，后妃子孫衆多也。言若螽斯不妬忌，則子孫衆多也。”

〔七〕“豫章”四句：黄庭堅竹夫人詩題曰：“趙子充示竹夫人詩，蓋凉寢竹器。憩臂休膝，似非夫人之職。予爲名曰青奴，并以小詩取之二首。”

〔八〕羿娥氏：即嫦娥。相傳嫦娥爲后羿之妻，故有此稱。

〔九〕璽甕：清鄂爾泰授時通考卷七十四蠶事繭甕圖説：“繭甕，藏繭器也。爲繭多，繰不及，稍遲則蛾穿繭出，故藏之以緩蛾變。”

〔十〕姑射山神人：參見陳善學序刊楊鐵崖先生文集卷五素雲引爲玄霜公子賦注。

〔十一〕“後人”二句：參見鐵崖先生古樂府卷二簫杖歌注。

學圃丈人傳〔一〕

丈人出蕭史氏〔二〕，生龍虎之阜〔三〕，高居會稽之陽〔四〕。丈人生而機悟絶人，長而慷慨偉風度，有治天下之才，而不干①於仕。晚乃棄儒衣冠入道，研窮至理。又自理於畔，以老圃爲事。抱罍握臿，不自以爲苦②。築亭③圃中，既以字④之，人且以“學圃丈人”目之。

怪而扣者曰：“孔子大聖，嘗吏乘田。莊周大賢，嘗吏漆園。未聞以老圃爲事,如小人之樊而見絶於聖人之門〔五〕。"丈人勃然曰:"有是哉! 彼有離絶卿相,桔⑤橰於園,幾於近名〔六〕。攻治陳言,腐滅歲絶⑥,不窺於園〔七〕,幾於喪真。吾幸免乎二者之累,園公圃更⑦,爲社爲鄰。人無識我,我亦無識於人,烏知我不如老圃與古先之至人?"扣者憮然欲退,丈人復止曰:"汝以予爲圃人乎? 請告若以圃道也。理圃者,理天下之範也。圃理而蔬茹苜⑧焉,藥果實焉,材木出焉,凡地産之利無窮屈焉。一日不治,則⑨利盡廢,可不慄⑩乎哉! 噫吁嘻,此⑪客馬踐園,而漆室女之爲憂者長也〔八〕。"扣者再拜謝曰:"始吾以丈人爲鉏丁,不知其爲有道人也。"野史鐵篴道人爲録其詞,爲傳而又贊之曰:

樊須氏之儒,叛教自愚。於陵子之卿,盜廉自污。吾非斯人之徒⑫與! 其列禦寇之居(列子隱居田圃四十年〔九〕),漢陰⑬叟之徒也歟(漢陰丈人羞用桔橰〔十〕)!

【校】

① 楊鐵崖先生文集全録卷三、鐵崖漫稿卷三載此文,據以作校本。干:原本作"奸",楊鐵崖先生文集全録本作"妍",據鐵崖漫稿本改。
② 苦:原本無,楊鐵崖先生文集全録本、鐵崖漫稿本作"秔",據文淵閣四庫全書本增補。
③ 亭:文淵閣四庫全書本作"室"。
④ 字:文淵閣四庫全書本作"安"。
⑤ 桔:原本作"枯",據楊鐵崖先生文集全録本、文淵閣四庫全書本改。
⑥ 絶:楊鐵崖先生文集全録本、鐵崖漫稿本作"紀"。
⑦ 更:原本作"吏",據楊鐵崖先生文集全録本改。
⑧ 圃理而蔬茹苜:原本作"圃而蔬茹出",據楊鐵崖先生文集全録本、鐵崖漫稿本改補。
⑨ 則:楊鐵崖先生文集全録本作"其"。
⑩ 慄:原本爲墨丁,文淵閣四庫全書本作"學"。四部叢刊本作"慎",據楊鐵崖先生文集全録本、鐵崖漫稿本改。
⑪ 此:原本作"北",據楊鐵崖先生文集全録本、鐵崖漫稿本改。
⑫ 徒:原本作"是",據四部叢刊本改。
⑬ 陰:原本作"英",據楊鐵崖先生文集全録本、鐵崖漫稿本、文淵閣四庫全書本改。

【箋注】

〔一〕文當撰於元至正十四年(一三五四)前後,其時鐵崖任杭州宣課副提舉。
繫年依據:鐵崖友人顧瑛有學圃亭詩爲蕭元泰真人賦(載宛委別藏本玉
山璞稿卷上),作於至正十四年甲午,本文撰期蓋相距不遠。學圃丈人:
指蕭景微。蕭景微字元泰,齋名學圃,番陽(今江西鄱陽)人。道士。其年
歲當與鄭元祐相仿。(參見下引鄭元祐識文。)居會稽(今浙江紹興),一
度賣藥爲生。元季常游吳中,與李孝光、蘇天爵、鄭元祐、陳基、袁華等皆
有交往,尤與泰不華、顧瑛交好。參見顧瑛學圃亭詩爲蕭元泰真人賦,李
孝光詩題周耕雲爲蕭元泰畫龍虎仙巖圖(載元詩選二集),蘇天爵撰題兼
善尚書自書所作詩後(載滋溪文稿卷三十),陳基詩至正十年秋八月聞玉
山隱君偕蕭元泰鄭明德于彥成郯九成琦元璞游天平時余留笠澤不得與此
游乃賦詩一首以寄(載玉山紀游)、寄蕭尊師(載草堂雅集卷一),袁華詩
丙申歲有懷南北師友之蕭元泰先生(載耕學齋詩集卷八)。

按:全元文第五十八册從玉山名勝集輯得蕭景微分韻詩序一篇,所
撰作者小傳僅有姓名籍貫,以及"至正年間在世"一句,字號生平,一概闕
如。今再考之:

玉山名勝集卷三載蕭景微分韻詩序曰:"至正辛卯,余自句吳還會稽,
飲酒玉山而別。當是時,已有行路難行之歎矣。繼而荆蠻淮夷,山戎海
寇,謷呼并起,赤白囊旁午道路。驅馳鋒鏑間,又復相見,因相與道寒温,
慰勞良苦。玉山爲設宴,高會梧竹堂上,在座皆俊彦,能文章……於是飲
酒樂甚。明當重九,遂以'滿城風雨近重陽'爲韻分賦。(至正十二年)壬
辰九月八日,番陽蕭景微序。"又,玉山名勝集卷七袁華得雲字詩後附鄭元
祐寫蕭元泰詩序後懷達兼善:"冬十月,蕭尊師自越至界溪,君邀尊師觴咏
笑樂,時坐客分韻題詩,而蕭君爲之序。蓋自越道杭也,目擊杭城遭賊焚
燬,況尊師與予皆與白野達兼善公相友善……今公既歿而蕭君與余亦皆
老矣,援筆感念,爲之慨然。遂昌鄭元祐識。今至正十二年也。"據上引兩
文可知,蕭尊師名景微,字元泰。至正十二年九、十月間盤桓於吳地,常應
邀赴顧瑛草堂酒宴。蓋蕭景微不善作詩,故時常承擔撰序之責,而玉山草
堂雅集中不見其詩其傳,也就在情理之中。又,顧瑛詩學圃亭詩爲蕭元泰
真人賦曰:"學圃丈人蕭神翁,黃冠羽服山澤容……紫皇一日授瓊簡,命主
海上蓬萊宫……賜以會稽外史號,錫以翠羽流金鈴。我識丈人甫十歲,示
我琅函啟神秘。飽讀山中石室書,碧玉丹章盡奇字。謂我身中有仙骨,晚

歲相期供服事。大丹九轉今已成,我獨胡爲走塵世。"可見蕭元泰與顧瑛
交往頗久,居越地而常游吳中。

〔二〕蕭史:相傳爲秦穆公時人,後升仙。參見陳善學序刊楊鐵崖先生文集卷一
牝雞雄注。

〔三〕龍虎之阜:即龍虎山,道教聖地,位於今江西鷹潭市。此借指番陽。

〔四〕會稽:山名。位於今浙江紹興。李孝光詩題周耕雲爲蕭元泰畫龍虎仙巖
圖:"會稽蕭君忽相訪,笑以此圖令我看。"又,顧瑛詩學圃亭詩爲蕭元泰真
人賦:"曾候青牛瞻紫氣,佩劍隱入東蒙峰。南尋玉書探禹穴,鞭霆敕電騎
蒼龍……賜以會稽外史號,錫以翠羽流金鈴。"按:所謂"探禹穴",指蕭元
泰居會稽。禹穴位於會稽山中,參見麗則遺音卷二禹穴賦。

〔五〕樊:即樊遲,名須,故下文稱之爲樊須。孔子七十二弟子之一。論語子路:
"樊遲請學稼,子曰:'吾不如老農。'請學爲圃,曰:'吾不如老圃。'樊遲
出。子曰:'小人哉,樊須也! 上好禮則民莫敢不敬,上好義則民莫敢不
服,上好信則民莫敢不用情。夫如是,則四方之民襁負其子而至矣,焉
用稼!'"

〔六〕"彼有"三句:史記魯仲連鄒陽列傳:"是以孫叔敖三去相而不悔,於陵子
仲辭三公爲人灌園。"集解引列士傳:"楚於陵子仲,楚王欲以爲相,而不
許,爲人灌園。"參見孟子滕文公下。

〔七〕不窺於園:漢書董仲舒傳:"董仲舒,廣川人也。少治春秋,孝景時爲博
士。下帷講誦,弟子傳以久次相授業,或莫見其面。蓋三年不窺園,其精
如此。"

〔八〕漆室女:列女傳卷三魯漆室女:"漆室女者,魯漆室邑之女也。過時未適
人。當穆公時,君老太子幼……鄰婦笑曰:'此乃魯大夫之憂,婦人何與
焉?'漆室女曰:'不然,非子所知也。昔晉客舍吾家,繫馬園中。馬佚馳
走,踐吾葵,使我終歲不食葵。鄰人女奔,隨人亡。其家倩吾兄行追之,逢
霖水出,溺流而死。今吾終身無兄。吾聞河潤九里,漸洳三百步。今魯君
老悖、太子少愚,愚僞日起。夫魯國有患者,君臣父子皆被其辱,禍及衆
庶。婦人獨安所避乎? 吾甚憂之。子乃曰婦人無與者,何哉?'"

〔九〕列子:即列禦寇。列子卷一天瑞:"子列子居鄭圃四十年,人無識者。"參
見莊子內篇應帝王、外篇列禦寇。

〔十〕羞用桔橰:指漢陰丈人抱甕灌園,拒絕使用桔橰。詳見莊子天地篇。

魯鈍生傳[一]

魯鈍生,不知何許人,或曰東魯人也。六歲善讀書,日記萬餘言。十歲能爲古歌詩。長明春秋經學。狀貌奇古,人以爲偉兀氏。魯鈍生笑曰:"使余氏西域①,用法科才魁天下士,一日之長耳。不幸生江南,爲孤雋,落魄湖海間,以任縱自廢。"浙憲使者嘗辟生爲書史,生拂然曰②:"抱成案與俗胥離立大官前,非吾業,亦非吾志!"遂卻。

余嘗解后③生西湖之西、東湖之東,與之登天目,歷七十二弁之峰[二],題詩絕壁④上。間逢山中異人,讀之咸擊節,以爲人間奇才也。生酒餘必歌詩,詩之餘,索余莫邪笛,作君山古弄[三]。弄闋,呼山童出陁尼錦囊中宣和賜墨,研銅雀甄瓦[四],作儋⑤州禿翁古木石[五],及中嶽外史雲嶠圖[六],自謂在古無上。人欲以富貴勢得之,弗能;或遇江海奇士,不需而乞與之。

生剛果廉直,見人過不能容,或面折之,有一善則又稱道不已。其是非曲直之性,頗與余同。故余在三吴山水間,多與之游。晚年著書,自號金馬子,有太平萬言書,約余北上,共余三史統辯陳天子之庭,而予未果也。今年春,忽⑥自葛峰來[七],會余雲間,曰:"吾將挾吾戀爲太史公游,遇偉人問余爲誰,余嬾自陳,請子作魯鈍生傳。"故余爲之傳云。

楊先生曰:余友海內奇士,屈指不能四三人。其一曰茅山外史張公雨[八],其一曰大癡子黃公望[九],二人者⑦老矣。晚得魯鈍生,生始明經,不肯冒西俗舉,性正矣。及遇辟⑧,又不肯諂事貴官,益高矣。樂從余游山水間,適矣⑨。酒後吹鐵笛,和古歌章,若狂矣。而晚將獻天子書,陳天下利病⑩成敗,其果狂者乎! 其果狂者乎⑪!

【校】

① 楊鐵崖先生文集全録卷三、鐵崖漫稿卷三載此文,據以校勘。氏西域:原本作"氏西城",文淵閣四庫全書本作"抵西域"。據四部叢刊本、楊鐵崖先生文集全録本、鐵崖漫稿本改。

② 曰:原本作"也",據楊鐵崖先生文集全録本、鐵崖漫稿本改。

③ 解后：文淵閣四庫全書本作"邂逅"。

④ 壁：原本作"筆"，據四部叢刊本、楊鐵崖先生文集全録本、鐵崖漫稿本改。

⑤ 儋：原本作"涪"，據楊鐵崖先生文集全録本、鐵崖漫稿本改。

⑥ 春忽：原本作"忽春"，據四部叢刊本、楊鐵崖先生文集全録本、文淵閣四庫
　　全書本改。

⑦ 者：原本無，據楊鐵崖先生文集全録本補。

⑧ 辟：原本作"避"，據鐵崖漫稿本、楊鐵崖先生文集全録本、文淵閣四庫全書
　　本改。

⑨ 矣：原本無，據楊鐵崖先生文集全録本、鐵崖漫稿本增補。

⑩ 病：楊鐵崖先生文集全録本作"弊"。

⑪ 其果狂者乎：原本僅一句，據楊鐵崖先生文集全録本增補。

【箋注】

〔一〕文當撰於元至正九、十年間，其時鐵崖在松江吕氏塾授學。繫年依據：其
　　一，文中曰"余友海内奇士，屈指不能四三人，其一曰茅山外史張公雨"，
　　可見當時張雨在世，必爲至正十年秋張雨謝世之前。其二，文中又有"今
　　年春，（魯鈍生）忽自葛峰來，會余雲間"等語，知其時鐵崖寓居松江。魯
　　鈍生：指馬琬。馬琬號魯鈍，從學於鐵崖，鐵崖稱之爲"友生"。參見東維
　　子文集卷十七光霽堂記。

〔二〕七十二弁：太湖山峰之統稱。參見鐵崖先生古樂府卷四弁峰七十二注。

〔三〕君山古弄：君山老父所奏笛曲。參見本卷跋君山吹笛圖。

〔四〕銅雀甄瓦：指銅雀瓦硯。參見麗則遺音卷三銅雀瓦注。

〔五〕儋州秃翁：指蘇軾。

〔六〕中嶽外史：指米芾。

〔七〕葛峰：蓋指葛嶺，位於今浙江杭州西湖之北。

〔八〕張雨：參見鐵崖先生古樂府卷二奔月巵歌注。

〔九〕黃公望：參見本卷跋君山吹笛圖注。

慧觀傳[一]

　　慧觀，東越婦也[二]，家世業儒。未笄時，大父異其警悟，授以五行
書，長而益深其學。推人貴賤禍福，往往奇中。中年家祚落，從其夫

游江海間。夫亦儒家子,得妻之術,相與簾市肆,售其術,問者則皆之慧觀氏。

慧觀清而弱,日推言數人,得錢給薪米,即謝客。過其門者,莫不目而駭之。余嘗與之語而異其人,蓋非婦人也。慧觀之言曰:"吾不幸形婦人以生,生而不能以婦人自處,又其不幸也。重不幸而以生年①月日爲人言貴賤禍福,是特以生吾之生。不知生吾之生者,果何言②取乎? 不然,形吾累也。然天固假我以形,而實無形也;洩我以言,而實無言也。以言求吾,猶索日③於影,況形乎! 且吾之爲吾,亦非吾之所得吾也,吾特吾之耳。又不知吾之見者,有以吾之不吾者觀吾否乎? 然則世之罪我者,固不少於生我者也。"

楊子曰:"婦人之言有是哉! 觀乎觀乎,可以婦人目④之乎! 吾聞藐姑射之山在北海中,有仙人居焉,肌膚若冰雪,綽約若處子。乘雲氣,御飛龍,而游於四海之外。大⑤浸稽天而不溺,大旱金石流、山土焦而不熱〔三〕。不知溺我熱我⑥者,又有所謂水火者焉。觀,室處者也,千里而游,蓋無一日而不在水火中也,不爲其溺且熱,其乘雲⑦氣、御飛龍而游乎四海之外,不自千里者始乎? 觀乎觀乎,吾以姑射之仙望之矣。居北海之中者,彼何人哉!"

【校】

① 鐵崖文集卷三載此文,據以作校本。重:原本作"厘",據鐵崖文集本改。年:原本無,據鐵崖文集本增補。
② 何言:鐵崖文集本作"誰吉"。
③ 日:原本作"目",據鐵崖文集本改。
④ 目:原本作"月",據四部叢刊本、文淵閣四庫全書本改。
⑤ 大:原本作"火",文淵閣四庫全書本作"水",據鐵崖文集本改。
⑥ 熱我:原本無,據鐵崖文集本增補。
⑦ 雲:原本無,據鐵崖文集本增補。

【箋注】

〔一〕本文撰期不詳。慧觀:浙東人。儒士之女。以卜卦相命謀生。乾隆紹興府志卷六十四列女載慧觀小傳,實摘自本文。
〔二〕東越:指錢塘江以東地區,大致相當於今浙江省東南部。

〔三〕"吾聞藐姑射之山在北海中"以下十句：參見陳善學序刊楊鐵崖先生文集
卷五素雲引爲玄霜公子賦注。

葉政小傳[一]

政字①克明,姓葉氏,淮陰人。自幼警悟,知讀書自奮拔。既冠,
以聿櫝②充浙省幕史。善建白,論裁常依名節,上官奇之。至正辛卯,
隨左丞孛羅帖木兒討海寇[二]。壬辰,侍平章伯顏帖木征湖廣[三],克池
陽[四]、銅陵,破蘭溪渠魁徐真一砦[五],削平蘄水賊巢,屢獲賞給。

丹陽縣富民束章輸漕至蘭溪[六],見政,與語莫逆,即以兄禮事之。
未幾,起糧赴沔陽[七],泣別曰："弟今濟大江,涉重地,死生未可知。兄
平生篤信義,願以資囊相託。"政固辭弗獲,俾章手緘藏之。逾月,章
鄉友朱讓率其奴來,曰："章不幸入蓮臺湖遇盜,死矣。"請其資囊。政
曰："汝寓物於章,章未嘗語我。我受託章③,義必質束氏,明以付汝。"
朱以政匿爲己有,銜之。明,政抵京口[八],會束、朱氏父子,坐丹陽驛
門,啓囊緘,得錢二百五十緡,黄金五十兩,白金五十兩,珠八千粒,衣
帛有差,歸之束④;又得錢五十緡,黄金五兩,白金五十兩,珠千粒,歸
之朱。二氏盛具酒食以謝,政不答而去。

政居軍中凡五年,悉心金穀,遇有功,輒驗格言諸上官。上官以
其致力匡区,移文薦之,授某官。父季實,從父蟾心[九],前至元俱奉詔
入覲。季實授行宣政院都事,蟾心授翰林直學士,有文集傳於家云。

【校】

① 字：原本作"自",據四部叢刊本、文淵閣四庫全書本改。
② 聿櫝：文淵閣四庫全書本作"讀律"。
③ 受託章：文淵閣四庫全書本作"受章託"。
④ 束：原本作"木",據文淵閣四庫全書本改。

【箋注】

〔一〕文當撰於元至正十五年(一三五五)前後,其時鐵崖在杭州任税務官。繫

年依據：文末曰葉政"居軍中凡五年"，而葉政於至正十一年辛卯從軍。

葉政：其名一作公政，字克明，淮陰(今屬江蘇)人。行宣政院都事葉季實子，翰林直學士葉蟾心從子。至正年間任江浙行省幕史。按：葉政還金事，元末流傳甚廣，參見南村輟耕録卷二十三葉氏還金、王逢梧溪集卷四葉公政還金辭。

〔二〕至正辛卯：即至正十一年(一三五一)。按元史泰不華傳，至正十一年二月，詔孛羅帖木兒爲江浙行省左丞，總兵至慶元，與泰不華等率軍討方國珍。六月，兵敗。

〔三〕伯顏帖木：即江浙平章卜顏鐵木兒。按元史卜顏鐵木兒傳，卜顏鐵木兒由行中書省參知政事陞左右丞，擢行御史臺中丞，遂拜江浙行省平章政事。至正十二年春，徐壽輝遣兵陷湖廣，侵江東、西，朝廷詔卜顏鐵木兒率軍討之。先後收復銅陵、池州、蘄水。至正十六年十一月卒於池州。

〔四〕池陽：今安徽貴池一帶。

〔五〕徐真一：指元末湖廣紅巾軍領袖徐壽輝。壽輝一名貞一，曾據蘄水爲都，國號天完，自稱皇帝。參見國初群雄事略卷三天完徐壽輝。

〔六〕束章：南村輟耕録卷二十三葉氏還金載其姓名爲束子章。丹陽縣：今屬江蘇省。蘭溪：州名，元代隸屬於婺州路，今屬浙江金華市。

〔七〕沔陽：按元史地理志，沔陽府隸屬於河南江北等處行中書省。今屬湖北省。

〔八〕京口：今江蘇鎮江。按元史地理志，丹陽縣隸屬於鎮江路。

〔九〕葉蟾心：葉政從父。元魯貞撰桐山老農集卷三有祭葉蟾心文。

小鴉傳〔一〕

小鴉者，錢唐人，姓張氏，名訥，字近仁。其父某，鄉校君，性鯁直，面折人過無忌憚，人呼爲"老鴉舌"。訥性如其父，人又呼爲"小鴉"。

游吳，出長紙書一通，斥詆黃、葉、蔡〔二〕，僞王張氏欲官於弘文，竟拂衣去。

大明天子遣使浙河，招異等材，訥在選中。凡二十五人，至京師，見天子於謹身殿〔三〕，各寔封獻所言。訥笑曰："汝輩封檀，上眠①爲爛紙語。不若訥檻在尺喙中,竟取決於天威咫尺下,從則留,不則還山也。"他^②言者出,訥獨後留。上問留故,訥答曰:"請與主詳言。"首言太廟,次千步廊城丁勞死事。上首肯之,放役丁生還者若干人。授官斷事。張氏僞官沈善、夏昱除官憲府^{〔四〕},訥聞,即走奉天門下,白上曰:"沈、夏,亡國俘,而置之風^③憲,非惟辱法臣,辱朝廷甚矣!"上韙其論,即黜退,連百餘人。銓吏嫉之,調訥山東縣令。上嘖銓者罵曰:"汝輩雞狗,忌訥在吾^④側耶?"復改授御史。後以言中傷臺長,請歸天目^⑤山^{〔五〕},上弗從,今轉諫議官云。

【校】

① 眠:原本作"眽",據文淵閣四庫全書本改。

② 他:文淵閣四庫全書本作"他日"。

③ 風:文淵閣四庫全書本作"法"。

④ 吾:原本作"五",四部叢刊本作"左"。據文淵閣四庫全書本改。

⑤ 目:原本作"日",據四部叢刊本、文淵閣四庫全書本改。

【箋注】

〔一〕文撰於明洪武元年(一三六八)或二年,其時鐵崖寓居松江。繫年依據:文中稱張士誠爲"僞王",稱朱元璋爲"大明天子",可見在明朝建立以後。小鴉:張訥,字近仁,錢唐人。元末游吳,張士誠欲聘之,不從。明初應朱元璋徵聘,至金陵,先後任御史、諫議官。又,洪武八年秋,朱元璋有敕文告誡諸位西行屬官,其中有甘肅衛經歷張訥,與本文所述蓋屬同一人。(參見明太祖集卷六諭岐寧衛經歷熊鼎知事杜寅西涼衛經歷蔡秉彞甘肅衛經歷張訥等)。

〔二〕黄、葉、蔡:指張士誠寵臣黃敬夫、葉德新、蔡彥文。參見陳善學序刊楊鐵崖先生文集卷六蔡葉行。

〔三〕見天子於謹身殿:按明太祖實錄卷二十五,朱元璋"新内"於吳元年(即元至正二十七年)九月建成,其中包括謹身殿。故張訥被召見於謹身殿,必在吳元年冬季之後。

〔四〕夏昱:張士誠屬官。據光緒歸安縣志卷二十九職官録,夏昱乃"維揚人,至正中任"歸安知縣。

〔五〕天目山:在浙江杭州。

雪篷子傳〔一〕

　　雪篷子葉氏,名以清,字子澄,雪篷其自號也。其先京口衣冠之冑,宋末,大父懋,避①地華亭,父鏌遂家焉。

　　篷貧而尚氣節,有古義俠風。德清尉劉昶者,聞其義聲,訴以三喪不舉,篷貸錢五千緡資之。監黟縣伯顏調兵昱領〔二〕,顏行,囑妻子曰:"我②死,母且老,當往依華亭葉子澄。"顏果死,一夕,篷夢顏曰:"老幼難中,請以爲託。"越二日,其妻子果奉母來歸。篷老其母若己母,幼其子若己子。

　　淮兵入蘇〔三〕,守淞苗帥某遁。淮帥史文炳以鄭煥尹郡〔四〕,鄭欲火巨室黨苗者,篷素與鄭交,白以大義而免。持金帛詣篷謝者旁午,悉拒不取。鄭辟篷尹華亭,紿以父病,辭。及鄭以賂敗③〔五〕,逮辜者六十餘人,篷獨免。初,鄭獲苗遺米,與篷一大舟,不受,轉以賑乏絕,無斗升及己。時避地依篷者,若建德尹楊瑀、平江尹貢師泰、建德通守毛景賢〔六〕,篷待之如平時。男女逾室家期者,爲擇配。瑀卒,囊無一錢,篷殯葬如禮。同門友胡方養疴同郡謝氏館,方無後,歸篷,具藥粥逾月,弗救,具棺槨。會親友籍方遺物,咸歸其弟妹。關西趙友道逆旅來歸,篷解衣推食閱四載,病期月,饋藥弗怠。浙省員外王國賢以囊橐留篷所〔七〕,國賢死,篷以完封歸其妻子。凡此皆近古豪俠之爲也。淮南左丞史父辟篷諮議〔八〕,不起。江浙辯章王公以省檄辟幕府〔九〕,亦不起應。南京天使訪賢人至淞〔十〕,首聘其人,終於不應。

　　事母極孝,母亡,哀毀骨立。晚年搆草堂蘆之津,躬耕在公田,墾老圃,以自食其力。不入城府者若干年④。當路重臣識與不識,皆慕之如古人⑤云。

　　鐵史曰:漢袁絲折安陵富人之言曰〔十一〕:"天下緩急所望者,獨季心、劇孟耳。"至嫚罵安陵曰:"陽從車騎來,一旦緩急不可恃。"吁,義俠之係於天下者如此,太史氏俠傳所由作也〔十二〕。淞之大姓民武斷其⑥里者,主之後之靡耳,烏有緩急所恃如心、孟者乎! 若篷者,亦淞之人,負氣俠,而亦庶乎心、孟之流乎! 故予特傳之。

【校】

① 避：原本無，據嘉慶松江府志卷五十葉以清傳補。參見注釋。

② 我：四部叢刊本作“戰”。

③ 敗：原本作“拜”，據文淵閣四庫全書本改。

④ 年：原本作“人”，據文意改。

⑤ 人：原本作“之”，據文淵閣四庫全書本改。

⑥ 武斷其：原本漫漶，據四部叢刊本、文淵閣四庫全書本補。

【箋注】

〔一〕文當撰於明初洪武元年（一三六八）二年之間，不得早於洪武元年八月，其時鐵崖寓居松江。繫年依據：文中稱朱元璋使節爲“南京天使”，而洪武元年八月，明政府始定應天爲南京，開封爲北京。雪篷：葉以清，生平見本傳。正德松江府志卷十六孝友傳載其生平事迹，實摘自本文。新元史卷二百四十篤行有葉以清傳，亦多采自本文，傳末曰：“明初，遣使者聘之。不應，卒於家。”

〔二〕伯顏：當於元末任黟縣（今屬安徽黃山市）達魯花赤。昱嶺：參見東維子文集卷二十二俞同知軍功志注。伯顏托夢請葉子澂贍養妻兒事，亦見明王鏊撰姑蘇志卷五十九紀異，叙述頗詳，可參看。

〔三〕淮兵：指張士誠軍隊。至正十六年（一三五六）二月，張士誠弟士德率軍攻佔姑蘇，改稱隆平府。隨後又破湖州、松江諸路。

〔四〕史文炳（？——一三六二）：張士誠部下。至正十六年張士誠攻占蘇州之後，被任命爲同知樞密院事，鎮守松江。元季伏莽志卷六逆黨傳史文炳：“文炳，士誠起事腹心也。至正十六年，由泖湖入古浦塘，破瀦湖柵，舳艫相望，旌旗蔽日。與王與敬陷松江，一矢不遺，松江遂爲張氏所有。士誠自高郵來隆平，分置官署，以文炳爲同知樞密院事，鎮松江……（楊）完者謀復建德，文炳以所部從。及受達識貼睦邇密指，與伯晟、吕珍等同圍完者於北門。完者遣使致牲酒于文炳，曰：‘願少須臾毋死，得以底裏上露。’報不可。完者出戰，屢挫，遂自刺死。文炳解衣裹尸，哭之，葬於城之陰。及明兵圍姑蘇，獨文炳不知所終。”又，吴王張士誠載記卷三史文炳：“史文炳，一名椿，楚人。士誠起事腹心也。累立戰功，官至統軍元帥。士誠自高郵至隆平，以文炳爲同知行樞密院事……出守淮安，左丞徐義忌之，誣以遣人賫書潛詣朱吴王歸順。士誠惑之，猝發兵，執以歸蘇，戮於市。初，吳王自起兵以來,多用弟士德與文炳謀。後士德爲虜,文炳以誣叛死,王乃委政士信。士信驕侈,怠於政事,王業遂用以衰矣。"又據國初群雄事略卷七周張士誠,至正二十二年九月,史文炳與左丞汪同一起被處死。鄭煥:淮人。至正十六年任松江太守。參見國初群雄事略卷七、卷八相關記載。

〔五〕鄭以略敗:指松江太守鄭煥納賄賣官及酷刑盤剝鄉民而罷官,參見南村輟耕録卷二十八醋鉢兒。

〔六〕建德尹楊瑀:參見東維子文集卷二十四元故中奉大夫浙東尉楊公神道碑。平江尹貢師泰:元史有傳。參見東維子文集卷八送劉生入閩序。毛景賢:本文稱"建德通守",蓋曾任建德路通判。

〔七〕王國賢:江浙行省員外郎。按:據大雅集卷六葉杞輓楊左丞詩序,王國賢在苗帥楊完者幕下任員外郎,因直言冒犯楊完者而被殺。又據南村輟耕録卷八志苗,至正十八年八月,楊完者遭圍殲,自縊而亡。故王國賢被殺應在至正十八年八月以前。

〔八〕淮南左丞史父:指史文炳。

〔九〕江浙辯章王公:指張士誠統治期間江浙行省平章王晟。參見鐵崖先生詩集癸集王左轄席上夜宴。

〔十〕南京天使:指明初朱元璋使節。

〔十一〕袁絲:即西漢袁盎。史記袁盎傳:"袁盎者,楚人也,字絲……雒陽劇孟嘗過袁盎,盎善待之。安陵富人有謂盎曰:'吾聞劇孟博徒,將軍何自通之?'盎曰:'劇孟雖博徒,然母死,客送葬車千餘乘,此亦有過人者。且緩急人所有。夫一旦有急叩門,不以親爲解,不以存亡爲辭,天下所望者,獨季心、劇孟耳。今公常從數騎,一旦有緩急,寧足恃乎!'罵富人,弗與通。"季心:季布弟,漢初以勇俠聞名關中。曾殺人,袁盎藏匿,故爲袁盎所用。生平附見於史記季布列傳。

〔十二〕太史氏俠傳:指史記游俠列傳。

陶氏三節傳〔一〕

三節者,天台陶明元①氏之子婦王氏淑〔二〕、孟女宗媛、季女宗婉也。

淑從夫宗儒爵封②宜人〔三〕。吳元丁未秋〔四〕,兵入台〔五〕,淑屬子於傅姆曰:"汝以歸其父,吾誓不兵辱。"即赴井死,年二十八。

宗媛適里中杜思綱,思綱中流矢③卒。時姑喪在淺土,夫又未克葬,忍死護兩柩④,爲游軍所執。媛不受迫辱,兵加刃脅之,大罵曰:"我若畏殺,吾已去久矣,請速殺我!"遂遇害,年四十。

宗婉適里中周本,歸未一月,兵至,持一婢走池滸,阽溺,一卒突至,引其裾曰:"妻我,免死。"念無以自脱,指其婢曰:"可先妻之。"俟卒擁婢不爲備,婉即投池死,年二十二。

鐵史曰:方氏據沿海郡十年所,陽浮受明命〔六〕,陰禁民毋送任。台陷日,恣兵肆戡⑤〔七〕。大姓女婦,辱而驅之若狗豕。三節乃獨聚於陶氏一門,貞白一志,從容白刃之下,丈夫士有不能焉。吾聞明元氏嘗官有元閭檢校,衣冠奕世,以忠孝廉直爲家行。配之賢⑥,又⑦出宋宗女趙氏也,宜其教漸於窈窕諸淑者若此。余傳之,使采東國之風者得之,足以光彤簡云。

【校】

① 天台陶明元:原本殘闕,據四部叢刊本、文淵閣四庫全書本補。

② 爵封:原本殘破,據四部叢刊本、文淵閣四庫全書本補。

③ 矢:原本作"天",據四部叢刊本、文淵閣四庫全書本改。

④ 柩:四部叢刊本作"棺"。

⑤ 戡:文淵閣四庫全書本作"戮"。

⑥ 賢:四部叢刊本作"元"。

⑦ 又:原本作"人",據文淵閣四庫全書本改。

【箋注】

〔一〕文當撰於元至正二十七年(一三六七)十月,或稍後,其時鐵崖寓居松江。
繫年依據:元至正二十七年即吳元年,此年九月末,朱元璋屬將朱亮祖佔領台州,陶氏三節婦皆死於城破之際。鐵崖爲之作傳,當在此後。按:松江早在至正二十七年初,就已納入朱元璋版圖,故本文稱至正二十七年爲"吳元"。又,陶氏三節婦事,明初修元史時地方官上於朝,朱元璋親加删定,收入元史列女傳中。三節:指陶宗儀弟媳王淑,妹宗媛、宗婉。康熙臨海縣志卷十人物志四列女:"王淑(一三四○──一三六七),陶宗誼之妻,宗媛、宗婉兄嫂也。同日聞變,抱其子名長已者,屬姆曰:'持以歸其父。長已存,吾不死矣。'乃披髮亂走。明日事定,求之不得。其妾夢見淑曰:'吾義不辱,身赴南鄰杜氏井死矣。所懷簪珥,亦投其中。可聞漢生知之。'漢生,宗誼字也。……時至正二十七年十月乙巳日也。"又"陶宗媛(一三二八——一三六七),儒士杜思綱妻,秘書丞陶宗誼之姐也。先是思綱娶沈氏,生一子名勤而沈氏亡。繼娶宗媛,生一女。居四載而思綱亡,宗媛堅志守節……至正二十七年丁未,方谷英遁。九月壬寅日,明師入城,火焰燭天。宗媛居姑喪,忍死護其枢,不忍他適,爲亂兵所執,迫脅之。宗媛曰:'我若畏死,豈留此焉? 任汝殺我,以從姑於地下耳!'兵怒,刜刃於脛,深入二寸餘,不見血而死。"又"陶宗婉(一三四六——一三六七),周本之妻,宗媛妹也。亦同日與嫂王氏赴水而死。"

〔二〕陶明元:或作明遠,諱煜,陶宗儀父。生平詳見東維子文集卷二十四白雲漫士陶君墓碣銘。

〔三〕宗儒:康熙臨海縣志卷九人物三文苑傳:"陶宗儒,一名宗誼,字漢生。宗儀之弟。洪武時官禮部員外郎,與會稽陶肅、上虞謝肅等一十九人以詩名於時,號稱'皇明雅頌'。"

〔四〕吳元丁未:即元至正二十七年,公元一三六七年。

〔五〕兵入台:按國権卷二,元至正二十七年九月,朱元璋命參政朱亮祖攻方國珍于台州,方氏旋即納降。按:明師入城,在九月二十九壬寅日。

〔六〕方氏:指方國珍。陽浮受明命:方國珍於至正十一年接受朝廷招安,十二年叛,十三年正月復降,朝廷授之官,又疑懼不受命。至正十六年復降。詳見國初群雄事略卷九台州方谷真。

〔七〕"台陷日"二句:指台州被明軍攻破之際,有軍卒大肆殺戮。據上文"方氏據沿海郡十年所"等語,似指方國珍軍卒。按明太祖實録卷二十五:"吳元年九月甲戌朔……命參政朱亮祖帥浙江衢州、金華等衛馬步舟師討方國珍。上曰:'方國珍魚鹽負販,茍竊偷生,觀望從違,志懷首鼠。今出師討之,勢當必克。彼無長策,惟有泛海遁耳。三州之民,疲困已甚,城下之日,毋殺一人。'"似乎當時明軍號令嚴明。然仍有可疑,本文所述城破之後軍卒之行徑,似非敗兵所能爲;朱元璋"毋殺一人"之訓誡,或非真正貫徹執行。又據上引康熙臨海縣志列女傳,"九月壬寅日,明師入城,火焰燭天";"十月乙巳日",王淑、陶宗婉不堪凌辱而投水自盡。其自盡之日,明軍佔領台州已有四天。據此推之,鐵崖所謂"忿兵肆戳"之"游軍",或非方國珍軍卒,而是明軍朱亮祖部下。

跋君山吹笛圖〔一〕

　　華亭沈生瑞〔二〕,嘗從余游。得畫法於大癡道人〔三〕,此幅蓋爲予作君山吹笛圖。木石幽潤,水山清遠,人物器具點綴於豪末者,纖妍可喜。瑞年未三十,而運筆如此,加之歲月,其則不在一峰丘壑者幾希矣。

　　抑余有感於是者。予往年與大癡道人扁舟東西泖間,或乘興涉海,抵小金山〔四〕。道人出所製小鐵笛,令余吹洞庭曲,道人自歌小海和之〔五〕,不知風作水橫,舟檝揮舞,魚龍悲嘯也。道人已仙①去,余猶墮②風塵瀕洞中,便若此竟與世相隔。今將盡棄人間事,追游洞庭〔六〕。儻老人歌"紫蕅"如道人者出笛懷裏〔七〕,間吾取其與明猗相樂者,引滿數杯,據牀三弄,遂與"紫蕅"者終隱十二峰〔八〕,瑞能從之否? 至正己亥秋八月中秋日。

【校】

① 仙:四部叢刊本作"先"。
② 墮:原本作"隨",據文淵閣四庫全書本改。

【箋注】

〔一〕文撰於元至正十九年己亥(一三五九)八月十五,其時鐵崖寓居杭州。君山:位於今湖南岳陽市西南洞庭湖中。此實指君山老父。

〔二〕沈瑞:"瑞"一作"嵩",松江人。參見東維子文集卷十一沈生樂府序。

〔三〕大癡道人:指黃公望。明張昶吳中人物志卷九元:"黃公望(一二六九——一三五四)字子久,本常熟陸氏,繼永嘉黃氏,故名公望而字子久,吳人。以一爲大,以風爲癡,又曰大癡,人因稱爲大癡道人。早嘗試吏浙西憲司,丁母艱,哀毀骨立,自是絶意仕宦。世以繪事知名,而掩其文學。其學尤旁通九流百氏,音律算數,無不精曉。嘗游錢塘,與陳存甫論性命之理……樂南山筲箕泉,創草庵於其上,將終老計。未幾,復還吳中。筑三教堂,從游者甚衆。公望生故宋德祐己巳八月十五日,卒於至正甲午十月二十五日。年八十六。"按:上引文所謂黃公望生年"宋德祐己巳"有誤,據其卒年推算,當生於南宋度宗咸淳五年己巳(一二六九)。又。南村輟耕録卷八寫山水訣:“黄子久散人公望,自號大癡,又號一峰。本姓陸,世居平江之常熟,繼永嘉黄氏。穎悟明敏,博學彊記。畫山水宗董、巨,自成一家。”黄公望又號井西道人。參見鐵崖先生詩集庚集題大癡秀嵐疊嶂圖。按:鐵崖與黄公望交往,不遲於至正初年,黄公望曾爲作鐵崖圖。明張丑撰清河書畫舫卷十一上、石渠寶笈卷三十八著録黄公望所作鐵崖圖,并録圖上黄公望款識曰:“大癡爲廉夫畫。”又録趙奕、林世賢、孟惟誠所題詩各一首。趙奕詩題於至正十年十月廿日:“鐵崖道人吹鐵笛,一聲吹破雲烟色。”又有唐棣至正十年十月十五日跋文曰:“鐵崖先生出示此圖,披玩不已。”可見黄公望作鐵崖圖,必在至正十年以前;鐵崖爲方便把玩,常隨身攜帶。

〔四〕小金山:崇禎松江府志卷四山:“金山在府東南海中,距府治九十里,平坡列作二十人。絶頂有慈濟院,其北有寒穴,泉水甘冽不竭。”同卷:“小金山,疑在海中。”

〔五〕小海:或稱小海唱。參見東維子集卷十一贈杜彦清序注。

〔六〕“今將盡棄人間事”二句:可見鐵崖當時已有隱逸之思。月餘之後,鐵崖歸隱松江。

〔七〕紫蕳:君山老父所唱歌謡中詞語,代指此歌謡。太平廣記卷二百四樂二笛:“(洞庭賈客吕鄉筠)嘗於中春月夜泊於君山側,命罇酒獨飲,飲一杯而吹笛數曲。忽見波上有漁舟而來者,漸近,乃一老父,鬢眉皤然……老父曰:‘老人少業笛,子可教乎?’鄉筠素所躭味,起拜,願爲末學。老父遂於懷袖間出笛三管……引滿數杯,乃吟曰:‘湘中老人讀黄老,手援紫蕳坐翠草。春至不知湘水深,日暮忘却巴陵道。’”

〔八〕十二峰:即指君山。君山位於洞庭湖中,乃洞庭孤絶之處。又名湘山,狀如十二螺髻,道家稱“第十一福地”。參見湖廣通志卷十二山川志岳州府巴陵縣。

卷八十三　東維子文集卷二十九

送薛推官詩〔一〕 四言三章有序

　　吾友姑胥 富子明來〔二〕，言杭州推官鄆城 薛公之人〔三〕，曰："薛公起身國子伴讀，負特名公卿間。連歷縣尹袚城〔四〕、寧晉〔五〕，得民譽甚，三命爲今職。惟杭實江以南大①府也，其俗啙②薄，喜訐争，獄市滋起。大家氏③關節遷變，事情奸僞，百方出奇，獄訟有他比所不傳，雖老財察者，病弗遑理。推官號難職，而於杭號尤難者。薛公之來也，斷某獄，平亭疑法〔六〕，咸一一當。蓋廉爲治本，又明射④之，恕以出之。惟廉不淫，明不惑，而恕無文深之過，故臬不頗，民用不冤。自時府中事無問大小，咸咨薛公，府長吏接之如賓師。事有隔其省閲，必舛差顛僨。一時⑤僚友有坐畔法者，而薛公獨歌休聲於民，此其賢否優劣之較然者也。今將代去，丞相府與御史章交上，其陟清署以耳目於⑥天朝者必矣。杭士歌詩鄙腐，不足以侈而餞也，願邀子詩。"

　　予審子明言不誣，爲賦詩三章：一章述其善於職也，二章惜其去，三章期敫清要以副杭人士之望也。詩曰：（第四句五言⑦。）

有淵有清，又静且平。有照斯應，孰⑧有撓有澄。

我有疑臬，伊誰質之？我有枉⑨罰，伊誰出之？孰奪我美，心如失之。

雖奪我美，其用則邇。何以用之？驄馬御史〔七〕。維驄馬史，群吏之師，四方之紀。

【校】

① 大：原本作"太"，據文淵閣四庫全書本改。

② 啙：文淵閣四庫全書本作"嚚"。

③ 氏：據傅增湘校勘記，明鈔殘本作"事"。

④ 射：文淵閣四庫全書本作"德"。

⑤一時：明鈔殘本無（據傅增湘校勘記）。

⑥於：原本空闕，據傅增湘校勘記所録明鈔殘本補。

⑦第四句五言：此五小字注文淵閣四庫全書本無。

⑧埶：文淵閣四庫全書本無。

⑨枉：原本作“往”，據文淵閣四庫全書本改。

【箋注】

〔一〕詩賦於元至正三年（一三四三）前後。其時鐵崖寓居杭州，補官不果，授學爲生。繫年依據：其一，本詩作於鐵崖寓居杭州時期，而鐵崖居杭，主要爲元至正初年授學、至正十一年至十六年爲官、至正十九年暫寓三個時期，本詩序引述富子明語，稱頌杭州推官薛公，批評杭州民風，作者本人則未有感言，蓋其時鐵崖於杭州官場、民俗尚不熟悉，當爲初次攜妻兒寓居杭州時期。其二，至正初年鐵崖闔家寓居杭州吳山，與請詩者富子明爲鄰。參見鐵崖撰有餘清記（載本書佚文編）。薛推官：生平僅見本詩序。

〔二〕姑胥富子明：鐵崖或稱之爲“錢塘富子明”。富子明乃杭州富户，家居杭州吳山。鐵崖與之交好，“至錢塘，必館其所”。此謂“姑胥”，蓋其原籍蘇州。參見鐵崖有餘清記（載佚文編）。

〔三〕鄆城：隸屬於中書省濟寧路。今屬山東省。參見元史地理志。

〔四〕掖城：即掖縣。據元史地理志，隸屬於中書省般陽府路。今屬山東省。

〔五〕寧晉：縣名。隸屬於中書省趙州。今屬河北省。參見元史地理志。

〔六〕平亭疑法：漢書張湯傳：“補廷尉史，平亭疑法，奏讞疑。”顏師古注：“亭，均也，調也，言平均疑法及爲讞疑奏之。”

〔七〕驄馬御史：指東漢桓典。參見麗則遺音卷四神羊注。

壽豈詩〔一〕 四言二章有序

　　人情莫不欲壽，而貴富人得之者尠，賤且窶者多得焉。何也？天之授人以五福〔二〕，固不兩完也。然賤窶者之壽而樂，抑又尠①矣。古之賤窶壽而樂者，吾聞榮啟期而樂之以三〔三〕，固未知所樂也，此壽而豈之不易易也。

　　中吳瞿惠夫氏〔四〕，家崑之韓涇，至惠夫益斥大其門閭，而名其侍②親之堂曰壽豈。蓼斯之詩人敬祝頌之詞曰：“令德壽豈。”
蓋代之壽者不難，而壽而豈者之爲難也。壽而豈者，非令德其
人，曷及爾哉！謂夫世德之家也，有華宅可以居，有負郭之田可
以食，二親皆具享遐耆，惠夫朝夕率其仲，上食堂上，既有以樂之
壽，而又有以自樂焉，豈之樂固非榮期之賤而窶得之賤者比矣。
夫惠夫之所得惠者，豈非詩人所謂令德者歟！惠夫求予詩，故予
序之，而係之詩二章，曰有橋、有谖云。

有橋洋洋，在堂之陽。豈弟君子，令德不爽。文文如璊，璁衡其
鏘。酌以旨酒，以燕樂我父兄。瞿叔孝友，壽豈孔臧。

有谖奕奕，在堂之北〔五〕。豈弟君子，令德有赫。飲御我族，以及
我賓客。瞿叔豈弟，斑裳赤烏〔六〕，壽具③樂康，由爾令德。

【校】

① 抑又尠：四部叢刊本作“豈又少”。
② 侍：四部叢刊本作“事”。
③ 具：四部叢刊本作“且”。

【箋注】

〔一〕詩當撰於元至正七、八年間。當時鐵崖游寓姑蘇、崑山一帶，授學爲生，廣
交朋友。繫年依據：其一，詩中所述爲太平景象，當爲至正前期。其二，瞿
智爲崑山人，至正七、八年間鐵崖游寓姑蘇、崑山等地，瞿智與之交往，曾
與張雨等共同賦詩慶賀鐵崖蘇州新居月波亭。參見鐵崖先生詩集癸集自
題月波亭注。壽豈：即壽愷。毛詩正義小雅蓼蕭：“蓼彼蕭斯，零露泥泥。
既見君子，孔燕豈弟。宜兄宜弟，令德壽豈。”注：“豈，開在反。本亦作
‘愷’。”疏：“是君子爲人之能，宜爲人兄，宜爲人弟。隨其所爲，皆得其
宜，故能有善德之譽，壽豈樂之福也。”
〔二〕五福：書洪範：“五福：一曰壽，二曰富，三曰康寧，四曰攸好德，五曰考
終命。”
〔三〕榮啟期三樂：參見鐵崖先生古樂府卷四七哀詩注。
〔四〕瞿惠夫：元詩選三集卷十五瞿智睿夫集：“智一名榮智，字睿夫，一字惠
夫，其先嘉定州人，父晟遷崑山。兄信，字實夫，時齊名，稱二瞿先生。智
嗜學，明易。至正間，憲司試辟後青龍鎮學教諭，攝紹興府録判，尋棄官

去。睿夫博雅能詩,以書法鈎勒蘭花,筆致妙絶。時寓華亭,所居有通波閣。與黃晉卿、段吉甫、李季和、成原常、張伯雨諸君友善。"按:瞿晟實遷居崑山東滄。參見弘治太倉州志卷七隱逸傳。

〔五〕"有諼奕奕"二句:化用詩衛風伯兮:"焉得諼草,言樹之背。"毛傳:"諼草令人忘憂。背,北堂也。"

〔六〕斑裳:指老萊子舞斑衣以娛親,參見鐵崖先生詩集甲集題胡師善具慶堂注。

送康司業詩〔一〕 有序 四言

至正七年秋,天子以成均司業之乏〔二〕,山東康公若泰以憲僉事轉是職。未幾,臺評奪職〔三〕,副庸田司使,不三月轉湖南憲使〔四〕。未行,而中書以國學公論,又立挽於司業。其行也,吳之士大夫咸贈以言,有誚於維禎者曰:"廉訪使,天子執法之臣也。司業,文墨官,亡益殿最者也〔五〕。天下執法臣得一人焉,勝百什守令;文墨官得百什焉,亡愈執法臣一人。今康公累遷廉訪使者,執法之得其人者也,而成均徒以文墨佽①官使其人,無乃非天下利②乎?"維禎曰:"不然。維我世祖皇帝屬統垂業於後之人〔六〕,不在吏持③文法,而在傅臣之扶植倫理也。故設官分職,司業爲國子師氏④,天子内長之,非天下不居,故其人得侍間於天子,時賜清宴以問道,即有所建白,澤流四海,非尺寸之細也。國有不是,師弟子得逕上聞,捷於執法移文符以關説差次者。其育才養能,一適而賢賢〔七〕,皋陶、伊尹之徒〔八〕,往往發迹於是,其爲國利也厚矣,簿其功豈在執法左哉! 嗚呼,司業之人也,又⑤豈徒取具官亡益殿最者哉! 今天子承明經成,尊師氏之位,不卑於執法臣,故康公之屢縣風紀以移是職也,良有以也哉!"故余哀次吳士大夫之詩帙以送之,而又序之如此。復自繫詩,凡五章。詩曰:

赫赫胄監,禮樂攸司。祭酒長之,師氏貳之。
明明⑥天子,作我民極。何以播教? 師氏有職。

惟明天子,惟<u>烈祖</u>是〔九〕,因<u>烈祖</u>始。受命肇立成均,天子戾止〔十〕,作爾多士。多士濟濟〔十一〕,惟天子使。

曰若<u>康公</u>,穆穆雍雍〔十二〕。多士濟濟,惟言來從。

天子問道,其言如鍾。天子廣化,其德如風。<u>維禎</u>作頌,配於樂工⑦。

【校】

① 佚:原本漫漶,<u>四部叢刊</u>本作"使",據<u>傅增湘</u>校勘記所録<u>明</u>初黑口大字本、<u>文淵閣</u>四庫全書本補。

② 利:<u>文淵閣</u>四庫全書本作"制"。

③ 持:原本作"待",據<u>文淵閣</u>四庫全書本改。

④ 師氏:原本作"師民氏"。"民"蓋爲衍字,據下文徑删。

⑤ 又:原本作"文",據<u>傅增湘</u>校勘記所録<u>明</u>初黑口大字本、<u>文淵閣</u>四庫全書本改。

⑥ 明明:原本作"明",據<u>傅增湘</u>校勘記所録<u>明</u>初黑口大字本增補。

⑦ 工:原本作"王",據<u>傅增湘</u>校勘記所録<u>明</u>初黑口大字本、<u>文淵閣</u>四庫全書本改。

【箋注】

〔一〕詩撰於<u>元</u> <u>至正</u>八年(一三四八)五月,其時<u>鐵崖</u>游寓<u>姑蘇</u>一帶,授學爲生。繫年依據:<u>東維子文集</u>卷十二<u>新建都水庸田使司記</u>:"<u>康公</u> <u>若泰</u>字<u>魯瞻</u>,是年(即<u>至正</u>八年)五月除國子監司業。"<u>康</u>司業:名<u>若泰</u>。與<u>鐵崖</u>同爲<u>泰定</u>四年進士。參見<u>新建都水庸田使司記</u>注。

〔二〕成均:上古官學名。此指國子監。司業:國子監屬官。<u>元史</u> <u>百官志</u>三:"<u>至元</u>二十四年,始置監祭酒一員,從三品,司業二員,正五品,掌學之教令,皆德尊望重者爲之。"

〔三〕臺評:指御史臺彈劾。

〔四〕<u>湖南</u>憲使:指<u>湖南</u>廉訪使,按:<u>康若泰</u>轉官<u>湖南</u>,<u>鐵崖</u>曾有詩送行。參見<u>鐵崖先生詩集</u>甲集送康副使。

〔五〕殿最:古代官員政績考核等第,差稱"殿",優爲"最"。此指政績考評。

〔六〕<u>世祖皇帝</u>:即<u>忽必烈</u>。生平詳見<u>元史</u>本紀。

〔七〕一適:<u>尚書大傳</u>卷二<u>虞夏傳</u>:"古者諸侯之於天子,三年一貢士,天子命與諸侯輔助爲政……一適謂之攸好德,再適謂之賢賢,三適謂之有功。"注:

“適,猶得也。”

〔八〕皋陶:或作咎繇,相傳爲上古執法大臣。伊尹:相傳輔佐商湯王建立商
　　　朝。此二人爲後世賢臣楷模,其事迹參見史記五帝本紀、殷本紀。

〔九〕烈祖:當指元世祖忽必烈。參見本詩序文。

〔十〕戾止:詩魯頌泮水:“魯侯戾止,言觀其旂。”注:“戾,來。止,至也。”

〔十一〕多士濟濟:詩大雅文王:“思皇多士,生此王國。王國克生,維周之楨。
　　　　濟濟多士,文王以寧。”注:“濟濟,多威儀也。”

〔十二〕穆穆雍雍:詩周頌雝:“有來雝雝,至止肅肅。相維辟公,天子穆穆。於
　　　　薦廣牡,相予肆祀。”箋云:“雝雝,和也。肅肅,敬也。”又,樂府詩集卷十
　　　　二郊廟歌辭梁太廟樂舞辭三帝盥:“莊肅涖事,周旋禮容。裸鬯嚴潔,穆
　　　　穆雍雍。”

題逸樂子卷〔一〕　五言律

　　烟水風塵外,先生一草堂。干時無戰策,却老有丹方。蒲葉鈔書
短〔二〕,松花釀酒香〔三〕。有時歌欸乃〔四〕,小艇在滄浪。

【箋注】

〔一〕逸樂子:當爲別號,其姓名生平不詳。據本詩,蓋爲隱逸文人,元末已入
　　　老年。

〔二〕蒲葉鈔書:漢書路溫舒傳:“父爲里監門,使溫舒牧羊,溫舒取澤中蒲,截
　　　以爲牒,編用寫書。”

〔三〕松花釀酒:雅尚齋遵生八箋卷十二醞造類松花酒:“三月,取松花如鼠尾
　　　者,細挫一升,用絹袋盛之。造白酒熟時,投袋於酒中心,井内浸三日取
　　　出。漉酒飲之,其味清香甘美。”

〔四〕欸乃:參見東維子文集卷十一沈氏今樂府序。

夜坐一首　五言律

　　日落群動息,張燈坐草堂。浮生百年事,清坐一爐香。謀拙鄰人

嘆,幽棲世慮忘。吟詩不知寐,華月自流光。

舟過黃店[一] 五言律

　　水會魚鹽市,霜清蟹稻天。高橋十字港,新刹四邊田。樹老烏銀莢,花開白玉團①。老翁誇樂歲,斗米直三錢。

【校】

① 團:原本爲墨丁,四部叢刊本作"顏",文淵閣四庫全書本作"蓮",據傅增湘校勘記所録明鈔殘本補。

【箋注】

〔一〕據詩中"老翁誇樂歲,斗米直三錢"等句,其時爲太平盛世,本詩當作於元至正初年以前某個晚秋。黃店:不詳。

緑陰亭詩[一] 五言十二句

　　公子邁流俗,澹然薄世榮[二]。華亭入幽邃,永日有餘清。高梧羅前庭,修竹被兩楹。重陰閟清晝,好鳥時一鳴。佳辰展芳燕,良會欣合并[三]。清歌發綺席,鼓瑟更吹笙。群公盡詞客,列座敬塵纓[四]。言笑遂真性,觴詠暢幽情。清陰與日轉,不知月東生。

【箋注】

〔一〕詩當作於元至正二十年(一三六〇),或稍後,其時鐵崖自杭州歸隱松江不久。繫年依據:緑陰亭主人夏尚忠,鐵崖晚年退隱松江後與之交往頗多,曾爲撰亭記。本詩蓋一時之作。參見鐵崖先生集卷二緑陰亭記。

〔二〕"公子"二句:褒獎夏尚忠辭官隱居之舉。按:元至正十九年秋,張士信授予夏尚忠承直郎、鎮江路判官之職,夏氏堅辭,自杭返松隱居。參見鐵崖先生集卷二緑陰亭記、東維子文集卷十二華亭胥浦義冢記。

〔三〕"佳辰"二句:意爲良辰佳宴等等,衆美并得。謝靈運擬魏太子鄴中集詩八首序："天下良辰美景賞心樂事，四者難并。今昆弟友朋，二三諸彥，共盡之矣。"

〔四〕敬塵纓：謝絶俗事。

送趙季文都水書吏考滿詩〔一〕 五言二十句有序

　　江浙糧賦居天下中九，而蘇一都又居浙十五〔二〕。然蘇澤①國也，田皆枕湖藉江，因水進退爲咎慶。使歲而②恒陽，則窪下皆以鍾畝之利告。一有淫潦之虞，颶風猝作，挾波浪破堤防，連阡接町，淪爲巨浸，此朝廷都水庸田之所由立也〔三〕。其職專以水利爲務，遴選重臣有才幹者居之，而所調官吏，遂與臺省相參。蓋朝廷視水利爲重，故待其官守宜重也。異時官守或非其人，其貽民害，覆有暴於水而民益困者。然則居是職者，其不可不慎選其人也必矣。書吏者，其官之贊也，吏不得人，而欲其官之得職也亦難矣。真定趙君季③文，蓋才而有風操者也，往嘗爲浙中司臬史〔四〕，有能稱，故今都水使府點函④以書史辟於沙河尉次，宜其克相其官而⑤有成也。君自奉職來，堤塍益修，溝渠益浚，水還故道，而民受庸田之惠者，君之功爲多。書滿，例增秩七品，佐貳郡縣，爲近民之官矣。以君興除水利害之心推之吾民，撫字之日，民其有不受賜者乎！其行也，吳人士咸歌詩以餞之，推予爲序首，而復繫以詩云：

句吳水爲國，桑田水相争。水大連陂湖，水⑥小吞泖涇。高廬或汎⑦墊，下土孰容耕。吳萌罹患久，都水置司平。治水亦多術，害去利始興。侃侃趙公子，爲吏有能聲。弃流截高岸，蕪塞開通塍。都府資治畫⑧，課最上農卿。遷官到州縣，穡事話田更。推此澤物志，聖化相流行。

【校】

① 澤：原本無，據文淵閣四庫全書本補。
② 而：原本爲墨丁，據文淵閣四庫全書本補。
③ 季：原本爲墨丁，據四部叢刊本、文淵閣四庫全書本補。

④ 函：原本作“亟”，據四部叢刊本、文淵閣四庫全書本改。

⑤ 而：原本爲墨丁，文淵閣四庫全書本作“以”，據傅增湘校勘記所録明鈔殘
本補。

⑥ 水：原本作“大”，據四部叢刊本改。

⑦ 汎：原本作“凡”，據傅增湘校勘記所録明鈔殘本改。

⑧ 晝：原本作“書”，據文淵閣四庫全書本改。

【箋注】

〔一〕詩當作於元至正七、八年間。其時鐵崖游寓姑蘇，授學爲生，廣交詩友。
　　　繫年依據參見鐵崖先生古樂府卷二筆箑吟贈朔客杜寬用趙季文韻、鐵崖
　　　先生詩集壬集六客亭分題送趙季文知事湖州。趙季文：名渙，一名同麟，
　　　季文爲其字，原籍真定（今河北正定），先世徙居常熟（今屬江蘇）。父字
　　　心遠，曾任職於浙東帥府。季文以儒士薦仕，歷任湖州路録事判官、都水
　　　書吏，轉湖州知事，累遷富州知州。家有茶屋。博学通经，有治行。善詩，
　　　與朱德潤、許有壬、錢惟善、楊維禎、顧瑛、鄭元祐、陸友、郯韶、郭翼、袁華、
　　　楊基諸人交好，時有唱和。參見嘉靖常熟縣志卷三選舉志薦舉、江月松風
　　　集卷二送趙季文侍嚴君心遠公官浙東帥府、玉山草堂雅集卷七趙渙傳。
〔二〕蘇：姑蘇，平江路治所在，此指平江路。浙：此指浙西與浙東，泛指江浙
　　　行省。
〔三〕都水庸田：此指平江都水庸田使司。按：平江都水庸田使司之興廢，詳見
　　　東維子文集卷十二新建都水庸田使司記。
〔四〕浙中司臬史：指趙季文曾任湖州路録事判官。

送謝太守^{〔一〕} 五言排律四十句

　　湖秀今三郡^{〔二〕}，循良第一人。武林非復舊^{〔三〕}，文化要圖新。海
嶽東南會，湖江①左右隣。曾開天水國②，直問尾箕津^{〔四〕}。府大同京
尹，居崇異國賓。提封家萬户，易俗力千鈞。惜也承平久，於焉值亂
頻。烟華③餘故市，風物感殘民。今日懷匡濟，乘時好拊循。念君多
意氣，滿腹貯精神。別地梅凝曙，寒江柳孕春。過船沙没屐，駐旆雪
埋輪。黽勉猶無及，窮愁不敢嗔。贈言知面報，取醉寄情真。勿衵烹

鮮手〔五〕,須閑牧犢身〔六〕。推誠歸簡妙,植善息頑嚚。亂後無家世,漁中有隱淪。千年黄鶴返,萬里白漚④親〔七〕。莫學張京兆〔八〕,應如⑤召信臣〔九〕。貂蟬從岳牧〔十〕,圖畫可麒麟〔十一〕。

【校】

① 湖江:明鈔楊維禎詩集本作"江湖"。

② 國:明鈔楊維禎詩集本、傅增湘校勘記所録明鈔殘本作"谷"。

③ 烟華:原本漫漶,明鈔楊維禎詩集本作"烟花",據四部叢刊本補。

④ 漚:明鈔楊維禎詩集本、文淵閣四庫全書本作"鷗"。

⑤ 如:文淵閣四庫全書本作"知"。

【箋注】

〔一〕詩撰於元至正二十一年(一三六一)二月,即謝太守擢爲張士誠太尉府咨議參軍之時。繫年依據:其一,謝太守指杭州知府謝節,其任杭州知府,約在至正十八年至二十年間。鐵崖爲之送行,當在此後。參見東維子文集卷十三雪坡記。其二,陳基撰説舟贈謝從義(謝節字從義),其序云:"吴陵謝侯守杭之三年,擢贊太尉府爲咨議參軍。其赴吴也,臨海陳基合僚若干人……餞侯於舟……至正二十一年二月丁酉,郡東門舟中寫。"(文載夷白齋稿卷十二。)按:當時戰火蔓延長江南北,故由杭赴吴,多走海道。鐵崖爲謝節送行,蓋其至正二十一年二月赴姑蘇張士誠太尉府,途經松江之時。

〔二〕湖、秀:指湖州、嘉興。嘉興曾名秀州。三郡:指杭州路、湖州路和嘉興路。

〔三〕武林:杭州舊稱。以境内武林山得名。

〔四〕尾箕津:指天漢。晉書天文志上天漢起没:"天漢起東方,經尾箕之間,謂之漢津。"參見鐵崖先生古樂府卷五箕斗歌注。

〔五〕烹鮮手:老子校釋六十章:"治大國若烹小鮮。"

〔六〕須閑牧犢身:鐵崖自喻。符子:"堯以天下讓巢父,巢父曰:'君之牧天下,亦猶余之牧孤犢。君牧天下,是各有其所牧矣,君焉用惴惴然以所牧而與余,余無用天下爲也。'於是牽犢而去。"(載藝文類聚卷九十四獸部中生。)

〔七〕"亂後無家世"四句:當屬鐵崖自況。其時鐵崖退隱松江。

〔八〕莫學張京兆:意爲張京兆雖爲能臣,終因畫眉之類瑕疵而不得提升,故不可效仿。參見鐵崖先生古樂府卷一眉嫵詞。

〔九〕召信臣:漢書循吏傳:"召信臣字翁卿,九江壽春人也。……舉高第,遷上

蔡長。其治視民如子,所居見稱述。……遷南陽太守,其治如上蔡。信臣
爲人勤力有方略,好爲民興利,務在富之。躬勸耕農,出入阡陌,止舍離鄉
亭,稀有安居時。……吏民親愛信臣,號之曰召父。"

〔十〕貂蟬:唐高適信安王幕府詩:"國章榮印綬,公服貴貂蟬。"又,古今注卷上
　　輿服:"貂蟬,胡服也。貂者,取其有文采而不炳煥,外柔易而内剛勁也。
　　蟬,取其清虛識變也。在位者有文而不自耀,有武而不示人,清虛自牧,識
　　時而動也。"岳牧:泛指封疆大吏,此指謝節。

〔十一〕圖畫可麒麟:意爲杭州太守謝節功業,堪與留名圖像於麒麟閣之漢代大
　　臣相提并論。參見麗則遺音卷二麒麟閣注。

賦春夢婆①〔一〕 七言絶句

　　楚②香雖老,尚能歌聽夢道人樂府〔二〕,予因呼爲春夢婆③。
　　黄柳城邊風雨多,白頭宫女有遺歌。東坡哨遍無知己,賴有人間
春夢婆〔三〕。

【校】

① 婆:列朝詩集本作"婆"。下同。
② 楚香之"楚",原本誤作"焚",據四部叢刊本改。又,本卷至正庚子重陽後五日
　　再飲謝履齋光漾亭履齋出老姬楚香者侍酒之餘與紫篔生賦詩,亦作"楚香"。
③ "楚香雖老"三句,原本爲題下小字注,徑改爲大字。

【箋注】

〔一〕詩作於元至正二十年庚子(一三六〇)重陽節期間。當時鐵崖退隱松江已
　　近一年,於謝履齋家作客。繫年依據參見本卷至正庚子重陽後五日再飲
　　謝履齋光漾亭履齋出老姬楚香者侍酒之餘與紫篔生賦詩。春夢婆:鐵崖
　　借蘇軾故事爲楚香所改之名,楚香爲謝履齋家姬。

〔二〕聽夢道人:蓋鐵崖自稱。按:鐵崖有關"夢"之别號非止一二,或曰夢外夢
　　道人,見東維子文集卷二十一夢蝶軒記;或曰無夢道人,見鐵崖文集卷一
　　觀夢軒志。

〔三〕"東坡哨遍"二句:相傳蘇軾田間遇饁婦故事。蘇軾被酒獨行遍至子雲威徽

先覺四黎之舍三首之三："投梭每困東鄰女,換扇唯逢春夢婆。"注:"趙德麟
侯鯖録:東坡在昌化,嘗負大瓢行歌田畝間,蓋哨遍也。饁婦年七十,謂曰:
'内翰昔日富貴,一場春夢。'坡然之。里人因呼爲春夢婆。"(載施注蘇詩卷
三十八。)按:上引文中所謂哨遍,蓋指東坡所作般涉調哨遍。苕溪漁隱叢
話前集卷三五柳先生上:"東坡云:'余舊好誦陶潛歸去來,嘗患其不入音律,
近輒微加增損,作般涉調哨遍,雖微改其詞,而不改其意,請以文選及本傳考
之,方知字字皆非創入也。詞曰:爲米折腰,因酒棄家,身口交相累。歸去
來,誰不遣君歸? 覺從前俱非今是……神仙知在何處,富貴非吾志。但知臨
水登山嘯詠,自引壺觴自醉。此生天命更奚疑。且乘流、遇坎還止。'"

小香〔一〕

　　明日履齋買姬〔二〕,年①又大小,予名爲小香。傳秋於春夢婆
者白。

　　一塲春夢不須忙,賸買春風又幾塲。一丈花開紅玉蝶,小香何日
比花長。

【校】

① 年:原本作"牛",據文淵閣四庫全書本改。又,"明日履齋買姬"以下四句,
　　原本爲題下小字注,徑改爲大字引文。

【箋注】

〔一〕詩作於元至正二十年庚子(一三六〇)重陽節期間。繫年依據:據詩前小
　　引,本詩作於賦春夢婆詩次日。參見本卷賦春夢婆。
〔二〕履齋:即謝伯理。參見東維子文集卷十三知止堂記注。

寄沈秋淵四絶句〔一〕

其一

大將軍酒誥入①市,貴公主鏡落田家。不知有客琅玕所〔二〕,獨自

吹笙醉碧霞。

其二②

句曲已無張外史〔三〕，道士今有沈東陽〔四〕。裁雲剪月三千首，獨虎
仙③官不取將。

其三

鹿皮之冠鶴氅裾，軍前不肯帶銅魚〔五〕。花貓望鹿拜履下〔六〕，知有
枕中黃石書〔七〕。

其四

鸚鵡水深蓮葉航〔八〕，書來約過百花莊。醉披錦袍上舡去，倩得小
姬連笛④牀。

【校】

① 酒誥入：四部叢刊本作"誥入酒"。
② 此組詩第二首，與鐵崖先生詩集庚集絕句十首之九相似。
③ 仙：原本漫漶，據明鈔楊維禎詩集本、四部叢刊本補。
④ 笛：明鈔楊維禎詩集本作"石"。

【箋注】

〔一〕詩當作於鐵崖退隱松江之後，松江歸附朱元璋政權以前，即元至正二十年
（一三六〇）至二十六年之間。繫年依據：參見鐵崖先生集卷四琅玕所
志。沈秋淵：號琅玕子，東陽（今浙江金華）人。茅山道士，元末曾遷居海
鹽聽潮里，觀名小瀛洲。後住松江廣成庵，宅居取名琅玕所。元末沈秋淵
與鐵崖唱和較多，東維子文集卷三十一附錄琅玕子來詩六首，於鐵崖之詩
文風骨褒揚備至。按：元高遜志題茅山道士沈秋淵海鹽聽潮里小瀛洲錄
呈畊漁隱人曰："沈仙慕事三茅君，曾開石壁觀璚文。晨朝環佩空外響，琅
玕杳杳雲中聞。自從遭亂山林燬，避世歸來聽潮里。崇搆崔嵬迥絕塵，雲
和草静環流水。"（載檇李詩繫卷六。）知沈秋淵於元末戰亂之後，遷居海
鹽聽潮里，觀名小瀛洲。
〔二〕琅玕所：沈秋淵松江廣成庵居所。參見鐵崖先生集卷四琅玕所志。
〔三〕張外史：句曲道人張雨。按：張雨與沈秋淵皆曾學道於茅山，張雨謝世於
元至正十年七月。參見鐵崖先生古樂府卷二奔月卮歌。
〔四〕沈東陽：指沈秋淵。大雅集卷八載釋克新次鐵雅先生送沈鍊師韻四首，

其二曰：“詞章近接楊夫子，丹術追師魏伯陽。昨日有書無犬送，祇令孤鶴遠傳將。”蓋爲步韻之作。

〔五〕銅魚：隋書高祖本紀：“（開皇十五年五月）丁亥，制京官五品已上，佩銅魚符。”又，舊唐書職官志二：“凡國有大事，則出納符節，辨其左右之異，藏其左而班其右，以合中外之契焉。一曰銅魚符，所以起軍旅，易守長。”

〔六〕“花猫”句：朝野僉載卷三：“薛季昶爲荆州長史，夢猫兒伏臥於堂限上，頭向外。以問占者張猷，猷曰：‘猫兒者，爪牙；伏門限者，閫外之事。君必知軍馬之要。’未旬日，除桂州都督、嶺南招討使。”

〔七〕黄石書：張良於下邳圯上遇老父，後得黄石公兵書。詳見史記留侯世家。

〔八〕鸚鵡：洲名。正德松江府志卷二十一古迹：“鸚鵡洲，在海中金山下，山北古海鹽洲，後淪於海。元末，潮齧山北岸，下瞰橋井，猶鑿鑿有得。一碑曰‘鸚鵡洲界’。”按：據東維子文集卷三十一附録鐵崖弟子徐固、吳毅和詩，琅玕所位於鸚水之濱。徐固又次四絶之四曰：“鸚潮潮上琅玕所，渾似浣花溪上莊。”學士吳毅次韻四絶之四曰：“南泖津頭買野航，鸚湖便似瀼西莊。琅玕主者雅好客，應遣麻姑掃石牀。”又，鸚鵡洲位於今上海市金山區。

送貢尚書入閩①〔一〕　已後總十二首皆七言律詩

繡衣經略南來後〔二〕，漕運尚書又入閩〔三〕。萬里銅鹽開越嶠〔四〕，千艘升斗貿②蕃人。香熏茉莉春醒重，葉捲檳榔曉饌頻。海道東歸閑未得，法冠重戴髮如銀〔五〕。

【校】

① 本詩又載明鈔楊維禎詩集、列朝詩集甲集前編第七上、清初印溪草堂鈔本東維子集卷八、鐵崖楊先生詩集卷上，據以校勘。鐵崖楊先生詩集本題作送尚書貢太甫入閩。

② 貿：列朝詩集本作“買”。

【箋注】

〔一〕詩當撰於元至正十九年（一三五九）春，即貢師泰入閩之際。繫年依據：

見東維子文集卷八送劉生入閩序。貢尚書：即户部尚書貢師泰。元史
有傳。

〔二〕繡衣經略：指貢師泰，貢師泰原任監察御史。

〔三〕漕運尚書：指户部尚書貢師泰。據玩齋集附録貢師泰年譜，至正十九年正
月，授予貢師泰户部尚書之職。是年春天，貢師泰從海昌出發前往閩、廣。
參見玩齋集卷首錢用壬至正十九年八月所撰序文。

〔四〕越嶠：此指百粵之地。

〔五〕法冠重戴：當初貢師泰擢升爲監察御史，頗令南人振奮。元史貢師泰傳：
“歷翰林待制、國子司業，擢禮部郎中，再遷吏部，拜監察御史。自世祖以
後，省臺之職，南人斥不用，及是，始復舊制，於是南士復得居省臺自師泰
始，時論以爲得人。”故鐵崖希望貢師泰從閩地歸來之後，重戴法冠。

八月初四日雪坡太守周門柘①入雲居山中復度嶺飲於水月尼寺賦詩書似太守及蘇州刺史周義卿〔一〕

文章太守早休衙②，五馬傳呼處士家〔二〕。好客新分朱露酒③，題詩
近在白雲窩。山中子落千年桂，海上人歸八月槎〔三〕。水月樓頭横玉
笛〔四〕，誤猜萼緑是韶華〔五〕。

【校】

① 本詩又載明鈔楊維禎詩集、清初印溪草堂鈔本東維子集卷八、鐵崖楊先生詩
集卷上，據以校勘。柘：明鈔楊維禎詩集本、文淵閣四庫全書本作“拓”。鐵
崖楊先生詩集本則題作雪坡太守過門招飲。按：今參諸本，疑完整詩題當作
“八月初四日，雪坡太守過門招飲，入雲居山中，復度嶺，飲於水月尼寺。賦
詩，書似太守及蘇州刺史周義卿”。

② 衙：原本作“牙”，據明鈔楊維禎詩集本、鐵崖楊先生詩集本改。

③ 酒：鐵崖楊先生詩集本作“滴”。

【箋注】

〔一〕詩作於元至正十九年（一三五九）八月四日，其時鐵崖寓居杭州。繫年依
據：其一，雪坡太守即杭州太守謝節，謝節乃張士誠屬官，至正十八年至

二十年任<u>杭州</u>太守,而此期間<u>鐵崖</u>寓居<u>杭州</u>,僅有<u>至正</u>十九年。參見<u>東維子文集</u>卷十三<u>雪坡記</u>。其二,<u>周義卿</u>名<u>仁</u>,<u>張士誠</u>親信屬官。<u>至正</u>十九年冬,<u>周義卿</u>由<u>平江路總管</u>擢爲<u>江浙行省左右司郎中</u>。本詩題稱<u>周義卿</u>爲"<u>蘇州</u>刺史",可見不遲於<u>至正</u>十九年冬。參見<u>鄭元祐</u>撰<u>平江路修學記</u>(載<u>同治蘇州府志</u>卷二十五<u>學校</u>)、<u>東維子文集</u>卷十五<u>尚朴齋記</u>。<u>雲居山</u>:"在(<u>杭州</u>)城西南,上有<u>雲居寺</u>,面<u>聖湖</u>,接<u>楓嶺</u>,頗稱佳境。"(<u>浙江通志</u>卷九<u>山川</u>一<u>杭州府</u>。)

〔二〕五馬:借指太守。

〔三〕八月槎:參見<u>鐵崖先生古樂府</u>卷三<u>望洞庭</u>注。

〔四〕水月樓:<u>西湖志纂</u>卷八<u>北山勝迹</u>下:"<u>水月池</u>,在<u>中印峰</u>前。<u>上天竺山志</u>:'<u>宋寶祐</u>五年住持<u>佛光炤法師</u>鑿。'上有<u>水月樓</u>。<u>靈隱寺志</u>:'<u>僧若訥</u>建。虛敞宏麗。<u>淳熙</u>、<u>嘉定</u>、<u>端平</u>間臨幸,扈從留題甚夥。後毀。'"

〔五〕萼綠:即仙女<u>萼綠華</u>。參見<u>鐵雅先生復古詩集</u>卷四<u>宮詞</u>之五注。

用顧松江韻復理齋貳守并柬雪坡刺史^{①〔一〕}

仙客歸來臨九州,身騎黃鵠^②記南游。<u>烏衣</u>故國江山在^{〔二〕},銅柱荒臺草木^③秋^{〔三〕}。起舞<u>劉琨</u>空^④有志^{〔四〕},登高^⑤<u>王粲</u>不勝愁^{〔五〕}。問君蔗^⑥境今何在^{〔六〕},秖憶當年<u>顧虎頭</u>^{〔七〕}。

【校】

① 本詩又載<u>明鈔楊維禎詩集</u>、<u>列朝詩集甲集前編第七上</u>、<u>清初印溪草堂鈔本東維子集</u>卷八、<u>鐵崖楊先生詩集</u>卷上,據以校勘。<u>理齋貳守</u>:原本作"<u>理貳守</u>",<u>印溪草堂</u>鈔本作"<u>理貳</u>",據<u>列朝詩集</u>本補。"并柬<u>雪坡</u>刺史"六字,<u>列朝詩集</u>本無。

② 鵠:<u>明鈔楊維禎詩集</u>本、<u>四部叢刊</u>本、<u>列朝詩集</u>本作"鶴"。

③ 木:<u>列朝詩集</u>本、<u>鐵崖楊先生詩集</u>本作"樹"。

④ 空:<u>鐵崖楊先生詩集</u>本作"今"。

⑤ 高:<u>印溪草堂</u>鈔本作"樓"。

⑥ 蔗:<u>列朝詩集</u>本、<u>鐵崖楊先生詩集</u>本作"絶"。

【箋注】

〔一〕詩當作於<u>元至正</u>十九年(一三五九)歲末,或稍後。繫年依據:其一,據詩中首聯"仙客歸來臨九州"兩句,當時鐵崖退隱松江不久。其二,雪坡刺史指杭州知府謝節。謝節別號雪坡,於至正二十一年二月擢爲張士誠太尉府咨議參軍,故本詩必作於至正二十一年二月以前。參見東維子文集卷十三雪坡記、本卷送謝太守。顧松江:指松江同知顧逖。參見楊鐵崖先生文集全錄卷四哀辭敍。理齋貳守:指崇明州同知張翩。參見鐵崖先生集卷三天理真樂齋記、鐵崖撰崇明州學先賢祠堂記(載本書佚文編)。

〔二〕烏衣國:參見鐵崖先生詩集己集雙燕圖注。

〔三〕銅柱荒臺:指漢馬援所立銅柱及南越王所建臺。

〔四〕劉琨:晉書祖逖傳:"與司空劉琨俱爲司州主簿,情好綢繆,共被同寢。中夜聞荒雞鳴,蹴琨覺曰:'此非惡聲也。'因起舞。逖、琨并有英氣,每語世事,或中宵起坐。"

〔五〕登高王粲:參見鐵崖詠史樂府卷三秦川公子。

〔六〕蔗境:指佳境,典出顧愷之。世説新語排調:"顧長康噉甘蔗,先食尾。人問所以,云:'漸至佳境。'"

〔七〕顧虎頭:原指顧愷之,此處當借指顧瑛。參見鐵崖先生詩集庚集玉山草堂題卷率夔東郭羲仲同作。

送謝太守①〔一〕

朝廷遣使航東海,萬里南來送璽書〔二〕。著屐登山良不惡〔三〕,分符典郡復何如。白蘇事業千年後〔四〕,吳楚封疆百戰餘。今日養民方急務,肯將徵算及舟車〔五〕。

【校】

① 本詩又載清初印溪草堂鈔本東維子集卷八。按:元成廷珪撰贈謝太守除杭州(載居竹軒詩集卷二),與本詩近似。作者究竟屬誰,待考。

【箋注】

〔一〕詩撰於元至正二十一年(一三六一)二月以前,其時鐵崖寓居松江。繫年依據:謝太守指杭州知府謝節,而至正二十一年二月,謝節由杭州知府擢爲張士誠太尉府咨議參軍,鐵崖有五言詩送謝太守,本詩蓋一時之作。參見東維子文集卷十三雪坡記,以及本卷五言排律詩送謝太守。

〔二〕“朝廷遣使”二句:張士誠於至正十七年八月納降於元,朝廷航海南來送
　　璽書當在此後。

〔三〕“著屐登山”句:意爲謝節任官於杭州,得以游覽美麗山水。王琦注李太
　　白全集卷十五夢游天姥吟留別:“脚著謝公屐,身登青雲梯。”注:“南史:
　　謝靈運尋山陟嶺,必造幽峻。巖嶂數十重,莫不備盡登躡。嘗著木屐,上
　　山則去其前齒,下山去其後齒。”

〔四〕白蘇事業:白居易、蘇軾曾任杭州刺史,皆曾治理西湖。

〔五〕徵算:指朝廷徵海運糧。續資治通鑑卷二百十五元季三十三順帝至正十
　　九年:“(九月)自中原喪亂,江南漕久不通,至是河南始平,乃遣兵部尚書
　　伯顔帖木兒、户部尚書曹履亨,以御酒、龍衣賜張士誠,徵海運糧。”

答倪生德中來韻〔一〕

　　綺川才子才庸①峭,(齊、魯間以人有儀規可喜者謂之庸峭②。)素色成
文似泖綾。待詔歸來金馬客〔二〕,題詩寄去碧桃僧〔三〕。畫眉誰問張京
兆〔四〕,多病深憐馬茂陵〔五〕。昨夜西堂安夢③好,惠連春思又新增〔六〕。

【校】

① 本詩又載明鈔楊維禎詩集、清初印溪草堂鈔本東維子集卷八,據以校勘。庸:
　　原本誤作“庸”,據傅增湘校勘記所録明初黑口大字本改。下同。

② 原本小字注漫漶,且置於詩末,印溪草堂鈔本作“庸峭,齊、魏間以人有儀矩
　　可喜者謂之庸峭”,此據傅增湘校勘記所録明初黑口大字本補,徑移於此。

③ 夢:原本漫漶,據明鈔楊維禎詩集本、印溪草堂鈔本、四部叢刊本補。

【箋注】

〔一〕詩撰於鐵崖晚年退隱松江以後,倪中赴京以前,即元至正二十年(一三六
　　〇)至二十五年之間。繫年依據:至正二十六年初春,倪中赴京參與會
　　試,鐵崖曾撰文送行,本詩當作於倪氏離松以前。倪德中:名中,松江人。
　　鐵崖弟子。參見東維子文集卷三送倪進士中會試京師序。

〔二〕“待詔”句:當屬鐵崖自指。金馬客,本指東方朔。史記滑稽列傳:“朔行

殿中,郎謂之曰:'人皆以先生爲狂。'朔曰:'如朔等,所謂避世於朝廷間者也。古之人,乃避世於深山中。'時坐席中,酒酣,據地歌曰:'陸沈於俗,避世金馬門。宮殿中可以避世全身,何必深山之中,蒿廬之下。'金馬門者,宦署門也,門傍有銅馬,故謂之曰'金馬門'。"

〔三〕碧桃僧:指鐵崖詩友、至正年間積慶寺住持臻上人。參見鐵崖文集卷三鐵笛道人自傳、東維子文集卷二十竹雪齋記。

〔四〕張京兆:名敞。參見鐵崖先生古樂府卷一眉憮詞注。

〔五〕馬茂陵:指司馬相如。漢書司馬相如傳:"相如既病免,家居茂陵。"

〔六〕"昨夜"二句:參見鐵崖先生詩集己集題唐本初春還軒注。

八月五①日偕錢唐王觀海昌李勗大梁滑人②過湖赴瑪瑙山主之招題詩雙松亭③〔一〕

十年不踏瑪瑙石〔二〕,今日重登巾④子峰〔三〕。外湖水繞玉蟛蜞,裏⑤湖水浸金芙蓉〔四〕。崔老題詩欲招鵁⑥〔五〕,生公説法善⑦降龍〔六〕。浮雲富貴眼前見,從此道人輕萬鍾。

【校】

① 本詩又載詩淵、明鈔楊維禎詩集、清初印溪草堂鈔本東維子集卷八,據以校勘。五:文淵閣四庫全書本作"十"。

② 人:傅增湘校勘記所録明初黑口大字本作"仁"。

③ 詩淵本題作題雙松亭。

④ 巾:詩淵本作"師"。

⑤ 裏:詩淵本作"内"。

⑥ 鵁:明鈔楊維禎詩集本、印溪草堂鈔本、文淵閣四庫全書本作"鶴"。

⑦ 善:詩淵本作"欲"。

【箋注】

〔一〕詩撰於元至正十九年(一三五九)八月五日。其時鐵崖自富春山來杭州半年有餘,與張士信屬下頗多交往。繫年依據:其一,由詩中"十年不踏瑪瑙石,今日重登巾子峰"兩句推之,鐵崖於杭州山水有久別重逢之感。其二,同游者王觀、李勛、滑人等,當爲張士信屬下。王觀:杭州人。李勛:海昌(今浙江海寧)人。按:本卷八月五日喜雨初陽臺上作,又稱"山東李勛"。蓋其原籍山東。又,張昱可閒老人集卷三有詩雪溪船爲李勛賦。滑人:"人"或作"仁",(參見校勘記。)大梁(今河南開封)人。瑪瑙山主:當爲杭州瑪瑙講寺住持。

〔二〕瑪瑙:西湖游覽志卷八北山勝迹:"又西爲寶雲山瑪瑙講寺、後僕夫泉。瑪瑙講寺故名瑪瑙寶勝院,在孤山。晉開運三年,錢氏建。宋大中祥符間,高僧智圓重修。紹興間徙築於此。元末燬。皇明永樂間重建,陟山之巔。"

〔三〕巾子峰:西湖游覽志卷八北山勝迹:"過石函橋而西,爲寶石山崇壽禪寺、寶所塔、壽星石、石屏風、獅子峰……石屏風、獅子峰,皆以形似名之……獅子峰一名巾子峰,林和靖詩'巾子山頭烏臼木,微霜未落葉先紅'者是也。"

〔四〕外湖、裏湖:西湖游覽志卷二蘇公堤:"蘇公堤,自南新路屬之北新路,橫截湖中。宋元祐間,蘇子瞻守郡,濬湖而築之,人因名蘇公堤。夾植花柳,中爲六橋,橋各有亭覆之……自是湖分爲兩,西曰裏湖,東曰外湖。南渡後,堤橋成市,歌舞叢之,走馬游船,達旦不息。"

〔五〕崔老:指唐代詩人崔顥。崔顥黃鶴樓:"黃鶴一去不復返,白雲千載空悠悠。"

〔六〕生公:指竺道生。參見鐵崖先生古樂府卷四虎丘篇注。

感時一首[一]

壯志凌雲氣①食牛[二],少年何事苦淹留。狂歌鳴鳳聊自慰[三],舊學屠龍良已休[四]。臺閣故人俱屏迹,閭閻小子盡封侯。愁②來按劍南樓坐,寥落江山萬里愁。

【校】

① 本詩又載明鈔楊維禎詩集、清初印溪草堂鈔本東維子集卷八,據以校勘。氣:原本漫漶,據明鈔楊維禎詩集本、印溪草堂鈔本、四部叢刊本補。

② 愁:印溪草堂鈔本作"秋"。

【箋注】

〔一〕詩當撰於元至正十九年（一三五九），鐵崖由富春山重返杭州之後。繫年理由：據“臺閣故人俱屏迹，閭閻小子盡封侯”兩句，當指其時江浙行省高官多由張士誠、張士信親信接任。

〔二〕氣食牛：尸子卷下：“虎豹之駒，未成文而有食牛之氣。”杜甫徐卿二子歌：“小兒五歲氣食牛，滿堂賓客皆回頭。”

〔三〕狂歌鳴鳳：論語微子：“楚狂接輿歌而過孔子，曰：‘鳳兮鳳兮，何德之衰！往者不可諫，來者猶可追。’”

〔四〕舊學屠龍：莊子列禦寇：“朱泙漫學屠龍於支離益，單千金之家，三年技成而無所用其巧。”

至正庚子重陽後五日再飲謝履齋光漾亭履齋出老姬楚香①侍酒之餘與紫笪②生賦詩〔一〕

滿城風雨送重陽，雨後花開重舉觴。仙客新來殷七七〔二〕，佳人老出③楚香香。干時嬾上平蠻策，度世惟求辟穀方。光漾亭④中詩易老〔三〕，不須春夢到西⑤堂〔四〕。

【校】

① 本詩又載明鈔楊維禎詩集、清初印溪草堂鈔本東維子集卷八，據以校勘。楚香：原本作“楚香者”，據傅增湘校勘記所錄明初黑口大字本刪。

② 笪：四部叢刊本作“霄”，誤。參見注釋。

③ 出：明鈔楊維禎詩集本作“去”。

④ 光漾亭之“漾”，原本作“禄”，據印溪草堂鈔本、四部叢刊本、文淵閣四庫全書本與本詩詩題改。

⑤ 西：文淵閣四庫全書本作“南”。

【箋注】

〔一〕元至正二十年庚子（一三六〇）重陽後五日，即九月十四日，鐵崖再赴謝履齋酒宴而作此詩。此時歸隱松江尚不滿一年。謝履齋：即謝伯理，參見東

維子文集卷十三知止堂記。老姬楚香：即詩中所謂楚香香，鐵崖稱之爲春
夢婆。參見本卷賦春夢婆。紫簣生：即李紫簣，參見本卷用蘇昌齡韻賦李
紫簣白雲窗。按：本詩題稱“再飲謝履齋光漾亭”，蓋因重陽日已與顧瑛
等聚飲光漾亭，鐵崖撰有佛頂菊詩（載明佚名抄本楊維禎詩集）。

〔二〕殷七七：唐代道士。宋計敏夫撰唐詩紀事卷七十五殷七七：“殷七七，名
文祥。周寶舊於長安識之，及寶移鎮浙西，七七忽至，寶禮貌益勤。每醉
吟曰：‘琴彈碧玉調，爐養白硃砂。解造逡巡酒，能栽頃刻花。’鶴林寺杜鵑
花，云貞元中外國僧自天台鉢盂中以藥養其根，來植於此寺，僧飾花院，或
見女子游花下，或謂花神也。一日寶謂七七曰：‘鶴林寺花天下奇絶，嘗聞
能開頃刻花，可開於重九乎？’曰：‘可。’乃前二日往鶴林寺宿。中夜，女子
謂七七曰：‘妾爲上玄命，下司此花，非久即歸閬苑，今與道者開之。’來日
晨起，寺僧訝花漸拆，至九日爛熳。”

〔三〕光漾亭：或稱光祿亭。嘉慶松江府志卷七十七名迹志第宅婁縣：“春草
堂，在泖上，別駕謝禮所居。又有光祿亭。楊維禎晚年常居禮家。聶大年
題廉夫集所云‘白髮草玄楊子宅，紅妝檀板謝家湖’是也。維禎有記。”

〔四〕春夢到西堂：參見鐵崖先生詩集己集題唐本初春還軒注。

與姜羽儀詩①〔一〕

　　六韜人去無家學〔二〕，獨説吾鄉有羽儀。太尉府中招處士，湖州②
幕裏著賓師。座分雨露黃封酒〔三〕，門護③風雲赤羽旗。湖上老夫詢出
處，扁舟一葉似鴟夷〔四〕。

【校】

① 本詩又載明鈔楊維禎詩集、清初印溪草堂鈔本東維子集卷八、鐵崖楊先生詩
　集卷上，據以校勘。鐵崖楊先生詩集本題作贈姜羽儀。

② 湖州：鐵崖楊先生詩集本作“方洲”。

③ 護：原本漫漶，據明鈔楊維禎詩集本、印溪草堂鈔本、鐵崖楊先生詩集本補。

【箋注】

〔一〕詩當作於元至正十九年（一三五九）歲末至二十三年之間，其時鐵崖隱居

松江。繫年依據：其一，據"湖上老夫詢出處"二句，知鐵崖當時寓居松江，且爲晚年退隱之後。其二，據"太尉府中招處士"二句，當時姜羽儀爲張士誠太尉所用。又據"座分雨露黄封酒"句，知朝廷尚有賜酒，應在至正二十三年張士誠自立爲吳王以前。姜羽儀：名漸，諸暨人。參見東維子文集卷八送王公入吳序。

〔二〕六韜：或稱太公六韜，古代兵書。相傳爲西周吕望所撰，通行本爲六卷。按：吕望即姜太公，姜漸與之同姓，故此稱"家學"。

〔三〕黄封酒：指宫酒。以黄帕封，故名。參見宋祝穆撰古今事文類聚續集卷十三燕飲部。

〔四〕鴟夷：指范蠡。參見鐵崖先生古樂府卷三五湖游。

赴瑪瑙寺主者之約詩用宇文韻①〔一〕

我尋②三十高僧閣，還有支郎第一流③〔二〕。湖上風烟留晚照④，山中草木帶邊秋。水晶宫開碧⑤菡萏，金粟堆呼黄栗留〔三〕。下馬題詩鄂王⑥寺〔四〕，行人有⑦比峴山游〔五〕。

【校】

① 明鈔楊維禎詩集、清初印溪草堂鈔本東維子集卷八、鐵崖楊先生詩集卷上載此詩，據以校勘。原本及印溪草堂鈔本題作主之約詩用宇文韻，鐵崖楊先生詩集本題作赴瑪瑙寺主者約，據以改補。

② 我尋：鐵崖楊先生詩集本作"尋成"。

③ 支郎第一流：原本漫漶，文淵閣四庫全書本作"支郎夜渡舟"，據明鈔楊維禎詩集本、印溪草堂鈔本、四部叢刊本補。

④ 晚照：原本漫漶，據明鈔楊維禎詩集本、印溪草堂鈔本、四部叢刊本補。

⑤ 碧：明鈔楊維禎詩集本作"金"。

⑥ 鄂王：原本殘闕，文淵閣四庫全書本作"紅葉"，據傅增湘校勘記所録明初黑口大字本、明鈔楊維禎詩集本、印溪草堂鈔本、鐵崖楊先生詩集本補。

⑦ 有：鐵崖楊先生詩集本作"猶"。

【箋注】

〔一〕詩當作於元至正十九年（一三五九）八月五日。繫年依據：參見本卷八月五日偕錢唐王觀海昌李勛大梁滑人過湖赴瑪瑙山主之招題詩雙松亭。瑪瑙寺主：即杭州瑪瑙講寺住持。宇文：指宇文公諒。宇文公諒字子貞，其先成都人，其父徙居吳興，遂爲吳興人。至正初年即與鐵崖交往，唱和西湖竹枝詞。元史有傳。按：本詩題稱“用宇文韻”，疑宇文公諒題詩在先，或爲其早年所題。

〔二〕支郎：指晉代高僧支遁，遁字道林，生平詳見高僧傳卷四。

〔三〕黃栗留：或作黃鸝鶹，指黃鳥。

〔四〕鄂王寺：又稱褒忠衍福禪寺，位於杭州西湖之北山。南宋孝宗時建，用以祭奠岳飛父子。參見僑吳集卷十一重建岳鄂王忠烈廟碑。

〔五〕峴山游：用晉人羊祜游峴山故事。參見鐵崖先生詩集甲集一峰先生入吳注。

寄秋淵沈錬師〔一〕 所居號琅玕所

琅玕種得三千箇，箇箇瓊臺玉樹齊。秋净雙鳧青①泖曲〔二〕，夜寒一虎大茆②西〔三〕。長茸不著花猫獵，深竹時聞翠羽啼。老我所須惟鐵杖，不須太乙乞青藜〔四〕。

【校】

① 本詩又載明鈔楊維禎詩集、清初印溪草堂鈔本東維子集卷八，據以校勘。净：四部叢刊本作“静”。青：明鈔楊維禎詩集本作“清”。

② 茆：明鈔楊維禎詩集本作“茅”。

【箋注】

〔一〕詩當作於鐵崖晚年退隱松江時期，元亡以前，即元至正二十年（一三六〇）至二十六年之間。沈秋淵：松江廣成庵道士，其琅玕所在庵内。參見鐵崖先生集卷四琅玕所志。

〔二〕雙鳧：指東漢明帝時尚書郎河東王喬故事。參見鐵崖先生詩集丙集題僑州秃翁圖注。

〔三〕一虎大茆西：用三茅真人得道馴虎故事。李孝光茅山謠送鄧上人：“茅君騎虎上天去，道人乞我明霞篇。”

〔四〕太乙青藜：參見麗則遺音卷四杖賦注。

十月六日席上與同座客陸宅之夏士文
及主人吕希尚希遠聯句〔一〕

新潑葡萄琥珀濃，酒逢知己量千鍾。犀柈筯落眠金鹿，雁柱弦鳴應玉龍。紫蟹研膏紅似橘，青蝦剥尾緑如葱。彩雲吹散陽臺雨，知在①巫山第幾重〔二〕。

【校】

① 本詩又載清初印溪草堂鈔本東維子集卷八。在：四部叢刊本作"有"。按：本聯句詩乃鐵崖與友共五人合作，然各句分别出自何人，原本與校本皆未注明。

【箋注】

〔一〕詩當撰於鐵崖晚年退隱松江以後，松江歸屬朱元璋政權之前，即元至正二十年（一三六〇）至二十六年之間。繫年依據：其一，酒宴主人松江吕希尚、希遠兄弟，乃鐵崖老東家吕良佐晚輩；聚飲者皆松江文人，其中夏尚忠於鐵崖再返松江以後，交往頗多，故當爲鐵崖晚年退居松江時期。其二，明初吕家迭遭變故，無力辦此盛宴。陸宅之：名居仁，松江人。參見鐵崖先生集卷二淞泮燕集序。夏士文：名尚忠。參見東維子文集卷十六華亭胥浦義冢記。吕希尚、希遠：當爲璜溪吕良佐之姪子。據王逢梧溪集卷五吕充閭復亨自陝還，予過之。懷文會于時康，傷家徙於事連，且慶其世德有在，而子孫保全也，賦詩留希尚之第，知吕希尚明初仍留松江。其詩首句曰"堂開來德俯璜灣"，來德堂乃吕良佐構建，鐵崖曾爲撰記。據此可知希尚爲吕良佐晚輩族人。又，王逢詩題曰"吕充閭復亨自陝還"，蓋此前吕充閭被迫徙至陝西。又，洪武二年，吕良佐長子吕恒家產遭没收，亦流放陝西，故王逢詩題曰"傷家徙於事連"。參見東維子文集卷十七賓月軒記注釋。

〔二〕"彩雲吹散"二句：寓楚懷王所謂陽臺、巫山故事。參見鐵崖先生古樂府卷九陽臺曲注。

八月五日喜雨初陽臺上作〔一〕 已後摠六首皆七言古風

敲門空迥①太史宅〔二〕，曳杖却上初陽臺〔三〕。雷從葛仙井底起〔四〕，雨自黃妃塔上來〔五〕。官軍捷報銅鉈陌〔六〕，山人酒瀉白螺杯。憑誰得知詩句好，山東李勛今有才〔七〕。

【校】

① 迥：四部叢刊本作“過”。

【箋注】

〔一〕詩當作於元至正十九年（一三五九）八月五日，其時鐵崖寓居杭州。繫年依據：詩作於“八月五日”，且詩中提及“山東李勛”，當爲偕王觀、滑人、李勛同游之際。參見本卷八月五日偕錢唐王觀海昌李勛大梁滑人過湖赴瑪瑙山主之招題詩雙松亭。

〔二〕太史：鐵崖自稱。

〔三〕初陽臺：位於杭州葛嶺。咸淳臨安志卷二十八嶺：“葛嶺，在西湖之西。葛仙翁嘗煉丹於此，有初陽臺。”

〔四〕葛仙井：即葛洪煉丹處，民間傳說不一，今浙江嘉興、紹興，河南，四川等地皆有所謂葛仙井，然此當指西湖葛嶺。

〔五〕黃妃塔：位於杭州西湖雷峰頂，吳越王時修建。參見南巡盛典卷八十六名勝。

〔六〕官軍捷報銅鉈陌：當指至正十九年八月初，駐守洛陽之察罕帖木兒，率軍收復紅巾軍劉福通所占之汴梁，河南悉平。參見元史順帝本紀、察罕帖木兒傳。銅鉈陌：即銅駝街，位於洛陽。晉人陸機洛陽記曰：“洛陽有銅駝街。漢鑄銅駝二枚，在宮南西會道相對。俗語曰：‘金馬門外集衆賢，銅駝陌上集少年。’”（引自太平御覽卷一百五十八州郡部四河南道上。）

〔七〕山東李勛：即海昌李勛，或其先世爲山東人。

十七日過無住庵因留題鑑上人半雲軒〔一〕

我訪東山丞相譜〔二〕，因過南墅半雲寮。雉棲薜荔都蒼墓〔三〕，鰲補夫容大士橋。萬歲藤枝神蜕杖,三花樹子瘦爲瓢[四]。老僧好事兼好客,時作遠公蓮社招[五]。

【箋注】

〔一〕詩當爲鐵崖晚年退隱松江之初,元至正二十年(一三六〇)前後作。繫年依據:至正二十年前後,鐵崖與半雲軒主人鑑上人交往較多。參見東維子文集卷二十半雲軒記。無住庵:即松江胥浦之無住精舍,鑑上人爲住持。半雲軒:爲鑑上人居所。

〔二〕東山丞相:指東晉謝安。按:據東維子文集卷十五悦親堂記,謝伯理先世爲陳留人。又,晉書記載謝鯤、謝安籍貫,謂陳國陽夏人。然亦有稱陳留謝鯤。參見群輔録(載説郛卷五十七上)。

〔三〕都蒼墓:不詳。

〔四〕三花樹:即貝多樹。

〔五〕遠公蓮社:指廬山惠遠法師所結白蓮社。參見鐵崖先生詩集丙集題陶淵明漉酒圖。

用蘇昌齡韻賦李紫篔白雲窗①[一]

紫篔之篔篔滿林,白雲之雲雲復深。忽見南山有真②意[二],時聞好鳥流清音。盆翻玉女當窗雪[三],棋款仙樵石几陰[四]。爲子朗歌成古調③,寫以老鐵斛盧琴[五]。

【校】

① 明鈔楊維禎詩集本題作紫篔生白雲窗。

② 真:傅增湘校勘記所録明鈔殘本、明鈔楊維禎詩集本作"深"。

③ 調:明鈔楊維禎詩集本作"操"。

【箋注】

〔一〕詩當作於晚年退隱松江之後,蘇昌齡謝世之前,約爲元至正二十年(一三六〇)至二十五年之間。繫年依據:本詩步蘇昌齡詩韻而作,蘇昌齡於元末戰亂之後移居吳地,鐵崖與之交往,始於自杭州退隱松江以後。蘇昌

齡：字大年，以字行。參見東維子文集卷二十六蘇先生挽者辭叙。李紫
篔：即李升。白雲窗當爲李升齋名。圖繪寶鑒卷五元朝：“李升，字子雲，
號紫篔生，濠梁人。畫墨竹，亦能窠石平遠。”嘉慶松江府志卷六十一藝術
傳：“（李升）居薛澱湖旁。善寫竹石，兼工平遠山水，識者謂其源出王維。
曝書亭題跋云：‘畫家好手，元時特多，紫篔李升其一也。’”同書卷七十八
名迹志第宅青浦縣：“澱山草堂，在澱山湖側，李紫篔升隱居。又有白雲
窗，多名人題咏。”

〔二〕“忽見”句：源自陶淵明飲酒之五“採菊東籬下，悠然見南山”詩意。

〔三〕玉女盆：參見鐵雅先生復古詩集卷五香奩八題之一金盆沐髮注。

〔四〕棋款仙樵：即觀棋爛柯故事，參見鐵崖先生古樂府卷三張公洞注。

〔五〕斛盧琴：指胡琴。參見鐵崖文集卷三斛律珠傳。

題夏士文①槐夢軒〔一〕

何人覓②得大槐國〔二〕，國在人間人不識。五馬既赴南柯侯，千金
更選東牀客〔三〕。金雞一聲叫東方，蝴蝶飛來春一塲。君不見緑林銅③
虎郎〔四〕，匐匐尚拜蚍蜉王。

【校】

① 鐵崖楊先生詩集卷上載此詩，據以校勘。原本題作題夏氏槐夢軒，據鐵崖楊
先生詩集本改。

② 覓：鐵崖楊先生詩集本作“尋”。

③ 銅：四部叢刊本作“周”。

【箋注】

〔一〕詩當作於鐵崖晚年退隱松江之後，蓋爲元至正二十年（一三六〇）至二十
六年之間。繫年依據：參見鐵崖先生集卷二緑陰亭記。夏士文：名尚忠。
參見東維子文集卷十二華亭胥浦義冢記。槐夢軒：當爲夏士文齋名。

〔二〕大槐國：即大槐安國。詳見唐李公佐撰南柯太守傳。

〔三〕“五馬既赴”二句：述南柯太守傳中人物淳于棼故事。淳于棼夢見自己入
大槐安國，招爲駙馬，又拜爲南柯郡太守。東牀客，指女婿。源自王羲之

東牀坦腹故事,詳見<u>世説新語</u><u>雅量</u>。

〔四〕緑林銅虎:或當作“緑林、銅馬”,均爲<u>新莽</u>末年義軍。

寄兩^①道原詩^{〔一〕} 二首

其一

<u>信公</u>今^②住<u>竹林寺</u>,曾寄<u>吳鹽</u>道起居。<u>戴家泊</u>上收秫米,<u>凌湖門</u>外好鱸魚。緇衣宰相日給告^{〔二〕},清客道人新著書^{〔三〕}。若問<u>西湖</u>湖上伴^{〔四〕},竹枝零落柳枝疎。

其二

老人畸畛近^③何如^{〔五〕},聞説^④移車雪上居^{〔六〕}。甕口新包竹葉酒,船頭學釣桃花魚。雄文曾駡^⑤六國印^{〔七〕},綺語更著三家書^{〔八〕}。兩^⑥家道郎我所愛,何啻林間見二疏^{〔九〕}。

【校】

① 兩:原本作“雨”,據<u>文淵閣</u><u>四庫全書</u>本改。

② 今:原本作“令”,據<u>傅增湘</u>校勘記所録<u>明</u>鈔殘本、<u>明</u>鈔<u>楊維楨</u>詩集本、<u>文淵閣</u><u>四庫全書</u>本改。

③ 畸畛:<u>四部叢刊</u>本作“畸町”,<u>文淵閣</u><u>四庫全書</u>本作“雅趣”。近:原本作“延”,據<u>文淵閣</u><u>四庫全書</u>本改。

④ 説:原本無,<u>傅增湘</u>校勘記所録<u>明</u>鈔殘本、<u>明</u>鈔<u>楊維楨</u>詩集本作“君”,據<u>文淵閣</u><u>四庫全書</u>本增補。

⑤ 駡:<u>明</u>鈔<u>楊維楨</u>詩集本、<u>傅增湘</u>校勘記所録<u>明</u>鈔殘本作“寫”,<u>文淵閣</u><u>四庫全書</u>本作“佩”。

⑥ 兩:原本作“雨”,據<u>四部叢刊</u>本、<u>文淵閣</u><u>四庫全書</u>本改。

【箋注】

〔一〕詩當撰於<u>元</u><u>至正</u>十六年(一三五六),或稍後。繋年依據參見後注。兩<u>道</u><u>原</u>:指<u>釋文信</u>與<u>釋本誠</u>。<u>釋文信</u>,<u>至正</u>初年即與<u>鐵崖</u>交往,唱和<u>竹枝詞</u>。<u>玉山草堂雅集</u>卷十六<u>釋文信</u>:“字<u>道元</u>,<u>永嘉</u>人。幼警悟,不喜塵俗,遂出家從浮圖氏。既悟禪旨,兼通儒、<u>老</u>。善屬文,詩尤清峭,不爲時俗聲。住石湖寶華禪寺。每與談詩,令人灑去塵想。"參見西湖竹枝集釋文信傳。
按:釋文信號清容叟,參見鐵崖文集卷三鐵笛道人自傳。又,或謂文信號
雪山道人,明洪武二十年(一三八七)尚存於世,享年八十以上。參見王連
起撰元張雨楊維楨文信詩文卷及相關問題考略。(文載故宮博物院院刊
二〇〇五年第二期。)本誠字道原。參見東維子文集卷十毛隱上人序。
〔二〕緇衣宰相:本指南朝宋僧慧琳,此處借指釋文信。慧琳生平參見陳善學
序刊楊鐵崖先生文集卷二緇衣相注。
〔三〕清客道人:楊維楨自稱。
〔四〕西湖湖上伴:此指至正初年參與唱和西湖竹枝詞之友人。當年釋文信亦
參與其中,西湖竹枝集録有其竹枝詞三首。
〔五〕老人:蓋指嘉興覺隱上人本誠。
〔六〕雪上:今浙江湖州。
〔七〕雄文曾罵六國印:蓋指元至正十六年,鐵崖撰文指斥江浙行省丞相達識
帖木兒。參見鐵崖文集卷一圻城老父射敗將書。
〔八〕三家書:本指春秋三傳,鐵崖以此借指自己所撰史書史詩。
〔九〕二疏:指西漢疏廣、疏受父子。漢書疏廣傳:"廣徙爲太傅,廣兄子受……
爲少傅……太子每朝,因進見,太傅在前,少傅在後,父子并爲師傅,朝廷
以爲榮……廣謂受曰:'吾聞知足不辱,知止不殆;功遂身退,天之道也。
今仕官至二千石,宦成名立,如此不去,懼有後悔,豈如父子相隨出關,歸
老故鄉,以壽命終,不亦善乎?'受叩頭曰:'從大人議。'即日父子俱移
病……廣既歸鄉里,日令家共具設酒食,請族人故舊賓客,與相娛樂。"

聯句書桂隱主人齋壁〔一〕 七言十八句有序①

至正己亥冬十月四日〔二〕,予偕吳興姚廷②美〔三〕,義興高玉
窗〔四〕、夏長祐〔五〕,吳郡張學〔六〕,河西張吉〔七〕,富春吳毅〔八〕,東海
徐子貞〔九〕,陽羨高瑛〔十〕,雲間謝思順〔十一〕,同游淞之顧庄,酹橘隱
老仙墓〔十二〕,因過郁聚學聚齋〔十三〕,見桂隱主人〔十四〕。供茶設醴。
席上與諸客聯七字句,成一十韻十有八句,書於齋之壁。予爲會
稽抱遺叟楊維楨③也。
九鳳山陽漂瀆陰〔十五〕,十年曾記此登臨〔十六〕。仙人一去橘破

斗[十七]，小山重招花作金[十八]。勺水研池圓洗膽，老蕉書葉倒抽心[十九]。瞿曇像現雲生壁，木客詩成風滿林。白馬胡僧經寫貝，青烏方士石旋針。六花雪舞昆吾劍[二十]，一索珠縣④斛律琴。出柙怒號斑額獸，鎮籠解語雪衣禽[二十一]。掀髯自作蘇門嘯[二十二]，抱膝誰歌梁甫⑤吟[二十三]。聯得⑥彌明詩句就[二十四]，内中韶濩⑦有遺音[二十五]。

【校】

① 本詩又載明鈔楊維禎詩集、清初印溪草堂鈔本東維子集卷九，據以校勘。本詩位於印溪草堂鈔本東維子詩集卷九“七言排律”第一首，詩題下注曰“十八句有序”。主人：明鈔楊維禎詩集本作“上人”。按：本聯句詩乃鐵崖與友人合作，然各句分別出自何人，原本與諸校本皆未注明。

② 姚廷：原本及印溪草堂鈔本皆作“桃庭”。據明鈔楊維禎詩集本改。

③ 楊維禎：原本作“楊某”。據明鈔楊維禎詩集本改。

④ 縣：印溪草堂鈔本作“懸”。

⑤ 甫：明鈔楊維禎詩集本作“父”。

⑥ 得：明鈔楊維禎詩集本作“句”。

⑦ 濩：原本作“護”，據印溪草堂鈔本、四部叢刊本、文淵閣四庫全書本改。

【箋注】

〔一〕本詩與同游九人合作，撰書於元至正十九年己亥（一三五九）十月四日。其時鐵崖應松江同知顧逖之邀，赴松江府學教授諸生，自杭退居松江僅數日。參見東維子文集卷二送檢校王君藎昌還京序、清江文集卷五小蓬臺志。

〔二〕按：至正十九年己亥十月一日，鐵崖爲鄉友俞瓛撰齋記，尚在杭州。故此顧莊之游，當爲返歸松江之初游。同游諸人，蓋皆爲松江府學學生。參見東維子文集卷十五好古齋記。

〔三〕姚廷美：字彥卿，吴興（今浙江湖州）人。一説華亭（今屬上海）人。或其原籍吴興，寓居華亭。擅長詩畫，尤以丹青著稱。與王蒙交。或謂姚氏畫山水師法郭熙，筆勁健而近熟，乏高曠之趣。亦擅長畫人物，曾與王蒙合作雙梧草堂圖。其繪畫作品曾由清内府收藏，傳世山水畫有雪江游艇圖卷（故宮博物院藏）、溪閣流泉圖（湖北省博物館藏）。參見鐵崖有餘閒説（載本書佚文編）、鐵崖詩題元姚彥卿瘦蹇寒林（載佚詩編）、圖繪寶鑑卷五、佩文齋書畫譜卷五十四畫家傳十、味水軒日記卷六“萬曆四十二年七

月二十四日"一則所録王蒙跋語、同書卷八"萬曆四十四年八月四日"一

則録喬宗跋文,以及中國繪畫全集第八卷。按:姚廷美於至正二十年正

月作有餘閒圖,并題詩(參見石渠寶笈卷三十三)。

〔四〕高玉窗:義興(今江蘇宜興)人。

〔五〕夏長祐:義興(今江蘇宜興)人。

〔六〕張學:吳郡(今江蘇蘇州)人。明洪武初年任吏部主事。鐵崖逝世後,與
朱芾等恭請宋濂爲先師撰寫墓志銘。參見宋濂撰元故奉訓大夫江西等處
儒學提舉楊君墓志銘。

〔七〕張吉:河西人。按:河西即黃河之西,元代多指西夏,蓋張吉爲色目人。

〔八〕吳毅:富春人。吳復子。鐵崖稱之爲"高才生"。參見東維子文集卷二送
檢校王君蓋昌還京序。

〔九〕徐子貞:東海(位於今江蘇連雲港)人。東維子文集卷三十一附録鐵崖
"學生徐固"詩多首,疑徐子貞名固,子貞爲其字,名字正合。

〔十〕高瑛:陽羨(今江蘇宜興)人。

〔十一〕謝思順:字尚賢,松江人。嗜詩,學謝靈運,家有夢草軒。參見楊鐵崖先
生文集全録卷一夢草軒記。按:東維子文集卷三十一載"學生謝思
順"詩。

〔十二〕橘隱老仙:吕良佐兄潤齋。參見東維子文集卷十二華亭胥浦義冢記。

〔十三〕郁聚:疑即郁彥學。學聚齋蓋其齋名。參見東維子文集卷十六養浩
齋記。

〔十四〕桂隱主人:不詳。據詩中"瞿曇像現雲生壁"、"白馬胡僧經寫貝"等語
推測,似爲出家之人。又,鐵崖曾與桂隱堂主人吳氏交往,不知是否與
此桂隱主人有關。參見鐵崖先生詩集甲集題黃子久畫青山隱居圖爲劉
青山題。

〔十五〕九鳳山:指松江九峰。參見東維子文集卷十五虛舟記。漂瀆:疑當作
"溧瀆",位於松江。參見東維子文集卷十六著存精舍記。

〔十六〕"十年"句:至正十年(一三五〇)歲末,鐵崖赴任杭州四務提舉而離松,
至正十九年冬返松,首尾十年。

〔十七〕仙人一去橘破斗:蓋指巴邛橘中老叟故事。參見鐵崖先生古樂府卷三
夢游滄海歌注。

〔十八〕小山重招:指淮南小山所撰招隱士。參見東維子文集卷十七聚桂軒
記注。

〔十九〕老蕉書葉:書寫於蕉葉。相傳唐僧懷素學書,以芭蕉葉代紙。

〔二十〕昆吾劍：參見麗則遺音卷三斬蛇劍。

〔二十一〕雪衣禽：指白鸚鵡雪衣娘。參見鐵雅先生復古詩集卷四宫詞之四注。

〔二十二〕蘇門嘯：參見鐵崖先生古樂府卷八覽古之二十注。

〔二十三〕梁甫吟：本爲葬歌，因諸葛亮作此歌而聞名。參見鐵崖先生古樂府卷
　　　　　四梁父吟注。

〔二十四〕彌明詩：指衡山道士軒轅彌明之石鼎聯句。參見鐵崖先生古樂府卷
　　　　　六傅道人歌注。

〔二十五〕韶濩：舜、湯之樂。史記禮書："和鸞之聲，步中武象，驟中韶濩，所以
　　　　　養耳也。"集解引鄭玄曰："武，武王樂也。象，武舞也。韶，舜樂也。
　　　　　濩，湯樂也。"

題朱蓮峰夢游仙宫殿明日偕見
西辨章進凝香閣詩〔一〕

　　青蓮老人青珮環〔二〕，自言昨夜夢游海上天梯山。天梯之山三萬
八千丈，瓊臺雙闕開天關。赤藤飛上最絶頂，千樹琪花散晴影。通明
前殿上覲玉虛翁〔三〕，左面長眉瞳炯炯。玉翁元是太極仙，手弄兩丸日
月旋。天扃地户司啓閉，玄牝一鑰開天先。青蓮老人南極裔〔四〕，泰①
華開花一千歲。大人賦奏馬文園〔五〕，玉藕如船澆渴肺〔六〕。殿前作詩
明月光〔七〕，光采下徹下土中書堂。明朝寫得凝香章〔八〕，蝴蝶飛來七寶
牀〔九〕。（右七言長短二十句。）

　　　附録：

　　　凝香閣詩　七言長短二十四句有叙

　　　凝香閣者，光禄大夫平章政事張公閱之以待四方賢士，即漢平津②侯
之東閣也。客卿鐵崖楊子名之曰凝香，本章蘇州語。予讀楊子記，云"休
兵息民"，又云"厭兵圖治"，引周公、仲山甫爲辭。夫兵不爲攻城，乃森戟
於左右者，豈非休兵乎！燕寢凝香，與賢者共之，豈非圖治乎！周公東征，
成王迎歸，天乃反風起禾，此休兵效也。仲山父徂齊，宣王賴其補衮，出納
王命，此圖治效也。楊子之進規者至矣。杭庠典教朱庭③規數楊子之記，
復爲歌以頌云④：

　　　　有兵不若森於庭，發天下若莊於棚。汗馬不若繫於營，休兵要待民力

生。平章政事光禄卿,閣下萬卷清香凝。書生香,德生馨,况復燕鼎相熏蒸。緑烟一縷風度櫺,光禄燕寢寢不驚。蝴蝶飛來窺枕屏,周公入夢話東征。山甫依稀亦言并,天既反風禾稼登。告以補衮垂鴻名,楊子進規爲座銘。有客如此真賢卿,有客如此真賢卿。廩人飽粟,庖人饋鯖⑤,燕昭臺上千金輕。錢唐博士起相慶,有如十八學士登蓬瀛。

【校】

① 泰:明鈔楊維禎詩集本作"太"。
② 津:明鈔楊維禎詩集本作"章"。
③ 庭:明鈔楊維禎詩集本作"廷"。
④ 頌云:明鈔楊維禎詩集本作"贈之"。
⑤ "廩人飽粟,庖人饋鯖"二句,明鈔楊維禎詩集本作"廩人飽粟庖人饋"。

【箋注】

〔一〕詩當作於元至正十九年(一三五九)七、八月間。其時鐵崖寓居杭州,爲張士信座上賓,頗受禮遇。繫年依據:本詩題於朱蓮峰詩後,朱蓮峰凝香閣詩,因讀鐵崖凝香閣記有感而作。而鐵崖凝香閣記撰於至正十九年七、八月間。參見東維子文集卷十三凝香閣記。朱蓮峰:名庭規。即本詩後所附凝香閣詩作者,當時任杭州府學典教。夢游仙宫殿明日偕見西辨章進凝香閣詩:當爲朱蓮峰凝香閣詩原名。西辨章,指張士信。辨章,即平章。至正十九年七月,張士信被授予江浙行省平章政事。
〔二〕青蓮老人:指朱蓮峰。
〔三〕通明前殿:即通明殿,相傳爲玉皇大帝宫殿。玉虚翁:指玉皇大帝。
〔四〕南極:即南極仙翁,又稱南極真君、長生大帝等。道教傳説中之壽星。參見史記天官書。
〔五〕馬文園:指西漢司馬相如。司馬相如曾撰大人賦,并上奏皇帝。史記司馬相如列傳:"相如既奏大人之頌,天子大説,飄飄有凌雲之氣,似游天地之間意。"
〔六〕"玉藕如船"句:源自韓愈詩。韓愈古意:"太華峰頭玉井蓮,開花十丈藕如船。"
〔七〕殿前作詩明月光:本指李白。李太白全集卷三十六附録外記:"東坡集中載李白謫仙詩一首,其詞曰:我居清空裏,君隱黄埃中。聲形不相吊,心事難形容。欲乘明月光,訪君開素懷。天杯飲清露,展翼登蓬萊……'東觀餘論曰：‘……此上清寶典李太白詩也。’”

〔八〕凝香章：指朱蓮峰所作凝香閣詩。凝香閣，張士信用以接待來賓之客館。
　　　參見東維子文集卷十三凝香閣記。

〔九〕七寶牀：李陽冰李白集序曰：“天寶中，召就金馬，降輦步迎，如見綺皓，以
　　　七寶牀賜食。置於金鑾殿，出入翰林中，潛草制誥，人無知者。”（載玉海卷
　　　一百六十七唐學士院翰林院。）

卷八十四　東維子文集卷三十

盤所歌并叙[一]

　　孟子稱大丈夫曰："居天下之正位,行天下之大道。富貴不能淫,貧賤不能移,威武不能屈[二]。"李愿稱大丈夫曰："坐廟堂則進退百官,在外則武夫前呵、從者夾道。喜有賞,怒有刑。材畯者譽其德,粉白黛綠者争寵妍[三]。"孟子之所謂,大丈夫者也;李愿氏之所謂大丈夫,人之稱大丈夫者也,其賢不肖固有間矣。及愿稱大丈夫之所不遇者,又曰："與其有譽,孰若無毀。與其有樂,孰若無憂。車服不維,刀鋸不加。理亂不知,黜陟不聞。此我之所行[四]。"愿蓋亦潔身而往之流也,亦豈得稱大丈夫哉！然比於處穢污、觸刑辟,徼倖於萬一,老死而後止者,則猶賢耳。故昌黎韓子之未遇也,亦欲①膏車秣馬以從愿於盤之樂也[五]。

　　去之六百餘年,而猶有裔孫曰秀之南窗公某[六],爲宋和公之七世孫也,宋革,不言②仕,國朝以名節强起之,辭以疾,歸隱於淡滄之上[七],名其居曰盤所。盤在太行[八],去淡滄不知其若干道里,而南窗名之,蓋所同其隱而不必同其地也。南窗克己風節,重其所則愈於愿之徒以不遇而樂其所者也。南窗諸孫爲恕[九],又能復盤所於先廬壞棄之餘,遷其所於海甸之東丘,而南窗之故扁在焉,固賢矣。吾聞恕自幼有大志,惟③用力於當世者,又自知不可爲,則爲不遇於時者之爲,而不爲處穢污、觸刑辟,倖於老死而後止者也,於愿之賢亦庶幾④乎其近之。昌黎氏賢愿而爲序,余亦賢恕,而爲昌黎之歌以歌之曰[十]:

盤之宫,東丘之樂。盤之土,耕者讓畎(叶)。盤之泉,漁不竭困。盤之阻,外禦其侮。盤之際⑤,内潛我心。盤之穰⑥,實⑦繁我族。

嗟盤之樂兮樂而安,風雨不震兮燹澇弗奸。孝以致其養兮,義以廣夫急難。居饒安兮⑧體愈胖[十一],心無憂兮奚有患(叶)。歌兮樂女⑨盤,女將和兮考吾槃。

【校】

① 欲：原本作“於”，據<u>文淵閣</u><u>四庫全書</u>本改。

② 言：原本作“忘”，據<u>文淵閣</u><u>四庫全書</u>本改。

③ 惟：原本作“唯”，據<u>文淵閣</u><u>四庫全書</u>本改。

④ 幾：原本無，據<u>明鈔楊維禎詩集</u>本增補。

⑤ 陈：<u>文淵閣</u><u>四庫全書</u>本作“深”。

⑥ 穰：原本作“禳”，據<u>明鈔楊維禎詩集</u>本改。

⑦ 原本於“實”字下多一“盤”字，據<u>文淵閣</u><u>四庫全書</u>本删。

⑧ 饒：原本作“燒”，據<u>文淵閣</u><u>四庫全書</u>本改。兮：<u>文淵閣</u><u>四庫全書</u>本作“矣”。

⑨ 女：<u>明鈔楊維禎詩集</u>本作“汝”。下同。

【箋注】

〔一〕詩當撰於<u>元</u>末動亂時期，<u>至正</u>二十六年（一三六六）以前。繫年依據：詩序中曰<u>李恕</u>“先廬壞棄”，又曰“自知不可爲，則爲不遇於時者之爲”，知其時已爲亂世衰世；詩序中又稱<u>元</u>代爲“國朝”，可見其時<u>嘉興</u>、<u>松江</u>一帶尚未納入<u>朱元璋</u>版圖。

〔二〕“居天下”五句：引録<u>孟子</u>語，然與通行本有出入。<u>孟子注疏</u>卷六上<u>滕文公</u>章句下：“居天下之廣居，立天下之正位，行天下之大道，得志與民由之，不得志獨行其道。富貴不能淫，貧賤不能移，威武不能屈，此之謂大丈夫。”

〔三〕“坐廟堂”六句：<u>韓愈</u><u>送李愿歸盤谷序</u>：“愿之言曰：‘人之稱大丈夫者，我知之矣。利澤施于人，名聲昭于時。坐于廟朝，進退百官，而佐天子出令。其在外，則樹旗旄，羅弓矢，武夫前呵，從者塞途。供給之人，各執其物，夾道而疾馳。喜有賞，怒有刑。才畯滿前，道古今而譽盛德，入耳而不煩。曲眉豐頰，清聲而便體，秀外而惠中，飄輕裾，翳長袖，粉白黛綠者，列屋而閒居，妒寵而負恃，爭妍而取憐。’”<u>李愿</u>，<u>中唐</u>隱士，與<u>韓愈</u>、<u>盧仝</u>爲好友。生平不詳。

〔四〕“與其有譽”九句：<u>韓愈</u><u>送李愿歸盤谷序</u>：“與其有譽於前，孰若無毀於其後。與其有樂於身，孰若無憂於其心。車服不維，刀鋸不加，理亂不知，黜陟不聞。大丈夫不遇於時者之所爲也，我則行之。”

〔五〕“故昌黎”二句：<u>韓愈</u><u>送李愿歸盤谷序</u>：“<u>昌黎</u><u>韓愈</u>聞其言而壯之，與之酒而爲之歌曰：‘……膏吾車兮秣吾馬，從子于盤兮，終吾生以徜徉。’”按：據<u>送李愿歸盤谷序</u>題下小字注，此文撰於<u>韓愈</u>三十四歲時。

〔六〕<u>南窗公</u>：文中既稱之爲<u>李愿</u>"裔孫"，當姓<u>李</u>，別號<u>南窗</u>，<u>秀州</u>（今<u>浙江 嘉</u>
　　　<u>興</u>）人。宋末元初人士，隱居<u>嘉興 淡滄</u>，宅第取名<u>盤所</u>。

〔七〕<u>淡滄</u>：溪名，位於今<u>浙江 嘉興</u>。元<u>邵亨貞 澹滄漁叟引</u>爲<u>檇李 蕭養素</u>賦：
　　　"<u>澹滄溪</u>與<u>鴛湖</u>接。"（載<u>檇李詩繫</u>卷三十八。）

〔八〕<u>盤在太行</u>：<u>韓愈 送李愿歸盤谷序</u>："<u>太行</u>之陽有<u>盤谷</u>，<u>盤谷</u>之間，泉甘而土
　　　肥，草木藂茂，居民鮮少。或曰：謂其環兩山之間，故曰<u>盤</u>。"

〔九〕<u>恕</u>：字號不詳，<u>秀州</u>（今<u>浙江 嘉興</u>）人。<u>南窗</u>之孫。蓋於<u>元</u>末遷徙至"海甸
　　　之<u>東丘</u>"，重建<u>盤所</u>。隱居不仕。按：<u>元詩選</u>癸集録有<u>李恕</u>詩一首題<u>董泰</u>
　　　<u>初長江偉觀圖</u>，謂其"字如心"，未知是否即此<u>盤所</u>主人。

〔十〕<u>爲昌黎之歌</u>：指採用<u>韓愈 琴操</u>詩體。

〔十一〕"居饒安"句：<u>禮記 大學</u>："富潤屋，德潤身，心寬體胖。"

杵歌〔一〕 七首

　　　<u>杭</u>築長城〔二〕，賴辨章仁令〔三〕、兩郡將美政，洽於衆①心，以底
不日之成。然役夫之謡②，有不免凄苦者〔四〕，<u>東維子</u>録其詞爲
杵歌。

其一

嘔嘔城城城嘔成，小兒齊唱<u>杵歌</u>聲。<u>杵歌</u>傳作<u>睢陽曲</u>〔五〕，中有哭
聲能陷城。

其二

自古衆心能作城，五方取土不須蒸。蒸土作城城可破〔六〕，衆心作
城城可憑。

其三

疊疊石石石嶓嶒③，立竿作④表齊竿斿。阿誰造得雲梯子，劃地過
城百丈⑤高。

其四

羅城一百廿里長〔七〕，東藩恃⑥此作金湯。舊基更展⑦三十里，莫剩
西門一樹樟〔八〕。

其五

<u>杭</u>⑧州刺史新令好〔九〕，不用<u>西山</u>取石勞〔十〕。拆得<u>鳳山 楊璉</u>

塔〔十一〕,南城不日似雲高。

其六

南城不日似雲高,城脚愁侵八月濤〔十二〕。射得潮頭向西⑨去,錢王鐵箭泰山牢〔十三〕。

其七

攻城不怕齊神武,玉璧⑩堪支百萬兵〔十四〕。不是南朝誇玉璧,關西男⑪子是長城〔十五〕。

【校】

① 衆:列朝詩集本作"民"。

② 謡:原本作"記",據列朝詩集本改。

③ 嶵嶵:列朝詩集本作"嶵嶵"。

④ 作:傅增湘校勘記所録明鈔殘本、明鈔楊維禎詩集本作"長"。

⑤ 丈:明鈔楊維禎詩集本、汲古閣刊鐵崖先生古樂府補本作"尺"。

⑥ 恃:列朝詩集本作"將"。

⑦ 展:明鈔楊維禎詩集本作"轉"。

⑧ 杭:原本作"蘇",據列朝詩集本改。

⑨ 西:列朝詩集本作"來"。

⑩ 璧:原本誤作"璧",據列朝詩集本改。下同。

⑪ 男:原本爲墨丁,四部叢刊本、列朝詩集本、文淵閣四庫全書本皆誤作"南",據傅增湘校勘記所録明鈔殘本、鐵崖先生古樂府補本補。參見本詩注釋。

【箋注】

〔一〕杵歌七首,作於元至正十九年(一三五九)八月杭州修築城墙之際,其時鐵崖寓居杭州,爲張士信座上賓。繫年依據:其一,杭州築城始於至正十九年七月,本組詩當作於動工之後。其二,此番杭州城墙修建工程於當年十月結束(參見後注),然十月初鐵崖歸隱松江,故此組詩必撰於十月以前。又按組詩之一曰"小兒齊唱杵歌聲",組詩之六有句曰"城脚愁侵八月濤",蓋時當八月,其時築城已經開始,然尚未竣工。

〔二〕杭築長城:指修築杭州城墙。至正十九年七月至十月,徵用民夫四十萬建此城墙,江浙行省平章張士信總領其事。元姚桐壽樂郊私語:"張氏既歸命本朝,兄弟相繼拜太尉、平章之命。乃於十九年秋七月,大城武林,至起

平、松、嘉、湖四路官民,以供畚築。"又,梧溪集卷三俞丞獲印辭詩有句:
"己亥七月城錢唐,四十萬夫翻汗漿。"

〔三〕辨章:即所謂"西辨章",指江浙行省平章政事張士信。參見東維子文集
　　　卷二十九題朱蓮峰夢游仙宫殿明日偕見西辨章進凝香閣詩。

〔四〕按:鐵崖引言謂"辨章仁令"、"兩郡將美政",又謂"役夫之謠有不免凄
　　　苦者",蓋有所顧忌而隱諱。實則當時官吏嚴苛,民怨沸騰。姚桐壽樂
　　　郊私語:"大城武林,至起平、松、嘉、湖四路官民,以供畚築。雖海鹽一
　　　州,發徒一萬二千,分爲三番,以一月更代。皆裹糧遠役,而督事長吏復
　　　藉之酷斂,鞭朴捶楚,無有停時,死者相望。至本年十月,始得訖功,凡
　　　費數十百萬。"

〔五〕睢陽曲:杵歌之源。宋書樂志一:"築城相杵者,出自梁孝王。孝王築睢
　　　陽城,方十二里,造倡聲,以小鼓爲節,築者下杵以和之。後謂此聲爲睢陽
　　　曲,至今傳之。"

〔六〕蒸土作城:指大夏蒸沙築城。晉書赫連勃勃載記:"以叱干阿利領將作大
　　　匠,發嶺北夷夏十萬人,於朔方水北、黑水之南營起都城……阿利性尤工
　　　巧,然殘忍刻暴,乃蒸土築城,錐入一寸,即殺作者而并築之。"又,太平寰
　　　宇記卷三十七關西道十三夏州:"西晉亦爲朔方郡,後赫連勃勃據之,僭稱
　　　大夏,蒸沙以築其城……其城土白而堅。"

〔七〕"羅城"句:東維子文集卷二十七守城論:"臨安之城凡一百二十里,宋人
　　　興築,歷十有三年而不能完其半。"

〔八〕西門一樹樟:寓陳璋故事。陳璋爲吳越王錢鏐屬下,任衢州刺史。後錢
　　　鏐疑其有叛心,密令衢州指揮使葉讓殺之。事洩,陳璋遂殺葉讓而反。相
　　　傳衢州西門樟樹未被納入城中,即陳璋後日反叛之兆:"初,王命璋城衢
　　　州。工畢,以圖獻王。王視西門樟樹,謂左右曰:'此樹不入城,陳璋當非
　　　我所畜也。'至是果驗。"(吳越備史卷一武肅王上。)

〔九〕杭州刺史:此指當時杭州太守謝節,鐵崖友。

〔十〕西山:此指靈隱山。西湖游覽志卷十北山勝迹:"靈隱山,去城西十二里,
　　　高九十二丈,周一十二里。亦曰靈苑,曰仙居,曰武林,俗稱西山。其山起
　　　歙出睦,跨富春,控餘杭,蜿蜒數百里,結局于錢塘。"

〔十一〕鳳山:杭州鳳凰山。楊璉塔:指元初楊璉真珈所築鎮南塔。參見鐵崖
　　　　先生詩集甲集錢塘懷古率堵無傲同賦注。

〔十二〕八月濤:指錢塘江八月潮。

〔十三〕錢王鐵箭:參見麗則遺音卷三鐵箭注。

〔十四〕“攻城”二句：齊神武，即齊高祖，姓高名歡，字賀六渾，渤海蓨人。生平
　　　詳見北齊書神武本紀。周書文帝本紀下：“（魏大統十二年）九月，齊神
　　　武圍玉壁，大都督韋孝寬力戰拒守，齊神武攻圍六旬，不能下，其士卒死
　　　者什二三，會齊神武有疾，燒營而退。”玉壁，位於今山西稷山西南。

〔十五〕關西男子：指韋孝寬。周書韋孝寬傳：“神武無如之何，乃遣倉曹參軍
　　　祖孝徵謂曰：‘未聞救兵，何不降也?’孝寬報云：‘我城池嚴固，兵食有
　　　餘……孝寬關西男子，必不爲降將軍也!’”

江西鐃歌二章〔一〕

其一

　　　陳友諒起兵〔二〕，殺倪蠻子〔三〕，據龍興〔四〕。辨章阿里溫沙
公〔五〕、憲僉察伋公合兵破之〔六〕，龍興始平〔七〕，江右諸郡無不款
附，至此而武功成。作龍興平。

　　緊龍興，藩西江。二①甸章，國駿龐。江有砥柱，胡爲鴻流浲②。
勍③蠻效尤，蟊賊内訌〔八〕，三台映太微〔九〕，國士俱無雙。王旅嘽嘽，鉦
鼓撽撽④，天威震赫群兇慺⑤，八郡望風咸來降〔十〕。武功既成毋從從，
聖人南面殿萬邦。（右龍興平十五句⑥。）

其二

　　　龍興陷日，憲史劉夔懷印埋土中，土生瑞木一本。察伋被命
爲僉憲丞，購印，於瑞木下掘得印來歸。伋得印，施諸移文，遂成
恢復功。爲銀章復。

　　維白金有章，維國之光。九鼎既峙，翕元化以張。大冶⑦范金，吐
景耀鋥。蟠螭紐⑧龜，鸞耋鳳翔。官臣寔司之，植我皇綱。斂函⑨且
藏，啟發禎祥。操絜係政柄，緊德是將。符節允合，人文昌蕩。攘兇
頑，時乃康。與國咸休，萬年膺天慶。（右銀章復二十句⑩。）

【校】

① 二：文淵閣四庫全書本作“土”。
② 浲：原本作“降”，據汲古閣刊鐵崖先生古樂府補本改。
③ 勍：原本作“剽”，據汲古閣刊鐵崖先生古樂府補本改。

④ 摐摐：原本作"摐"，據汲古閣刊鐵崖先生古樂府補本增補。

⑤ 憁：原本作"攦"，據明鈔楊維禎詩集本改。

⑥ 按：鐵崖先生古樂府補本於"十五句"以下又有："其三句句三字，其三句句四字，其三句句五字，其四句句七字。"然依此説合計，爲十三句六十四字，與原詩不能吻合，而原詩則有十六句。

⑦ 冶：原作"治"，徑改。

⑧ 蟠：鐵崖先生古樂府補本作蟉。紐：原本作"細"，據傅增湘校勘記所録明初黑口大字本、鐵崖先生古樂府補本改。

⑨ 函：原本作"迺"，據鐵崖先生古樂府補本改。

⑩ 鐵崖先生古樂府補本於"二十句"以下又有："其二句句三字，其十三句句四字，其五句句五字。"

【箋注】

〔一〕本組詩當撰於元至正十八年（一三五八）夏，其時鐵崖避兵於富春山中。繫年依據：其一，至正十八年四月，陳友諒攻佔龍興路，本詩所謂"龍興陷"、"龍興平"，當在此後。其二，鐵崖所謂"龍興平"，屬於誤傳，元軍并未能收復龍興路。參見後注。據此推之，鐵崖當時所處之地，消息較爲閉塞。其三，至正十八年三月，朱元璋部將胡大海佔領建德，鐵崖遂避至富春山中，直至當年歲末徙居杭州。

〔二〕陳友諒：元末聚衆起事，至正二十年五月，弑其主徐壽輝而自立，國號漢，在位四年。至正二十三年八月，死於涇江口。其生平詳見錢謙益撰國初群雄事略卷四漢陳友諒。

〔三〕倪蠻子：徐壽輝丞相。據新元史惠宗本紀，陳友諒於至正十七年九月殺倪蠻子。倪蠻子名文俊，其生平參見新元史徐壽輝傳。又，草木子卷三克謹篇："庚子歲，偽漢王陳友諒殺其君徐貞一，稱帝於采石五聖廟。先是，徐雖爲君，權皆在倪蠻子，友諒其所部也。倪爲丞相，頗驕恣，待其下無恩，陳因與其黨襲殺之。其黨復謀殺之，事泄見殺，於是大權悉歸於陳。"按：貞一爲徐壽輝別名。

〔四〕龍興：路名，路治在今江西南昌，隸屬於江西等處行中書省。參見元史地理志。國榷卷一："（至正十八年四月）甲申，陳友諒陷元龍興路。"

〔五〕辨章阿里溫沙：當爲江西等處行中書省平章政事。據元史順帝本紀六，至正十四年，阿里溫沙任江浙行省參政，奉命"討沿江賊"，旋即"陞本省右丞"。按：至正十四年前後，鐵崖在杭州任税務官，或與阿里溫沙有交往。

〔六〕察伋：字士安，別號海東樵者，家有昌節齋，故時署齋名，蒙古塔塔兒氏，居掖縣（今屬山東）。出身民家，元統元年第三甲第十五名進士。歷任史官、江浙憲副、江西僉憲、福建廉訪使，擢侍御史。善詩。參見梧溪集卷四贈南臺掾普罕仲淵兼簡浙憲副察伋士安、桂棲鵬著元代進士研究第一章元代進士仕宦研究第二節元代進士顯宦考，以及式古堂書畫匯考卷四十七錢舜舉秋江待渡圖并題、卷四十八張溪雲竹圖并題卷所附察伋題詩。

〔七〕龍興始平：未見相關史料記載。按：陳友諒於至正十八年四月攻佔龍興路，有關史書皆如此記載，未見有元兵收復龍興之記錄。又按國初群雄事略卷四漢陳友諒，中云：“至正二十二年壬寅正月庚申，大明取江西龍興路，時江西諸路皆陳友諒所據。”則鐵崖所謂“龍興平”，或屬誤傳。

〔八〕蠻賊內訌：當指前述陳友諒殺倪蠻子。

〔九〕三台映太微：意爲君臣協力。晉書天文志上：“三台六星，兩兩而居，起文昌，列抵太微。一曰天柱，三公之位也。在人曰三公，在天曰三台，主開德宣符也。西近文昌二星曰上台，爲司命，主壽。次二星曰中台，爲司中，主宗室。東二星曰下台，爲司禄，主兵，所以昭德塞違也。”又曰：“太微，天子庭也，五帝之座也，十二諸侯府也。”

〔十〕八郡：蓋指龍興路所轄六縣（南昌、新建、進賢、奉新、靖安、武寧）二州（富州、寧州）。參見元史地理志。

用韻復雲松老人華陽巾歌〔一〕

君不見獬豸不識字〔二〕，高柱削鐵堅，白簡孰辨賢不賢。又不見鶬鷞偏尚武〔三〕，高屋壓虎肩，五兵不理長酣眠〔四〕。鐵崖老狂者，强項如董宣〔五〕，小巾製子夏〔六〕，正要江東傳。人間緋紫擅，已蛻①風中蟬，脫巾漉酒東籬邊〔七〕。吳淞老褐來賀我，倒冠共醉春風前。我歌此歌君拍手，東壺西閬開洞天〔八〕，洞天之鶴爲我雙回旋。

【校】

① 明鈔楊維禎詩集、鐵崖逸編注卷四載此詩，據以校勘。蛻：明鈔楊維禎詩集

本作“脱”。

【箋注】

〔一〕詩賦於元至正二十五、二十六年間，其時鐵崖寓居松江。繫年依據：其
一，本詩乃步雲松老人陸居仁詩韻。陸居仁原詩名爲鐵崖老仙冠華陽巾
制作奇古喜而爲之歌，載東維子文集卷三十一附録，其中有“白眼不受天
子宣”、“賦歸來占叢竹下”、“老夫緇撮上戴天，與爾老仙相周旋”等句，褒
獎鐵崖隱逸之舉，自陳伴隨鐵崖之願，顯然賦於鐵崖晚年隱退松江之後。
其二，鐵崖學生徐章次華陽巾歌曰：“草玄亭上枕書眠，不貴世間玉堂供奉
之皇宣……或攜妓東山下，或駕大舫西湖邊。百年三萬六千日，日日玉山
醉倒春風前。”（載東維子文集卷三十一。）徐詩亦步陸居仁詩韻，當爲一
時之作。其中所述鐵崖不時出游、風流逍遥，與鐵崖當時自述也能吻合。
參見東維子文集卷九風月福人序。雲松老人：詩中稱之爲吴淞老褐，指
陸居仁。生平參見鐵崖先生集卷二淞泮燕集序。

〔二〕獬豸不識字：唐人侯思止故事。此指獬豸冠，代指御史。參見麗則遺音卷
四神羊、鐵崖賦稿卷上柱後惠文冠賦。

〔三〕鵔鸃：冠名，此指戴鵔鸃冠之人。宋羅願撰爾雅翼卷十三釋鳥：“（鷩）又
謂之鵔鸃，説文：鷩，赤雉也。鵔鸃，鷩也。昔者趙武靈王貝帶鵔翿而朝，
趙國化之。漢初，閎孺、籍孺以佞幸，故孝惠時侍中皆冠鵔鸃冠，貝帶，傅
脂粉，化閎、籍之屬也。鵔鸃冠者，以此鳥羽飾冠。”

〔四〕五兵：指矛、戟、弓、劍、戈。

〔五〕董宣：東漢洛陽令。後漢書酷吏列傳：“董宣字少平，陳留圉人也……後
特徵爲洛陽令。時湖陽公主蒼頭白日殺人，因匿主家，吏不能得。及主出
行，而以奴驂乘，宣於夏門亭候之，乃駐車叩馬，以刀畫地，大言數主之失，
叱奴下車，因格殺之。主即還宫訴帝，帝大怒，召宣，欲箠殺之……宣曰：
‘陛下聖德中興，而縱奴殺良人，將何以理天下乎？臣不須箠，請得自殺。’
即以頭擊楹，流血被面。帝令小黄門持之，使宣叩頭謝主，宣不從，强使頓
之，宣兩手據地，終不肯俯……因敕强項令出。賜錢三十萬。”

〔六〕“小巾”句：指西漢杜欽所製小冠。參見鐵崖賦稿卷上柱後惠文冠賦。

〔七〕脱巾漉酒：指陶淵明。參見鐵崖先生詩集丙集題陶淵明漉酒圖注。

〔八〕壺：指海上神山。相傳蓬萊、瀛洲、方丈三島形狀似壺，故稱。閬：指閬
苑，相傳在崑崙之巔，西王母所居。

次韻省郎蔡彦文觀潮長歌録呈
吳興二守雲間①先生〔一〕

舞②海鳳,跳天吳〔二〕,八月十八壯觀天下無。蓬婆之山突兀眼前見〔三〕,有如祖龍萬鐸③來東驅〔四〕。婆留一箭氣相敵〔五〕,强弩不用三千夫。雲蜃成樓不可斬④,火鐵搖幟⑤誰能屠。招潮小兒不畏死,兩⑥螯蹋浪心何麤。榑桑爛,若木枯〔六〕,革瓠古憤無時蘇〔七〕。東維子,驚相呼,長風破浪未歸去,一葉欲事寰瀛圖。馮誰之,一疋素,中有萬里河漢乘吾桴。

【校】

① 間:明鈔楊維禎詩集本作“閑”。
② 舞:四部叢刊本作“雙”。
③ 鐸:四部叢刊本作“鋒”。
④ 斬:四部叢刊本誤作“軒”。
⑤ 火:明鈔楊維禎詩集本作“大”。幟:原本作“識”,據傅增湘校勘記所録明初黑口大字本改。
⑥ 兩:文淵閣四庫全書本作“面”。

【箋注】

〔一〕詩作於元至正十九年(一三五九)八月,其時鐵崖寓居杭州。繫年依據:其一,詩中曰“長風破浪未歸去,一葉欲事寰瀛圖”,可見當時鐵崖尚未退隱松江,必在至正十九年十月以前。其二,本詩中鐵崖自稱東維子,東維子乃其晚年別號。此詩爲步韻之作,原詩作者爲張士誠屬官蔡彦文,而鐵崖退隱之前與張士誠屬官交往,始於至正十九年寓居杭州時期,且詩中所述爲八月十八錢塘江潮壯觀景象。蔡彦文(一三一〇?——一三六七):山陰(今浙江紹興)人。早年讀書習儒,曾賣藥爲生。元季任張士誠太尉府參軍,爲張王主要謀臣之一。張王覆滅,被殺。生平參見國初群雄事略卷七周張士誠、夷白齋稿卷三十一退思齋記。按明史五行志三:“詩妖:太祖吳元年,張士誠弟僞丞相士信,及黃敬夫、葉德新、蔡彦文用事,時有十七字謠曰:‘丞相做事業,專靠黃、蔡、葉。一朝西風起,乾鱉。’未幾,蘇州平,士信及三人者皆被誅。此其應也。"知蔡彥文於吳元年,即至正二十七年(一三六七)九月張士誠政權覆滅後被殺。又,夷白齋稿卷三十一退思齋記:"會稽蔡君彥文由諸生起憲曹,歷郡漕吏,辟掾行中書,擢江浙行樞密府爲郡事,所至以材諝賢勞著稱,蓋三十餘寒暑矣。今年逾五十……至正二十年五月甲子記。"據此可知蔡彥文早年爲儒生,其出生當在公元一三一〇年,或稍前。參見清徐乾學資治通鑑後編卷一百八十二元紀三十順帝至正二十四年。又,蔡彥文乃鐵崖同鄉,二人交好在情理之中。鐵崖又有詩和蔡彥文題虞伯生張伯雨倡和帖,載清鈔鐵崖楊先生詩集卷上。吳興二守:不詳。雲間先生:疑指謝伯禮。謝伯禮爲松江人,至正十九年九月,曾至杭州請鐵崖爲之撰寫堂記。按:當時謝伯禮亦爲張士誠屬官,任松江同知,故與蔡彥文等交往。參見東維子文集卷十三知止堂記、卷十五悦親堂記。

〔二〕天吳:相傳爲水神名。

〔三〕蓬婆:雪山名,此喻指江上白浪。杜詩詳注卷十四奉和嚴鄭公軍城早秋:"已收滴博雲間戍,欲奪蓬婆雪外城。"注:"大雪山,一名蓬婆山,在柘縣西北一百里。"

〔四〕祖龍:指秦始皇。

〔五〕婆留一箭:指吳越王鐵箭。參見麗則遺音卷三鐵箭。婆留,吳越王錢鏐小名。張光弼詩集卷三臨安訪古十首之二婆留井詩題下注:"錢王初生時,將棄井中,婆奮留之,故乳名婆留。既貴,以'鏐'代'留'字。"

〔六〕若木:傳説中的神樹。參見鐵崖先生古樂府卷十小游仙之十八。

〔七〕革瓢古憤:寓伍子胥故事。參見鐵崖先生詩集甲集錢塘懷古率堵無傲同賦注。

題清閟堂雪蕉圖〔一〕

洛陽城中雪冥冥,袁家竹屋如箄篁。老人僵卧木偶形,不知太守來扣扃〔二〕。輞川畫得洛陽亭〔三〕,千載好事圖方屏。寒林脱葉風寥冷,胡爲見此芭蕉青? 花房倒抽玉膽缾,鹽華亂點青鸞翎。階前老石如禿丁,銀瘤玉瘦鈔星星。嗚呼妙筆王右丞,隕霜不殺譏麟經〔四〕。右丞執政身彤庭①,燮理無乃迷天刑。胡笳一聲吹羯腥,血瀝勁草啼精靈。嗚呼,爾身如蕉不如蕡,凝碧池上先秋零〔五〕。

【校】

① 庭：文淵閣四庫全書本作"廷"。

【箋注】

〔一〕本詩題於倪瓚所藏唐人王維畫雪中芭蕉圖上，撰期不詳。清閟堂：當指倪
　　瓚清閟閣。倪瓚生平參見東維子文集卷七郊韶詩序。

〔二〕"洛陽城中"四句：述袁安臥雪故事。參見楊鐵崖先生文集全録卷二臥雪
　　窩志。

〔三〕輞川：輞川別墅，唐王維所居，此借指王維。

〔四〕"嗚呼妙筆"二句：意爲王維畫雪中青蕉，與春秋記録霜雪梅李等反常自
　　然景象一樣，喻示災異，寓有春秋暗諷之意。王右丞，指王維，王維官終尚
　　書右丞，故稱。麟經，春秋別名。左傳僖公三十三年："隕霜不殺草，李梅
　　實。"注："無傳。書時失也。"

〔五〕"爾身如蕉"二句：譏諷王維晚節不保，因王維曾爲安禄山所用。蓂，一種
　　瑞草。孝經援神契："蓂莢者，葉圓而五色，一名曆莢。十五葉，日生一葉，
　　從朔至望畢。從十六日毁一葉，至晦而盡。月小則一葉卷而不落。聖明
　　之瑞也。"（録自明孫瑴編古微書卷二十八。）新唐書王維傳："累遷給事
　　中。安禄山反，玄宗西狩，維爲賊得，以藥下利，陽瘖。禄山素知其才，迎
　　置洛陽，迫爲給事中。禄山大宴凝碧池，悉召梨園諸工合樂，諸工皆泣，維
　　聞悲甚，賦詩悼痛。賊平，皆下獄。"

大樹歌爲馮淵如賦〔一〕

　　東柯溪頭三大樹，水深土厚厓石牢。一株石①茶粲冬藟，紅若火
鏡鎔冰濤。兩株老檜挺霜幹，青如連弁翹雙鼇。不知人間富貴楦青
紫，草亡木卒紛如毛。漢家根株歷千歲，當時大將誇人豪〔二〕。只今子
孫仗大義，昧始②尚薄巾車勞。三槐風雲慶有待〔三〕，三③荆湯火死已
逃〔四〕。金鴉倒立海底景，白鳳夜焰風中膏。蟠柯骨露黑石虎，奇幹手
接蒼山猱。惡氛西起白④日翳，恍惚大將排旌旄。東柯東柯濟時具，
豈無兵家文武韜。摩挲大樹日酣卧，不肯即偃從鞬櫜。始知后皇受

命乞獨正,神明扶植冰霜操。我來飲我中山醪〔五〕,脱巾掛樹三花高〔六〕。大槐太守夢楚國〔七〕,大梅美人臨漢皋〔八〕。大槲老雄侍我酒,長箏亦即金絲槽。醉歌寫入嘉樹傳〔九〕,竊⑤比橘頌騷人騷〔十〕。

【校】

① 石:原本作"右",文淵閣四庫全書本作"古",據明鈔楊維楨詩集本、鐵崖逸編注本改。

② 始:鐵崖逸編注本作"死"。

③ 三:原本爲墨丁,據文淵閣四庫全書本補。

④ 氛:明鈔楊維楨詩集本作"風"。白:原本作"曰",據四部叢刊本、明鈔楊維楨詩集本、文淵閣四庫全書本改。

⑤ 竊:原本作"切",明鈔楊維楨詩集本作"功",據鐵崖逸編注本、文淵閣四庫全書本改。

【箋注】

〔一〕詩當作於鐵崖晚年退隱松江時期,即元至正二十年(一三六〇)以後。繫年依據:至正九、十年間,鐵崖曾爲馮淵如撰齋記,當時爲太平盛世。本詩則曰:"東柯東柯濟時具,豈無兵家文武韜。摩挲大樹日酣臥,不肯即偶從韃蘽。"可見已成割據亂世;又曰"我來飲我中山醪",知當時鐵崖客居松江。馮淵如:松江璜溪人。鐵崖弟子。參見東維子文集卷十七東阿所記注。

〔二〕當時大將:指東漢"大樹將軍"馮異。參見東維子文集卷十三大樹軒記注。

〔三〕三槐風雲:指三公之象。參見東維子文集卷十五槐陰亭記注。

〔四〕三荆湯火:指田氏分荆事。參見鐵崖先生古樂府卷一桓山禽注。

〔五〕中山醪:傳説中山仙人狄希所釀。搜神記卷十九:"狄希,中山人也。能造千日酒,飲之千日醉。"

〔六〕三花樹:即貝多樹。

〔七〕大槐太守夢:即南柯一夢,詳見唐李公佐撰南柯太守傳。

〔八〕大梅美人:參見鐵崖先生古樂府卷三羅浮美人注。

〔九〕嘉樹:用韓宣子譽季氏宅嘉樹典,參見東維子文集卷十七槐圃記注。

〔十〕橘頌:屈原作,首句爲:"后皇嘉樹,橘徠服兮。"按:詩末二句,鐵崖有自比杜甫、屈原之意。參見杜甫詩冬日有懷李白。

桂軒辭二章①〔一〕 有序

　　桂生於秋,依於巖,蓋隱之花也,故小山之招者託焉〔二〕。代之誇郂林〔三〕、美燕山者〔四〕,非桂本志也。包陽有桂軒者,爲馮君元卿之所築〔五〕。馮君有問②學,且有志於當世,而不屑於仕進。今老矣,遂築是桂③軒之所,將以終隱云。夫古之君子不必以仕爲賢,亦不必以不仕爲高,仕而不得行其志④之爲患耳。仕而不得行其志,苟非時之弗偶,則材之弗良也。方今明天子在上,側席求⑤人如不及,馮君幸生逢其時,其材又非可以無用於世者,方且惴惴⑥焉深藏遠遁,分甘與小山之招者同群焉,蓋與夫代之誇郂林、美燕山之爲榮者,異日道也。使彼揚揚露才,竊一名以自哆,久⑦又不足,不致中踣而貽故林之羞則不止者,聞其風亦可少媿矣。嘻,桂之軒,人人得有也,而有若馮君者之不媿於桂,則尠矣,是則馮君之才之號,實世教之所繫也。因其友程生之請,爲作桂軒辭二⑧章。其辭曰:

桂樹叢生兮軒之陽,沐雨露兮含風霜。王孫不歸兮,春草歇而不芳〔六〕。軒中之人兮壽而康,折瓊枝以爲佩兮,飡金粟以爲糧,軒中之樂兮樂無央。

　　桂樹叢生兮軒之陰,虯龍盤挐兮猨狄笑⑨吟,王孫不歸兮實勞我心。招小山之客兮山之□(叶),燕何有芳兮郂何有林,軒中之樂兮樂無淫⑩。

【校】

① 二章:原本無,據明鈔楊維禎詩集本增補。
② 問:文淵閣四庫全書本作“文”。
③ 桂:原本無,據鐵崖文集本增補。
④ 鐵崖文集本“志”之下多“苟非時”三字。
⑤ 求:鐵崖文集本作“幽”。
⑥ 惴惴:原本作“惴”,據鐵崖文集本增補。
⑦ 久:原本作“夫”,據鐵崖文集本改。

⑧ 二：原本作“一”，據鐵崖文集本、傅增湘校勘記所録明初黑口大字本、文淵閣
　　四庫全書本改。

⑨ 笑：鐵崖文集本作“嘯”。

⑩“招小山之客兮山之□（叶），燕何有芳兮郯何有林，軒中之樂兮樂無淫”三句
　　凡二十七字，原本脱，據鐵崖文集本增補。

【箋注】

〔一〕本組詩二首，記詠包陽馮元卿之桂軒。據文中“方今明天子在上，側席求
　　　人如不及，馮君幸生逢其時”等語推斷，本文撰寫時間，不得遲於元至正
　　　前期。

〔二〕小山之招者：參見東維子文集卷十七聚桂軒記注。

〔三〕郯林：“郯”或作“郃”。參見東維子文集卷十七聚桂軒記注。

〔四〕燕山：指竇儀兄弟。參見鐵崖先生詩集甲集題吳中陳氏壽椿堂注。

〔五〕馮元卿：元卿當爲其字，其名不詳，家有桂軒，故號桂軒，包陽人。博學，元
　　　季隱居不仕。

〔六〕“王孫”二句：淮南小山招隱士：“王孫游兮不歸，春草生兮萋萋。”

送史才叟遷上饒吏代馮元贈[一]

　　一門三相兩封王，見説郎，美文章，收拾長才青眼是黃堂。柏府
槐廳朝暮直，披玉雪，倚冰霜。靈山懷玉鬱蒼蒼[二]。古城隍，帶仙房，
瑶草紫芝隨處發天香。盡道如今方①外好，只今朝風送，玉琳琅②。金
縷唱[三]，錦帆張。

【校】

① 道：明鈔楊維禎詩集本作“是”。方：原本作“千”，文淵閣四庫全書本作
　　“遷”，據傅增湘校勘記所録明初黑口大字本改。

②“只今朝風送，玉琳琅”凡八字，原本脱，傅增湘校勘記所録明初黑口大字本則
　　無此八字，據文淵閣四庫全書本補。按：此處原本脱闕十五字，明鈔楊維禎
　　詩集本脱闕六字，四部叢刊本脱闕十一字。

【箋注】

〔一〕史才叟：不詳。按元史 地理志，上饒縣隷屬於江浙行省信州路。今屬江西省。馮元：不詳。當爲鐵崖友人。或即馮元卿，參見上篇桂軒辭。

〔二〕靈山：疑指長興 靈山，位於湖州 長興縣城西。至正五、六年間，鐵崖授學長興時期，曾游此山，并有詩。參見鐵崖先生古樂府卷二城西美人歌。

〔三〕金縷：即金縷衣。全唐詩卷二十八載佚名金縷衣："勸君莫惜金縷衣，勸君惜取少年時。花開堪折直須折，莫待無花空折枝。"

雙飛燕調①〔一〕

　　十月六日，雲窩主者設燕於清香亭〔二〕，侑卮者，東平玉無瑕張氏也。酒半，張氏乞予樂章，爲賦雙飛燕調，俾度腔行酒，以佐主賓之歡。

玉無瑕，春無價，清歌一曲，俐齒伶牙。斜簪鬌髻花，緊嵌凌波襪。玉手琵琶彈初罷，怎教他、流落天涯。抱來帳下，梨園弟子，學士人家。

【校】

① 清初印溪草堂鈔本東維子詩集卷十一亦載此曲。按：隋樹森編撰全元散曲修訂版收入此作，題作中吕 普天樂。

【箋注】

〔一〕本曲寫作時間不詳。按：小序中所謂"雲窩主者"，無法確定其姓名身份。如若指白雲窩主人陳中良，本曲當作於元 至正二十年（一三六〇）十月六日。參見後注。

〔二〕雲窩主者：不詳。今知鐵崖交游之中，兩人與此有關：一爲邵雲窩，二爲陳中良。邵雲窩（？——一三七一）爲華亭人，有宅取名雲窩。邵雲窩父與殷奎曾祖父宅居相鄰，兩家子弟遂成世交。大約於明洪武四年（一三七一），邵雲窩被迫遷徙臨濠（今安徽 鳳陽），"卧病於東屯"，是年十一月病逝。參見鐵崖弟子殷奎撰祭邵雲窩文（載強齋集卷五）。陳中良，松江 鶴砂人,移居白沙。建有白屋,鐵崖曾爲取名白雲窩。至正二十年(一三六〇)十月三日,鐵崖應邀寓居白雲窩,撰有記文。而本曲小序謂"十月六日,雲窩主者設燕"云云,故此頗疑"雲窩主者"即陳中良,本曲與白雲窩記,或爲一時之作。參見鐵崖先生集卷三白雲窩記。清香亭:當爲雲窩主人之園亭。張氏:東平(今山東東平一帶)人。當爲藝妓,玉無瑕蓋其藝名。

陣圖新語叙[一]

孫子論兵,謂廟算者勝,無算者不勝且敗[二]。又謂善守者藏於九地之下,善攻者動於九天之上,此全勝道也[三]。余猶怪今之主兵者,類皆無算之兵。攻者直撞,守者急退耳,比之田舍搏①兒三進三退不翅也。

余觀奉元趙信所著陣圖新語,得軒轅氏屈機之法[四],而深中今日主兵者之弊。信嘗從余游於睦州[五],抱文武才略而未遇知己者。江浙樞府曾官授其人②,言不聽,則棄官去。耶律氏有禮羅其人[六],計不用,亦拂衣行。余號知己,而余在澤,雖奇其才而無所於用。近聞中吳痛懲主兵之弊[七],旁求天下之善兵算者,有以信姓氏達薦書者,而信弗應,獨③與余乃居草堂,看古莫邪[八],譚瑤水青黃虬,人莫識其胸中也。

予令其同游者張憲[九],上其圖於淮吳幕府[十]。幕府若詢曰:"汝師東維子曾上皇帝書,淮吳府聘而未起,何如?"憲其④對曰:"欲招東維子,請從信始。"

【校】

① 搏:四部叢刊本作"傳"。
② 人:原本作"入",據文淵閣四庫全書本改。
③ 獨:四部叢刊本作"信"。
④ 其:文淵閣四庫全書本作"具"。

【箋注】

〔一〕文當撰於元至正十九年(一九五九)冬鐵崖退隱松江之後不久。繫年依

據：其一，文中曰"信嘗從余游於睦州"，知其時鐵崖已非建德路總管府理
官，必在至正十八年因戰亂逃離睦州以後。其二，文中鐵崖自稱"在澤"、
"居草堂"，可見已休官退隱。然觀其文末囑告張憲"欲招東維子"等語，
似仍有出山之意。而鐵崖隱退將近一年之後，已無用世之心，至正二十年
九月，其賦詩則曰："干時嬾上平蠻策，度世惟求辟穀方。"（東維子文集卷
二十九至正庚子重陽後五日再飲謝履齋光漾亭履齋出老姬楚香侍酒之餘
與紫筼生賦詩。）故知本文當撰於鐵崖隱退松江之初。陣圖新語作者趙
信，鐵崖弟子。參見東維子文集卷三送張憲之汴梁序、鐵崖先生古樂府補
卷六趙公子舞劍歌。

〔二〕"廟算"二句：孫子始計篇："夫未戰而廟算勝者，得算多也；未戰而廟算不
勝者，得算少也；多算勝，少算不勝，而況於無算乎？ 吾以此觀之，勝負
見矣。"

〔三〕"善守者"三句：孫子軍形篇："不可勝者，守也；可勝者，攻也。守則不足，
攻則有餘。善守者，藏于九地之下；善攻者，動于九天之上，故能自保而全
勝也。"

〔四〕軒轅氏屈機之法：疑即所謂黃帝握機法。唐李靖李衛公問對卷上："太宗
曰：'黃帝兵法，世傳握奇文，或謂爲握機文，何謂也？'靖曰：'……臣愚謂
兵無不是機，安在乎握而言也？ 當爲餘奇則是。夫正兵受之於君，奇兵將
所自出……是故握機、握奇，本無二法，在學者兼通而已。'"

〔五〕信嘗從余游於睦州：元至正十六、十七年間，鐵崖任建德路總管府理官，
居睦州。趙信從學當在此時。

〔六〕耶律氏：即移剌氏，當指江浙行樞密院判官移剌九九。至正十七年，移剌
九九駐守睦州，統領軍事。

〔七〕中吳：此指吳中張士誠政權。

〔八〕莫邪：或作莫耶，上古神劍名。

〔九〕張憲：趙信友，亦爲鐵崖弟子。參見東維子文集卷三送張憲之汴梁序注。

〔十〕淮吳幕府：指張士誠幕府。張士誠之淮南行省始建於至正十七年秋，即張
士誠受元廷招安之初，省治在平江（今江蘇蘇州），故稱淮吳。

煮①茶夢〔一〕

鐵龍道人臥石牀，移②二更，月微明及紙帳，梅影亦及半窗，鶴孤

立不鳴。命小雲③童汲白蓮泉,燃槁湘竹,授以凌霄芽爲飲供。道人乃④游心太虛,雍雍涼涼,若鴻蒙,若皇茫。會天地之未生,適陰陽之若亡。恍兮弗知入夢,遂坐於青圓銀輝⑤之堂。

堂上香雲簾拂地,中著紫桂榻、綠瓊几。有太初易一集,集内悉星斗文,焕燁爐熠,金流玉錯,莫别艾畫,若烟雲日月交麗乎青⑥天;歔玉露涼月⑦冷香⑧冰入齒者。易刻因作太虛吟,吟曰:“道無形兮兆無聲,妙天心兮一以真⑨,百家斯融兮太乙⑩以清。”歌已,光飈起林末,激華氛,郁郁霏霏,絢爛淫艷。迺有扈綠衣若仙子者,從容來謁,云名澹香,小字綠華,乃奉大玄杯,酌太清神明之髓以壽余。侑以辭曰:“心不形⑪,神以⑫行。無而爲,萬化清。”壽畢,紆徐而退。復令小玉環侍聿櫝,遂書歌遺之曰:“道可受兮不可以傳,天無形⑬兮四時以言。眇乎天兮天⑭之先,天之先兮⑮復何仙。”移間,白雲微銷,綠衣化烟,月反明。余内困⑯〔二〕,余亦惧⑰矣。遂冥神合玄,目光尚隱於梅花間也。小雲呼曰:“凌霄芽熟矣!”

鐵崖先生作煮茶夢,蓋有黄粱仙人之脱胎也,非鐵崖仙才空四海、翔八表者,不能得此夢也。夢奇文不奇,又何以折天上仙人耶? 三復斯文,爲之神爽颯然。予自京南歸日,史館諸老嘗令録老鐵奇文章。今自茶夢以下録凡十篇,適祁上無隱師丐予作隸古〔三〕,書此文,因識於左。時至正辛丑春正月十日,河南褚奐⑱〔四〕。

【校】

① 鐵崖文集卷三亦載此文,據以校勘。煮:原本作“鬻”,據鐵崖文集本改。

② 移:原本無,據鐵崖文集本增補。

③ 雲:鐵崖文集本作“芸”。下同。

④ 乃:原本作“及”,據鐵崖文集本改。

⑤ 青圓銀輝:鐵崖文集本作“清真銀暉”。

⑥ 青:鐵崖文集本作“中”。

⑦ 月:原本作“目”,據鐵崖文集本改。

⑧ 香:鐵崖文集本作“如”。

⑨ 真:鐵崖文集本作“貞”。

⑩ 兮:原本無,據鐵崖文集本增補。太乙:鐵崖文集本作“太一”。

⑪ 形:鐵崖文集本作“行”。

⑫ 以：鐵崖文集本作“不”。

⑬ 無形：原本作“不刑”，據鐵崖文集本改。

⑭ 眇乎天兮天：鐵崖文集本作“妙乎天兮天天”。

⑮ 天之先兮：鐵崖文集本作“天天之先”。

⑯ 困：鐵崖文集本作“聞”。

⑰ 悮：鐵崖文集本作“悟”。

⑱ 文末褚奐跋文原本無，據鐵崖文集本增補。

【箋注】

〔一〕文當撰於元至正二十年（一三六〇），或稍前，其時鐵崖已退隱松江。繫年
　　依據：據文末跋文，褚奐於至正二十一年正月十日抄録包括本文在内共
　　計十篇，蓋當爲鐵崖近作。

〔二〕内困：蓋指内心躁動不安，猶如淵水。莊子應帝王：“（神巫季咸）又與之
　　見壺子。出而謂列子曰：‘子之先生不齊，吾無得而相焉。試齊，且復相
　　之。’列子入，以告壺子。壺子曰：‘吾鄉示之以太沖莫勝，是殆見吾衡氣機
　　也。鯢桓之審爲淵，止水之審爲淵，流水之審爲淵。淵有九名，此處
　　三焉。’”

〔三〕祁上：本指練祁塘上，借稱嘉定（今屬上海）。無隱：不詳。元末有詩僧住
　　吳江之無礙寺，顧瑛與之有交往，稱之爲“無隱老禪”，未知是否即此祁上
　　無隱師。參見玉山名勝集卷六小集分韻詩序、顧瑛得柳字。

〔四〕褚奐：字士文，別號少谿山人。錢唐（今浙江杭州）人。先世河南。元季
　　嘗授將仕郎、海寧州判官。工書，精篆隸。參見吳越所見書畫録卷三褚士
　　文隸書、石渠宝笈續編乾清宮藏六褚奐臨詛楚文。

四十五日約〔一〕

　　漢志有曰：“冬事既入，婦人紡績，女子所得日四十五〔二〕。”何爲
“日四十五”？一月三十日，三十之夜分不息，是一月之中恒得十五日
也，故曰①“四十五”。余觀古豳民，男於宵索綯，女於宵紡績〔三〕，則
豳②男女皆得日四十五者也。嘻，豈惟豳民哉！宣王之庭燎，曰“夜如
何其？夜未央”，“夜如何其？夜向晨〔四〕”。則王者勤政，亦繼燎於夜

也,豈惟宣王哉! 姬公大③聖,廑於忠,則曰"坐以待旦〔五〕"。孔父至聖,勤於學,則曰"吾嘗終夜不寢〔六〕"。是古之聖賢未嘗不競晷於四十五日也。

　　錢唐諸生有以年過冠室而失師承者,及其直賢師友也,遂有失時之嘆,而不知力扶補人④之功。故爲作四十五日約,以策其力而程其功。日讀某經若干卷,寫某書若干板,夜讀某史若干卷,評某史若干件,著某文若干道,朔望講某文義若干件。遵要束而有⑤餘力者有慶,違要束而力不及者有讓云。

【校】

① 曰: 原本無,據鐵崖文集本增補。
② 則: 鐵崖文集本作"是"。邠: 四部叢刊本作"邠"。下同。
③ 大: 原本無,據鐵崖文集本增補。
④ 扶: 鐵崖文集本作"夫"。人: 鐵崖文集本作"日"。
⑤ 有: 原本無,據鐵崖文集本增補。

【箋注】

〔一〕文撰於鐵崖寓居錢塘之時,即元至正三年(一三四三)前後。繫年依據:
　　本文爲錢唐諸生而作,旨在"策其力而程其功",促之勉力向學,且有具體
　　要求約束。當在至正初年鐵崖授學錢塘期間。
〔二〕女子所得日四十五: 漢書食貨志:"冬,民既入,婦人同巷,相從夜績,女工
　　一月得四十五日。"注:"服虔曰:'一月之中,又得夜半爲十五日,凡四十
　　五日也。'"
〔三〕"男於"二句: 詩豳風七月:"嗟我農夫,我稼既同,上入執宮功。晝爾于
　　茅,宵爾索綯。"
〔四〕"夜如何"四句: 見詩小雅庭燎,序:"庭燎,美宣王也。"
〔五〕"姬公大聖"三句: 孟子離婁下:"周公思兼三王,以施四事。其有不合者,
　　仰而思之,夜以繼日。幸而得之,坐以待旦。"注:"三王,三代之王也。四
　　事,禹、湯、文、武所行之事也。不合,已行有不合者。仰而思之,參諸天
　　也。坐以待旦,言欲急施之也。"
〔六〕"孔父至聖"三句: 論語衛靈公:"子曰:'吾嘗終日不食,終夜不寢,以思,
　　無益,不如學也。'"

毗陵行 記十月七日事〔一〕

孟冬四將發勾吳〔二〕,彎弓誓落雙髡①顱。智謀無過史萬葉〔三〕,嫖姚無加李金吾〔四〕。前茅②已作破竹刃,三覆乃裹含沙狙③〔五〕。常山長蛇一斷尾,即墨怒牯齊奔踊〔六〕。玉蕊孤④軍呼庚癸〔七〕,皂鴉萬甲迷模糊。江南長技江北無,蒲牢一吼千鯨呼〔八〕。赤杠卓入鐵甕户,鐵翅橫截⑤丹陽湖〔九〕。擣虛之策⑥不出此,赤手可縛生於菟。當時上將陷江都〔十〕,至今莫贖千金軀。後來飛將慎勿疎,襄王城頭啼白烏〔十一〕。如何臨期易將犯兵忌⑦〔十二〕,何必不讀孫吳書〔十三〕。烏乎!臨期易將犯兵忌,何必不讀孫吳書!

【校】

① 雙髡:四部叢刊本作"隻虎"。

② 茅:原本作"第",據汲古閣刊鐵崖先生古樂府補本改。

③ 狙:原本作"徂",據傅增湘校勘記所録明初黑口大字本、汲古閣刊鐵崖先生古樂府補本、列朝詩集本改。

④ 孤:明鈔楊維禎詩集本作"諸"。

⑤ 截:汲古閣刊鐵崖先生古樂府補本作"絶"。

⑥ 之策:明鈔楊維禎詩集本作"三巢"。

⑦ 忌:原本作"器",據明鈔楊維禎詩集本、汲古閣刊鐵崖先生古樂府補本、列朝詩集本改。下同。

【箋注】

〔一〕本詩評述毗陵戰役,作於元至正十九年(一三五九)鐵崖寓居杭州期間。繫年依據:其一,毗陵戰役乃張士誠與朱元璋之間攻防之戰,發生於至正十六年至十七年之間,詩中有"如何臨期易將犯兵忌"句,顯然屬於事後述評,必在至正十七年三月毗陵失守以後。其二,詩中作者之立場,明顯傾向張士誠一邊,故應在結交張士誠屬官之後,不得早於至正十九年。毗陵:常州(今屬江蘇)古稱,元代爲常州路,隸屬於江浙行省。至正十六年春,張士誠佔據,復改名毗陵。南村輟耕録卷二十九紀隆平:"(至正十六年二月)常州豪俠黃貴甫間道歸款,許爲内應,不戰而城破,易爲毗陵郡。

分兵入湖州,一鼓而得,易爲吳興郡……三月癸巳,士誠來自高郵,服御器
用,皆假乘輿,改至正十六年爲天祐三年,國號大周,曆曰明時。”十月七日
事:蓋指本詩首句“孟冬四將發勾吳”時間。

〔二〕四將發勾吳:當指至正十六年十月,張士誠派遣四將出戰,其中兩將即詩
中所述史文炳與李伯昇,餘者不詳。

〔三〕史萬葉:隋初名將史萬歲,蓋因“萬歲”犯忌,鐵崖改爲“萬葉”。史萬歲
“善騎射,驍捷若飛,好讀兵書”;“臨陣對敵,應變無方”。隋書有傳。按:
此處鐵崖借以指史文炳。史文炳,又名椿,爲張士誠得力將領,其時任樞
密院同知。參見東維子文集卷二十八雪篷子傳。

〔四〕李金吾:本指唐代左金吾大將軍李嗣業。李嗣業驍勇異常,尤善用陌刀,
“每戰必爲先鋒,所嚮摧北”。兩唐書皆有傳。此處指張士誠右丞李伯昇。
李伯昇,泰州(今屬江蘇)人。隨張士誠起事,歷任左丞、右丞等。參見東
維子文集卷八送李志學還吳序。

〔五〕三覆:指多處設伏兵。語出左傳隱公九年。含沙:本指蜮(又稱短弧)含
沙射人爲害,此借指伏兵。參見左傳莊公十八年。

〔六〕“常山長蛇一斷尾”二句:蓋以“常山長蛇”喻指朱元璋圍城軍隊陣勢,而
以“即墨怒牯”指張士誠毗陵守軍。常山長蛇,孫子九地:“故善用兵者,
譬如率然。率然者,常山之蛇也。擊其首則尾至,擊其尾則首至,擊其中
則首尾俱至。”即墨怒牯,指戰國時齊人田單守孤城即墨,設計縱火牛而襲
破燕軍。詳見史記田單列傳。

〔七〕玉蕊孤軍:蓋指毗陵守軍。呼庚癸:左傳魯哀公十三年:“吳申叔儀乞糧
於公孫有山氏,曰:‘佩玉縈兮,余無所繫之。旨酒一盛兮,余與褐之父睨
之。’對曰:‘梁則無矣,麤則有之。若登首山以呼曰“庚癸乎”,則諾。’”
疏:“軍中不得出糧與人,故作隱語,爲私期也。庚在西方,穀以秋熟,故以
庚主穀。癸在北方,居水之位,故以癸主水。言欲致餅,并致飲也。”

〔八〕“江南長技”二句:意在鼓吹張士誠水軍之優勢與聲勢。蒲牢,參見鐵崖
先生詩集庚集題承天閣注。

〔九〕“赤杠卓人”二句:當指張士誠屬將呂珍率水師攻打朱元璋軍據守之鎮
江。明太祖實録卷四:“(至正十六年七月)辛巳,張士誠誘我斥候,以舟
師攻鎮江,統軍元帥徐達等禦之,敗其軍於龍潭。”又,明俞本紀事録:“士
誠部將呂同僉率兵侵鎮江。哨至瓜埠,太祖親領舟師追至江陰,大獲士卒
船隻以歸。”(録自國初群雄事略卷六周張士誠。)按:呂同僉,即江浙行樞
密院同僉事呂珍。參見鐵崖楊先生詩集卷上送呂同僉還越。鐵甕,指鎮

江城。參見鐵崖先生詩集壬集劉節婦詩。丹陽湖，江南通志卷十一興地志山川一：“在溧水縣西七十里、高淳縣西南三十里。府志云：湖周一百九十五里，東連石臼、固城二湖。”

〔十〕上將陷江都：所謂“上將”，有兩説，或謂張士德（張士誠弟），或謂指張德。明太祖實録卷四：“（至正十六年七月，張士誠）以舟師攻鎮江，統軍元帥徐達等禦之……於是達帥師攻常州……士誠遣其弟張九六以數萬衆來援……達親督師與九六戰，鋒既交，（王）均用鐵騎横沖其陣，陣亂，九六退走，遇伏馬蹶，爲先鋒刁國寶、王虎子所獲，并禽其將張、湯二將軍。九六即士德，梟鷙有謀，士誠陷諸郡，士德力爲多。既被禽，士誠氣沮。”或謂被俘者乃張德，并非張士德。按：據吳王張士誠載記卷三張士德傳，至正十七年七月，朱元璋屬將徐達軍攻打常熟，張士德迎戰，被俘。若果真如此，鐵崖所謂“臨期易將”，當指張士誠於至正十六年秋遣張士德馳援毗陵之後，此年冬，又以吕珍代替張士德，負責指揮毗陵守城。參見後注，詳情待考。江都，今江蘇鎮江。鎮江曾經隸屬於江都國，故有此稱。參見太平寰宇記卷八十九江南東道一潤州。

〔十一〕襄王城頭啼白烏：化用杜甫詩句，謂征兆不祥。參見鐵崖先生詩集辛集題開元王孫挾彈圖注。

〔十二〕臨期易將：蓋指毗陵被圍以後，張士誠改命援軍將領吕珍統領守城。明太祖實録卷四：“（至正十六年丙申十一月）壬午，徐達兵圍常州，久不下，上復益達精兵二萬人圍之。士誠守將誘我長興新附義兵元帥鄭僉院以兵七千叛去。初，我師四面圍常州，及鄭僉院叛，我師四面去其三，達營於城南，常遇春營於城東南三十里外。士誠兵挾鄭僉院攻徐達、湯和壘，達勒兵與戰，常遇春、廖永安、胡大海自其壘來援，内外夾擊，大破之，生擒其將張德，餘軍奔入城。士誠復遣其將吕珍馳入常州，督兵拒守。達復進師圍之，城中益困。”又，同書卷五：“（至正十七年丁酉三月）壬午，克常州。初，常州兵雖少而糧食足，故堅拒不下。及誘我叛兵入城，軍衆糧少，不能自存。我師攻之益急，吕珍宵遁，達等遂取之。”

〔十三〕孫吳書：指孫子兵法、吳起兵書。

題子昂五花馬圖　賓月軒家藏〔一〕

趙公馬癖如鄧公〔二〕，曾騎賜馬真龍驄。漚波亭上風日静〔三〕，想像天厩圖真龍。烏雲滿身雪^①滿足,紫焰珠光奪雙^②目。九花風細虬欲飛,五色波清錦初浴。祇今買骨黃金臺^[四],圉家犖牧皆駑材。將軍臨陣託生死,昭陵石馬空遺哀^[五]。此圖年深神亦化,後來何人誇筆亞。不見真龍空^③見畫,猶得千金索高價。

【校】

① 雪:原本作"雲",據文淵閣四庫全書本改。

② 雙:文淵閣四庫全書本作"霜"。

③ 不見真龍空:明鈔楊維禎詩集本作"只見真龍不"。

【箋注】

〔一〕詩當撰於元至正九、十年間,其時鐵崖爲松江璜溪呂恒等授學。子昂:即趙孟頫。賓月軒:松江呂良佐長子呂恒齋所。參見東維子文集卷十七賓月軒記。

〔二〕鄧公:杜詩詳注卷四驄馬行題下原注:"太常梁卿敕賜馬也,李鄧公愛而有之,命甫製詩。"詩曰:"鄧公馬癖人共知。"注:"晉書:王濟解相馬,又甚愛之,杜預常稱濟有馬癖。"按:李鄧公指鄧國公汝州刺史李行休,乃唐太宗第十子紀王李慎後裔。參見新唐書卷七十下宗室世系表。

〔三〕漚波亭:"漚"又作"鷗",在趙孟頫宅園中。大清一統志卷二百二十二湖州府:"鷗波亭在府城內江子滙上,元趙孟頫游息之所。今爲旗纛廟。"

〔四〕買骨黃金臺:參見麗則遺音卷二黃金臺注。

〔五〕昭陵石馬:唐太宗所乘駿馬石像,位於唐太宗陵園。長安志卷十六醴泉縣:"太宗昭陵在縣西北六十里。……所乘六駿石像在陵後:青雕,平竇建德時乘;什伐赤,定王世充、竇建德時乘;特勒驃,平宋金剛時乘;颯露紫,平東都時乘;拳毛䯄,平劉黑闥時乘,有石真容自拔箭處;白蹄烏,平薛仁杲時乘。"

題謝氏一勺軒^{①[一]}

一勺水,不滿斗。我吸之,月^②在手。上連天津尾,下泄海焦口。主人云:小池鑿吾蔀,青天納吾牖^③。鐵崖道人韙之曰:有人悟此環,雲夢吞八九〔二〕。

　　道人者，泰定丁卯榜進士，今奉訓大夫、江西等處儒學提舉楊維楨也。主人詢吾姓氏，故云④。

【校】

① 本詩又載清邵松年輯海虞文徵卷三十詩六雜體，據以校勘。海虞文徵本題作題餘慶書院新池。

② 月：原本作“勻”，據海虞文徵本改。

③ 吾牖：原本倒置作“牖吾”，據海虞文徵本改正。

④ 詩末跋文“道人者”以下凡三十四字，原本無，據海虞文徵本增補。

【箋注】

〔一〕詩撰於元至正二十年（一三六〇）至二十六年之間。繫年依據：其一，詩末鐵崖所署官職爲江西等處儒學提舉，可見必在至正十八年以後，朱元璋統治松江之前。其二，一勺軒位於松江附近，鐵崖游訪，當在歸隱松江以後。謝氏：指謝頤素。頤素爲常熟（今屬江蘇）人。一勺軒：謝氏齋名。鐵崖友王逢有詩題謝頤素一勺軒，載梧溪集卷三。又，一勺軒或位於常熟餘慶書院。參見校勘記。

〔二〕雲夢吞八九：司馬相如子虛賦：“吞若雲夢者八九，於其胸中曾不蒂芥。”

卷八十五　鐵崖文集卷一

圻城老父射敗將書①〔一〕

　　某年某月日，圻城老父謹射書一通于吉栗將軍足下〔二〕：傳曰：
“臣無二心，天之制也〔三〕。”臣之事君，猶子之事父、婦之事夫，皆天出
也，故曰“天制”。天制而臣違之，必有天刑，故君之甲令著焉。

　　吾元之有天下也，統一寰寓，非曩時三分五②剖，列爲敵國，國無
定臣，臣無定主，得士者王，失士者亡，士或失意，即蒙袂盛囊，走西走
東以移所事。今國内之民，其誰不爲臣！臣之職分，不無親疏遠近之
間，而將軍則開國勳臣之後也〔四〕。將軍結髮事君〔五〕，已十年所，君臣
之天繫亦舊矣。將軍又誓以報國自許，朝廷信之，以將軍行相、行軍
國重事〔六〕。爲將軍始計，革斃民之法，殺起盜之吏，以謝天下。收潰
散之心，以少制糜爛之勢。然後將軍親服堅鋭，以率士卒。周親左
右，皆編於行伍之間，以與士卒同甘苦，識其可用而後示以用之之期，
此急務也。而將軍不爾，率然統市井之兵，經雪川〔七〕，軍駐桐汭〔八〕，所
過雞狗草木無不夷滅，避將軍者如避水火。將軍誓滅寇，而寇以將軍
入城之期爲陷城之日〔九〕。將軍城下之盟，又不以死殉，單甲隻兵，先
三軍而遁〔十〕，深入某所，爲狐兔苟托穴之③。

　　將軍自度此時得自營爲苟安之計乎？無也。王夷甫嘗自營於未
敗之先〔十一〕，三窟是也。不知火及城野，窟且無托，雖有泰山虎豹之
穴，亡以爲庇足之地，矧狐兔乎！丈夫立身事君，窮而至此，亦足以
悲。將軍且大號於人曰：“大國之將不足爲，吾爲某水軍而已耳！”

　　不④加頸，而百釘之犀、雙珠之虎〔十二〕，不敢不卑。昔李將軍敗入
於胡，小忍須臾之死，以圖曹柯之盟〔十三〕，志士至今悲之。今將軍倒行
逆施，是將軍之志，又出李將軍下。君子論人曰：“苟不得賢人用之，
與其得小人，不若得愚人。”以小人挾才爲惡，天下之大惡無不爲矣。
將軍其忍於爲天下之大惡耶？爲天下之大惡，顯戮之刃，其得貸於將
軍之頸乎？將軍宜自爲規，死則已矣，苟未死也，必奮大辱之積，以圖

李將軍曹柯之盟，歸有面目見圻城父兄也！

【校】

① 鐵崖文集五卷，毗陵馮允中、朱昱編刊於明弘治十四年（一五〇一）秋。全書凡録文一百三十七篇，大致按文體編次。今以弘治刊本爲底本，按原本順序收録，其中五十二篇已見於東維子文集，故此不録。校以明末諸暨陳于京漱雲樓刊楊鐵崖文集五卷本（簡稱陳于京刻本）。參校明佚名鈔鐵崖先生集四卷本（簡稱鐵崖先生集本）、清抄楊鐵崖先生文集全録四卷本（簡稱楊鐵崖先生文集全録本）、清張月霄愛日精廬鈔鐵崖漫稿五卷本（簡稱鐵崖漫稿本）。

② 五：原本誤作“吾”，據陳于京刻本改。

③ 穴之：陳于京刻本作“之穴”。

④ “不”字上似有闕脱。

【箋注】

〔一〕文撰於元至正十六年（一三五六）七月，張士誠軍攻陷杭州之後不久。當時鐵崖在杭州，耳聞目睹江浙行省左丞達識帖睦邇行爲之不堪，遂撰此文斥責。

〔二〕圻城老父：鐵崖自稱。吉栗將軍：指江浙行省左丞達識帖睦邇。按：元代以漢字擬蒙古字音，無一定之規，一人數譯名屢見不鮮。元史著録達識帖睦邇姓氏爲“康里”，然其時或呼“康里”作“喀喇”，如周伯琦近光集卷三歲甲申三月陪平章喀喇公子山展墓作，所謂“喀喇子山”，實即康里巎巎。與此類似，“吉栗”蓋“康里”譯音之異。“吉”爲“見”紐字，“康”之聲紐屬“溪”，同爲牙音字，聲相近而互用也。參見趙翼廿二史札記卷二十九元史人名不畫一。

〔三〕“臣無二心”二句：語出左傳莊公十四年。

〔四〕開國勛臣：指達識帖睦邇祖父牙牙、從祖父阿沙不花。元史卷一百三十八康里脱脱傳：“康里脱脱，父曰牙牙，由康國王封雲中王，阿沙不花之弟也……子九人，其最賢者二人：曰鐵木兒塔識，曰達識帖睦邇。”同書卷一百三十六阿沙不花傳：“阿沙不花者，康里國王族也……年十四，入侍世祖。世祖賜土田，給奴隸，使居興和之天城。”

〔五〕結髮事君：按元史卷一百四十達識帖睦邇傳，達識帖睦邇幼入國學，爲諸生，以世胄補官。

〔六〕以將軍行相、行軍國重事：按元史順帝本紀，至正十五年八月，以中書平章政事達識帖睦邇爲江浙行省左丞相。十六年三月丁酉,立行樞密院於杭州,命達識帖睦邇兼知行樞密院事,節制諸軍。

〔七〕雪川:湖州(今屬浙江)別名。

〔八〕桐汭:又稱桐水,位於今安徽廣德。

〔九〕按:所謂"寇以將軍入城之期爲陷城之日",固有夸張,實譏達識丞相治軍無方。至正十六年三月,達識帖睦邇兼知行樞密院事,於杭州節制諸軍,然七月錢唐即失陷。

〔十〕先三軍而遁:指張士誠兵逼杭州,達識帖睦邇即棄城遁於富陽。參見元史達識帖睦邇傳。

〔十一〕王夷甫:指晉人王衍,字夷甫。晉書王衍傳:"衍雖居宰輔之重,不以經國爲念,而思自全之計。說東海王越曰:'中國已亂,當賴方伯,宜得文武兼資以任之。'乃以弟澄爲荆州,族弟敦爲青州。因謂澄、敦曰:'荆州有江漢之固,青州有負海之險,卿二人在外,而吾留此,足以爲三窟矣。'"

〔十二〕百釘之犀、雙珠之虎:指束百釘犀帶,佩雙珠虎符。按:元代兵部尚書、正萬户、都指揮使等皆佩雙珠虎符。

〔十三〕李將軍:指西漢李陵。漢書蘇武傳:"李陵置酒賀武曰:'今足下還歸,揚名於匈奴,功顯於漢室,雖古竹帛所載,丹青所畫,何以過子卿! 陵雖駑怯,令漢且貰陵罪,全其老母,使得奮大辱之積志,庶幾乎曹柯之盟,此陵宿昔之所不忘也。'"注:"李奇曰:'欲劫單于,如曹劌劫齊桓公柯盟之時。'"曹柯之盟,曹指曹劌,又作曹沫,春秋魯人。魯莊公時爲將。魯與齊戰,三戰三敗,魯莊公乃獻地求和。後齊桓公與魯莊公會于柯,既盟於壇上,曹沫執匕首劫齊桓公,求魯侵地。已盟而釋桓公,於是三戰所失之地盡復。詳見史記刺客列傳。

上嶧嶧平章書〔一〕

平章國公先生閣下,某聞晉人稱趙文子爲知人〔二〕。其知人者,非以其善論九京之人,而以其克舉當代之士於筭庫七十餘家,雖賤而不棄,衆而不惑也。使晉國無武①,則賢而困於筭庫者,不得移官與賢者齒;舉於位者,有不賢於筭庫,則晉國何賴乎! 此文子所以爲知人之盛也。

代之賢者未嘗少也,或不幸淹棄於下,不得自拔以稍異乎伎力之仕者,非代乏知人者之過歟!伏惟閣下繇是從重臣出爲行丞相寮友〔三〕,素負知人之鑒,大而千人之傑,小而毛髮絲粟之才,皆網羅攟拾,使出門下〔四〕,爲國得人之盛,又豈春秋一卿知人者可以同日較小大②哉!

某,東越之鄙生也〔五〕,鄉舉於有司,有司以爲明經,上諸大廷。天子以對策高等隆其恩□,除進士尹百里邑者自某始〔六〕。是以承命以來,不敢少負於學。而性頗狷直,甘與惡人仇。不幸上官不右余直,甘③□□□。無上官誅求之困,而且處以鄉邦之地〔七〕,何其所遇反過厚耶!領職五年,以父憂去〔八〕。國之課無短少,糳之過無漂注,而漕府吏之論不明,以某與陷課截替人氏同一罪也,又何不幸也!丞相下車之初,蒙下漕府追辦宿案,事理既白,而小吏以賂爲曲直,不以公道行相旨。而又幸天子誕布寬恩,凡一切逋課皆在釋放,而某之職課未嘗逋也,小吏又以糳課咨計未定,例不解鹽官之由。夫金穀盜臣有奸國章者,俱以釋去;而課有勞而無逋者,乃在不釋也,又何其大不幸耶!

閣下求遺佚於下,且二④年於兹矣〔九〕,而某不得一日望見閣下之顏色者,無以上下之交也。今某爲業教授市中兒〔十〕,以苟免大饑凍之窘,其窮可知已!

以閣下知人之盛過於文子,又豈不以知人之明,不明於察在位之赫赫,而明於察其人流離困頓之際歟!不然,隱惻者遺,彰顯者舉,又何異於聞雷而稱聰、見日而稱明者乎!春秋戁蔑在堂下,有一言之善,叔向引手上之〔十一〕。某去閣下移居一鄰之近,而亦造閣下之門矣,與堂下所隔,寧幾何哉!由是不避一言之瞽而贅布於左右,惟閣下察其所言,有以推文子之知而一引手於堂下,則東南之士或沈於下者幸已,又豈某一人之幸哉!

【校】

① 武:陳于京刻本有小字注曰:"疑'文'。"按:武乃趙文子名,原文不誤。參見注釋。

② 小大:陳于京刻本作"大小"。

③ 甘：陳于京刻本作"廿"。

④ 二：陳于京刻本作"三"，誤。參見箋注。

【箋注】

〔一〕文撰於至正五年(一三四五)初夏,其時鐵崖寓居湖州長興,在蔣氏東湖書
院授學,偶爾亦作客杭州。繫年依據：據元史巎巎傳,元至正四年,翰林
學士承旨巎巎出拜江浙行省平章政事。次年,復以翰林學士承旨召還,当
年五月,抵京師七日即病死。可見巎巎出任江浙平章不足一年半,而本文
有曰："閣下求遺佚於下,且二年於玆矣。"據以推之,必在巎巎因召還京師
而離浙以前不久。巎巎(一二九五——一三四五)字子山,康里氏。其父
不忽木,元史有傳。歷任承直郎、集賢待制、江南行臺治書侍御史、禮部尚
書、翰林學士承旨、江浙行省平章政事等職。卒於至正五年,享年五十一。
諡文忠。巎巎曾倡修遼、金、宋三史,雅愛儒士,擅長書法,與文士交往頗
多。參見元史巎巎傳。

〔二〕趙文子：即趙武,趙朔子。春秋時晉國卿大夫,諡文子。禮記檀弓下："晉
人謂文子知人。文子其中退然如不勝衣,其言呐呐然如不出諸其口。所
舉於晉國管庫之士七十有餘家,生不交利,死不屬其子焉。"

〔三〕從重臣出爲行丞相寮友：指巎巎由翰林學士承旨、知制誥兼修國史、知經
筵事,提調宣文閣崇文監出任江浙行省平章政事。

〔四〕"素負知人"五句：元史巎巎傳："巎巎以重望居高位,而雅愛儒士,甚於饑
渴,以故四方士大夫翕然宗之,萃於其門。"又,巎巎曾以書法著稱於世,或
以爲趙孟頫之"流亞","有韻氣而結法少疎"。參見六藝之一録卷二百八
十六歷朝書論十六明王世貞評書。

〔五〕東越：即浙東。鐵崖家鄉諸暨位於錢塘江以東,故稱。

〔六〕除進士尹百里邑：鐵崖於泰定四年中進士,授予天台縣令之職。

〔七〕鄉邦之地：此指錢清鹽場。

〔八〕"領職五年"二句：元順帝至元五年七月,因父病逝,鐵崖從錢清鹽場司令
任上離職,還鄉服喪。參見鐵崖文集卷二先考山陰公實録。

〔九〕"閣下求遺佚"二句：意爲巎巎出任江浙平章將近兩年。按元史巎巎傳,
巎巎至正四年任江浙平章,次年五月以前召還,前後實不足一年半。所謂
"且二年",蓋屬約數。

〔十〕某爲業教授市中兒：至正初年,鐵崖試圖補官未果,遂浪迹杭州、湖州等
地,授學爲生。

〔十一〕"春秋 羆蔑在堂下"三句：述春秋時叔向納賢故事。左傳昭公二十八
　　　年："昔叔向適鄭。羆蔑惡，欲觀叔向，從使之收器者而往，立於堂下，一
　　　言而善。叔向將飲酒，聞之，曰：'必羆明也。'下，執其手以上。"

葛瓠壺志〔一〕

　　葛瓠壺，錢塘人，世爲縣刀筆吏。其爲人中空，外無幅尺，惟務
圜①利，突梯宛轉〔二〕，隨觸隨應，混混乎如水中壺，故人呼爲"瓠壺"
云。瓠壺聞且喜曰："瓠壺乎！ 安知養吾愚、福吾軀者，非瓠壺也②？"
遂自名瓠壺。

　　凡他吏設厓岸、出廉隅，嘗欲爲人辨是非、曉皂白者，其讐於人輒
無利。非徒無利，又恒得禍咎，致身貶禄奪。若瓠壺之突梯宛轉，刓
去節角，潰潰妮妮，無適無莫，以糊塗天下之是非皂白，不惟無貶黜之
禍，而獲利恒十七八。其行益圜，其名益完，而其爲得益厚而專。故
瓠壺矜③自名，而又以教人爲範之者，仍遠禍咎而邇富亡量。人遂贊
爲吏師，曰："瓠乎壺乎！ 吏之模乎。胡不壺而執方之柧④，以踐⑤危之
樞乎？ 瓠乎壺乎⑥！ 允吏之模。"瓠壺最工滑稽言笑，又⑦工相鑒，探人
深府，以逆知其去趨善惡，凡皆用以資乎圜之利也。晚年資鉅萬，老
爲富賈賈翁云。

　　抱遺子曰〔三〕：吾聞上古有葛天氏〔四〕，以至德大道馭乎世，後子孫
多悾悾樸鄙；晉之時，有抱朴子托神仙〔五〕，謂得大道，瓠壺豈其裔耶！
然託大道和合於世，至截去繩矩，教人爲圜軟曲媚，而大道病矣。世
且翕然師之，吾聖人直内方外之教〔六〕，其遂廢矣乎，悲夫！

【校】

① 圜：鐵崖漫稿本作"圖"。
② 也：楊鐵崖先生文集全録本作"乎"。
③ 矜：原本作"務"，據楊鐵崖先生文集全録本、鐵崖漫稿本改。
④ 柧：原本作"瓠"，據楊鐵崖先生文集全録本、鐵崖漫稿本改。
⑤ 踐：原本作"賤"，據楊鐵崖先生文集全録本改。

⑥ 瓠乎壺乎：楊鐵崖先生文集全録本作"瓠壺瓠壺"。

⑦ 又：原本作"友"，據楊鐵崖先生文集全録本、鐵崖漫稿本改。

【箋注】

〔一〕瓠壺：喻指輕薄圓滑、不學無術之人。抱朴子外篇疾謬："凡彼輕薄之徒，雖便辟偶俗，廣結伴流，更相推揚，取達速易；然率皆皮膚狡澤，而懷空抱虚，有似蜀人瓠壺之喻，胸中無一紙之誦，所識不過酒炙之事。"按：傳主姓葛，杭州人。"瓠壺"乃其自號。世爲縣衙刀筆吏。瓠壺善滑稽，通相法，精於吏術，晚年經商。蓋至正末年在世，爲富翁。

〔二〕突梯：圓滑貌。文選屈原卜居："將突梯滑稽，如脂如韋，以絜楹乎！"吕向注："突梯滑稽，委曲順俗也。"

〔三〕抱遺子：鐵崖自號。或作抱遺老人、抱遺叟。又有齋名曰抱遺閣。今知鐵崖自號抱遺子不遲於至正十年歲末，參見鐵崖文集卷三金華先生避黨辯。鐵崖最早以抱遺爲齋名，則不遲於至正十四年三月。參見送吴萬户統兵復徽城序（載本書佚文編）。

〔四〕葛天氏：上古帝王之號。參見史記司馬相如傳注。

〔五〕抱朴子：葛洪之號。晉書有傳。

〔六〕直内方外：易坤："君子敬以直内，義以方外。敬義立而德不孤，直方大，不習无不利，則不疑其所行也。"

啞娼志

啞娼者，錢塘娼家女也。生無啼聲，三閲歲不能言，至十歲，終不言。笑則谺喙露齗，怒則嗌嗌云。父母決其啞無疑，因呼爲"木哥"，且唶曰："予門籍娼，娼以音爲伎，今以啞若是，何恃①乎！"欲棄之。其父曰："女雖啞於口，弗啞於耳目手足也。"年及笄，天質秀麗②，中益警穎，工③針線，能教以琶、筝、箜篌，及七盤舞蹈之伎〔一〕，靡不精審。貴富家諱所病而求其長，輒與他名伎并進。既笄，貌益揚，藝益工。

京師有大木賈，過錢唐。聞啞娼名，求見，即大喜，倍凡④價聘之。左右曰："娼以聲取悦，啞而倍價以聘，何過愚？"賈笑曰："非若所知也。婦類以長舌敗人之家，内讒寢而後家可長。予聘無長舌，不聘工

歌且笑。"遂挾之歸京師。賈侍姬百十人,聞啞娼至,皆掩口胡盧
之[二]。未幾,啞娼寵顓門,賈一飲食,非啞娼不甘,且私賀曰:"吾今而
後知婦言之不入吾耳。"啞娼亦心自語曰:"不聾啞,不婀⑤娜,佟然自
隆重。"宴享非尊右不居,服飾非珠珍不御。諸姬雖心忌,又咸得其不
能言皂白於主,故又心幸之。賈元婦既缺,諸姬遂迎主意,推啞娼爲
繼。内數年,爲賈誕子者三:長曰傅嘿,次曰傅訥、傅忍。後傅嘿以陰
重不泄得出入禁中,且得美官。啞娼受封號,族至今推爲婦師云。

　　抱遺子曰:予聞道家書有綠霞女[三],以塵心墮世爲啞。啞娼者,
亦陰仙之質非歟! 然娼以啞病,亦以啞遇。誠使啞娼才色,工之以語
言文章,則所遇未必爾。借遇,亦犯娼,求其終榮者寡矣。嗚呼,士以
語言文章遇主,而訖以語言文章爲身之仇,孰愈啞娼耶!

【校】

① 黄宗羲編明文海卷一百四十二諸體文二雜著收録此文,據以校勘。恃:原本
　　作"待",據楊鐵崖先生文集全録本、鐵崖漫稿本改。
② 麗:原本作"利",據楊鐵崖先生文集全録本、鐵崖漫稿本改。
③ 工:原本作"上",據楊鐵崖先生文集全録本、明文海本改。
④ 凡:原本作"九",楊鐵崖先生文集全録本作"他娼",據下文及明文海本改。
⑤ 婀:原本作"家",據明文海本改。

【箋注】

〔一〕七盤舞:又稱盤舞,興起於漢代。明方以智通雅卷三十樂舞:"盤舞,七盤
　　舞也。鞶舞,漢曲。至晉加之以杯,謂之世寧舞。平子賦'歷七鞶而屣
　　躡',王粲釋云:'七鞶陳于廣庭。'鮑昭云'七鞶起長袖','鞶'與'盤'通。
　　太康中,手接盃盤而反覆之,歌曰:'晉世寧,舞盃盤。'今京師猶有舞翠盤
　　及打碟子之戲。"
〔二〕胡盧:暗笑貌。
〔三〕綠霞:即綠霞瓊女。又稱玉女,道教傳説中與"玉童"對舉。太上説玄天
　　大聖真武本傳神咒妙經卷二:"按啟聖記云:信州弋陽縣,有敕封額寂照
　　孝女之祠,原本右勝府中掌籍綠霞瓊女也。因陸中道同妻張氏,素勤恪真
　　武香火,惟求嗣續,至晚年,妻夜夢吞紅縷感孕,誕一啞女,顏色絶倫。至
　　十三歲,一日忽瑯然發聲,告别父母,曰:'兒本是上天雙女宫綠霞瓊女,兒

昨因父母求嗣於北方真武，蒙參照父母枝慶案籍，即無胎産男女之名，真武遂以父母有處世平等之誠，保奏三天，蒙回降敕旨，下點差兒化紅纓投胎，充女身注一紀壽，終歸上會。兒離天府時，承真武慈旨，汝到人間切勿發聲。今聞宋朝司天監言，陳國分野當弋陽縣，下有陰貴仙骨異人，現定來刷兒身，恐泄天機未便。况兒壽限過期，當歸聽北極右勝府副判司，祇備差使，一任七年，滿日得返雙女官矣。'言訖奄逝。事達聖聽，敕贈今號也。"

跛踝志

跛跛①，粤中漁家子〔一〕，陸氏。年九歲，爲商舶掠賣陝西偉兀氏家。越二十年，侍其主至四明〔二〕，道過越，悽然曰："此吾父母邦也。"識其所居里曰丈五，而忘其途。人指曰：其途抵丈五。繇是請於主，歸丈五。認故廬，故廬在。問父母，父亡，母尚存也。跛跛覓見母，持母拜且泣，曰："天也，母也！母也，天也！"隣里宗族咸走聚觀跛跛，視其衣冠，色目②樣；聆其語，偉兀人。罄③其奉以餽母者，皆不適母口。遂却曰："我漁家婦④，非若番人族屬也。"省其足有陰痣，覆其生年月日，心豁然，良是之。母子又相持，泣涕交横下。然終以儀狀異特，言語乖戾，又陰虞其作奸偉兀氏，而返爲隣里宗族鈎連；母又既螟他子，且有孫。跛跛雖親母子（句），覆不親，不與宿食。依依不忍去，遂排而出諸門。且⑤返，則揵⑥其門，不内。跛跛椎⑦其門，哭而去。

抱遺子曰：母子之義⑧，在虎狼不失。跛失所天二十年，幸復所失，及復而又剛失之，徒以衣冠言語、恫疑利害爲之閡也。既認而戚之，又戚所疏，而復棄戚爲異類，至排而去之，虎狼乎不如。嗚呼！母乎，天乎！跛不子乎⑨，天不天也乎？悲夫！

【校】

① 跛跛：陳于京刻本作"跛踝"，然有小字注曰："舊'跛跛'。"鐵崖漫稿本作"跛"，下同。

② 色目：原本作"色具"，據楊鐵崖先生文集全録本、鐵崖漫稿本改。

③ 原本於"罄"字下有小字注"一作謦"。

④ 婦：<u>楊鐵崖先生文集全録本</u>、<u>鐵崖漫稿本</u>作"嫗"。

⑤ 且：原本作"耳"，據<u>楊鐵崖先生文集全録本</u>、<u>鐵崖漫稿本</u>改。

⑥ 捷：<u>鐵崖漫稿本</u>作"護"。

⑦ 椎：原本作"推"，據<u>鐵崖漫稿本</u>改。

⑧ 義：原本作"天"，據<u>楊鐵崖先生文集全録本</u>、<u>鐵崖漫稿本</u>改。

⑨ 乎：原本無，據<u>楊鐵崖先生文集全録本</u>、<u>鐵崖漫稿本</u>補。

【箋注】

〔一〕<u>粵</u>：同<u>越</u>。

〔二〕<u>四明</u>：原<u>浙江</u> <u>寧波府</u>之别稱，以境内有<u>四明山</u>得名。

七客者志〔一〕 有詩

　　<u>抱遺老人</u>嘗得斷劍於<u>洞庭湖</u>，緱氏子煉爲笛〔二〕。又得古琴於<u>赤城</u>〔三〕，相傳<u>賈師相</u>故物〔四〕。得胡琴於<u>太陵</u> <u>吕氏</u>〔五〕。得象管於<u>杭</u>老宫①人所，云"<u>宋道君</u>内府物"〔六〕。又得玉帶硯一、古陶甕一。硯爲<u>文文山</u>之手澤〔七〕，甕爲<u>秦</u>祖龍藏中器也〔八〕。既而闢一室以居六者，老人時燕居其中。

　　六者皆以客待之，而又命之名焉：以鐵笛形如龍狀而聲如龍吟也，故名之曰"<u>洞庭鐵龍君</u>"；以"胡""觔"聲相近，琴又主於律，口噤以珠，而聲又如貫珠然，故名胡琴曰"<u>西域觔律珠</u>"〔九〕；以象出於<u>象山</u>，而以其齒爲管，管又同於筒，故名之曰"<u>象山管氏同</u>"；以古②琴有焦尾材〔十〕，又聲如秋聲，故名之曰"<u>赤城焦氏秋</u>"；硯本石，而有玉帶文，且出<u>文山氏</u>，故名之曰"<u>文山石帶玉</u>"；古陶出於<u>滈池君</u>之墓也〔十一〕，盛酒其中，經歲不變，而折花其中，又能自葩實不死，故名之曰"<u>陶氏太古春</u>"。書洞庭、書西域者，紀異也；書<u>文山</u>者，尊忠臣也；書管同而不書<u>道君</u>，書秋聲而不書<u>秋壑</u>，書太古春而不書<u>滈池君</u>，以其所遇非其主也。

　　老人，古之廉士，今之怪奇人也。以不遇於世，又自客六者之間而七焉，總而顔客之所曰"<u>七客者之寮</u>"。客主道人，而道人亦以客自目,蓋相忘於六客之間,不知主爲客、客爲主也。説光陰者,謂百代過客[十二]。人托一室於宇宙之内,雖主亦客爾!人於形骸之外有主客之分,是以物我相形,而間間之智、詹詹之言,鋒然而起,惟達者不與物競,而與化往來,至吾忘物、物忘我,主客何有哉[十三]!

道人既自志,而且歌六客之詩曰:

有客有客來洞庭,駕罔象兮驂奔鯨。千年含景雙龍精,玲瓏九竅羅天星。莫邪出匣鏗有聲[十四],一鳴一止三千齡。

有客有客來西域,龍頭高昂頸雌霓。腹如巴③蚪鳳匪翼,口呀夜光奪④月魄。奇聲礔山椎辟歷,道人因之寫胸臆。

有客有客來象山,渡青海,飛銀灣。陪道主,登玉壇。吐星宿,呈琅玕,出入爪甲冰雪寒。號鬼母,驚神奸,一聲吹裂虎豹關。

有客有客來文山,如金如鐵堅匪頑。文山穨,不可攀,留爾亦足消群奸。静以安,方以直,帶蒼玉,佩文石,文星爛然守玄默。

有客有客來赤城,碧梧風裁光瓏玲。音含太古文七星,直如朱絲清如冰。洗秋墾,鳴秋聲,金春玉應和以平。

有客有客來滈池,皤然其腹蠢以癡。曾經太古春風吹,至今面肉凝如脂。祖龍臭腐不足奇,和氣自活千年枝。

【校】

① 象管之“象”,原本無,據楊鐵崖先生文集全録本、鐵崖漫稿本補。宫:原本作“官”,據楊鐵崖先生文集全録本、鐵崖漫稿本改。
② 古:原本作“故”,據楊鐵崖先生文集全録本、鐵崖漫稿本改。
③ 巴:楊鐵崖先生文集全録本、鐵崖漫稿本作“虵”。
④ 奪:原本作“集”,據楊鐵崖先生文集全録本、鐵崖漫稿本改。

【箋注】

〔一〕本文效仿歐陽修六一居士傳而作,其撰期當在至正十六年(一三五六)秋日以後。繫年依據:元至正十三年七月七日,鐵崖撰松月寮記,已自署“七者寮諸叟”。然本文所謂“七者”之一玉帶硯,則爲至正十六年秋獲得。由此可以推知,鐵崖所謂“七者”,前後所指當有變化。參見鐵崖撰玉帶生傳(載佚文編)。
〔二〕緱氏子:名長弓,家居太湖一帶。工匠。曾爲鐵崖製鐵笛。參見鐵崖先生古樂府卷六冶師行。

〔三〕赤城：今浙江天台。

〔四〕賈師相：指賈似道。賈似道字師憲，號秋壑，台州（今屬浙江）人，南宋理宗時宰相。生平見宋史奸臣傳。

〔五〕太陵：蓋指泰陵倉。參見鐵崖文集卷三斛律珠傳。吕氏：疑指吕誠。吕誠爲太倉人，至正初年從學於鐵崖。

〔六〕宋道君：指北宋徽宗。宋史徽宗本紀三：“（政和七年）夏四月庚申，帝諷道籙院上章，册己爲教主道君皇帝，止於教門章疏内用。”

〔七〕文文山：即文天祥。錢唐倪濤撰六藝之一録卷一百三十石刻文字硯銘：“宋文天祥篆玉帶硯銘：‘紫之衣兮縣縣，玉之帶兮卷卷，中之藏兮淵淵，外之澤兮日宣。嗚呼，礛爾心之堅兮，壽吾文之傳兮。’”參見鐵崖題玉帶生硯（載本書佚文編）。

〔八〕祖龍：指秦始皇。

〔九〕西域斛律珠：參見鐵崖文集卷三斛律珠傳。

〔十〕古琴有焦尾材：指蔡邕以焦桐製琴。參見鐵崖先生古樂府卷四焦尾辭注。

〔十一〕滴池君：亦指秦始皇。參見鐵崖先生古樂府卷一易水歌注。

〔十二〕“説光陰者”二句：李白春夜宴從弟桃花園序：“夫天地者，萬物之逆旅也；光陰者，百代之過客也。”

〔十三〕“人於形骸”八句：源於莊子物化之論。莊子齊物論：“大知閒閒，小知間間。大言炎炎，小言詹詹……夫道未始有封，言未始有常，爲是而有畛也。”

〔十四〕莫邪：寶劍名。此指鐵笛前身，洞庭湖之斷劍。參見鐵崖先生古樂府卷四赤菫篇。

觀夢軒志[一]

邾子又訪無夢道人於寄寄巢[二]，談世夢曰：“國人夢吹方翔①，不知夢之覺不覺。吾②幸乃覺，而旁觀之：有夢大百③神放五色綬，光上掩三足烏[三]，烏告死兆，牝母代，不可；弟兄嬪妾代，不可，訖磔死烏衣之國[四]，貴。有夢入垣齋，掣毒蛇，力竭，蛇斷不成寸。轉覓黄姑五色緯網[五]，血食飽溢，已乃丐行糧狃俗，餒而死，富。有夢啖七棗核，絶粒爲枯蜕蟬身輕，旋匝④城五百里在頃中，期玉櫛，下九清，而身腐於嚇鳶,神仙。有夢山木石⑤妖曹,呼用笑民間,虐若銅頭鑿齒〔六〕,民無術可支,值⑥童項神一網掃迹〔七〕,皆化紅糞蛆,鬼怪。有夢兩膝金剛杵⑦柱,萬⑧鈞不折,刃令下,曰膝痛孰愈,頸即韋軟,趨跙諾⑨虎〔八〕,雖下舐不憚⑩〔九〕,伬倖。若是若不,狀莫件。姑以所見題吾軒曰觀夢,幸先生有以辨吾覺於彼夢。"

無夢道人嗌爾笑曰:"子欲知夢者是夢,庸詎知觀夢非夢?又庸詎知是夢非夢之非非夢?子將孰決?決諸獻⑪鹿氏〔十〕?吾又何分子夢?吾將與堪坏子〔十一〕,一息上者九萬萬,襲于閭風角〔十二〕,朱陵榑桑〔十三〕,元氣之所舍,見不夜燭龍〔十四〕,照下土⑫百萬億墮惡夢甚溫平南者〔十五〕,復内華胥氏之卿⑬〔十六〕,子能從之乎?"邾子曰:"唯唯。"

【校】

① 方翔:楊鐵崖先生文集全録本、鐵崖漫稿本作"萬數"。
② 吾:原本作"無",據楊鐵崖先生文集全録本、鐵崖漫稿本改。
③ 大百:楊鐵崖先生文集全録本、鐵崖漫稿本作"大酉"。似當作"夫百"。
④ 匝:原本作"匣",據楊鐵崖先生文集全録本改。
⑤ 石:原本作"不",據楊鐵崖先生文集全録本、鐵崖漫稿本改。
⑥ 值:原本作"植",據楊鐵崖先生文集全録本改。
⑦ 杵:原本作"拄",據楊鐵崖先生文集全録本、鐵崖漫稿本改。
⑧ 萬:原本作"方",據楊鐵崖先生文集全録本、鐵崖漫稿本改。
⑨ 諾:原本及陳于京刻本皆作"諁",據楊鐵崖先生文集全録本、鐵崖漫稿本改。參見注釋。
⑩ 憚:原本作"悼",據楊鐵崖先生文集全録本、鐵崖漫稿本改。
⑪ 獻:楊鐵崖先生文集全録本作"讞"。
⑫ 土:陳于京刻本作"上"。
⑬ 華胥氏之卿:疑"卿"爲"鄉"之誤寫。楊鐵崖先生文集全録本作"華之月氏之鄉"。

【箋注】

〔一〕觀夢軒:鐵崖友邾經齋名。邾經自號觀夢道人,參見東維子文集卷十五借巢記。
〔二〕無夢道人:鐵崖自稱。寄寄巢:鐵崖齋名。參見東維子文集卷十送鄉人韓道師歸會稽序。

〔三〕三足烏：指太陽。相傳日中有三足烏，故多以指日。

〔四〕烏衣之國：指燕子國。參見鐵崖先生詩集己集雙燕圖注。

〔五〕黃姑：即牽牛星。

〔六〕銅頭鑿齒：猛獸。海内十洲記聚窟洲：“及有獅子辟邪鑿齒天鹿，長牙銅頭鐵額之獸。”又山海經海外南經：“羿與鑿齒戰於壽華之野。”

〔七〕童項神：不詳。

〔八〕趨跖：跖，盗跖。莊子盗跖：“盗跖大怒曰：‘丘來前！夫可規以利而可諫以言者，皆愚陋恒民之謂耳。……’孔子再拜趨走，出門上車，執轡三失，目芒然無見，色若死灰，據軾低頭，不能出氣。”諾虎：虎，即陽貨，陽貨又名陽虎。論語陽貨：“陽貨欲見孔子，孔子不見，歸孔子豚。孔子時其亡也，而往拜之。遇諸塗。謂孔子曰：‘來，予與爾言。’曰：‘懷其寶而迷其邦，可謂仁乎？’……孔子曰：‘諾，吾將仕矣。’”

〔九〕下舐：莊子列御寇：“莊子曰：‘秦王有病召醫，破癰潰痤者得車一乘，舐痔者得車五乘，所治愈下，得車愈多。’”按：“趨跖諾虎”二句，源於宋人黃徹語。䂬溪詩話卷一：“李義山任弘農尉，嘗投詩謁告云：‘却羨卞和雙刖足，一生無復没階趨。’雖爲樂春罪人，然用事出人意表，尤有餘味。英俊屈沈，强顏低意，趨跖諾虎，扼腕不平之氣有甚於傷足者，非粗知直己、不甘心於病畦下舐，不能賞此語之工也。”

〔十〕獻鹿氏：典出列子周穆王。參見清鈔鐵崖楊先生詩集卷下病起注。

〔十一〕堪坯子：昆侖山神。相傳堪坯人面獸身，得道後入昆侖山爲神。按：“坯”亦作“坏”。莊子大宗師：“堪坯得之，以襲昆侖。”

〔十二〕閬風：山名，在昆侖之上。參見楚辭離騷王逸注。

〔十三〕朱陵：道教南方神仙之一，亦稱爲南嶽山神。宋邵博邵氏聞見後録卷二十九：“張君猷爲湖南漕，過南嶽。自肩輿中見路左一道觀甚麗，榜曰朱陵宫。遙望其中，有一羽衣立殿上，君猷意欲下，而從騎半已過。明年再經其地，求朱陵宫，無之。父老云旁近但有朱真人祠，至其下，乃前所見朱陵宫之處，才小屋一二楹。其變異如此。”

〔十四〕不夜燭龍：相傳爲人面龍身而無足。參見鐵崖賦稿卷下天衢賦。

〔十五〕溫平南：指東晉溫嶠。溫嶠任平南將軍時，曾連做惡夢，不久被劉胤取代。參見晉書劉胤傳。

〔十六〕華胥氏：列子黃帝：“（黃帝）晝寢而夢，游於華胥氏之國。華胥氏之國在弇州之西、台州之北，不知斯齊國幾千萬里，蓋非舟車足力之所及，神游而已。其國無帥長，自然而已。其民無嗜欲，自然而已。”

鮑孝子志〔一〕

　　孝子<u>山東鄒平縣</u>人，名<u>興</u>，字<u>雄飛</u>，姓<u>鮑</u>氏。其外太祖<u>張公臨</u>〔二〕，<u>至元</u>①間由丘園官至祭酒，布衣時讀書<u>長白山</u>中〔三〕，因以自號，至今鄉人呼<u>長白先生</u>。門人顯者爲狀元<u>張夢臣</u>〔四〕、中丞<u>張朴</u>、大參<u>張誠</u>、<u>李憲</u>等〔五〕，凡數十人。

　　<u>興</u>父幼育外家，及聞<u>長白公</u>遺風，濡染其流澤，以奇童稱。長，掃除貴家子弟紈綺習，勅身修行，以讀書問學爲務。<u>至正</u>間，隨父宦游<u>浙上</u>，值兵變，潛難於<u>淞</u>，輒詭名氏，逐時以事轉貨。母<u>王</u>氏病，罄資求名醫。母喪，三年守墓，不入私室，哀毀形骨立②，人不堪其難（平聲）。三年服闋，復理轉化術〔六〕。慮其父缺左右侍，置大艛舟一，具摒擋家物，共載父，隨寓爲家。父名<u>隱</u>，字<u>起之</u>，浮游湖海，因取先裔<u>玄真子漁樂</u>③〔七〕，號<u>漁樵主者</u>。

　　<u>鐵史</u>曰：<u>陶朱公</u>、<u>端木</u>氏〔八〕，皆用世之才，不幸仕亂世，有不能周身者，輒退而積居，與時逐（句），然未聞二子孝而克養其志於父者也。史氏載貨殖，具四德：曰仁、曰智、曰勇、曰斷〔九〕。<u>鮑孝子</u>之轉化，吾知其仁矣。<u>孔子</u>曰：“孝弟也者，其爲仁之本〔十〕。”於乎！<u>鮑孝子</u>之仁，豈直施於貨殖而已哉！

【校】

① <u>至元</u>：蓋爲“<u>至大</u>”之訛寫。<u>道光</u>十六年刊<u>鄒平縣志</u>卷十五<u>人物考</u>上傳略載有<u>張臨</u>傳，傳後附考辨，謂<u>張臨</u>由丘園官國子祭酒（<u>河溝阡表</u>謂任國子司業），當在<u>至大</u>年間。所述有理。
② 立：原本作“文”，據<u>楊鐵崖先生文集</u>全録本、<u>鐵崖漫稿</u>本改。
③ 樂：原本作“柴”，據<u>楊鐵崖先生文集</u>全録本、<u>鐵崖漫稿</u>本改。

【箋注】

〔一〕文當撰於<u>鐵崖</u>晚年歸隱<u>松江</u>時期，即<u>至正</u>二十年（一三六〇）之後。繫年依據：文中曰<u>鮑興</u>“值兵變，潛難於<u>淞</u>”，可知<u>鐵崖</u>與之結識於<u>松江</u>，且在戰亂之後。<u>鮑孝子</u>：<u>鮑興</u>，字<u>雄飛</u>，<u>鄒平縣</u>（今屬<u>山東濱州市</u>）人。按：<u>順治鄒平縣志</u>卷六孝子傳、<u>道光</u>十六年刊<u>鄒平縣志</u>卷十五<u>人物考</u>上載<u>鮑興</u>傳，實摘自本文。又，<u>嘉慶松江府志</u>卷六十二寓賢傳有其小傳（注明源於<u>山東通志</u>），曰<u>鮑興</u>“<u>至正</u>間避亂<u>吳淞</u>”，所述實亦未逾本文。

〔二〕<u>張臨</u>：<u>順治鄒平縣志</u>卷六隱逸傳：“元<u>張臨</u>，字<u>慎與</u>。苦志勤學，淹貫經史。嘗讀書于<u>長白山</u>，因號<u>長白先生</u>。三徵不起，教授生徒，不遠千里而來。<u>延祐</u>二年秋典<u>山東</u>試，首得<u>張起巖</u>、<u>鄒維學</u>，皆名士。”又，<u>道光</u>十六年刊<u>鄒平縣志</u>卷十五<u>人物考</u>上傳略載<u>張臨</u>傳，謂<u>張臨</u>“至<u>泰定</u>初，又官<u>孔</u>、<u>顏</u>、<u>孟</u>三氏子孫教授”。又，<u>池北偶談</u>卷七<u>長白先生</u>：“元<u>張慎與</u>名<u>臨</u>，讀書<u>長白山</u>中，淹貫經史，生徒千里負笈。屢徵不起，學者稱<u>長白先生</u>。<u>元明善 完顏令</u>去思記云與<u>齊</u>處士<u>張臨</u>善。<u>楊廉夫</u>撰<u>鮑孝子志</u>……又，<u>鄒平縣</u>北地名<u>河溝</u>，有先生爲其父阡表，中自云爲司業，貳上庠僅半載。與<u>廉夫</u>言相近。<u>元太史</u>與先生同時，記稱‘處士’，不知何謂。今<u>長白山 五龍池</u>上有<u>三賢祠</u>，祀<u>伏生</u>、<u>范文正公</u>及先生也。”按：<u>王士禛</u>所謂“阡表”，即<u>張臨 天曆</u>三年三月初八日所立<u>河溝</u>阡表，文載<u>道光</u>十六年刊<u>鄒平縣志</u>卷九<u>古迹考</u>二墳墓，文中曰<u>張臨</u>父<u>張克忠</u>於<u>大德</u>初年“提舉<u>宿遷</u>”時，<u>臨</u>“已五十歲”。此卷又著錄國子司業<u>張臨</u>墓，曰：“在<u>張克忠</u>墓南十餘步。碑署‘<u>元</u>國子司業<u>長白 張先生</u>墓’，左行署‘御史中丞知經筵事<u>許</u>□書’，右行書‘<u>至正</u>二年十一月（下缺）’”。據此，<u>張臨</u>生於公元一二五〇年前後，卒於一三四二年之前。

〔三〕<u>長白山</u>：<u>道光</u>十六年刊<u>鄒平縣志</u>卷六<u>山水考</u>上山：“<u>長白山</u>在<u>濟南府 鄒平縣</u>西南，本屬<u>長山縣</u>，縣所得名也。高二千九百丈，周六十里。”

〔四〕<u>張夢臣</u>：名<u>起巖</u>。<u>張起巖</u>（一二八五——一三五三）其先<u>章丘</u>人，徙家<u>濟南</u>。中<u>延祐</u>二年進士，左榜第一，除同知<u>登州</u>事。官至翰林承旨，任<u>遼</u>、<u>金</u>、<u>宋</u>三史總裁官。生平見<u>元詩選</u>三集、<u>元史</u>本傳。

〔五〕據本文，中丞<u>張朴</u>、大參<u>張誠</u>、<u>李憲</u>，皆<u>張臨</u>門人。生平待考。

〔六〕<u>轉化術</u>：即轉貨術，實指經商。<u>論衡校釋</u>卷一<u>命禄篇</u>：“<u>白圭</u>、<u>子貢</u>，轉貨致富，積累金玉。人謂術善學明，非也。”

〔七〕<u>玄真子</u>：<u>唐 張志和</u>之號。<u>志和</u>字<u>子同</u>，<u>金華</u>人。<u>新唐書</u>有傳。

〔八〕<u>陶朱公</u>：指<u>春秋</u>時人<u>范蠡</u>。<u>端木氏</u>：指<u>孔子</u>弟子<u>端木賜</u>，其字<u>子貢</u>。<u>范蠡</u>、<u>子貢</u>皆善於經商而致富，詳見<u>史記 貨殖列傳</u>。

〔九〕“史氏載貨殖”三句：概述<u>史記 貨殖列傳</u>中<u>戰國</u>商人<u>白圭</u>語。<u>史記 貨殖列</u>

傳:“白圭,周人也。當魏文侯時,李克務盡地力,而白圭樂觀時變,故人棄我取,人取我與。……故曰:‘吾治生産,猶伊尹、吕尚之謀,孫吴用兵,商鞅行法是也。是故其智不足與權變,勇不足以決斷,仁不能以取予,强不能有所守,雖欲學吾術,終不告之矣。’蓋天下言治生祖白圭。”

〔十〕“孝弟也者”二句:見論語學而。

李氏母死節志①〔一〕

　　至正丙申日,兵薄②至河澨〔二〕,尚誘以金帛。母抱女,厲聲辯曰:“某夫死忠也,若輩負王侯號,志國疆理,而圖子女耶? 果辨真盗,又何我儷③耶? 有死④,從吾夫子地下,誓不與⑤衆同日生也。”遂與女投水死。

　　楊子⑥曰:寇掠郡縣,職郡縣者,左手挈印章,右手持告身,祇跪而進,以領僞號惟恐不⑦及者,懼一死耳⑧。使其人能死,雖不救城郭,其名節在。母皎然⑨日月之明也。李氏母非受職男子也,決其所欲,有甚於生,而遂舍生焉。男子不如⑩者,何以具鬚眉哉! 某人等或剖⑪符大郡,或珥筆近臣,甘辱身於僞人之朝,降節於叛夫之黨,不知復何⑫面目見李氏節婦哉!

【校】

① 鐵崖先生集卷四録此文,據以校勘。鐵崖先生集本題作李氏母録。按:此文起首當有闕文。

② 薄:原本及陳于京刻本皆作“部”,據鐵崖先生集本改。

③ 又何我儷:鐵崖先生集本作“盗又我何儷”。

④ 死:鐵崖先生集本作“吾”。

⑤ 與:原本及陳于京刻本皆作“年”,據鐵崖先生集本、楊鐵崖先生文集全録本改。

⑥ 楊子:鐵崖先生集本作“子楊子”。

⑦ 不:鐵崖先生集本作“名”。

⑧ 懼:鐵崖先生集本作“俱”。耳:鐵崖先生集本作“者”。

⑨ 皎:鐵崖先生集本作“礮”。然:原本作“能”,據陳于京刻本、鐵崖先生集

本改。

⑩ 如：原本及陳于京刻本皆作“女”，據鐵崖先生集本改。

⑪ 剖：鐵崖先生集本作“部”。

⑫ 復何：原本作“後得”，陳于京刻本作“後何”，據鐵崖先生集本改。

【箋注】

〔一〕文當撰於至正十六年丙申（一三五六）兵亂之後不久。

〔二〕“至正丙申”二句：元至正十六年丙申元月至七月，張士誠軍連續攻陷平
江、湖州、松江、杭州等地。然據文中李氏母“若輩負王侯號，志國疆理，而
圖子女耶”數語，此所謂“兵”，并非張士誠士卒，而是趁火打劫，或叛降於
張士誠之元軍。參見東維子文集卷十五悦親堂記。

卷八十六　鐵崖文集卷二

江浙平章三旦八公勳德碑[一]

天監有德，于我有元。太祖應運[二]，肇基於朔①。世祖受天全付[三]，奄有四海，紀綱法度，内維外持。聖子神孫，百代丕纂，其規宏矣遠矣。承平百年，禍無宮閨戚畹、閹寺藩臣。治極而變，變職吏苛，吏苛民亡。藝極民無逃[四]，逃盜，朱鬟赤幘，群煽汝潁[五]，遂挺禍江浙。諸道兵麇②集，莫能支。至正壬辰秋[六]，直犯垣府，封豕長蛇，穴我宮廟，食我倉庾，蕩覆我比閭，虔劉我牧圉。七月庚辰，杭陷[七]。維時疆場臣遁，參政樊公執敬死之[八]，監司孛蘭氏率東營士[九]，巷戰十日③夜，寇退。無幾陷廣德[十]，阽吳興。

時平章三旦八公以宿望重臣膺天子明命，統哈赤、貴赤、兀魯三衛軍[十一]，專征江之南。兵次於秀[十二]，被復旨援建康[十三]。杭以急告，寇駸駸壓境，將襲鳳口[十四]。鳳口去省治僅兩舍所，公馬首不東，杭重陷。公以閫外制便宜，即日夜兼程抵杭。鳳口實杭要隘，九月己亥，大軍屯鳳口，寇退據武康[十五]，犬牙德清[十六]。公遣部將率精銳前茅，岐水陸進，首尾蛇應。繼遣突馬掠陣，士氣百倍，偽帥④生擒者數十，徒皆倒戈，相蹀血死。庚子，復武康。十月辛丑，師次德清。公望氛知寇東奔，亟要二覆襄⑤（去）之。戊申，屯菁山[十七]，俘賊將程琳[十八]，輒釋不殺，盡得其虛實狀。庚戌，陳（去）施橋，亘蠡山[十九]。寇迎敵，大敗之。壬子，公草檄誓諸將會吳興，曰：“蠹寇不滅，無以身爲。”號令精肅，雖措軍散地，勢不可拔。兵不戰復吳興，寇退守長興。命驍將用驚馬陣，直劘賊壘。丁卯，復長興。十一月乙亥，用火攻復泗安[二十]。寇奔方山，諸將由空山南掩擊之。丁丑，繼進塔山[二十一]。寇有自北山覆圍官軍，公挾兩彍騎，親攝弓射賊，皆應弦倒。諸將破圍出，殺尸亡算。餘逆皆驚⑥拜曰：“飛山真神兵也，吾賊可與神抗耶？”遂潰。是日，復泗安。戊寅，復廣德。大索三日，俘裔伏草倚木⑦，飛走無路。公下令曰：“手無凶器，即吾良民。”宥而不殺者以萬計。於是大賚將士,封積聚,掩骼胔,原詿誤,紓係累。版授庶府官,誡以文命,申以鶒鴳聖訓,使民知有逆順吉凶,民用大悦。班師日,杭父老爭持牛酒壺飧,先後道路,咸驩呼伏地涕泗,若喪家赤子重見父母也。

明年春正月,天子有命,以徽、饒寇復聚[二十二],趣公南征。越三月,平徽,以達於饒。使俘裔散約,而無亡矢遺鏃之費。十五年,公班師還省。平南功奏,天子申以錫命,金帶赤舄,彤弓鬱㡇,升平章甘肅。未行,繼陞淮南。濱行,寇陷吳門,秀以急告,省大臣及將吏士庶咸挽⑧留。復統師⑨平吳,杭又藉以安。由是父老祠公像,且樹石紀勳德,謁予文以登載。

某嘗録公南征事狀,未嘗不嘆公爲中興賢佐,應運于天者也。予讀江漢諸詩[二十三],見宣王中興,天必爲生賢佐,方叔、召虎是也[二十四]。一時勳德,歌詠雅頌,至今猶赫赫然在人耳目。若公之豐功鉅烈,固將銘鼎彝,載旂常,與成周聲詩相爲不朽,何有於杭片石哉!爲之書者,不過紀浙民恩私。抑予悼他將臣,當報國日,乃或恫撓脆怯,顛頓躄踖者不尠,公之勳烈,不足立勸乎!

公字山堂。"飛山子",其鐵甲兵號也。西夏人。自幼警悟,博達載籍,淹貫弢鈐,善劍術騎射,其佩上賜劍曰"龍電劍"云。

其屬將曰哈迷、劉脱因、韓拜老⑩[二十五],稱"平南三傑"。其幕府僚曰李國麟、葉伯顔、僧家奴[二十六],稱"平南三俊"。器使諸英,各獲其所,故其麾下多名將,幕中多名士。其千夫長、百夫長,沐浴風烈者不可以枚書。銘曰:

天生烝民,孰亂我常!吏用多辟,哀彼訌殤。哀彼訌殤,毒穢我良。焱然中土,覃於震方。睠我杭土,故國天府。實建南垣,以控土宇。墾我城池,牧我牧圉。民之觀⑪瘠,靡有定處。天子曰咨,咨汝臣旦。維汝臣旦,維國之翰。分爾徒御,徒御嘽嘽。專爾斧鉞,大劍"龍電"。維杭鳳口,杭要之括。孰後孰先,隙不容髮。我師阨之,寇衝以折。支葉雖害,本實未撥。陂湖之洑,赤幟朱纓。具區長霅[二十七],大艎小艇。宅我水國,湯我火城。山獲野鹿,跳踉滿庭。王師南下,克震克怒。陸有驦馬,水有犀虎。如竹之解,如水⑫之注。民火⑬來蘇,沛若時雨。於乎小萌,不知否臧。阽薄詿誤,弗念卒狂⑭。誕置懷宥,毋淪胥以戕。戎作用戒，文告用章。奉我聖訓，曰鶚曰鵲。取譬不遠，俾民大若。用我爲教，不用我虐。我用靡不承，聖訓是假，曰武曰文，鮮不爲威。彼卒出獤^⑮，行^⑯出狗雞，詛於其神〔二十八〕，式寇過隄。翱翔河上，棄我六師。天子賚功，無越我旦父。肅將天威，既執醜虜。遏暴吊民，無墊上下。天監有元，實生我旦父。維嶽降神，吉甫作頌〔二十九〕。臣禎繼雅，肆好其風。緊我旦父，入覲上公。旦拜稽首，天子之功。

【校】

① 朔：原本作"翔"，據楊鐵崖先生文集全録本改。

② 靡：原本作"糜"，陳于京刻本作"糜"，據楊鐵崖先生文集全録本改。

③ 日：原本及陳于京刻本皆作"月"，據楊鐵崖先生文集全録本、吳興藝文補本改。按：崇禎六年刊董斯張等輯吳興藝文補卷二十八載此文，據以作校本。

④ 帥：原本作"師"，據楊鐵崖先生文集全録本改。

⑤ 裏：楊鐵崖先生文集全録本作"衷"。

⑥ 鶚：原本作"警"，據楊鐵崖先生文集全録本改。

⑦ 木：陳于京刻本作"禾"。

⑧ 挽：原本及陳于京刻本皆作"撓"，據楊鐵崖先生文集全録本、吳興藝文補本改。

⑨ 師：陳于京刻本作"帥"。

⑩ 韓拜老：楊鐵崖先生文集全録本作"韓邦彦"。

⑪ 覲：原本作"觀"，據楊鐵崖先生文集全録本改。

⑫ 水：原本作"矢"，據楊鐵崖先生文集全録本改。

⑬ 火：原本作"大"，據楊鐵崖先生文集全録本改。

⑭ 狂：陳于京刻本作"征"。

⑮ 彼：楊鐵崖先生文集全録本作"被"。獤：原本誤作"殺"，據楊鐵崖先生文集全録本改正。參見注釋。

⑯ 行：鐵崖漫稿本、楊鐵崖先生文集全録本誤作"污"。參見注釋。

【箋注】

〔一〕文撰於元至正十五年（一三五五）江浙平章三旦八率軍平定吳地之後，其時鐵崖在杭州任税課副提舉。三旦八：字山堂，西夏人。善劍術騎射，通兵法。所帥鐵甲兵號稱“飛山子”。至正初年累官至雲南行省右丞,至正十二年遷江浙平章,後又率兵討饒州。至正十八年,遁入福建。其生平事迹參見元史順帝本紀、納麟傳,以及正德雲南志卷十七名宦傳。

〔二〕太祖:指成吉思汗。

〔三〕世祖:指忽必烈。

〔四〕藝極:原意爲制定貢賦標準,以中正爲限。此指征收賦税。語出左傳文公六年。

〔五〕“朱鬢赤幘”二句:指至正十一年五月,劉福通起事,以“紅巾”爲號,破潁州。八月,蕭縣李二、老彭、趙君用破徐州。

〔六〕至正壬辰:即至正十二年(一三五二)。

〔七〕杭陷:南村輟耕録卷二十八刑賞失宜:“至正十二年歲壬辰秋,蘄黄徐壽輝賊黨攻破昱嶺關,徑抵餘杭縣。七月初十日,入杭州城。”

〔八〕樊公執敬死之:南村輟耕録卷十四忠烈:“江浙行省參知政事樊執敬,字時中……紅巾自徽犯杭,時公守宿衛於省……遂躍馬逆戰以死。死之所,則天水橋也。”參見東維子文集卷十三樊公廟食記。

〔九〕李蘭氏:時任肅政使,即本文所謂“監司”。參見東維子文集卷二十二俞同知軍功志。

〔十〕廣德:位於皖南。按元史地理志,廣德路隸屬於江浙行省,下轄廣德、建平兩縣。

〔十一〕哈赤、貴赤、兀魯三衛:皆屬禁軍,即皇家衛戍部隊。據元史兵志二宿衛,至元二十四年立貴赤衛,“元貞元年,依貴赤、唐兀二衛例,始立西域親軍都指揮使司”。哈赤衛、兀魯衛,當同於貴赤衛。

〔十二〕秀:古州名,即嘉興路(今屬浙江)。

〔十三〕建康:南京(今屬江蘇)古稱,元朝爲建康路。

〔十四〕鳳口:即鳳口溪。餘不溪水自天目山南发源,流經臨安、餘杭入錢塘界,爲鳳口溪,東南入德清界。參見明張内藴、周大韶撰三吴水考卷二杭州府水源。

〔十五〕武康:縣名,隸屬於湖州路。參見元史地理志。

〔十六〕德清:縣名,亦隸屬於湖州路。參見元史地理志。

〔十七〕菁山:在烏程縣南偏西四十里。産黄菁,故名。參見大清一統志卷二百二十二湖州府。

〔十八〕程琳:徐壽輝屬將。

〔十九〕蠡山:位於德清縣東北一十五里,舊傳有范蠡故居,故名。參見大明一統志卷四十湖州府。

〔二十〕泗安：鎮名，隸屬於長興縣(今屬浙江)。

〔二十一〕方山、空山、塔山：皆在泗安境内。

〔二十二〕徽、饒：指徽州路、饒州路。按元史地理志，徽州路、饒州路均隸屬於江浙行省。今分別屬安徽省、江西省。

〔二十三〕江漢：詩大雅篇名。

〔二十四〕方叔、召虎：西周重臣，輔佐宣王中興，詳見詩小雅采芑、大雅江漢兩篇。

〔二十五〕哈迷、劉脱因、韓拜老：三旦八屬將，號稱“平南三傑”。韓拜老即韓邦彦，參見校勘記。哈迷又稱哈密，至正十四年前後，任江浙行省征行都鎮撫。參見趙汸撰江浙省都鎮撫哈密公紀功之碑(載東山趙先生文集文補)。又，韓邦彦與哈迷皆曾任元帥。元史順帝本紀六："(至正十三年五月)辛未，江西行省左丞相亦憐真班、江浙行省左丞老老引兵取道自信州，元帥韓邦彦、哈迷取道由徽州、浮梁，同復饒州，蘄、黄等賊聞風皆奔潰。"

〔二十六〕李國麟、葉伯顔、僧家奴：皆三旦八幕僚，號稱“平南三俊”。葉伯顔名琛，字景淵，別名伯顔，處之麗水(今屬浙江)人。元至正二十年，與劉基、宋濂、章溢受朱元璋徵聘而抵金陵。生平事迹詳見宋濂文憲集卷三葉治中歷官記等。李國麟、僧家奴生平不詳。

〔二十七〕具區：太湖別名。長：指長興縣。霅：指霅川，霅川爲湖州(今屬浙江)別名。

〔二十八〕“彼卒出貑”三句：左傳魯隱公十一年："鄭伯使卒出貑，行出犬雞，以詛射潁考叔者。"注："百人爲卒，二十五人爲行，行亦卒之行列。疾射潁考叔者，故令卒及行間皆詛之。"

〔二十九〕“維嶽降神”二句：指尹吉甫作崧高詩稱頌周宣王及其輔臣。按："維嶽降神"四字，出自詩經大雅崧高。

晉太傅羊公廟碑[一]

縣睦之烏龍山[二]，南去二十里，衍夷委秀，爲金雞、爲白牙[三]，其聚有曰新亭鄉，有晉太傅羊公祜廟在焉。去之九百餘年，神尚威福人，雨暘時若[四]，扎瘥蝗虎火盗之害[①][五]，人禱之咸有答者。

　　至正丁酉,江浙行樞密院判官移剌九九開府於睦〔六〕,異公之威靈憺人,又以其征南之日,未嘗用威擊猛斷,顓以德化,大協江漢之心〔七〕,寱寐其人,罔間幽顯。迺九月朔,遣睦推官會稽楊維禎詣廟所,用牲幣祠之,且爲新亭父老立碑志始末。

　　維禎按史:公在襄陽,好游峴山〔八〕。公卒,襄人於峴首建碑立廟。望其碑者,無不流涕,謂之“墮淚碑”〔九〕。新亭,公足迹所不及,廟何自立乎?唐貞元間,咸陽人言見白起,請爲國捍禦西陲。德宗欲立廟京城,議者謂駭耳目,且長巫風〔十〕。公未嘗抵新亭,廟立,不駭耳目、長巫風乎?父老曰:“祀典:有能扞菑禦患者祀之。公不抵吾新亭,而吾故父兄訪前人墓田于襄,賴神之庥,以神祀南歸,且降巫示生年月日,曰:‘吾當廟食白牙,以福爾遷土。’則其事之如土神者有以也。”

　　世嘗悼公伐吳之役,不究②而卒。觀其大舉方略,雖有智者,已不能爲吳計,而勗、紞③輩沮之〔十一〕,豈非不幸?維禎謂:公舉預自代〔十二〕,爲晉得人,預功即公之功矣。其告晉主:“取吳不必臣行,既平之後,當勞聖慮。”此聖人畏無④難之心,而忠臣憂國之幾微也。至決王夷甫誤國〔十三〕,言有必應,公非格人元龜哉!世嘗以公與吳將臨敵而交懽〔十四〕,非純臣事。某謂此公所以爲純臣也。江漢之化,格及⑤邊人,非其純德內外單盡⑥無毫髪之僞者,能之乎?及公之卒,晉人爲⑦之罷市巷哭,未足奇也;吳人守邊者,亦爲隕涕〔十五〕,公之純德感人者如此⑧。新亭之民,不得如襄陽之民親被厥澤,而猶感德於其歿後之靈,公之感人,不以死生爲二、南北爲間者又⑨如此,是其事爲可書,而不爲南土耳目之駭也。

　　廟創於宋馬某⑩,重修於我元至元二十年某之孫某洎里人某等〔十六〕。至正十二年,又增修於某之孫某也。門廡階室之制,益狹閎於其初云。係以詩曰:

　　烏龍之陽,金雞之陰。伏牙據會,神位赫臨。襄人瞻涕,於彼峴岑。新廟奕奕,神其我歆。惟神顯晦,無間南北⑪。大樞開府,師古以今。江漢之化,有懷德音。分命下吏,敬恭秩祀。歲無大侵,民賴休祉。利我苗蒐,豐我儲廥。寔佑我家邦,豈曰鄉鄙。新亭之民,鮐背鯢齒〔十七〕,請書牲石⑫,以徵皇⑬紀。我作銘詩,用告睦吏。

【校】

① 時若：原本無，據楊鐵崖先生文集全録本增補。害：原本作"官"，據楊鐵崖先生文集全録本改。

② 陳于京刻本於"究"字下有小字注"疑竟"，所疑有理。

③ 紈：原本作"純"，據楊鐵崖先生文集全録本改。

④ 畏無：疑當作"無畏"。

⑤ 及：原本作"心"，據楊鐵崖先生文集全録本改。

⑥ 盡：原本作"畫"，據楊鐵崖先生文集全録本改。

⑦ 爲：原本作"謂"，據楊鐵崖先生文集全録本改。

⑧ 此：原本無，據楊鐵崖先生文集全録本增補。

⑨ 又：原本作"夫"，據楊鐵崖先生文集全録本改。

⑩ 馬某：原本作"焉則"，據楊鐵崖先生文集全録本改。

⑪ 南北：原本作"北南"，據楊鐵崖先生文集全録本改。

⑫ 請書牲石：原本"請"作"諸"。楊鐵崖先生文集全録作"請書姓名"，據改"請"字。

⑬ 皇：原本作"星"，據楊鐵崖先生文集全録本改。

【箋注】

〔一〕文撰於元至正十七年丁酉（一三五七）九月一日，其時鐵崖在睦州，任建德路總管府理官。晉太傅羊公廟：又稱峴山羊太傅廟。景定嚴州續志卷五建德縣："峴山羊太傅廟，在新亭鄉之和村，神名祜。鄉有游裹峴者，夜夢神告之曰：'吾與汝俱游而鄉，幸歸而祠我。'夢者橐香火以歸，即叢居中陳地爲廟。後大水漂去，廟有石香爐，高五尺，逆流里許，止溪次，殆類人徙。即地建祠，水旱禱之，率應。"按：羊祜字叔子，泰山南城人。晉書有傳。

〔二〕烏龍山：在建德城北三里，高六百丈，周一百六十里。爲一郡之鎮山。大清一統志卷二百三十四嚴州府："山旁有烏龍嶺，明初克嚴州，苗帥楊完者屯烏龍嶺，李文忠擊敗之。即此嶺。"

〔三〕金雞、白牙：皆爲山名。據本文，金雞山位於烏龍山南、新亭鄉北。又，張憲玉笥集卷三和睦州雜詩十四首之二白牙："白牙山下水如湯，烏龍嶺頭日無光。"

〔四〕雨暘時若：意爲晴雨適時。尚書洪範："曰肅，時雨若。曰乂，時暘若。"

〔五〕扎瘥：指疫病。

〔六〕移剌九九：又稱劉九九。至正十七年丁酉，江浙行樞密院判官移剌九九任
　　　睦州一帶軍事統帥。參見貝瓊鐵崖先生傳。按：移剌乃耶律氏之異稱，
　　　劉當爲移剌九九之漢姓。

〔七〕“異公之威靈憺人”五句：謂羊祜任荆州都督，與孫吳對峙并試圖滅吳時
　　　期，施行德政，“綏懷遠近，甚得江漢之心”。詳見晉書羊祜傳。

〔八〕好游峴山：參見鐵崖先生詩集甲集一峰道人入吳注。

〔九〕墮淚碑：晉書羊祜傳：“祜立身清儉，被服率素。禄俸所資，皆以瞻給九
　　　族，賞賜軍士，家無餘財……襄陽百姓於峴山祜平生游憩之所建碑立廟，
　　　歲時饗祭焉。望其碑者，莫不流涕。杜預因名爲‘墮淚碑’。荆州人爲祜
　　　諱名，屋室皆以‘門’爲稱，改‘户曹’爲‘辭曹’焉。”

〔十〕“唐貞元間”六句：述白起於唐代顯靈故事。貞元，唐德宗年號，公元七八
　　　五至八〇五年。咸陽，今屬陝西。白起，戰國名將。資治通鑑卷二百三十
　　　三唐紀四十九德宗神武聖文皇帝八：“咸陽人或上言：‘臣見白起，令臣奏
　　　云：請爲國家捍禦西陲……’……上以爲信然，欲于京城立廟，贈司徒。
　　　李泌曰：‘臣聞“國將興，聽于人”。今將帥立功而陛下褒賞白起，臣恐邊臣
　　　解體矣。若立廟京城，盛爲祈禱，流聞四方，將長巫風。’”

〔十一〕勗、統：指荀勗、馮紞。晉書羊祜傳：“祜貞愨無私，疾惡邪佞。荀勗、馮
　　　　紞之徒甚忌之。”

〔十二〕預：指杜預。晉書羊祜傳：“帝欲使祜臥護諸將，祜曰：‘取吳不必須臣
　　　　自行，但既平之後，當勞聖慮耳。功名之際，臣所不敢居。若事了，當有
　　　　所付授，願審擇其人。’疾漸篤，乃舉杜預自代。尋卒。”

〔十三〕王夷甫：西晉王衍，曾任中書令、太尉等職。晉書羊祜傳：“從甥王衍嘗
　　　　詣祜陳事，辭甚俊辯。祜不然之。衍拂衣而起。祜顧謂賓客曰：‘王夷
　　　　甫方以盛名處大位，然敗俗傷化，必此人也。’”

〔十四〕與吳將臨敵交懽：指羊祜在襄陽與吳陸抗對陣而相互問候，抗病，祜饋
　　　　之藥，抗服之無疑心。詳晉書羊祜傳。

〔十五〕“及公之卒”五句：晉書羊祜傳：“南州人征市日聞祜喪，莫不號慟，罷
　　　　市，巷哭者聲相接。吳守邊將士亦爲之泣。其仁德所感如此。”

〔十六〕至元二十年：公元一二八三年。又據本文，新亭鄉羊公廟之創建、維護
　　　　與增修，主要由馬氏承擔。

〔十七〕鮐背鯢齒：老壽貌。語出漢張衡南都賦。

上海知縣祝大夫碑^{①〔一〕}

上海,淞附庸邑也。其地薄海,斥鹵氓過半。自有元百年,教養之澤深,民之爲^②俗,慕仁義者十室而九,遂號善地。

丁未三月晦日^{〔二〕},邑忽有變,大姓錢氏烏合起,剪竿而槊,結^③帨而旃,斬關入淞城。首殺長吏,分遣其黨,率火伍犯邑^{〔三〕},請先殺邑長祝挺,錢怒曰:"今日憤兵爲翼虎殣吾民者起。邑長祝使君,我生身父母不翅,敢有傷之者斬。"黨又爲誘語,請侯見總兵所。侯咈然曰:"吾有吾頭,請以頭往。爾氓獨不聞我'單騎入虎牙營,不動聲色祝奉使'乎!"卒不爲屈^{〔四〕}。侯揣知烏合必潰,乃自爲教,密遣人布長里者,曰:"逆順禍福,非天也,人自取也。有能爲我擒賊復縣者,吾上汝功。"教至,巨室匿備械,艤^④大艘,渡侯黃龍東,植義旗,率民聽約束。民皆囓指血誓效順,黨亦投戈于地,衹跪義旗下,請死罪,邑治遂復^{〔五〕},時四月五日也。黨率其衆東奔海,復謀叛矣,侯^⑤遣唐翌等追斬之^{〔六〕}。適諜報驃騎既克松江^{〔七〕},將東兵屠海邑,民震慴無所於遁。侯即函首獻俘驃騎所,曰:"賊擒而邑治復,民已悉定矣。無勞大兵。"凡三往返三未止。會錢^⑥忿邑不附者,悉指爲逆黨,凡若干人,驃騎逮捕甚急,且因^⑦以窘侯。侯潛遣吏報克復功於右相國^{〔八〕},相國^⑧驚曰:"吾以老祝死矣,老祝精神尚爾耶?吾驃騎直兒戲耳。"卒以侯上功狀按問得實,奉旨諭還。鄰邑以詿誤死者相枕藉,而海邑毛草不動^{〔九〕}。斥鹵氓有不利於侯,奪印章掠乘馬者,禽以獻,侯笑而遣之,一無所問。

海父老相與燃臂香告天,詣侯以謝。居有間,又群走予邸次,曰:"吾邑匪侯,邑血沼也久矣,計轉死而生者,數千萬齒。吾子與隣邑馮華亭屬比其事於石^{〔十〕},上不信吏文而信子片石。吾祝父功德^⑨尤碩於馮,子不書乎?"披邑士趙越^⑩所述^{〔十一〕},爲之躍然喜,亟援筆以書。

侯名挺,字正夫,番易人。南坡藏室,其故山讀書之所也。通春秋經傳^⑪學,平生慕諸^⑫葛武侯、韓魏公之爲人^{〔十二〕}。葛曰:"鞠躬盡瘁,死而後已^{〔十三〕}。"韓曰:"天下事見得理便做,勿計生死禍福。"侯書其言於齋閣。故凡遇所當爲,既慷慨以前,不以禍福爲後顧^⑬。君子謂侯當大任,即葛、韓相臣匹也。在邑馭民,未嘗厲聲色。事來斷制,剖決如神明。係之辭曰：

海之虞，海嘯呼。海弗虞，導⑭歸虛而尾閭〔十四〕，大夫度也海如，大夫之德海涵濡。千蛟萬虯起須臾，一蛟得，萬虯化爲魚。嗟嗟兮大夫，神明予⑮，父母予，嗟嗟兮大夫。

　　艾衲錢鼏曰〔十五〕：天地間大盛事，必大手筆書，又必得大樂章歌之，然後足以驚動萬世。鐵史先生作祝大夫碑，序如太史公，銘如古樂詞，使韓、柳作之〔十六〕，韓無此詩，柳無此序。門人艾衲錢鼏拜手謹書。

【校】

① 弘治上海縣志卷七官守志、崇禎松江府志卷三十一國朝名臣宦續祝挺傳後皆録此文，據以校勘。弘治上海縣志本題作祝大夫碑，崇禎松江府志本題作活民碑。按：活民碑實乃馬弓所撰，與本文所述爲同一事件，然并非一文。參見弘治上海縣志卷七官守志所録活民碑略。

② 之爲：楊鐵崖先生文集全録本作“化衣冠”。

③ 結：楊鐵崖先生文集全録本作“揭”。

④ 艤：原本作“蟻”，陳于京刻本作艤，據弘治上海縣志本、崇禎松江府志本改。

⑤ 侯：原本作“矣”，據楊鐵崖先生文集全録本改。

⑥ 錢：疑有誤。或此處有脱文。按：其時“忿邑不附者，悉指爲逆黨”之人，乃驍騎衛指揮葛俊。參見注釋。

⑦ 因：原本作“窘”，據弘治上海縣志本改。

⑧ 國：原本無，據崇禎松江府志本增補。

⑨ 德：原本作“得”，據弘治上海縣志本、楊鐵崖先生文集全録本改。

⑩ 披：原本作“彼”，據楊鐵崖先生文集全録本改。趙越之“越”，弘治上海縣志本作“儀”。

⑪ 傳：原本作“博”，據楊鐵崖先生文集全録本改。

⑫ 諸：原本無，據崇禎松江府志本增補。

⑬ 顧：楊鐵崖先生文集全録本作“慮”。

⑭ 導：原本作“遵”，據弘治上海縣志本、楊鐵崖先生文集全録本改。

⑮ 予：原本作“子”，據陳于京刻本、楊鐵崖先生文集全録本、弘治上海縣志本改。下同。

【箋注】

〔一〕文當撰於明洪武元年（一三六八）。繫年依據：其一，鐵崖撰此文時，錢鶴

　　皋事件已經平息，且“與隣邑馮華亭屬比其事於石”，即已爲華亭知縣馮榮立碑，故必在吳元年（丁未）四月以後。其二，文中稱錢鶴皋事件發生之年爲“丁未”，顯然此文并非事變當年所作，蓋撰於次年。祝大夫：明初上海知縣祝挺。參見東維子文集卷一送祝正夫赴召如京序、楊鐵崖先生文集全録卷一南坡讀書記。

〔二〕丁未三月晦日：朱元璋政權之吳元年丁未（即至正二十七年）三月末。按：“三月晦日”，明實録作“四月一日”。錢鶴皋作亂事，詳參東維子集卷一送祝正夫超召如京序注。

〔三〕火伍：士兵隊伍，此指當時追隨錢鶴皋之民兵。按：唐制以兵五人爲伍，十人爲火。參見資治通鑑卷二百二十三唐紀三十九“火伍”注釋。

〔四〕“黨又爲”八句：明太祖實録卷二十三：“上海知縣祝挺，當（錢）鶴皋猝發，懷印出。將趨府治，聞知府被害，匿邑南僧舍中。寇執之，欲脅至鶴皋所，挺駡曰：‘爾輩吾編氓，吾爲爾邑長，安得以賊勢屈我？爾不聞單騎入兜鍪營屈渠帥祝奉使乎？吾不畏死也。’寇不敢迫。”

〔五〕“侯揣知”十九句：明太祖實録卷二十三：“（祝）挺乃密遣人告諸巨姓里中長老，曰：‘逆順禍福，惟人自取。若等宜速思之，毋爲不義以取滅亡。’聞者翕然而附。其民顧正福等匿器械，艤巨艘渡挺至黄浦，與主簿李從吉等會建義旗，集民兵。民皆從之，嚙指血誓效順。遂率其衆復邑治。”黄龍，黄浦江。

〔六〕唐翌：上海人。時任里長。參見弘治上海縣志卷七官守志祝挺。

〔七〕驃騎：指驍騎衛指揮葛俊。至正二十七年四月五日，徐達遣指揮葛俊率兵鎮壓錢鶴皋。

〔八〕右相國：指李善長。元至正二十四年春正月丙寅朔，朱元璋即吳王位，建百官，以李善長爲右相國。見明史太祖本紀。

〔九〕海邑毛草不動：明太祖實録卷二十三：“（祝挺）斬僞元帥姚大章及金萬户等於市，餘黨釋不問。函二人頭并所獲兵仗，獻于葛俊，曰：‘事定矣，毋勞大軍。’凡三往返，俊怒猶未已。時鶴皋既就擒，銜其邑人之不附己者，誣以同黨數十百，俊逮捕甚急，因窘挺。挺乃潛遣吏報復邑狀于徐達。達以聞，由是其被誣者及上海民皆得釋。”

〔十〕馮華亭：華亭縣令馮榮，詳見東維子文集卷二送馮侯之新昌州尹序二首、卷十三大樹軒記。

〔十一〕趙越：其名或作儀，上海人。元末明初在世，蓋爲當地著名文人。按：本文所謂“趙越所述”，指趙越陳述祝挺有關事迹之文稿。

〔十二〕諸葛武侯：即諸葛亮。韓魏公：即韓琦。韓琦字稚圭，相州安陽（今屬河南）人。卒贈魏郡王。宋史有傳。

〔十三〕“鞠躬盡瘁”二句：語出諸葛忠武書卷六諸葛亮上疏。

〔十四〕歸虛：又作歸墟。相傳位於渤海之東，爲海中無底之谷，衆水匯聚於此。詳見列子湯問。尾閭：相傳爲海底洩水之處，位於海東。語出莊子秋水。

〔十五〕錢壺：別號艾衲生。參見東維子文集卷十九筆耕所記。

〔十六〕韓、柳：指韓愈、柳宗元。

夢鶴銘跋①〔一〕

　　安陽羽士韓君致用〔二〕，夢鶴於讀易齋。會稽楊公廉夫嘗爲作傳一通，辨②鶴有仙俗，與人有仙凡者等，是可補浮丘經之闕者〔三〕，且許韓君仙才，可繼北渚湘師後。予未識韓君，而以楊公之言信之，復爲作銘言係傳尾。前太史金華黃溍撰銘曰③：

　　縶羽靈，載七服，九金火英〔四〕。翩而降，如流星。駕爲風，策爲霆。凌倒景，翔帝青。夢爲夢，飛自鳴。夢非夢，鳴無聲。山而立，嶽亭亭。烟而消，海澄澄。我夢旨，元化并，誰其會之軒轅明。

　　予讀華陽真逸瘞鶴銘〔五〕，未嘗不怪其詞之陋，而爲累逸少之書。及讀漁隱叢話，辨是銘爲陶隱居〔六〕，則知其爲齊梁之文，陋可知也，“逸少”固非王右軍已〔七〕。安陽韓致用得夢鶴銘於金華黃太史，予讀而異之。太史爲人作銘者衆矣，而求如此作之奇絶少，“風駕”、“霆策”之句已奇，而“嶽亭”、“海澄”之句，可蹴華陽之④九泉底也。序文以予傳重夢鶴⑤氏，予文⑥烏能爲重輕？重夢鶴於賦赤壁之後者〔八〕，其是銘也夫，其是銘也夫！至正十二年六月十八日會稽楊維禎跋。

【校】

① 楊鐵崖先生文集全録本題作夢鶴銘有序。按：夢鶴銘銘文及序文，皆黃溍撰，鐵崖所撰，實爲跋文。原本所題不誤。

② 辨：陳于京刻本作“辯”。

③ 銘曰：此二字原本無，據陳于京刻本補。

④ 華陽之：楊鐵崖先生文集全録本作"莘陽於"。

⑤ 鶴：原本無，據楊鐵崖先生文集全録本增補。

⑥ 文：原本作"又"，據楊鐵崖先生文集全録本改。

【箋注】

〔一〕文撰於至正十二年（一三五二）六月十八日，其時鐵崖任杭州四務提舉。

〔二〕韓致用：名翼。參見東維子文集卷九送韓諤還會稽序、鐵崖文集卷三夢鶴道人傳。

〔三〕浮丘經：蓋指世傳浮丘公相鶴經一卷（載新唐書藝文志）。

〔四〕九金火英：明葉春及石洞集卷十二懷石劉翁七十有一繪圖壽序："金氣火精，鶴以之養。金九火七，合爲十六，故鶴十六年大變，百六十年變止，千六百年形定。是羽族之長，僊人之騏驥也。"

〔五〕瘞鶴銘：宋歐陽修集古録卷十瘞鶴銘："右瘞鶴銘，題云'華陽真逸撰'，刻於焦山之足……按潤州圖經，以爲王羲之書。字亦奇特，然不類羲之筆法而類顏魯公，不知何人書也。'華陽真逸'是顧況道號，今不敢遂以爲況者。碑無年月，不知何時。疑前後有人同斯號者也。"

〔六〕陶隱居：苕溪漁隱叢話前集卷三十二蘇子美："余讀道藏陶隱居外傳：'號華陽真人，晚號華陽真逸。'道書言華陽金壇之地，第八洞天東北門，俱潤州境也。丹陽與茅山地相犬牙，又三茆陶故居，則瘞鶴銘爲隱居不疑。"

〔七〕"逸少"固非王右軍：意爲此逸少并非王羲之。或謂此"逸少"乃唐代黃山樵人。詳見漁隱叢話後集卷二。

〔八〕賦赤壁：蘇軾事。參見鐵崖先生詩集甲集和吕希顔來詩注。

尚夷齋銘〔一〕

鶴沙①朱生聽〔二〕，嘗過予春雲閣論詩，曰："某爲詩貴尪奇，如武安平縱怒於火牛②〔三〕，淮陰薄險於背水〔四〕，不爾不收尪奇功。故水無湯，以峽束；樹無鳴，以風撓；黑蚖脱，年見春。瞎塗毒一撾，問③者喪〔五〕。詩亦④然。"覆其所著，大抵詩⑤不尪奇不脱穎，不脱穎不絶俗。奇矣哉用才，俊⑥矣哉用心也！

　　予曰：“若是則詩之境亦隘矣。爾家前聞人喬年公^{〔六〕}，一代俊才，語不鬱怒語不出，曉⑦迺玩心於天和，轉峻迫爲雍容，佩夷之功也^{〔七〕}。生積歲月於右日年，則詩境遠而詩才裕如也。”聽起謝曰：“願以學詩齋額日尚夷，亦警吾之祖教也。”明日，持軸來請。銘之曰：

　　木以繩而正，弓以撇而柔。車以規而轉，舟以簴而浮。惟不夷也，繩撇之在，規簴之繇。惟淑德優，而況乎翰墨之游！

【校】

① 鶴沙：原本作“鸛砂”，鐵崖漫稿本作“鸛沙”，據楊鐵崖先生文集全録本改。參見注釋。

② 安平縱怒於火牛：原本作“安□縱怒於火牛”，陳于京刻本則作“安縱怒於火牛”，楊鐵崖先生文集全録本作“安縱火牛”，徑爲補闕。參見注釋。

③ 問：蓋爲“聞”字之誤。參見注釋。

④ 亦：原本作“爾”，據楊鐵崖先生文集全録本改。

⑤ 詩：楊鐵崖先生文集全録本作“語”。

⑥ 俊：楊鐵崖先生文集全録本作“峻”。

⑦ 曉：蓋爲“晚”字之誤。

【箋注】

〔一〕文當撰於鐵崖晚年退隱松江以後，松江納入朱元璋版圖之前，即元至正二十年（一三六〇）至二十六年之間。繫年依據：鐵崖於至正九、十年間曾寓居松江，然其時寄居呂良佐宅，且以教授舉子業爲主。晚年退隱松江之後，則喜與弟子談詩。本文曰鶴沙朱聽“過予春雲閣論詩”，與鐵崖晚年寓居松江情形吻合。

〔二〕鶴沙：即下砂鎮（今屬上海浦東新區）。朱聽：字孟聞，鶴砂人。其祖父朱瀛洲，鐵崖老友。朱聽自幼喜讀書，長嗜古學。家有學詩齋，齋名尚夷；又有讀書室，取名在春窩。參見楊鐵崖先生文集全録卷二在春窩志。

〔三〕縱怒於火牛：齊人田單守孤城即墨，設計縱火牛而襲破燕軍，盡復齊地。齊襄王封田單，號曰安平君。參見史記田單列傳。

〔四〕淮陰薄險於背水：指淮陰侯韓信與趙軍對壘，背水設陣。詳見史記淮陰侯列傳。

〔五〕"瞎塗"二句：<u>正法眼藏</u>卷三："吾教意如塗毒鼓，擊一聲遠近聞者皆喪。"

〔六〕<u>喬年公</u>：指<u>朱熹</u>之父<u>朱松</u>。<u>朱松</u>字<u>喬年</u>。少以詩聞，傳<u>伊洛</u>之學。參見<u>晦庵年譜</u>。按：<u>朱喬年</u>有別集曰<u>韋齋集</u>。<u>羅從彦</u>曾爲撰<u>韋齋記</u>，今存。

〔七〕<u>佩韋</u>：即"佩韋"。<u>韓非子</u> <u>觀行</u>："<u>西門豹</u>之性急，故佩韋以自緩。"

中山盜録〔一〕

客有言<u>中山</u>某氏者〔二〕，聚亡命爲盜，往來<u>江淮</u>間。未嘗掠農舍雞犬、賈舶子女，必廉某州某郡吏之沓①而狼戾者，中夜至其家，擒其主，反接於柱。盜坐堂②上，令持刀者刲其脂③肉，反唉其口，問之曰："痛楚乎？"主哀吼曰："痛楚，痛楚！"盜曰："汝割剥民膏，痛亦爾！"貸其妻子，使野處。悉取其財，置諸通衢，使民争取之。迄殺其主，焚其室。

<u>楊子</u>曰：繡斧不斫貪④吏也久矣，而盜能之。殲其魁而不逮其孥，仁也；窮帑藏而還之於民，義也。嗚呼，盜而仁義，謂之盜可乎？不盜而不仁不義，謂之不盜可乎！董之毒能殺人，亦能治病，醫之良者使之。盜能殺人，亦能攻盜，亦顧其使之者如何耳。吾聞<u>晉文公</u>用<u>中山</u>盜而伯於<u>城濮</u>之盟也〔三〕，非<u>文公</u>能⑤樂收而亟用者乎！吾故志其事，使用才者聞知，勿俾吏者不仁而盜者仁也。

【校】

① 沓：<u>楊鐵崖先生文集全録</u>本作"貪"。
② 堂：<u>楊鐵崖先生文集全録</u>本作"堂皇"。
③ 脂：<u>陳于京刻</u>本作"指"。
④ 斫貪：原本作"聽沓"，據<u>楊鐵崖先生文集全録</u>本改。
⑤ 能：<u>楊鐵崖先生文集全録</u>本作"之"。

【箋注】

〔一〕文撰於<u>元</u> <u>至正</u>十四年（一三五四）前後，其時<u>鐵崖</u>任<u>杭州</u>宣課副提舉。繫年依據：其一，文中曰<u>中山</u>某氏"聚亡命爲盜，往來<u>江淮</u>間"，而<u>劉福通</u>等以"紅巾"爲號，横行於<u>江淮</u>一帶，始於<u>至正</u>十一年夏、秋之間。其二，<u>至正</u>

十四年鐵崖曾撰文,謂紅巾起義實爲時勢所逼。本文主旨與之一致,蓋同時之作。參見東維子文集卷二送關寶臨安縣長序。

〔二〕中山:府名。按元史地理志,中山府隸屬於中書省真定路,"領三縣:安喜、新樂、無極"。今屬河北。

〔三〕戰國策卷七秦五:"文公用中山盜,而勝於城濮。"

東園散人録〔一〕

東園散人者,不知何許人,冠方山巾,服懶散衫帔,家五葺東〔二〕,有田十雙,廬一區,所居舊曰東園,因自號東園散人。散人貌古岍①,長身而美鬚。博學經史,又精篆隸書。兵變,隱負養,不與跿跔者干進,一時雄將官聞其人,覓得不可②。或往來天目、靈崑、苕、雪間〔三〕。兵息,反故園。家近三泖〔四〕,與滄浪老漁鼓枻,或竟日夕忘返。岸③泖有芙蓉村、候農橋〔五〕,約荷蓧丈人輩説耕道,量晴較雨,占若風鳥。幼時遇異人,得子午按摩法,療人疾,不施針艾,對坐談笑頃疾即脱去,未嘗須人直。其人賢而勸之④仕,則嘿不應。暇時品茶泉,理丹火,或彈琴弈棋以自娱。詩若干首,號古漁唱。年益壯,家益貧,所守益固。

鐵史過大泖之東,聞其人,録其行,曰:"今之稱能人者,往往以苟取不廉圖富貴,至奴事勢家,幸如志,十不一二。大不幸,身鈇鑕且赤其族。若散人者,其得鈇鑕之乎? 古之善隱者,有東園公〔六〕,散人隱一晦地,與孥族優游以卒歲,不智者能之乎? 謂散人竊比東園公,非歟!"

志"東園"者,謂庾⑤姓,朗名。吾録散人,不應潛氏名,問其里,曰陸氏蒙名云。鐵史者,李黼榜第二甲進士,今隱東海上⑥,號東維叟,會稽楊維禎也。

【校】

① 岍:陳于京刻本作"岓",鐵崖漫稿本作"峠"。疑當作"岸"。

② 覓得不可:楊鐵崖先生文集全録本作"覓不可得"。

③ 岸:原本作"岓",鐵崖漫稿本作"峰",據陳于京刻本改。

④ 之：原本作"其",楊鐵崖先生文集全録本改。

⑤ 庚：原本誤作"唐",據史記改。參見注釋。

⑥ 上：原本作"山",據楊鐵崖先生文集全録本、鐵崖漫稿本改。

【箋注】

〔一〕本文作於元季鐵崖歸隱松江以後,元亡之前,蓋與撰友聞録序同時,即至正二十四年(一三六四)前後。參見鐵崖爲東園散人所撰友聞録序(載佚文編)。東園散人：陸蒙：其生平史料不多,但疑點不少,今稍作考辨。正德松江府志卷三十人物八隱逸傳。所述明顯摘自鐵崖東園散人録,然不稱陸蒙而稱之爲陸厚。又按殷奎撰故處士傅君墓志銘,曰墓主傅翼字仲翔,平江崑山人。"春秋六十有八,至正十六年丙午歲十有八日卒……長女嫁沈源,次女嫁陸厚,皆周出也"。又據游志續編卷下錢惟善撰東園十三詠序,"陸厚景周隱居華亭東園"。又,佩文齋書畫譜卷五十四據書畫史録其小傳曰："陸厚,字景周,號狂狷生。工寫生花鳥。"據上引數文不難推知,陸厚與本文所述陸蒙,實屬一人。又,珊瑚網法書題跋卷九趙子昂書陶詩："松江陸蒙者,家富而好禮,收蓄古書畫彝器甚多,一時名人,無不獲交。有友聞録者,楊廉夫、陸宅之皆爲之序,余亦嘗書數詩與之。蒙既死,家破於兵,此文流傳,竟歸於余。前松雪書亦其家故物,因合作一軸,異時當訪其子孫有識者還之。時洪武四年七月十一日,吳吳門楊基孟載記。"據此可知,陸蒙死於洪武四年之前,既曰"家破於兵",當爲元末戰亂之時。今據上引數文,以及鐵崖至正二十四年二月所撰友聞録序,概述陸蒙生平如下：

陸蒙,一名厚,字景周,自號東園散人,又號狂狷生,松江人。博學經史,通醫術,又精篆、隸書,擅長花鳥寫生。家富而好禮,一時名士無不獲交。隱居不仕,彈琴弈棋以自娛。其年歲當與鐵崖相仿。卒於元末戰亂之時,"家破於兵"。有詩集名古漁唱。又輯其友人語録爲友聞録若干卷,楊維禎、陸居仁皆爲作序。

又按：據今人楊鐮元佚詩研究一文考述,陸厚有幼壯俚語,永樂大典據以收録其詩若干;詩淵録有陸厚詩近兩百首,則未注出處。楊鐮據詩中泰定丙寅、己酉、癸亥、乙巳等干支,以及和貫酸齋逍遥巾詩,推斷"陸厚生卒年大致相當於一二七〇——一三三〇年,或系宋、元易代後寄身道流者。詩亦屬江湖派末流"。今按詩淵第六册,録有陸厚己酉二月八日壽浦江吳止翁席賦詩。此"己酉"若指至大二年己酉(一三〇九),顯然不能是鐵崖晚年結識之陸厚所作；若指洪武二年己酉（一三六九），又與上引楊基跋語謂陸蒙死於元末戰亂不能吻合。故此似可斷言：幼壯俚語作者陸厚，與古漁唱作者陸蒙并非同一人，儘管陸蒙又名陸厚。當然還有一種可能，詩淵所録陸厚詩，干支有誤。

〔二〕五茸：松江別名。參見朱彝尊曝書亭集卷五十四跋李紫筼畫卷之二。

〔三〕天目：借指杭州一帶山水。靈嵓：指蘇州一帶。苕、霅：湖州一帶。

〔四〕三泖：又稱谷泖，位於松江府城之西。參見崇禎松江府志卷五水。

〔五〕芙蓉村、候農橋：皆陸蒙東園景點。參見游志續編卷下錢惟善撰東園十三詠序注。

〔六〕東園公：西漢初年“商山四皓”之一。史記留侯世家索隱：“四人，四皓也，謂東園公、綺里季、夏黄公、甪里先生。按：陳留志云：‘園公姓庾，字宣明，居園中，因以爲號。’”

石丈人録〔一〕

宋元祐中〔二〕，韓相國玉汝帥長安〔三〕，築通津大石梁，督責有司急鉅石，無所出。忽夜夢一文面人自薦曰：“吾可應命。”詰其所來，曰：“吾青州石氏丈人也。（楊光遠碑，五代事。）居某①所，以齊封人辱吾，文面之垢若干年矣。倘起吾泥塗，磨洗吾垢，與今相國任津梁，以濟世之病涉者，非吾之至幸歟！”明日抵某所，果見一穹碣在泥中，丈尺應所科。磨其刻，轝至津所，柱于②津而梁落成。

楊子曰：唐人吊剡藤③氏〔四〕，以世之惡文辱藤也。五季末，有吊青之石氏，而石丈人自伸其辱。予録其事，以慶丈人之獲湔，而重悲藤者一污而不可再雪也。嘻，丹霞翠琰屈於污，豈直青州一丈人哉！明天子下令，使得磨洗砥輿梁與明④堂大廈，丈人之族不群然自薦者，吾不信矣。

南陂平日惡文污石，石不能言而鐵史代言，此穎傳後一種奇文也〔五〕。

【校】

① 明文海卷四二三録有此文，據以作校本。某：原本作“其”，據楊鐵崖先生文集全録本、明文海本改。

② 于：原本作“干”，據陳于京刻本、楊鐵崖先生文集全録本、鐵崖漫稿本改。

③ 藤：原本作“縢”，據明文海本改。下同。

④ 與：原本作“琪”，據陳于京刻本、明文海本改。明：原本作“民”，據楊鐵崖先生文集全録本改。

【箋注】

〔一〕石丈人：即文中所謂“青州石氏丈人”，指爲五代後晉楊光遠所立石碑。新五代史楊光遠傳：“（光遠見殺），漢高祖贈光遠尚書令，封齊王，命中書舍人張正撰光遠碑銘文，賜（光遠子）承信，使刻石於青州。碑石既立，天大雷電，擊折之。”

〔二〕元祐：北宋哲宗年號，公元一〇八六至一〇九四年。

〔三〕韓相國：指韓縝。韓縝字玉汝，北宋哲宗朝居相位。宋史有傳。

〔四〕唐人吊剡藤氏：唐舒元輿吊剡溪古藤文：“予謂今之錯爲之文者，皆夭閼剡溪藤之流也。藤生有涯，而錯爲文者無涯。無涯之損物，不直於剡藤而已。余取剡藤以寄其悲。”（文載宋高似孫撰剡録卷五。）

〔五〕穎傳：指毛穎傳，韓愈所撰。

先考山陰公實録〔一〕

公諱宏，字國器，自號澹圃老民，蒙推恩封承務郎、紹興路山陰縣尹。其先自晉陽侯以邑氏〔二〕，在漢爲太尉震〔三〕，十有八傳於唐而分四院，其①第二院太師虞卿〔四〕，生堪。堪生承。承生休〔五〕。休生巖〔六〕，五季仕吳越，至丞相，譜其②族爲浙院。巖孫都司馬使③洋〔七〕，徙浙河之東，又分其譜爲浙左院。洋子第五成〔八〕，耕牧會稽諸暨之陽，卒葬鄭里，是爲公七世祖。曾王父文振④〔九〕，字宗起。王父文脩〔十〕，字中里⑤，有鄉行，號楊佛子，邑志有傳。父敬，字主一，善治生而好施。曾王父冢亦在鄭里，王父往從冢廬，子孫遂居鄭里。

公生宋咸淳乙⑥丑五月癸未〔十一〕，今至元己卯七月戊辰卒〔十二〕，年七十有五。是年九月壬午，葬鄭里東一里所大桐岡之原。公兄弟三人，兄實〔十三〕，弟賀〔十四〕。賀自孩提繼外氏。父嘗問公志，公對曰：“大兄有驅世材，既以馬文困爲志，而某願則學少游，稱鄉里善人耳〔十五〕。”

父善其對。邑大夫有蔚⑦薦以仕,則曰:"衣人之衣,必懷人之憂;食人之食,必死人之事,此仕道也。某才疎,不能憂人之憂;親在,不能死人以事,又幸衣食自足,無願仕也。"事親以篤謹聞,母寡二十年,特旁臥室於母,以便護其眠食。母鍾愛者季弟賀,在外氏,不樂,念不已。公分業以返賀,賀返,調羹⑧之尤厚。兄實,任會稽三界巡檢〔十六〕,奉弗周,君續廩食,又時營生⑨出物以資其所交結賢豪。兄仕歸,公引身自取新田廬,祖田、畜盡上兄。

公平生未嘗有二言,其度寬坦,與物未嘗有競。鄰有侵圃地,公不爭,又益與地。山有材木,嘗市於商,初計若干章數,立券已,而剩出倍初數,他商爭市,勸返券。公曰:"業已諾。"迄與之。故里中"善人"之稱日益大。待遇人無貴賤親疏,至下⑩廝役皆得其歡心。家人近習自幼至長,有不識其怒貌疾聲。食飲不簡精粗,中年後善飯如二十歲人⑪。勝日游林壑,健登降,從者不能追。往還戚里,未嘗乘輿騎。未嘗入城市,雖大夫宴享以耆德招,不往也。

公娶同里李氏,後山先生女,賢而通文史。子四人,長維植,次維魯,維禎,維柢⑫。各遣從師授經學,公必躬課其成,不成者易藝。維植授易不成,俾轉蒙古學。維魯授書勿成,俾督家⑬事。維禎授春秋,維柢在幼亦習春秋。嘗謂人曰:"成吾志者,維禎歟!"俾終業,至弱冠不爲娶。維禎游學四明〔十七〕,公嚲馬寄貲,而維禎以貲得明人新書曰黃氏日鈔及黃氏紀聞凡若干卷以歸〔十八〕。公喜動顏色,曰:"所獲不多於馬乎?"親自讎正裝褫不少勞。後貢舉法行〔十九〕,里將推上其子維禎〔二十〕。公敕子:"經不明,不得舉。"人以⑭爲有張知謇家法〔二十一〕。方建書樓,閉置維禎,研精春秋經傳,博收其説凡百十家,維禎遂以春秋學泰定四年舉進士中第,會稽人以此翕然稱"書樓楊"。初,里有大家淪敗,人爭有其珠綺珍玩,公不有一物,獨市其上馬一扁石,徙置門下,人共非笑⑮其癡,明年,其子擢第歸,迨⑯應所需,人始服其先符之幾。

維禎之官天台〔二十二〕,訓之曰:"國家幾年涵養,祖父幾年積累,師友幾年講習,汝以一日長遽擢上第,一命百里宰例自汝始〔二十三〕,汝慎諸!"維禎在官,民有持官府者"八鵰"〔二十四〕,頗用柱後文彈治之〔二十五〕。公聞不樂,亟持⑰示官箴曰:"鳳居百鳥,百鳥望而愛;鵰居百鳥,百鳥

望而畏。其服群則一,而德威^⑱不同也。吾願汝爲鳳,不願汝爲鶚
也。"維禎書諸座右,同寮友爭傳爲格訓。維禎轉官錢清令^{〔二十六〕},時方
以醝逋爲急,而錢清醝户消耗且十六七,務於辦^⑲上,必病下;務於恩
下,必不獲上。公又書范文正公之言以誨曰:"作官公罪不可無,私罪
不可有^{〔二十七〕}。"繇是維禎在職爲民受罪,斷斷以醝逋課愬省府。不從,
至投印去,訖獲减引額三千,皆公教督之力也。

人之評公者,謂有"三反":與人言曾不能出口,而笑聲聞於一里;
援筆極敏捷,累簡頃刻盡,而未嘗一字作草狀;姁姁仁謹,人咸稱長
者,而論治獄出人以爲陰德,則極力非之曰:"出殺人罪以爲陰德^⑳,被
殺者不亦寡恩乎!"君子以爲春秋之法,而意亦未嘗不仁。

君年七十餘,不肯預理棺槨丘隴事,家人請之,則曰:"世豈有子
仕宦而無棺墓藏其父者乎!"垂終,但命曰:"吾家以庸謹起田畝,予賴
前人之休,幸免負擔。又幸教子成,叨封六品秩,甚愧。墓不必銘,縱
銘,不必樹石冢所,爲開發標。"(用五代李建勳事^{〔二十八〕}。)

維禎惟唐李翱葬皇父甫貝州君^{〔二十九〕},未及假辭於執事者,輒自作
實録。維禎亦仿翱義,録先君卒葬歲月,附其平生行己持論者如此。
後日獲銘大手筆,尚或有考於斯云。孤子維禎泣血謹録。

【校】

① 其:原本作"爲",據楊鐵崖先生文集全録本、鐵崖漫稿本改。
② 其:原本作"某",據楊鐵崖先生文集全録本、鐵崖漫稿本改。
③ 都司馬使:楊鐵崖先生文集全録本作"都兵馬使"。
④ 振:陳于京刻本作"震"。
⑤ 中里:楊鐵崖先生文集全録本作"中理"。
⑥ 乙:原本作"己",據楊鐵崖先生文集全録本改。按:南宋咸淳年間無己丑
　　年,楊宏必生於咸淳元年乙丑(一二六五)。
⑦ 蔚:楊鐵崖先生文集全録本作"尉"。
⑧ 羹:楊鐵崖先生文集全録本作"護"。
⑨ 生:楊鐵崖先生文集全録本作"土"。
⑩ 至下:楊鐵崖先生文集全録本作"下至"。
⑪ 人:原本無,據楊鐵崖先生文集全録本增補。
⑫ 維枑之"枑",楊鐵崖先生文集全録本作"祇"。

⑬ 督家：原本作“長”，據楊鐵崖先生文集全録本改。

⑭ 人以：原本作“以人”，據陳于京刻本改。

⑮ 笑：楊鐵崖先生文集全録本作“嘆”，陳于京刻本作“嘯”。

⑯ 迮：楊鐵崖先生文集全録本作“適”。

⑰ 巫：陳于京刻本作“函”。持：楊鐵崖先生文集全録本作“馳”。

⑱ 威：原本作“咸”，據陳于京刻本、楊鐵崖先生文集全録本、鐵崖漫稿本改。

⑲ 辦：楊鐵崖先生文集全録本作“獲”。

⑳ 陰德：楊鐵崖先生文集全録本作“恩”。

【箋注】

〔一〕文撰於元順帝至元五年(一三三九)秋，其時鐵崖從錢清鹽場司令任上卸
　　職，返鄉守喪。楊宏(一二六五———一三三九)生平除本文外參見萬曆紹
　　興府志卷三十六人物志二王侯。

〔二〕晉陽侯：蓋指周宣王少子尚父。宋鄧名世古今姓氏書辯證卷十三十陽上
　　楊：“周宣王少子尚父封爲楊侯，其地平陽楊氏縣，即漢之河東楊縣也。幽
　　王犬戎之難，楊侯失國。及平王東遷，實依晉。鄭以楊賜晉武公，晉於是
　　并有楊國。司馬侯對平公所謂‘霍、楊、韓、魏皆姬姓’，是也。”按：“平陽
　　楊氏縣”位於今山西臨汾市洪洞縣一帶。

〔三〕太尉震：指東漢楊震。楊震字伯起。官至太尉。遭讒，飲酖而卒。後漢書
　　有傳。

〔四〕虞卿：楊虞卿字師皋，虢州弘農人。舊唐書有傳。

〔五〕休：楊堪子。按：其名當作“承休”。“堪生承”二句，當作“堪生承休”。
　　宋濂撰楊君墓志銘謂楊堪子名承休。又，十國春秋載楊巖傳謂巖父名承
　　休，“官唐刑部員外郎。天祐時，副給事中鄭祁册封武肅王爲吳王，會淮南
　　道阻，不克歸，遂留杭州”。

〔六〕巖：弘農人。楊承休子。偕同其父册封武肅王爲吳王，遂滯留杭州。歷仕
　　吳越王父子，官至丞相。傳見十國春秋吳越。

〔七〕洋：楊巖孫。官至都司馬使，或曰都兵馬使。始遷居浙東。按：楊洋之父
　　爲鐵崖十世祖，鐵崖稱之爲浦城文公。參見鐵崖文集卷四崑山郡志序。

〔八〕成：字九韶，號拙齋，楊洋第五子，鐵崖八世祖。自浙東徙居諸暨，爲諸暨
　　泉塘楊氏始祖。參見清人楊國浩等纂修浙江上虞半山楊氏宗譜(光緒三
　　十二年四知堂刊)。按：據本文及半山楊氏宗譜，楊成於宋代徙居諸暨，
　　爲諸暨楊氏始祖。然鐵崖文集卷三楊佛子傳，則謂楊洋“繇浙院徙越之諸

暨,遂爲諸暨人”。或楊成遷徙之時,其父楊洋尚在世。

〔九〕文振:字宗起。鐵崖高祖。按:疑“文”字衍,文振、文脩爲父子,不當
　　重名。

〔十〕文脩:字中里,一作中理。鐵崖曾祖父,始徙居諸暨鄭里。樂善好施,人稱
　　“楊佛子”。鐵崖文集卷三有楊佛子傳(或題韓性撰)。

〔十一〕咸淳乙丑:即南宋咸淳元年(一二六五)。

〔十二〕至元己卯:元順帝至元五年(一三三九)。

〔十三〕兄實:鐵崖伯父楊實。楊實官至會稽三界巡檢,封山陰縣尹。好讀史
　　書,致仕還鄉之後,禮聘名儒教授鐵崖等楊氏子弟。參見東維子文集卷
　　二十四亡兄雙溪書院山長墓志銘。按:楊實生平仕履,後世方志記載
　　多有誤說。乾隆諸暨縣志卷二十五人物志武功:“楊實,字國華,全塘
　　人。明經通武略。補州弟子員,舉進士不第,遂棄去。築室桐岡,博綜
　　群籍,攻苦食淡,不櫛者十餘年。盡通天文地理、風角鳥占、奇門遁甲
　　之術。延祐間以人材徵,知吉州軍事,適寇犯境,勢張甚。實募驍勇數
　　百人,躬爲先鋒奮擊,悉平之。以功擢淮南東路檢法,尋升都進奏院檢
　　試。南宮號稱得人。遷大理寺丞。”此傳據浙江通志、萬曆紹興府志等
　　雜糅而成,多不可信。若楊實確曾任職都進奏院、大理寺,鐵崖撰寫本
　　文時不致忽略。又,鐵崖撰亡兄雙溪書院山長墓志銘亦謂楊實“以倉使
　　歸”,知楊實確爲微官。

〔十四〕弟賀:鐵崖叔父楊賀。幼年出繼母氏家人,後返家。布衣終身,好讀
　　史書。

〔十五〕“大兄有驅世材”四句:典出東漢馬援。文困爲馬援字,“困”同“淵”。
　　後漢書馬援傳:“馬援字文淵,扶風茂陵人……封援爲新息侯,食邑三千
　　户。援乃擊牛釃酒,勞饗軍士,從容謂官屬曰:‘吾從弟少游常哀吾慷慨
　　多大志,曰士生一世,但取衣食裁足,乘下澤車,御款段馬,爲郡掾史,守
　　墳墓,鄉里稱善人,斯可矣。致求盈餘,但自苦耳。’”

〔十六〕巡檢:屬捕盜官,從九品。元代於都城周圍及縣以下險要之地,皆設巡
　　檢司,置巡檢一員,吏員若干,掌管地方治安。參見陳高華等撰元典章
　　户部禄廩校釋。

〔十七〕四明:元代爲慶元路,今浙江寧波。

〔十八〕黃氏日鈔、黃氏紀聞:皆宋人黃震撰。黃震字東發,慈溪(今屬浙江)
　　人。宋寶祐四年進士。卒,門人私謚文潔先生。所著黃氏日鈔一百卷。
　　生平見宋史儒林傳。按:黃震家鄉慈溪隸屬於慶元路,即明州,故文中

稱之爲“明人”。

〔十九〕貢擧法行：指元代開始科擧考試。按元史選擧志，元初廢科擧，元仁宗皇慶二年（一三一三）十一月有詔恢復。

〔二十〕按：所謂“里將推上其子維禎”，指鄉里打算擧薦鐵崖參加科擧考試。據元史選擧志，年滿二十五歲，方能赴考。又按清江文集卷七鐵崖先生大全集序：“先生讀書樓上，去梯，轆轤傳食，若是者五年，遂以鐵崖自號。”知鐵崖中擧前曾閉門讀書五年。由此推之，鄉里欲推薦鐵崖參與省試，必在其二十五歲那年，即延祐七年（一三二〇）。

〔二十一〕張知謇：唐人。舊唐書良吏傳：“張知謇，蒲州河東人也，徙家于岐。少與兄知玄、知晦，弟知泰、知默五人，勵志讀書，皆以明經擢第……知謇敏於從政，性亮直，不喜有請託求進、無才而冒位者。故子姪經義不精，不許論擧。”

〔二十二〕維禎之官天台：在天曆元年（一三二八）。鐵崖於泰定四年（一三二七）中進士，授予承事郎、天台縣尹兼勸農事一職。又按民國五年天台縣志稿職官志，於“元縣尹”目下曰：“楊維禎，天曆元年以進士至。”

〔二十三〕按：“一命百里宰例自汝始”，鐵崖頗以此自豪。鐵崖文集卷三上嶹嶹平章書亦曰：“某，東越之鄙生也。鄉擧於有司，有司以爲明經，上諸大廷。天子以對策高等隆其恩，除進士尹百里邑者自某始。”實則元代根據人口多寡，分所有縣爲上、中、下三等，上縣縣令爲從六品，而天台屬於中縣，中縣不設縣丞，其縣令爲正七品。鐵崖任中縣縣令，其實等同於出任上縣縣丞（例如黃溍、其同年俞焯等），并非特恩。參見元史地理志五、百官志七。

〔二十四〕八鵰：指當時天台縣之豪强。按宋濂鐵崖墓志：“天台多黠吏，憑陵氣勢，執官中短長，先以餌鈎其欲，然後扼吭，使不得吐一語，世號爲‘八雕’。君廉其奸，中以法，民方稱快。其黨頗蚓結蛇蟠不可解，君卒用是免官。”又，鐵崖先生古樂府卷七警雕三章有吳復注：“此先生在天台喻其豪民未率化之作也。”本文與吳復注文皆謂“八雕”爲“豪民”，知墓志作“黠吏”誤。

〔二十五〕柱後文：又稱柱後惠文，指法律文字。參見鐵崖賦稿卷上柱後惠文冠賦。

〔二十六〕轉官錢清令：指轉任錢清鹽場司令。按鐵崖文集卷三上嶹嶹平章書，中曰“領職五年，以父憂去”。鐵崖父卒於元順帝至元五年己卯（一

三三九),則鐵崖出任錢清鹽場司令,在元順帝元統二年(一三三
四)。錢清鹽場,隸屬於蕭山縣(今爲浙江杭州市蕭山區),參見宋施
宿等撰會稽志卷十二。

〔二十七〕范文正公:指北宋范仲淹,其諡號文正。又,"作官公罪不可無"兩句
乃范仲淹語,參見宋張鎡撰仕學規範卷二十五。

〔二十八〕李建勳:資治通鑑卷二百九十後周紀一:"唐司徒致仕李建勳卒。且
死,戒其家人曰:'時事如此,吾得良死幸矣!勿封土立碑,聽人耕種
於其上,免爲他日開發之標。'及江南之亡也,(謂宋平金陵時。)諸貴
人高大之冢無不發者,惟建勳冢莫知其處。"按:開發標,意爲盜墓
標志。

〔二十九〕李翺:字習之。兩唐書皆有傳。貝州君:指李翺祖父貝州司法參軍
李楚金。按:李翺撰皇祖實録,載李文公集卷十一。

蓮花漏賦[一]

偉蓮漏之遺器,何運思之入神。越古制而特奇,冠近代而絶倫。
琢珉①爲壺兮地靈悚,鍊金作花兮元氣春。水斟②龍湫之冽,箭剡半山
之真③[二]。此其大略之所陳爾。

若乃石壺按地而常静,金蓮擎天而不欹。玄機④蘊兮密密,靈葩
燁兮菲菲。疑鬼工與神化,嗟天設而地施。中舒荷蓋,下冒清漪。布
枝幹方維之有序,恍雨珠露玉之未晞。飛虹借潤於上匱,渴烏吐沫於
下池。壺腹膨脝兮,水或淺而或溢。花心虛圓兮,箭可降而可升。意
其蹈襲乎金莖之遺意[三],髣髴乎玉井之餘清。夜聲四寂,屢聞滴瀝。
天風一吹,若浮芳馨。于以驗寒暑昕昏之來往,于以知時刻更點之分
明。是以候分二十四氣,箭凡四⑤十八易[四]。每一氣而兩籌,大率七
日半而又更其一。雖崑崙旁薄於三十八萬七千里之外[五],而不能逃
於此,矧二百十六萬分繞一歲者[六],悉包括而無忒。縱風雨雷電、霾
曀冥晦,而遲速之⑥度亦不紊乎推測[七]。於此見作之者幾妙而精微,
若有神人以爲之區畫。謂如含造化於肧⑦腪,必於草木焉呈露其蹤
迹。亦猶見牡丹而悟物理之榮枯,玩早梅而知乾坤之消息。此則燕
肅創之於近臣⑧[八],殆亦周官挈壺之所職也[九]。

　　若夫刻漏之作,肇自有熊〔十〕。渾儀本放勳之舊器〔十一〕,璣衡實重華之初功〔十二〕。夏、殷相因,厥制攸同。迨成周而大備,邁萬古之高風。立水平之法以正四方,觀土圭之景以求⑨地中。雞人咸服其絳幘〔十三〕,挈壺常直於翠宮。由是庸之於軍旅,則守警有節;施之於朝廷,則興居有容。知夏曆無出於漢之霍融〔十四〕,改舊章復有隋之袁充〔十五〕。一陰騁其私智,一陽⑩言其至公。於是差毫釐而繆千里者有之矣,視哲王之遺法,不⑪能得其中庸。奚燕氏之生晚〔十六〕,窮天道於邈遐!鑿翠琰之脩壺,鑄金蓮之幽葩。水浮箭而不溺,花報時而無差。揆之古人用心則太巧,然至今誇尚於陰陽家。

　　懿元帝之拓室,聳清臺之岧嶤。建漏水兮法軒轅,命羲、和兮規唐堯〔十七〕。寶曆頒兮民心澤⑫,玉牒鏤兮聖功高。由是三光全而寒暑平,四時正而雨暘調。匪二帝三王之制作,不足以比隆於今日,而區區於蓮花漏,曷敢競於皇朝⑬也哉!

【校】

① 珉:楊鐵崖先生文集全録本作“民”,鐵崖漫稿本作“氏”。

② 斛:楊鐵崖先生文集全録本、鐵崖漫稿本作勑。

③ 箭刻半山之真:楊鐵崖先生文集全録本、鐵崖漫稿本作“箭刻牛山之簣”。

④ 玄機:鐵崖漫稿本作“玄德機”。

⑤ 四:原本作“四四”,據楊鐵崖先生文集全録本、鐵崖漫稿本删改。

⑥ 之:原本無,據楊鐵崖先生文集全録本、鐵崖漫稿本增補。

⑦ 肧:楊鐵崖先生文集全録本、鐵崖漫稿本作“胚”。

⑧ 近臣:楊鐵崖先生文集全録本、鐵崖漫稿本作“世”。

⑨ 求:鐵崖漫稿本作“永”。

⑩ 陽:楊鐵崖先生文集全録本作“颺”。

⑪ 不:楊鐵崖先生文集全録本、鐵崖漫稿本作“罕”。

⑫ 澤:楊鐵崖先生文集全録本、鐵崖漫稿本作“懌”。

⑬ 朝:陳善學序刊楊鐵崖先生文集本作“明”。

【箋注】

〔一〕蓮花漏:計時裝置,相傳爲東晉盧山慧遠門下僧人慧要創製。梁慧皎撰高僧傳卷六:“遠有弟子慧要,亦解經律,而尤長巧思。山中無漏刻,乃於泉水中立十二葉芙蓉,因流波轉,以定十二時晷景,無差焉。"

〔二〕"越古制而特奇"六句:概述北宋仁宗天聖年間燕肅所製蓮華漏。宋夏竦文莊集卷二十五潁州蓮華漏銘:"天聖中,有今龍圖閣直學士給事中燕君肅始考七經載籍,作蓮華漏於梓潼,來獻闕下……鑄金蓮承箭,銅烏引水,下注金蓮,浮箭而上。有司唯謹視而易之爲行漏之始。"

〔三〕金莖:蓋指漢武帝之金人承露盤。

〔四〕"是以"二句:宋潘自牧記纂淵海卷二:"天聖八年,燕肅上蓮華漏法。其制:琢石爲四分之壺,剡木爲四分之箭,以測十二辰、二十四氣。四隅十干洎百刻分布晝夜,成四十八箭,其箭一氣一易,二十四氣各有晝夜,故四十八箭。又爲水匱,置銅渴烏,引水下注。銅荷中插石壺,旁銅荷承水自荷茄中溜瀉入壺,壺上當中爲金蓮華覆之,華心有竅,容箭下插。箭首與蓮心平,渴烏漏下水入壺一分,浮箭上湧一分,至于登刻盈時皆如之。(會要)"

〔五〕三十八萬七千里:相傳爲天球直徑。宋衛湜禮記集説卷三十七月令:"二十八宿之外,上下東西各有萬五千里,是爲四游之極,謂之四表。據四表之內,并星宿內,總有三十八萬七千里。然則天之中央上下正半之處,則一十九萬三千五百里,地在其中,是地去天之數也。"

〔六〕二百十六萬分:明方以智通雅卷十一天文曆測:"漏水之製,以銅作四櫃,一夜天池,二日人池,三平壺,四方分壺,自上而下,一層低一層,以次注水入海,浮箭刻分而上。每刻計水二斤八兩;二箭當一氣,每氣率差一分半,四十八箭,周二十四氣。其漏箭以百刻分十二時,每時八刻二十分,每刻六十分,初初、正初各十分,故每時共五百分。十二時總計六千分。歲統二百十六萬分,悉刻之于箭。"

〔七〕"縱風雨"二句:蘇軾徐州蓮華漏銘:"故天地之寒暑,日月之晦明,崑崙旁薄於三十八萬七千里之外,而不能逃於三尺之箭、五斗之缾。雖疾雷霆風雨雪晝晦而遲速有度,不加虧贏。"

〔八〕燕肅:宋史燕肅傳:"嘗造指南、記里鼓二車及欹器以獻,又上蓮花漏法,詔司天臺考於鐘鼓樓下,云不與崇天曆合。然肅所至,皆刻石以記其法,州郡用之以候昏曉,世推其精密。"

〔九〕周官挈壺:周禮夏官司馬:"挈壺氏,下士六人,史二人,徒十有二人。"注:"挈,讀如絜髮之絜。壺,盛水器也。世主挈壺水以爲漏。"

〔十〕有熊:黃帝。

〔十一〕放勳:堯。元史天文志一:"堯命羲、和,曆象日月星辰,舜在璿璣、玉衡,以齊七政,天文於是有測驗之器焉。"

〔十二〕重華:舜。書舜典:"正月上日,(舜)受終于文祖。在璿璣玉衡,以齊七政。"傳:"上日,朔日也。終,謂堯終帝位之事。文祖者,堯文德之祖廟。在,察也。璿,美玉。璣、衡,王者正天文之器,可運轉者。七政,日月五星各異政。舜察天文,齊七政,以審己當天心與否。"

〔十三〕雞人:宋林岊毛詩講義卷十一東方未明:"古者挈壺掌漏,雞人告時。"按:相傳雞人首戴絳幀,如雞冠。參見周禮注疏卷十七春官宗伯。

〔十四〕霍融:東漢太史。後漢書律曆志中:"永元十四年,待詔太史霍融上言:'官漏刻率九日增減一刻,不與天相應,或時差至二刻半,不如夏曆密。'詔書下太常,令史官與融以儀校天,課度遠近。"

〔十五〕袁充:隋開皇年間任太史令,隋書有傳。袁充有關天文曆法之測度方法與建議,詳見隋書天文志上。

〔十六〕燕氏:指北宋燕肅。參見前注。

〔十七〕羲、和:羲氏、和氏兄弟。相傳堯命羲、和二氏觀天象而制曆法,此借指元代司天監官員。參見尚書堯典。

記里鼓車賦〔一〕

車有制則尚矣,鼓記里以僅傳。感智者之創始,用攄發於危言。想至巧之心得,開妙斷於物先。啓神機於虛漢①,抽秘思於幽玄。遵大路以順驅②,邁③希聲而罔愆。迹雖假於人爲,製似出於天然。協銅虬之晷刻〔二〕,合黃道之次躔。表吉行之往歷,警遥程之淹延。陋籌箭之徒勤④,演推步之空專。是乃垂不言之嚴告,肅衆聽之深權也。

其始則神匠設謀,群工遜智,真宰洩巧,祇靈失秘。運風斤之重輕⑤,剚⑥陽木之堅緻。動剞劂以屢施,藏樞機以密置。規比金根而得⑦殊,範并皮軒而迥異〔三〕。豈畋獵之是需,實禮文之宜備。脫渥彩於丹青,略麗飾於翟翠。俗匠⑧殫力以莫爲,衆目駭心而爭視。觀其虛輪量耗⑨,橫轅倚輗,平庌層構,低高間施。木鐫象以互立,手潛奮而有攜。列鼓鐲於上下,各扣擊以司時。始越里以一發,逢逢而運規。途倍立以至十,鏗金聲以應期。縱征行之徐疾,咸適節而合宜。雖亭埃之旁羅,已默測而先知。地險易以足度,道迂修而必稽。使亥、章⑩乘之〔四〕，可以計四維之贏縮，周穆得之〔五〕，可以節八駿之驅馳〔六〕。若廼肇修封禪，爰以禋祀。一駕攸發，萬乘躬履⑪。紛坤迴而乾旋，從⑫藹星陳而雲委。翕如陰閉而晦冥，霍若陽開而迤邐。簏鹵簿之盛列，聯屬車之次序。接司南之魚魚〔七〕，依羽蓋之纚纚。紛鼓吹之⑬外擁，混旂常以間處。耀文物於華夏，聳觀瞻於遐邇。其聲之發也，守信而不移。其體之動也，通行而不倚。其制作也，豈昧道之人。其偶象也，類識微之士。玄雲變暝，罔偷善應之機；大明啓途，亦告攸經之里。固宜以秘器而見尚，奚可固⑭常輿而等擬也。

　　原夫往聖攸式，後王⑮克承。庸標令典，厥播嘉名。降炎漢以罕記，臻李唐而著稱。雲騑長以登進〔八〕，燕匠智以聿成〔九〕。是知工倕謬擅無前之巧〔十〕，般輸謾襲傳後之能矣〔十一〕。客或有言："引重致遠〔十二〕，民生獲濟，任載周行，天下之利，此車輿之是用矣。奚取區區之小智？"愚曰不然。材有短長，物有鉅細。奮彼⑯所能，識⑰見於世。苟寸善之可錄，在盛時之不棄。而況是車雖微，可崇可貴，巧侔陰陽，思通天地。量周八紘而不昧其所從〔十三〕，轍環千里而不滯於一軌。方今車書大同，文明照被⑱，物無微而不登，器無遠而不至。車必備太常之陳，而充儀衛之利⑲。客將歆艷而詡稱，人⑳何以不用而興訾議也！

【校】

① 漢：陳善學序刊楊鐵崖先生文集本、楊鐵崖先生文集全錄本、鐵崖漫稿本作"漠"。

② 驅：原本脱，鐵崖漫稿本作"邁"，據陳善學序刊楊鐵崖先生文集本補。

③ 邁：楊鐵崖先生文集全錄本作"邁達"，鐵崖漫稿本作"達"。

④ 勤：楊鐵崖先生文集全錄本、鐵崖漫稿本作"動"。

⑤ 重輕：陳善學序刊楊鐵崖先生文集本作"輕重"。

⑥ 剸：陳善學序刊楊鐵崖先生文集本作"則"。

⑦ 規比金根而得：楊鐵崖先生文集全錄本作"規此金根而特"。

⑧ 匠：原本無，據楊鐵崖先生文集全錄本增補。

⑨ 秅：楊鐵崖先生文集全錄本、鐵崖漫稿本作"耦"。

⑩ 亥、章：陳善學序刊楊鐵崖先生文集本作"章、亥"。

⑪ 履：原本作"復"，據陳善學序刊楊鐵崖先生文集本、楊鐵崖先生文集全錄本改。

⑫ 從：陳善學序刊楊鐵崖先生文集本無。

⑬ 紛鼓吹之：楊鐵崖先生文集全録本作“闐鼓吹以”。

⑭ 固：楊鐵崖先生文集全録本作“因”。

⑮ 王：原本作“士”，據楊鐵崖先生文集全録本改。

⑯ 彼：原本作“跛”，據楊鐵崖先生文集全録本、鐵崖漫稿本改。

⑰ 識：楊鐵崖先生文集全録本作“咸”。

⑱ 被：原本作“彼”，據陳善學序刊楊鐵崖先生文集本、楊鐵崖先生文集全録本、鐵崖漫稿本改。

⑲ 利：楊鐵崖先生文集全録本作“制”。

⑳ 人：楊鐵崖先生文集全録本作“又”。

【箋注】

〔一〕記里鼓車：記里鼓車之歷史沿革及其規制，參見鐵崖賦稿卷下記里車賦。

〔二〕銅虬：計時裝置晷漏之部件，用以吐水。陶宗儀南村詩集卷四清曉過南屏：“漏盡銅虬夜未闌，曙星炯炯碧雲端。”

〔三〕金根、皮軒：皆車名。參見鐵崖賦稿卷上鹵簿賦。

〔四〕亥、章：指豎亥、太章，皆大禹之臣，以善於行走而著稱。大禹曾令太章步測東極至西極之距離，使豎亥步測南北極之間距離，詳見淮南子墜形訓。

〔五〕周穆：周穆王。造父爲周穆王駕車，且獻八駿。“徐偃王反，穆王日馳千里馬，攻徐偃王”。詳見史記趙世家。

〔六〕八駿：周穆王駿馬。參見玉山草堂雅集卷二塔失兵馬五馬圖注。

〔七〕司南：即指南車。

〔八〕雲：蓋指雲亮立，唐元和年間典作官。元和十五年，雲亮立修成記里鼓車，獻於唐憲宗。按：雲亮立，後世著録不一，又作云亮立、金公立、金忠義、金公亮。詳見宋史輿服志一、明周嬰撰卮林卷五記里鼓。

〔九〕燕：指燕肅。參見本卷蓮花漏賦。

〔十〕工倕：相傳爲規、矩之發明者，唐堯時能工巧匠。參見莊子胠篋篇、達生篇。

〔十一〕般輸：即公輸般，人稱魯班。

〔十二〕引重致遠：易繫辭下：“服牛乘馬，引重致遠，以利天下，蓋取諸隨。”

〔十三〕八紘：即八極。

土圭賦

　　伊蒼姬之測候〔一〕，審微妙於分銖。將晷^①痕之是驗，求地中於四隅〔二〕。維聖神之用智，契化工而畫區。運巧思於静默，悟天機於須臾。懿制作之精緻，爲度景之權輿。此土圭之所以名，超衆技而變殊^②。

　　昭令範於侯邦，著良法於王都。召玉人以敦琢，尺五寸而弗逾。摇無瑕之瑶琨，曾不翅乎砥砆。比璧琮其異制，惟五色之與俱。體貞白而縝栗，質潤美而温^③如。術既通乎天人，價宜重於璠璵爲^④。羌曜靈之騰海，駕五色之羲車^⑤〔三〕。煇爛朗乎玫瑰，彩陸離兮珊瑚。揚光烈於層霄，布和煦於太虚。臨中天而下照，晃龍頷之赤珠。屬馮相之揆測〔四〕，宜汛掃而屏居^⑥。奠方^⑦維之向背，復秉^⑧心而躊躇。置索^⑨生於沃壤，謹操^⑩直而平敷。表八尺兮矗矗，端與影其相符。驗廣輪^⑪之適中，究往諜而非誣。景短縮而炎蒸，六合烘而爲爐。景舒長而寒極，萬民凛其裂膚〔五〕。景朝則陰霏不歛，景夕則天風大呼〔六〕。惟夏至之晝分，與圭等而無餘。得地中之方正，曾何舍乎兹歟！慨靈器之惟役，實造化之感孚。匪測候之精詳，將建國之正途^⑫〔七〕。難宣夜^⑬之無傳，陋周髀之迂徐^⑭。獨渾天之可徵〔八〕，尚且載乎遺^⑮書。矧土圭之簡易，與水平而相須。曠萬世之寥闊，豈^⑯識者其絶無！予方仰大明之當天，睇萬里之亨衢。願攀雲而上征，期附翼乎金烏！

【校】

① 晷：原本作“舊”，據楊鐵崖先生文集全録本、鐵崖漫稿本改。

② 變：楊鐵崖先生文集全録本、鐵崖漫稿本作“復”。殊：原本作“珠”，據陳善學序刊楊鐵崖先生文集本、楊鐵崖先生文集全録本、鐵崖漫稿本改。

③ 温：原本作“混”，據楊鐵崖先生文集全録本改。

④ 爲：楊鐵崖先生文集全録本無。

⑤ 羲車：楊鐵崖先生文集全録本誤作“鑾車”。

⑥ 宜汛掃而屏居：楊鐵崖先生文集全録本作“汛掃而屏除”。

⑦ 方：原本作“古”，據楊鐵崖先生文集全録本改。

⑧ 秉：原本作“秉”，據楊鐵崖先生文集全録本改。

⑨ 索：楊鐵崖先生文集全録本作“素”。

⑩ 操：楊鐵崖先生文集全録本作“横”。

⑪ 廣輪：楊鐵崖先生文集全録本作“廣袤”。

⑫ 正途：楊鐵崖先生文集全録本作“必渝”。

⑬ 宣夜：楊鐵崖先生文集全録本作“宣和”。

⑭ 迂徐：楊鐵崖先生文集全録本作“迂踈”。

⑮ 遺：原本作“遣”，據楊鐵崖先生文集全録本改。

⑯ 豈：楊鐵崖先生文集全録本作“嘆”。

【箋注】

〔一〕蒼姬：指周王朝，周爲姬姓。孟子注疏卷首孟子題辭解：“蒼姬者，周以木德王，故號爲蒼姬。”

〔二〕求地中：周禮大司徒：“以土圭之灋測土深，正日景，以求地中。”

〔三〕羲車：即所謂“日車”，相傳羲和所駕。

〔四〕馮相：周朝官名，其職責在於天象觀測。周禮春官宗伯：“馮相氏，中士二人，下士四人，府二人，史四人，徒八人。”注：“馮，乘也。相，視也。世登高臺以視天文之次序。”又，同書卷二十六：“馮相氏掌十有二歲、十有二月、十有二辰、十日、二十有八星之位，辨其叙事，以會天位。”

〔五〕“景短縮”四句：謂圭表日影縮短，標志爲盛夏時節；圭表日影拉長，表示寒冬來臨。周禮大司徒：“日南則景短，多暑；日北則景長，多寒。”

〔六〕“景朝”二句：周禮大司徒：“日東則景夕，多風；日西則景朝，多陰。”

〔七〕“匪測候”二句：意爲土圭測準地中，方能建國。周禮大司徒：“日至之景尺有五寸，謂之地中：天地之所合也，四時之所交也，風雨之所會也，陰陽之所和也。然則百物阜安，乃建王國焉，制其畿方千里而封樹之。”

〔八〕“難宣夜”三句：概述天文觀測、曆法制定先後三種方法。元史天文志一：“堯命羲、和，曆象日月星辰，舜在璿璣、玉衡，以齊七政，天文於是有測驗之器焉。然古之爲其法者三家：曰周髀，曰宣夜，曰渾天。周髀、宣夜先絶，而渾天之學至秦亦無傳，漢洛下閎始得其術，作渾儀以測天，厥後歷世遞相沿襲。”

田横論〔一〕

　　世之論士者,謂廉直好禮者歸項〔二〕,頑頓亡耻者歸劉〔三〕。頑頓者卒興漢,而廉直者亡救於楚。田横稱得士,韓愈氏爲文祭横〔四〕,亦諷其得一士可王,而五百人之多,卒不能脱於敗亡,何也?

　　予謂項誅斥骨鯁,宜亡,何罪廉直? 高帝用才,不遺①屠販,然必誅戮殆盡,而後天下無事。横之時,天下已趨於漢矣。三齊之地〔五〕,已爲項氏所屠,横尚能收齊散衆,擊羽於成②陽〔六〕,再立齊王,定齊地。越三年,而漢使③酈生説横〔七〕,横知勢已去,遂解歷下軍〔八〕,與漢平④。而韓信再引兵擊齊,虜齊王廣〔九〕。横已自知天不可爲⑤,與其徒五百入海。帝聞横賢,能得士,使使招横,横至尸鄉置中〔十〕,遂自到。帝嗟吁其賢,爲之流涕,以王禮葬之。從者二客,穴⑥冢自到,下從之。帝大驚,以餘客皆賢再⑦招。其五百人聞横死,亦皆自殺⑧,無一人肯爲⑨漢臣僕。於乎! 二客死以烈,而五百人又同一烈,横之所獲也多矣,又何以區區成敗計彼此優劣哉!

　　太史公曰:横客慕義,從横死,豈非至賢⑩! 世無不⑪善畫者,莫能圖其主客,予令朱芾圖之〔十一〕,又爲論之如此。於乎! 使横生戰國,其得士當出"四豪"右〔十二〕。田文招士六萬家,大抵奸俠之徒〔十三〕;黄歇棘門之死〔十四〕,未聞有一客殉之。横之所得,多實哉,多實哉!

【校】

① 遺:原本作"遺",據楊鐵崖先生文集全録本、鐵崖漫稿本改。

② 成:楊鐵崖先生文集全録本、鐵崖漫稿本作"城"。

③ 使:原本作"生",據楊鐵崖先生文集全録本、鐵崖漫稿本改。

④ 平:原本作"乎",據陳于京刻本、楊鐵崖先生文集全録本、鐵崖漫稿本改。

⑤ 已自知天不可爲:原本作"已欲自天不可爲",楊鐵崖先生文集全録本、鐵崖漫稿本作"雖欲自王,不可爲已",據陳于京刻本改。

⑥ 穴:楊鐵崖先生文集全録本作"穿"。

⑦ 再:原本作"且",據楊鐵崖先生文集全録本、鐵崖漫稿本改。

⑧ 殺:原本作"亡",據楊鐵崖先生文集全録本、鐵崖漫稿本改。

⑨　爲：原本無,據楊鐵崖先生文集全録本、鐵崖漫稿本增補。

⑩　至賢：原本作"至矣賢",據楊鐵崖先生文集全録本、鐵崖漫稿本删。

⑪　無不：疑當作"不無"。

【箋注】

〔一〕田横：原爲齊國貴族,秦末與其兄田儋、田榮起事,先後佔據齊地稱王。劉
　　　邦派遣酈食其前往游説,被烹殺。後田横兵敗,率門客逃亡海島。劉邦一
　　　統天下後有心招安,田横於赴京途中自殺,其五百門客聞訊,皆自盡。詳
　　　見史記田儋列傳。

〔二〕項：楚霸王項羽。

〔三〕劉：漢高祖劉邦。

〔四〕"韓愈氏爲文"句：韓愈祭田横墓文："當秦氏之敗亂,得一士而可王。何
　　　五百人之擾擾,而不能脱夫子於劍鋩? 抑所寶之非賢,亦天命之有常。"

〔五〕三齊：秦亡不久,項羽分封諸王,以原齊將田都爲齊王,都城臨淄(今山東
　　　淄博),以田儋之子田市爲膠東王,都城即墨(今山東平度一帶),以田安
　　　爲濟北王,都城博陽(今山東泰安)。故稱三齊,包括今山東省大部。

〔六〕成陽：後更名城陽,即濮州雷澤。位於今山東菏澤。參見史記田儋列傳
　　　之集解。

〔七〕酈生：即酈食其。劉邦使酈食其游説田横,以及田横烹酈生之前因後果,
　　　詳見史記田儋列傳。

〔八〕歷下：今山東濟南。

〔九〕齊王廣：田横兄田榮之子,田横立以爲王。

〔十〕尸鄉置中：意爲尸鄉廐置之中。尸鄉,位於河南偃師。廐置,專門安置驛
　　　馬之馬廐。參見史記田儋列傳之集解。

〔十一〕朱芾：鐵崖友生。參見東維子文集卷九送朱生芾蒲溪授徒序。

〔十二〕四豪：指戰國四公子,即齊國孟嘗君田文、楚國春申君黄歇、魏國信陵
　　　君無忌、趙國平原君趙勝。

〔十三〕"田文"二句：史記孟嘗君列傳："太史公曰：吾嘗過薛,其俗閭里率多
　　　暴桀子弟,與鄒、魯殊。問其故,曰：'孟嘗君招致天下任俠,姦人入薛中
　　　蓋六萬餘家矣。'世之傳孟嘗君好客自喜,名不虛矣。"

〔十四〕棘門之死：指春申君黄歇入棘門園而被刺殺。詳見史記春申君列傳。

酷吏傳論[一]

　　予讀太史公酷吏傳，始悲其人丁於時而使然。中又愛①其方略，禁奸止暴，國家賴其便，亦有取②焉。末則悼其人無有自脱其③刑戮，其貲累巨萬，亦卒歸於國而已耳。

　　予獨疑今慘礉④吏，毛隼⑤乳虎，治效不少似於古，而得保首領，完貲財，至施及其子孫姻戚，何也？豈上網素寬耶？將下仇尚緩耶？抑滅没之期未至也！

　　予嘗私志其人：某，寧成、周陽曲也；某，義縱、滅宣也；某，彌濮、駱辟、殷周、閻奉也[二]。閲三年，爲吴之元年[三]，屠其軀，俘其妻孥，籍其貲産，萬民稱慶，曰：“天目開，天目開！”鐵史之疑解矣。

【校】

① 又愛：原本作“有受”，據楊鐵崖先生文集全録本改。

② 取：原本作“耻”，據陳于京刻本、楊鐵崖先生文集全録本、鐵崖漫稿本改。

③ 其：楊鐵崖先生文集全録本作“於”。

④ 今：原本作“令”，據陳于京刻本、楊鐵崖先生文集全録本、鐵崖漫稿本改。

　　礉：原本作“激”，據楊鐵崖先生文集全録本改。

⑤ 隼：原本作“準”，據楊鐵崖先生文集全録本、鐵崖漫稿本改。

【箋注】

〔一〕本文述及“吴元年”，以及張士誠部下官吏遭擒被殺，當撰於吴元年（一三六七）九月張士誠政權垮臺之後，其時鐵崖寓居松江。

〔二〕寧成、周陽曲、義縱、滅宣、彌濮、駱辟、殷周、閻奉等八人，俱爲史記酷吏傳所述酷吏，然史記所録姓名與本文或有差異。按：鐵崖於吴元年之前“三年”，即至正二十四年“私志其人”，抨擊張士誠屬下酷吏，或與至正二十三年九月張士誠自立爲吴王有關。然其時所撰酷吏傳，未見傳本。

〔三〕吴之元年：即至正二十七年丁未。此年乃小明王龍鳳十三年，朱元璋改爲吴元年。參見國初群雄事略卷一宋小明王。

魯仲連論[一]

　　戰國之士，非游説則游俠耳，獨魯仲連不涉從①衡之利，稱"天下士"也。

　　當是時，秦爲七國雄，齊、楚、燕、趙、韓、魏，志在於擯秦，故重得士，往往致重寶，割封土②，虛居左席以來之。於是有雄誕之徒，奮口舌之能以應之。然而六國之師，莫有窺殽、函之固[二]③；十倍之地，不④能扼雍州之險。秦乘戰勝之氣，肆虎狼之威，羈韓、魏，制燕、趙，脅齊謀楚，囊括并吞之志，固不待於莊襄之後也[三]。向之從親會盟歃血之君，而今日割地求和，明日遣子入質，若投肉餧虎，馴至裂冠毀冕以臣妾之。吁！秦不稱帝於天下者，一髮之間耳。孰謂布衣之客，不在卿相之位，無尺寸之兵，而欲恃三寸舌，挽天下既去勢之方，難哉！夫以片言之激，何有破二國之疑？蹈海一死，奚足活上黨四十萬之命[四]？方且圖脱諸侯於脯醢之地，亦凜凜矣。今也三晉之君一聽其言[五]，而作其委靡潰敗之氣；大梁之使，聞其議而起其盜邊⑤畏縮之心，使秦未得志於天下者又四十年。烏乎！向非連也，則山東諸侯馳車馬、奉玉帛，群走關中，秦且儼然以鞏洛之周自處矣[六]。及其拒五城之封，棄如敝屣；卻⑥千金之壽，輕於鴻毛。高節雅度，照曜千古。

　　孟子曰"我善養吾浩然之氣[七]"，又曰是氣也"至大至剛"，"塞乎天地之間"。連之不屈於物者，氣以勝也。謂之"天下士"，將無愧吾聖賢⑦之門。游説也，游俠也，比諸妾婦者，吾不得同日語也。太史俾鄒陽同傳，儗人豈其倫耶！

【校】

① 從：陳于京刻本作"縱"。
② 土：原本爲墨丁，陳于京刻本作"分"，據楊鐵崖先生文集全録本、鐵崖漫稿本補。
③ 固：原本作"國"，據楊鐵崖先生文集全録本、鐵崖漫稿本改。
④ 不：原本作"而"，據楊鐵崖先生文集全録本、鐵崖漫稿本改。
⑤ 其盜邊：楊鐵崖先生文集全録本、鐵崖漫稿本作"逡巡"。

⑥ 卻：原本作“欲”，據楊鐵崖先生文集全録本、鐵崖漫稿本改。

⑦ 聖賢：原本作“至夷”，據楊鐵崖先生文集全録本改。

【箋注】

〔一〕魯仲連：戰國齊人，俠義之士。按：鐵崖撰本文同時又作詩爲魯仲連翻案，有關史實，參見陳善學序刊楊鐵崖先生文集卷一天下士注。

〔二〕殽、函之固：史記秦始皇本紀：“秦孝公據殽、函之固，擁雍州之地，君臣固守而窺周室。有席卷天下、包舉宇内、囊括四海之志，并吞八荒之心。”

〔三〕莊襄之後：指秦莊襄王之子，即秦始皇嬴政。

〔四〕上黨四十萬之命：指趙國曾發兵取韓之上黨，以趙括爲將，反遭秦軍圍困，降卒四十餘萬皆坑殺於長平，邯鄲幾亡。參見史記趙世家。

〔五〕三晉：指戰國時韓、趙、魏三國。晉國爲韓、趙、魏三國所分，故稱。

〔六〕鞏洛之周：指東周王朝。鞏、洛二地位於東周都城，今河南洛陽一帶。

〔七〕“我善養吾浩然之氣”等語：出自孟子公孫丑上。

黄華先生傳①〔一〕

先生姓黄，字華②。其先曰精者〔二〕，初生得簵③（筮同）之䍩（音胄，上辭也。）曰：“煒煒煌煌，緑衣黄裳。德與坤協④，數用九彰。九九相仍，俾爾壽昌。佐用炎皇，啟於兑之方，世爲中黄。”中，五數也，寄旺四時；九九，重陽數也；兑，秋方也，雖旺四時，而必盛於秋與其方乎！陶氏旺春〔三〕，劉氏旺夏〔四〕，陶、劉氏謝，而中黄氏其昌乎！後日精以養生術佐農皇氏〔五〕，農皇氏壽登一百二十餘歲，嘉其功，封諸雍州之土，爲壽鄉公，遂賜姓中黄氏〔六〕。日精後有治蘠者，注姬公旦爾雅〔七〕。旦上其名，綴衣薦服於帝，帝服之喜，特賜“御愛黄芌”（菊名）〔八〕。蘠卅⑤世孫英，其祚始落，客三湘，與楚大夫⑥屈原同夕湌〔九〕。

英子爲華。西入秦，遇陽翟大賈衒⑦金争文價咸陽市〔十〕，華文有正色⑧，得備名，撲⑨次月令，至今夏小正以華之善記節爲名⑩〔十一〕。華後入漢，以服餌法干⑪上，出入宫禁，后妃侍兒咸與之飲酒，（暗用戚夫人賈侍兒事〔十二〕。）乞其祝辭，曰：“長壽，長壽！”

宣帝時，華以外國肥甘進⑫，上嘗之，喜曰：“金盞⑬、玉祥（菊名，音頮⑭）〔十三〕，真神仙食也，吾不能效武帝食露盤矣〔十四〕。"華嘗以氣岸高自標置，曰："予圜冠準天，純色準地，當贊天地，開八荒壽域，黃中通理，獨暢四支，非予前聞人佐農皇氏⑮志也！"時陽九厄矣，遂入平蓋山〔十五〕，煉九華大藥，時時與好事者出，沽酒市中，見者咸呼爲"九華先生"。

彭澤令陶潛，方棄官柴桑〔十六〕，聞先生名，特延致之，後徙宅東，潛不敢名，惟以"九華"（名本於此）呼之。潛當九月九日無酒，與先生口講服餌法，語之曰："南山朝來，致有佳⑯氣耳！"少時，江州刺史王弘送酒至〔十七〕，潛以酒讓先生飲，先生喜曰："吾得拍浮此足矣。"潛平生交惟兩人，先生與五鬛大夫也〔十八〕。五鬛在先生上，先生戲與五鬛較短長，曰："汝雖長，遭斧斨⑰；我雖短，升中堂。"又以其能相殿最，曰："吾茹能使飢人辟糧，汝能乎？"曰："能。""吾飲能使癃殘人康寧壽考⑱，汝能乎？"曰："能。"曰："吾一出，能使時王知正氣；一灰迹，能使諸蝹族吞其譟而不聲，汝能乎？"曰："不能矣。"曰："不能，何以上吾也？"五鬛亦曰："吾一出⑲，能棟天子明堂；一⑳灰迹，能染歷代之文章，子能乎？"曰："不能也。"曰："此吾所以上子也。"潛聞㉑而笑曰："九華既失，而五鬛亦未得也。二三子黜德滅巧㉒，將太上從。太上無名功，故無窮。二三子，無懷氏之蠓〔十九〕，孰長短小洪？"於是二人者，相與持㉓酒驩甚。潛頹然醉，醉則㉔遣客，而二人者居傳㉕侍門下，至蒙霜露不去。君子稱隱者之友，一至此哉㉖！先生㉗自譜其族，凡一百六十三，黜其冒族類者曰滴金、馬蘭、童、萬錢㉘、覆等凡六種，題曰九華壽譜，藏於家云。

太史氏曰：黃本出陸終後〔二十〕。受封黃華之先，啟土雍州，實爲中黃氏。秦有黃石公、夏黃公〔二十一〕，得辟穀法。又有中黃子，以服食節度見抱朴子書〔二十二〕，豈皆其裔耶？華先德活萬民，子孫當有興者，訖與晉處士同逸，奇乎時也。子姓至今有隱君子風。世徒以黃白術、却老延年者方㉙之，又烏睹華之大道哉！

莊子曰："其辭雖參差而諔詭可觀。〔二十三〕"此漆園氏寓言之本旨也。
吾觀鐵崖公九華傳而得之。中吳孟潼書〔二十四〕。

【校】

① 萬曆四十三年刊明陳邦俊輯廣諧史卷二、鐵崖漫稿卷四、楊鐵崖先生文集全

録皆載此文,據以校勘。楊鐵崖先生文集全録卷四、鐵崖漫稿本題作九華先生傳。按:楊鐵崖先生文集全録卷三與卷四重複收録此文,然題名不一。此類滑稽文章,鐵崖書寫多次,故改動較多,篇名亦有變化。參見楊鐵崖先生文集全録卷四菊潭志。

② 姓黄字莘:楊鐵崖先生文集全録卷四本、鐵崖漫稿本作"名節"。

③ 䚆:楊鐵崖先生文集全録本作"善"。

④ 協:陳于京刻本、楊鐵崖先生文集全録卷四本作"合"。

⑤ 卅:原本及陳于京刻本皆誤作"州",據廣諧史本、楊鐵崖先生文集全録本改。

⑥ "楚大夫"三字原本無,據楊鐵崖先生文集全録卷四本增補。

⑦ 衒:楊鐵崖先生文集全録本作"時大賈眩"。

⑧ 文有正色:楊鐵崖先生文集全録本作"又有正道"。

⑨ 撰:楊鐵崖先生文集全録本作"撰"。

⑩ 善記節爲名:楊鐵崖先生文集全録本作"善死節云"。

⑪ 干:陳于京刻本作"悦"。

⑫ 進:楊鐵崖先生文集全録卷四本作"晉"。

⑬ 盍:楊鐵崖先生文集全録卷四本作"栖"。

⑭ 音頫:此二字原本無,據陳于京刻本補。

⑮ 氏:原本無,據楊鐵崖先生文集全録卷四本補。

⑯ 佳:楊鐵崖先生文集全録卷四本作"爽"。

⑰ 飺:原本作"創",楊鐵崖先生文集全録卷三本作"劍",據廣諧史本改。

⑱ 康寧壽考:楊鐵崖先生文集全録卷四本作"壽老"。

⑲ 原本"出"字下衍"一"字,據廣諧史本刪。

⑳ 一:原本作"不",據陳于京刻本、廣諧史本、楊鐵崖先生文集全録卷三本改。

㉑ 聞:原本作"闔",據廣諧史本、楊鐵崖先生文集全録卷三改。

㉒ 巧:楊鐵崖先生文集全録本作"功"。

㉓ 持:楊鐵崖先生文集全録卷四本作"傳"。

㉔ 則:楊鐵崖先生文集全録卷四本作"即"。

㉕ "居傳"二字原本無,據楊鐵崖先生文集全録本增補。

㉖ "君子稱隱者之友,一至此哉"二句:原本無,據楊鐵崖先生文集全録卷四本增補。

㉗ 生:原本脱,據陳于京刻本、廣諧史本、楊鐵崖先生文集全録卷三本補。

㉘ 萬錢:楊鐵崖先生文集全録卷三本作"蒿錢",楊鐵崖先生文集全録卷四本作"蒿旋"。

㉙　方：原本作“訪”，據廣諧史本改。

【箋注】

〔一〕黃華先生：指菊花。又稱之爲“九華先生”，蓋或以菊“煉九華大藥”。

〔二〕日精：菊根別名。亦可指菊。參見宋史正志史氏菊譜。

〔三〕陶氏：借指“桃”。

〔四〕劉氏：借指“柳”。

〔五〕農皇氏：即神農氏。

〔六〕“封諸雍州”三句：宋林之奇尚書全解卷九禹貢：“黑水、西河惟雍州……厥土惟黃壤，厥田惟上上，厥賦中下。”注解：“此州之土以色言之則黃，以性言之則壤。‘厥田惟上上’，田在九州中最爲上等也。凡天下之物，得其常性者最爲可貴，土色本黃，此州之土黃壤，故其田爲上上，而非餘國之所及。蘇東坡嘗與朱勃遂之會議，或言洛人善接花，歲出新枝，菊品尤多。遂之言曰：‘菊以黃色爲正，餘皆鄙。’”

〔七〕“日精”二句：據爾雅注疏卷八，菊或作蘜，又名治蘠、日精。按：本文曰“姬公旦爾雅”，意爲爾雅作者周公。其實爾雅一書作者不詳，或謂周公所作，或謂作者乃孔子門人。今人多認爲書成於秦、漢年間。

〔八〕御愛：宋史鑄百菊集譜卷一御愛菊：“出京師，或云出禁中。一名笑靨，一名喜容。淡黃，千葉。葉有雙紋，齊短而闊，葉端有兩缺，內外鱗次。”

〔九〕“客三湘”二句：宋邢良孚黃華傳：“黃華字季香，世家雍州。隱于山澤間……南游楚，屈大夫方與江蘺、杜蘅及公子蘭作離騷之辭，得華，喜同臭味，把玩不數。楚人歌之曰：‘有美屈平兮，洵潔且清兮。咀華之英兮，挹我謂我馨兮。’”（載史鑄撰百菊集譜補遺。）屈原離騷：“朝飲木蘭之墜露兮，夕餐秋菊之落英。”

〔十〕陽翟大賈：指呂不韋。參見史記呂不韋列傳。咸陽：秦國國都，今屬陝西。呂不韋主持編纂呂氏春秋，以春夏秋冬四季爲序，其季秋紀曰：“菊有黃華。”後禮家抄合十二季之首章爲月令。

〔十一〕夏小正：上古曆書，早已散佚。大戴禮記有夏小正篇，蓋非古本。王聘珍撰大戴禮記解詁卷二夏小正第四十七：“榮鞠樹麥。鞠，草也。鞠榮而樹麥，時之急也。”注：“爾雅曰：‘鞠，治蘠。’郭注云：‘今之秋華菊。’月令曰：‘季秋之月，鞠有黃華。’”

〔十二〕戚夫人賈侍兒：西京雜記卷三：“戚夫人侍兒賈佩蘭，後出爲扶風人段儒妻。說在宮內時，見戚夫人侍高帝……九月九日，佩茱萸，食蓬餌，飲

菊花酒,令人長壽。菊花舒時,并採莖葉,雜黍米釀之,至來年九月九日
始熟,就飲焉,故謂之菊華酒。”

〔十三〕 金盞:又名黃金盞菊。玉祥:又名玉盤珠菊。參見宋史鑄百菊集譜
補遺。

〔十四〕 武帝露盤:即西漢建章宮承露盤。參見麗則遺音卷三承露栲注。

〔十五〕 平蓋山:大明一統志卷六十九叙州府:“平蓋山,在南溪縣西一十五里。
有三山九隴,惟此山一峰特出,頂圓而平,故名……漢真人劉景鶴隱此
煉丹。”

〔十六〕 “彭澤令陶潛”二句:謂陶淵明辭去彭澤縣令一職,歸隱故鄉柴桑里。
參見宋書陶潛傳。

〔十七〕 江州刺史王弘送酒:詳見南史陶潛傳。

〔十八〕 五鬛大夫:指松樹。參見清鈔鐵崖楊先生詩集卷上曹氏松齋圖注。

〔十九〕 無懷氏:傳説爲遠古帝王。相傳上古封禪七十二家,自無懷氏始。

〔二十〕 陸終:楚之先祖,黃氏始祖。宋章定名賢氏族言行類稿卷二十七黃:
“陸終之後,受封於黃。後爲楚所滅,以國爲氏。”參見史記楚世家。

〔二十一〕 黃石公:曾於秦、漢之際授張良以兵法。夏黃公:乃商山四皓之一。
參見史記留侯世家。

〔二十二〕 中黃子:抱朴子僊藥:“或問:‘服食藥物,有前後之宜乎?’抱朴子答
曰:‘按中黃子服食節度云,服治病之藥,以食前服之;服養性之藥,以
食後服之。’”

〔二十三〕 其辭雖參差而諔詭可觀:出自莊子天下篇。

〔二十四〕 孟潼:“潼”或作“疃”。參見麗則遺音卷四菁草注。

羅鑒傳〔一〕

鑒,(鑒,音磬。金聲也①。)江陰漁家子。少自粥於毘陵大家,長去
主,浮游淮、浙間,逐魚鹽利,致千金。以其盈得復揮散,無所惜,言必
推其主不忘。爲人古直自任,不詠禍福②,力趨人急,一時豪儁咸樂與
鑒交。晚以積居家無錫,有義事,他勢力不爲,衆必曰:“不有羅鑒
乎?”羅鑒每爲。

吳有孟氏塋,爲豪浮屠并,孟莫與競。鑒聞,率同輩誓爲孟復業。

同輩商券分業,鑿䤡③然曰:"事以仗義起,從而利之,奚以異浮屠乎?"鑿遂獨貲孟,力復業。孟報鑿,鑿終却。飲其德,諸所便利不可勝言,而未嘗一伐其能類此。毘陵人指鑿曰"義漢、義漢"云。

抱遺老人曰:吳兒有富埒④封君者,往往陷不軌,比古曲叔、稽發、雍樂成之徒〔二〕,政獨力義如力資,何也? 受其便利者,類非鄉黨故舊也,而見義必爲,古所謂"無所爲而爲之"者〔三〕,鑿實近之。嗚呼! 松不礲而直,性直⑤也。玉不澡而白,質白也。鑿之義出性質非歟? 予爲⑥鑿傳,使有身後名,不與陷不軌者同没世也。

【校】

① 鑿音磬,金聲也:此小字注原本置於題下,徑移於此。陳于京刻本無"金聲也"三字。
② 不詠禍福:鐵崖漫稿本作"不怵福禍"。
③ 䤡:楊鐵崖先生文集全録本、鐵崖漫稿本作"䑱"。
④ 埒:原本作"將",據楊鐵崖先生文集全録本、鐵崖漫稿本改。
⑤ 性直:原本無,據陳于京刻本、楊鐵崖先生文集全録本、鐵崖漫稿本增補。
⑥ 爲:原本作"謂",據楊鐵崖先生文集全録本、鐵崖漫稿本改。

【箋注】

〔一〕羅鑿:江陰(今屬江蘇)人。生平僅見本文。
〔二〕曲叔、稽發、雍樂成:漢書貨殖傳:"又況掘冢搏掩,犯奸成富,曲叔、稽發、雍樂成之徒,猶復齒列,傷化敗俗,大亂之道也。"又,史記貨殖列傳:"夫纖嗇筋力,治生之正道也,而富者必用奇勝。田農、掘業,而秦陽以蓋一州。掘冢,奸事也,而曲叔以起。博戲,惡業也,而桓發用之富;行賈,丈夫賤行也,而雍樂成以饒。"
〔三〕無所爲而爲之:宋李明復春秋集義綱領卷首諸家姓氏事略引南軒先生張栻曰:"學者莫先於明義利之辨,凡無所爲而爲之者,王者之事也。"

卷八十七　鐵崖文集卷三

斛律珠傳[一]　附管同①

斛律珠[二]，不知何許人。或曰："斛律光②後也[三]。"或曰："姓胡③氏，喜吹律，時人呼爲'胡律'，後訛'胡律'爲'斛律'。以其聲清如貫珠，又加'珠'云。"其人龍首蛇身，短褐侏儒，皤腹而長頸，高結喉，處稠人中，首昂然獨出，口吞吐火龍珠。其珠性最緩，法古人佩弦義，掛一弦，緩如故，復加一弦急之。

會稽鐵笛道人嘗得夫概湖④大小鐵龍君[四]，既而得珠，由海外來泊泰陵倉[五]，介鐵笛友⑤君見道人。道人見珠形奇怪，脱其繡帽，換佩弦，珥玉簪，扣其所有，結喉中滑滑作胡語。兼善楚聲，聲悲壯，宛轉奇絶，如笙竽天籟。道人時以杖夷猶，按抑其所佩弦，與喉中聲相應，纍纍然循環無端，若傾夜光玉斗中，其聲不可量。於是道人異之，呼爲"鐵友"。因指而笑曰："昔阮咸與若貌頗⑥類[六]，而佩四弦，其性⑦蓋又緩緩於汝者乎?"

初，象山管同者[七]，交趾產也[八]，相傳宣和道君得之海南[九]。同能短長吟，聲若金石。道君常冠玉冠，服老君服[十]，坐清暑殿上，酒酣輒提携之。同時時吐出胸中之奇，其聲入雲杪，若鸞鳴鳳嘯。衆樂皆作，必賴同止⑧之。同嘗誇於人曰："吾以能聲得狎上，上每置予⑨齒牙間。"道君既仙去，同默不鳴者三百⑩年。其後佚去，或以爲入水化爲⑪蛟。既而君山老父遇⑫之[十一]，知其爲仙，宣和管同也，亟接之，掌握間挺然若玉琅玕。老父怪之，進於道人，且言故。道人曰："吾自得大小鐵龍君於東洞庭，皆洞曉音律。大者⑬，非鈞天大人不作；小者，非洞天群仙不扣。今⑭同雖老，而狀實類鐵龍君，其聲清越以長，其神流溢⑮又森爽，足以伯仲大小鐵龍君，爲道人三友矣⑯。"道人愛之無已，與大小鐵龍君各制沉香室貯之。

三友中，惟斛律珠得佩弦，力愈盛，剛毅奇怪，而音吐淡⑰暢，與道人歌調合，長短高下，疾徐舒慘，惟道人之言是承也⑱。道人無聊不平,一動於中,必珠焉發之,故麗則之音、洞庭之吟、瓊臺之曲〔十二〕,無不待其宣堙鬱者。客有輕千里爭來觀斠律、大小鐵龍君與管同者,道人對客曰:"大小鐵龍⑲,蓋待命,不恒出。斠律,正始⑳之音居多,客亦未易知也,易知㉑者。其惟管同乎!"故同多出尊俎間,與客相周旋。

　　客有恒㉒野王輩〔十三〕,力吹噓之,以千金購其㉓人登天府。道人終不許,曰:"吾異時到鈞天所,帝命予制樂事㉔,諧八音,和神人,以儀鳳鳥者,非同則不協已。"既㉕謝客,挾大小鐵龍君,偕同與珠,游於苕、霅間〔十四〕。今隱於五湖之東、三泖之陽,其所曰雙璜云〔十五〕。

　　太史公曰:鐵笛道人才高,尚氣節,所與游者,皆鴻生奇才。世之中㉖佌外强夸宦達者,道人視之猶蟻芥。如斠律、管同,非特以善音律見遇㉗,抑以清風奇概得其人焉。使微道人有以來之,雖鐵龍君猶泯泯無聞於世,況斠律耶? 管同耶? 嗚呼㉘! 龍興而雲至,虎嘯而風生,氣類之感者,又豈直斠律、管同哉!

【校】

① 萬曆四十三年刊明陳邦俊輯廣諧史卷二、楊鐵崖先生文集全録卷三、鐵崖漫稿卷三録有此文,據以作校本。題下小字注"附管同"三字原本無,據楊鐵崖先生文集全録本、鐵崖漫稿本增補。

② 光:原本作"先",據陳于京刻本、廣諧史、楊鐵崖先生文集全録本改。

③ 胡:原本作"故",據陳于京刻本、廣諧史、楊鐵崖先生文集全録本改。

④ 夫概湖:廣諧史作"洞庭湖"。

⑤ 鐵笛友:廣諧史、楊鐵崖先生文集全録本作"鐵籠"。

⑥ 昔阮:原本誤作"肯既",陳于京刻本作"聲既",據廣諧史、楊鐵崖先生文集全録本改。頗:原本無,據楊鐵崖先生文集全録本增補。

⑦ 性:原本誤作"帷",據廣諧史、楊鐵崖先生文集全録本改。

⑧ 止:楊鐵崖先生文集全録本作"正"。

⑨ 予:原本作"於",據楊鐵崖先生文集全録本改。

⑩ 三百:楊鐵崖先生文集全録本作"三"。

⑪ 爲:原本作"土",楊鐵崖先生文集全録本作"玉",據廣諧史改。

⑫ 君山老父:原本作"君山同老父",據廣諧史、楊鐵崖先生文集全録本刪"同"字。遇:陳于京刻本作"見",又有小字注曰"一'遇'字。"

⑬ 原本"者"字下衍一"人"字,據廣諧史、楊鐵崖先生文集全録本刪。

⑭ 今：原本誤作“合”，據陳于京刻本、廣諧史、楊鐵崖先生文集全録本改。

⑮ 流溢：原本與廣諧史、楊鐵崖先生文集全録本作“觀益”，據陳于京刊本改。

⑯ 矣：原本作“姜”，據陳于京刻本、廣諧史、楊鐵崖先生文集全録本改。

⑰ 淡：楊鐵崖先生文集全録本作“洪”。

⑱ 承也：原本作“水花”，廣諧史作“符”，楊鐵崖先生文集全録本作“永凡”，據陳于京刻本改。

⑲ 大小鐵龍：原本作“大鐵”，據廣諧史改補。

⑳ 始：原本誤作“如”，據陳于京刻本、廣諧史、楊鐵崖先生文集全録本改。

㉑ “也易知”三字，原本脱，據廣諧史補。

㉒ 恒：楊鐵崖先生文集全録本作“桓”。

㉓ 其：原本作“共”，據廣諧史、楊鐵崖先生文集全録本改。

㉔ 樂事：楊鐵崖先生文集全録本作“樂章”。

㉕ 既：原本作“記”，楊鐵崖先生文集全録本作“訖”，據陳于京刻本、廣諧史改。

㉖ 中：廣諧史作“内”。

㉗ 遇：原本作“道”，據楊鐵崖先生文集全録本改。

㉘ 嗚呼：廣諧史作“噫”。

【箋注】

〔一〕按：文中鐵崖自稱隱於“雙璜”，則本文當撰於元至正九、十年間，其時鐵崖攜妻兒寓居松江璜溪（今屬上海市金山區吕巷鎮），爲吕良佐子弟授學。

〔二〕斛律珠：指樂器二胡，鐵崖擬稱。

〔三〕斛律光：字明月，北齊丞相斛律金之子，襲父爵。傳見北齊書。

〔四〕夫概湖：指太湖。鐵崖曾自稱其鐵笛得自洞庭湖中，冶人緱長弓以古莫邪劍鑄造。參見本卷鐵笛道人自傳、鐵崖先生古樂府卷六冶師行。鐵龍君：鐵崖稱其鐵笛。

〔五〕泰陵倉：蓋指泰州（今屬江蘇）。鐵崖曾自稱“得胡琴于太陵吕氏”（鐵崖文集卷一七客者志），可見泰陵倉又稱“太陵”。泰州在唐以前稱海陵縣、吳陵縣，曾設有太倉。所謂泰陵倉、太陵，其名蓋源於此。參見文選卷三十九枚乘上書重諫吳王中“陸行不絶，水行滿河，不如海陵之倉”注釋。

〔六〕阮咸：又名阮琴、阮家月琴、阮咸琵琶。參見鐵崖先生詩集庚集摘阮圖。

〔七〕管同：指簫。參見鐵崖文集卷一七客者志。

〔八〕交趾：又稱安南。位於今越南、廣東、廣西一帶。

〔九〕宣和：北宋徽宗年號。徽宗信奉道教，曾令道籙院上章册封自己爲教主
　　　道君皇帝，故有"宣和道君"之稱。

〔十〕老君：即所謂道教創始者太上老君，又稱老子。

〔十一〕君山老父：指君山吹神笛之老父。參見東維子文集卷二十八跋君山吹
　　　笛圖注。

〔十二〕麗則之音：指鐵崖賦集麗則遺音四卷。洞庭之吟、瓊臺之曲：鐵崖有詩
　　　洞庭雜吟、瓊臺曲五十卷。參見本卷鐵笛道人自傳。

〔十三〕恒野王：不詳。或當作"顧野王"。顧野王，字希馮，吳郡人。南朝陳時
　　　官至黃門侍郎。此處蓋以顧野王借指鐵崖友人崑山顧瑛。

〔十四〕苕、霅：二水名。借指今浙江湖州一帶。

〔十五〕雙璜：指松江璜溪。呂良佐家在此。

夢鶴道人傳〔一〕

　　夢鶴道人者，安陽韓君翼也。君小字諤，其世出宋魏公忠獻王九
葉後〔二〕。四世光禄公者〔三〕，扈蹕而南，因家會稽，爲會稽人。至先府
君號造微子〔四〕，好讀莊、老，自撰乾坤鑿度等①書。嘗目君曰："是子神
清氣朗，有仙風道骼，是能辦吾北渚祖師事〔五〕。"君年冠，不肯婚宦，遂
寄迹老氏法中。一日，在讀易齋，彈琴危坐，月如積雪，恍惘中夢一神
鶴，自九清而下，自通曰"高道人"，馴繞其庭，相向蹈舞，鏗然作聲若
金石。已而君載鼓琴調，鶴舞洞天，忽飄飄然清風在肘腋，與鶴俱颺，
絕大江而西也。若過相州舊家〔六〕，曰②："晝錦曷在耶〔七〕？"君謝曰：
"吾身且蜕，烏知'錦'云哉！"言脱口，即灑然寤，遂自號夢鶴道人，
且③喟然自志曰："大塊勞物，吾以羽毛鱗甲與之走者游者飛者。而走
者陸有窮，游者水有窮，惟④飛者無有限閡。而飛而穹而遠而久者，莫
鶴若也。至千六百年後，飲而不食，則其道也仙矣，鶴真絕類也哉！
吾冥交杳托，不于他而獨于鶴，吁，吾類殆亦絕矣夫！"

　　客有笑者曰："求鶴於夢，何異求劍⑤於刻者耶？"君應之曰："客亦
知夫夢有大於夢鶴之夢者乎？吾非鶴，夢鶴有鶴；鶴非吾，夢吾有吾。
庸詎知吾夢之夢，不爲真鶴也耶？庸詎知吾夢之覺，不爲不真鶴也
耶？子大夢夢而無所求予夢，疑吾夢夢而無所得予鶴焉，亦惑⑥之大

者。吾豈唐抱真氏之愚歟〔八〕？子姑去，吾又夢鶴矣。"

　　楊子曰：鶴，羽族，靈⑦也，而變有大不同。金九火七而變生焉〔九〕，七年一小變，十六年再變，百六十年大變，千六百年變極，而與聖人同隱顯，靈其至矣。然有不幸淪於世變者，亦足戲乎？委質於人以饗餐腥腐，乘軒者且驕人以禄位〔十〕，是鶴可侪畜也？吁，使鶴可侪畜，何異雞鳧哉！夢鶴氏之鶴，豈雞鳧比哉！其言曰："千六百⑧年而其道仙矣。"吁，吾知夢鶴氏者，其固仙才也哉！

　　　昔陶長沙夢生八翼〔十一〕，先儒疑史傳紀録之過。近代當塗杜真人〔十二〕，嘗夢堯於茅茨土階而傳道焉，人以爲疑，予謂孔子夢周公〔十三〕，非歟？蘇文忠公賦赤壁〔十四〕，所謂夢横江之鶴者，亦從仙品人中得之。相人韓君致用父，恬淡虚寂，有志於學仙者。於是夜夢見鶴，與之馴而狎也，遂號曰"夢鶴道人"。會稽楊公廉夫爲之著傳，用太史筆法，折入於漆園⑨氏之辯圃〔十五〕。吁，亦奇哉！致用之鶴，其與之爭不腐哉〔十六〕！韓君出此文，俾予評。予讀此文，如赤手縛生龍蛇，急不得暇，豈能措一辭其間，姑書此于傳尾云。遂昌鄭元祐跋〔十七〕。

【校】

① 鑿：原本誤作"鑒"，據陳于京刻本、楊鐵崖先生文集全録本、鐵崖漫稿本改。
　等：原本無，據楊鐵崖先生文集全録本增補。
② 曰：原本誤作"日"，據楊鐵崖先生文集全録本、鐵崖漫稿本改。
③ 且：原本作"旦"，據楊鐵崖先生文集全録本改。
④ 惟：原本誤作"推"，據楊鐵崖先生文集全録本、鐵崖漫稿本改。
⑤ 劍：疑當作"鶴"。下文"吾豈唐抱真氏之愚"一句可證。參見注釋所引舊唐書李抱真傳。
⑥ 惑：原本作"或"，據陳于京刻本、楊鐵崖先生文集全録本、鐵崖漫稿本改。
⑦ 靈：原本作"諲"，據楊鐵崖先生文集全録本改。下同。
⑧ 千六百：原本作"六百"，陳于京刻本作"百六"，鐵崖漫稿本作"千百"，據楊鐵崖先生文集全録本改補。
⑨ 圃：原本作"國"，據陳于京刻本、楊鐵崖先生文集全録本、鐵崖漫稿本改。

【箋注】

〔一〕文撰於元至正十三年（一三五三）秋七月韓翼還郷之前。繫年依據：夢鶴道人韓翼乃鐵崖鄉人,二人交往甚久。至正十三年秋,鐵崖因公務寓居嘉興,其時韓翼已入道,亦居嘉興。鐵崖爲撰文數篇,本文蓋一時之作。參見東維子文集卷九送韓諤還會稽序、卷十送鄉人韓道師歸會稽序、卷十六有竹人家記。夢鶴道人:韓翼。生平參見東維子文集卷九送韓諤還會稽序。

〔二〕魏公:指北宋韓琦。韓琦字稚圭,安陽人。封魏國公,謚忠獻。宋史有傳。

〔三〕光禄公:蓋指韓肖胄。肖胄字似夫,韓琦曾孫,韓治子。官至資政殿學士、紹興知府。尋奉祠,與其弟膺胄寓居于越幾十年,事母以孝聞。宋史有傳。

〔四〕造微子:名耘之,韓翼父。造微子蓋其別號。

〔五〕北渚祖師:指韓湘。韓湘字清夫,一字北渚,韓愈侄孫。或曰韓湘即道教神仙韓湘子,民間傳説其神異之事頗多。詳見唐才子傳校箋卷六韓湘。

〔六〕相州:轄境爲今河南北部安陽市一帶。韓翼先祖韓琦爲相州安陽人。

〔七〕晝錦:堂名。北宋至和年間,韓琦以武康之節歸典鄉郡,建康樂園。晝錦堂爲園中七堂之一。參見河朔訪古記卷中魏郡部。

〔八〕抱真:指李抱真。舊唐書李抱真傳:"晚節又好方士,以冀長生。有孫季長者,爲抱真錬金丹,紿抱真曰:'服之當昇僊。'遂署爲賓僚。數謂參佐曰:'此丹秦皇、漢武皆不能得,唯我遇之。他年朝上清,不復偶公輩矣。'復夢駕鶴沖天,寤而刻木鶴,衣道士衣以習乘之。"

〔九〕金九火七:參見鐵崖文集卷二夢鶴銘跋注。

〔十〕乘軒者且驕人以禄位:春秋時衛懿公好鶴,鶴有乘軒者。參見鐵崖先生古樂府卷七鶴躚躚注。

〔十一〕陶長沙:指陶侃。陶侃封長沙郡公。晉書陶侃傳:"或云'侃少時漁於雷澤,網得一織梭,以挂于壁。有頃雷雨,自化爲龍而去'。又夢生八翼,飛而上天。"

〔十二〕杜真人:指元代道士杜道堅(一二三七——一三一八)。道堅字處逸,自號南谷子,當塗采石(今屬安徽馬鞍山市)人。杭州宗陽宮住持。元仁宗授予隆道沖真崇正真人之號。延祐五年卒,年八十二。所撰文子纘義十二卷存於世。參見趙孟頫撰隆道沖真崇正真人杜公碑(載松雪齋集卷九)、四庫全書總目文子纘義。

〔十三〕夢周公:論語述而:"子曰:'甚矣,吾衰也;久矣,吾不復夢見周公。'"

〔十四〕蘇文忠公:蘇軾。謚文忠。賦赤壁:參見鐵崖先生詩集甲集和吕希顔來詩二首注。

〔十五〕漆園氏之辯囿：指文中“吾非鶴，夢鶴有鶴”等語。漆園氏，莊子。

〔十六〕與之争不腐：莊子秋水：“惠子相梁，莊子往見之。或謂惠子曰：‘莊子來，欲代子相。’於是惠子恐……莊子往見之，曰：‘南方有鳥，其名鵷鶵……非梧桐不止，非練實不食，非醴泉不飲。於是鴟得腐鼠，鵷鶵過之，仰而視之曰：“嚇！”今子欲以子之梁國而嚇我耶？’”

〔十七〕鄭元祐：遂昌（今屬浙江）人。參見東維子文集卷二十四白雲漫士陶君墓碣銘注。

姚孝子傳〔一〕

姚孝子者，淞之金澤人〔二〕，名玭，字比玉。五世力農起家，遂有園田室廬。父斌，拓落不事生産，家寖微。玭生七八歲，即警悟，喜讀書，里大姓林氏以其貧弗自給，爲延致名師，盡出所藏書，卒成其業。

淮①兵作〔三〕，時苗楊氏守浙方面〔四〕，令下金澤大姓家，具②蒙衝鬥艦，率民丁爲卒。民皆奔亡，玭獨奉母陳遁於野。遇河不得渡，母曰：“吾聞古貞烈以辱身爲恥③。兵至，吾誓不受辱，何若徇節於地下！”遂沉水，玭急挽之不及，倉皇俱溺。頃之，負母出，母子復生。玭數爲軍中所得，嘗中流矢，佯死，伏尸間，已而得逸去。奉母過湖，母曰：“吾有餘金，密藏某土中，汝其往發之。”玭潛往④，又爲淮兵所虜，疑從苗中來，縛送泖上軍，會有辯，得不死。兵察其非庸人，署爲部史。玭朝夕憂，以母病革報，泣訴于兵，請暫謁假，得以小舟載母遁。

玭平居極孝，母病，思美魚，暮夜無所得。家畜烏圓甚馴〔五〕，囑之若有領者⑤，尋出户，致白魚盈尺，以歸供母，或者以爲孝所感。兵息，浙垣大臣以檄辟之⑥，玭以親老辭。談者益以高其節云。

鐵史曰：自兵興，摧城陷郭者十年未已，吾嘗網羅世之忠孝人，私有所論著。若操節之炳炳者無幾，而婦人之死義者亦尤⑦尠，豈江南民風囿於脃懦，類不能果決全節，如燕、趙、幽、并間臣死忠〔六〕、子死孝者歟？及得姚玭事，乃知母克逡巡就死難中，而玭於顛連險阻中，頃刻不違其母，與母死復生，其亦季代之獨行歟！録爲姚孝子傳。

【校】

① 淮：原本作"治",據陳于京刻本、楊鐵崖先生文集全録本、鐵崖漫稿本改。

② 具：原本作"且",據楊鐵崖先生文集全録本、鐵崖漫稿本改。

③ 恥：原本作"死",據陳于京刻本、楊鐵崖先生文集全録本、鐵崖漫稿本改。

④ 往：原本作"住",據陳于京刻本、楊鐵崖先生文集全録本、鐵崖漫稿本改。

⑤ 者：原本無,據楊鐵崖先生文集全録本、鐵崖漫稿本增補。

⑥ 之：原本無,據楊鐵崖先生文集全録本、鐵崖漫稿本增補。

⑦ 尤：楊鐵崖先生文集全録本作"絶"。

【箋注】

〔一〕文撰於元至正二十年(一三六〇)或稍後,其時鐵崖退隱松江不久。繫年依據：其一,文中曰"自兵興,攞城陷郭者十年未已",則本文當撰於紅巾起事十年左右。其二,姚孝子爲松江人士。姚孝子：姚玼,生平見本文。按明史孝義傳、嘉慶松江府志卷五十古今人傳二,皆載姚玼事迹,實摘自本文。

〔二〕金澤：鎮名。西接吳江,南連嘉善。嘉慶松江府志卷三十三武備志："金澤鎮,在青浦四十二保,與澱山對峙,四面皆湖泖。又,蘇境、浙境之水鄉交會,故鹽盜出没焉。"

〔三〕淮兵：指張士誠軍隊。元至正十六年二月,張士誠兄弟率軍攻占平江、湖州、松江等地。

〔四〕苗楊氏：指苗軍統帥楊完者。南村輟耕録卷八志苗："(至正十六年)二月朔,淮人陷平江……(江浙行省塔識帖睦邇)丞相兵少,策無所出,以完者來守之。完者取道自杭,以兵劫丞相,陞本省參知政事,填募民入粟空名告身予之,即拜添設左丞。"

〔五〕烏圓：貓之別名。參見酉陽雜俎續集卷八。

〔六〕燕、趙、幽、并：指燕國、趙國、幽州、并州,約爲今河北、山西北部一帶。

鐵笛道人自傳〔一〕

　　鐵笛道人者,會稽人。祖關西出也〔二〕。初號梅花道人。會稽有鐵崖山〔三〕,其高百丈,上有蕚緑梅花數百。植層樓出梅花〔四〕,積書數萬卷,是道人所居也。泰定間,以春秋經學擢進士第,仕赤城令〔五〕,轉錢清海鹽〔六〕,皆不信①其素志。輒棄官,將妻子游天目山〔七〕,放於宛陵、毗陵間。聞②雪中、雲間山水最清遠〔八〕,又自九龍山涉太湖〔九〕,南泝大、小雷之澤〔十〕,訪縹緲七十二峰〔十一〕;東抵海,登小金山〔十二〕,脱烏巾,冠鐵葉冠,服褐毛寬博,手持鐵笛一枝,自稱鐵笛道人。

　　鐵笛得洞庭湖中,冶人嫫氏子嘗掘地得古莫邪〔十三〕,無所用,鎔爲鐵葉。筒之長二尺有九寸,又輒③窽其九,進於道人。道人吹之,窽皆應律,奇聲絶人世。江④上老漁狎道人,時時唱清江、欸乃〔十四〕,道人爲作迴波引和之〔十五〕。笛罷⑤,仍自歌曰:“小江秋,大江秋,美人不來生遠愁,吹笛海西流。”又歌曰:“東飛烏,西飛烏,美人手弄雙明珠,九見烏生雛。”城中貴富人聞道人名,多載酒道人所,幸聞鐵⑥笛。道人爲一弄畢,便卧,遣客。即客不去,卧吹笛自如也。嘗對客云:“笛有君山古弄〔十六〕,海可卷,蛟龍可呼,非鈞天大人不發也。”晚歲有同年者以遺才⑦白於上,用玄纁物色道人於五湖之間,道人終不一起⑧。

　　道人性疏豁,與人交無疑二。雖病凶,危坐,不披文則弄札翰,或理音樂。素不善弈畫,謂弈損閒心,畫爲⑨人役,見即屏去。至名山川,必登高遐眺,想見古人風節曠邁,非常人所能測也。

　　與永嘉李孝光〔十七〕、茅山張伯雨〔十八〕、錫山倪瓚〔十九〕、昆邑顧瑛爲詩文友〔二十〕,碧桃叟釋臻〔二十一〕、知⑩歸叟釋現〔二十二〕、清容叟釋信爲方外友〔二十三〕。及⑪其文有驚世者,有三史統論五千言〔二十四〕,太平綱目二十策、歷代史鉞二百卷。詩有瓊臺曲、洞庭雜吟五十卷,藏於鐵崖山云。

　　讚曰:有美人兮⑫,冠鐵葉之卷卷,服兔⑬褐之躧躧。雷浦之濱兮〔二十五〕,鐵崖之顛。噏陰呼陽兮,履坤戴乾⑭。萬窽不作兮,全籟於天。其漆園之傲吏兮〔二十六〕,嫫山之游仙也耶〔二十七〕。

【校】

① 明賀復徵編文章辨體彙選卷五四三、楊鐵崖先生文集全録卷三録有此文,據以校勘。信:楊鐵崖先生文集全録本作“行”。

② 聞:原本無,據楊鐵崖先生文集全録本增補。

③ 又輒:原本無,據楊鐵崖先生文集全録本增補。

④ 江：楊鐵崖先生文集全錄本作“湖”。

⑤ 笛罷：原本無，據楊鐵崖先生文集全錄本增補。

⑥ 鐵：原本無，據楊鐵崖先生文集全錄本增補。

⑦ 晚歲有同年者以遺才：原本作“晚年同年夫有以遺太”，陳于京刻本作“晚年同年夫有以遺佚”，楊鐵崖先生文集全錄本作“晚年同年交有以遺文”，據文章辨體彙選本改。

⑧ 一起：原本作“起一”，據陳于京刻本改。

⑨ 爲：原本作“謂”，據文章辨體彙選本改。

⑩ 知：文章辨體彙選本作“疑”。

⑪ 及：原本作“一”，據陳于京刻本改。

⑫ 兮：原本作“號”，據文章辨體彙選本、楊鐵崖先生文集全錄本改。

⑬ 兔：楊鐵崖先生文集全錄本作“毛”。

⑭ 原本與陳于京刻本於“履坤戴乾”下皆有小字注“一作‘小往大旋’”。

【箋注】

〔一〕文當撰於元至正九、十年間，即鐵崖授學松江璜溪之時。繫年依據：其一，文中曰“東抵海，登小金山”，可見其時已寓居松江。其二，文末言及詩友僧友，皆鐵崖至正初年所交。

〔二〕關西出：指裔出“關西孔子”楊震。參見鐵崖文集卷二先考山陰公實錄。

〔三〕鐵崖山：位於鐵崖家鄉宅屋之前。清樓藜然撰鐵崖先生里居考（載鐵崖詩集三種卷首）：“（楊氏居宅）前則鐵崖山，自楓橋齊鯉尖蜿蜒而下二里許，有石崖圓頂者是也。”

〔四〕植層樓：指修建書樓。清江文集卷七鐵崖先生大全集序：“（其父）爲築萬卷樓於鐵崖山中。先生讀書樓上，去梯，轆轤傳食，若是者五年，遂以鐵崖自號。”

〔五〕赤城：指天台縣，今屬浙江。鐵崖於泰定四年（一三二七）中進士，授承事郎、天台縣尹兼勸農事。

〔六〕轉錢清海鹽：約於元順帝元統二年（一三三四），鐵崖被任命爲錢清鹽場司令。

〔七〕天目山：借指杭州。至正元年（一三四一），鐵崖服喪期滿，攜妻兒抵杭州。此後十年間游走浙西城鎮，授學爲生。

〔八〕雪中：今浙江湖州。雲間：今上海松江一帶。

〔九〕九龍山：無錫惠山別名。陸羽惠山寺記：“其山有九隴，俗謂之九隴山，或

云九龍山,或云鬥龍山。九龍者,言山隴之形若倉虬。"(載明佚名纂無錫
縣志卷四中記述四)。

〔十〕大、小雷:江南通志卷十三興地志山川常州府:"大、小雷山在無錫縣西南
太湖之濱,延入里許,危崖三面,波濤衝激,訇若殷雷。"

〔十一〕七十二峰:浙江通志卷一圖説:"(太湖)中有七十二峰,其大者曰東、西
洞庭……界烏程、長興者,曰大雷山、小雷山。"

〔十二〕小金山:當時位於華亭之東,近岸之海中,"插脚滄溟,峻岸截起,驚濤
四浮"。參見至元嘉禾志卷二十四金山順濟廟英烈錢侯碑。

〔十三〕緱氏子:名長弓。參見鐵崖先生古樂府卷六冶師行注。

〔十四〕清江:即清江引,與欸乃同爲民間俗曲,當屬一類。然鐵崖亦常用鐵笛
吹奏自度清江引調,參見楊鐵崖先生文集全録卷二自便叟志。

〔十五〕迴波引:唐代曾盛行迴波詞,又稱回波曲。日知録集釋卷二十七通鑑
注:"劉肅大唐新語:中宗宴興慶池,侍宴者并唱迴波詞。給事中李景
伯歌曰:'迴波詞,持酒卮。微臣職在箴規,侍宴既過三爵,誼諽竊恐非
儀。'首二句三言,下三句六言,蓋迴波詞體也。今通鑑作'迴波爾時酒
卮',恐傳寫之誤。"按:迴波引與迴波詞當有淵源關係,但非同一體。
鐵崖所撰依次爲三言、三言、七言、五言句,且無"迴波"二字,格式又異。

〔十六〕君山古弄:參見東維子文集卷二十八跋君山吹笛圖注。

〔十七〕李孝光:參見鐵崖先生古樂府卷六芝秀軒詞注。

〔十八〕張伯雨:即張雨,參見鐵崖先生古樂府卷二奔月卮歌注。

〔十九〕倪瓚:參見東維子文集卷七郯韶詩序注。

〔二十〕顧瑛:參見東維子文集卷七玉山草堂雅集序注。

〔二十一〕釋臻:別號碧桃叟。參見東維子文集卷二十竹雪齋記注。

〔二十二〕釋現:別號知歸叟。生平俟考。

〔二十三〕釋信:指釋文信,其別號清容叟。參見東維子文集卷二十九寄兩道元
詩注。

〔二十四〕三史統論:當指三史正統辨。按:鐵崖呈上表文時,曾自稱"謹撰三
史正統辨凡二千六百餘言"(見佚文編三史正統辨),此處則謂"五千
言",蓋屬誇飾。

〔二十五〕雷浦:指雷澤。雷澤位於太湖中,大雷山與小雷山之間。至正五、六
年間,鐵崖授學長興蔣氏東湖書院,時常於此游玩賦詩。參見鐵崖先
生詩集辛集題馬文璧畫弁山圖注。

〔二十六〕漆園之傲吏:指莊子。

〔二十七〕緱山：又稱緱氏山，相傳王子喬乘白鶴到此。參見鐵崖先生古樂府卷三夢游滄海歌注。

夏侯節士辯〔一〕

客讀太史揭公之傳夏侯節士也〔二〕，竊有疑焉。予未識夏侯也，嘗得諸京父老之稱似其人，因客疑而爲之辯。

客曰：“主存與存，主亡與亡，古之稱節義者以此。夏侯氏主陷虎口，而先馳以南，得爲‘主亡與亡’者乎？”辯曰：“權奸矯命以召郯國也〔三〕，郯不得須臾留。左右沮郯者以格致死，從郯者俱死，間不死者，反眼傾主以謀免其身。郯骨肉已①離，櫸孤在草莽。夏侯不前幾而去，與主同殺，亡益於主，又何若忍死於後圖，雪忠臣之恥，竭國士之報乎？”

客曰：“昔淮南王之誅也，伍被自詣於吏，陳與王謀，甘即戮殺〔四〕。梁王墜馬死，賈誼自傷爲傅亡狀，哭泣至死〔五〕。夏侯氏曾不分罪其主，又無自傷自責，得與伍、賈班乎？”辯曰：“郯，宗藩之忠勇者，素無反狀，權奸懼其擁要兵，爲上盤石，構其黨以反誣之耳。郯之死，非非②命也，夏侯氏無可自訟也。詣吏一死，非難於彼，難於得其所也。”

客曰：“郯事既白③，仇首未取，夏侯氏可以生自忍乎？”辯曰：“郯之殺也，其逮門下客者，方索而未已。夏侯氏於此奮不顧首領，慟哭主尸於斧鉞之前，白主之所以忠於國者、孝於親而素無反狀者數百言。權奸爲之感動，容察其昭，雪其枉。天子爲下哀痛之詔，復郯之國，襲郯之孤。夏侯氏之訟行未幾，仇人亦即天誅。夏侯氏之報主者伸矣〔六〕。借有不伸，其以死徇也必矣。郯之嗣國者，方以重爵論報，其人已在五湖之東、三江之西矣〔七〕。於乎！夏侯氏之去主也，將不得爲智士乎？夏侯氏之白主也，將不得④爲節士乎？其卒辭賞爵而東歸也，將不得爲天下高士乎？故吾⑤論其人始前幾而去，類伍員〔八〕；中⑥忠於所事，蹈死如歸，類孟舒〔九〕、欒布⑦〔十〕；末⑧不伐能，不受賞，而訖自飲其德，類朱家〔十一〕、魯仲連〔十二〕。其得異人異書，能爲天下奇文章，如魁紀公⑨之流凡若干篇〔十三〕，傳已具，茲不詳。”

　　吾爲此辯後一年,會其人於璜溪之上,自陳曰:“僕即子與客辯夏侯節士集也。請録其説揭氏傳後,庶千秋下,因子文白予心云。”

【校】

① 已:原本作“以”,據楊鐵崖先生文集全録本改。

② 非非:原本作“非”,據楊鐵崖先生文集全録本增補。

③ 白:原本作“句”,據陳于京刻本、楊鐵崖先生文集全録本改。

④ 得:原本無,據楊鐵崖先生文集全録本增補。

⑤ 吾:原本作“無”,據楊鐵崖先生文集全録本改。

⑥ 中:原本無,據楊鐵崖先生文集全録本增補。

⑦ 布:原本作“未”,陳于京刻本作“大”,據楊鐵崖先生文集全録本改。

⑧ 末:原本作“有”,據楊鐵崖先生文集全録本改。

⑨ 公:原本無,據楊鐵崖先生文集全録本增補。

【箋注】

〔一〕本文當撰於元至正九、十年間。其時鐵崖在松江璜溪吕氏塾授學。繫年依據:文中曰“會其人於璜溪之上”。

〔二〕太史揭公:指揭傒斯。揭傒斯所撰夏侯節士傳未見,蓋已失傳。夏侯節士:指夏侯尚玄。尚玄又名集,字文卿,華亭(今上海松江)人。年十六,夢神人所授而擅於文詞。後游京師,趙孟頫偕入見武宗,召爲太子説書。英宗即位,授侍儀司典簿。英宗崩,棄官漫游江海。明宗南還,恭迎於和林。郯王徹徹禿聞其名,召爲座上賓。郯王後遭丞相伯顔誅殺,夏侯尚玄爲上書伸冤昭雪。事成,返鄉隱居。讀書不泥章句,旁通醫卜技藝之説。著中庸管見、原孟等書,多創見。其生平事迹詳見危素撰夏侯尚玄傳(載危太僕續集卷八)。

〔三〕權奸:指元順帝至元年間丞相伯顔。郯國:指郯王徹徹禿。危素夏侯尚玄傳:“丞相伯顔執國枋,忌(郯)王之賢。至元四年,王來朝,伯顔以子求婚而王不從,迺與從子婿知樞密院事者延不花謀,構禍於王。明年,陰使人説昌王實藍朵兒只,告郯王將爲變。時王既奉藩和林,徵下樞密院獄,鞫其家奴,無一驗者。十二月□□,殺郯王光熙門外。”

〔四〕“昔淮南王之誅”四句:淮南王劉安謀反,其謀臣伍被雖百般勸阻,不聽。後劉安被誅,伍被主動投案,謂曾與淮南王合謀,甘願爲主人“分罪”受死。詳見史記淮南王劉安傳。

〔五〕“梁王墜馬死”三句：謂漢文帝之子梁懷王不慎墜馬而死，其太傅賈誼深
　　　爲愧疚，憂傷而亡。詳見史記賈誼傳。

〔六〕“郯之殺也”十六句：概述郯王冤死及夏侯氏申訴情狀。危素夏侯尚玄傳
　　　於此事前後因果敘述頗詳：“郯王徹徹禿聞其名，召見，待之有加。王嚴
　　　毅，寡言笑。與尚玄處，抵掌劇談終日，尚玄亦知無不言。王嘗謂左右：
　　　‘吾家得斯人，如執法御史。吾有過，彼且直言，汝曹宜憚之。’於是左右有
　　　忌心矣。尚玄遂還江南。丞相伯顏執國枋……殺郯王光熙門外。明年三
　　　月□□，黜伯顏，免爲庶人。尚玄□江□來，首上書曰：‘……乞遣使致祭
　　　郯王，立廟祭享。’居亡何，又上書……書凡萬餘言，不報。已而復上書，號
　　　哭叩頭，聞者莫不感動。執政乃皆歎曰：‘古之義士也！’七月，詔天下，明
　　　郯王之非辜，遣使致奠，還其資產，優禮其子孫。尚玄曰：‘吾報主之志畢，
　　　可以行矣！’”

〔七〕五湖：指太湖。三江：指松江、婁江、東江。位於蘇州東南。參見王鏊撰
　　　姑蘇志卷十水。

〔八〕伍員：字子胥。史記有傳。

〔九〕孟舒：西漢文帝時任雲中守，曾誓死效忠趙王。詳見史記田叔列傳。

〔十〕欒布：忠於梁王彭越。史記有傳。

〔十一〕朱家：西漢俠客。生平見史記游俠列傳。

〔十二〕魯仲連：史記有傳。

〔十三〕魁紀公：三十卷，唐樊宗師撰。韓愈褒賞樊宗師詩文，謂“必出於己，不
　　　　襲蹈前人一言一句”。詳見韓愈南陽樊紹述墓志銘。

金華先生避黨辯〔一〕

　　或謂抱遺子曰：“史稱司馬安爲巧宦〔二〕。安，雞狗人爾，無足議
者，不知儒者之善宦，曰漢尚書孔光也〔三〕。光領尚書，典樞機十餘年，
上有失不爭。時有所言，輒削去其藁。有所薦舉，惟恐其人聞知。居
鄉日，會門下大生，晚居大位，弟子終無所薦道。此匿名迹、畏朋黨之
爲，以是錮禄位久且安。光之善宦類此。金華先生者，今之孔光也。
先生未七袠，即致事去。及天子有所召，又幡然起，躋禄①秩二品。上
問遺賢東南，先生絕口無所舉。賜告東歸，以教授生徒爲事。天子復

有召,又②幡然起。有大生辱在采取所著文凡若干言,握手與之別,曰:'吾平生未有所舉,所舉自某始。'明年,大生以他言者調官〔四〕,先生賜告歸。解后③次所,曰:'江廣士往往以黨敗〔五〕,吾浙幸無虞④。吾老矣,吾歸死首丘幸矣。弗暇效江廣引黨,爲吾大生計也。汝宜益自課慎重,不患禁近之不薄汝也。'故曰先生今之孔光也。"

　　抱遺子聞之,愀然曰:"吾少時讀漢史,未嘗不悲光之仕爲地勢使也。孝武時領尚書者〔六〕,中人也,取其黨無可立。末年,霍光以結髮內侍,與金日磾以胡人居之〔七〕,縉紳士總無相奸。張安世繼之〔八〕,始有所薦舉。其人來謝,輒大恨,畏朋私也。成帝以士代中人〔九〕,而尚書令自光始。故光恐恐畏朋私,豈非積習至是,爲地勢使然者耶? 金華先生之匿名迹、畏朋黨,毋亦地勢使之歟? 先生視富貴如浮雲,脱去名爵如脱羈絡,豈志善宦者哉! 雖然,君子與君子合,謂之朋。小人與小人合,謂之黨。朋者,道德也,風節也,文學議論也。非小人以勢利而黨也,朋何避於君子哉! 朋避君子,非盛時福也。先生其肯⑤爲地勢使,而以朋爲避哉! 朋不避於先生,先生將不得令終於盛時哉!"

【校】

① 禄:原本無,據楊鐵崖先生文集全録本增補。

② 又:原本無,據楊鐵崖先生文集全録本增補。

③ 解后:陳于京刻本作"邂逅"。

④ 虞:楊鐵崖先生文集全録本作"黨"。

⑤ 肯:原本作"旨",據陳于京刻本、楊鐵崖先生文集全録本改。

【箋注】

〔一〕文撰於元至正十年(一三五〇)歲末,或稍後,即鐵崖初任杭州四務提舉之際。繫年依據:其一,文中曰"先生賜告歸",指黃溍於至正十年致仕,離京南還。其二,文中曰黃溍在還鄉途中與大生"解后次所"。所謂"大生",實即鐵崖本人。據鐵崖撰故翰林侍講學士金華先生墓志銘,黃溍自京南歸時,與鐵崖相"見於天竺山"。天竺山借指杭州,當時鐵崖在杭州任職。其三,文中所謂黃溍曾欲舉薦"大生",因擔心涉嫌朋黨而食言,次年"大生以他言者調官"云云,亦屬實録。鐵崖所撰三史正統辯,曾獲黃溍賞識并帶往京城，"白於禁林"。然而鐵崖并未因此得官，浪迹江湖十年之後，才有同年友舉薦，獲任杭州四務提舉。至正十年黃溍致仕南歸，鐵崖於同年歲末到杭州就任，故有此所謂"解后"。然此"解后"徒增鐵崖失望之情，杭州四務提舉官卑事繁，鐵崖本就不滿；又得知黃溍未曾施予援手，更爲氣憤，遂撰文譏刺。黃溍生平并本文所述有關事實，詳見東維子文集卷二十四故翰林侍講學士金華先生墓志銘、危太樸續集卷二黃公神道碑。

〔二〕司馬安：西漢時人，以"巧宦"聞名。史記汲黯傳："黯姑姊子司馬安，亦少與黯爲太子洗馬，安文深巧善宦，官四至九卿。"

〔三〕西漢尚書孔光之善宦，詳見漢書孔光傳，參見陳善學序刊楊鐵崖先生文集卷一大司徒注。

〔四〕以他言者調官：指至正十年十二月，鐵崖以同年友舉薦而任杭州四務提舉。

〔五〕江、廣：指江西、兩廣。

〔六〕孝武：西漢武帝。

〔七〕霍光、金日磾：漢書霍光金日磾傳："贊曰：霍光以結髮內侍，起於階闥之間……金日磾夷狄亡國，羈虜漢庭，而以篤敬寤主，忠信自著，勒功上將，傳國後嗣，世名忠孝，七世內侍，何其盛也！"

〔八〕張安世：漢武帝時擢爲尚書令，宣帝時官至大司馬。張安世曾有所舉薦而畏朋私，詳見漢書張安世傳。

〔九〕成帝：名劉驁。生平詳見漢書成帝本紀。

贈李春山風水説〔一〕

富陽李春山氏來請曰："某以風水之術游湖海者數十年，今老矣，術之驗於數十年後者亦有矣。然無大賢君子一言之及，則吾術雖靈，又何有身後名耶？"

予謂："風水之説尚矣哉！於詩有曰'既景乃岡，相其陰陽〔二〕'，書有曰'卜澗水東、瀍水西〔三〕'，吾聖人亦曰'卜其宅兆而安厝之〔四〕'，此風水之説之所由也歟！後世有狐首指蒙者〔五〕，乃以爲擇①丈尺之穴，則足以覬福於百年之腐骨，使天下之愚子孫，卜先人之藏，至於十年五年而不即土者，則亦過矣。春山氏之言風水者，抑以詩、書、聖人之言者相師然歟？抑以<u>狐首指蒙</u>之所言者誣人歟？<u>春山</u>風水言曰：‘某地當貴，不學無以及上第。某地當富，不孝敬不足以致高貲。’類而推之，所謂‘<u>洛陽</u>爲天下中正，有德則易以王，無德則易以亡’者〔六〕，其謂是乎！抑予聞<u>春山</u>之居，與<u>釣臺</u>鄰〔七〕，臺之西有<u>孫天子墓</u>在焉〔八〕，<u>春山</u>固覽其秘而識其奇矣。然吾想化鶴之所指〔九〕，非天降地涌，無異於他風水也，亦其人之德之積有其素焉耳。以設瓜之德觀之，其人可知矣。今之富貴家，世澤無聞已。德無聞，汲汲焉捐千金購風水師，越險阻以擇地。殊不知風水者，亦因人之所利而利之，而不能利人之所不利也。<u>春山</u>之言風水，更以予言②參之。”

　　<u>春山</u>起，謝曰：“先生之言，聖人之餘訓也。請書以爲吾術記。”<u>至正</u>九年九月有九日，<u>會稽</u> <u>楊維禎</u>書於<u>璜溪</u>之<u>可以止齋</u>。

【校】

① 擇：<u>陳于京</u>刻本作“澤”。
② 言：<u>楊鐵崖先生文集</u>全録本作“説”。

【箋注】

〔一〕文撰於<u>至正</u>九年（一三四九）重陽日，其時<u>鐵崖</u>受聘於<u>松江</u> <u>璜溪</u> <u>吕良佐</u>，教授其子弟。<u>李春山</u>：生平見本文。

〔二〕“既景乃岡”二句：出自<u>詩</u> <u>大雅</u> <u>公劉</u>。

〔三〕“卜<u>澗水</u>東、<u>瀍水</u>西”句，出自<u>尚書</u> <u>洛誥</u>。

〔四〕“卜其宅”句：<u>孝經注疏</u>卷九<u>喪親章</u>：“子曰：孝子之喪親也……卜其宅兆而安措之，爲之宗廟以鬼享之，春秋祭祀以時思之。”

〔五〕<u>狐首指蒙</u>：有關風水之書籍，疑爲<u>狐首經</u>之普及本。<u>直齋書録解題</u>卷十二形法類：“<u>狐首經</u>一卷，不著名氏。稱<u>郭景純</u>序，亦依託也。<u>胡汝嘉</u>始序而傳之。其文亦雅馴，言頗有理。”

〔六〕“洛陽”三句：<u>史記</u> <u>劉敬傳</u>：“（<u>婁敬</u>曰：）成王即位，<u>周公</u>之屬傅相焉。廼營<u>成周</u> <u>洛邑</u>，以此爲天下之中也，諸侯四方納貢職，道里均矣。有德則易以王，無德則易以亡。凡居此者，欲令<u>周</u>務以德致人，不欲依阻險，令後世驕奢以虐民也。”

〔七〕<u>釣臺</u>：指<u>嚴子陵</u> <u>釣臺</u>。參見<u>東維子文集</u>卷七<u>富春八景詩序</u>。

〔八〕<u>孫天子墓</u>：指<u>孫鍾</u>墓地。按：世傳<u>孫鍾</u>爲三國<u>吳</u>帝<u>孫權</u>之父，故稱其葬處為“天子墓”。孫鍾實爲孫堅之父，後世或謂葬於桐廬縣烏石山，或謂葬於富陽陽平山。參見光緒富陽縣志卷十六冢墓漢孝子孫鍾墓、漢破虜將軍孫堅墓。

〔九〕化鶴之所指：參見鐵崖先生詩集丙集富春圖爲馮正卿賦注。

東皋隱者設客對　爲范氏清逸作〔一〕

客有譏病東皋隱者曰：“去年陶某以光山隱者起〔二〕，今年鄭某以新安隱者起〔三〕，子又以‘隱者’揭揭然自號於人。傳曰：‘身將隱，焉用文〔四〕？’子之隱以文，其又將爲陶光山、鄭新安也耶？”

隱者怫①然曰：“予，東皋之人也，非方聞之士也，魁乎其亡徒者也。讀書靈蘭〔五〕，素不試②官寺容禮、趨進跪起、文墨議論纂譔（句③）、刑名、金布、令甲、武力，旄頭④弩牙、金鼓七校之事。藉‘隱’爲仕者招（句），是膏以明自銷也〔六〕，曷利哉！人且以我爲靈蘭國醫，不知⑤吾東皋之人也。自命曰‘東皋隱者’，且以耻今終南氏之不名隱〔七〕，而陰用以奸利禄者也。陰用以奸利禄者，非隱者贋歟！贋，吾知其術已，貨左右尚所，使尚所以隱者招，忽不知其所從來，若曰吾之韜光者，舉世之人不吾知，而尚所以窹寐知之也。吁，終南氏之隱，直贋已哉！吾意尚所急天下之士也〔八〕，使天下之士高而去者，有以視吾招，庶高者來也，豈暇此贋哉！今吾揭揭以‘隱’名東皋，是東皋之隱也，非終南氏之隱也。主有寶者，款識之曰‘某氏寶也’，削主名而絜之通衢之衡，未有不疑盜⑥，而且爲盜資。”

客謝曰：“吾今而後知東皋名‘隱’之爲東皋真隱也。贋云乎哉，贋云乎哉！”

【校】

① 怫：楊鐵崖先生文集全録本作“怖”。
② 試：楊鐵崖先生文集全録本作“識”。
③ 句：原本爲大字。蓋小字注語誤入正文，徑爲改正。下同。
④ 楊鐵崖先生文集全録本於“旄頭”下多一“拏”字。

⑤ 知：楊鐵崖先生文集全録本作“如”。

⑥ 絜：原本作“潔”，據楊鐵崖先生文集全録本改。此二句楊鐵崖先生文集全録
　　本作“削主名而絜之通衢也，衢未有不疑盜”。

【箋注】

〔一〕文撰於元至正十四年(一三五四)，其時鐵崖在杭州任税課副提舉。繋年
　　依據：文中曰“今年鄭某以新安隱者起”，鄭某即鄭玉，朝廷於至正十四年
　　徵聘。東皋隱者：明徐一夔始豐稿卷一東皋隱者序贊：“隱者姓范氏，其
　　先在宋時有爲防禦使，用醫小兒名。隱者去防禦五世，傳其業益精……所
　　居錢唐城東，其地平衍，有水木禽魚之樂。暇日賦詩鼓琴，圖寫山川人物
　　以爲嬉。或勸之仕，輒曰：‘吾不能隨世俯仰，不願仕也。’因共稱曰‘東皋
　　隱者’……隱者名某，字思賢。”又，明陳基夷白齋稿卷五東皋隱者詩爲范
　　思賢作：“錢塘隱者東皋子，讀書賣藥青門裏。云是先朝防禦孫，至今住近
　　莆橋市。”按：范思賢本姓吳，名觀善，“清逸”蓋其別號。爲錢塘名醫，與
　　鐵崖交往頗多。參見東維子文集卷八吳氏歸本序。

〔二〕陶光山：當爲光山人。至正十三年朝廷以隱士徵聘。名字生平不詳。光
　　山，縣名。按元史地理志，光山縣隸屬於河南江北等處行中書省汝寧府光
　　州。位於今河南省東南。

〔三〕新安隱者：指鄭玉。按元史鄭玉傳：“至正十四年，朝廷除玉翰林待制、奉
　　議大夫，遣使者賜以御酒名幣，浮海徵之。”

〔四〕“身將隱”二句：左傳僖公二十四年：“(介之推)對曰：‘言，身之文也。身
　　將隱，焉用文之？是求顯也。’”

〔五〕靈蘭：“蘭”或作“蘭”，傳説爲黄帝貯藏醫書藥典之室。後世常借指醫學
　　醫藥。參見黄帝内經素問卷三靈蘭秘典論。

〔六〕膏以明自銷：莊子人間世：“山木自寇也，膏火自煎也。”漢書龔勝傳：“薰
　　以香自燒，膏以明自銷。”

〔七〕終南氏：指盧藏用等借隱居而求名得官者。參見鐵崖先生古樂府卷一金
　　處士歌注。

〔八〕天下之士：鐵崖指“高風遠致，千載一人”之類，以魯仲連爲代表。參見陳
　　善學序刊楊鐵崖先生文集卷一天下士注。

莽大夫平反

容齋洪氏以揚雄比晏子〔一〕,深以世儒貶其劇秦美新爲非〔二〕,以爲雄不得已之作也。雄頌新莽之德,止能美於暴秦,其深意可知。所言"配五"、"冠三"、"開闢以來未之有"者〔三〕,其①以之戲莽耳。使雄善諛佞,撰符命、稱功德以徼②爵位,當與國師歸③同列〔四〕,豈固窮如是哉!　其論深是。

予謂朱子"莽大夫"之書,亦以雄之大夫非有意於求之,强之者耳〔五〕。

【校】

① 其:楊鐵崖先生文集全録本作"直"。

② 徼:楊鐵崖先生文集全録本作"邀"。

③ 歸:楊鐵崖先生文集全録本作"公"。

【箋注】

〔一〕容齋洪氏:宋洪邁。洪邁以揚雄比晏子,詳見容齋隨筆卷十三晏子揚雄。

〔二〕劇秦美新:西漢揚雄撰。此文指斥秦朝而美化王莽新朝。

〔三〕"配五"三句:揚雄稱頌王莽語。揚雄劇秦美新:"配五帝,冠三王,開闢已來未之聞也。"

〔四〕國師:此指劉向之子劉歆。其生平見漢書劉向附傳。

〔五〕"予謂朱子'莽大夫'之書"三句:謂朱熹之所以稱揚雄爲"莽大夫",蓋亦認爲揚雄并非有心追隨王莽求官,而是被迫無奈。按:鐵崖此説似有誤解,并非朱熹原意。晦庵先生朱文公集卷三十七答尤延之袞:"蒙教揚雄、荀彧二事,按温公舊例,凡莽臣皆書'死',如太師王舜之類,獨於揚雄匿其所受莽朝官稱而以'卒'書,似涉曲筆,不免却按本例書之,曰'莽大夫揚雄死',以爲足以警夫畏死失節之流,而初亦未改温公直筆之正例也。"又,四庫全書總目法言集注十卷:"至朱子作通鑑綱目,始書'莽大夫揚雄死'。雄之人品著作,遂皆爲儒者所輕。若北宋之前,則大抵以爲孟、荀之亞。"

殷氏譜引[一]

　　按殷本出商氏[二]，成湯有天下[三]，遷亳而命以殷[四]。殷蓋建國之號，後子孫遂以國爲氏。至宋避宣祖諱[五]，改湯氏。秦有會稽守通[六]，漢有廣川忠[七]、瑯琊崇[八]，後漢有山陽子徵[九]、内黄登[十]、滎陽令襃[十一]，三國、六朝以來，不可枚紀。

　　予訪常熟鳳洲世家虞伯源氏[十二]，其門客殷宗義者[十三]，出本氏譜，自襃而下凡十一世，爲其曾大父者源。大父侯官縣校官汝霖，父常熟州史琦。至宗義清修好學，從薦紳先生游。兵變，走海上，他長物盡棄弗顧[十四]，獨完守本宗譜牒①，如護恩誥，亦可謂知所重矣。

　　予悼代之族譜初廢於史職之不修，而重廢於宗法之不立。諸侯卿大夫之後，降爲甿隸，士庶人之族散而之四方，勢不得不大廢而盡亡，而况欲求譜牒於兵燹之餘者哉！往往棄姓氏，爲戎閭蒙養兒，無祖無禰，胥歸於禽犢之俗，亦可悲已。而義也，獨以本宗書爲事，故吾韙其知所本，異於禽犢之族，而樂爲之序，於是乎書。己酉四月九日。

【校】

① 牒：原本無，據楊鐵崖先生文集全録本增補。

【箋注】

〔一〕文撰於明初洪武二年己酉（一三六九）四月九日，其時鐵崖應邀赴常熟虞伯源家小住，其門客殷宗義遂請此文。參見楊鐵崖先生文集全録卷一春暉堂記。

〔二〕商氏：即商朝。

〔三〕成湯：即商湯，子姓，商朝之創建者。

〔四〕亳：位於今河南商丘。

〔五〕宣祖：宋太祖趙匡胤之父，名弘殷。

〔六〕會稽守通：指秦朝時會稽太守殷通。殷通於秦末被項梁、項羽所殺。詳見史記項羽本紀。

〔七〕廣川忠：指西漢殷忠。殷忠爲廣川（今河北棗强一帶）人，西漢董仲舒弟子。詳見史記儒林列傳。

〔八〕瑯琊崇：指西漢殷崇。殷崇爲瑯琊（今屬山東）人，受歐陽尚書學，爲博士。生平詳見漢書林尊傳。

〔九〕山陽子徵：指東漢殷子徵。殷子徵爲山陽（今屬山東濟寧）人，與范式爲友，生平詳見後漢書范式傳。

〔十〕内黄登：指殷登。殷登爲漢末魏郡人，或謂其任職内黄門。參見後漢書單颺傳、三國志魏書文帝傳、太平寰宇記卷十二河南道十二宋州亳州。

〔十一〕滎陽令襃：指殷襃。殷襃爲三國魏人，曾任滎陽令，廣築學館，教民禮儀。百姓作歌頌美。參見郭茂倩樂府詩集卷八十五滎陽令歌解題引殷氏世傳。

〔十二〕常熟：今屬江蘇。鳳洲：又稱雙鳳洲，位於常熟南。虞伯源：名宗海，伯源爲其字。芝庭處士虞德章長子。參見楊鐵崖先生文集全録卷一春暉堂記、卷二芝庭處士虞君墓銘。

〔十三〕殷宗義：虞伯源之門客。道光琴川三志補記卷六氏族載殷宗義傳，實源自本文。

〔十四〕長物：非生活必需品，指多餘之物。參見東維子文集卷十五借巢記注。

九山精舍〔一〕

古儒者窮而在下，以其學教授生徒，其所居皆謂之“精舍”。後漢包咸住①海東，立精舍講授〔二〕。曹操欲於譙東立精舍讀書〔三〕，如檀②敷、姜肱〔四〕，皆於所在有精舍。又曰“精廬”，精廬即精舍也。至晉孝武，立精舍以居沙門〔五〕，世俗因以精舍歸佛寺。于③吉來吳〔六〕，立精舍，燒香讀道書，世俗又以精舍歸道教。朱子有武夷精舍〔七〕，葉氏少蘊有石林精舍〔八〕，皆有詩文傳於時以及後世。

予讀書淞之九山中〔九〕，某人爲予造書舍，名之爲九山精舍。

【校】

① 住：原本作“位”，據楊鐵崖先生文集全録本改正。參見後漢書包咸傳。

② 檀：原本作“亶”，據楊鐵崖先生文集全録本改。

③ 于：原本作“王”，楊鐵崖先生文集全録本作“三”，逕改。參見注釋。

【箋注】

〔一〕文撰於鐵崖晚年退隱松江時期,爲元至正二十三年(一三六三)前後。繫年依據:至正二十三年,松江知府王雍、判官張經"除館舍,蓄典籍,給筆槥",供鐵崖撰史。(參見鐵崖先生集卷二歷代史要序、淞泮燕集序。)本文所謂"予讀書淞之九山中,某人爲予造書舍"云云,或與此有關。

〔二〕"後漢包咸"二句:後漢書包咸傳:"包咸,字子良,會稽曲阿人也……王莽末,去歸鄉里,於東海界爲赤眉賊所得,遂見拘執十餘日。咸晨夜誦經自若,賊異而遣之。因住東海,立精舍講授。光武即位,乃歸鄉里。"

〔三〕"曹操"句:曹操曾希望"以四時歸鄉里,於譙東五十里築精舍,欲秋夏讀書,冬春射獵"。參見曹操辭邑土令。(文載三國志文類卷七教令。)

〔四〕檀敷、姜肱:後漢書皆有傳。檀敷字文有,山陽瑕丘人。立精舍教授,遠方至者常數百人。姜肱字伯淮,彭城廣戚人。家有精舍。

〔五〕晉孝武:即東晉皇帝司馬曜,公元三七三至三九六年在位。晉書孝武帝傳:"(太元)六年春正月,帝初奉佛法,立精舍於殿内,引諸沙門以居之。"

〔六〕于吉:漢末道士。三國志吴書孫策傳注:"江表傳曰:時有道士琅邪于吉,先寓居東方,往來吴會,立精舍,燒香讀道書,制作符水以治病。吴會人多事之。"

〔七〕朱子:即朱熹。王懋竑撰朱子年譜卷三:"淳熙十年夏四月,武夷精舍成。年譜:結廬於武夷之五曲,正月經始,至四月落成,始來居之。四方士友來者甚衆。"

〔八〕葉少蘊:名夢得,吴縣(今屬江蘇蘇州)人。南宋初年官至户部尚書。傳見宋史文苑傳。石林精舍:位於吴興卞山之南,其宅園葉氏石林旁。參見宋周密撰癸辛雜識前集吴興園圃。

〔九〕九山:指松江九峰。

志血櫃〔一〕

四溪沓(沓者,還責①也。)吏某〔二〕,積金若干,盛以巨木櫃,自喜曰:"吾櫃可支吾一世,更積若干遺吾妻。"妻艴然曰:"金櫃非金櫃,乃血櫃耳。"吏問故,曰:"棒頭舊血漸②新血,櫃裏黄金壓白金。櫃今非血乎? 血溢,沉爾軀,若何?"吏③曰:"沉則吾在金穴矣。"曰④"汝且與金同血,又曷取穴!"

　　吏不悟。明年,以犯⑤律贓殺,籍其金。妻乞櫃貯尸,焚之。客有弔者呼⑥:"小吏吏血血湛軀(軀,叶。上聲。),大吏吏血血漂杵。"

　　鐵史曰:貪吏妻獨賢,惜不得姓氏。客弔辭⑦尤警,録以語虐貪。

【校】

① 責:陳于京刻本作"貧"。楊鐵崖先生文集全録本無此五小字注。
② 漸:楊鐵崖先生文集全録本作"添"。
③ 吏:原本無,據楊鐵崖先生文集全録本增補。
④ 曰:原本無,據文章辨體彙選(明賀復徵編)本增補。
⑤ 犯:楊鐵崖先生文集全録本作"枉"。
⑥ 呼:楊鐵崖先生文集全録本作"曰"。
⑦ 辭:楊鐵崖先生文集全録本作"科"。

【箋注】

〔一〕文作於鐵崖晚年退隱松江時期,即元至正二十年(一三六〇)之後。繫年
　　依據:文中楊維禎自稱"鐵史",鐵史乃其晚年別號。
〔二〕四溪:不詳。

告鎮公文〔一〕

　　維洪武元年夏六月庚子朔〔二〕,越十有九日,陽友抱遺老人楊某①,謹持瓣香之敬告於静庵大法師鎮公之靈曰:

　　尚記公住猊峰日②〔三〕,予遺公之詩曰:"雨花堂③上碧雲合,清唳庭④前白鶴歸〔四〕。"公首肯之,以爲老鐵⑤十四言,大勝山門一疏。今示⑥寂矣,詩落夢境,謹以瓣香拜公影堂,舉舊詩案詩誄公曰⑦:"'天寒白鶴歸〔五〕',今其何往?'日暮碧雲合〔六〕',招之或來。尚享⑧!"

【校】

① 某:楊鐵崖先生文集全録本作"維禎"。
② 日:原本作"口",據陳于京刻本、楊鐵崖先生文集全録本改。

③ 文淵閣四庫全書本蟫精雋卷六鐵崖祭文引録此詩，據以參校。堂：蟫精雋本作“臺”。

④ 庭：蟫精雋本作“亭”。

⑤ 鐵：原本作“坡”，據楊鐵崖先生文集全録本改。

⑥ 示：楊鐵崖先生文集全録本作“公”。

⑦ 舊詩案詩誅公曰：原本作“舊詩案咏公”，據楊鐵崖先生文集全録本改補。

⑧ 享：陳于京刻本作“饗”。

【箋注】

〔一〕文撰於明洪武元年（一三六八）六月二十日，其時鐵崖寓居松江。鎮公：釋元鎮（一三〇六——一三六八），字静庵，上海人。十歲祝髮。後從杭州南竺山釋大用學，精通性具宗乘。元季賜以佛智妙辯大師之號。至正二十一年，任天竺興福寺住持。不久歸隱家鄉。朱元璋吴元年，聘爲天竺大普福寺住持。又召至京師，面見皇帝。乞歸，卒。按：釋元鎮臨終有詩曰：“七九六十三，光陰一指彈。”知其享年六十三。參見楊鐵崖先生文集全録卷二静庵法師塔銘。

〔二〕按：首句疑有脱闕。蓋釋元鎮於“洪武元年夏六月庚子朔”日，即六月一日謝世。

〔三〕猊峰：位於杭州西山，即上天竺。參見元黄溍金華黄先生文集卷十三彌陀興福教院重建大殿記、咸淳臨安志卷八十寺觀六彌陀興福教院。

〔四〕清唳庭：或作清唳亭，在猊峰。又，松江亦有清唳亭，參見鐵崖詩賴善卿到嘉禾爲予作金粟道人詩使瀕行曰金粟吟友爲元璞尊者胡爲無詩走筆一解兼束西白仲銘兩宗匠一笑，載本書佚詩編。按蟫精雋卷六鐵崖祭文，曰：“楊鐵崖廉夫送釋鎮静庵住倪峰有云：‘雨花臺上碧雲合，清唳亭前白鶴歸。’静庵首肯曰：‘老鐵十四言，大勝山門一疏。’”又據鐵崖撰静庵法師塔銘，釋静庵於吴元年（即元至正二十七年）“觀京師，燕見天子於乾清殿”，知静庵曾被召往金陵，故鐵崖詩語及雨花臺。

〔五〕天寒白鶴歸：杜甫陪李七司馬皂江上觀造竹橋即日成往來之人免冬寒入水聊題短作簡李公：“天寒白鶴歸華表，日落青龍見水中。”

〔六〕日暮碧雲合：江淹休上人怨別：“日暮碧雲合，佳人殊未來。”

卷八十八　鐵崖文集卷四

鹿皮子文集後辯[一]

　　予既爲鹿皮子文序,客有罵者曰:"鹿皮子,老氏流也。鹿皮子之言,漆園氏之緒餘也。其文空青水碧之文,何尚乎?"予復與鹿皮子辯,且爲老子辯,曰:

　　莊、列、申、韓[二],皆老氏出也,而相去絕反,何也? 莊、列游於天,申、韓游於人。游於天者過高,故爲虛無;游於人者過卑,故爲刑名。二者胥失也。蓋學老氏者,期以大道治治民,不以顯法亂亂世。鹿皮子之道,大易之道也。鹿皮子之存心,老氏之心也。鹿皮子之望治,羲、黃氏之治也[三]。鹿皮子,有道人也。不能使之致君於羲、黃,而使之自致其身於無懷[四]、赫胥之域[五],此當代君子責也,於鹿皮子何病焉!

【箋注】

〔一〕文蓋撰於元至正十年(一三五〇)前後。繫年依據:鐵崖撰此"後辯",當在撰鹿皮子文集序之後不久。鹿皮子:即陳樵。參見東維子文集卷六鹿皮子文集序。
〔二〕莊、列、申、韓:指莊子、列子、申不害、韓非子。
〔三〕羲、黃氏:指伏羲、黃帝。
〔四〕無懷:傳説中上古氏族名。通志卷二十五氏族序:"五帝之前無帝號,有國者不稱國,惟以名爲氏,所謂無懷氏、葛天氏、伏羲氏、燧人氏者也。"
〔五〕赫胥:指炎帝。經典釋文卷二十七莊子音義:"司馬云:赫胥氏,上古帝王也。一云有赫然之德,使民胥附,故曰赫胥。蓋炎帝也。"

有禰氏志[一]

　　吳之氓有禰氏,出於大家氏之笎計者。大家氏貲日富,而心日貪不已,强易人賄,徵斂無藝。一二傳而後之人,禽色交荒〔二〕,淫亂不道,其家人與鄉黨州里之人歸於大家氏者,咸歸有襧。蓋有襧氏者之私樹者,實與大家氏絶反。大家氏以私量收,而有彌氏以公量收。大家氏以子本算,而有彌氏①以子本棄。大家氏積而不施,而有彌氏施而不積。此人所由歸已,而訖并有大家氏之家。吁,予讀齊田氏之事,田日張,齊日衰,而訖移齊國者〔三〕,由齊日不仁而田日近仁也。徵其事於有襧氏,信已哉!

予既爲此志,學子蔣元出册曰〔四〕:"請書以示吳中富室子姓,庶不仁者有所儆歟? 則先生之教廣矣。"

【校】

① 氏:原本作"氏氏",蓋承上而衍,徑爲删改。

【箋注】

〔一〕文當撰於元至正五、六年間,其時鐵崖在吳興蔣氏東湖書院授學。繫年依據:文末曰"予既爲此志,學子蔣元出册"求書,蔣元乃長興學子,當時從學於鐵崖。

〔二〕禽色交荒:書五子之歌:"内作色荒,外作禽荒,甘酒嗜音,峻宇雕牆,有一于此,未或不亡。"

〔三〕"予讀齊田氏之事"四句:謂田氏收買人心,終於奪取齊國政權。史記齊太公世家:"齊政卒歸田氏。田氏雖無大德,以公權私,有德於民,民愛之。"

〔四〕蔣元:鐵崖弟子,生平詳見東維子文集卷二十五蔣生元冢銘。按:至正四年歲末,鐵崖受聘於吳興蔣氏,蔣元始從學。

慶氏子庖丁志 并詩〔一〕

予讀禮内則篇,志及肉食之制悉甚:駕炙燒炰,脱作撰膽。主於乙醜餌黶之忌,芥韭蓼薤梅之宜〔二〕,靡不在教。吁,此賤夫之事,而先王悉之,以爲大夫士家子女之訓,何也? 蓋飲食之役賤,而飲食之禮則貴也。以之奉賓客則賓客樂,以之奉鬼神則鬼神享,以之奉尊親則尊親安。故著於教,爲婦功,爲人子孝敬。然則庖人之職,可以奉體之賤而賤之耶?

慶氏子,蔣義門之庖丁也〔三〕。其食戒,知遵古經方。其食制,合古庖人之度。凡其主饍於予,得其制而適其味者必慶手之。夫饍之稱,取其善食而有資於養也,其道不當如是耶! 抑予聞蒙莊子之論庖丁解牛之伎〔四〕,而得養生之方,此伎之進於道者。以慶氏子之精進不止,其有不至耶? 予既喜慶鼓刀之伎精,又喜其人周密謹慎,未嘗有過,而慶又知慕大道君子,故遺之以詩,而志之如此。詩曰:

人皆飲食,而鮮知味。制既不如,味曷繇貴。於是禮篇,亦志庖伎。伎進于道,解牛十二①〔五〕。惟慶氏子,第精其已能,而力其未暨。匪徒味上,養生之至。

【校】

① 十二: 依莊子當作“十九”。

【箋注】

〔一〕文當撰於元至正五、六年間,其時鐵崖受聘於吳興蔣氏,在其東湖書院授學。繫年依據: 此文爲蔣義門廚師慶氏子撰寫,而蔣義門即當時鐵崖東家。

〔二〕“駕炰燒魚”四句: 皆爲家畜、家禽以及魚類烹調方法之術語名詞,包括選材、加工、燒煮、佐料、禁忌等等。詳見禮記內則篇。

〔三〕蔣義門: 指元代吳興安化鄉陳瀆里蔣必勝家族。同治湖州府志卷七十七人物:“蔣必勝,字質甫,號容齋,長興人……建東湖書院……由是稱義門蔣氏。弟必壽、必昌及猶子克明俱好義,善守家法。”

〔四〕蒙莊子: 指莊周,莊周爲蒙人。庖丁解牛: 參見東維子文集卷二十七鈍之字説注。

〔五〕“伎進于道”二句: 詳見莊子養生主。

明遠説

今夫不明者,猶之處冥室之中,雖有耳目,不能見聞也。及穿穴而漏隙光，則快然而睹，況爲之開①户發牖而見三光乎〔一〕？又況出室坐堂見事物乎？又況登泰山，履石封〔二〕，視天都若蓋〔三〕，江、河若帶，樓閣若鱗，草木若髮，八荒之遠無不在吾内者乎〔四〕？愈進而愈明，愈明而愈遠：此“明遠説”也。

【校】

① 開：原本作“聞”，據陳于京刻本改。

【箋注】

〔一〕三光：日、月、星。班固白虎通封公侯：“天有三光日月星，地有三形高下平。”

〔二〕石封：指秦始皇登泰山所立封石。參見史記秦始皇本紀。

〔三〕天都：相傳爲上天帝王之都城。此處借指天空。

〔四〕按：以上“冥室”之説，實源自淮南子。淮南子泰族訓：“今囚之冥室之中，雖養之以芻豢，衣之以綺繡，不能樂也，以目之無見，耳之無聞。穿隙穴，見雨零，則快然而嘆之，況開户發牖，從冥冥見炤炤乎！從冥冥見見炤炤，猶尚肆然而喜，又況出室坐堂，見日月光乎！見日月光，曠然而樂，又況登泰山，履石封，以望八荒，視天都若蓋，江、河若帶，又況萬物在其間者乎！”

跋完者禿義讓卷〔一〕

　　江陰州校官仁夫翁君〔二〕，持其州達魯花赤完禿君義讓事狀，視予西湖之上，翰林直學士王師魯公已叙其端〔三〕，而又徵予言。

　　予求義讓之士於古，而有當於仁、不當者也。在周之初，孤竹氏二子〔四〕：叔齊以父命辭國，讓諸兄伯夷，曰“天倫也”；伯夷又讓，曰“父命也”，遂俱棄國而逃。吾聖人皆稱其賢者，當於仁也〔五〕。春秋時又有吳壽夢四子，父兄之意，俱屬於季子札。兄諸樊、餘祭、夷昧，以次相傳，至乎札，札終于遜〔六〕，夫子或未許於春秋〔七〕。至漢時有韋賢氏四子玄成〔八〕，以宗議而世禄，已而佯狂以辭其兄弘，君子又病其意之不誠者，皆仁未當也。

　　今完禿君伯仲之交讓也，讓者非以矯，而讓①者非以饕也，豈皆不當於仁乎！書曰其"弟弗念天顯"，"兄亦不念鞠子②哀"〔九〕。吾方悼世之天顯蝕於後世，變而高至於尋干戈者，不忍言也，而況求其讓德哉！皇元積德，俗還三代之美，化實首於麟趾之俗〔十〕。宜完禿君之行，卓然有拔乎流俗，而太史氏之紀述，可以追美乎求仁得仁之賢；而矯性近名者，有弗論也。至正甲申八月初吉，會稽楊維禎書。

【校】

① 疑"讓"字上脱一"受"字。
② 子：原本誤作"予"，據尚書康誥改。

【箋注】

〔一〕文撰於元至正四年甲申（一三四四）八月一日，其時鐵崖攜妻兒寓居錢塘，授學爲生。完者禿：至正初年任江陰州達魯花赤。其籍貫生平不詳。按正德松江府志卷十三學校下載至正十一年黃溍撰上海縣修學釋氏舍田記，書篆人爲中奉大夫、浙東道宣慰使司都元帥完者禿。二者是否爲同一人，尚不得而知。

〔二〕江陰州：元代隸屬於江浙行省，今爲江蘇江陰市。仁夫翁君：指翁仁實，仁夫蓋爲其字。翁仁實"自鄉薦而來，施教於吳之學道書院"凡十餘年。元順帝至元、至正年間，先後在江陰州澄江書院、衢州府任儒學教授。參見朱德潤送凌子章游學序（載存復齋集卷六）、嘉靖江陰縣志卷十二官師表、康熙衢州府志卷六鄭汝厚撰重修府學記。

〔三〕王師魯：即王沂。元詩選補遺王博士沂："沂字師魯，弘州襄陽人，占籍真定。延祐設科，登進士第，以薦授應奉翰林文字。至順間，爲國史院編修官，歷宣文閣博士。所著有伊濱集二十四卷。"

〔四〕孤竹氏二子：即伯夷、叔齊。二人禪讓故事，詳見史記伯夷列傳。

〔五〕"吾聖人"二句：論語述而："（子貢）曰：'伯夷、叔齊何人也？'子曰：'古之賢人也。'曰：'怨乎？'曰：'求仁而得仁，又何怨？'"

〔六〕"春秋時"七句：述吳王壽夢有意傳位於少子季札，然季札與其兄諸樊等弟兄四人相互謙讓，皆不肯繼承王位。參見麗則遺音卷一懷延陵。

〔七〕"夫子"句：宋李明復春秋集義卷四十二吳子使札來聘："札者何？吳公子札也。何以不稱'公子'？貶也。札何以貶？辭而生亂者，札爲之也。"按：季札謙讓，導致其侄子相互爭奪王位，參見麗則遺音卷一懷延陵。

〔八〕韋賢：人稱鄒魯大儒，西漢宣帝時任丞相。玄成：韋賢第四子，以明經歷位至丞相。漢書韋玄成傳:"初,玄成兄弘爲太常丞……父賢以弘當爲嗣,故敕令自免。弘懷謙,不去官。及賢病篤,弘竟坐宗廟事繫獄,罪未決。室家問賢當爲後者,賢恚恨不肯言。於是賢門下生博士義倩等與宗家計議,共矯賢令,使家丞上書言大行,以大河都尉玄成爲後。賢薨,玄成在官聞喪,又言當爲嗣,玄成深知其非賢雅意,即陽爲病狂,卧便利,妄笑語昏亂……玄成素有名聲,士大夫多疑其欲讓爵辟兄者。案事丞相史翅與玄成書曰:'古之辭讓,必有文義可觀,故能垂榮於後。今子獨壞容貌,蒙恥辱,爲狂癡……微哉! 子之所託名也。'"

〔九〕"弟弗念天顯"二句: 出自書康誥。

〔十〕麟趾: 即麟之趾。毛詩正義周南麟之趾:"麟之趾,關雎之應也。關雎之化行,則天下無犯非禮,雖衰世之公子,皆信厚如麟趾之時也。"

梅深説

　　客有三人,與梅丈人論淺深[一],曰:"玉雪爲骨冰爲魂,耿耿獨與參黃昏。遥知雪臺溪上路,玉樹十里藏山門。"一客曰:"碧瓦籠晴①烟霧繞,藐姑之仙下縹緲[二]。風清月苦無人見,洗粧自趁霜鐘曉。"一客曰:"在澗嫌金屋,照雪羞銀燭。直從九地底,陽萌知獨復。"丈人曰:"初得吾皮,次得吾骨,得吾髓者,其三之復乎!"

　　上虞徐生以梅深自號[三],且徵記於予,遂書此以遺。其得梅之淺深次第如三客者,惟生自識之。予,梅邊清客楊維禎也[四]。

【校】

① 萬曆刊堯山堂外紀卷七十七節録本文,據以校勘。晴: 堯山堂外紀本作"情"。

【箋注】

〔一〕梅丈人: 鐵崖自稱。鐵笛道人自傳:"鐵笛道人者,會稽人。祖關西出也。初號梅花道人。"

〔二〕藐姑: 參見陳善學序刊楊鐵崖先生文集卷五素雲引爲玄霜公子賦注。

〔三〕徐生: 名字不詳,上虞(今屬浙江紹興市)人。

〔四〕梅邊清客：鐵崖別號。按：鐵崖別號與“梅”有關者，還有梅花道人、楊邊梅、梅花夢、邊上梅等。

跋包希魯死關賦〔一〕

大耳氏以長生爲出世訣〔二〕，黄面氏又以不生不死爲要訣〔三〕。以吾人言之，黄面氏亦未究也。互盧子以“活死人”自目〔四〕，求證之言于予。予以大塊亦有死數，數既死，而有復不死者，是死生母也。數死以彭母〔五〕，不死以不形之形，遂爲互盧子氏志而銘。互盧子疑焉，持往大江之西問青城老人〔六〕，老人以予言爲韙，且駮予文之善出生入死、出死入生也。不意互盧子之郡人有申公者，爲互盧子賦死關，能言吾氏之所同言。

互盧子得此兩文，足以後天不老，與大塊①之母爲友矣。下視人間甕盎蚊蚋，尚足與語生滅哉？互盧子其慎諸，無多出也。申公者，即包希魯氏也，其書有白經五千言，藏於逍遥之山云。至正戊子冬十月廿有五日，鐵心道人書于無盡春之齋〔七〕。

【校】

① 塊：原本作“媿”，據陳于京刻本改。

【箋注】

〔一〕文撰於元至正八年（一三四八）十月二十五日。其時鐵崖浪迹錢塘、吳興等地，授學爲生。包希魯：又稱申公。康熙進賢縣志卷十六高士傳：“（元）包希魯字魯伯，號竹冠子，七都人。學問該博，操行高潔。方伯連帥交聘，不受。門人受業，必先德行而後文藝，士習一新。眉壽考終，學者私諡曰忠文先生。所著有六書補義、原教説儒、諸子纂言、經史辨疑。門人録其雜文爲忠文集。子用夫、實夫，孫衍，皆知名。”死關：豫章道士胡道玄自稱所居門户。參見十八卷本玉山草堂雅集卷二題互盧子詩。
〔二〕大耳氏：指老子。相傳老子大耳。
〔三〕黄面氏：指佛祖釋迦牟尼。相傳釋迦牟尼面色黄。
〔四〕互盧子：爲胡道玄別號。參見鐵崖賦稿卷上伏蛟臺賦、十八卷本玉山草堂雅集卷後二題互盧子詩、鐵崖文集卷五跋月鼎莫師符券。

〔五〕彭：當指彭祖。相傳彭祖八百歲，以長壽著稱。

〔六〕青城老人：指虞集。虞集爲蜀人，時人或稱之青城虞公。

〔七〕鐵心道人：鐵崖自號，用於至正初年。參見鐵崖先生詩集丙集讀弁山隱者
詩鈔殊有感發賦長歌一首歸之、東維子文集卷十三三友堂記。

跋楊妃病齒圖〔一〕

玉環弧犀爲側生，而痛未甚也。三郎爲環而痛，痛則甚矣。使移
是痛以痛天下之痛，烏有天寶之亂、青騾之狩邪〔二〕！予觀錢選所
圖〔三〕，不痛環之痛，而痛三郎之痛也歟？噫！

【箋注】

〔一〕楊妃：唐代楊貴妃。按：元人有關楊貴妃詩文不少，馮子振亦曾題楊妃病
齒圖曰：“華清宮，一齒痛，馬嵬坡，一身痛。漁陽鼙鼓動地來，天下痛。”參
見南村輟耕録卷五題跋。

〔二〕青騾之狩：相傳唐玄宗騎騾逃難。唐元稹望雲騅馬歌：“玄宗當時無此
馬，不免騎騾來幸蜀。”

〔三〕錢選：明朱謀垔撰畫史會要卷三元：“錢選字舜舉，號玉潭，霅川人。宋景
定間鄉貢進士。及元初，吳興有‘八俊’之號，以子昂爲稱首，而舜舉與焉。
及子昂被薦登朝，諸公皆相附取宦達，獨舜舉齟齬不合，流連詩畫以終其
身。人物、山水、花鳥師趙昌，青緑山水師趙千里。尤善作折枝，其得意者
賦詩其上。”

余子玉小像讚〔一〕

滑稽玩世如東方朔，而不羨金馬之居〔二〕；安樂行窩如邵堯夫〔三〕，
而不著經世之書〔四〕。小夫賤隸不能忤，是其度之汪若〔五〕。王公大人
不能詘，又其守之晏如。古之市帶，今之里閈。與華草爲寒暄，與雲
月爲盈虚。其讀父之易，蓋畫前之元有；而傳世之詩，豈刪後之可無

者乎〔六〕？

【箋注】

〔一〕余子玉：生平事迹不詳。當爲市井隱士。

〔二〕"滑稽玩世"二句：東方朔以滑稽調笑得寵於漢武帝，待詔金馬門。参見漢書東方朔傳。

〔三〕邵堯夫：名雍。宋史邵雍傳："邵雍字堯夫……雍歲時耕稼，僅給衣食。名其居曰'安樂窩'，因自號'安樂先生'……春秋時出游城中，風雨常不出，出則乘小車，一人挽之，惟意所適。士大夫家識其車音，爭相迎候……好事者別作屋，如雍所居，以候其至，名曰'行窩'。"

〔四〕不著經世之書：意爲邵雍撰有皇極經世書，而余子玉不屑於著書。

〔五〕汪若：南朝宋劉義慶世説新語德行："叔度汪汪如萬頃之陂，澄之不清，擾之不濁，其器深廣，難測量也。"

〔六〕删後：指詩經之後。相傳詩三百是孔子整理。

孫元實小像讚〔一〕

心若小而志則亢，貌若枯而神甚王。以爲得隱邪，則既戚焉而憂；以①爲入官邪，則又漫焉而浪。騎款段類馬少游〔二〕，抱無弦類陶元亮〔三〕。留詩卷於人間，似竹溪之逸〔四〕；著方書於林下，似②茆山之相〔五〕。自其窮而觀之，固可薰善良於晉鄙之間〔六〕；使其見諸達也，獨不可譚道德於細旃之上也邪〔七〕？

【校】

① 以：原本作"人"，據陳于京刻本改。
② 似：原本作"以"，據陳于京刻本改。

【箋注】

〔一〕文撰於元至正九、十年間，其時鐵崖在松江璜溪授學。繫年依據：據文中"使其見諸達也，獨不可譚道德於細旃之上也邪"等語，本文撰於孫元實生前。而至正十八年孫元實謝世以前，鐵崖與之有較多交往，即授學松江璜溪期間。孫元實:名華孫。正德松江府志卷三十一人物九游寓:"孫華孫（? ——一三五八）字元實,永嘉人,寓居華亭。孝友文雅。善方脈,爲醫學教授。自幼得詩名,年十七,嘗賦樹諼堂詩云:'手植忘憂慰母顏,每憐寸草報春難。誰家人在閒庭院,卻與兒孫種牡丹。'鄉先生衛山齋亟稱賞曰:'詩意涵蓄,有諷有刺,率爲大篇不可及也。'"又,或謂孫元實名華,號果育齋。"所居闢小閣,中列古彝鼎、法書名畫,焚香靜坐終日",卒於至正十八年六月一日,年近八十。詳見玩齋集卷十孫元實墓志銘。

〔二〕馬少游:東漢馬援從弟。參見鐵崖文集卷二先考山陰公實録注。款段:意爲行動遲緩。

〔三〕陶元亮:即陶淵明。無弦琴,事參鐵崖先生古樂府卷四隱君宅注。

〔四〕竹溪之逸:參見東維子集卷十八竹林七賢畫記注。

〔五〕"著方書於林下"二句:茆山之相,指陶弘景。陶弘景隱居句容之句曲山（即茅山,又作茆山）,然當時每有吉兇征討大事,朝廷常遣人進山諮詢,人稱"山中宰相"。參見南史隱逸傳。

〔六〕薰善良於晉鄙:韓愈爭臣論:"（諫議大夫陽城）居於晉之鄙,晉之鄙人薰其德而善良者幾千人。"

〔七〕譚道德於細旃之上:漢書王吉傳:"夫廣夏之下,細旃之上,明師居前,勸誦在後,上論唐虞之際,下及殷周之盛,考仁聖之風,習治國之道。"顏師古注:"廣夏,大屋也。旃與氈同。"

坦然子小像讚〔一〕

以汝爲"西家愚夫"耶〔二〕? 其目炯然,其神灑然。以汝爲"北山逋客"耶〔三〕? 其心坦然,其氣浩然。冠棄冠之卷然,服野服之翩然。結俠客而青萍在〔四〕,收異書而黃金捐。飢飯胡麻之粒〔五〕,醉巢雲松之顛。吹老崖之鐵笛,歌長丘之青天〔六〕。不知者以爲人間之癡漢,其知之者以爲地上之行仙也歟!

【箋注】

〔一〕坦然子:指薛季昭。薛季昭字顯翁,號坦然子、冰湖野人等,廬山道士。大德、延祐年間在世。大德七年進所注度人經,延祐間又進元始寶誥。賜通玄闡妙青靈開教宗師。參見全元文第三十五册薛季昭小傳。

〔二〕西家愚夫：邴原自稱。三國志魏書邴原傳注：“原别傳曰：……欲遠游學，詣安丘孫崧。崧辭曰：‘君鄉里鄭君，君知之乎？’原答曰：‘然。’崧曰：‘鄭君學覽古今，博聞彊識，鈎深致遠，誠學者之師模也。君乃舍之，躡屣千里，所謂以鄭爲東家丘者也。君似不知而曰然者，何？’原曰：‘……人各有志，所規不同。故乃有登山而採玉者，有入海而採珠者，豈可謂登山者不知海之深，入海者不知山之高哉！君謂僕以鄭爲東家丘，君以僕爲西家愚夫邪？’”

〔三〕北山逋客：南齊孔稚珪所撰北山移文指斥假隱士周顒之辭。

〔四〕青萍：劍名。

〔五〕胡麻之粒：參見鐵崖先生古樂府卷三苕山水歌注。

〔六〕長丘之青天：蓋指丘處機之青天歌。長春真人丘處機，元史有傳。明白雲霽道藏目録詳注卷一玉訣類：“丘長春青天歌，附沁園春丹詞内，混然子注釋。是歌乃丘真人所作演音三十二句，按度人經三十二天運化之道，皆修性本體復命工夫。”

二賊箴

大佞似信，大黠似愚。行之似忠，居之似虛。煦煦徐徐，默受俯趨。刺之而不得，即之而彌污。古之所謂願賊〔一〕，今之所謂哲夫。小讓售大貪，小惠受大奸。曲逢苟合，節角俱園（刓同）。孰可孰否？突梯兩端。機法狙令〔二〕，（出史記。）而比盜於不刃不戰。古之所謂吏賊，今之所謂能官。

【箋注】

〔一〕願賊：指孔子所謂“鄉愿”。論語陽貨：“子曰：‘鄉原，德之賊也。’”注：“周曰：所至之鄉，輒原其人情而爲意以待之，是賊亂德也。一曰：鄉，向也。古字同。謂人不能剛毅，而見人輒原其趣嚮，容媚而合之。言此所以賊德。”

〔二〕機法狙令：史記日者列傳：“（司馬季主曰：）今公所謂賢者，皆可爲羞矣……相引以勢，相導以利；比周賓正，以求尊譽，以受公奉；事私利，枉王法,獵農民;以官爲威,以法爲機,求利逆暴:譬無異於操白刃劫人者也。"

秋暘小像讚〔一〕

衣紫霞衣,冠芙蓉冠。心游萬物之祖,身列群仙之班。其出世者觀之,則將輀玉虬、鞭青鸞〔二〕,以夷猶乎大還。其在世者觀之,則固可以躡禹步〔三〕、説胡經,以游乎人間也耶!

【箋注】

〔一〕秋暘:蓋爲道士。元末在世,生平不詳。

〔二〕青鸞:相傳西王母以青鳥爲信使。參見鐵崖先生古樂府卷二三青鳥。

〔三〕禹步:太平御覽卷八十二夏禹:"古者龍門未闢,吕梁未鑿,禹於是疏河決江,十年不闚其家。生偏枯之病,步不相過,人曰'禹步'。"

題吕敬夫詩稿①〔一〕

蘇支邑凡六〔二〕,大率風浮俗淖。大家尚氣勢,交關貴人,視文藝習左甚②。獨崑山多才子,魁出者往往稱吕、袁。袁曰子英〔三〕,吕曰敬夫也。兩人爲詩,風流俊采,皆一代③之選,予固未能優劣之。予詩喜體古樂府,子英雖④多爲予和之,敬夫又必争鳴於右,自上京以下⑤,至宫闈、江南謡弄,凡若干首。敬夫善作黄庭小楷⑥〔四〕,繕寫成集⑦,徵⑧予評。且曰:"予詩非先生弗能知。弗能知,能評者寡矣。知而能評、評而引説於其首,捨先生誰屬⑨哉?"

予曰:嘻,詩有情有聲,有象有趣,有法有體,而禪巫⑩之提唱、武士之叫呼、文墨生之議論,不在有焉!故予每評詩,不有其有而有其不當有者,皆非詩也。姑以體商之,又草野烟蘿、邊塞臺閣之不無異也,譚詩者以地異⑪律焉,易地則不能已。予觀敬夫詩⑫,未必不爲朝廷侍從才也,敬夫在野,而蔚然之言足以鐘鼎一時侍從焉。於戲,人之才也⑬,又果可以地⑭律哉!雖然,吾於敬夫不無感者已!代有蘭臺芸閣之居,而其言覆野,俾誦敬夫之言,其不泚然在顙者,敬夫可以予説出之矣。至正七年三月三日鐵篴老人會稽楊維禎序⑮。

【校】

① 舊鈔本樂志園詩集、清初鈔本呂敬夫詩六種(以上兩種藏臺灣圖書館),以及皕宋樓藏書志卷一百九著録舊鈔本來鶴草堂稿八卷,皆引録此文(其中樂志園詩集本殘闕),據以校勘。樂志園詩集本題作樂志園詩集序,呂敬夫詩六種本題作呂敬夫詩序。

② 習左甚:樂志園詩集、呂敬夫詩六種、來鶴草堂稿作"蔑如也"。

③ 代:樂志園詩集、呂敬夫詩六種、來鶴草堂稿作"時"。

④ 雖:原本無,據樂志園詩集、呂敬夫詩六種、來鶴草堂稿增補。

⑤ 下:原本無,據樂志園詩集、呂敬夫詩六種、來鶴草堂稿增補。

⑥ 善作黃庭小楷:樂志園詩集、呂敬夫詩六種作"作黃庭楷"。

⑦ 集:樂志園詩集、呂敬夫詩六種無。

⑧ 徹:樂志園詩集、呂敬夫詩六種作"要"。

⑨ 屬:樂志園詩集、呂敬夫詩六種、來鶴草堂稿作"人"。

⑩ 巫:原本無,據呂敬夫詩六種、來鶴草堂稿增補。

⑪ 譚詩者以地異:原本作"譚詩以他",據呂敬夫詩六種、來鶴草堂稿改補。

⑫ 詩:呂敬夫詩六種、來鶴草堂稿無。

⑬ "敬夫在野,而蔚然之言足以鐘鼎一時侍從焉。於戲,人之才也"凡二十四字,原本無,據呂敬夫詩六種、來鶴草堂稿增補。其中"足以",來鶴草堂稿作"是以";"於戲",來鶴草堂稿作"嗚呼"。

⑭ 地:原本作"他",據呂敬夫詩六種、來鶴草堂稿改。

⑮ "鐵篴老人會稽楊維禎序"十字:原本無,據呂敬夫詩六種、來鶴草堂稿增補。

【箋注】

〔一〕文撰於元至正七年(一三四七)三月三日,其時鐵崖游寓蘇州一帶,授學爲生。呂敬夫:名誠。鐵崖弟子。十六卷本玉山草堂雅集卷十一呂誠:"誠字敬夫,吴之東滄人。幼聰敏,喜讀書,尤良於唐三宗師楷法。時東滄之俗尚靡,獨能去豪習,事文雅,故名士咸與之交。家有來鶴亭、梅雪齋,日與郭義仲、陸良貴倡和其間。詩意清新,不爲腐語,東滄之人多誦之。"又,弘治太倉州志卷七隱逸:"(呂誠)世爲婁東鉅族。性慎密好學,淹灌經史,尤長於詩。於世慮澹然無所預,所居有園林之勝。嘗續(當作"蓄")一鶴,野至一鶴侶之,築亭扁曰來鶴。邑令屢聘爲師,不就。卒於鄉。"又,呂誠後改名爲肅。明張昶撰吳中人物志卷九元:"呂肅,字敬夫,初名誠。工於詩,崑山才士,袁、呂爲首稱,楊廉夫嘗序其詩……肅嘗師鄭東之,亦稱其氣夷色莊,學端識敏。邑聘訓導,不就。有來鶴亭稿、既白軒稿、番禺稿、竹洲歸田稿。"按:來鶴亭稿、既白軒稿、番禺稿、竹洲歸田稿,以及鶴亭唱和、集外詩各一卷,後人彙編爲呂敬夫詩六種。呂誠傳世著作還有來鶴亭集八卷本,或九卷本。又有樂志園詩集八卷補遺一卷,實爲來鶴亭集之別名。

〔二〕蘇支邑凡六:按元史地理志,蘇州在元爲平江路,下轄二縣四州,即吳縣、長洲縣、崑山州、常熟州、吳江州、嘉定州。

〔三〕袁子英:名華,鐵崖弟子。參見鐵崖撰可傳集序。按:袁華、呂誠從鐵崖學,皆始於至正初年。

〔四〕黄庭小楷:指王羲之所書黄庭經。

崑山郡志序〔一〕

崑山州楊才〔二〕,抱其先人履祥公所著州乘凡二十二卷〔三〕,因其友袁華謁予錢塘〔四〕,曰:"先君嘗以州之志籍多散漫疏漏,更而新之,積勞於是者,蓋十餘年而獲此編,今州監字羅帖木爾將壽諸梓〔五〕。吾子與才係同出浦城文公十世後〔六〕,幸惠一言引諸首。"余謂金匱之編,一國之史也;圖經,一郡之史也。士不出户,而知天下之山川疆理、君臣政治、要荒蠻貊之外,類由國史之信也。不入提封,而知其人民城社、田租土貢、風俗異同、户口多少之差,由郡史之信也。然則操志筆者,非有太史氏之才,孰得與於斯乎!

吾曩入吳,竊見公所著宋朝蓍龜之録凡若干卷,今之修史者購之而未得也〔七〕。又有帝王圖辨、素王道史、姓氏通辨行於時。吁,公之博學有史才可占矣。宜其成是書也,立凡創例,言博而能要,事核而不蕪,與前邑志不可同日而較工拙也。且吾聞崑山自縣陞州〔八〕,户版與地利日增,租賦甲天下郡縣。市賈之舶萃焉,海漕之艘出焉,庸田水道之利害在焉。忠臣烈女,代不乏絶。鴻生碩士,爭爲長雄。不有史才者出任筆削,何以爲是州之信史哉！吁,是書之得記者,今幸矣。故余不辭爲之敍①。抑予又聞公所著蒼龜録②,爲採書使者賺而③去之,賞爵罔及焉,此才之不平,而公九泉之憾也,故并序及之。

　　公諱譓,字履祥,自號東溪老人云④。至正四年秋七月⑤,泰定李黼榜賜第二甲⑥進士會稽楊維禎序。

【校】

① 宋元方志叢刊本至正崑山郡志卷首載此文,據以校勘。故余不辭爲之敍:原本無,據至正崑山郡志增補。

② 録:原本脱,據陳于京刻本補。

③ 而:原本作"爲",據陳于京刻本改。

④ 自號東溪老人云:至正崑山郡志作"東溪老人,其自號云"。

⑤ 四年秋七月:原本作"三年春正月十日",據至正崑山郡志改。按:首先,文中言及"公所著宋朝蒼龜之録凡若干卷,今之修史者購之而未得"。此所謂修史者購書,與至正初年修纂宋史有關。據元史順帝本紀,至正三年三月,元廷詔修遼、金、宋三史,故史官訪書購書必在至正三年三月之後。其次,至正三年春,履祥公尚在人世,而本文則稱"先人"。可見原本有誤。參見鐵崖先生古樂府卷六金溪孝女歌。

⑥ 賜第二甲:原本無,據至正崑山郡志增補。

【箋注】

〔一〕文撰於元至正四年(一三四四)七月,其時鐵崖寓居錢塘,授學爲生。

〔二〕楊才:東溪老人楊譓之子。據本文鐵崖引楊才語,楊才與鐵崖同爲浦城文公十世孫,兩人年齡或亦相仿。

〔三〕履祥:楊譓。嘉靖崑山縣志卷十二人物傳:"楊譓(?——一三四四)字履祥,本浦城人,徙居於婁。與秦玉、袁華爲友。博學有才行。不慕聲華,專工著述。"按:"所著州乘凡二十二卷",當指楊譓所撰至正崑山郡志。然二十二卷本崑山郡志早已失傳,今存至正崑山郡志(宋元方志叢刊影印)爲六卷本,各卷卷首署名爲"元浦城楊譓履祥纂"。又據本文,楊譓著述頗多,又有宋朝蒼龜録、帝王圖辨、素王道史、姓氏通辨等。然皆失傳。又,楊譓生卒年歲未見史料記載,今按東維子文集卷二十五孝友先生秦公墓志銘,曰孝友先生秦玉行狀出自楊東溪筆下。可見其時楊譓尚在人世。秦玉卒於至正四年二月二十四日,而本文撰於至正四年秋七月,當時楊東溪已成"先人"。據此推之,崑山州達魯花赤孛羅帖木爾有意刊行崑山郡志,蓋因此書已成楊譓遺作。楊譓逝世,在其好友秦玉謝世之後不久,必爲至正四年三月至六月之間。

〔四〕袁華: 崑山人。鐵崖弟子。參見鐵崖撰可傳集序。

〔五〕孛羅帖木爾: 至正元年至至正四年間任崑山州達魯花赤。光緒崑新兩縣續修合志卷二十一名宦傳:"孛羅帖木爾,字存中,唐兀氏。祖忽剌出,銀青榮禄大夫、湖廣省丞相。父徹里帖木兒,中奉大夫、湖廣省參知政事。孛羅初授承務郎,直省舍人,遷奉訓大夫、武備寺丞,歷大府監提點。至正辛巳冬,以奉議大夫來監州事……尤加意學校,捐資造文廟雅樂,及鐫行州人楊譓所著州志。暇則延儒生講論義理,諄切不倦。"

〔六〕浦城文公: 當指鐵崖十一世祖吳越王丞相楊巖之子、九世祖都兵馬使楊洋之父。其名不詳。參見鐵崖文集卷二先考山陰公實録。浦城,元代隸屬於江浙行省建寧路,今屬福建南平市。

〔七〕今之修史者購之: 蓋指至正四、五年間,因修南宋史之需,朝廷遣使者下江南,徵集有關書籍。參見鐵崖先生詩集甲集四月十六日偕句曲先生過彩真飲趙伯容所句曲出石室銘因賦是詩并簡太樸檢討先生。

〔八〕崑山自縣陞州: 按元史地理志,崑山縣於"元元貞元年升州"。

卷八十九　鐵崖文集卷五

卷八十九　鐵崖文集卷五

三且説[一]

　　或問孔子曰："回,何如人?"曰："仁人也,丘弗如。""賜,何如人?"曰："辯人也,丘弗如。""由,何如人?"曰："勇人也,丘弗如。"或曰："夫子弗如三子,而三子爲夫子役,何也?"孔子曰："丘能仁且忍,辯且訥,勇且怯。以三子之能,易丘一道,丘弗爲也。"

　　蓋能仁弗能忍,仁者泛矣。能辯弗能訥,辯者誕矣。能勇弗能怯,勇者亂矣。惟仁能忍,有弗仁,仁無不息矣。辯能訥,有弗辯,辯無不中矣。勇能怯,有弗勇,勇無不勝矣。此孔子所以能仁、能辯、能勇也,而異乎三子者之能。

　　仁①也,而未能仁乎無仁;能辯也,而未能辯乎無辯;能勇也,而未能勇乎無勇也。三子之能,吾將兼友之,又以易夫子之道而未得者,重學孔子也,故名其齋曰三且云。

【校】

① 仁:當作"能仁","能"字蓋承前而脱。

【箋注】

〔一〕三且:指仁且忍,辯且訥,勇且怯。下引孔子語,見淮南子人間訓。

思親圖識[一]

　　孝子一也,而有幸不幸焉。昏定晨省,出告反面[二],自孩抱至老,不違其親養者,孝子之幸也。生於親而有不識其親,并失其親所託處之廬,與所託食之區,如今周君用發者,亦可謂孝子之不幸也!

　　周君三歲喪母,四歲而繼喪父,鞠於外家保母。及長而思親之田廬以爲歸,則皆并於强宗矣。君卒能思其親,復有其田廬,而君之爲孝子,乃得暴著於當代,而爲名公鉅士之所歌詠,至於五六十年而猶未絶,雖曰不幸,其亦有幸焉者存已,周君尚何悼也哉!然孝子思親,去之五六十年而惶惶焉常如弗及,則孝子之大也。

　　嗚呼,人有奉其親於朝夕,戴親之廬,食親之田,而忘其安饒之自。及其黨乎無良,游徼以畜其身,以逮其親,或致其親無聚廬仰食之地。吁,若而人者,是亦人之子也,尚可以言人類於周君之前也夫!周君思親有圖,宜其樂傳於人人,而予又爲之贊辭,不爲過也。會稽楊維禎謹書於吳、柳二太史志後〔三〕。

【箋注】

〔一〕文撰於元至正七年(一三四七)前後,其時鐵崖寓居蘇州,授學爲生。繫年依據:此思親圖又有朱德潤題識,而鐵崖與朱德潤交往,多在游寓姑蘇期間,其時二人常作同題之文。參見東維子文集卷三送譚知事赴河南省掾序。思親圖:朱德潤存復齋文集卷一周凌雲思親圖銘曰:"孩提愛親,天性之衷。爰失怙恃,所思無窮。問之前人,曷棄其族。今田復完,食祀嗣續……太史善志,以永厥圖。"凌雲蓋爲周用發別號。

〔二〕"昏定晨省"二句:禮記曲禮上:"凡爲人子之禮,冬温而夏清,昏定而晨省。"又:"夫爲人子者,出必告,反必面。"

〔三〕吳、柳二太史:指集賢大學士吳直方、翰林待制柳貫。吳直方,浦江人,吳萊之父。傳見宋濂浦陽人物記卷上政事篇。柳貫,生平事迹附見元史黃溍傳。

跋月鼎莫師符券

　　右月鼎莫師手授大雷使者符券一通〔一〕,蓋授之爛柯山傳法師〔二〕,而法師又授之神霄野客胡道玄者也〔三〕。道玄既自識卷尾,將藏諸名山,而又徵予言。

　　予謂古之至人以道御氣,以氣役物,故能幡校四時,盜弄造化。棗木植而作雨,胡桃擊而鳴雷〔四〕。其□□□□之號,翼蛇飛鼠之符,特其粗者耳。百世復有傳道玄之傳者,其可知符券之神爲神,而不知神者之神以爲神也哉！

【箋注】

〔一〕莫月鼎：名起炎，湖州月河谿人。初習舉業，三試有司不利，始從事於禪，已而學道，更名洞乙，自號月鼎。入青城山見徐無極，受五雷法。又聞南豐鄒鐵壁有斬勘雷書，往事之，盡得其傳。用是召雷雨、破鬼魅，若有神。元至元二十六年（一二八九），應招入京，見元世祖。命掌道教，以老耄辭，遂南還。一日，謂明年某日將化。及期，瞑目而坐，風雲雷電雨交作，遂逝，壽六十九。詳見宋濂元莫月鼎傳碑（載宋學士文集卷十一）。

〔二〕爛柯山：又名石室山。位於今浙江衢州市東南。傳法師：爲駐錫爛柯山之僧人。

〔三〕胡道玄：別號互盧子、神霄野客、申公等，番陽（今江西鄱陽）人。道士，舟游各地，扁曰“活死人窩”。參見鐵崖賦稿卷上伏蛟臺賦。

〔四〕“胡桃”句：宋學士文集卷十一元莫月鼎傳碑：“元世祖至元己丑，遣御史中丞崔彧求異人江南，物色獲之。見帝於灤京內殿，帝詔近侍持果殽觴之。時天色爽霽，帝曰：‘可聞雷否？’月鼎對曰：‘可。’即取胡桃擲地，雷應聲而發，震撼殿庭，帝爲之改容。”

題石伯玉萬户乃祖雁蕩詩〔一〕

右題雁蕩山古詩一首〔二〕，蓋松江石公宣慰官招討時〔三〕，領兵溫州之所作也。寺僧以碧紗籠之，是其詩已足以感動乎異教。後值寇作，焚劫寺觀，而能仁獨以詩獲免〔四〕，是其詩又足以感動乎兇暴。去之五十年，詩燼於火，而寺之禪宿尚能傳誦之。又去之二十年，其曾孫安泰不花侯因使事邸其所〔五〕，而得繕録之，是又其詩之不可滅没，傳之他人而歸之子孫也。

於乎，一詩小伎也，而所係若此，豈偶然哉！傳稱有文事者，必有武備〔六〕，而有文事如石公者乎？曹瞞氏橫槊賦詩〔七〕，徒文其篡賊之雄，而豈若石公之作，所謂三軍息譁、不驚龍眠者〔八〕，見其用律之嚴、持心之仁，雖浮屠之宫亦按堵如故，其澤及乎吾氓者可知矣。詩曰“矢其文德，洽此四國〔九〕”，招討公以之。又曰“毋念爾祖，聿修厥德〔十〕”，安侯以之。

【箋注】

〔一〕文當撰於元至正九、十年間，其時鐵崖受聘於松江呂良佐，寓居松江。繫
　　　年依據：其一，此際鐵崖曾應邀爲石伯玉撰齋記，本文蓋一時之作。其
　　　二，據本文所述，安泰不花繕録其祖雁蕩詩，在元初石國英征討溫州之後
　　　七十年。石伯玉：名瓊，又作安泰不花，松江萬户。石國英曾孫。參見東
　　　維子文集卷十三正心齋記。

〔二〕題雁蕩山古詩：指石國英所作七古長篇雁蕩能仁寺遺詩。此詩附録於梧
　　　溪集卷四奉題招討使台州石安撫雁蕩能仁寺遺詩後。

〔三〕石公：指石瓊曾祖父石國英。參見東維子文集卷十三正心齋記。又，王逢
　　　記載石國英、石瓊事迹較詳，梧溪集卷四奉題招討使台州石安撫雁蕩能仁
　　　寺遺詩後：“公諱國英，號月澗，宿州靈壁縣人。金季時，居材官下僚。元
　　　初，用文武才仕至福建宣慰。曾孫宣武將軍松江萬户瓊，嘗乘遽道經寺，
　　　得詩于老僧云。僧且言公初入台，秋毫無犯，士民豫附。既移鎮，有告叛
　　　者。大將欲獼薙之，公請再行，叛者更生焉。瓊復棄戎行，獲歸隴畎。今
　　　年春，偕倩曹生撝訪予，風雨下出卷誦之。”

〔四〕能仁寺：明何白汲古堂集卷二十四雁山十景記之一能仁寺：“自樂成東行
　　　八十里，抵四十九盤嶺。逾嶺，由筋竹澗過行春橋，拾級數十武，拓而爲
　　　寺，曰能仁，爲十八叢林首刹也。”

〔五〕曾孫安泰不花：當指石伯玉。依據有二：其一，本文標題爲題石伯玉萬户
　　　乃祖雁蕩詩，文末卻曰“安侯以之”。其二，上引王逢撰奉題招討使台州石
　　　安撫雁蕩能仁寺遺詩後謂石伯玉“嘗乘遽道經寺，得詩于老僧”，本文則曰
　　　“其曾孫安泰不花侯因使事邸其所，而得繕録之”。可見安泰不花即石伯
　　　玉。按：石伯玉原籍宿州，似非蒙古人或色目人，蓋曾被賜予蒙古名爲安
　　　泰不花。

〔六〕“傳稱”二句：穀梁傳定公十年：“因是以見，雖有文事，必有武備。”

〔七〕曹瞞氏：曹操。元稹唐故工部員外郎杜子美墓係銘并序：“曹氏父子鞍馬
　　　間爲文，往往橫槊賦詩。”蘇軾赤壁賦：“（曹孟德）破荆州，下江陵，順流而
　　　東也。舳艫千里，旌旗蔽空，釃酒臨江，橫槊賦詩，固一世之雄也。”

〔八〕“三軍息譁”二句：當摘自石國英詩句，然今傳本中未見，或原本與今傳本
　　　有差異。梧溪集卷四載石國英雁蕩能仁寺遺詩，有句曰：“老僧振錫去何
　　　所，香篝寂寂佛無語。山鳴谷應應者誰，似有秦民宅幽阻。姑休爾旅枕爾

鋋,雲深不得驚龍眠。"

〔九〕"矢其文德"二句: 出自詩大雅江漢。詩序曰:"江漢,尹吉甫美宣王也。"

〔十〕"毋念爾祖"二句: 出自詩大雅文王。

冰壑志〔一〕

延陵季某克昭氏〔二〕,以"冰壑"自號,而京兆杜本既爲書之〔三〕,額於讀書之齋,又馳書會稽楊維禎,求其所爲文以志。

夫極天下之清而寒者,冰也。極天下之所受而不以滿量者,壑也。有受量,無清寒,以節量之,則下而流,流而污,污而爲天下棄爾,嘻,此冰壑之所以爲天下貴也。杜少陵詩曰:"炯如一段清冰出萬壑,置在迎風含露之玉壺。"此美竇氏子質之清而貴〔四〕。然冰之置壺雖貴,而僅資斯須之玩,固未若壑也,取無窮,用無竭,王政藏焉啟焉以助燮理〔五〕。否則王衰無寒,壑移於木,春秋書之〔六〕,以爲周室病。嗚呼! 冰壑之有無,係於時政,功豈微者哉!

抑予聞靈鼠在北壑,食夜飲冰,奇毛之長過百尺。又靈蠶在東嶠食冰,霜雪覆之,成繭色五彩,俱紙爲布,貢諸天府,裁爲領巾。清寒之效,使龍袞無炎污,矧季昭之鍾靈於五色之奇、百尺之長,而出於冰壑者乎! 季昭將有政於位矣,其出壑之奇之長,貢天府而衣被皇猷焉可也。勿徒置迎風含露之壺,以資斯須之玩,效不競於一鼠一蠶而已也。

【箋注】

〔一〕文當撰於元至正四、五年間,其時鐵崖補官不果,游寓杭州、湖州,授學爲生。繫年依據: 至正三年,朝廷以隱士徵召杜本,杜本行至杭州,稱疾固辭,且一度滯留於當地。本文曰杜本書匾,又請鐵崖撰文,蓋即此時。

〔二〕延陵: 指武進,今隸屬於江蘇省常州市。季克昭: 克昭當爲其字,其名不詳。據本文"季昭將有政於位矣"一句,至正初年或授予官職。

〔三〕杜本: 參見東維子文集卷十四生春堂記。

〔四〕竇氏子: 侍御竇驤之子。杜甫古詩入奏行:"竇侍御,驤之子,鳳之雛。年未三十忠義俱,骨鯁絶代無。炯如一段清冰出萬壑,置在迎風寒露之玉壺。”

〔五〕“王政藏焉”句：謂冰之藏啟有助於政事。周禮注疏卷五凌人：“凌人掌
　　冰……夏，頒冰掌事。”注：“暑氣盛，王以冰頒賜，則主爲之。春秋傳曰：
　　古者，日在北陸而藏冰，西陸朝覿而出之。”

〔六〕“否則王衰無寒”三句：公羊傳成公十六年：“春王正月，雨木冰。雨木冰
　　者何？雨而木冰也。何以書？記異也。”何休注：“木者少陽，幼君大臣之
　　象。冰者凝陰，兵之類也。冰脅木者，君臣將執於兵之徵也。”

吳達父養心齋説〔一〕

　　予客淞之明日，吳興錢德鈜携一客來見〔二〕，癯然儒者也。問姓
名，則曰：“城南吳達父也。達父自幼從治易師許恕氏游〔三〕，長而益有
志於切己之學，故自命其藏修之室曰養心，乞先生一言爲座右警。”
　　予讀周子養心亭記〔四〕，其論養心莫善於寡慾，必自寡而至於無，
足以發孟子未盡之餘旨〔五〕。蓋寡慾者，君子所能；無慾者，非聖人不
能也。周子之慾，自寡至於無，則賢希聖之學，而心之養者有餘裕矣。
吁，人皆同此心也，而理欲異焉。欲净而理明，則天君泰然，萬物擾吾
前者，無不投戈而受令。故其體胖，其氣充，其神完以清，此君子養心
之至也。雖然，易之蒙曰：“蒙以養正，聖功也〔六〕。”心之未發之謂蒙，
於未發之蒙而能養之以正，所以爲作聖之功。蒙發而後養，則難爲
功矣。
　　達父學易者也，有志於周子希聖之學，其可不知有養正之功乎？
達父尚以予言質其師如心君云。

【箋注】

〔一〕文撰於元至正九年（一三四九）三月。其時鐵崖受吕良佐之邀，來松江授
　　學。繫年依據：文中曰“客淞之明日”，指鐵崖初抵松江。吳達父：生平僅
　　見本文。
〔二〕錢德鈜：名矗，吳興（今浙江湖州）人。參見東維子文集卷十九筆耕所記。
〔三〕許恕：字如心。參見東維子文集卷七孫氏瑞蓮詩卷序。
〔四〕周子：指北宋周敦頤。養心亭記乃周敦頤撰，文載明吕柟撰周子抄釋

卷二。

〔五〕“足以”句：孟子論養心，見孟子盡心下：“孟子曰：‘養心莫善於寡欲，其爲
　　　人也寡欲，雖有不存焉者寡矣。其爲人也多欲，雖有存焉者寡矣。’”

〔六〕“蒙以養正”二句：出自周易蒙。

太平醉民説〔一〕

　　上古之民，污樽而抔飲〔二〕，未嘗誠醉。禹知麴糵必有醉人者〔三〕，
故惡之。至典午氏〔四〕，賢者日衰，間有則爲世所不容，於是有沉冥之
託，麴糵之逃〔五〕。是世太平則有醒民，否則始有爲醉民者。

　　雲間王厚，當太平之世自號醉民，則何歟？蓋又有説矣。屈原獨
醒於衆人皆醉之際〔六〕，原之不幸，不遇太平時也。厚稱“醉民”於民爲
醒民之時，厚之幸遇太平世也，豈若典午氏之賢，沉冥之託、麴①糵之
逃乎？噫，人見不飲則曰“醒民”，痛飲則曰“醉民”，彼豈知夫醒之所
以醒、醉之所以醉哉！然則厚之所以稱“太平醉民”者，又豈衆人之所
能識乎？彼一飲一石、一醉千日者，又曷足爲厚道乎？

　　厚長跪起，謝曰：“世之識予醉者寡矣，識予醉者，先生之言哉！”

【校】

① 麴：原本作“麪”，據上文改。

【箋注】

〔一〕文當撰於元至正九、十年間，其時鐵崖在松江吕氏塾授學。繫年依據：此
　　　文爲雲間王厚所撰，且當時爲“太平之世”。王厚，生平僅見本文。
〔二〕污樽而抔飲：禮記禮運：“夫禮之初始諸飲食。其燔黍捭豚，污尊而抔飲，
　　　蕢桴而土鼓，猶若可以致其敬於鬼神。”
〔三〕禹知麴糵必有醉人：參見東維子集卷二十八麴生傳注。
〔四〕典午氏：即司馬氏。借指晉朝。
〔五〕麴糵之逃：此指阮籍、山濤、向秀、劉伶、阮咸、王戎、嵇康等竹林七賢佯狂
　　　隱逸之行爲。詳見晉書嵇康傳、阮籍傳。
〔六〕屈原獨醒：楚辭漁父：“舉世皆濁我獨清，衆人皆醉我獨醒，是以見放。”

陳生文則字説[一]

　　予游淞,客陳德昭氏邸所[二],其季子以其父之命來請曰:"父生某,孩而名之曰憲。今齒已長已,而有師友以字也,敢請于先生。"予以"憲"之義爲"文章法則",既字之曰文則。憲又再拜,請説焉。

　　夫和順積中、英華發外者,非所謂"文"乎。是文也,可以立則於一身,由身而推,可以貽則於天下後世,此其所以爲"憲"之所在。故文之爲文,非特文藝誦習之文也,凡動静威儀、語言政事皆是也。周旋而中規,折旋而中矩,何莫非文之則也歟?存乎中者應乎外,應乎外者協于中,非君子有一定之則乎?詩曰:"天生烝民,有物有則。民之秉彝,好是懿德[三]。"又文之本也,故有是則也。

　　生天質純良,復加之以君子之學,彝之爲文者,鬱然于中,粲然于外,未可量也。其窮而學也,資文之則以成其才。

【箋注】

〔一〕本文當撰於元至正九、十年間,其時鐵崖在松江呂氏塾授學。繫年依據:文中曰"予游淞",而陳文則孜孜求學,希冀成才。據此可知爲鐵崖初次寓居松江期間。

〔二〕陳德昭:其名不詳,松江人。當爲至正年間松江富户。

〔三〕"天生烝民"四句:出自詩大雅烝民。

倪用宣字説[一]

　　吴興倪生用宣,父既名之曰璨,而字則屢更而未定也。一字曰孟輝,一字曰仲宣,生皆以爲未盡,又請字於予。予曰:"魏王粲之字曰仲宣[二],宣者,粲之用也。生之'璨',玉之有其實而後有其文,有其文而後有其用也,宣字曰'用宣'。"

　　按説文,宣從四風回轉,所以宣陰陽也。然則陰陽非宣,亦不能妙夫一動一静之用,而況於人乎?書曰:"日宣三德,夙夜浚①明有家〔三〕。"詩曰:"王命召虎,來旬來宣〔四〕。"書言宣之本,詩言宣之用。生既以門廡受省檄〔五〕,將有爲政之日矣。使無三德之日宣,則何以受王命、盡旬宣之職乎?德之日宣者,玉之有其璨也;王命之旬宣者,璨之有其用也。生以予言勉之,字之曰用宣,宜哉!

【校】

① 浚:原本作"俊",據尚書皋陶謨改。

【箋注】

〔一〕文當撰於元至正五、六年間,其時鐵崖授學於長興東湖書院。繫年依據:此文應吳興倪璨之請而作,且鐵崖稱之爲"倪生"。又,鐵崖曾爲倪璨撰齋記,兩文蓋一時之作。倪璨:其祖父江浙儒學提舉倪淵,父倪驥,皆與鐵崖有交往。參見東維子文集卷十四鈍齋記,同書卷二十六故處士倪君墓志銘。

〔二〕王粲:傳見三國志魏書。

〔三〕"日宣三德"二句:出自書皋陶謨。

〔四〕"王命召虎"二句:出自詩大雅江漢。

〔五〕以門廡受省檄:當指倪璨嘗於管庫任吏。按:倪璨任管庫吏三年,後棄職歸。參見東維子文集卷十四鈍齋記。

東白説〔一〕

淞青龍任氏〔二〕,吳之著姓也。有月山先生者〔三〕,歷宦中朝,至都水少監。其子子文〔四〕,又繇秘書監秘府郎① 遷考城令。孫曰暉者〔五〕,益喜文史,善賦詩,脱去凡近,雄健有法度,予甚喜之。詩哀成帙,號曰東白集。予在璜溪時〔六〕,嘗以詩來招,予抵其家,乃獲與之校讐詩章者累日。濱別,請東白説,而未及與之。今年春既望,客錢唐,復介其友韓生奕來申其請〔七〕。

予惟世以"西白"名者,取西之義爲金爲白也,"東白"之説未著焉。憶予曩游天台〔八〕,嘗登雁峰〔九〕,宿望海亭,夜觀火烏浴海,下視九州若谷底,大地俱黑。獨心府之靈,内省目之所見,皆位列棋布,森然若晝白。既而天雞三叫,扶桑日升,神光焕發,如金龍千丈,飛起三神之東〔十〕。一方草木,歷歷可數,雖毫髮不隱。東白之説,於此時見之,而世之人獲見之者蓋寡矣。

是白也,非他白能儷。雪之白,潔矣,而不能燭乎物;月之白,明矣,而不能悉乎幽。獨東之白也,大明由是而升中,天壤間靡一物不在衣被昭回之下,其白也,可量哉!

今生年壯而學富,蓋有志乎功名者,青冥萬里,方自兹始。"東白"之取號,岂資以抗西白者之云。心之嚮明,身之嚮顯,固有所記矣。生尚以予言勉之哉!

【校】

① 郎:原本作"即",據陳于京刻本改。

【箋注】

〔一〕文當撰於元至正十一年(一三五一)至十六年春季之間。繫年依據:文中曰"予在璜溪時",又曰請文者任暉某年"春既望客錢唐"。據此可知,此前鐵崖在璜溪吕良佐私塾授學,而當時必在杭州任税務官。

〔二〕青龍:鎮名。位於今上海青浦。參見鐵崖先生詩集丙集次韻任月山緑竹卷注。

〔三〕月山先生:指任仁發。參見東維子文集卷二十隆福寺重修寶塔并復田記注。

〔四〕任子文:名賢才,松江上海人。仁發長子。泰定二年任秘書監辨驗書畫直長。參見徐邦達撰歷代書畫家傳記考辨任仁發父子事略、元人傳記資料索引。又據元王士點撰秘書監志卷十,謂任賢才延祐三年七月二十五日任秘書郎,又爲辨驗書畫直長。

〔五〕任暉:生平見本文,光緒青浦縣志卷十九文苑載其小傳,實源自本文。

〔六〕予在璜溪時:指元至正九、十年間,鐵崖受聘於松江璜溪吕良佐,教授其子弟。

〔七〕韓奕:參見東維子文集卷八送韓奕游吳興序。

〔八〕予曩游天台:當指天曆年間,鐵崖任職天台縣令之時。

〔九〕雁:即雁蕩山。

〔十〕三神:指蓬萊、方丈、瀛洲三山。

吴元臣字説〔一〕

信都吴公子〔二〕，其季父爲樞密院議事平章榮禄公〔三〕，命公子以錫，而字之曰元臣。其師葛元哲氏嘗爲之説〔四〕，而又以其言爲未盡，復徵予説。

予謂命有三錫〔五〕，禮有九錫〔六〕，皆其君之恩數及乎其臣者也。其臣非具元臣之才德，何以當是？元之爲言善也，大也。臣德非善，何以稱大？臣德之善，必如高辛氏之才子，稱爲“八元”其可也〔七〕。公子以元臣期望於父兄師友，則公子之學於師，以承錫乎其君者，其可自苟乎？其可不以八才子之稱“元”者自律乎？

抑予聞唐大臣魏徵之論臣道有二〔八〕，曰良臣，曰忠臣。良臣，稷、契、皋陶者是也〔九〕。忠臣，龍逢、比干是也〔十〕。徵①之願，願爲稷、契、皋陶，不願爲龍逢、比干。後訖如其願者，幸而值貞觀英明之主也〔十一〕。榮禄公歷事九朝，爲國元老，澤及天下而覆乎後世，此今之稷、契、皋陶也。公子之生在昭代，其出而仕也，遇明天子在上，法堯、舜以爲君也。公子以“八元子”之才德，展諸臣道，謂不得爲稷、契、皋陶，以遂徵之幸願，以復榮禄公之盛德大業者，吾不信也已。

公子折節苦學，淹貫經史及國家典故。今北上，且赴三公府屬掾之辟，起身侍經筵，即燕見天子，爲元臣階矣。吴興之士與游者，或爲歌詩以餞，推予爲序引，遂書此説於卷首。至正癸巳四月辛丑會稽楊維楨書。

【校】

① 徵：原本作“證”，據陳于京刻本改。下同。

【箋注】

〔一〕文撰於元至正十三年癸巳（一三五三）四月四日辛丑，當時鐵崖任杭州税課提舉司副提舉，因公事暫居吴興。吴元臣：吴錫，字元臣，信都人。僑居吴興。其兄弟與鐵崖均有交往。參見東維子文集卷十四南樓記。

〔二〕信都：縣名，元代隸屬於中書省冀州。今河北冀縣。

〔三〕榮禄公：疑指冀國公吴繹。參見東維子文集卷十四南樓記。

〔四〕葛元哲：參見東維子文集卷五送沙可學序。

〔五〕命有三錫：周易師：“九二，在師中，吉无咎。王三錫命。”孔穎達疏：“王三錫命者，以其有功，故王三加錫命。”

〔六〕禮有九錫：公羊傳莊公元年：“王使榮叔來錫桓公命。錫者何？賜也。命者何？加我服也。”何休注：“增加其衣服，令有異於諸侯。禮有九錫：一曰車馬，二曰衣服，三曰樂則，四曰朱户，五曰納陛，六曰虎賁，七曰弓矢，八曰鈇鉞，九曰秬鬯，皆所以勸善扶不能。”

〔七〕高辛氏：指帝嚳。左傳文公十八年：“高辛氏有才子八人：伯奮、仲堪、叔獻、季仲、伯虎、仲熊、叔豹、季貍，忠肅共懿，宣慈惠和，天下之民謂之‘八元’。”

〔八〕魏徵：唐太宗時諫臣。貞觀政要卷二：“（魏徵）乃拜而言曰：‘臣以身許國，直道而行，必不敢有所欺負。但願陛下使臣爲良臣，勿使臣爲忠臣。’太宗曰：‘忠、良有異乎？’徵曰：‘良臣使身獲美名，君受顯號，子孫傳世，福禄無疆；忠臣身受誅夷，君陷大惡，家國并喪，獨有其名。以此而言，相去遠矣。’”

〔九〕稷、契、皋陶：相傳爲虞舜時賢臣。詳見史記五帝本紀。

〔十〕龍逢：即關龍逢，爲桀所殺。比干：爲紂所殺。詳見史記殷本紀、李斯列傳。

〔十一〕貞觀英明之主：指唐太宗李世民。

素履齋説〔一〕

吴興吕生坦，字安道，又自命其讀書之室曰素履，而請説於予。予謂素履，非簡淡寡欲、廉静以樂道者不能。易之履曰〔二〕：“素履往。象曰：素履之往，獨行願也。”君子履其素而往者，非苟利也，獨行其志爾。苟樂道之志與利達之心同塗而交戰，則不能履其素矣。

吾客吴興，生挾册從吾游。聽其言，無巧辯；察其行，無淫朋比德。里閈以孝聞，朋友以信著，可以占其素行者矣。萬石君不言而躬行①〔三〕，元德秀質厚而少飾緣〔四〕，此古人素履之實也。觀人不於其素履，而於其外文，未有不失者也。六三之象曰：“跛能履，不足以與行也。"士之素履不足，其行也不遠，何以異於跛哉！非直跛也，且蹈虎尾而有咥②人之凶，可不懼哉！抑予聞履之爲卦，物畜而後有禮，故受之以履。君子觀履之象〔五〕，辨上下，使各當其分，而在下者無有多上人者，此民志之所以定、天下之所以一也。今民有盜弒長吏以爲悖者，天下爲之③騷然。生履素而學優，將有禄位於時矣，願加其定民志者，如之何其可也！

【校】

① 行：原本作"德"，據陳于京刻本、吳興藝文補改。按：明崇禎六年刊董斯張等輯吳興藝文補卷二十八載此文，據以校勘。

② 咥：原本作"跮"，據陳于京刻本改。

③ 爲之：原本作"之爲"，據吳興藝文補改。

【箋注】

〔一〕文當撰於元至正五、六年間，其時鐵崖在長興東湖書院授學。繫年依據：文中自稱客居吳興，吕坦"挾册從吾游"。吕坦，生平見本文。

〔二〕易之履：以下引卦文象象均見易履。

〔三〕萬石君：指西漢初人石奮。石奮及其四子，景帝時以馴行孝謹著稱，皆官至二千石。漢書有傳。

〔四〕元德秀：字紫芝。唐開元二十一年登進士第。性純朴，少孤貧，事母以孝聞。生平事迹見舊唐書文苑傳。

〔五〕觀履之象：宋方聞一大易粹言卷十："象曰：上天下澤，履。君子以辨上下，定民志。伊川先生曰：天在上，澤居下，上下之正理也。人之所履當如是，故取其象而爲履。君子觀履之象，以辨別上下之分，以定其民志。夫上下之分明而後民志有定，民志定然後可以言治。"

夢鶴幻仙像贊〔一〕

幻仙名禮翼，字致用，會稽人也。宋韓魏公之十世孫，大父忼，父耘之，皆以行義文學稱當代儒宗。某學世其學，攻古文章，著文獻世考。有仕才，不苟於仕，當路薦辟，例不應，退而種松豢鶴，築室爲讀易所,與一二高德游方之外,自號夢鶴幻仙。

　　其言以爲人不可以忘出也,故考之以文獻。文獻不可以無證也,故通之以博雅。博雅不可無傳也,故托之以文章。文章未可適道也,吾將宗乎玄牝。玄牝未可玩世也,吾將游乎神仙。神仙未可安終也,吾冥之以夢幻。無耶? 有耶? 物萬有於一無。幻也? 真耶? 神一真於百幻。幻仙至是,其事備矣,其道至矣。

　　吾於初偉其才,既復高其神仙夫①器,嘗效史氏爲著夢鶴傳,淮海張渥又爲作幻像〔二〕,夏侯氏贊方朔〔三〕,自是小傳。今又效之,作辭一通,以足傳之未足者云。贊曰:

　　沖漠無朕,中有物居。妙合而凝,曰天人徒。嗟嗟幻仙,列仙之儒。讀易後天,究心泰初。河洛七緯〔四〕,太乙九宮(叶居)。嘯風鞭霆,恢乎有餘。盍睨姜庸〔五〕,屣脱珪組(平聲)。朝以鶴飲,夕以夢俱。全體具見,心與道如。言象孔昭,神與道腴。神兮無迹,奚實奚虛。道兮無體,孰形孰軀。我説不容,至矣妙乎!

【校】

① 夫:蓋"大"字之訛。

【箋注】

〔一〕文蓋撰於元至正十三年(一三五三)秋七月韓翼還鄉之前。繫年依據參見鐵崖文集卷三夢鶴道人傳。韓禮翼:又名翼,即韓諤。其生平、世系參見東維子文集卷九送韓諤還會稽序、鐵崖文集卷三夢鶴道人傳。

〔二〕張渥:玉山草堂雅集卷十:"張渥,字叔厚。博學明經。累舉不得志於有司,放意爲詩章。時用李龍眠法作白描,前無古人,雖達顯人不能以力致之。"又,圖繪寶鑒卷五:"張渥字叔厚,號貞期生,杭人。善白描人物,筆法不老,無古意。"按:至正初年張渥參與西湖竹枝之傳唱,西湖竹枝集收録有其竹枝詞,小傳亦稱其爲"淮南人",蓋其祖籍淮南,徙居杭州。

〔三〕夏侯氏贊方朔:指晉夏侯湛撰東方朔畫贊,載文選。

〔四〕河洛:指河圖、洛書。七緯:指有關詩、書、禮、易、樂、春秋、孝經之緯書。

〔五〕盍睨姜庸:與下句"屣脱珪組"對舉,意爲鄙視高貴之地位。按:詩經鄘風桑中有句"云誰之思,美孟姜矣","云誰之思? 美孟庸矣"。宋蘇轍注曰,姜、庸"皆著姓也"(詩集傳卷三)。

汙抔子志〔一〕

古魯傁方給休告歸〔二〕,息自便軒〔三〕,戒閽勿抽扆。客有扣門作駕鵝觜聲急甚,問爲誰,曰:"汙抔子。"心自語曰:"今去飲食始已若干萬春秋,烏得有葛天氏人哉? 非佯人則益人爾矣。"

蕭入其人,今人之冠蓋也,今人之服食也,今人之語言文字也。因詰曰:"若能囚酒星乎?"曰:"亡也。""若能焚醉日乎〔四〕?"曰:"亡也。""若能椎金罍、碎玉椀、破兕觥乎?"曰:"亡也。""亡則曰'汙抔'也,何居?"曰:"我非葛天氏人也,衣今人之衣,食今人之食,而行古人之道,則謂今有汙抔子焉可也。"又詰曰:"飲始未有沛酏,況有飲器乎? 人文一開,飲也不能不酒,又不能不尊①不升以奉之,此勢之不能自已也。今欲反於汙抔,勢可乎?"曰:"勢,世也;道,勢②之制也。勢亡則制蕩而不知極,天下將有爭於一勺之間,吾未究其止也。故道不反汙抔,勢不止敗亡也。"

古魯傁偉其言,又聞其道果可律於今。即守符不售於封建之日,庸調不售於井畝之秋,時遷事變也,汙抔又果可以行於酌醻酢獻之時乎? 汙抔子曰:"如有用我者,吾其使民摽枝乎? 野鹿乎? 庸詎知有禍首爲燧人乎〔五〕? 亂階爲儀狄乎〔六〕?"古魯傁因引觥賀之曰:"今之沉酗淫湎、禍烈膏火者,自救已弗暇,而半升之瓢捽而爲飲具,一斗之鑴炊以爲警器。行子之道,則凡陷於是者可以免已夫!"汙抔子曰:"唯。"

古魯傁於是撞亞父斗〔七〕,捧子元子之抔〔八〕,酌以伊耆氏之天酒〔九〕,而爲之歌曰:"汙吾樽兮,匪玉匪金。抔吾飲兮,匪酌匪斟。噫,今之人兮,太古氏之心。"汙抔子亦賡載歌曰:"汙吾樽兮,匪罍與斗。抔吾飲兮,匪授與受。噫,今之人兮,太古氏之道。"

【校】

① 尊:原本作"酋",據陳于京刻本改。

② 勢:原本作"執",據陳于京刻本改。

【箋注】

〔一〕文撰於元至正十三年(一三五三)前後,其時楊維禎在杭州任税務官。繫
年依據:文中所謂污抔子乃括蒼王廉别號。至正十三年前後,楊維禎在
杭州與之交往甚多,二人寓所臨近,王廉居其東巷。參見鐵崖撰南屏雅集
詩卷序(載佚文編)、東維子文集卷六王希暘文集序、卷九送王熙易客南湖
序。污抔:參見本卷太平醉民説注。

〔二〕古魯傁:鐵崖自稱。按:此名蓋源於李白詩,鐵崖借以自嘲。李太白全集
卷二十五嘲魯儒:"魯傁談五經,白髮死章句。問以經濟策,茫如墜烟霧。"
又,鐵崖曾自稱"古魯人",與此所謂"古魯傁"有關。參見楊鐵崖先生文
集全録卷二自便傁志。

〔三〕自便軒:鐵崖爲其居所命名。

〔四〕囚酒星、焚醉日:唐摭言卷十二酒失:"宋人衛元規酒後忤宋州丁僕射,謝
書略曰:'自兹囚酒星於天獄,焚醉日於秦坑。'人多記之。"

〔五〕燧人:即燧人氏。相傳爲三皇之首,鑽木取火以燒煮食物。

〔六〕儀狄:參見東維子集卷二十八麴生傳注。

〔七〕亞父:項羽謀臣范增。范增於鴻門宴後怒撞玉斗,詳見史記項羽本紀。

〔八〕子元子:指唐元結,字次山,河南人,官道州刺史。生平見新唐書元結傳。
元結人稱漫郎,曾以凹石爲天然盛酒器,作㼜尊詩及㼜尊銘。蘇軾武昌西
山:"浪翁醉處今尚在,石臼抔飲無樽罍。"

〔九〕伊耆氏:相傳爲上古帝王堯之姓。參見尚書注疏序。

三尸氏録

三尸氏,長曰盾[①],次曰矯、曰居[一],其出大彭錢鏗之後[二]。三尸
皆富泉貨,人以"籛"去"竹",目曰"錢蚩"。錢蚩多爲人所仇,尸之
長,亦務仇人。庚申日走酆都崇者[三],狀人過愆,以樹威福。崇者信
之,賜以赤幘絳帕,乘五文馬,爲崇先驅,且錫之號曰血姑[四]。尸自悔
曰:"吾清白人,不進善於清都帝所,而讒人過於崇,且得血姑號,不
祥。"遂與崇絶,求自新於天目法師[五]。法師覬尸賕,賕不滿,遂入其
罪丹書,并其仲矯、居,論棄市。三尸死三日,法卒亦暴死。已而復

還,曰:"尸訴我于閻邏主帝,主帝以我爲承殺,非主殺,得不死。"尸且大訴法師于帝曰:"我讒人爲祟,悔而求自新。律'自新醳罪',且佗有同自新者凡若干人,若干人俱醳,而法師獨以予賕不滿,加極刑。是法師以貨乾没,顛倒人是非,以亂上天之聰,乃天下大尸蟲耳,何法師之稱哉? 帝不察,而縱其殺亡罪,又何以司天命、生死人乎?"未幾,法師踣於位,永錮死。

　　楊子曰:殺悖而出,亦悖而反,天道也。尸盾氏忨禍求新,罪亦薄,而執法者入以極刑,且及其衆與族,不過當甚乎! 宜天殺殺者。

【校】

① 盾:蓋"質"字之訛。下同。參見注釋。

【箋注】

〔一〕三尸:本文曰其名依次爲盾、矯、居。或謂其姓名爲彭倨、彭質、彭矯。雲笈七籤卷八十三紫微宫降太上去三尸法:"夫人身并有三尸九蟲。人之生也,皆寄形于父母胞胎,五穀精氣,是以人腹中盡有尸蟲,爲人之大害。常以庚申日夜上告天帝,記人罪過,絶人生籍,欲令速死。魂升于蒼天,魄入于黄泉。唯有蟲尸,獨在地上游走,曰鬼……上尸彭倨,在人頭中,伐人眼目,令人好作惡,噉食衆生,或口臭齒落。中尸彭質,在人腹中,伐人五藏,少氣多忘,令人好作惡,噉食衆生,或作惡夢,驚恐不安。下尸彭矯,在人足,令人下關搔擾,五情踴動,不能自禁……此三尸狀如小兒,或似馬形狀,皆有鬚髮,毛長三四寸。人既死,遂出作鬼耳。"

〔二〕大彭:指彭祖。相傳彭祖姓名爲錢鏗,或作籛鏗。

〔三〕酆都:相傳爲鬼城,陰曹地府。

〔四〕血姑:或謂下尸之名。柳河東集卷十八罵尸蟲文題下注:"酉陽雜俎載,人有三尸:上尸清姑伐人眼,中尸白姑伐人五藏,下尸血姑伐人胃命。凡庚申日,三尸言人過於帝。古語云:'三守庚申三尸伏,七守庚申三尸滅。'"按:今傳本酉陽雜俎卷二玉格載此條,文字與此有出入。

〔五〕天目法師:天目山之法師,蓋屬虛擬。

關寶氏議

或問:"關寶氏族某官〔一〕,令招甲而得誅,當乎?"

楊子曰:"古者大夫無私甲,有事則授之於廟。春秋時,鄭授於大宫[二],魯授於大廟,楚授於子①焉[三](桓四年傳②考焉字。)。未聞授於家,授於家則庶人枋③國矣。關寶氏之招甲,出於義尚不可,而況不義乎? 假某相府令以文其私,以售其實,不義其德,誅也當哉! 若其從者出於飢氓一日之趨,以苟其食以贍死,則有當原者,盡以付刀鋸,則不當矣。"

因之死者三百人,時主議者刑部聶古氏[四]。明年,其人尸磔於海宿云。

【校】

① 子:原本作"子",據左傳改正。參見注釋。

② 傳:陳于京刻本無。

③ 枋:陳于京刻本作"擬"。

【箋注】

〔一〕關寶氏族某官:疑指鐵崖弟子"北庭關寶氏"之族人,下文關寶氏,亦當指此所謂"某官"。參見東維子文集卷二送關寶臨安縣長序。

〔二〕鄭授於大宮:左傳隱十一年:鄭伯將伐許,授兵於大宮。杜預注:"大宮,鄭祖廟。"

〔三〕楚授於子:左傳莊公四年:"春,王正月。楚武王荆尸,授師子焉,以伐隨。"

〔四〕聶古氏:據本文,曾於刑部任職,因濫害無辜而遭暗殺。

書篤魯公辯事卷[一]

一人賞罰,不能勝天下人之賞罰,何也? 當與不當不分耳。以天下人之賞罰,爲一人之賞罰,則當矣。

湖南郡守篤魯公,以言者中傷,上官信而黜之。既而事白,免出。繼又以言者受某罪[二],然言者以爲罪,而天下人不以爲罪也,則罰者一人之罰,非天下人之罰也。罰非天下人,則一人之罰,不能勝天下人之賞矣。是説也,吾欲告諸司賞罰者,而龍沆氏以公之辯事卷來〔三〕,故書諸卷而歸。

【箋注】

〔一〕文撰於元至正十五年(一三五五)前後,其時楊維楨在杭州任税務官。繫
　　年依據:篤魯公獲罪,在至正十四年前後任潭州路總管期間,本文當撰於
　　此後不久。篤魯公,指潭州路總管伯篤魯丁。伯篤魯丁字至道,西域部答
　　失蠻氏,漢姓魯。元至治元年(一三二一)辛酉乙科進士,至治三年任滁州
　　達魯花赤。元順帝至元年間,先後任浙東肅政廉訪副使、廣西廉訪副使。
　　至正元年(一三四一),由禮部侍郎除秘書大監。至正十四年前後,任潭州
　　路總管。參見柳貫待制集卷十五新修石門洞書院記、康熙滁州志卷十三
　　職官志、阮元編兩浙金石志卷十八、元詩選癸集丁集、陳垣元西域人華化
　　考卷四,以及全元文第四十八册伯篤魯丁傳、翁乾麟試論元代回回詩人伯
　　篤魯丁及其詩文(載回族研究一九九八年第四期)。

〔二〕以言者受某罪:詳情待考。按:伯篤魯丁獲罪之事,當時江浙文人間頗有
　　傳聞。王忠文公文集卷二十一齊琦傳:"(琦)嘗至衢,有周孚者,邀詣其
　　家⋯⋯當琦留孚家,有二客扣門者。琦聞其聲輒曰:'二人必皆三品官,然
　　不久且至坐重罪。'二人者,一爲潭守伯篤魯丁,一爲衢守將趙甲。後果俱
　　以罪廢。"

〔三〕龍沆氏:不詳。

我我説

　　認萬物爲渠者,有我之見也。忘一己爲予者,無我之見也。有我
者固非,而無我者亦不是也。故有我爲楊氏,無我爲墨氏〔一〕。
　　今有人焉,曰高子昭氏〔二〕,未嘗有我,亦未嘗無我,超然獨有見於
楊、墨之上,自呼曰"我我"也。釋之者曰:"上我,不我之我,爲我我之
主。下我,有我之我,爲我我之所。"有問"我之我",我我曰:"我得於
我。我之自得於父,父之自得於祖,祖之又自得於祖祖之祖。遡其
祖,極於天地之初生,則我之我與天地俱生者久矣。豈今日之我,或
七十年、八九十年爲今之我哉!"
　　然則越十二萬齡〔三〕,天地死,我復何去?又越十二萬齡,天地生,

我復何來？能是者，是爲我我之徒也，不則没世於楊、墨氏之辯圃也。

【箋注】

〔一〕“故有我”二句：楊氏，指楊朱，或稱楊子。墨氏，指墨翟。孟子盡心上。
　　“孟子曰：‘楊子取爲我，拔一毛而利天下，不爲也；墨子兼愛，摩頂放踵利
　　天下，爲之。’”
〔二〕高子昭：子昭當爲其字，其名及籍貫生平皆不詳。
〔三〕十二萬齡：實指十二萬四千五百年。宋吕本中撰童蒙訓卷上：“邵康節以
　　十二萬四千五百年爲一會。”

跋虞先生別光上人説[一]

　　浮屠氏不三宿桑下[二]，懼情爲之累也。邵庵虞先生與其鄉僧光，
居吴二百日而別[三]，其言爲無情有情之辯，至比合散於雲之不自
知也。

　　蓋其悠然而合也，若有情而未始有情；其忽然而散也，若無情而
未始無情。此至人無相之心也，物我之兩安於無所爲也。故自其未
始無情者觀之，是主人好竹，必徑造已[四]；自其未始有情者觀之，是清
溪之篆，不交一言而去也[五]，此有情無情辯也。光將歸匡廬[六]，復見
先生爲合散也，試以予言質諸。至正八年春三月，門生會稽楊維禎書
於開元之純牧齋[七]。

【箋注】

〔一〕文撰書於元至正八年（一三四八）三月，作客蘇州開元寺之際。虞先生：
　　即虞集。《元史》有傳。光上人：指悟光。悟光（一二九二——一三五七）
　　字公實，號雪窗，俗姓楊，蜀之新都人。其生平詳見喻謙新續高僧傳四集
　　卷四元明州天童寺沙門釋悟光傳。按：本文稱光上人爲虞集“鄉僧”，虞
　　集原籍四川成都，與悟光皆爲蜀人。又，虞集父遷居臨川崇仁，而本文曰
　　“光將歸匡廬”，可見光上人駐錫之地，距離虞集家亦不遠。
〔二〕浮屠氏：指佛教僧人。後漢書襄楷傳：“浮屠不三宿桑下，不欲久生恩愛，
　　精之至也。”注：“言浮屠之人寄桑下者，不經三宿便即移去，示無愛戀之

心也。”

〔三〕居吴二百日：指虞集初游吴地，時爲元英宗至治二年壬戌（一三二二）。
當時釋悟光陪同虞集游寓蘇州開元寺。參見虞集撰開元寺緑蔭堂記。
（文載光緒九年刊蘇州府志卷三十九寺觀一。）

〔四〕主人好竹必徑造：指王子猷見吴中顧辟疆家中竹林甚美，不作通報，徑至
竹下吟賞。參見鐵崖賦稿卷下翠雪軒賦注。

〔五〕“是清溪之篴”二句：世説新語任誕：“王子猷出都，尚在渚下。舊聞桓子
野善吹笛，而不相識。遇桓於岸上過，王在船中，客有識之者，云是桓子
野。王便令人與相聞云：‘聞君善吹笛，試爲我一奏。’桓時已貴顯，素聞王
名，即便回下車，踞胡牀，爲作三調。弄畢，便上車去，客主不交一言。”

〔六〕匡廬：江西廬山。

〔七〕開元：寺名，位於蘇州。宋范成大吴郡志卷三十一宫觀：“開元寺，在吴縣
西南。即後唐同光錢氏所徙寺也。”按：鐵崖爲泰定四年進士，當年虞集
任會試讀卷官，故此鐵崖自稱“門生”。

囚齋説爲會稽張道士述〔一〕

若知囚之説乎？紆朱懷金，非柤械歟？班麗桂柱，非斧鉞歟？文
繡堂楯，非聚僂歟〔二〕？銀海金鳧，石柙珠襦〔三〕，非萡醢歟？鉅儒小儒，
取含①中珠〔四〕，非格磔歟？

陰陽，大胥靡也，天地之圜扉也。人欲俯而跼、仰而嘘，較存亡得
喪之居，辯是非曲直之塗者，何如也。嘻，吾將與若撤囚區，蜕囚軀，
囚大圜扉於大羅之外，子孫②從之乎？若然者，是能息爾剬，補爾黥，
而解爾疏屬拘者乎！

【校】

① 含：原作“舍”，據文義改。

② 孫：蓋爲“能”之誤寫。

【箋注】

〔一〕張道士：會稽（今浙江紹興）人。生平不詳。

〔二〕聚僂：莊子達生：“自爲謀，則苟生有軒冕之尊，死得於腞楯之上，聚僂之中，則爲之。”陸德明釋文：“聚僂，棺槨也。”

〔三〕“銀海”二句：皆指墓中物。秦始皇墓鋪水銀爲海（見史記秦始皇本紀），有金鳧（見王嘉拾遺記前漢上）。漢黃賢殮以珠襦玉柙（見漢書）。

〔四〕“鉅儒”二句：莊子外物：“儒以詩禮發冢。大儒臚傳曰：‘東方作矣，事之何若？’小儒曰：‘未解裙襦，口中有珠。’”

春草軒辭〔一〕

毘陵華孝子幼武，六歲而孤〔二〕。長，善事其母，以純孝聞。嘗自取孟郊所賦游子詩，摘其語，名其所居軒曰“春草”。自翰苑大老黃公晉卿而下〔三〕，爲詩文凡若干人。陳子平甫爲之記〔四〕，引郊以論孝子事，極剴切而有警。幼武復求予文，予不敢援筆。又因子平致予請，姑爲銘辭，以書其軒楹云：

草生於春而殺於秋兮，秋爲鬼而春爲母也。春誠何望於草兮，草無忘於生生之府也。嗟嗟草兮，恩有春也。矧伊人兮，不有親也。親之生我兮，實云劬只。親而不報兮，草不如只。伊華孝子兮，六歲失父。苟無母兮，嗟我孰怙？草生無娠兮，心則有仁。我而不仁兮，草不有春。銘軒以“草”兮，春暉杲杲。嗟嗟我心兮，罔極我昊。

【箋注】

〔一〕文當作於元至正七年（一三四七）或稍後，其時鐵崖寓居姑蘇，授學爲生。繫年依據：按明趙琦美編趙氏鐵網珊瑚卷九載陳謙爲華幼武所撰春草軒詩序，署尾曰“至正七年三月廿一日吳郡陳謙書”。本文蓋亦撰於同時。華幼武，字彥清，毘陵望族子。其生平及春草軒事參見鐵崖先生古樂府卷六春草軒辭。

〔二〕六歲而孤：諸家所記不同。張翥春草軒記：“（功德使司都事華子舉）卒，年二十有六。夫人陳，長君二歲而寡。一子幼武，三歲。二女復幼。迺自誓不再適……後至元二年，中書表其閭，有司因名之曰旌節里。”（載趙氏鐵網珊瑚卷九。）

〔三〕黃晉卿：即黃溍。元史有傳。

〔四〕陳子平：名謙。至正七、八年間，鐵崖游寓姑蘇時與之交往，其詩頗得鐵崖
稱賞。參見東維子文集卷七鄰韶詩序。

祭揭曼碩先生文〔一〕

　　至正四年歲次甲申，秋七月某日，太史氏揭傒斯卒。會稽楊維楨
偕句曲外史張天雨、永嘉李孝光等〔二〕，在江南孤山之上〔三〕，設清酒之
奠，祭之以文曰：

　　漢班固續史傳〔四〕，書未成而固亡。梁吳均作通史，書未成而均亦
卒。隋陸從典續史記，書未成而免官〔五〕。惜之者以爲天靳斯文而不
傳，議之者以爲非人而天棄之也。伏惟先生之任太史也，以前朝三史
之重爲己任。曰才曰識，曰金石之文章，皆足以爲史。儒僚推以爲宗
工，大臣屬以爲總制。三史未就而先生告殂〔六〕，謂天靳斯文而先生喪
者非耶？不然，何是書之述所牽延六十年〔七〕，若有所待而屬於先生
者，而又不憖遺一人于先生也！

　　於乎嘻哉！吾儕小子雖處于野，聞先生之訃，惶焉以爲悼者，非
悼夫一人之私，悼斯文千載之公也。嗚呼悲夫，尚享！

【箋注】

〔一〕文當撰於元至正四年（一三四四）秋，揭傒斯謝世之後不久。其時鐵崖寓
居錢塘，欲補官而不得，授學爲生。揭曼碩：即揭傒斯。揭傒斯（一二七
四——一三四四），字曼碩，龍興富州（今江西豐城）人，延祐初特授翰林
國史院編修官，官至侍講學士、同知經筵事。至正初年修纂遼、金、宋三
史，任總裁管。追封豫章郡公，謚曰文安。生平詳見元史本傳。又，鐵崖
輯西湖竹枝詞載揭傒斯詩二首，謂其“文章居虞集之次，然其竹枝爲兒女
浦歌，風調不在虞下。”按：本文曰揭傒斯卒於至正四年七月，金華黃先生
文集卷二十六揭公神道碑則謂揭傒斯卒於是年盛夏，疑本文所謂“秋七月
某日”，實爲鐵崖等在孤山上祭奠之日。按：泰定四年（一三二七）鐵崖赴
京考進士，當時揭傒斯任會試考官，故二人之間可謂有師生之誼。參見沈
仁國撰元泰定丁卯科進士考，文載元史及民族史研究集刊第十五期。
〔二〕句曲外史張天雨、永嘉李孝光：參見東維子文集卷七鄰韶詩序。

〔三〕孤山：位於杭州西湖之濱。

〔四〕班固：傳見後漢書。

〔五〕"梁吳均作通史"四句：通志總序："惟梁武帝爲此慨然，乃命吳均作通史，上自太初，下終齊室。書未成而均卒。隋楊素又奏令陸從典續史記，訖于隋。書未成而免官。"吳均，傳見梁書。陸從典，字由儀，吳郡（今江蘇蘇州）人。隋著作佐郎。傳見宋范成大撰吳郡志卷二十一人物。

〔六〕三史未就而告殂：遼史、金史、宋史分別成書於至正四年三月、十一月和至正五年十一月。揭傒斯去世時，僅遼史完成。

〔七〕是書之述所牽延六十年：指遼、金、宋三史之編撰拖延日久。元世祖忽必烈曾數次下令，命文臣準備修纂遼、金、宋三史，其後仁宗、英宗、文宗也有意修纂三史，然均未能落實，直到至正初年才真正開修。自忽必烈至元順帝，三史之修纂，遷延六十來年。

祭馮仁山先生文〔一〕

維皇元至正九年歲次己丑，冬十一月戊午朔，越二十有七日甲申，契生楊維楨謹遣學子吳毅〔二〕、家隸吳野仙，用特羊之奠，馳祭於故仁山先生馮公之靈，衬以俊卿亡友〔三〕。曰①之以辭曰：

維楨生晚，不及識先生，而獲見先生大兄古山寺丞之死節于宋史。繼又獲交先生之二子俊卿、正卿，深沉有雅量，承上有孝悌，惇族有仁，睦婣有義，交朋友有信。則雖不識先生，如見先生焉。不料長子俊卿不十年而隨先生以即于土也〔四〕。善人繼失，豈惟友黨一人之悲，實宗族姻里衆人之痛也。

維楨既聞遠日，雖蕩迹在千里，義當匍匐而事。有適相乖者，不容人以急禮也，惟有南望古城，遡風長慟而已。顙人犇奠，矢此赤忱，九京如知，諒亦貸予之罪。非不情至是，異時過西州〔五〕，經先生墓道，隻雞斗酒〔六〕，相沃醉冢上，以贖宿罪，固非晚也。嗚呼，尚饗！

【校】

① 曰：或爲"申"字之訛。

【箋注】

〔一〕文撰於元至正九年（一三四九）十一月二十七日，其時鐵崖受聘於吕良佐，在松江教授其子弟。馮仁山：指馮士升之父馮革。其生平及昆弟子侄，參見東維子文集卷二十五馮進卿墓志銘。

〔二〕吴毅：吴復之子，其時從學於鐵崖，其父吴復業已病逝。

〔三〕俊卿：即馮士升。按：馮士升卒於至正七年，當時鐵崖寓居姑蘇，未能奔喪，故此祔祭。

〔四〕按：此曰“長子俊卿不十年而隨先生以即于土”，馮俊卿卒於至正七年（一三四七），則其父馮仁山謝世，當在元順帝至元五年（一三三九），或稍後。

〔五〕過西州：晉書謝安傳：“羊曇者，太山人，知名士也，爲安所愛重。安薨後，輟樂彌年，行不由西州路。嘗因石頭大醉，扶路唱樂，不覺至州門。左右白曰：‘此西州門。’曇悲感不已，以馬策扣扉，誦曹子建詩曰：‘生存華屋處，零落歸山丘。’慟哭而去。”

〔六〕隻雞斗酒：後漢書橋玄傳：“又承從容約誓之言：‘徂没之後，路有經由，不以斗酒隻雞過相沃酹，車過三步，腹痛勿怨。’”

媵何氏馨志

楊氏家主婦曰理，其媵曰何氏馨也。馨善女紅，服室勞靡有厭倦。頗嫻於容，主婦過猜，至於嫉嘗，積而至於笞榜，苦楚不能勝，然而服勤主婦，益不怨。父母家欲奪其去者數矣，而馨誓死不忍去，遂終老主婦家，年六十而卒。

嗚呼！予讀詩，至江沱之媵〔一〕，不獲於嫡，愈勤而愈不敢怨，若將終身焉者，實得於先王之澤之深也。吾不謂去千餘年而親見其人於馨乎！

嗚呼！孟子於君臣有犬馬寇讎之論〔二〕，此有激之説也。子必待父慈而後孝，臣必待君仁而後忠，則其爲孝忠也薄矣。觀馨之事者，可以得忠孝之道矣。嗚呼，馨可以少乎哉！

【箋注】

〔一〕江沱之媵：毛詩正義卷一召南江有汜：“江有汜，美媵也。勤而無怨，嫡能悔過也。<u>文王</u>之時，<u>江</u>、<u>沱</u>之間，有嫡不以其媵備數，媵遇勞而無怨，嫡亦自悔也。”

〔二〕犬馬寇讎之論：<u>孟子</u><u>離婁</u>下。“<u>孟子</u>告<u>齊宣王</u>曰：‘君之視臣如手足，則臣視君如腹心。君之視臣如犬馬，則臣視君如國人。君之視臣如土芥，則臣視君如寇讎。’”

雲巖説^{〔一〕}

　　巋然而高者，<u>泰山</u>之巖也。悠然而生者，<u>泰山</u>之雲也。方其觸石而出，膚寸而合，不崇朝而雨天下^{〔二〕}，其利澤之及物，可謂廣矣。及其抱石而止，依巖而棲，招之不來，引之不去，悠悠乎泊於槁木之枝，泛泛乎游於野鶴之群，殆若無心於出處者也。然王者德至山林則慶雲出，而天下望之。<u>太史氏</u>紀之，以爲治世之瑞、盛世之符也^{〔三〕}。至於從龍澤物，又其功用之較然者焉。今聖人作而萬物睹矣，雲龍風虎，各以類應^{〔四〕}。以雲之瑞世澤物而丁此盛際也，其能終棲巖穴乎？

　　<u>西夏</u><u>魯侯宗岱</u>，自號雲巖。其在貴公子時，已懷瑞世澤物之志。及判<u>崑山州</u>，以廉公仁愛，大得民和。千里邑，上有伯長臨焉，下有賓客對焉，其志或有不相同者，則終未能廣平生澤物之利。異時廟堂之上，握樞機以展抱負，則將推一邑之所澤，以應四海之望，使<u>商</u>巖相業復見於今^{〔五〕}，此<u>雲巖</u>平生瑞世利物之心也。侯其勉之哉！

【箋注】

〔一〕文爲<u>魯宗岱</u>作。<u>魯宗岱</u>，自號雲巖，又號松雲，<u>西夏</u>人。世家子弟，“魯”或爲其漢姓。<u>至正</u>年間任<u>崑山州</u>判官。參見<u>張適</u><u>甘白先生張子宜詩文集</u>卷一賦<u>魯宗岱松雲</u>詩。按：<u>魯宗岱</u>任<u>崑山州</u>判官，或在<u>至正</u>七、八年間，其時<u>鐵崖</u>游寓<u>姑蘇</u>，常往<u>崑山</u>。然按<u>嘉靖</u><u>崑山縣志</u>卷五官守，<u>元</u>代判官一欄内無“<u>魯宗岱</u>”，亦無姓“魯”者。待考。

〔二〕“方其”三句：參見<u>東維子文集</u>卷十八怡雲山房記注。

〔三〕“太史氏紀之”二句：指<u>司馬遷</u>評述卿雲之效。詳見<u>史記</u><u>天官書</u>。

〔四〕“今聖人”三句：<u>易</u><u>乾</u>：“雲從龍，風從虎，聖人作而萬物睹……各從其類也。”

〔五〕商巖相：指殷商賢相傅説。史記 殷本紀：“武丁夜夢得聖人，名曰説。以
　　夢所見視羣臣百吏，皆非也。於是廼使百工營求之野，得説於傅巖中。是
　　時説爲胥靡，築於傅巖。見於武丁，武丁曰是也。得而與之語，果聖人。
　　舉以爲相，殷國大治。故遂以傅巖姓之，號曰傅説。”

蘭友説〔一〕

　　傳曰：“友也者，友其德也〔二〕。”易曰：“同心之言，其臭如蘭〔三〕。”
若然，則蘭之爲臭，固友道之所尚也。

　　雲間 譚君 植，博學而行脩。與人交，澹而克久，久而克温。其德
馨，藹乎其可挹。是以人之識之者，愛之而愈親，親之而愈敬。而人
之薰其善良者，蓋不少矣。故朋門以蘭友字之，而持以求説於予。

　　予詰之曰：“蘭，一也，而友之者，其等夷殊焉。何者？聖人操琴，
有曰：‘揚揚其香，不采而佩，於蘭何傷〔四〕？’此蘭之友之聖也。屈平紉
佩〔五〕，有曰‘滋蘭九畹’、‘緑葉紫莖〔六〕’，此蘭之友之賢也。‘何昔日
之芳草，爲今之蕭艾〔七〕’，此則蘭之友之爲庸人也。譚君之友蘭，其將
爲賢乎？爲聖乎？抑爲庸衆人之友也？”譚君曰：“植雖不敏，從師取
友，不憚千里之遠者，志於希賢希聖耳。吾其肯以庸人友蘭乎？”

　　嘻，聖賢尚友於千載者，亦各從其類也。譚君之志，異於庸衆人
萬萬。其友於蘭也，豈變而不芳者歟？異時吾入譚君之廬，蓋蘭之室
矣；交譚君之人，必蘭之臭矣。

【箋注】

〔一〕文撰於元 至正九、十年間，其時鐵崖授學於松江 呂氏塾。繫年依據：請文
　　者譚植乃雲間人士，且致力於“從師取友”，當爲鐵崖初次寓居松江期間。
〔二〕“友也者”二句：出自孟子 萬章。
〔三〕“同心之言”二句：出自周易 繫辭上。
〔四〕“揚揚其香”三句：宋 魏仲舉編五百家注昌黎文集卷一猗蘭操：“蘭之猗
　　猗，揚揚其香。不採而佩，於蘭何傷？”詩題下注曰：“孔子傷不逢時作。韓
　　曰：猗蘭操者，孔子所作也。孔子歷聘諸侯，莫能用。自衛反魯，隱谷之
　　中。見香蘭獨茂，喟然嘆曰：‘夫蘭爲王者香，今乃獨茂，與衆草爲伍。’乃

止車,援琴鼓之,自傷不逢時,託辭於香蘭云。"

〔五〕紉佩:楚辭離騷:"扈江離與辟芷兮,紉秋蘭以爲佩。"

〔六〕滋蘭九畹:出自楚辭離騷篇。綠葉紫莖:出自楚辭大司命篇。

〔七〕"何昔日"二句:楚辭離騷:"何昔日之芳草兮,今直爲此蕭艾也?"

卷九十　鐵崖先生集卷一至卷二

童子救蟻篇①〔一〕

　　今年春積雨，自正沿三月，水没階除。老槐封垤在巨浸中，蚼蟓之衆以萬計，漂浮如撒沙。童子見，投竿繩以濟。余以蟻，君臣義蟲也〔二〕，不幸有墊，而童子施援溺手。童子豈知吾大宋陰德事哉〔三〕？事出倉卒，童子惻隱之天也。爲賦詩八十四言。嗚呼，吾萌不堪命，甚彼蜉矣！使農牧讀吾詩，無童子之仁者，非牧矣。

　　去年伐槐憐蟻穴，今年槐浸穴同沉。夢垤不知飛蛺蝶〔四〕，漏天況復加淋淫。小童急手援爾溺，竿絢作筏垂槐陰。千鈞力懸一髮重，百萬命逃三尺深。好生自合上天德，懷報豈有它人心？我作歌詩告農牧，道州淚下春陵吟〔五〕。

　　今書此詩與上海祝侯〔六〕，侯見惻然，曰："某無童子心乎？"余曰："魯中牟化，童子不捕雉〔七〕；祝上海化，童子能救蟻。童仁如此，邑大夫之仁可知矣！雖然，予詩所謂'淚下春陵'者，懷元道州也。道州以徵卒繁重，民不堪命，賦春陵詩以爲采國風者獻，亦記之空言氏，至奏免道州租庸一十萬緡，及免税和市雜物十三萬緡。則知道州有實政，非托空言而已也。大夫有中牟及物之化，更力爲道州及救民之政，吾民之幸，吾詩人之幸也。"

【校】

① 鐵崖先生集四卷，明佚名鈔録。上海圖書館收藏。此書詩文兼收，以文爲主，按文體編排。所録文章大多不見於東維子文集、鐵崖文集，尤以鐵崖晚年休官退隱松江後所作爲多。今以此明鈔本爲底本，參校清抄楊鐵崖先生文集全録四卷本、清張金吾愛日精廬抄鐵崖漫稿五卷本等。

【箋注】

〔一〕本詩撰於明洪武元年（一三六八）四月，其時鐵崖寓居松江。繫年依據：本詩序曰"今年春，積雨，自正沿三月"，與本卷天車詩引所述狀況吻合。

按：其時距離錢鶴皋起事剛滿一年，戰亂之後，淫雨連綿，必然導致歉收，甚至災荒。鐵崖書此詩贈予上海知縣祝挺，寓有渴望仁政之企盼，同時亦含鞭策。參見本卷天車詩引、東維子文集卷一送祝正夫赴召如京序。

〔二〕義蟲：宋蔡卞毛詩名物解卷十一釋蟲：“蟻有君臣之義，故其字從義。”

〔三〕大宋陰德事：指北宋宋郊曾經救助浸溺水中之蟻。太上感應篇卷十二填穴：“（宋）宋郊、宋祁弟兄同行，逢一異僧，相曰：‘小宋當大魁天下，大宋亦不失科甲。’後十年，大宋復遇諸途，僧乃大驚曰：‘公豐神特異，如能活數萬命者有之乎？’……大宋良久曰：‘比堂下有蟻穴，忽爲暴水所浸，某急編竹橋以度。豈此是耶？’僧曰：‘必是也。小宋今歲當首魁，公終不出其下。’比唱第，小宋果大魁。章獻太后乃謂弟不可以先兄，因命大宋爲第一，小宋爲第十。”

〔四〕夢堃：用李公佐南柯太守傳紀淳于棼夢入槐安國事。飛蛺蝶：用莊子齊物論莊周夢爲蝴蝶事。

〔五〕道州：指唐人元結。元結曾任道州刺史，故稱。元結於戰亂之後，“作舂陵行以達下情”。有句云：“何人采國風，吾欲獻此辭。”

〔六〕上海祝侯：指明初上海知縣祝挺。參見東維子文集卷一送祝正夫赴召如京序。

〔七〕魯中牟：指東漢魯恭。後漢書魯恭傳：“拜中牟令。恭專以德化爲理，不任刑罰。……建初七年，郡國螟傷稼，犬牙緣界，不入中牟。河南尹袁安聞之，疑其不實，使仁恕掾肥親往廉之。恭隨行阡陌，俱坐桑下，有雉過，止其傍。傍有童兒，親曰：‘兒何不捕之？’兒言：‘雉方將雛。’親瞿然而起，與恭訣曰：‘所以來者，欲察君之政迹耳。今蟲不犯境，此一異也；化及鳥獸，此二異也；豎子有仁心，此三異也。’”

天車詩引①〔一〕

洪武戊申春二月交夏中，霪雨不休。農以潦告，官修圍岸，迫農車洩潦水，農病甚。忽見黃衣老髯不知何來，喻農曰：“汝車力倍而功寡，吾教汝車，力不勞而功倍之。”於是索竹兩竿，刳其節，交兩首尾，飲於田口，注於江。農驚問其神，老髯曰：“此陰陽升降法也，汝農奚知！”農家龍骨皆閣不用〔二〕，老農治酒食謝老髯，轉顧而髯不見。郡從事熊仲賢過余草玄閣言其事〔三〕，謂之天車,出於古馬鈞之所製。(馬鈞,始造水車人也。)豈非上帝憫農之苦,而俾老髯授此具乎!此大明聖世之奇事,鉷史楊維禎不可不紀而詠歌之,遂叙而爲詩。詩曰:

洪武初元三四月,百日雨霪霪不歇。街頭浮作蛟人宮,田竇潴成龍子穴。天子省耕遣司農〔四〕,方伯分官修水庸。東塍架車具,力乏愍叟啼飢童。黃衣老髯到田所,手摩吾農憫農苦。牛郎河上有天車,車力不施功倍取。貓頭巨節剜中空,膠泥鎖口交雙龍。長繩引水一入腹,吐納黃河噴霓虹。老農拜天蟠脚坐,老髯何來髯教我。屋教高挂蜕骨龍,潭溜乾拾支祈鎖。我聞阿香閴雷車,農車巧運銜尾雅。如何天車閟天巧,萬古不洩三農家。九重帝車運北斗,五風十雨調大有。天車天車實天授,我作歌詩更賦天春萬萬粟,天子敖倉紅粟朽。和予歌,擊壤叟。

【校】

① 按:本詩與鐵崖先生古樂府補卷四天車詩所詠爲同一事,然文字差異不小,請詩之人亦不同。今分別收録,并作箋注。

【箋注】

〔一〕本詩撰於明洪武元年戊申(一三六八)四月,當時鐵崖寓居松江。按:本詩與鐵崖先生古樂府補卷四天車詩相近,可參看。

〔二〕龍骨:指龍骨水車。

〔三〕熊仲賢:當爲明初松江府屬官。

〔四〕天子省耕遣司農:蓋指吴元年(一三六七)冬,司農少卿杭琪出使吴淞"經理田土"。杭琪於當年歲末還京,鐵崖曾撰文送行。參見東維子文集卷二送司農丞杭公還京詩序。

送國老滕公北上序〔一〕

聖元以神元定天下,持之以成法,承平六十年,訖以貪人敗官,上下交斂,寇敓半天下,天子制命機①格。賴忠襄王起河南〔二〕,大義一呼,三河響應,遂受顯鉞,翼戴王室,以行天討。拔大梁[三],辟關輔,削平僭亂,功莫大焉。不幸軻、陽變作[四]。既而山東辨章公詞命戎馬間,馳劍取鱷首,如取諸掌[五]。大耻一雪,義聲四振,部曲相慶,以爲先王不死。山東七十二城一日而下,勢如破竹,不使斗筲穿窬之才敢盜神器,可以瞑先王之目,畢先王之志矣。天子錫命上公,饗禮賜宥,四方義士無不翹首西嚮,願服鞬橐以備驅馳,非欲輕背鄉土,苟山東尺寸之禄,大義所在,有以撼天下之心也。

大梁滕公,國族之近,行年六十,開口論大事,忠憤激烈,有回天挽日之氣。今繇浙河絶江而上,道大梁,赴山東之招,然後獻中興策略,叩陛見天子,亦曰壯哉! 其行也,太尉張公贐之以銀幣[六]。會稽楊維禎贈之以言曰:

六月之詩,吉甫北伐也[七];采芑之詩,方叔南征也[八]。六月歌吉甫,必及張仲,以見吉甫師友之盛,相與克有功成。方叔,周同姓也,又元老也。南征必屬之同姓老臣,卒能"執訊獲醜",復文、武之境[九],而成中興之烈。蠢蠻荆爲吾大國之仇者且十年[十],今天子震怒,將遣山東合吳越之師于安豐、秣陵[十一]。公以宗臣元老輔之,中興事業可指日俟。余在草澤,老未死,尚當效周雅,爲東人歌采芑以俟。公往哉!

【校】

① 機:疑當作"幾"。

【箋注】

〔一〕文撰於元至正二十三年(一三六三)初春,其時鐵崖自杭州退隱於松江已三年有餘。繫年依據:據文中所述,滕公北上之時,在至正二十二年十一月擴闊帖木兒攻殺田豐、王士誠,平定山東之後,又在至正二十三年二月張士誠發兵攻打安豐之前。國老滕公:即文中所謂大梁滕公,疑指滕克恭。滕克恭,字安卿,祥符(位於今河南開封)人。初號耕學,晚更號謙齋。父敬甫,未仕。母李氏。克恭爲至正二年(一三四二)三甲進士。初授江陵路録事,遷翰林經歷,官至集賢直學士。遇亂避居錢塘,與楊維禎交好。明初歸祥符,兩聘典河南鄉試。壽百餘歲。所著有春秋要旨、宗譜圖説及詩集謙齋稿。參見明人李濂撰謙齋滕先生傳(載嵩渚文集卷七十九)、明

書卷一百六十九滕克恭傳、蕭啓慶撰元至正前期進士輯録(載燕京學報新
十期)。按:本文謂滕公當時"行年六十",則其生年當在公元一三〇二年
前後。

〔二〕忠襄王:指察罕帖木兒。察罕帖木兒曾祖闊闊台,於元初隨大軍攻克河
南,後世遂爲河南潁州人。至正十二年,察罕帖木兒起義兵,屢屢戰勝,朝
廷授予官職,至河南行省平章政事。至正二十二年遭刺殺,死後追封忠襄
王,謚獻武。元史有傳。

〔三〕拔大梁:按元史察罕帖木兒傳,至正十九年八月,察罕帖木兒率軍收復紅
巾軍劉福通所占之汴梁,河南悉平。

〔四〕軻、陽變作:借指至正二十二年六月,田豐、王士誠刺殺察罕帖木兒。軻、
陽:指荆軻、秦舞陽,刺秦始皇之刺客。

〔五〕"既而山東辨章公"三句:察罕帖木兒被刺身亡,朝廷隨即任命其子擴闊
帖木兒爲太尉、中書平章政事、知樞密院事,襲總其父兵,許以便宜行事。
至正二十二年十一月,擴闊帖木兒攻殺田豐、王士誠,平定山東。詳見元
史察罕帖木兒傳。

〔六〕太尉張公:指張士誠。

〔七〕"六月之詩"二句:詩小雅六月述周宣王臣尹吉甫率師北伐之事。中有句
云:"吉甫燕喜,既多受祉……侯誰在矣?張仲孝友。"注:"張仲,賢臣也。
善父母爲孝,善兄弟爲友。使文武之臣征伐,與孝友之臣處内。"

〔八〕"采芑之詩"二句:謂詩經采芑述周宣王大將方叔南征荆蠻。詩小雅采
芑:"蠢爾蠻荆,大邦爲讎。方叔元老,克壯其猶。方叔率止,執訊獲醜。"

〔九〕文、武:指周文王、周武王。

〔十〕蠻荆:此指以劉福通、朱元璋爲首之紅巾軍。按:劉福通於至正十一年
(一三五一)起事,截至至正二十二年,已十年有餘。

〔十一〕安豐、秣陵:據元史地理志,安豐路所轄五縣一州,即壽春、安豐、霍丘、
下蔡、蒙城和濠州。秣陵,即金陵。淮北和金陵一帶,當時爲朱元璋紅
巾軍佔據。按:至正二十三年二月,張士誠發兵攻安豐。詳見續資治
通鑑卷二百十七。

送金繹還鄉叙〔一〕

金繹氏自吾鄉三江〔二〕,絕浙水至淞。吾鄉陷豺虎區者已五七年

間[三],繹來,詢問城郭、亭障、關梁、津隘、寺塔、邸第、宗族、閭里、墳墓、長老丁壯,死生聚散,如談外國事。見繹,亦如見虎落生口,始而驚,終而喜且悲累日。無幾,繹又以歸告,蓋其母氏七十,猶在白雲下也[四]。繹負遠志,陰沉有才略,獨以母故未許人以身。又度今之稱豪傑盜名字者,大抵觸龍一流耳[五]。繹且能以奇技自賤汙,脫迹於雄酋叱咤奔命之下,又能時詭其出入,不以關繻津符爲限閡[六],謂其才智出萬萬人,非歟?

　　吾因繹歸,有所寄者:某州長,吾姻也;某寮佐,吾宗也;某垣府賓,吾交也。爲我諭之曰:大丈夫忍須臾命,圖大功名於厥終。至羝跪狗拜,不吝乎北面。嘻,勢果無時而伸乎? 又伸告曰:劫爾曹沫盟[七],招爾燕將書[八],蓋亦有所待者乎? 新天子中興,復吾土地,還吾人民,刻有日期。遺才之在虜者,可以拔井坎而戴日矣。於其行也,書以致吾意。

【箋注】

〔一〕文撰於元至正二十四年(一三六四)前後,其時鐵崖寓居松江。繫年依據:文中所謂"吾鄉陷豺虎區者已五七年",當指至正十九年之後"五七年"。參見後注。金繹:與鐵崖爲同鄉,蓋諸暨(今屬浙江)人。生平僅見本文。

〔二〕三江:在山陰縣(位於今浙江紹興)東北。重刻會稽三賦卷一:"三江在山陰縣東北三十里,會曹娥、錢清、浙江三江之水入海,故名。"

〔三〕吾鄉陷豺虎區:指至正十九年正月,朱元璋麾下之"大明兵取諸暨州"。參見元史順帝本紀。

〔四〕白雲下:用狄仁傑事,參見清印溪草堂鈔本東維子集王子困孤雲注。

〔五〕觸龍:或作觸讋,戰國時趙國左師。曾諫勸趙太后將愛子長安君送交齊國,作爲人質。詳見史記趙世家。

〔六〕"不以"句:用漢終軍典,參見鐵崖先生古樂府卷八覽古之十三注。

〔七〕曹沫:參見陳善學序刊楊鐵崖先生文集卷一樊將軍注。

〔八〕招爾燕將書:指戰國齊人田單用反間計,迫使燕國大將樂毅投奔齊國。詳見史記田單列傳。

送王好問會試春官叙[一]

　　余讀梅南昌之書,於建始之朝有曰:"三代今欲以①選舉取當世士,是察伯樂之圖,而求騏驥於市也〔二〕。"予切怪福待漢士之薄也。及觀張禹、孔光之流〔三〕,成順篡逆而趣卬金氏之亡〔四〕,則知福論非過也。

　　我朝科舉得士之盛,實出培養之久,要非漢比也。至正初,盜作,元臣大將守封疆者不以死殉,而以死節聞者,大率科舉之士也。

　　兵革稍息,朝廷下詔取士如初,江浙相臣先期貢士,惟恐上春官者一日後也。己亥鄉試〔五〕,余嘗預考文章,而吾鄉好問王君以詩經選居上游,好問於是蓋三領鄉薦矣。今將會試春官,來別余於淞江之上,曰:"我先生何以教我?"余酌之酒曰:"踐履如好問,學術如好問,先德之積之素如好問,其所償一第,如取篋中物耳!君行,吾在三泖澤中,聞南士魁天下者,必自王某始,慎無使察圖求駿不可得於喪亂之世,如梅南昌所言,則我朝取士之盛,的非建始比矣。惟君勉之,以應我言之不大妄也。"

【校】

① 三代今欲以:當作"今欲以三代"。參見注釋。

【箋注】

〔一〕文當撰於元至正二十年(一三六〇)初春,其時鐵崖自杭州退隱松江已有數月。繫年依據:其一,王好問乃至正十九年江浙行省鄉貢進士,本文爲王好問赴京參與會試而作,當在至正十九年己亥四月鄉試之後。其二,文中稱至正十九年江浙行省考試爲"己亥鄉試",可知送行與鄉試,并非在同一年。其三,按元史順帝本紀,至正二十年三月,廷試進士三十五人。王好問動身赴京,不得遲於至正二十年初春。王好問,名裕。元末任校官,又曾於鄉授徒,居紹興小蓬萊山南。明初尚任教職。萬曆紹興府志卷四十三儒林傳:"王裕字好問,山陰人。早歲融貫經史,既長,以文辭鳴。順帝時,科舉法復行,裕領浙江(當作"江浙")鄉薦,授校官。既歸,以五經教授於鄉,門徒常百餘人。工於詩文,有集若干卷。"按:王裕,其名或作元裕。參見永樂大典卷三千五百二十八鄭氏義門所錄王元裕詩後注。又,王好問齋名松瓢,王逢曾爲題詩。參見梧溪集卷四題王好問進士松瓢齋虞奎章書匾。又,乾隆紹興府志卷七十二古迹志著錄聽鶴軒,并引徐一夔聽鶴軒記云:"越城之陰,有山曰小蓬萊。道士多蓄鶴。郡有老儒王好問,居山之南,恒夜坐,鶴數群飛鳴而過,因自署其軒。"又,柏軒集附錄夏節撰錢塘凌先生行述:"國朝洪武初,建立學校,招延文學老成經明行修之士,訓迪生徒,時則典教葉居仲、徐大章,司訓王好問、瞿士衡、莫景行、何彦恭適同其事,咸稱得人。"按:參考上引數文,王好問或未真正赴京參與至正二十年會試,或會試落第後援例授予教官之職。又,青雲梯卷下録有王元裕所作文賦彤弓賦,羅鷺撰青雲梯和新刊類編歷舉三場文選所録元代江浙鄉試賦題考一文推測,此乃至正十九年江浙鄉試賦題。

〔二〕"余讀"五句:梅南昌,指西漢梅福。梅福字子真,九江壽春人。少學尚書、穀梁春秋,爲郡文學。補南昌尉。故稱梅南昌。漢書梅福傳:"(上書曰:)乃欲以三代選舉之法取當時之士,猶察伯樂之圖,求騏驥於市,而不可得,亦已明矣。"建始,西漢成帝年號。

〔三〕張禹、孔光:漢書皆有傳。漢書卷八十一匡張孔馬傳:"贊曰:自孝武興學,公孫弘以儒相,其後蔡義、韋賢、玄成、匡衡、張禹、翟方進、孔光、平當、馬宮及當子晏,咸以儒宗居宰相位,服儒衣冠,傳先王語,其醞藉可也,然皆持禄保位,被阿諛之譏。彼以古人之迹見繩,烏能勝其任乎!"

〔四〕卯金氏:劉氏。借指漢代政權。

〔五〕己亥鄉試:此"己亥"指元至正十九年。按:因戰亂道阻,當時北上赴京多走海道,而循海北上須借助於季風,故此年江浙行省將秋試改爲夏試,提前於四月舉行鄉試。參見東維子文集卷五鄉闈紀録序。

歷代史要序〔一〕

江陰袁舉通春秋、詩經〔二〕。學經餘,博覽群史,自周威烈王二十三年戊寅〔三〕,訖趙宋德祐二年丙子〔四〕,共一千六百七十三年,君臣、父子、夫婦、師友、王伯、華夷,善可爲法、惡有可戒者,節取至要,類而次之。其有漢、晉、隋、唐遺事,則逐年編次,以備旁考。其正統閏位之餘,伏節死義之士,引身遁世之流,深致意焉。他若貪墨者之戮辱,清修者之慶賞,系於世教彜倫者,備著懲勸。蘇氏父子〔五〕、曾氏兄弟〔六〕,致堂〔七〕、止齋〔八〕、起莘諸家之議論〔九〕,或有未安,則又裁以己斷。其補睽違、正差爽,功亦有矣。鑽求累年,而後書成,釐爲二十四卷,名曰歷代史要。好事者梓以傳之,求余一言爲首序。

余惟太史公以父作子述之業〔十〕,續爲聖人麟筆之絶〔十一〕,後代作者取則焉。然猶篇章疏荼,詞義踳駁,君子病之[十二]。温公通鑒用編[十三],是非疑似,皆有辯論,而於正統之辨,則有所未暇,亦不能逃議於識者。史學之難,尚矣! 近有稗史乘闕而起,體要罔聞,書法全昧,徒費楮墨,無關政教。吁,世無歐陽子、范太史者作[十四],何國史之不幸耶!

　　余不敏,曩嘗著三史統辯[十五],承辯章崷公表進之薦[十六],承虞、歐兩先生以宋三百年綱目見屬[十七]。稿成,又過以"鐵史"目之。後罹兵變,全稿俱喪。余齒旦①暮矣,抱兹大欠,九土無以爲瞑。今客於淞,別駕張侯力贊[十八]守長王公除館舍[十九],蓄典籍,給筆櫝,以了吾負,庶成一家之言,以續近史之闕也。袁子負史才,能載筆以從否?

【校】

① 旦: 似當作"且"。

【箋注】

〔一〕文撰於元至正二十三年(一三六三)前後。其時鐵崖退隱松江四年,於松江府學任教職。繫年依據: 文中所謂松江"守長王公",即王雍;"別駕張侯",即張經,王、張二人於至正二十三年前後在松江任職。參見本卷淞泖燕集序。

〔二〕袁翬: 字仲徵,號浮游生,江陰(今屬江蘇)人。元季編纂歷代史要二十四卷,後世不傳。大雅集卷一、列朝詩集甲集前編載其詩,并附小傳。

〔三〕周威烈王二十三年戊寅: 公元前四〇三年。此年威烈王分封晉國大夫魏斯、趙籍、韓虔爲諸侯王。司馬光感歎綱紀就此毀壞,名分從此紊亂。

〔四〕德祐二年丙子: 公元一二七六年。此年南宋都城臨安被元軍攻克。

〔五〕蘇氏父子: 蘇洵、蘇軾。宋史有傳。

〔六〕曾氏兄弟: 曾鞏、曾肇。宋史有傳。

〔七〕致堂: 指南宋胡寅。胡寅乃胡安國侄子,人稱致堂先生。有讀史管見三十卷,今存。生平附見宋史胡安國傳。

〔八〕止齋: 南宋陳傅良別號。宋史有傳。

〔九〕起莘: 南宋杜莘老字。宋史有傳。按: 以上諸人皆以史論著稱。

〔十〕太史公以父作子述之業: 意爲司馬談、司馬遷父子及其先人,以修史爲事業。

〔十一〕聖人麟筆：指孔子編修春秋。

〔十二〕"然猶篇章疏紊"三句：批評司馬遷之史記。按：鐵崖認爲編年體爲史書正體，對司馬遷撰史用紀傳體，頗致不滿。

〔十三〕溫公通鑑：指司馬光所撰資治通鑑。溫公，即司馬光，其卒贈溫國公。

〔十四〕歐陽子：指歐陽修。歐陽修參與編修新唐書，獨立撰寫新五代史。范太史：指范曄。范曄爲南朝宋人，撰後漢書。

〔十五〕三史統辯：即三史正統辨，鐵崖於至正初年撰寫。

〔十六〕辯章嶧公：指江浙行省平章政事嶧嶧。參見鐵崖文集卷一上嶧嶧平章書。

〔十七〕虞、歐兩先生：指虞集和歐陽玄。元史皆有傳。

〔十八〕別駕張侯：指張經。張經爲鐵崖友，至正二十二年始任松江府判官。按：宋人稱通判爲"別駕"，此處沿用舊稱。元詩選癸集張府判經："經字德常，金壇人。鶴溪先生監子。至正丙申，張士德渡江，選令丞簿尉以下十有一人，德常徙家，起家爲吳縣丞，三年升縣尹。明年除同知嘉定州。壬寅調松江府判官，所至人歌思之。"按：萬曆嘉定縣志卷八官師考上官師年表著録張經始任嘉定州同知，在"至正乙未"年，與元詩選所述不合。

〔十九〕守長王公：指松江知府王雍。參見本卷淞泖燕集序。

送知事杜岳序〔一〕

　　用舍在人，出處在己，惟士之審乎義者能盡之。士不審義，輒欲駕小材，與今之雄傑相驅馳，啗之以權利，怵之以勢力，策之未能以寸，而枉之以尋丈，至進不可，退不能，首鼠尾虎於行伍間，以待罪不暇，嘻，何暇理人也哉！審義之士，雖居亂邦，以義處變，未嘗不裕如也，故仕止久速，無適不可，如鄆城杜君堯臣者，近之矣。

　　堯臣，山東衣冠族也。若祖提刑公有治聲於國初，堯臣以門蔭授華亭尉，憲府才其人，擢登法吏。考成，轉知浙漕事〔二〕。兵興，避地於粵〔三〕，與御史大夫統率鄉兵，保障孤城。無何，兵有內變，避地於淞，求田問舍，爲養親計。相君思其人〔四〕，聞諸朝，特授浙省理問從事。束書將行，求予言爲別。

　　予悼季世士昧出處大節者衆矣，獨於堯臣之出處用舍，能以義自審，與代之雄傑相驅至於相病而躓者遠甚，故知其處則蹈高尚、殉大節，出則執國法、贊大理，礦傑然拔萃之行，以答相君。使相君承制用人，實得其傑然者以答朝廷，豈惟吾望於堯臣，如海内之人望之。惟堯臣勉之，以符人望。

【箋注】

〔一〕文當撰於元至正二十年（一三六〇）至二十六年之間，其時鐵崖隱居松江。繫年依據：其一，文中曰杜岳"轉知浙漕事"，後又"避地於粵"，從"粵"地轉徙松江，然後"特授浙省理問從事"。而至正二十年春季，杜岳已從兩浙運司知事任上卸職，滯留於紹興一帶，可見其"避地於淞"并擢官，必在至正二十年之後數年。其二，其時松江尚未納入朱元璋統治版圖，故必在至正二十七年正月以前。杜岳：字堯臣，號詩巢，鄆城（今屬山東）人。初以門蔭授華亭尉，又由華亭尉擢至御史臺任職，轉官兩浙運鹽司知事。元末兵亂，曾滯留紹興，又退隱松江，不久特授江浙行省理問從事。後隱居慈溪（今屬浙江）。參見元詩選癸集、光緒慈溪縣志卷四十流寓傳、鐵崖楊先生詩集卷上宴杜堯臣席上。

〔二〕轉知浙漕事：陶宗儀游志續編載劉仁本撰續蘭亭詩序，記至正二十年庚子三月聚游蘭亭之事，文末附參游者四十二人姓名，其中有"前兩浙運司知事杜岳"。據此可知杜岳轉官兩浙運司知事，必在至正十九年之前，而其退隱紹興，則不遲於至正二十年春季。

〔三〕粵：同越。指浙江紹興一帶。

〔四〕相君：當指江浙行省丞相。

淞泮燕集序〔一〕

　　至正癸卯夏四月三日，松守晉寧王公集庠序之士凡六十餘人〔二〕，燕於倫堂。敦禮讓，習威儀，寔泮之小鄉飲也。於乎，自汝、泗之變〔三〕，豪傑并起，天下苦於兵者十年。投蓋扛鼎之徒雄長一時，褕衣而甘食，而學者藜藿有不充，吏以儲峙供億爲急，俎豆之事有未暇論。公始至，以庠序之教爲首義，不遠數百里聘碩師，迪其弟子員，若檇李貝闕〔四〕、華亭全思誠〔五〕、會稽陳睿〔六〕、博陵崔永泰〔七〕,皆鬱然東南之望。尊敬諸老,則有大梁之蕭博克恭①〔八〕、廣陵之成廷珪〔九〕、四明之黃份〔十〕、曲阜之孔章〔十一〕、彭城之劉儼〔十二〕、太原之王惟一〔十三〕、錢唐之鄭本〔十四〕,洎諸同年陸居仁〔十五〕。

　　余自桐江徙家於淞〔十六〕,辱主文之席。嘅想儕輩式習禮法於朝廷,或見設施於州郡,或鳴道於海隅,或振藻於河朔,或表風節於隴畝。進退之不等,出處之不倫,相望江湖萬里之外,欲見而不面,文物之盛,他邑有弗能及已。昔魯僖公能修泮宮,至於戾泮飲酒,載色載笑,化及多士。下有飛鴞,亦懷好音〔十七〕,詩人歌之,以爲千載盛事。王公知其先如此,豈不爲盛美哉! 夫天運興喪,與治運相爲流通,以淞卜之,蓋可知矣。因賦詩十六韻記其實〔十八〕。

　　翌日,貝闕錄諸君之詩以成什,求予首引,因書此於卷端。

【校】

① 蕭博克恭:疑有誤。文中列舉多人,均列地名姓名,無字號,此處亦當如此。

【箋注】

〔一〕本文撰於元至正二十三年癸卯(一三六三)四月三日,其時鐵崖退隱松江已四年半,在松江府學"主文之席"。

〔二〕晉寧王公:指王雍。晉寧,今山西臨汾。按嘉慶松江府志卷三十六職官表,元至正二十三年,王雍任松江知府。本次宴集蓋在王雍上任之初。又,弘治嘉興府志卷二十七(崇德縣)名宦元:"王雍,字原肅。至正間任知州,律己公廉,臨事明敏。秩滿,陞蘇州府同知。"疑與此松江知府晉寧王雍爲同一人。參見本卷歷代史要序。

〔三〕汝、泗之變:指至正十一、十二年,紅巾軍劉福通、郭子興等相繼起義。

〔四〕貝闕:一名瓊,字廷臣,一字廷琚,檇李(今浙江嘉興)人。元末,授業叅山、松江諸地。洪武三年,徵修元史。六年,除國子助教。以中都國子學助教致仕。生平見列朝詩集小傳甲集。

〔五〕全思誠:字希賢,上海人。博學,工詩文。洪武十五年以耆儒召爲文華殿大學士兼左中允。賜敕致仕,有"懷才抱德,肩志古人"之襃。有別集砂岡集。參見千頃堂書目卷十七別集類、正德松江府志卷二十九人物三名臣傳。

〔六〕陳睿：參見東維子文集卷一送陳錢趙三賢良赴京序。

〔七〕博陵：今河北安平。崔永泰：元至正十九年任江浙行樞密院照磨，至正二十三年前後於松江府學任教職，至正二十七年松江納入朱元璋版圖後，曾於朱元璋政權任監察御史。參見玩齋集卷八祭程以文、明太祖實録卷二十六吳元年十月。

〔八〕蕭博克恭：未詳。疑有誤。

〔九〕成廷珪：元詩選二集成處士廷珪：“廷珪字原常，一字元章，又字禮執，蕪城人。好讀書，尤工於詩。奉母居市廛，植竹庭院間，綽有山林意趣，扁其燕息之所曰居竹。河東張翥仲舉爲忘年友，載酒過從，殆無虛日……晚年遭亂，奔走艱險，年七十餘，歿於雲間。故人京兆郜肅彥清、中山劉欽叔讓搜輯遺詩，彙而刻之。”按：蕪城即廣陵城。

〔十〕黃份：四明（今浙江寧波）人。至正末年在松江府學任教。

〔十一〕孔章：曲阜（今屬山東）人。蓋爲孔子後裔。至正末年在松江府學任教。

〔十二〕劉儼：乾隆杭州府志卷九十三文苑傳：“劉儼字敬思，錢唐人。元末隱居西湖。明初徵入修禮樂書，授廣東市舶司令。有樗隱集。爲松江管訥之師，其卒也，訥哭以詩。丁鶴年極稱之。”按：本文謂“彭城之劉儼”，彭城爲徐州（今屬江蘇）古名。而上引乾隆杭州府志則謂“錢唐人”。又，元末賴良所輯大雅集卷七載劉儼詩，亦稱之爲“錢唐人”。疑錢唐人劉儼即本文所謂“彭城之劉儼”，彭城蓋其祖籍。若此推測不誤，劉儼於元末隱居西湖前後，在松江府學任教。

〔十三〕王惟一：太原（今屬山西）人。至正末年在松江府學任教。

〔十四〕錢唐之鄭本：疑指鄭基。鄭基字本初，元末寓居松江。貝瓊鄭本初詩集序（載清江文集卷七）：“余學詩二十年，未能窺詩人之閫奧。至正二十二年，始交本初於九峰三泖間，因得所著……其門生弟子將鋟梓，以余知本初之深也，求序冠其篇端……本初，錢唐人。”蓋其時貝瓊與鄭基皆任教於松江府學。參見謝伯理席上七人聯句（載佚詩編）。

〔十五〕陸居仁：元詩選三集巢松翁陸居仁：“居仁字宅之，華亭人。以詩經中泰定三年丙寅鄉試第七名。隱居教授，自號巢松翁，又號雲松野鶴、珇湖居士。與楊廉夫、錢思復游。没，同葬于山東麓，號‘三高士墓’。”按：陸居仁爲宋開寶鄉貢進士陸霆龍之子，又號吳東野褐、松雲野衲，家居璜溪南。工詩、古文，精書法。著有雲林野鶴集。參見東維子文集卷三十一附録陸居仁鐵崖老仙冠華陽巾制作奇古喜而爲之歌、乾隆金山縣志卷十三人物二隱逸。按：陸居仁與鐵崖同爲泰定三年江浙行省鄉貢進士，故此稱之爲“同年”。

〔十六〕桐江：富春江別稱。按：鐵崖所謂“余自桐江徙家於淞”，似與其真實行蹤不合：至正十八年以前，鐵崖於睦州任建德路理官，後因避兵而隱居富春山。至正十八年歲末，擢爲江西行省儒學提舉，未赴任。至正十九年春，由富春山徙居杭州，同年十月又自杭州退隱松江。此處忽略杭州不提，當有緣故。蓋從避兵富春山起，鐵崖結束其仕宦生涯。鐵崖蓋以桐江借指睦州，睦州乃其仕宦之地，松江則是其歸隱之鄉。至於避兵富春山、移居杭州，皆屬過渡中轉，故此忽略不計。

〔十七〕“昔魯僖公能修泮宮”六句：頌魯僖公修泮宮而有益於教化。詳見詩魯頌泮水。

〔十八〕賦詩十六韻：鐵崖記此燕集所賦十六韻詩，然未附於文後，鐵崖各種詩集中亦未見，蓋已失傳。

大方廣佛華嚴經序〔一〕

華亭南禪寺耆衲元泰〔二〕，繕寫華嚴大①經一部〔三〕，將翻板本，廣施緇素人，行予方外。道元本記室，求予一言爲引重。

予聞是經搜秘於龍王宮，揚於東夏，化兇悖於象季，雖吾六籍之教〔四〕，有所不逮，故時王或有尚焉。天策金輪之后②嘗製序言〔五〕，而謂七十二君咸迷③厥義，獨成佛記，慶集一躬而獲地平天成〔六〕，則亦誕甚矣。吁，世丁喪亂，大乘要典棄諸水火，與吾④六籍諸墜。間有詭干吼獅千，務以魔法簧鼓世聽，使妄奸望外，亦浮屠氏大法之不幸也。吾聞宋有顒華嚴，得心傳於慧林禪師本，爲吾富鄭公所崇仰〔七〕。顒逝，而嗣者未聞其人。若泰者，不居大龍象位，而奮然以三身之教爲己任，既嘗演說於人，而又梓行於世，使祝髮爲人天法身，巾髮者爲傅大士〔八〕、龐道元之流〔九〕，豈非大華嚴教祖之用心乎！

夫法無二法，心無二心，既世法可求佛法，即凡心可見佛心，初無外假也。然必歷十身，更六位，真有以見大而入者無間、毫而納者無餘，法身之究者，可以遍周法界。故說者以是典以決玄機，廓⑤心境，不起樹王，無違⑥後際者是已〔十〕。

　　抑聞爾教持誦有感,期在七日。圓者無契,亦不過尋行數墨,無異春禽晝啼、秋蟲夜鳴耳,又何有乘神功溢於心靈者哉〔十一〕! 童子歛念,六扉洞開〔十二〕,念之神者若此,則八十卷之經文易求,而求其真知正見於八十卷中,神而明之,儼然與五十三知識同游莊嚴藏海〔十三〕,至符驗通幽,使夜叉唱空,八部龍天無不⑦悦懌者〔十四〕,此其爲難者也已。

　　孟子曰:"誦堯之言,行堯之行,是堯而已矣〔十五〕。"張子曰:"商英誦佛之言,行佛之行,是佛而已矣〔十六〕。"孟子之言,吾儕勉之;張子之言,吾泰輩勉之。

　　太⑧字尚雲,問沈字出。塋中潔禪師上第弟子〔十七〕。蚤年周游參請,已了己事,平生苦行,續⑨僧史者録其人云。

【校】

① 大:原本誤作"六",徑改。

② 天策金輪之后:指武則天。后:原本誤作"後",徑改。

③ 迷:原本誤作"述",徑改。參見注釋。

④ 吾:原本誤作"五",據前文改正。

⑤ 廓:原本作"廟",據澄觀撰大方廣佛華嚴經疏序改正。參見注釋引文。

⑥ 違:原本作"遣",據澄觀撰大方廣佛華嚴經疏序改正。參見注釋引文。

⑦ 無不:原本無一"不"字,徑補。參見注釋。

⑧ 太:蓋當作"泰",指元泰禪師。然"泰字尚雲問沈字出",仍然費解,蓋有誤闕。或作:"泰字尚,雲間沈氏出。"

⑨ 續:原本誤作"讀",徑改。

【箋注】

〔一〕文撰於鐵崖晚年退隱松江之後,元亡以前,即元至正二十年(一三六〇)至二十七年之間。繫年依據:其一,華亭南禪寺記室元本前來請此序文,可見當時鐵崖寓居松江。其二,文中曰"世丁喪亂"。大方廣佛華嚴經:簡稱華嚴經,乃大乘佛教重要經典。漢譯版本有八十卷、六十卷、四十卷三種,分別稱爲八十華嚴、六十華嚴、四十華嚴。

〔二〕南禪寺:在松江府學東。宋崇寧中,張頭陀卜筑於此。元大德年間,中書馬左丞榜其門曰"南山勝地"。明朝爲松江城諸禪之冠。參見正德松江府志卷十八寺觀。元泰:生平僅見本文。

〔三〕華嚴大經：指大方廣佛華嚴經。按：元泰禪師繕寫之華嚴大經爲八十卷本，唐代實叉難陀譯，又稱新華嚴，爲華嚴宗之主經。

〔四〕吾六籍：指儒家經典詩、書、禮、易、樂、春秋六經。

〔五〕天策金輪之后：指武則天。武則天曾稱天策金輪聖神皇帝。

〔六〕“謂七十二君”三句：概述武則天序文中語。按：武則天大周新譯大方廣佛華嚴經序（載全唐文卷九十七）有“雖萬八千歲同臨有截之區，七十二君詎識無邊之義”、“朕曩劫植因，叨承佛記。金山降旨，大雲之偈先彰；玉宸披祥，寶雨之文後及。加以積善餘慶，俯集微躬，遂得地平天成，河清海晏”等語，故鐵崖後文對此有所詰難。

〔七〕“吾聞”三句：顓華嚴，北宋僧人修顓。佛祖綱目卷三十六：“修顓，趙城梁氏子……一日登廁捺倒，打破水瓶，遂悟，作頌曰：‘這一交，這一交，萬兩黃金也合消。頭上笠，腰下包，清風明月杖頭挑。’本印可之。出世資壽，歷遷大刹，又遷投子叢林。號曰顓華嚴。”慧林禪師本，俗姓管，北宋时人。傳載明明河撰補續高僧傳卷八。慧林宗本禪師別録：“富鄭公居洛中，見顓華嚴誦本之語，作偈寄之曰：‘因見顓師悟入深，夤緣傳得老師心。東南謾説江山遠。目對靈光與妙音。’”富鄭公：指北宋富弼。富弼曾封鄭國公。宋史有傳。

〔八〕傅大士：名弘，南朝時人。修道弘法，爲維摩禪祖師。其傳載唐道宣撰續高僧傳卷二十六。

〔九〕龐道元：或曰字道玄，名蘊，衡州衡陽（今屬湖南）人。人稱龐居士。唐貞元初年拜謁石頭和尚而開悟。有詩偈三卷，三百餘篇。參見五燈會元卷三龐蘊居士、新唐書藝文志。按：人稱傅大士、龐道元爲“在家菩薩”。

〔十〕“故説者”四句：澄觀大方廣佛華嚴經疏序：“剖裂玄微，昭廓心境。窮理盡性，徹果該因。汪洋沖融，廣大悉備者，其唯大方廣佛華嚴經焉。故我世尊十身初滿，正覺始成。乘願行以彌綸，混虛空爲體性。富有萬德，蕩無纖塵。湛智海之澄波，虛含萬象；皦性空之滿月，頓落百川。不起樹王，羅七處於法界；無違後際，暢九會於初成。”（載全唐文卷九百十九。）

〔十一〕“抑聞爾教”六句：宋張商英護法論：“教中云：若能七日七夜心不散亂者，隨其所作，定有感應。若形留神往，外寂中搖，則尋行數墨而已，何異春禽晝啼，秋蟲夜鳴，雖百萬遍，果何益哉！”

〔十二〕“童子歆念”二句：宋釋居簡澄心寺華嚴閣記：“閣名華嚴，作而象之……是故童子歆念，六扉洞開於慈氏彈指聲中。”（載北磵集卷四。）

〔十三〕與五十三知識同游：據華嚴經載，善財童子曾周游各地，遍求法門要義，參訪五十三位高人,即所謂"善知識"。

〔十四〕"至符驗通幽"三句:張商英護法論:"又況佛爲無上法王。金口所説聖教靈文,一誦之則爲法輪轉地,夜叉唱空,報四天王。天王聞已,如是展轉,乃至梵天。通幽通明,龍神悦懌。猶若綸言誕布,詔令横流。寰宇之間,孰不欽奉!"

〔十五〕"誦堯之言"三句:出孟子告子下。

〔十六〕張子:指北宋張商英。"商英誦佛之言"三句,出自張商英護法論。

〔十七〕塋中潔禪師:生平不詳。按:釋大訢撰有潔塋中住台州澄心諸山疏(載全元文第三十五册),疑"塋"或作"瑩","潔瑩中"即此"塋中潔禪師",塋中蓋其字或號,曾爲台州澄心寺僧人。

種竹所記〔一〕

種竹所者,秀武塘吳弘氏之母塋也〔二〕。弘母未通文史醫藥,事弘之父泰然子,又嘗遇異人,授以醫術之秘。母謂弘曰:"博施濟衆。堯、舜猶病,矧其下者乎。汝存心於醫,亦博濟之推也。"廬之東有地數步,手植孤竹一竿,以表歸藏之域。未及①,母没,遂葬其地。弘不忘母訓,以醫行。每愈一人疾,弗求報金,卻令種竹一本,成母志也。不期月,竹植如麻立。明年,筍成生林,弘遂以種竹所名之,集賢趙雍爲書其顏〔三〕。越幾年,廬毀於兵,竹亦斬然無遺株。弘避地凡八九所,至亦令病家種竹,顏其居如故。母域雖遠,而心未嘗忘,見竹如見母也。昔董仙人令病家種杏〔四〕,杏成實而又斬施於人,取其實者,虎輒爲之衛。吾病仙人之不仁如此。

吾聞弘曾大父理問公,性好施,於賑貧周急,與夫藥病槥死者,不可勝算。又建塾置莊,以教養其族。朝廷以"義士"旌其門。弘遭喪亂,而以好施之念承其母,亦所以承其祖也。吾聞祥鳳之來也,非孝仁之居不集,非竹實不食。吾見子之竹有實,鳳將來也,比之虎衛杏林,其仁不仁,必有能辨之者。

【校】

① 此處蓋有脱字,似當作"未及成林"。

【箋注】

〔一〕文撰於元至正二十年（一三六〇）至二十七年之間，其時鐵崖隱居松江。
繫年依據：其一，文中曰"廬毀於兵"、"喪亂"，故必在朱元璋一統天下之
前。其二，種竹所區額乃"集賢趙雍"所書，趙雍任命爲集賢待制，在至正
十四年冬進京之後；而其南歸至杭州，則在至正十七年。故集賢趙雍爲吳
弘題區，當在至正十七年南歸之後。參見鐵崖撰題趙魏公幼輿丘壑圖（載
本書佚文編）。至於鐵崖撰此記文，在趙雍題區之後又"越幾年"，故當在
鐵崖晚年退隱松江之後。

〔二〕武塘：今嘉善魏塘鎮。吳弘：生平僅見本文。

〔三〕趙雍：趙孟頫仲子。參見東維子文集卷十六野亭記注。

〔四〕董仙人：指董奉。參見鐵崖先生古樂府卷六醫師行贈袁煉師注。又神仙
傳卷十董奉："（董奉）於杏林下作箪倉，語時人曰，欲買杏者，不須來報，
徑自取之，得將穀一器置倉中，即自往取一器杏云。每有一穀少而取杏多
者，即有三四頭虎噬逐之，此人怖懼而走，杏即傾覆，虎乃還去。到家量
杏，一如穀少。又有人空往偷杏，虎逐之到其家，乃嚙之至死。家人知是
偷杏，遂送杏還，叩頭謝過，死者即活。自是已後，買杏者皆於林中自平量
之，不敢有欺者。"

大樹軒記〔一〕

　　淞之馮自牧氏，有先人之宅一區，在璜水之陰。門有三大樹，一
爲古茶，兩爲古檜，皆數百年物也。君自扁其軒爲大樹，而徵文於予，
曰："吾家節侯大樹，不知何樹，而吾今之茶以花凌冬，檜以枝葉後凋
乎歲，吾敬之，亦呼'大樹'云。"

　　自牧將仕矣，則爲之言大樹曰："君家大樹公能讀書，通素王筆
削〔二〕。夫何白水真人之起〔三〕，猶爲莽賊拒漢！巾車之執〔四〕，非從兄
之解則危矣①。關中號咸陽王，又不能不召言者之章，非帝大度，釋其
所疑，則又危矣。倉卒蕪蔞亭豆粥，滹沱河麥飯，何足爲巾車之報哉！
惟其馭軍士有律，重有恩信，願出大樹部下。□赤眉之平定安集，不
務屠略，弘農群盜之化爲良民。鄧禹之不能者，將軍能之。三得璽書

之褒,而永平之末,圖在雲臺之列也[五]。今自牧遭時兵興,有志於仕,決不從偃於巾車。大軍業狗河北矣[六],今君奉壺漿率父老以迎,倘乘傳撫循屬縣,當有失東隅而收桑榆者,庶幾大樹之有光於前聞人也。茶之華、檜之幹,當爲君賦之。"

【校】

① 矣:原本脱,空闕一格,據下文補。

【箋注】

〔一〕本文蓋撰於元至正二十二年(一三六二)冬,或稍後,其時鐵崖寓居松江。繫年依據:其一,文中言"遭時兵興",且此文應松江馮自牧之請而作,故當撰於鐵崖晚年退隱松江之後。其二,其時馮自牧即將出仕,文中又曰"大軍業狗河北",故當爲察罕帖木兒平定山東之後不久。大樹軒主人馮自牧,生平見本文。按:鐵崖另爲馮仲榮擬有大樹軒記,見東維子文集卷十三,有關"大樹"典,參該文。

〔二〕素王筆削:指春秋。素王:稱孔子。

〔三〕白水真人:指漢光武帝劉秀。參見後漢書光武帝紀。

〔四〕巾車之執:謂馮異早年拒漢,屯兵巾車鄉,遭劉秀軍俘獲。詳見後漢書馮異傳。

〔五〕"而永平之末"二句:謂東漢明帝永平末年,詔畫鄧禹、馮異等名將三十二人於南宮雲臺。

〔六〕大軍業狗河北:當指元軍即將發兵河北。必在至正二十二年十一月察罕帖木兒平定山東之後。參見本卷送國老滕公北上序。

緑陰亭記[一]

緑陰亭者,淞義門夏侯某之所築也[二]。至正己亥秋,東藩大臣開府公以承制授侯承直郎、毗陵郡判官[三]。侯謙謝弗居,自杭給告歸,理梧竹亭池於先石左个。無幾,緑陰四合,遂命其亭緑陰,屢觴於亭上,以記請。

予嘗侍閣老虞先生訪浙①江上人於開元[四],上人以韋蘇州"緑陰”句名堂〔五〕，而先生爲之記〔六〕。先生念久處北方，不耐南暑，歸江西〔七〕，得孤松絶澗於人迹幾廢之處，又自嫌其②枯硬寒寂，不逮開元之適也。予謂先生在禁林，侍天子西清錫宴〔八〕，賦詩以樂中外之靖謐也，緑陰清晝之適，莫適於此，又何適於枯禪之地！枯禪去孤松絶澗，曾不異境，惟夫碧梧翠竹，交柯合蔭於佳山勝水，特有士大夫衣冠俎豆之樂，而無其枯硬寒寂者，若夏侯之緑陰是□已。雖然，大鯭入東溟，雲焰煽海内久矣〔九〕，當宁方渴於求賢以澄清東土也，予懼侯之緑陰，不久適於松而爲西清起，必使顛厓蒼生受甦息者，自緑陰始也。蘇子續③唐天子句曰：“清陰分四方〔十〕。”請爲侯勉。

【校】

① 侍：有誤。蓋爲“聞”之誤寫。按：虞集卒於至正八年，如若鐵崖曾有機會陪侍游訪開元寺，其至正八年三月所撰跋虞先生别光上人説、游開元寺憩緑陰堂詩，以及西湖竹枝詞之虞集小傳，不可能忽略不提。浙：疑爲“斷”之誤，其時斷江上人爲開元寺住持。參見鐵崖文集卷五跋虞先生别光上人説。

② 其：原本作“名”，據下文改。

③ 續：原本誤作“讀”，徑改。參見注釋。

【箋注】

〔一〕文撰於元至正二十年（一三六〇），或稍後，其時鐵崖歸隱松江不久。繫年理由：據本文所述，緑陰亭乃松江夏侯於至正十九年己亥歸隱之際所建，時隔不久即“緑蔭四合”，遂宴請鐵崖并請記文。按：鐵崖又有緑陰亭詩，載東維子文集卷二十九。

〔二〕淞義門夏侯：當指夏尚忠。夏尚忠字士文，清潤處士夏景淵子。參見東維子文集卷十二華亭胥浦義冢記、卷十七夏氏清潤堂記。

〔三〕東藩大臣開府公：當指張士誠幼弟士信。按：張士信曾被授予上柱國、江浙行中書省左丞相，分管杭州一帶事務。毗陵郡：今江蘇常州。

〔四〕閣老虞先生：指虞集，虞集曾任奎章閣侍書學士。浙江上人：指釋覺恩，覺恩號斷江，亦爲鐵崖好友。參見東維子文集卷七兩浙作者集序。開元：寺名，位於蘇州吳縣西南。按：虞集做客蘇州開元寺，乃其初次游寓吳地期間。其時斷江任開元寺住持。參見光緒九年刊蘇州府志卷三十九寺觀一。

〔五〕韋蘇州：指唐詩人韋應物。韋應物曾任蘇州刺史，故稱。韋應物游開元
　　　精舍：“綠陰生畫静，孤花表春餘。”
〔六〕爲之記：虞集撰開元寺緑蔭堂記，載光緒九年刊蘇州府志卷三十九寺觀
　　　一。以下“先生念久處北方”六句，概述虞集撰開元寺緑蔭堂記之大意。
　　　虞集此文撰於元統三年乙亥（一三三五），距離游開元寺十餘年，且已歸隱
　　　江西。
〔七〕“先生”三句：虞集謝病歸江西臨川，在至順末年。參見元史本傳。
〔八〕西清：此指宮苑。語出上林賦。
〔九〕“大鯔入東溟”二句：喻指元末紅巾軍起事，全國騷亂。
〔十〕蘇子：指蘇軾。齊東野語卷十八薰風聯句：“唐文宗詩曰：‘人皆苦炎熱，
　　　我愛夏日長。’柳公權續云：‘薰風自南來，殿閣生微凉。’或者惜其不能因
　　　詩以諷，雖坡翁亦以爲有美而無箴，故爲續之云：‘一爲居所移，苦樂永相
　　　忘。願言均此施，清陰分四方。’”

居易齋記〔一〕

　　東海徐生貞，嘗從予游於錢塘次舍。學日造所詣，檢其行，日若
不足。奉親餘，博藝於岐黃氏書、太公之韜〔二〕、師曠之箅〔三〕、九星八
門之占。兵來，仕戎行者力挽之，生謝卻，粥粥若無能者，屏處委巷，
教授市區。晚間貨藥與占，給衣食自足，漠然無慕乎其外，自命其一
室曰居易。客有乘高車大騎，□□而臨其居，且笑之曰：“迂矣哉，東
海生之不知變也！唬吾前者虎，踞吾後者窶，入吾室者握弧而荷斧，
子何易之可處，而行吾位之素也耶？”
　　生亦啞然笑曰：“子何窺吾易之淺哉！吾之易在富貴貧賤、患難
侵奪之境，無入而不自得也。吾居是易於富貴也，富貴不能絀；吾居
是易於貧賤也，貧賤不隕獲；吾居是易於患難侵奪，患難侵奪不能撟
道而戮辱也。子思子曰：‘君子居易以俟命〔四〕。’吾易所在，吾命所在
也。吾知制行於易，而不知制吾得喪於命也。然吾易之居者恒梏如，
則命之俟者亦未嘗不沛如也。”客慚謝曰：“吾以小人易覘君子之易，
悖矣。”客去，生取脱㕙琴，横跂足，彈漆園子泰寓操〔五〕，而自歌曰：
　　陰陽不爭予歈，道路不爭吾利兮。易吾居兮，素吾位兮，吾不知

賤與貴之異、夷與險之貳分！

【箋注】

〔一〕文當撰於元至正十二年（一三五二）以後。繫年依據：文中曰徐貞曾從鐵
　　崖“游於錢塘次舍”，當在至正十六年秋鐵崖轉任建德理官以前；又曰“兵
　　來，仕戎行者力挽之”，故必在至正十二年杭州遭徐壽輝紅巾軍侵擾之後。
　　居易齋：主人徐貞，或又名固，字子貞，又字子固、伯固，號東海生，原籍錢
　　塘，徙居雲間，遂爲松江人。博學多能，有齋名居易。元季在杭州、松江等
　　地，先後從學於貝瓊、鐵崖。按：東維子文集卷三十一載鐵崖門人徐固唱
　　和詩多首，疑即徐貞。參見明王禕王忠文集卷十二居易齋銘、楊鐵崖先生
　　文集全録卷三伯固字説。
〔二〕太公之韜：相傳姜太公呂望撰有兵書太公六韜。
〔三〕師曠：春秋時晉國樂師。參見孟子注疏離婁。
〔四〕子思：孔子嫡孫。相傳中庸爲子思所作。中庸第十四章：“君子素其位而
　　行，不願乎其外……故君子居易以俟命，小人行險以徼幸。”注：“易，平地
　　也。居易，素位而行也。”
〔五〕漆園子：指莊子。按：莊子并無泰寅操傳世，此當指蘊有莊子思想之樂
　　詩。鐵崖友生張憲玉笥集卷三泰寅操即述莊子思想，曰：“方寸微兮具大
　　圜，形不鑿兮七竅全。天光發兮，日月内旋。我游其中兮，以樂吾天。”

種瓜所記〔一〕

　　去華亭之南兩舍近，其聚爲楊巷，邵氏雪溪之世居也〔二〕。雪溪之
孫爲武叔者〔三〕，磊落有奇節，讀書不應鄉大夫之薦，願治之別業一所，
曰種瓜所，來見余璜溪書院〔四〕，徵余以所之言。
　　予器重其人，爲之喟然曰：所哉，所哉！自秦人以來，識居所者鮮
矣！硯谷之坑，瓜爲之囮耳〔五〕，獨君家故侯知幾去位乎！自種瓜東陵
之門外，五色之昭回，與日星争光〔六〕。秦鹿一失，六國之地不能尺寸
有，而故侯之所，則閲萬世而不遷。所哉，所哉！不已古哉！故傳諸
子姓如吾武叔者，千載猶一日也。
　　然侯之出處，與時而推移。赤龍子起〔七〕，定天下，過以雄猜，自翦

其羽翼,韓、彭之餘〔八〕,幾及蕭相國,非客侯於門,賴其自全計,相國踣矣〔九〕。相國踣而漢業廢矣。是則侯之所也,推其餘於相國者小,關於漢業者大矣。武叔於時不幸,罹兵興,今之酇侯方有資於秦故侯者〔十〕,武叔將不以得所自安推其安者,諗諸今酇侯,使上之人保功臣之終,下之人受畫一之治,予□日夜望之。

【箋注】

〔一〕 文撰於鐵崖晚年退隱松江之後,松江納入朱元璋統治版圖以前,即元至正二十年(一三六〇)至二十六年之間。繫年依據:當時鐵崖寓居松江璜溪書院,然文中言及"於時不幸,罹兵興,今之酇侯方有資於秦故侯者",知當時天下戰亂,必爲鐵崖再次移居松江之後、明朝政權建立以前。

〔二〕 邵氏雪溪:指邵彌遠。參見東維子文集卷二十六雪溪處士邵公墓志銘。

〔三〕 武叔:指邵彌遠嫡孫邵炳,武叔當爲其字。參見東維子文集卷十七明誠齋記、卷二十六雪溪處士邵公墓志銘。

〔四〕 璜溪書院:吕良佐所創,建於松江璜溪(今屬上海市金山區吕巷鎮),故名。參見東維子文集卷十七桂隱記。按:鐵崖晚年退隱松江之後寓居璜溪書院,蓋爲故地重游。

〔五〕 "硎谷之坑"二句:秦始皇密令冬月種瓜於驪山硎谷之温處,瓜果成,乃使人上書,曰"瓜冬有實",詔令天下博士諸生辯論其真僞,皆使往視之。而爲伏機,從上塡之以土,諸生皆斃命。詳見尚書序孔穎達疏引漢衛宏古文奇字序。

〔六〕 "獨君家故侯"四句:概述秦、漢之際召平故事。史記蕭相國世家:"召平者,故秦東陵侯。秦破,爲布衣,貧,種瓜於長安城東。瓜美,故世俗謂之'東陵瓜',從召平以爲名也。"又,阮籍詠懷之八:"昔聞東陵瓜,近在青門外……五色曜朝日,嘉賓四面會。"

〔七〕 赤龍子:指漢高祖劉邦。

〔八〕 韓、彭:指韓信、彭越,二人被劉邦、吕后誅殺。史記有傳。

〔九〕 "幾及蕭相國"四句:韓信被誅殺之後,劉邦任命蕭何爲相國。東陵侯召平獻策,使蕭何免遭劉邦猜疑。詳見史記蕭相國世家。

〔十〕 酇侯:即蕭何。漢高祖以蕭何功最盛,封爲酇侯。

卷九十一　鐵崖先生集卷三

白雲窩記^{①〔一〕}

鶴砂陳中良父移^②居白沙之上〔二〕，於居之西偏^③有室斗大，墍^④以雪色泥，包冪混沌，若太古雪宿。予過白砂，將攬秀於海蓬三素^⑤。中良宿余於^⑥其所，因^⑦命曰白雲窩。明旦，良出卷求志。

予聞古聖^⑧人騎龍白雲鄉者〔三〕，雲未窩也；貞白先生自怡於積金山中〔四〕，雲亦未窩也；至希夷處士托封於華山之居〔五〕，雲似窩而^⑨亦未始窩也。良之窩雖取諸雲，而雲則洞雪^⑩之假耳，又何以窩爲！

蓋君子之妙用，用諸物而不物於物，萬物森然在天地間者^⑪，皆備於我，庸詎知雲之窩果^⑫不爲雪，雪之果不爲雲也耶？良得窩於二物之外〔六〕，則貞白、希夷之雲，亦物之長耳，況世之金玉綺繡、倉廩邸第，直雲之浮者乎？良悟曰^⑬："達哉^⑭先生之言！請書爲記。"至正庚子冬十月三日，會稽楊維禎在蘭雪堂，奎章賜墨書^⑮。

【校】

① 本文又載楊鐵崖先生文集全録卷四、鐵崖漫稿卷四，據以校勘。記：楊鐵崖先生文集全録本、鐵崖漫稿本作"志"，下同。

② 中：楊鐵崖先生文集全録本、鐵崖漫稿本作"仲"，下同。父：楊鐵崖先生文集全録本、鐵崖漫稿本作"甫"。移：楊鐵崖先生文集全録本、鐵崖漫稿本無。

③ 居之西偏：原本作"居□之偏"，據楊鐵崖先生文集全録本、鐵崖漫稿本改。

④ 墍：原本作"慢"，鐵崖漫稿本作"瓊"，據楊鐵崖先生文集全録本改。

⑤ 海蓬三素：楊鐵崖先生文集全録本、鐵崖漫稿本作"蓬天素"。

⑥ 於：原本無，據楊鐵崖先生文集全録本、鐵崖漫稿本增補。

⑦ 因：原本作"自"，據楊鐵崖先生文集全録本、鐵崖漫稿本改。

⑧ 聖：楊鐵崖先生文集全録本、鐵崖漫稿本作"至"。

⑨ "似窩而"三字：楊鐵崖先生文集全録本無。

⑩ 洞雪：原本作"雪洞"，據楊鐵崖先生文集全録本、鐵崖漫稿本改。

⑪ 萬：楊鐵崖先生文集全録本作"景"。者：楊鐵崖先生文集全録本無。

⑫ 果：原本無，據楊鐵崖先生文集全録本、鐵崖漫稿本補。

⑬ 悟曰：楊鐵崖先生文集全録本、鐵崖漫稿本作“悟之曰”。

⑭ 哉：原本無，據楊鐵崖先生文集全録本、鐵崖漫稿本增補。

⑮ “至正庚子冬十月三日，會稽楊維禎在蘭雪堂，奎章賜墨書”凡二十三字，原本無，據楊鐵崖先生文集全録本、鐵崖漫稿本增補。

【箋注】

〔一〕本文撰書於元至正二十年庚子(一三六〇)十月三日，其時鐵崖歸隱松江已一年。白雲窩：松江陳中良建。陳中良，生平僅見本文。

〔二〕鶴砂：即松江下沙鎮，參見東維子文集卷二十四元故中奉大夫浙東尉楊公神道碑注。白沙：鄉名，當時位於華亭東南。清雍正年間，“割華亭雲間、白沙二鄉之半建奉賢”。參見嘉慶松江府志卷一疆域志。

〔三〕古聖人騎龍：指黃帝乘龍飛升。參見鐵崖先生古樂府卷一湘靈操注。又，蘇軾潮州韓文公廟碑：“公昔騎龍白雲鄉，手抉雲漢分天章。天孫爲織雲錦裳，飄然乘風來帝旁。”

〔四〕貞白先生：指南朝梁陶弘景。陶弘景曾隱居茅山修道。茅山古名積金山，或曰茅山有峰曰積金。參見東維子文集卷十八怡雲山房記。

〔五〕希夷處士：指北宋陳摶，宋太宗賜號爲希夷先生。陳摶曾移居華山雲臺觀，詳見宋史陳摶傳。

〔六〕二物：指雪、雲。

西郊草堂記〔一〕

雲間朱焕章氏〔二〕，博古好雅，聚書至萬餘卷，不讓其前聞人萬卷〔三〕。晚年二子競爽〔四〕，脱去一時弓馬之習。長曰伯東者，距屋之西五里許，立屋郊皐間，命之曰西郊草堂。浙垣左轄周公琦爲篆其顔〔五〕，又介其師東樂先生請予志〔六〕。

予讀齊人沈約傳：約立宅田間，矚望郊皐，因名郊居，而又爲賦以自叙其事〔七〕。余獨惜約當“草肅”柞謝、“水丑木”嘯召風雲〔八〕，約居帷幄，用事十餘年，雖才兼謝玄暉、任彦昇①〔九〕，何取則焉〔十〕。

伯東年甫冠，秉志甚大，能讀父書於西郊。遭時中興，以俟展布，尊主庇民,光"萬卷"前聞人,草堂其不朽矣。吾未老,尚期與時之君子過郊居,指曰此東讀書所也,爲東賦尚未晚。書諸堂爲記。

【校】

① 本文又載鐵崖漫稿卷五,據以校勘,無異文。昇:原本作"升",據南史沈約傳改。

【箋注】

〔一〕文撰於元至正二十年(一三六〇)冬,即鐵崖歸隱松江一年之際。繫年依據:其一,鐵崖與西郊草堂主人兄弟及其父親熟識,曾爲其父"題先譜"。又曾於至正二十年冬十月至橫溪,爲朱垕藏帖作跋。朱垕即西郊草堂主人朱伯東胞弟,本文蓋一時應邀而作。參見鐵崖撰題朱文公與姪手帖(載佚文編)。其二,鐵崖於文中稱"吾未老",顯然未滿七十,當在歸隱之後不久。其三,文中稱周伯琦爲"浙垣左轄",而至正二十四年,周伯琦由江浙行省左丞升任江南諸道行御史台侍御史,故本文必撰於至正二十四年之前。參見宋文憲公全集卷三十二元故資政大夫江南諸道行御史臺侍御史周府君墓銘。西郊草堂主人朱伯東,生平僅見本文。

〔二〕朱煥章:煥章當爲其字,其名不詳,松江橫溪人。朱熹六世孫。曾任烏程令。"博古好雅,聚書至萬餘卷",家藏朱熹墨迹甚多。鐵崖於至正九、十年間授學松江期間,與之有交往。參見元成廷珪撰送松江朱煥章之烏程令尹(載居竹軒詩集卷三)、鐵崖撰題朱文公與姪手帖。

〔三〕前聞人:指朱熹。

〔四〕二子:朱煥章二子皆與鐵崖交好。其仲子名垕,曾約請鐵崖至其家賞鑒朱熹手迹。參見鐵崖撰題朱文公與姪手帖。

〔五〕周公琦:即周伯琦,時任江浙行省左丞。參見東維子文集卷三送團結官劉理問序。

〔六〕東樂先生:東樂蓋其別號,姓名生平不詳,當爲松江人。

〔七〕"約立宅田間"四句:出自梁書沈約傳,謂沈約撰郊居賦自述田園生活。

〔八〕草蕭、水丑木:皆屬拆字。草加蕭,爲"蕭"字,指蕭齊;水丑木,乃"梁"字,指蕭梁。

〔九〕"雖才兼"句:南史沈約傳:"約歷仕三代,該悉舊章。博物洽聞,當世取則。謝玄暉善爲詩,任彥昇工於筆,約兼而有之,然不能過也。"謝玄暉名朓,傳見南齊書。任彥昇名昉,傳見梁書。

〔十〕何取則焉：<u>沈約</u>曾爲<u>齊</u>臣，卻幫助<u>梁武帝</u> <u>蕭衍</u>推翻<u>南齊</u>，建立<u>梁朝</u>。故<u>鐵崖</u>認爲不可取則。

半間屋記〔一〕

余在<u>吳</u>時〔二〕，與<u>永嘉</u> <u>道行</u>①上人爲方外友，幾別二十年。兵變來，予頸磨刃者三，脱命於<u>富春</u>山谷中〔三〕，托故人<u>義門</u> <u>馮氏</u>家〔四〕。<u>馮氏</u>大厦若連山宕洞，一夕化焦土。□②老穉遭殺戮，嬰奴寵姬馱介馬而去。予又幸脱草棘中，來<u>雲間</u>依<u>孔子廟</u>旁舍居之，謀蓋茅屋一間，未知卜錐地。

<u>道衡</u>寄書來，自言：“住<u>積慶</u>〔五〕，破屋數十楹，幸不燬，然盡爲軍士廬。斤斤分半間，卓予老錫杖，又插半簷爲雲水客居。子入<u>吳</u>，必宿共③吾半間，爲僧<u>顯萬</u>雲也〔六〕。子曩贈詩尚無恙，<u>趙郡</u> <u>蘇先生</u>爲余記〔七〕，子可無言乎！謹圖厥居以請。”

予披圖筦爾而曰：“上人半間，不猶愈予無卓錐地乎！雖然，自其身外者索之，則六合吾廬，四大吾榻，太始吾身之母，後天吾身之游也。身密而一髪不能入，身百千億萬而兩間六合不能容，半間何在乎！<u>顯萬</u>者，在<u>萬松嶺</u>頭與白雲争半間，中而分之，又以不出休焉自驕於雲，<u>萬</u>於雲且不知，矧知索於雲物外者乎！予喜<u>道衡</u>有詩曰：‘白雲本無心，悠悠以去留。我欲攬清影，逕竹自修修。’<u>道衡</u>蓋知雲者矣，知雲則知道已。吾將叩其二十年後，老學於半間也，有異乎<u>萬</u>不？小而一毛亡以入，大而兩間六合不能容者，果有得不④！”

明日，<u>道衡</u>以詩來曰：雲去何所去，雲歸何所歸？雲静我心住，雲動我心馳。一動與一静，陰陽互根依。是爲己上訣，儒者不能非。

【校】

① 本文又載<u>鐵崖漫稿</u>卷五，據以校勘。<u>道行</u>：下文作“<u>道衡</u>”。按：<u>道行</u>先祖爲<u>葉衡</u>，其後人似不當與之重名。然<u>元</u>代避諱不嚴，故<u>道行</u>、<u>道衡</u>，究竟何者爲是，於此不妄加推斷。
② 原本空一格，示闕一字，<u>鐵崖漫稿</u>本無空格。

③ 宿共：鐵崖漫稿本作“共宿”。

④ 不：鐵崖漫稿本作“否”。

【箋注】

〔一〕文撰於元至正十九年（一三五九）歲末，其時鐵崖歸隱松江不久。繫年依據：文中曰“來雲間，依孔子廟旁舍居之”。至正十九年十月初，鐵崖從杭州退隱松江，當時尚無固定住所，故依孔廟而居。至正二十三年春，松江韓大帥爲之修建草玄臺（亦稱草玄閣），乃鐵崖晚年居所。半間屋主人釋平，字道行，其字又作道衡，永嘉（今屬浙江）人。俗姓葉，宋代丞相葉衡後裔。祝髮鎮江之金山，元末爲蘇州集慶寺僧人。博學多才，“禪教二書，靡不畢通，間亦旁習儒言。其於諸子百家，多所涉獵。然最善作詩，有所謂半間集，傳諸學者云”。編纂有禪海集，戴良爲之撰序。參見九靈山房集卷十三禪海集序。又，鐵崖楊先生詩集卷上送道衡上人歸甌越：“上人前朝丞相裔，家有草堂如瀼西。”

〔二〕在吴時：指至正七、八年間。當時鐵崖游寓姑蘇，授學爲業。

〔三〕脱命於富春山谷中：鐵崖於至正十六年秋任建德路理官，至睦州。至正十八年三月，朱元璋右翼統軍元帥胡大海率軍攻克建德，當時鐵崖避兵至富春山中。

〔四〕義門馮氏：指富春 馮士頤兄弟。參見東維子文集卷七富春八景詩序。

〔五〕積慶：寺廟名。據下文“子入吴”等語，此積慶寺當在姑蘇。

〔六〕僧顯萬：宋代詩僧。所謂“僧顯萬雲”，參見東維子文集卷十八怡雲山房記注。

〔七〕趙郡 蘇先生：指蘇昌齡，鐵崖友人。參見東維子文集卷二十六蘇先生挽者辭叙。

夢桂軒記〔一〕

秀之白水川吴德忞，嘗夢入泰山，遇一神丁，授以丹樨一枝。既寤之旦，門外木客叫賣花聲，視之乃丹樨也。奇[①]其事與夢叶，遂買樹軒之陽，命曰夢桂。歷凡數寒暑，豐碩鬯茂，人競傳爲吴氏嘉樹，左轄周公琦爲書諸軒〔二〕，又持至雲間，徵文於抱遺老人〔三〕。

　　老人愕之曰："神哉子之夢也。池草之夢[四]，神會也；梨②雲之夢[五]，神想也；大槐之夢[六]，神化也；腹松之夢[七]，神兆也。今子之欙協於夢授，神哉吾所罕聞也。彼松槐黎草，又曷足以顯神於古也哉！雖然，子將以夢爲桂耶？以寢論桂耶？以夢論桂，今未嘗無；以寢論桂，昔未嘗有。子將攝有無於一夢，則夢而寢，不可誣也已。嘻，天地者，萬有之大夢窟也。今神以夢夢子，子以夢桂，桂以夢軒。軒也，桂也，子也，神也，俱不自知其夢於造化，造化不自知其夢於太空。太空冥然，自爲太玄③。太玄之玄，無夢無寢。至矣，至矣！子誠能④尋神之欙於夢外夢也。予當爲子舉酒仰天，問桂之來自於始青之日，曰桂之植月者幾年矣，爾祖剛之斫桂者凡幾番矣[八]，爾祖質之眠樹下⑤者又凡幾番矣[九]。嘻，斫不斫，眠不眠，吾不問，吾亦問子之寢于夢外夢者何如耳？"悫撫然曰："吾徵客欙于吾子，亦訟蕉鹿之訟于士師者耳[十]。"書諸軒爲記。

【校】

① 本文又載鐵崖漫稿卷五，據以校勘。奇：原本作"可"，據鐵崖漫稿本改。

② 梨：原作"黎"，徑改。

③ 太空、太玄之"太"：原本作"大"，據鐵崖漫稿本改。下同。

④ 誠能：原本作"能誠"，據鐵崖漫稿本改。

⑤ 下：原本無，據鐵崖漫稿本增補。

【箋注】

〔一〕文當撰於元至正二十年（一三六〇）至二十三年之間，即鐵崖退隱松江前期。繫年依據：其一，鐵崖自稱抱遺老人，又寓居雲間，故必在至正十九年冬退居松江之後。其二，文中稱周伯琦爲"左轄"，知其時周氏任江浙行省左丞，當在至正二十四年以前。參見本卷西郊草堂記箋注。夢桂軒主人吳德悫，生平見本文。

〔二〕周公琦：即周伯琦。參見東維子文集卷三送團結官劉理問序。

〔三〕抱遺老人：鐵崖自號。按：鐵崖自號抱遺子，約始於至正十年，而自稱抱遺老人，則不早於至正十六年。參見鐵崖文集卷三金華先生避黨辯、卷一七客者志。

〔四〕池草之夢：參見鐵崖先生詩集己集題唐本初春還軒注。

〔五〕梨雲之夢：參見陳善學序刊楊鐵崖先生文集卷五素雲引爲玄霜公子賦注。

〔六〕大槐之夢：即南柯一夢。

〔七〕腹松之夢：三國吳人丁固故事。參見東維子集卷十七松室記注。

〔八〕爾祖剛：指傳說之仙人吳剛。參見鐵崖先生古樂府卷三道人歌注。

〔九〕爾祖質：指吳質。或謂吳質即吳剛。苕溪漁隱叢話後集卷十四玉谿生：“緗素雜記嘗論吳生斫桂事，引李賀筆篌引，云‘吳質不眠倚桂樹’，李賀謂之吳質，段成式謂之吳剛，未詳其義。竊意筆篌引所謂吳質，非吳剛也，恐別是一事。魏有吳季重，亦名質。”

〔十〕蕉鹿之訟于士師：出自寓言故事“夢蕉覆鹿”。參見清鈔鐵崖楊先生詩集卷下病起注。

玉立軒記〔一〕

去淞城之西十五里，爲石湖福地〔二〕，寺曰大慈〔三〕，長其衆者曰本初道法師。師雖墨名，而慕向則儒先生也。丈室之陰植竹數百挺，皆長幹厚筠。師又法①去其荴亂悴敗者，亭亭焉聳立如萬玉人，故面以軒，而名之曰玉立，取坡公“蒼蒼玉立身”語也〔四〕。大夫士過泖，舟泊石橋，師必招致軒所。曩予過軒，軒②以玉立記請，舟急未遑。今年客其軒，申前請。

吾聞浮屠氏之教，其慈者之面己緣③曰大慈，故其慈也，能與人之樂〔五〕。師演三緣之義〔六〕，又必自近而推遠，故其奉先以孝（句），親其同袍昆弟，若同母出，而嗣其嗣者如子然，未嘗爲浮屠氏孤絶之行。當其兵革之變〔七〕，故能相與保其庥④寓，而玉立之在軒者，森然如舊，無斧斤橫被之害。昔北都童子寺以童竹瑞其寺，寺之綱維爲之日報平安〔八〕。夫⑤兹玉立之中，安⑥知無兹竹者，如白虎殿所生以瑞厥所號耶〔九〕！師之嗣法者新古岩〔十〕，又奉母以孝稱。過客至軒所，爲賦玉立，當先頌其子母之慈、日報平安者云。

【校】

① 本文又載鐵崖漫稿卷五，據以校勘。法：蓋爲“汰”之訛寫。

② 軒：誤，似當作“師”。

③ 已緣：鐵崖漫稿本作“已緣者”。

④ 仸：鐵崖漫稿本作“佛”。按，“仸”乃“佛”之古字。

⑤ 夫：原本作“大”，據鐵崖漫稿本改。

⑥ 原本於“安”字下空缺一格，據鐵崖漫稿本删。

【箋注】

〔一〕文當撰於元至正二十年（一三六〇）至二十七年之間，即鐵崖退隱松江之後，元亡以前。繫年理由：據文中所述，其時鐵崖客居松江大慈寺，且爲“兵革”戰亂之際，故必爲鐵崖晚年寓居松江時期。玉立軒：位於松江石湖大慈寺，其主人爲元末大慈寺住持釋道，字本初。

〔二〕石湖：塘名，又稱石湖蕩。正德松江府志卷九城池：“北錢市，在四十一保石湖塘上，與南錢相望。蓋一姓分處爲市，而異其稱云。”

〔三〕大慈：正德松江府志卷十八寺觀上：“大慈寺，府西南十里北錢市。元僧受建。”

〔四〕蒼蒼玉立身：蘇軾西湖壽星院此君軒：“卧聽謖謖碎龍鱗，俯看蒼蒼玉立身。一舸鴟夷江海去，尚餘君子六千人。”

〔五〕“故其慈也”二句：大智度論：“大慈大悲者，四無量心中已分别。今當更略説：大慈與一切衆生樂，大悲拔一切衆生苦。”

〔六〕三緣：指出家之因緣目的。錦繡萬花谷前集卷二十九浮圖名議引古禪師語録：“出家三緣：第一爲了自己，輪回生死，二爲紹隆三寳，三爲六道四生，皆令解脱。”

〔七〕兵革之變：此當指至正十六年春，張士誠軍攻陷松江之際，當地守軍、苗軍爭鬥而導致騷亂、劫奪、破壞。

〔八〕“昔北都童子寺”二句：酉陽雜俎續集卷十支植下：“童子寺竹，衛公言北都惟童子寺有竹一窠，纔長數尺。相傳其寺綱維，每日報竹平安。”

〔九〕白虎殿所生：相傳漢文帝時，子母筍生於白虎殿。參見東維子文集卷十瑞竹圖卷序。

〔十〕新古岩：其名當爲新，字古岩。本初道法師之弟子。

天理真樂齋記〔一〕

余嘗讀張宣公遺言曰〔二〕：“蟬蜕人欲，春融天理〔三〕。”未嘗不愧然嘆曰："旨哉斯言,至樂之所在也。"昔我聖人曲肱飲水,而樂亦在中〔四〕。見而知者,惟顏氏。顏氏雖屢空,不改此樂也〔五〕。越千餘禩,無人識之,伊、洛師友相傳〔六〕,必欲尋其樂。嘻,得是樂而後得入聖人之域①也。顏氏之後有周、程〔七〕,周、程之後有宣公,宣公之子孫在北南者不知幾何人,而三百年後乃有翼焉,因以樂名其齋。

　　吾想翼之平日修身治人之際,人欲釋然,天理怡然,雖獄訟在前,簿書在左,涵泳從容,未嘗不在春風和氣中,非得天之真者,何以臻焉! 理無精粗大小,故樂亦亡②時不在,亡往而不得也。或者不知,乃以謹細微、勉悠久、衣弊食疏,以天理爲樂物,陋矣哉! 豈知樂之真者自有在耶? 翼③麑社世冑〔八〕,爲宋月溪先生之外孫,讀書講道亦有日矣。今仕崇明別駕,行其所學,而又推是樂行及海邦之民,使皆熙熙焉若醉醇酣於春臺之間〔九〕。不以所以然而然,則其樂之及人者,雖伊尹樂堯、舜之道〔十〕,而以之樂商氏,何以尚焉!

　　翼謝曰："吾脩而歟④於伊。雖然,伊何人哉,希之則是!"是爲記。

【校】

① 本文又載鐵崖漫稿卷五,據以校勘。域:鐵崖漫稿本作"樂"。
② 亡:鐵崖漫稿本作"無"。下同。
③ 翼:原本作"冀",據鐵崖漫稿本改。
④ 歟:似當作"與"。

【箋注】

〔一〕文作於元至正二十年(一三六〇)歲末,其時鐵崖退隱松江一年有餘。繫年依據:至正二十年十月廿六日,鐵崖回復天理真樂齋主人理齋書信中,提及此文,曰"文齋真樂卷子,嗣容續筆";同年十一月十六日,又爲理齋撰崇明州學先賢祠堂記。本文與崇明州學先賢祠堂記,當爲一時之作。天理真樂齋主人張翮,字翼之,自號理齋,清河(今屬江蘇淮安)人。世家子弟,崇尚理學,元末效力於張士誠政權,任崇明州同知。參見鐵崖撰崇明州學先賢祠堂記、致理齋尺牘(皆載佚文編)。

〔二〕張宣公:南宋張栻。張栻字敬夫,丞相浚之子。謚宣。宋史有傳。

〔三〕"蟬蛻人欲"二句:宋真德秀撰西山讀書記卷四治情:"(張栻)先生臨終,再三誦曰:'春融天理之妙,蟬蛻人欲之私。'可以觀所養矣。"

〔四〕"昔我聖人"二句：論語述而："子曰：'飯疏食飲水，曲肱而枕之，樂亦在其中矣！'"

〔五〕"顏氏"二句：指孔子弟子顏淵。論語先進："子曰：'回也其庶乎，屢空。'"又雍也："子曰：'賢哉回也！一簞食，一瓢飲，在陋巷，人不堪其憂，回也不改其樂。'"

〔六〕伊、洛：指北宋程顥、程頤，二人於伊川、洛水之間講學授徒，故稱。

〔七〕周、程：指北宋周敦頤，程顥、程頤。

〔八〕甓社：指甓社湖，位於今江蘇高郵。明劉健撰高郵州新開湖記："高郵州之西南，湖曰新開，與甓社湖通，而天長以東諸水盡匯於此。"（載明黃訓編名臣經濟錄卷五十一工部都水下。）

〔九〕"熙熙焉"句：化用老子語。參見東維子文集卷十六春遠軒記注。

〔十〕伊尹：商朝初年名臣。其事迹詳見史記殷本紀。

上海縣鶴砂義塾記〔一〕

松支邑爲上海〔二〕，民業漁鹽，或沓鷔弗率。而隆睢衍澤，氣不沉越〔三〕。疇子姓多英發尚義，遇賢令長，事之如古君臣禮。

至正庚子〔四〕，何侯來領邑事〔五〕，首進民父兄曰："斥鹵萌不幸接蜑落，有赤子龍蛇，吾一教訓之。"又申戒曰："吾以鄒、魯待邑〔六〕，邑人不以鄒、魯自待者，吾於賢不肖有別已。"視政三月，即理泮學，化及東鄉甲姓民凡十家。

鄉之校在鶴砂者〔七〕，鄉人瞿氏某之創始也〔八〕。兵燹來〔九〕，僅遺禮殿，礎傾棟撓，業明仆矣。辛丑①春，侯劭②農於郊，因集民父兄視其地，慨然有感曰："塾之廢，歷長令凡若干人，無起之者，其有待於余乎！汝民父兄，其力相③吾志。"首捐俸爲倡，而十家者隨之，爭持酒肴文書遮馬首，各出主名領事：建禮殿者某，齋序門廡者某，塑聖像、繪從祀像者某。材甓大具，工徒聿興。不五六月，瓦礫之區化爲輪奐之觀。擇士之行可範俗、言可輔教者，爲之塾主。又倣學制，設大小兩訓師，弦誦其子弟員。是年秋八月，侯率僚友講舍菜禮，落成之頃，狀其廢興始末，以記請予。余以侯政知所本，樂述其美以曉在位者，故不辭。

　　古者六鄉六遂有庠序之教制④,下至二十五家爲閭,亦有左、右師居於門塾。今之鄉塾,即閭師之教,命之曰"義",其又必以義起。禮義廣教,振今而先古,亦盛矣。爲我告閭師者曰:"毋以野薄其民,毋以古教道自叛,毋務飫厥家以飢徒。"告其爲子弟者曰:"毋以鄙賤自棄,毋以嬉不從先生長者規,以負吾邑大夫淑民之德,以待先生育英之望也。"請以書諸石爲記。

　　侯名某,字子敬,海陵人〔十〕。前佐崑山、長洲,皆卓有政績。纘其事者,主簿杜某、主塾大訓師錢某,次韓某。甲姓之主辦及⑤捨贍廩田者,朱堅某等也。侯屬以敦匠事者,郡人劉明也。贍廩田凡若干畝,刻碑陰云。

【校】

① 本文又載鐵崖漫稿卷五,據以校勘。辛丑:原本誤作"辛亥",徑爲改正。按:元至正年間無"辛亥年",且前文曰上海縣令何緝於"至正庚子"上任,故此"亥"字,必爲"丑"之訛寫。

② 劭:原本作"邵",據文意改。

③ 相:原本作"湘",據鐵崖漫稿本改。

④ 教制:鐵崖漫稿本無"教"字。

⑤ 及:原本作"友",據鐵崖漫稿本改。

【箋注】

〔一〕文撰於元至正二十一年辛丑(一三六一)八月,其時鐵崖退隱松江未滿兩年。繫年依據參見本文及校勘記。

〔二〕松支邑爲上海:元至元十五年,華亭府改名松江府,下轄華亭縣;至元二十七年,又設置上海縣,亦隸屬於松江府。參見元史地理志。

〔三〕"而隆雎衍澤"二句:國語周語下:"夫山,土之聚也;藪,物之歸也;川,氣之導也;澤,水之鍾也。夫天地成而聚於高,歸物於下。疏爲川谷,以導其氣;陂塘污庳,以鍾其美。是故聚不阤崩,而物有所歸;氣不沈滯,而亦不散越。是以民生有財用,而死有所葬。"隆雎衍澤,喻指山丘湖澤。

〔四〕至正庚子:至正二十年。

〔五〕何侯:即上海縣令何緝。弘治上海縣志卷七官守志:"何緝,字子敬,泰州人。至正末尹縣。廉公有爲,勸農桑,正刑法,而於興學養士尤眷眷焉。

建明倫堂及東西二齋,至於燕休庖廩之所,皆斬焉易新。遇淫祠巫覡必
毀,斥之曰:'無使鬼神禍福之説污吾民也。'時稱爲儒吏云。"按:據本文,
何緝任上海縣令以前,曾佐治崑山、長洲。又,弘治上海縣志卷七官守志、
同治上海縣志卷十四名宦志皆有何緝傳,所述何緝就任上海縣令時間有
出入,前者曰"至正末",後者曰"至正中",實爲至正二十年庚子。

〔六〕鄒、魯:孟子、孔子之鄉。

〔七〕鶴砂:即下砂鎮(今屬上海浦東新區)。

〔八〕瞿氏某:指下砂人瞿霆發。瞿霆發曾割地資助修繕西湖書院、上海縣學。
其生平詳見同治上海縣志卷十八人物一。

〔九〕兵燹:此指至正十六年春,松江城鎮所遭戰争破壞。

〔十〕海陵:泰州古名;亦爲縣名,隸屬於泰州。參見元史地理志。

遺安堂記〔一〕

　　予讀東漢龐公傳〔二〕,至答劉表遺子孫以安之言,未嘗不是其言爲
知機達道也。當黨錮事起,士君子龍逃鳳匿,巢高岡,窟深水,羽不欲
章,鱗不欲露,甘辟禄食,而與妻子共畎畝之苦,彼不爲覆巢竭窟慮,
而游鱗翔羽,豈不遺身以危,而且以及其子孫乎!龐公有見于此,蟄
處峴山之南,與其躬耦稼事。一爲荆州刺史所知,遂挈家上鹿門,托
迹採藥。世人望之不翅仙去,豈非遺身以安及其子孫者乎?噫,叔世
喪亂屢矣,求龐公知機達道者寡矣。

　　華亭曹炳氏,不幸遭時之艱,處谷水之陽〔三〕、貞溪之上〔四〕,去先
廬西二里許,有田一成,築室其所。凡犁鋤、耒耜、桔槔、舟楫之具,無
不聚①焉。炳身率孥從,以力爐蕢菜。幸有秋,得上給王賦,下逮孥
飧,餘則與一二同志觴詠嘯歌,不知世有淫富貴可以赤吾族也,因用
龐之言,扁其舍曰遺安。

　　予嘗舟過其地,切笑之曰:"今之君子,有裂冠毁冕混迹芻蕘,班
草相語,不爲陳留二夫之泣者幾希〔五〕,子又何以得隱于耕②,而遺子孫
以安乎?吾顧未知子之耕所去鹿門山凡幾里也。"炳亦莞爾而笑曰:
"龐公固云趣舍止亦人之巢穴,吾得其安,固自有北山之北,南山之南
也〔六〕。"余爲之喜曰:"俟子稼成,吾將柴車幅巾,爲馬德操過耕所,亦

命速作黍,曰元直來矣。相與一噱而退,不知孰主孰客〔七〕。下視鳴弦揆日輩〔八〕,豈不隔世乎!”

炳字幼文,文恭公六世孫。公名幽〔九〕,字東畂,貴不忘農者也。炳之躬耕,亦追東畂之遺訓云。

【校】

① 本文又載鐵崖漫稿卷五,據以校勘。聚:鐵崖漫稿本作“具”。
② 耕:鐵崖漫稿本作“耤”。

【箋注】

〔一〕文撰於鐵崖退隱松江之後,元亡以前,即元至正二十年(一三六〇)至二十七年之間。繫年依據:鐵崖“舟過”遺安堂主人華亭曹炳居所,可見寓居松江,且其時爲“叔世,喪亂屢矣”。曹炳生平,盡見本文。

〔二〕龐公傳:參見鐵崖先生古樂府卷八覽古之十八注。

〔三〕谷水:參見東維子文集卷十七水南軒記注。

〔四〕貞溪:即小蒸。嘉慶松江府志卷二疆域志:“小蒸,在四十一保。一名貞溪。其西十里有漢濮陽王墓,甚高大,不生螻蟻。相傳築墓時蒸土爲之,故名……地扼九峰三泖之勝。”

〔五〕陳留二夫:述東漢末年陳留老父、張升及其友人故事。後漢書逸民列傳:“陳留老父者,不知何許人也。桓帝世,黨錮事起,守外黄令陳留張升去官歸鄉里,道逢友人,共班草而言。升曰:‘吾聞趙殺鳴犢,仲尼臨河而反;覆巢竭淵,龍鳳逝而不至。今宦豎日亂,陷害忠良,賢人君子其去朝乎! 夫德之不建,人之無援,將性命之不免,奈何?’因相抱而泣。老父趨而過之,植其杖,太息言曰:‘吁! 二大夫何泣之悲也? 夫龍不隱鱗,鳳不藏羽,網羅高縣,去將安所? 雖泣何及乎!’”

〔六〕“固自有北山之北”二句:意爲享有逍遙隱逸之樂。後漢書法真傳:“真曰:‘以明府見待有禮,故敢自同賓末。若欲吏之,真將在北山之北、南山之南矣。’太守憮然,不敢復言。”

〔七〕“吾將柴車幅巾”六句:謂有意效仿司馬德操、龐德公故事。三國志蜀書龐統傳注引襄陽記:“德操嘗造德公,值其渡沔,上祀先人墓,德操徑入其室,呼德公妻子,使速作黍:‘徐元直向云有客當來就我與龐公譚。’其妻子皆羅列拜於堂下,奔走供設。須臾,德公還,直入相就,不知何者是客也。”按:徐元直名庶,原爲劉備謀士,後歸曹魏。

〔八〕鳴弦揆日：指嵇康臨刑之際，顧日影而彈琴。晉向秀思舊賦序：“嵇博綜技藝，於絲竹特妙。臨當就命，顧視日影，索琴而彈之。”

〔九〕崳：曹崳字西士，號東畎，温州瑞安人。宋嘉泰二年（一二〇二）進士，擢秘書丞，累遷知福州，寶章閣待制致仕。卒謚文恭。參見宋詩紀事卷五十九。

翠微清曉樓①記〔一〕

　　翠微清曉樓者，南康李侯文彬之名其所居②也〔二〕。文彬自其先春山府君由汴③宦游於廣〔三〕，因卜居南康辣莊定龍岡④之麓。岡之椒築樵雲庵，庵之南有軒曰悠然佳趣，西北有亭曰煖翠長春，而於山之半則有層樓曰翠微清曉。文彬時領客登樓，參橫月落之餘，雙⑤筍之削玉，百丈桂水之盤〔四〕，鬱鬱⑥三十六折者，皆於是樓一放目而有之。山中四時朝暮，陰晴舒斂，景萬不同，而殊奇絶勝，則無逾⑦於翠微清曉，此樓所由以名也。

　　吾聞五嶺之南〔五〕，羅村、靈州在焉〔六〕，代爲中州士大夫之避⑧地，衣冠清氣，迄今照耀林谷者不絶。予壯年欲南上番禺〔七〕，歷五笠之交⑨〔八〕。今老矣，志弗遂，不能與文彬返山川故國⑩，登斯樓以致其殊奇絶勝，老於一拄頰⑪〔九〕，而徒按其圖以卧游之⑫也。文彬來淞，且過余，求文以記樓。余於南康之景，既得於卧游矣⑬，則將扣文彬以古靈古聖⑭之遺、海仙之觀，尚有騎五羊，持六穗〔十〕，以嘉惠邦民者乎？朝漢之臺，尚有胤嗣，煩吾陸使者之掉舌，稱臣以去黄屋之僭者乎〔十一〕？漢鼓唐鐘，時有響嘿乎！鮫⑮奴燕婢，有忽往而忽來者乎〔十二〕？蕭注⑯番禺之忠勇〔十三〕，趙康州師旦⑰之忠閔〔十四〕，相與血祠於邦者，皆無恙乎？異時文彬宦游之三吴，吾老未朽，尚當爲子一一賦之。己酉九月望日會稽楊維禎記⑱。

【校】

① 本文又載楊鐵崖先生文集全録卷四、鐵崖漫稿卷四，據以校勘。按：鐵崖漫稿卷五重複收録此文，然闕漏較多，故不用作校本。翠微清曉樓：楊鐵崖先

生文集全録本、鐵崖漫稿本作“翠微清曉”。下同。

② 之：楊鐵崖先生文集全録本、鐵崖漫稿本作“氏”。所居：楊鐵崖先生文集全録本作“所居樓”。

③ 汴：原本作“沂”，據楊鐵崖先生文集全録本、鐵崖漫稿本改。

④ 定龍岡：原本作“定龍岡岡”，據楊鐵崖先生文集全録本、鐵崖漫稿本删。

⑤ 雙：楊鐵崖先生文集全録本、鐵崖漫稿本作“以”。

⑥ 鬱鬱：原本作“鬱”，據楊鐵崖先生文集全録本、鐵崖漫稿本增補。

⑦ 逾：原本作“喻”，據楊鐵崖先生文集全録本、鐵崖漫稿本改。

⑧ 避：原本作“僻”，據楊鐵崖先生文集全録本、鐵崖漫稿本改。

⑨ 交：鐵崖漫稿本作“教”。

⑩ 國：鐵崖漫稿本作“園”。

⑪ 以致其殊奇絶勝，老於一拄頰：楊鐵崖先生文集全録本、鐵崖漫稿本作“以致其殊奇絶勝者於拄頰間”。

⑫ 以卧游之：原本無，據楊鐵崖先生文集全録本、鐵崖漫稿本增補。

⑬ “余於南康之景”二句，楊鐵崖先生文集全録本、鐵崖漫稿本無。

⑭ 則：楊鐵崖先生文集全録本、鐵崖漫稿本作“吾”。“彬以古”三字，原本無，據楊鐵崖先生文集全録本、鐵崖漫稿本增補。古聖：楊鐵崖先生文集全録本、鐵崖漫稿本無。

⑮ 鮫：原本作“蛟”，據楊鐵崖先生文集全録本、鐵崖漫稿本改。

⑯ 注：原本無，據楊鐵崖先生文集全録本、鐵崖漫稿本增補。

⑰ 趙康州師旦：楊鐵崖先生文集全録本、鐵崖漫稿本作“趙師旦康州”。

⑱ “己酉九月望日會稽楊維禎記”凡十二字：原本無，據楊鐵崖先生文集全録本增補。楊維禎：鐵崖漫稿本作“楊某”。

【箋注】

〔一〕文撰於明洪武二年己酉（一三六九）九月十五日，其時鐵崖寓居松江。翠微清曉樓主人李文彬，名質。朱元璋屬官。按：李文彬於洪武二年至松江覆核田土，此年九月十日，鐵崖曾爲撰文送行，本文則撰於送行序文之後。參見東維子文集卷二送斷事官李侯序。

〔二〕南康：唐初爲州名，宋升爲德慶府，元稱德慶路，隸屬於江西行省 廣東道。詳見元史 地理志。

〔三〕春山府君：南康 李氏之始祖，春山當爲其別號，名字不詳。由汴宦游於廣：李春山原籍開封 祥符，宋季仕于德慶，“因家焉”。參見陳璉故資政大夫靖江王府右相李公墓志銘（載皇明文衡卷八十九）。

〔四〕桂水：當指桂江。

〔五〕五嶺：又稱南嶺，指大庾嶺、騎田嶺、萌渚嶺、都龐嶺、越城嶺，横亘於江西、
湖南、兩廣之間。

〔六〕羅村：位於今廣東佛山。靈州：縣名。位於嶺南，隸屬於湖廣行省静江
路。今屬廣西桂林。參見元史地理志。

〔七〕番禺：今屬廣東廣州。

〔八〕五筦：指嶺南地區。唐高宗永徽之後，以廣、桂、容、邕、安南府皆隸屬於廣
府，都督統攝，謂之“五府”；節度使名“嶺南五管”。詳見太平寰宇記卷一
百五十七廣州。

〔九〕拄頰：樓名，位於松江，鐵崖晚年所居。

〔十〕“騎五羊”二句：能改齋漫録卷九地理羊城：“按南郡新書云：‘吳修爲廣州
刺史，未至州，有五仙人騎五色羊，負五穀而來。今州廳梁上畫五仙人，騎
五色羊爲瑞，故廣南謂之五羊城。’又廣州記云：‘六國時，廣州屬楚。高固
爲楚相，五羊銜穀至其庭，以爲瑞，因以五羊名其地。’”

〔十一〕“朝漢之臺”四句：概述南越王之歸漢。陸使者，指漢代陸賈。趙佗自
稱南越王，陸賈出使，勸説歸漢。後遇正朔，趙佗登臺，望漢而朝。朝漢
臺在廣州府治西五里。詳見大明一統志卷七十九廣東布政司。

〔十二〕“鮫奴燕婢”二句：皮日休送李明府之任南海：“蟹奴晴上臨潮檻，燕婢
秋隨過海船。”

〔十三〕蕭注：字巖夫。曾攝廣州番禺令，遭儂智高圍困數月。冒死突圍，募海
濱壯士，縱火焚敵舟，大破之。詳見宋史蕭注傳。

〔十四〕趙康州：指趙師旦。趙師旦字潛叔，任康州知州。與儂智高戰，兵敗遭
俘，不屈而亡。事後州人爲立廟。詳見宋史趙師旦傳。

游干將山碧蘿窗記①〔一〕

華亭地岸海，多平原大川，其山之聯絡于三泖之陰者十又三，名
于海内者九。其一曰干者，又②九之甲也，世傳夫差③冢干將其上，故
云④。其形首昂脊弓，肩髀礌礧，狀馬，又云天馬。

至正癸卯四月十有八日，横鐵生洪祥駕墨⑤樓船〔二〕，邀余出南關，
泛白龍潭⑥〔三〕，北行過沈涇〔四〕，至皇甫林西小溪〔五〕，蛇行六七里，抵山

麓,命謝公屐躋⑦峻嶝〔六〕。及半山,休松溪丹室,道士郭玄⑧作茗供〔七〕,題詩書壁⑨間。更肩輿,上絕頂,藉磐石踞坐,俯⑩視衆山累累,如子立膝下,佛宮老⑪宇離立於傍,瓦次鱗鱗,襍出叢樹間,桑丘麥畝,連綿錯繡,儼然輞川畫苑也〔八〕。鳥有婆餅焦⑫者〔九〕,時聲於耳。冷風鏘然起,松雨滴衣帽,使人肌骨慘懔。下山,祥⑬之外氏張景良請移舟〔十〕。旋山而北若干步,斗折三矢地,怪石夾鋪⑭類剖蚌,拔土特起類跳狼躩虎⑮。木皆鷺回鳳翥,頂⑯懸碧蘿若縷索,下有軒四楹⑰,名碧蘿窗。掃榻就坐,窗洞開,野香襲人,若芝术。良父梓山公年幾八秩,扶藜出⑱肅客,已而⑲燕客於軒,復出子女羅拜。公躬奉觴壽余⑳,余復觴之曰:“劫灰一吹閱㉑十年〔十一〕,無地不焦爍㉒,公獨在不劫地,又時與一輩高人韻士尚羊水山㉓,謂東南之慶人福地非歟?”於是主客交歡,酒不計量,頽然就醉,不覺日在牖西。是夕宿東崦曹氏玄㉔修精舍〔十二〕。明旦,奠雲西處士墓㉕〔十三〕,放舟山南,訪余山衛餓夫〔十四〕、鄭道士㉖,不值。又沿流經石氏醉癡家㉗〔十五〕,解后捉月子李質㉘〔十六〕,邀余燕㉙蠢石軒〔十七〕,笴隱生余瑾㉚陪飲〔十八〕,賦蠢石詩〔十九〕,書於東窩㉛。夜,乘月歸〔二十〕。凡題某氏某軒某㉜齋舍凡若干所,入鍥雅集中,而張氏碧蘿爲首云。會稽抱遺叟楊維楨試老陸樂墨書㉝。

【校】

① 陶宗儀編游志續編(宛委別藏本)卷下、乾隆婁縣志卷四載此文,據以校勘。游志續編題作游干山記,乾隆婁縣志題作干山志。

② 王者:游志續編作“干山”,婁縣志作“干將”。又:原本無,據游志續編增補。

③ 夫差:游志續編作“夫差王”。

④ 云:游志續編作“名”。

⑤ 橫鐵生洪祥:游志續編作“洪生”。墨:游志續編作“黑”。

⑥ 原本“白”字下有一“馬”字,據游志續編刪。潭:原本作“堆”,據婁縣志改。

⑦ 躋:游志續編作“躡”。

⑧ 玄:游志續編本作“常”,婁縣志作“某”。

⑨ 書壁:游志續編無,婁縣志無“書”字。

⑩ 俯:原本無,據游志續編增補。

⑪ 老:婁縣志作“梵”。

⑫ 焦:原本作“集”,據游志續編、婁縣志改。

⑬ 祥：游志續編作"生"。

⑭ 鋪：游志續編、婁縣志作"插"。

⑮ 土：游志續編作"出"。虎：游志續編作"豹"。

⑯ 頂：原本無,據游志續編增補。

⑰ 楹：游志續編作"桯"。

⑱ "年幾八秩扶藜出"七字：原本無,據游志續編增補。

⑲ 已而：原本無,據游志續編增補。

⑳ 壽余：游志續編、婁縣志作"爲余壽"。

㉑ 閲：原本無,據游志續編增補。

㉒ 爍：游志續編、婁縣志作"礫"。

㉓ 一輩：原本無,據游志續編增補。尚羊：游志續編、婁縣志作"徜徉"。水山：乾隆婁縣志作"山水"。

㉔ 夕：游志續編作"日"。玄：游志續編、乾隆婁縣志作"元",蓋因避諱而改。

㉕ 旦：原本作"日",據游志續編改。"奠雲西處士墓"六字：原本無,據游志續編增補。

㉖ 訪余山衛餓夫、鄭道士：原本作"訪余山衛餓夫",乾隆婁縣志本作"訪黄五全",據游志續編改補。

㉗ 家：游志續編作"門"。

㉘ 捉月子李賈：游志續編作"捉月子李份",婁縣志作"捉月公李彬"。

㉙ 燕：游志續編作"飲"。

㉚ 余瑾之"瑾",原本作"謹",據游志續編、乾隆婁縣志改。

㉛ 書於東窩：原本無,據游志續編增補。

㉜ 某軒某：原本無,據游志續編增補。"凡題某氏某軒"以下,乾隆婁縣志無。

㉝ "中而張氏碧蘿爲首云"九字：游志續編無。"會稽抱遺叟楊維楨試老陸樂墨書"十四字：原本無,據游志續編增補。

【箋注】

〔一〕文撰於元至正二十三年癸卯(一三六三)四月二十日。鐵崖於是年四月十八日應邀游于山,爲兩日游。其時鐵崖寓居松江,在松江府學"主文之席"。參見鐵崖先生集卷二淞泮燕集序。于將山：即于山。參見東維子文集卷五送劉主事如京師序注。

〔二〕洪祥：號橫鐵生,松江人。參見鐵崖楊先生詩集卷上橫鐵軒、宴橫鐵軒。

〔三〕白龍潭：又名龍潭。鐵崖橫鐵軒詩曰："柳陰日薄水風涼,舡過龍潭萬竹莊。”（載鐵崖楊先生詩集卷上。）

〔四〕沈涇：塘名。正德松江府志卷一山：“鍾賈山，距干山東一水，左限沈涇塘，與盧山對峙。”

〔五〕皇甫林：又名廣富林，位於今上海松江區境内。嘉慶松江府志卷二疆域志鎮市：“廣富林，在（青浦縣）三十八保。一名皇甫林。後帶九峰，前迤平疇。”

〔六〕謝公屐：相傳謝靈運所創。宋書謝靈運列傳：“登躡常著木履，上山則去前齒，下山則去後齒。”

〔七〕郭玄：元末干山松溪丹室道士。按：此日郭玄供茶，鐵崖賦詩答謝，詩載鐵崖楊先生詩集卷上，名爲浄行寺主登干將山松溪郭煉士作答供。

〔八〕輞川：位於今陝西藍田。唐詩人王維有輞川別墅，此借以指王維。

〔九〕婆餅焦：鳥名。因其鳴叫聲如“婆餅焦”而得名。

〔十〕張景良：洪祥外祖父。蓋居松江干山，當地富户，碧蘿窗乃其家軒閣。

〔十一〕劫灰一吹閲十年：“劫灰”指戰亂。至正十一年五月劉福通起事，以“紅巾”爲號，戰事迅疾蔓延，截至至正二十三年，已十二年。

〔十二〕玄修精舍：干山曹氏所居。按：下文曰“明旦，奠雲西處士墓”，由此推之，玄修精舍主人當爲曹知白族人，或即鐵崖弟子、曹慶孫之子曹宗儒亦未可知。參見東維子文集卷六春秋百問序、卷十九安雅堂記。

〔十三〕雲西處士：指曹知白。參見東維子文集卷十九安雅堂記注。

〔十四〕佘山：位於今上海松江。衛餓夫：即衛毅。參見鐵崖先生集卷四山中餓夫傳。

〔十五〕石氏醉癡：醉癡蓋其別號，亦當從學於鐵崖。待考。

〔十六〕李質：其名又作份（游志續編本），又作彬（乾隆婁縣志本），別號捉月子，或作捉月公。蠹石軒主人，亦爲鐵崖弟子。參見東維子文集卷二十二蠹物志。

〔十七〕蠹石軒：蓋位於古家灣畔。鐵崖楊先生詩集卷上宴蠹石軒曰：“鳳頭魚尾古家灣，一片白雲江上還。”

〔十八〕余瑾：號笴隱生。當爲鐵崖弟子。正德松江府志卷三十人物七：“笴隱生名瑾，不知其姓。生上海斡山，因自號云。幼時嘗夢掘地得大小墨數百笏，遂善屬文。長，好游名山。至正間，自具區道毗陵，渡江抵淮、泗。以直言干在位者，弗用，還。讀書斡下，著史補斷、丹崖夜嘯、金聲録、玉露吟各若干卷。一室晏如，或勸之仕，則曰：‘大丈夫仕當爲天下除殘剗暴。否則不如抱膝坐耳。’乃終其身。”又，嘉慶松江府志卷七山川志：

“崞山,在府城北四十里……元有余瑾,亦居此山,自號笴隱生。故又名笴山。”

〔十九〕蠡石詩:蓋即宴蠡石軒,詩載鐵崖楊先生詩集卷上。

〔二十〕乘月歸:按鐵崖詩曰“金吾不禁歸來曉,知是山翁載酒船”,知其歸返已是次日凌晨。參見鐵崖楊先生詩集卷上宴橫鐵軒。

棲雲樓記〔一〕

鐵①龍道人游五茸江〔二〕,回登小鐘山〔三〕,坐半雲屋〔四〕。山之老浮屠曰雲者〔五〕,作茗供。復有寧者〔六〕,請登所居樓。樓外山九②叠如曲屏,雲氣上下盤礴若雪漫③海,沸之若層樓叠④閣,爛文若五色⑤錦繡墜樓,几席間有之,而雲亦出没其坐榻,因題其樓曰⑥棲雲,徵記於道人。

道人曰:“朝雲⑦而暮雨,雲之棲陽臺者也〔七〕;成五色而從赤龍,雲之棲芒、碭者也〔八〕。子之雲何雲? 棲何棲?”寧曰:“吾見雲油然起,坦然舒,倏然變,悠然逝者,皆吾之山中四時朝暮也。”道人曰:“雲一散則彌六合,鬼神莫測其變;一卷而了無踪⑧,造化無⑨究其歸。雲豈樓可量、亦豈⑩樓可棲耶? 爾教身毒氏有雲名‘妙⑪大’〔九〕,有樓曰‘無礙’。其雲也⑫,生無生,滅無滅。其生也,天不能爲之先;其滅也,地⑬不能爲之後。是樓也,小無以爲之内,大無以爲之外,能無所棲,亦無所不⑭棲。樓不知有⑮雲,雲不知有樓⑯,雲與樓俱入于冥,人不得以色相求矣,子亦嘗究⑰於是乎?”寧憬⑱然若有得,於是起⑲,自爲歌,歌曰:

“雲之生兮生無始,雲之滅兮滅無終。生也莫測其通,滅也莫窺其空。又孰知在無外之外,在有中之中。”并録爲記。

【校】

① 正德松江府志卷十八寺觀、光緒青浦縣志卷二十九寺觀皆載此文,據以校勘。鐵:原本無,據松江府志增補。

② 山九:青浦縣志作“九峰”。

③ 漫:原本闕字,據青浦縣志補。

④ 沸之若層樓叠:松江府志作“沸又若層臺累”。

⑤ 五色:原本無,據松江府志增補。

⑥ 題:松江府志作"顔"。曰:松江府志作"爲"。

⑦ 雲:原本作"行",據松江府志改。

⑧ 踪:松江府志作"一迹"。

⑨ 無:松江府志作"莫"。

⑩ 亦豈:原本無,據松江府志增補。

⑪ 妙:原本無,據松江府志增補。

⑫ 也:原本無,據松江府志增補。

⑬ 地:松江府志作"塵"。

⑭ 不:原本無,據松江府志增補。

⑮ 樓:松江府志作"樓",下同。有:松江府志無。

⑯ 樓:松江府志作"樓"。

⑰ 亦嘗究:青浦縣志作"嘗究心"。

⑱ 慊:松江府志作"憮"。

⑲ 於是起:原本作"於是於起",據鐵崖漫稿本删。又,自"於是起"句至篇末,正德松江府志無,而作"是爲樓雲樓記。道人,會稽楊維楨也。寧者,字靜初"。

【箋注】

〔一〕文撰於元至正二十三年(一三六三)四月,鐵崖與洪祥等游干將山之後。繫年依據:本文起首曰"鐵龍道人游五茸江,回登小鐘山,坐半雲屋,山之老浮屠曰雲者作茗供"云云,而鐵崖之所以"回登小鐘山",蓋因四月十八日初游,即有浄行寺主陪同。參見本卷游干將山碧蘿窗記、鐵崖楊先生詩集卷上浄行寺主登干將山松溪郭煉士作答供。樓雲樓:位於松江鍾賈山浄行庵中。正德松江府志卷十八寺觀:"壽安講寺,在鍾賈山。本浄行庵,元元貞中,僧崇仁等建。國朝永樂間,僧虚白重修。後請壽安廢院額以名。中有樓雲樓,後即半雲亭。"

〔二〕五茸江:即吳淞江,今稱蘇州河。按:五茸爲松江別名。吳郡圖經續記卷下往迹:"又有五茸,茸各有名,乃吳王獵所。陸魯望詩云'五茸春早雉媒驕',謂此也。"按:稱松江爲五茸江,源出於此。

〔三〕小鐘山:即鍾賈山。正德松江府志卷一山:"鍾賈山,距干山東一水,左限沈涇塘,與盧山對峙。相傳山下有鍾、賈二姓,故名。或但名鍾。亦有以中名者,謂介在九峰間也。山前即壽安寺,山麓有半雲亭。"

〔四〕半雲屋:蓋即半雲亭。

〔五〕釋雲：當爲元季松江鍾賈山浄行庵住持。

〔六〕釋寧：字静初。蓋元季松江鍾賈山浄行庵僧人。參見本文校勘記。

〔七〕“朝雲而暮雨”二句：參見鐵崖先生古樂府卷九陽臺曲注。

〔八〕“成五色”二句：相傳漢高祖劉邦爲赤龍子，故有雲氣相隨。參見鐵崖賦稿卷上未央宫賦注。

〔九〕身毒：古印度國名之音譯。有雲名“妙大”：妙法蓮華經觀世音菩薩普門品第二十五：“悲體戒雷震，慈意妙大雲。”

筦公樓記〔一〕

筦公樓者，筦潤氏世居之樓。其居在淞東關，以其暇讀書教子。其人方面美髯，才知百時輩。其存心寧人德我，我毋德人，人稱長者。相者嘗云：“筦①公非草萊物，居不高門，出亦高蓋。”公笑曰：“據之高者，可踣人以危，吾弗願也。”兵變，有以“髯父”呼起之，駡而去。顧築小草樓方老園西，自顔②之曰筦公樓，且曰：“令吾子孫賢而貴，則去樓都府寺。否，雖貧無易吾樓也。”客登樓，類皆長者，人褐寬側注〔二〕，爲鄒、魯服。其位置者，連山汲冢藉〔三〕、桑公研〔四〕、雷公琴〔五〕、苧公茶經〔六〕、東老子十八酒方〔七〕、末下豉〔八〕、吴江菰米炊〔九〕、豫章瓷飲器〔十〕。主客談者，經史子流，絶不侵權貴人事。以其子訥從余游〔十一〕，徵余志。

余謂樓有登高作賦，望遠而懷鄉，因以名仲宣〔十二〕；投擲穢器，兵不得上，因以名焦度〔十三〕；弟子處中，客至處下，身處其上，吹匏笙而聽松吹，因以名松風〔十四〕；修起舊觀，高士題品，而以明月名〔十五〕；按險要，知虜情僞，而以籌邊名〔十六〕；家藏萬書，世學不絶，而萬卷之名著〔十七〕；玉册金印與制書并降，而三樓之名曰璚、曰玉、曰琉璃五鳳〔十八〕，未聞以姓字自旌如筦公者。

吁，亦得其説已。國之善守者，有封建；家之善守，何獨不如？自誓子孫，勿爲世之肥楹峻棟閲去主，不啻郵廬客其主者，此筦公樓之所以名也。予因筦公有感，吁，使代之郭公處國，如筦公處家，春秋豈有“郭亡”之書耶〔十九〕！公謝曰：“生我者父母，知我者銕史也。”請刻諸樓爲記。

【校】

① 本文又載鐵崖漫稿卷五,據以校勘。筦:原本作"管",據題及鐵崖漫稿統一,
　　下同。
② 顏:鐵崖漫稿本作"顯"。

【箋注】

〔一〕文撰於元至正二十年(一三六〇)至二十七年之間,即鐵崖晚年退隱松江
　　　之後,元亡以前。繫年依據:本文乃爲筦潤撰樓記,而筦公樓位於松江;
　　　且文中述及"兵變",未言兵息。筦潤,即管潤,鐵崖弟子管訥之父。參見
　　　東維子文集卷十五槐陰亭記。
〔二〕側注:冠名,又名高山冠。漢初儒者所戴。參見史記酈生陸賈列傳徐
　　　廣注。
〔三〕連山:古易名。周禮春官大卜:"掌三易之灋,一曰連山,二曰歸藏,三曰
　　　周易。"汲冢:指汲冢書。西晉武帝時於汲郡(今河南汲縣)戰國古墓中出
　　　土之竹簡。
〔四〕桑公研:蓋指後晉桑維翰所鑄鐵硯。參見陳善學序刊楊鐵崖先生文集卷
　　　四鐵硯子。
〔五〕雷公琴:雷威於無爲山中斲琴,得神人指點,所制無不佳絶,故有此美稱。
　　　參見説郛卷三十一下引賈氏説林。
〔六〕苧公:指唐人陸羽。陸羽曾隱居苕溪,自稱桑苧翁。嗜茶,著有茶經三篇,
　　　享譽久遠。詳見新唐書陸羽傳。
〔七〕東老子:指沈東老。十八酒方:參見清鈔鐵崖楊先生詩集卷上呂希顏席
　　　上賦注。
〔八〕末下:或謂指秣陵,今江蘇南京。按:"末下鹽豉"源出世説新語言語,然
　　　此書各本,多作"未下鹽豉"。後人多認爲"末下"之"末",爲"未"之誤寫。
　　　參見宋人胡仔苕溪漁隱叢話後集八。
〔九〕吳江:今屬江蘇蘇州市。
〔十〕豫章:今江西南昌一帶。
〔十一〕其子訥:即管訥,鐵崖弟子。參見東維子文集卷十五槐陰亭記。
〔十二〕"余謂樓有登高"三句:謂王粲以其所撰登樓賦而著稱於世。仲宣,東
　　　　漢末年人士王粲字。

〔十三〕“投擲穢器”三句：南齊書焦度傳：“焦度字文績，南安氏人也……度於
城樓上肆言罵辱（沈）攸之，至自發露形體穢辱之，故攸之怒，改計攻城。
度親力戰，攸之衆蒙楯將登，度令投以穢器，賊衆不能冒。至今呼此樓
爲焦度樓。”

〔十四〕“弟子處中”五句：梁書陶弘景傳：“永元初，更築三層樓，弘景處其上，
弟子居其中，賓客至其下，與物遂絶，唯一家僮得侍其旁。特愛松風，每
聞其響，欣然爲樂。”

〔十五〕“修起舊觀”三句：北史邢邵傳：“邵繕修觀宇，頗爲壯麗。皆爲之名，題
有清風觀、明月樓。而不擾公私，唯使兵力，吏民爲立生祠。”

〔十六〕“按險要”三句：謂唐人李德裕任西川節度使時，於蜀地建籌邊樓。詳
見新唐書李德裕傳。

〔十七〕“家藏萬書”三句：謂萬卷樓以藏書豐富得名。按：史書記載萬卷樓甚
多，未詳此指何人。

〔十八〕“玉册金印”二句：疑指吳越王錢鏐。錢鏐得朝廷所賜玉册金印，遂自
稱吳越國王。更名所居曰宮殿，府曰朝，官屬皆稱臣，起玉册、金券、詔
書三樓。參見新五代史吳越世家。

〔十九〕“春秋”句：元程端學春秋本義卷八莊公郭公：“杜氏曰：‘經闕誤也。’
莘老孫氏曰：‘郭公之事，三傳皆無義説……’案管子載郭亡之事，以謂
齊桓過郭，問父老：‘郭何以亡？’父老曰：‘善善而惡惡也。’桓公曰：‘善
善而惡惡，何至亡？’父老曰：‘善善而不能用，惡惡而不能去，郭之所以
亡也。’”

卷九十二　鐵崖先生集卷四

卷九十二　鐵崖先生集卷四

真逸子志〔一〕

上古人才有逸於耕，逸於陶、漁，三代下始有逸於釋、老氏者，如華陽真逸〔二〕、卯山真隱者是也〔三〕。余猶怪佛、老氏之提搥世法，蔑棄人事，而又以"隱逸"揭揭然表於人，何哉？必有以也。

淞之隱上人卓錫於胥浦精舍〔四〕，自號爲真逸子，而徵文於予。余以前説問之，則曰："吾儕得逸於浮屠氏者，藉國王之恩、吾法祖之力。今而有即墨而儒、即儒而仕，稱白①衣參〔五〕、緇②衣相者〔六〕，吾不知其何人也！其説以爲逸居而無教，則近飛走之族〔七〕。吾將拔俗於飛走，而不知畔吾教而往，爲金仙氏之罪人也〔八〕。故吾以真逸名，非所以自表，乃以表畔教而往者。"

余叩其言而③偉之，曰："宋帝有云：'爲僧若了總輸僧〔九〕。'上人者可謂了矣哉！"曰録其辭爲志，而又係之辭曰：

姬周聖人所無逸〔十〕，華陽外臣匪畔律。上有夔龍爲世出〔十一〕，箕山潁水萬乘屈〔十二〕。而況象教視觳率，居然捷徑毗耶詰〔十三〕。偉哉真逸空三室，我加其人跋踝密。

【校】

① 本文又載鐵崖漫稿卷五，據以校勘。白：原本作"曰"，徑改。

② 緇：原本作"錙"，徑改。

③ 而：原本作"面"，據鐵崖漫稿本改。

【箋注】

〔一〕文撰於元至正二十年（一三六〇）前後，即鐵崖晚年退隱松江之初。繫年依據：真逸子隱上人，疑即鐵崖僧友鑑上人。據東維子文集卷二十半雲軒記、卷二十九十七日過無住庵因留題鑑上人半雲軒，鑑上人號古心，雲間人，住胥浦之無住精舍，與本文所謂"淞之隱上人卓錫於胥浦精舍"能够吻合。鐵崖晚年退隱松江之後,與鑑上人交往頗多,本文與半雲軒記或同時所作。

〔二〕華陽真逸:指唐代顧況。顧況晚年退居茅山,在菖蒲潭石墨池上建山房,自號華陽真逸。參見元劉大彬編撰茅山志卷十八樓觀部、明王鏊撰姑蘇志卷五十四人物傳。

〔三〕卯山:即茅山。唐代皇帝曾詔令尋訪茅山真隱。參見舊唐書李德裕傳。

〔四〕胥浦:位於黃浦以南。參見東維子文集卷十二華亭胥浦義冢記注。

〔五〕白衣參:即上文所謂"即儒而仕",指五代梁震。參見陳善學序刊楊鐵崖先生文集卷四荆臺隱士。

〔六〕緇衣相:即上文所謂"即墨而儒",指南朝宋僧慧琳。參見陳善學序刊楊鐵崖先生文集卷二緇衣相注。

〔七〕"其説以爲"二句:孟子滕文公上:"飽食煖衣,逸居而無教,則近於禽獸。"

〔八〕金仙氏:此借指佛教。參見東維子文集卷二十望雲軒記注。

〔九〕"爲僧"句:本文曰語出宋帝,然今見唐、宋、元人記載,皆謂此詩句出自晚唐詩人杜荀鶴。杜荀鶴唐風集卷三贈僧:"利門名路兩何憑?百歲風前短焰燈。衹恐爲僧僧不了,爲僧得了總輸僧。"

〔十〕姬周聖人:指周公。周公曾告誡成王,作無逸,載於尚書。

〔十一〕夔龍:舜臣。書舜典:"伯拜稽首,讓于夔龍。"

〔十二〕箕山潁水:相傳許由隱居箕山,洗耳潁水。參見鐵崖先生古樂府卷一箕山操注。

〔十三〕捷徑:即終南捷徑,假借隱逸以求得宦達。參見鐵崖先生古樂府卷六金處士歌注。毗耶:本指維摩詰,此借指造詣精深之佛教徒。

琅玕所志^{〔一〕}

茆山煉師沈秋淵氏,住淞之廣成庵^{〔二〕},植異竹,蕞生西廡下,如如琅玕,遂識其居曰琅玕所,來見予城東次舍,爲^①一言爲志。

予按漢武内傳:碧海有琅玕,太上之藥也^{〔三〕}。又云崑崙山有琅玕之柱。唐之詩人亦爲玄都道士歌詠於子午谷中,鐵鎖森嚴,福地蕭爽^{〔四〕},世之人不可得有也。余嘆仙人福地,其蜿蟺扶輿至清至淑之氣,不鍾秀於世之魁□材德之士,而獨鍾於草木如琅玕者;可以聞於長往之徒,而不可致於生民之用。於乎,造物者何心哉！瑤池王母以此銜於漢之帝^{〔五〕},玄都又以銜於唐之詩人,今師又以銜於我,而且求其辭也。

　　吾於喪亂之世,豈無怨望於仙人者耶！抑吾聞法師福地瀕於海,有曰田橫冢者,義客之所狗者也^{〔六〕}；有鸚鵡洲者^{〔七〕},禰正平之所游者也^{〔八〕}；是師之□不直秀於琅玕,而寔秀於真人義客者,其爲世教之大藥也,何以尚哉！余將扁舟載酒過琅玕所,與師感今吊古,酹酒於丘上,續賦於洲中。師亦見今之世有若人否乎,又當爲予告之。

【校】

① 本文又載鐵崖漫稿卷五。爲：似當作"求"。

【箋注】

〔一〕文撰於元至正二十年(一三六○)至二十六年之間,即鐵崖晚年退隱松江之後,元亡以前。繫年依據：本文撰於松江,且爲"喪亂之世"。琅玕所：松江廣成庵道士沈秋淵居所。沈秋淵,浙江東陽人。早年在茅山學道,至正末年爲松江廣成庵道士。鐵崖晚年與之交往頗多。參見東維子文集卷二十九寄沈秋淵四絕句注。又,東維子文集卷二十九寄秋淵沈鍊師所居號琅玕所："琅玕種得三千箇,箇箇瓊臺玉樹齊。"

〔二〕廣成庵：道觀,位於松江瀕海之地(今屬上海市金山區),元末尚存。詳情待考。

〔三〕漢武內傳：或作漢武帝內傳、漢武帝傳。舊本題漢班固撰,或謂晉葛洪撰,皆無實據。四庫全書總目謂魏晉間士人僞託。按：藝文類聚卷八十一引漢武內傳,述"太上之藥"多種,其中并無"琅玕"。列子所述"珠玕",則與本文所謂"碧海琅玕"相仿。列子集釋卷五湯問："其上(指瀛洲、蓬萊等五山之上)臺觀皆金玉,其上禽獸皆純縞。珠玕之樹皆叢生,華實皆有滋味；食之皆不老不死。"

〔四〕"唐之詩人"三句：指杜甫賦詩詠琅玕。杜甫玄都壇歌寄元逸人："故人昔隱東蒙峰,已佩含景蒼精龍。故人今居子午谷,獨在陰崖結茅屋。屋前太古玄都壇,青石漠漠松風寒。子規夜啼山竹裂,王母晝下雲旗翻。知君此計成長往,芝草琅玕日應長。鐵鎖高垂不可攀,致身福地何蕭爽。"

〔五〕瑤池王母：即西王母。

〔六〕“有曰”二句：史記田儋列傳謂田橫與其客二人乘傳赴京,自到於未至洛
　　陽三十里處。本文所謂松江田橫冢,蓋後人爲紀念其海上徇死之五百義
　　客而建。參見陳善學序刊楊鐵崖先生文集卷一田橫客。

〔七〕鸚鵡洲：正德松江府志卷二十一古迹：“鸚鵡洲,在海中金山下,山北古海
　　鹽洲,後淪於海。元末,潮齧山北岸,下瞰橋井,猶鑿鑿有得。一碑曰‘鸚
　　鵡洲界’。”按：鸚鵡洲位於今上海市金山區。

〔八〕禰正平：名衡,東漢末年名士。曾以作鸚鵡賦聞名。被江夏太守黄祖殺
　　害,相傳葬於江夏鸚鵡洲。參見後漢書禰衡傳、太平寰宇記卷一百十二
　　鄂州。

方寸鐵志〔一〕

　　吳門朱珪氏〔二〕,師①濮陽吳睿〔三〕,大小二篆②習既久,盡悟石鼓、
嶧③碑之法〔四〕,遂業銕筆④。遇茆山張外史〔五〕,錫之名方寸,持銕以過
錢唐⑤,訪予湖泖⑥次舍,求一言白⑦其所謂“方寸銕”者。

　　予笑曰：予方以銕石心取乖於世,而子又欲⑧乖吾之乖乎？雖然,
古之豪傑修己治人者,必自方寸銕始,黄金白玉⑨可磨,此銕不可磨
也。子以是銕印諸金、玉、銀、銅、犀、象,使佩之者皆⑩無愧於是銕,外
史氏心印之教行矣。吁,豈非工於刻畫,無戾⑪古制也哉！

　　今一妄⑫男子釋屬起閭巷,取封侯印如斗大,印⑬呎尺書,役使帶
甲百千萬⑭,如金翅鶚逐百鳥,無一敢後者,金印⑮之權重矣哉〔六〕！吾
不知果能爲天子剪狂寇、佐中興,爲生民⑯開太平,無愧於汝銕否？否
則徒以苟富貴,不至腐尸滅名不止⑰。使得珪方寸銕印,則⑱可以蒙金
斗而壽榮名矣。珪或爲今將軍刻符印,其亦以是告之。至正十九年
秋七月八日,李黼榜□甲進士〔七〕、今奉訓大夫、江西等處儒學提舉楊
維禎志并書⑲。

【校】

① 本文又載鐵崖漫稿卷五、明朱珪編名迹録卷六、明朱存理編珊瑚木難卷三,
　　據以校勘。師：原本作“阿”,據名迹録改。

② 大小二篆：原本作“大草二字”,據名迹録、珊瑚木難改。

③ 嶧：原本作“澤”，據名迹録、珊瑚木難改。

④ 遂業錴筆：名迹録作“因彙爲人刻印”，珊瑚木難作“因喜爲人刻印”。

⑤ 錫之名方寸，持錴以過錢唐：名迹録、珊瑚木難作“外史錫之名‘方寸錴’，持以過錢唐”。

⑥ 訪予湖泖：名迹録、珊瑚木難作“訪予于吳山”。

⑦ 白：原本作“曰”，據名迹録、珊瑚木難改。

⑧ 欲：原本作“知”，據名迹録、珊瑚木難改。

⑨ 玉：名迹録本作“璧”。

⑩ 皆：原本無，據名迹録、珊瑚木難增補。

⑪ 豈非工於刻畫，無戾：名迹録作“豈直無悖于篆畫，无戾夫”，珊瑚木難作“豈直求工於刻畫，無戾夫”。

⑫ 一妄：原本作“妄一”，據名迹録、珊瑚木難改。

⑬ 印：原本無，據珊瑚木難增補。

⑭ 役使帶甲百千萬：名迹録、珊瑚木難作“驅役帶甲百十萬”。

⑮ 印：原本作“斗”，據名迹録改。

⑯ 民：原本作“人”，據名迹録、珊瑚木難改。

⑰ 止：名迹録、珊瑚木難作“已”。

⑱ 則：名迹録、珊瑚木難作“斯”。

⑲ “至正十九年秋七月八日李黼榜□甲進士今奉訓大夫江西等處儒學提舉楊維禎志并書”凡三十六字，原本無，據珊瑚木難本增補。按：所闕一字，名迹録本作“同”，誤。鐵崖與李黼并非同甲進士。

【箋注】

〔一〕文撰書於元至正十九年（一三五九）七月八日，其時鐵崖寓居杭州。

〔二〕朱珪：嘉靖崑山縣志卷十二人物藝能：“朱珪，字伯盛。篤學好古，凡三代以來金石刻辭靡不規仿，又取宋王順伯、元吾衍、趙孟頫諸家印譜，纂爲凡例，并吳睿等所書，自製私印附焉，名曰印文集考，若干卷。又模吳睿所書爲字原表目一卷。珪爲人清淡寡欲，讀書十年不下樓，五十不娶，翛然有出塵之趣。與李孝光、張天雨、鄭東輩締文字交。”又，朱珪家有静寄軒，自號静寄居士。倪瓚曾爲賦詩。又，朱珪之“朱”，或作“邾”。參見光緒崑新兩縣續修合志卷十二第宅園亭、石渠寶笈三編養性齋藏元倪瓚書静寄軒詩文一卷。按：本文稱“吳門朱珪”，朱珪實爲崑山人。蓋因崑山州隸屬於平江路（路治在今江蘇蘇州），故稱吳門。

〔三〕吴睿：嘉靖崑山縣志卷十二人物藝能：“吴睿（一二九八——一三五五），
字孟思，自杭來居崑山。少好學，工翰墨，尤精篆、隸。師吾衍，得其書法，
四方來求書者日衆，出輒爲好事者邀止，止或彌月。爲人外不爲物忤，而
内甚剛介。所交多達官，而絶無求薦進意。卒於崑山。”按：吴睿先世爲
河南濮陽。元至正十五年三月卒，享年五十有八。參見誠意伯文集卷八
吴孟思墓志銘。

〔四〕石鼓：即石鼓文，字體爲大篆。記述秦國君王游獵之事，又名獵碣。嶧碑：
即嶧山碑，相傳秦相李斯書寫，字體爲小篆。

〔五〕茆山張外史：指茅山道士張雨。參見鐵崖先生古樂府卷二奔月厄歌注。

〔六〕“今一妄男子”七句：指張士誠、士信兄弟及其屬下。按：張士誠已於至正
十七年納降於元，然鐵崖仍存疑慮，故下文有“吾不知果能爲天子剪狂寇、
佐中興，爲生民開太平”等語。取封侯印如斗大，世説新語尤悔：“周曰：
‘今年殺諸賊奴，當取金印如斗大繫肘後。’”金翅鵶，佛教傳説中大鳥，見
法苑珠林卷十。

〔七〕李黼：參見東維子文集卷十五虛舟記注。

習齋志①

四明丁王燦〔一〕，求名讀書之齋，予喜其嗜學無倦，名其齋曰習。
明日，持楮侍其父來徵言。

孔子首教人曰“學而時習之〔二〕”，訓詁者以爲鳥數飛也。鳥之飛，
非生而能也。其始飛也，不能丈尺；及其習之數數也，左旋右抽，上頡
下頏，無意而不可。何也？安於力之便，而熟於天之固也。

子盍觀夫游者乎！以足蹶，以手拊，不得習，愈蹶愈拊而愈敗。
及其游之習也，翼然如神魚之縱巨壑也，此非力足之力也。子又觀夫
蹋踘弄丸之伎乎！其始與二物者扞格，而不受吾手足之制，及其習之
至也，鞠丸在我，如吾手足與之俱，至是蓋無所容其伎矣。

君子之學，真積力久而入於道之妙者，獨不然乎！生勉之。是
爲志。

【校】

① 本文又載鐵崖漫稿卷五。

【箋注】

〔一〕丁王燦：四明（今浙江寧波）人。生平僅見本文。
〔二〕學而時習之：載論語首章學而之首。

竹雪居志〔一〕

　　松東門外，爲海陸之闌．五①方大估轇焉，積居者比比，一草一木之清無托所。去闌五里近，爲臻上人別墅。環四面皆大渠，水中峙雪洞，洞外植竹數百挺，皆喬秀爽朗。上人日笑詠其間，又自命曰竹雪之居。

　　余抵松，與二三子首訪其人。既爲作洞謠，又以志竹雪請〔二〕。予謂天一生水〔三〕，水至清雪，一素而得乾之春者爲竹，竹之麗其清者又莫雪若也。方隆冬洹寒，萬條盡脫，雖松栢堅韌物，不無悴容，竹獨與雪宜。滕神氏雪令中〔四〕，鬱鬱然者自若，如强項諫諍臣，義形於色，弗少降氣改節，且鏘然作琅□琳彈，如古靈女瑟〔五〕，爲人世稀韻。吁，此勁之至、清之尤也。以竹雪命居，主是居者，清與勁從可占矣，又何俟予言以見助！

　　上人避曰：“竹雪兩清，而臻以嘯咏參其中，不托名能是居，雖渭川千畝〔六〕、蓬婆萬丈〔七〕，曾不多焉，況一篁一篠牢落於乾②風淅霰者耶！先生以鐵筆動搖海岳，獲一書之，是老枯禪從擊竹聲得道已〔八〕，且將見滕神、清士二子者交手相賀，矧一老枯禪也耶！”

　　余嘆曰：“有是哉！”王諸石③爲記。

【校】

① 本文又載鐵崖漫稿卷五，據以校勘。五：原本作“吾”，徑改。
② 乾：鐵崖漫稿本作“軋”，誤。
③ 王：似當作“書”。石：原本作“君”，據鐵崖漫稿本改。

【箋注】

〔一〕本文蓋撰於元至正九年（一三四九）冬，其時鐵崖寓居松江，授學於璜溪書

　　舍。繫年依據：鐵崖又有爲竹雪居主人臻上人所撰竹雪齋記，二文蓋一時
　　之作。參見東維子文集卷二十竹雪齋記。

〔二〕“余抵松”四句：與東維子文集卷二十竹雪齋記所述不合。後者謂至正九
　　年冬，臻上人“介友生馬琬”專程上門拜謁，請鐵崖爲其竹雪齋撰寫記文。

〔三〕天一生水：周易注疏卷十一繫辭上疏：“天一與地六相得，合爲水。地二
　　與天七相得，合爲火。”

〔四〕滕神氏：即滕六，传说中之雪神。參見幽明録滕六降雪巽二起風（載宋曾
　　慥編類説卷十一）。

〔五〕靈女：指湘靈。湘靈即舜妃，溺於湘水，後人稱湘夫人。參見鐵崖先生古
　　樂府卷一湘靈操注。

〔六〕渭川千畝：語出史記貨殖列傳。

〔七〕蓬婆：雪山名。元和郡縣志卷三十三劍南道二柘縣：“大雪山，一名蓬婆
　　山，在縣西北一百里。”

〔八〕從擊竹聲得道：相傳唐代鄧州香嚴寺智閑禪師出家多年，參禪而不得，一
　　日偶抛瓦礫，擊竹作聲，忽然省悟。參見五燈會元卷九香嚴智閑禪師。

剪韭亭志〔一〕

　　姑胥馮愷氏，持其先子雨蓬君剪韭亭卷來謁，曰：“先子性嗜澹
泊，生不能飲，而喜客之飲，於所居南園搆亭爲愒食所，亭下韭數畦。
客至，延於亭，焚香瀹茗，已而剪韭治酒事。雖無燕髀、猩唇、戎醢、醲
醪之侈，而饌韭有餘味，其樂存焉。敢徵先生一語。”

　　吾聞齊民要術謂韭高三寸則剪〔二〕。不用日中，故諺曰：“觸露不
掐葵，日中不剪韭〔三〕。”若雨蓬君清修樂客，有古人風，則韭之剪也，又
豈得以日中爲忌哉！雖然，韭剪徐先生（無鬼）〔四〕、郭高士（林宗）之
流〔五〕，則韭爲天下之至味，而有天下之至樂；剪於季倫公石齊奴之
家〔六〕，則韭與俗蔬等耳，何足尚哉！雨蓬三爲大府掾，一分無取，至於
貧而饌韭，則雨蓬之所剪可味可樂者，非徐先生、郭高士之同芳者歟！
於乎，前人留餘味以遺後，愷其雋永之毋厭。至正廿年菊之十日二十
七供①〔七〕。翁，會稽楊某也。

【校】

① 本文又載鐵崖漫稿卷五,據以校勘。十日:鐵崖漫稿本作"十月",疑皆誤。
"十"或爲"月"之訛寫,此句若無脱闕,似當作"至正廿年菊之月,日二十,七
供"。參見注釋。

【箋注】

〔一〕文撰於元至正二十年(一三六〇)九月,此時鐵崖退隱於松江已近一年。
參見校勘記。剪韭亭主人馮氏父子,生平均見本文。

〔二〕"吾聞"句:北魏賈思勰齊民要術卷三種韭:"韭高三寸便剪之。剪如葱
法,一歲之中,不過五剪。"

〔三〕"觸露"二句:宋陸佃埤雅卷十六釋草所引古諺。

〔四〕徐先生無鬼:莊子外篇徐無鬼:"徐無鬼見(魏)武侯,武侯曰:'先生居山
林,食芋栗,厭葱韭,以賓寡人,久矣夫!'"

〔五〕郭高士林宗:即東漢郭太,字林宗。後漢書有傳。宋黄希原本、黄鶴補注
補注杜詩卷一贈衛八處士:"夜雨剪春韭。"注:"蘇曰:'郭林宗見友人,夜
冒雨剪韭作炊飯。今洛汭人皆效之。'"

〔六〕季倫公:即石齊奴。季倫爲石崇字,生於青州,故小名齊奴。其食韭事參
見陳善學序刊楊鐵崖先生文集卷二金谷步障歌注。

〔七〕菊之十日二十七供:似當作"菊之月,日二十,七供"。菊月,即九月。七
供,俗稱"斷七"。本句意爲至正二十年九月二十日乃馮愷先父雨蓬君七
七齋供之日。參見校勘記。

曠怡堂志①〔一〕

　　東嘉鄭宜叔名其堂曰心曠神怡〔二〕,歐陽先生既爲四大字書
之〔三〕,且遺之詩,爲養志之孝、衛生之説。又持其卷謁予錢唐,徵一言
爲志。人疑宜叔方以壯年仕於時耳,且有志於民者,遽以曠怡名其燕
私,何也?

　　蓋亦有説,仲淹氏"曠怡"者〔四〕,記岳陽樓,以人等有三而上下之:
感而悲,下者也;曠怡者,中以上也;不以物悲,不以己喜,則上之極摯

也。惟曠也，萬物無以逾其量；惟怡也，萬物無以敵其適。推而上之，不以物喜，不以己悲，是廟堂君子之志也。

宜叔之學，有加無止，必造極於是，仕之進而升者，法當去州縣勞[五]，而上佐夫廟堂君子也。信其志也，其不爲先天下之憂而憂、後天下之樂而樂者歟！若是，則宜叔之“曠怡”者不翅。

【校】

① 本文又載鐵崖漫稿卷五。

【箋注】

〔一〕文作於元至正十五年（一三五五）以前，其時鐵崖在杭州任稅務官。繫年依據：文中曰鄭宜叔請文於錢唐，知其時鐵崖寓居杭州。文中未言戰亂，則當時杭州一帶尚屬安定，必在至正十六年春張士誠南下之前。曠怡堂主人鄭宜叔，宜叔當爲其字，其名不詳，永嘉人。元季曾任華亭尉。參見元詩選補遺永嘉鄭昂詩送鄭宜叔赴華亭尉。

〔二〕東嘉：唐初爲東嘉州，後改爲永嘉郡，元改爲溫州路。今屬於浙江溫州。參見元史地理志。

〔三〕歐陽先生：當指歐陽玄。歐陽玄，元史有傳。

〔四〕仲淹氏：即北宋范仲淹。范仲淹岳陽樓記：“若夫霪雨霏霏，連月不開，陰風怒號，濁浪排空……登斯樓也，則有去國懷鄉，憂讒畏譏，滿目蕭然，感極而悲者矣。至若春和景明，波瀾不驚，上下天光，一碧萬頃……登斯樓也，則有心曠神怡，寵辱偕忘，把酒臨風，其喜洋洋者矣。嗟夫！予嘗求古仁人之心，或異二者之爲，何哉？不以物喜，不以己悲……其必曰先天下之憂而憂，後天下之樂而樂乎！”

〔五〕法當去州縣勞：據此推之，鄭宜叔此際蓋任華亭尉。

擊壤生志[一]

東維叟出步西郊，有擊壤生曰沈雍氏，堯民其字者，微余曰：間其居如雞棲，衣如鶉結，食品如軍鑊，顧以古①擊壤具爲戲，其樂陶然，而又爲予歌擊壤，以白其所樂者。

　　按風土記[二]：壤以木爲，其形如履，先側壤於地，遥於三四十步，以手中壤擿之，中者爲上；又逸士傳[三]：有壤父五十人，擊以康衢者，與堯民同不同也。樂書以此制與堯時異[四]，則知壤之制，必簡朴如擊土鼓以節歌，未必擿搏取中爲工也。吾未知雍所擊壤，與堯何似？壤與堯壤似不似不論，亦論其樂爲康衢者，與堯叟同不同也？

　　雍之言曰：“吾濁世之幸民，闢稼土數霫於谷水之陽[五]、龍潭之上。劬末以自食，無王租之索；體又侏短，無魁（椎仝）丁之抽。含哺而飽，鼓腹而嬉[六]，竊取堯壤，亦堯耳。吾壤之樂，不知世之擊鐘考鼓、引商刻羽，樂流祉，甘歌靡舞也。”

　　吾是其言爲近古，且得南華齊物之樂[七]。嗚呼，今荷戈之氓，望太平也久矣，安得同爾擊壤，以游於康衢之天！倘有日時，吾將約壤父五十人者以俟。

　　雍之歌曰：耕吾田兮粟料，鑿吾井兮水滿瓢。農吾力兮力無俟於劭，農吾樂兮樂以自聊。吾不知壤之爲我兮爲叟（叶）！

【校】

① 本文又載鐵崖漫稿卷五。古：原本作“右”，徑改。

【箋注】

〔一〕文撰於元至正二十年（一三六〇）至二十七年之間，即鐵崖晚年退隱
　　　松江之後，元亡以前。繫年依據：其一，鐵崖自稱東維叟，且居松江，
　　　故此文必撰於晚年歸隱之後。其二，文中曰“今荷戈之氓，望太平也
　　　久矣”，知其時戰亂尚未平息。擊壤生：沈雍，字堯民，松江人。元季
　　　從學於鐵崖。嘉慶松江府志卷五十古今人傳有其小傳，謂沈雍“父
　　　騰，字茂實，著有雙清詠史稿。雍與弟穆并以孝友稱”。傳文實多摘
　　　自鐵崖所撰沈氏雍穆伯仲傳（載本書佚文編）。參見楊鐵崖先生文集
　　　全録卷四玄雲齋記。
〔二〕風土記：晉人周處撰。下引文即出自風土記。
〔三〕逸士傳：太平御覽卷七百五十五工藝部十二擊壤：“逸士傳曰：堯時有壤
　　　父五十人，擊壤於康衢。或有觀者曰：‘大哉，堯之爲君也！’壤父作色曰：
　　　‘吾日出而作，日入而息，鑿井而飲，耕田而食，帝何力於我哉！’”
〔四〕樂書：宋陳暘撰。樂書卷一百三十七：“壤之爲器，以木爲之。形如履，節

長一寸餘，前廣後鋭，童子之樂也。與堯時擊壤而歌者異矣。”

〔五〕谷水：參見鐵崖先生集卷三遺安堂記注。

〔六〕“含哺而飽”二句：參見東維子文集卷十九熙春堂記注。

〔七〕南華齊物：指莊子之齊物論。按：唐玄宗詔封莊子爲南華真人，莊子亦被尊爲南華真經。

青眼道人志〔一〕

有一老叟，年七十，鳶脊龜首蒙倛①〔二〕，雙瞳照人如猫睛，舌如晴空霹靂，詣七客寮②，請見主者，曰：“某挾姑布子卿之術〔三〕，在北稱青眼道人者，即某也。當吾眼之青者，不三四人焉。渡江而南，當吾眼之青者，曾未之見。華衣怒馬稱一時丈夫者，吾目之翾子耳〔四〕。聞先生深居七客之中，神游八極之表，殆風塵外物、神仙中人，敢請見。”

主客出見之，詰曰：“汝之鑑，爲劉惔氏之鑑桓元子〔五〕，許劭氏之鑑曹阿瞞〔六〕，易易也。季子札之鑑③國，周公旦之鑑世，能乎否也？”青眼愕眙□：“予避世士，河黿、被髮不能言〔七〕，矧敢言國與世乎？得天下名儒偉人，入吾鑑足矣。抑余鑑亦有徵於世者：有某人不軌，稱僞號，戕民如草，積金成山。某曰：‘汝不改行，不若干月，尸大市。’又有某人，大言千軍諉取富貴，如持券取物。某曰：‘不修厥德，不若干月，束司敗。’又有某人，假突禿售妍〔八〕，白毫生眉中，示人壽相。某曰：‘處死毫耳，不一月當斃。’又有某人，奉瞽母内藥，輒朝暮舐。某曰：‘汝行通神明，母病當一日瘳，子位不日當顯。’又有某人，既聘④妻，妻惡疾，妻父告休，訖聚，曰：‘我之妻當瘳⑤耳〔九〕。’某曰：‘汝至義殊人人，應鄉書，當擢上第。’已而應皆果然。”然則汝之鑑，得嚴成都之卜⑥教者也〔十〕。青眼以遇奇人高士，吾未之論。觴之酒，別去，因録其言，爲青眼道人志。

【校】

① 本文又載鐵崖漫稿卷五，據以校勘。倛：原作“俱”，據文意改。

② 寮：原本作“寡”，徑改。

③ 鑑：原作“監”，據上下文統一。下同。

④ 聘：原本作“聰”，徑改。

⑤ 瘳：原本作“疾”，徑改。

⑥ 卜：原本作“下”，徑改。參見注釋。

【箋注】

〔一〕文當撰於元至正十三年（一三五三）以後。繫年依據：文中曰青眼道人謁鐵崖於“七客寮”，而據目前所見資料，鐵崖自命其居曰“七者寮”，始於至正十三年七月七日。參見東維子文集卷十六松月寮記。

〔二〕蒙倛：宋戴侗六書故卷八倛：“荀子曰：‘仲尼面如蒙倛。’楊倞曰：‘方相也。’”

〔三〕姑布子卿：戰國時人，精於相術。參見鐵崖先生古樂府卷六秀州相士歌注。

〔四〕翾子：即儇子。指輕薄刁滑之人。

〔五〕劉恢氏之鑑：參見東維子文集卷二十七説相贈王生注。

〔六〕許劭：字子將。後漢書有傳。許劭、季子札、周公旦之鑑，均參東維子文集卷二十七神鑒説贈薛生注。

〔七〕河黿：指晉人佛圖澄之預測。被髮：指東周大夫辛有之預言。均參東維子文集二十七神鑒説贈薛生注。

〔八〕突禿：即秃子、謝頂。

〔九〕“既聘妻”十一句：暗寓鐵崖生平事迹。鐵崖“應鄉書，擢上第”之前，其聘妻亦曾患惡疾。宋濂撰鐵崖墓志曰：“君初聘錢氏，忽遘惡疾，錢父母請罷昏，君卒娶之，疾尋愈。”

〔十〕嚴成都：指西漢嚴遵。嚴遵字君平，卜筮於成都，故稱嚴成都。參見東維子文集卷二十七説相贈王生注。

耐閒堂志①〔一〕

淞之青溪于介夫氏〔二〕，於其先廬之左稍治園池爲燕游地，堂其中曰耐閒，求志於東維叟。

叟曰：自海内兵興，天子有事於邊，相臣廟算，將師秉鈇鉞，大夫士不家歸，憂勞殄瘁，晝夜弗寢食，以思所以匡濟墊溺，求斯須之閒不可得,矧望其閒之久而可耐者耶！抑亦有説：大君子未嘗欲於事,而亦未嘗不泰於心,此閒之大也。人昧其大閒而圖其小閒者,以天下之擾而偷一己之閒,大閒者以一己之閒而安天下之擾。吁,偷一己者,逸民之雄耳,其閒亡幾矣。若吾君子之窮,未嘗不晏然,及其達而注措於擾攘之際,亦未嘗不裕焉而暇也。閒之耐,孰尚焉！

介夫倜儻,尚操行於古人,孝義聞於一鄉。高閒之外日不虛者,車轍時事凑集,終日之頃,或三投其匕,可謂世之冗人也已。而其貌恒若不戚,志恒若有餘,施施坦坦,處其事若竹迎刃、髮解櫛,不言而立辦,則其人非閒者歟！耐者歟！況居有園池林墅之勝,日與客觴咏其閒,若遺世而樂道者,不耳金革之聲,不口理亂之事,酒酣放歌,拂袖起舞,則其閒非小閒者矣。

吾嘗悼世之尚智數,局利達,雞鳴而作,炬盡而息,劬劬焉計尋尺以自蔽者何多也！豈若人者,可與言介夫之閒哉！吾信介夫之能閒,而又能耐,故樂予之言。而吾所謂大君子之大閒者,介夫尚以余言勉之。

【校】

① 本文又載鐵崖漫稿卷五。

【箋注】

〔一〕文撰於元至正二十年(一三六〇)至二十七年之間,即鐵崖晚年退隱松江之後,元亡以前。繫年依據：其一,文中言及"海内兵興",且鐵崖自稱東維叟,寓居松江,知本文撰於鐵崖歸隱之後。其二,文中謂于介夫"不耳金革之聲,不口理亂之事",知當時戰亂未息。耐閒堂主人于介夫,生平僅見本文。

〔二〕青溪：即青村港鎮。嘉慶松江府志卷二疆域志鎮市："青村港鎮,在(奉賢縣)十五保,一名青溪。距縣治十里。"

目耕所志〔一〕

雲間金肅氏,字士廉,其世爲宋寶慶義門之後〔二〕。從余受經史學,退居蟠龍之丘[三],自命其讀書之室曰目耕。屢謁草玄閣請志文,予以病懶未暇。秋暑退,招致予目耕所,出縹卷一通,乞援筆。

余謂五官之用,莫切於目,而目之用,則不同也:朱亥以瞋而用於屠沽①[四],高漸離以矐而用於擊筑[五],惟士大夫之目,則用之於聖賢之書,王韶之因有②目耕之號也[六]。肅之目耕,其韶之謂乎?

然目一也,而耕之地則又③不同也:六經,聖人之田也;國語、戰策、馬、班氏之史[七],賢人之田也;刑名法令④,申、商氏之田也[八];功利權謀,管、晏氏之田也[九];戰守十三篇[十],孫、吳氏之田也[十一];稗官小説,虞初、夷堅氏之田也[十二],吾不知肅之耕主何地。對曰:“某承先生教,非聖人之書不敢讀,何敢楛耕於他⑤!”余鞾之曰:“子之耕正矣,不滅裂矣。耕於目者若是,則其熟於性、獲於心也,孰禦焉!吁!目耕子⑥之道行,天下無莘農矣。”肅作而謝曰:“肅⑦雖不敏,請事斯語矣。”

【校】

① 本文又載楊鐵崖先生文集全録卷四、鐵崖漫稿卷四(卷五重複收録),據以校勘。屠沽:原本作“戾虫”,據楊鐵崖先生文集全録本、鐵崖漫稿本改。

② 之:原本作“氏”,據下文改。有:楊鐵崖先生文集全録本、鐵崖漫稿本作“以”。

③ 又:楊鐵崖先生文集全録本作“有”。

④ 令:楊鐵崖先生文集全録本、鐵崖漫稿本作“律”。

⑤ 他:楊鐵崖先生文集全録本、鐵崖漫稿本作“他人”。

⑥ 目耕子:原本作“目耕”,據楊鐵崖先生文集全録本、鐵崖漫稿本增補。

⑦ 肅:楊鐵崖先生文集全録本作“某”。

【箋注】

〔一〕文撰於鐵崖退隱松江之後不久,即元至正二十年(一三六〇),或稍後。繫年依據:其一,文中曰金肅“屢謁草玄閣”,而鐵崖自署齋名草玄閣,不早於至正二十年。其二,當時金肅師從鐵崖“受經史學”,蓋即鐵崖受聘於松江府學“主文之席”期間。目耕所:位於松江俞塘之東。王逢目耕軒:“身耕勞百骸,目耕勞兩瞳。身耕口體常不充,目耕奚止穀在中。所以金肅氏,目耕俞塘東。滿牀破書一畝宮,傍若萬頃秋雲空。”(載梧溪集卷四)。

金肅生平見本文。

〔二〕宋寶慶義門：指金彦。寶慶爲邵陽古名，今屬湖南。氏族大全卷十二金：
“金彦，寶慶府人。宋朝舉孝廉天下第一，號‘義門金氏’。”又，大明一統
志卷六十三長沙府人物：“金彦，邵陽人。力學善屬文。天資敦厚，喜振困
窶而惇孝友，邵人號‘義門金氏’。胡寅嘗記其事，後牧守奉詔舉彦孝廉，
爲天下第一。”

〔三〕蟠龍：塘名。崇禎松江府志卷五水：“蟠龍塘，在（華亭）縣東北。自鹽鐵
分支，從華陽橋北行經北俞塘、六磊塘、泗涇，至橫塘，入青浦界。”

〔四〕朱亥：戰國時魏國力士，屠宰爲業，助信陵君救趙，以鐵椎擊殺魏國大將軍
晉鄙。詳見史記信陵君列傳。

〔五〕高漸離：戰國燕人，荆軻之友。失明而仍欲刺殺秦始皇。詳見史記刺客
列傳。

〔六〕王韶之：南史王韶之傳：“王韶之字休泰……韶之家貧好學，嘗三日絕糧
而執卷不輟，家人誚之曰：‘困窮如此，何不耕？’答曰：‘我常自耕耳。’”
按：自耕，他本或作“目耕”。

〔七〕戰策：即戰國策。馬、班氏之史：指司馬遷、班固所撰史記、漢書。

〔八〕申、商氏：指申不害、商鞅。史記有傳。

〔九〕管、晏氏：指管仲、晏嬰。史記有傳。

〔十〕戰守十三篇：蓋指孫子兵法。

〔十一〕孫、吳氏：指孫武、吳起。史記有傳。

〔十二〕虞初：河南人。漢武帝時以方士任侍郎，號“黃車使者”。其虞初周説
九百四十三篇，相傳爲早期小説。參見漢書藝文志。夷堅：相傳爲上
古博聞之人。參見列子卷五湯問。

金石窩志〔一〕

　　吾門滄洲生朱芾氏，博學善屬文，尤善字學。嘗傳余漢石經隸
古，上自倉、史以來古文奇字〔二〕，下及秦、漢、魏、晉，訖于唐、宋，凡鐘
鼎尊彝鬲盤杅之刻，名公鄉賢士大夫金石之勒，磨滅於邊風野雨，閲
千百年而僅存者，必蒐掘，得之必裝潢題志，藏之衍笥，不翅若祖父氏
密草，因命其藏室曰金石窩。妻孥以飢告，則指衍笥曰：“萬金産在
是。”人哂之，使貨以易世之金玉，則答曰：“金玉，世寶；金石，我寶。

世寶者禍人□於猝，我寶者壽主名於退。故余賤世寶，寶我寶。"

　　余嘗觀宣政、紹興内藏金石〔三〕，思陵子父以萬乘器，丁金虜騷焉之際，求古墨迹不遺餘力。至今①榷塲購所失故物，躬自摸揚不少怠。一時鑒辨如曹勳、宋覿、張儉、鄭藻、平協、劉炎、黄冕、任源輩，目力不精〔四〕，嗜古者恨之。除孔子哭魚丘，董源伏生授書，志公，三天女，展子虔、顧愷洗經，關仝山②、胡瓌馬、陳晦栢，餘悉常品〔五〕。又以贋竄真者三之一。余固未知生所蓄者，皆真乎？贋乎？吾奇生之雙明，高在勛、覿輩上，則其蓄者如鄭哲雷尊〔六〕、汲書史傳〔七〕，卓然精辨，無遺恨者。便③恐虹光穿屋，貫東壁④躔〔八〕，窩不可掩有。宣政、紹興之主出，則天丁下取，以資乙夜討覽〔九〕，生不得而私寶之矣。雖然，宣政不二傳而金石者逐青衣而比〔十〕，紹興及七傳而金石者亦逐七歲嬰而去〔十一〕，金石何在哉！然則傳不倚金石者，傳固自有在，生更以不金石於金石歸之。

　　茀字孟辨，雲間人。

【校】

① 本文又載鐵崖漫稿卷五，據以校勘。至今：有誤。參見注釋。
② 孔子哭魚丘，董源伏生授書，志公，三天女，展子虔，顧愷洗經，關仝山：此節似有錯簡闕誤。據雲烟過眼録，伏生爲展子虔畫，志公爲孫太古畫，三天女爲無名氏畫，顧愷之説經爲唐人摹本。參見注釋。
③ 便：鐵崖漫稿本作"使"。
④ 壁：原本作"璧"，據鐵崖漫稿本改。

【箋注】

〔一〕文撰於元至正二十年（一三六〇）以後，即鐵崖晚年退隱松江時期。繫年依據：其一，本文爲其松江門人朱茀撰寫，其時鐵崖當寓居松江。其二，文末强調北宋、南宋帝王所藏金石不能永保長傳，蓋暗喻對於當時戰亂之隱憂。朱茀，號滄洲生，鐵崖門人。參見東維子文集卷九送朱生茀蒲溪授徒序。
〔二〕倉、史：指倉頡篇與史籒篇。倉頡篇又作蒼頡篇，秦人李斯撰，爲小篆書體之典範。史籒篇相傳是周宣王時太史籒所作，其字體被稱爲籒文，又稱大篆。

〔三〕宣政：指宣和、政和，政和、宣和皆爲宋徽宗年號，此借指徽宗。紹興：南宋高宗年號，此借指高宗。

〔四〕“思陵子父”七句：思陵子父，思陵即宋高宗趙構，其父爲徽宗趙佶。南宋周密齊東野語卷六紹興御府書畫式：“思陵妙悟八法，留神古雅。當干戈俶擾之際，訪求法書名畫，不遺餘力。清閒之燕，展玩摹搨不少怠。蓋睿好之篤，不憚勞費，故四方争以奉上無虛日。後又於権塲購北方遺失之物，故紹興内府所藏，不減宣政。惜乎鑒定諸人如曹勛、宋眆、龍大淵、張儉、鄭藻、平協、劉炎、黄冕、魏茂實、任源輩，人品不高，目力苦短。”曹勛、龍大淵、鄭藻，宋史有傳。宋眆，生平見新安文獻志卷九十三李以申撰宋尚書眆傳。

〔五〕“除孔子哭魚丘”八句：雲烟過眼録卷三宋秘書省所藏：“其佳者有：董元笑虞丘子圖，唐模顧愷之說經圖。此二畫絶高古。李成重巒寒溜圖，展子虔伏生，無名人三天女，亦古妙。孫太古志公像，燕文貴紙畫山水小卷，極精。趙士雷小景，符道士隱山水，胡瓌馬，關仝山水，文與可枯木竹石，陳晦柏。餘悉常品。”董源，“源”或作“元”，五代畫家，南唐時曾任北苑副使，故又稱董北苑，其小傳載宋郭若虚撰圖畫見聞志卷三。展子虔，隋初著名畫家，歷代名畫記卷八載其小傳。顧愷，即顧愷之，東晉人，多才藝，尤工丹青，晉書有傳。關仝，五代後梁畫師，畫山水師荆浩，世人有出藍之譽，圖繪寶鑒卷二載其小傳。胡瓌，五代後唐時人，以畫番馬著稱，圖畫見聞志卷二載其小傳。陳晦，生平不詳，蓋亦五代畫師，擅長畫柏樹。

〔六〕鄭哲雷尊：不詳。

〔七〕汲書：即汲冢書。

〔八〕東壁：星宿名，主文章。參見後漢書五行志六。

〔九〕乙夜：二更時分。顏氏家訓集解卷六書證：“漢、魏以來，謂爲甲夜、乙夜、丙夜、丁夜、戊夜，又云鼓，一鼓、二鼓、三鼓、四鼓、五鼓，亦云一更、二更、三更、四更、五更，皆以五爲節。”

〔十〕“宣政”句：意爲北宋政權毀滅於宋徽宗長子欽宗執政時期，徽、欽二帝被貶爲庶人，擄往北方。按：此用晉孝懷帝“青衣行酒”故事，借指徽、欽二帝。參見鐵崖先生詩集癸集題宋徽宗畫狗兒圖。

〔十一〕七傳：指南宋高宗以後，歷經孝宗、光宗、寧宗、理宗、度宗、恭宗、端宗七帝。七歲嬰：指南宋小皇帝趙昺，其生平附見宋史卷四十七瀛國公本紀。

雪溪耕隱志〔一〕

　　苕中湯公衡氏，買田築室溪上，屏迹宦轍，自號雪溪耕隱，介李君元達求余志。

　　余謂古之豪傑多隱於耕，若伊摯之耕莘〔二〕，葛孔明之耕南陽是已〔三〕。然五就而開六百年之王業〔四〕，一出而尚炎祚於漢四百年之餘〔五〕，此處隴畝而不忘天下者也。若龐德公之耕鹿門〔六〕，鄭子真之耕谷口〔七〕，則厭世之溷濁，自放於長沮、桀溺之徒〔八〕，超然物外，不受天下之責者也。代之論者，不以伊、葛之起爲利禄，以龐、鄭之去爲盜名。余以爲龐、鄭之爲者小而易，爲伊、葛之爲者大而難。衡亦將爲其所難乎？爲其所易乎？

　　誠使衡服勞稼穡以終厥身，秋穀既登，上給公家之賦，退而椎牛釃①酒以樂其私，此田叟野老之事，豈所望於豪傑之士哉！藩服之急士者，方搜隱於野，衡其出而樹功名於伊、葛之後也。

【校】

① 本文又載鐵崖漫稿卷五，據以校勘。釃：原本作“醴”，據鐵崖漫稿本改。

【箋注】

〔一〕文撰於元至正十九年（一三五九）九月以前，其時鐵崖寓居杭州。繫年依據：其一，文中曰“藩服之急士者，方搜隱於野”，知其時爲元末戰亂割據之際，張士誠急於用人。而鐵崖對於藩王張士誠，似乎并不反感，反而希望湯衡應召以“樹功名”，故必在至正十九年春鐵崖來到杭州以後，至正二十三年張士誠自立爲吳王之前。其二，雪溪耕隱湯衡是苕中人，苕中距離杭州較近，而至正十九年十月，鐵崖從杭州退隱松江。湯衡，生平見本文。

〔二〕伊摯：即伊尹。伊尹名摯。莘：古國名。相傳伊尹曾耕於莘野。詳見史記殷本紀。

〔三〕葛孔明：即諸葛亮。

〔四〕五就而開六百年之王業：謂伊尹就湯聘而興殷。孟子告子下：“五就湯，五就桀者，伊尹也。”

〔五〕炎祚：指漢朝之帝業。相傳漢爲“火德”，故有此稱。

〔六〕龐德公之耕鹿門：參見鐵崖先生古樂府卷八覽古之十八注。

〔七〕鄭子真：名樸，西漢高士，躬耕於谷口。參見清鈔鐵崖楊先生詩集卷上林
　　氏篔簹谷四絶注。

〔八〕長沮、桀溺：春秋時隱士。論語微子：“長沮、桀溺耦而耕，孔子過之，使子
　　路問津焉。”

舒志録〔一〕

　　至正丙申秋，予聞諸臺城使者云〔二〕：有沅州奇男子〔三〕，陷賊中，
佯俘①受僞命，陰謀刺其魁。大饗燕中，匕首業出袖，不幸事洩。淫殺
疑似②百十人，且大索，訖能流揜以免，絶似博浪事〔四〕。事已，而間行
歸荆溪山中〔五〕，説其徒豪傑數十輩，從之歸正于江浙相府。貢史部爲
作歌詩一解〔六〕壯其人，俾予志其事，予始知奇男子爲舒氏而志名。明
年，志覲京師，予徒忻扑持其事狀來求書〔七〕。

　　余讀太史公刺客傳，未嘗不悲國士③之志，志窮而爲刺也。議者
謂④傳刺客非春秋旨，蓋嘗論刺客有義不義辨，爲國執仇，爲私人戕正
人，此義不義辨也。刺客傳五〔八〕，吾⑤取其三：沫持匕首劫盟壇上，管
仲不以爲非，盡歸其侵地；讓挾匕首入塗厠中，趙襄子義其人，卒釋
去；軻挾亢圖，爲丹太子馳入仇國，圖窮匕見，而卒受戮死，君子猶以
義俠⑥予之。嘻，刺客若三子者，可以翩、豹之例書之乎〔九〕？五百有餘
年，而曹操遣客至先主⑦座所，見諸葛而遁〔十〕，此真蛛蟖耳〔十一〕。又三
百餘年，而唐有曹王俊客，能取其仇謝祐⑧首爲溺器〔十二〕，義士快之。
又七百餘年而今有舒志，人又咎其不得爲曹王俊客，此以成敗論也。
吾取義列於志，不計其功成與敗也。

　　太史公曰：“義或成，或不成，其較然不欺，豈妄也哉〔十三〕？”吾以是
取⑨志，書其事于編，使國史論著刺客者得其人焉。

【校】

① 本文又載鐵崖漫稿卷五，據以校勘。又，鐵崖先生古樂府補卷六舒刺客之序
　論與本文近似，故亦用作校本。俘：原作“浮”，據鐵崖先生古樂府補本改。

② 似：原作"是"，據鐵崖先生古樂府補本改。

③ 不悲國士：原本作"□恩"，據鐵崖先生古樂府補本改。

④ 謂：原本作"爲"，據鐵崖先生古樂府補本改。

⑤ 吾：原本作"言"，據鐵崖先生古樂府補本改。

⑥ 義俠：原本作"義挾仇"，據鐵崖先生古樂府補本改。

⑦ 主：原本作"生"，據鐵崖先生古樂府補本改。

⑧ 祐：原本作"佑"，據鐵崖先生古樂府補本改。

⑨ 取：原本作"所"，據鐵崖先生古樂府補本改。

【箋注】

〔一〕本文撰於至正丙申之明年，即元至正十七年（一三五七），其時鐵崖寓居睦
州（今浙江建德），任建德路總管府理官。舒志：參見鐵崖先生古樂府補
卷六舒刺客注。

〔二〕臺城使者：蓋爲江南諸道行御史臺（位於金陵）所遣使者。臺城，原爲三
國時吳國後苑城，晉成帝咸和年間於此筑建康宮。後人多以臺城指金陵。
參見景定建康志卷二十城闕志一。

〔三〕沅州：元代爲路名，隸屬於湖廣行省。明、清時爲府，民國初年廢。所轄約
爲今湖南黔陽、芷江、懷化、會同、靖縣、通道、新晃及貴州天柱等地。

〔四〕博浪事：參見鐵崖先生古樂府卷一易水歌注。

〔五〕荊溪：位於今江蘇宜興。

〔六〕貢吏部：當指貢師泰，然貢師泰其時似非吏部官員。據玩齋集附録貢師泰
年譜，貢師泰於至正十二年任吏部侍郎，次年冬調兵部侍郎，十四年八月
除庸田使，十五年十月除禮部尚書，同年十一月除平江路總管，至正十七
年十月，江浙丞相"達公九成以便宜除兩浙轉運使，隱居杭之西山"。可見
至正十六、十七年間，貢師泰并非就職於吏部。又，鐵崖先生古樂府補卷
六舒刺客詩，稱貢師泰爲"貢禮部"，亦與其年譜之繫年不合。俟考。

〔七〕忻抃：鐵崖弟子。參見東維子文集卷一送三士會試京師序。

〔八〕刺客傳五：史記刺客列傳叙述魯之曹沫、吳之專諸、晉之豫讓、軹之聶政、
秦之荊軻凡五人事迹。下述曹沫、豫讓、荊軻事均見該傳。

〔九〕翻、豹：指春秋時犯上弑君之公孫翻、齊豹。參見陳善學序刊楊鐵崖先生
文集卷四淮南刺客辭注。

〔十〕"而曹操遣客"二句：參見陳善學序刊楊鐵崖先生文集卷二費尚書注。

〔十一〕蛛蠭：揚雄法言義疏十六淵騫："或問：'要離非義者歟？不以家辭國。'

　　曰：‘離也，火妻灰子，以求反於慶忌，實蛛蝥之靡也，焉可謂之義也！’”

〔十二〕“而唐有曹王俊客”二句：曹王俊，實指唐曹王李明長子，南州別駕零陵
　　　王李俊。參見陳善學序刊楊鐵崖先生文集卷三謝祐頭注。

〔十三〕“義或成”四句：史記刺客列傳：“自曹沫至荊軻五人，此其義或成或不
　　　成，然其立意較然，不欺其志，名垂後世，豈妄也哉！”

天監録〔一〕

　　至正二十年夏五月，海寧有倩某氏者〔二〕，與其兩內弟藏諸藪。倩
明旦歸，女母問曰：“汝歸，兩弟不歸，何也？”曰：“某①以足病殿後，兩弟
偕二從先歸。吾與兩主至某途，遇奸賊椎死之，劫其橐囊去，某幸脫。”
女母令倩偕二從迹踪尸，果得於藪。舁歸，女母欲焚尸，倩曰：“姑留尸
勿焚，萬一獲兇人，有②左驗。”于是以棺藳葬之。是夕大雷（句），霹一弟
棺，挈其尸出諸地。尸再甦，竟歸省其母。母驚且泣曰：“汝人耶？鬼
耶？”子具言雷起尸，又曰：“予死，二從惟③殺我。”母問二從：“汝何冤殺
我二子？”二從曰：“非我殺也，女夫受令。”剮倩，二從杖殺之。

　　鋮史曰：孰謂天高高在上，不與人接乎？予觀海寧倩事，人不能
白，天白之。今之司臬者，不能白人之獄，至以賄賂鬻生枉人，殺不枉
人，天果可欺也哉！

【校】

① 本文又載鐵崖漫稿卷五，據以校勘。某：原本作“母”，據下文改。

② 人人有：鐵崖漫稿本作“有人”。

③ 惟：似當作“椎”。

【箋注】

〔一〕文撰於元至正二十年（一三六〇）五月以後，即倩某氏事件發生之後不久，
　　　其時鐵崖寓居松江。

〔二〕海寧：州名。據元史地理志，隸屬於杭州路，原名鹽官，元天曆二年改稱
　　　海寧。

李裕禄[一]

　　至正戊戌,富春人李麟病疫,已而闔室病,兄弟親戚皆走避,獨李裕者,爲其子弟師,躬給藥物及饘粥,水火弗去。家人戒裕曰:"汝染病,吾不抵病所,汝骸無着,奈何?"裕笑曰:"吾與麟有賓主義,且其家人事吾如父,吾忍棄之如塗人耶!"遂爲始終。一月病愈,而裕亦不染。

　　予聞隋有岷州刺史狄①道辛公義[二],興②疫人致廳事療之,遂變民俗之薄,史策書之,以爲盛美。若裕者,使達而得民,其不爲公義乎?余悼病疫家往往以懼③死廢天倫,至有子棄父者,故於裕事特錄云。

【校】

① 本文又載鐵崖漫稿卷五,據以校勘。狄:原本作"獨",據隋書辛公義傳改。
② 興:原本作"與",據隋書辛公義傳改。
③ 懼:原本作"俱",據鐵崖漫稿本改。

【箋注】

〔一〕文撰於元至正十八年戊戌(一三五八)。其時鐵崖躲避戰亂,隱居富春山中。
〔二〕辛公義:隴西狄道(今甘肅臨洮)人。隋書辛公義傳:"從軍平陳,以功除岷州刺史。土俗畏病,若一人有疾,即合家避之,父子夫妻不相看養,孝義道絶。由是病者多死。公義患之,欲變其俗。因分遣官人巡檢部内,凡有疾病,皆以牀輿來,安置聽事。暑月疫時,病人或至數百,廳廊悉滿。公義親設一榻,獨坐其間,終日連夕,對之理事。所得秩俸盡用市藥,爲迎醫療之,躬勸其飲食,於是悉差,方召其親戚而諭之……始相慈愛,此風遂革,合境之内呼爲慈母。"

黄澤廷訴録[一]

　　洪武己①酉春正月,淞民以恩原逋事察於謝豸氏[二],以所逋在主者手,罪以鶴皋氏悖黨〔三〕,聞於上。上遣豸督徵,三月,抄札遍户凡一百八十〔四〕,事産珍貨孳畜外,遷發妻孥媵妾凡有二千有餘人,以戍官海艦安置潁州〔五〕。遍粟人刑以天牢,蜓索脊杖,遍不一月足,豸將遍户黄澤等囚以枷,枷待斧鉞上所。直世子某王、宣國李公於午門〔六〕,衆號泣於天,呼冤聲如雷。世子驚問:"若何等因?"澤詳訴所以,遂返馬回上。上委省郎劉某并十御史某詳讞,澤膝行,叩首案前,指斥豸與府長盛某移倉庾串文〔七〕,挾威權勒衆誣服,弊不可枚告。劉以澤詞詰豸,豸塞聲無所言。劉用節帖白相國,相國奏上,覆其訴如前。霆怒甚,取豸爲射埻,用電箭三射之。未死,付廷獄,杖以籐百,示諸市。松民鼓譟稱快。上急遣刻期若干輩抵潁,追回所遍孥,給完聚,復其家産等物。

　　鋀史曰:物不可以終,剥窮上反下②,故受之復〔八〕。淞民冤極而復,伸于上所,豈非剥極所致歟?天不俾世子借舌上,又不使黄澤善於廷訴,其能若是乎?柳子論蒯通、鄒陽輩爲瓌偉博達③,其奇壯之士能自解脱〔九〕。余於澤述其事,名曰廷訴録。

【校】

① 本文又載鐵崖漫稿卷五,據以校勘。己:原本、校本皆作"乙",徑改。按:洪武無"乙酉"年,當指"洪武二年己酉"。

② 窮上反下:原本作"上窮下反",據鐵崖漫稿本改。

③ 瓌偉博達:原本作"環偉傳達",鐵崖漫稿本作"壞偉傅達",柳宗元寄許京兆孟容書作"瓌偉博辯",徑改。

【箋注】

〔一〕文撰於明洪武二年己酉(一三六九)四月以後,即黄澤廷訴見效之後,其時鐵崖寓居松江。黄澤:生平行事見本文。

〔二〕謝豸:朱元璋屬下,生平不詳。蓋於明初任監察官員。

〔三〕鶴皋氏悖黨:指參與錢鶴皋起事之成員。按:吴元年(一三六七)四月,錢鶴皋聚衆造反失敗之後,當地百姓受牽連者甚多。錢鶴皋生平事迹,參見東維子文集卷十五純白窩記。

〔四〕抄札遍户凡一百八十:指松江當時被迫北遷户數。或謂一百九十二户。梧溪集卷六題劉原正涉難録序:"己酉四月,松江里長以今元年没官秋糧坐移易罪者百九十二户,徙潁上……及事白,釋還也。”

〔五〕潁州:隸屬於鳳陽府。參見明史地理志一。

〔六〕宣國李公:指李善長。據明太祖實錄卷二十五,吴元年(元至正二十七
年)九月,平吴師還,論功行賞,封右相國李善長爲宣國公。明史有傳。

〔七〕府長盛某:指當時松江太守盛昇。按:盛昇於洪武元年至二年之間出任
松江知府,崇禎松江府志卷二十六守令題名、嘉慶松江府志卷三十六職官
表著録皆誤,參見東維子文集卷二送檢校王君藎昌還京序。

〔八〕“物不可以終”三句:周易説卦:“剥者,剥也。物不可以終盡,剥窮上反
下,故受之以復。”

〔九〕“柳子論蒯通、鄒陽輩”二句:柳宗元寄許京兆孟容書:“蒯通據鼎耳,爲齊
上客;張蒼、韓信伏斧鑕,終取將相;鄒陽獄中,以書自活;賈生斥逐,復召
宣室;倪寬擯死,後至御史大夫;董仲舒、劉向下獄當誅,爲漢儒宗。此皆
瓌偉博辯奇壯之士,能自解脱。”

瓢隱録〔一〕

有客來自海之三女堽〔二〕,自號瓢隱者。以爲老氏之徒也,則童顛
而緇服;以爲浮屠氏之流,則坐以瓢而歌,行以童負而自隨也。呼而
前,詰之曰:“汝之瓢,其漆園之種,實可五石,濩落而無所容者乎〔三〕?
驪山之神水,可百斤沉而不能舉者乎〔四〕? 隱可市中啟玉堂而置身
乎〔五〕? 出可馬上傾甘澍而澤天下者乎〔六〕? 抑失舟而資濟〔七〕,貯月而
資飲〔八〕,招風而去煩〔九〕,擲江而弄其所吟者乎〔十〕?”客曰:“無也。吾
之瓢以樂者,鶴溪客之瓢也,世無歐陽公,則不能識之。然吾瓢之古
也,自玄黄剖而媧皇不能補〔十一〕;吾瓢之游也,三壺蕩海而巨鼇不能
負①〔十二〕。世人不能識也,識者其惟先生乎!”余異其言類有道者,録以
爲志。

客名新,字古銘,俗姓某氏也。

【校】

① 本文又載鐵崖漫稿卷五,據以校勘。能負:原本作“負能”,據鐵崖漫稿本改。

【箋注】

〔一〕文撰於元至正二十六年（一三六六）五月前後，其時鐵崖寓居松江。繫年依據：本文録瓢隱言行，瓢隱即釋克新。至正二十六年五月，鐵崖曾鈔録釋克新文，且爲其文集撰序。本文蓋同時之作。參見東維子文集卷十雪廬集序。

〔二〕三女塪："塪"或作"岡"。方輿勝覽卷三："三女岡，在華亭縣東南八十里。相傳吴王葬妃於此。"

〔三〕"其漆園之種"三句：莊子逍遥游："魏王貽我大瓢之種，我樹之成，而實五石，以盛水漿，其堅不能自舉也；剖之以爲瓢，則瓠落無所容。"

〔四〕"驪山之神水"二句：太平廣記卷十四李筌："李筌號達觀子，居少室山。好神仙之道，常歷名山，博採方術……因入秦，至驪山下，逢一老母……（老母）袖中出一瓠，令筌谷中取水。水既滿矣，瓠忽重百餘斤，力不能制，而沈泉中。及還，已失老母。"

〔五〕"隱可市中"句：指東漢費長房。參見鐵崖先生古樂府卷二簫杖歌注。

〔六〕"出可馬上"句：傳唐李靖代龍行雨，龍神囑只須取瓶中水一滴滴所騎馬鬃上即可，李靖多滴，致發大水。見唐李復言續玄怪録李靖。

〔七〕失舟：鶡冠子學問："中河失船，一壺千金。"

〔八〕貯月而資飲：蘇軾汲江煎茶詩曰："大瓢貯月歸春甕，小杓分江入夜瓶。"

〔九〕招風而去煩：蒙求集注卷上許由一瓢："許由隱箕山，無盃器，以手捧水飲之。人遺一瓢，得以操飲。飲訖，挂于木上，風吹瀝瀝有聲，由以爲煩，遂去之。"

〔十〕擲江而弄其所吟：全唐詩卷七百二十四唐求："唐求居蜀之味江山，至性純慤。王建帥蜀，召爲參謀，不就。放曠疎逸，邦人謂之'唐隱居'。爲詩撚稿爲圓，納之大瓢。後卧病，投瓢于江，曰：'斯文苟不沈没，得者方知吾苦心爾。'至新渠，有識者曰：'唐山人瓢也。'接得之，十纔二三。"

〔十一〕玄黄剖：意爲天與地分。媧皇：即女媧。

〔十二〕三壺：即所謂"三神山"。巨鼇事參見鐵崖先生古樂府卷十小游仙之七注。

陳天善孝義録〔一〕

天善字復初，温之平陽人也〔二〕，故宋丞相宜中五世孫也〔三〕。平陽里中有稱陳孝子者，其考君文卿也。天善事親復以孝稱，親殁，哀毀逾節，蔬茹三年。喪在淺土，時玉山洪水暴發，民居漂屋沉竈，天善與弟天祥哀號當水，力挽柩，終日夕，水不能漂。鄉里異之曰：“與水争者，非人力也，乃孝所感也。”

至正十一年春，閩寇入境〔四〕，兄弟逃於山，見岩穴有藏金銀繒布，相顧曰：“此逃民藏貨所也，不可居，居則我利其貨。”遂竄匿他穴，一無所取。不食者累日，偶獲舅氏餉以米，不火而食，得不死。賊退乃出，又遇賊。賊索貨，貨無有，反接於柱，抽刃欲殺之。其天善曰：“吾止一弟，幸存其生以承宗祀，寧殺我，無殺我弟。”天祥亦曰：“吾止有一兄，多病，寧殺我，毋殺我兄。”賊感其言，壯之曰：“義人也。”俱釋①之。又以指避兵之所，乃得免。兄弟私相慶曰：“今得不死者，吾先子之靈也，庶幾不墜宗祀矣。”鄉里多以孝義稱之。

余聞廉叔度没水扶柩〔五〕；趙長平遇賊，以兄讓弟〔六〕；竇燕山守遺帶②，待所失之人〔七〕。求之末世，皆孝友奇節、長者厚行也。陳氏二子，兼而有之，亦奇矣哉！吾録其事，使代之大夫士譚其人，礪薄俗云。

【校】

① 本文又載鐵崖漫稿卷五，據以校勘。釋：原本作“什”，據鐵崖漫稿本改。
② 帶：當作“金”。

【箋注】

〔一〕文蓋撰於元至正十一年（一三五一）春，或稍後，即陳天善兄弟孝義之事傳揚之後不久，其時鐵崖在杭州任税務官。陳天善兄弟生平，僅見本文。

〔二〕平陽：州名，隸屬於温州路。位於今浙江東南沿海。參見元史地理志。

〔三〕陳宜中：字與權，永嘉人。官至右丞相。宋史有傳。

〔四〕閩寇入境：指至正十一年，方國珍起兵海上，隨之侵犯處州。其時江浙行省檄石抹宜孫鎮守温州，并率軍平定。參見元史石抹宜孫傳。

〔五〕廉叔度：後漢書廉范傳：“廉范字叔度，京兆杜陵人，趙將廉頗之後也……年十五，辭母西迎父喪。……與客步負喪歸葭萌。載船觸石破没，范抱持棺柩，遂俱沈溺。衆傷其義，鈎求得之，療救，僅免於死。”

〔六〕“趙長平遇賊”二句：後漢書趙孝傳：“趙孝字長平，沛國蘄人也……及天下亂，人相食。<u>孝</u>弟<u>禮</u>爲餓賊所得，<u>孝</u>聞之，即自縛詣賊，曰：‘<u>禮</u>久餓羸瘦，不如<u>孝</u>肥飽。’賊大驚，并放之，謂曰：‘可且歸，更持米糒來。’<u>孝</u>求不能得，復往報賊，願就亨。衆異之，遂不害。鄉黨服其義。”

〔七〕“<u>竇燕山</u>守遺帶”二句：<u>竇燕山</u>即<u>五代後晉</u>人<u>竇禹鈞</u>，其祖籍<u>薊州漁陽</u>，<u>漁陽</u>古屬<u>燕國</u>，故稱<u>竇燕山</u>。<u>竇燕山</u>曾於佛寺得遺銀二百兩、金三十兩，次日復入寺，以伺失者。參見<u>宋張鎡</u>撰<u>仕學規範</u>卷二十九。

大夫普花公夫人康里氏傳〔一〕

　　<u>康里李氏</u>①，<u>南臺</u>大夫<u>普花公</u>夫人也。<u>至正</u>乙巳冬十月十有七日，<u>普花公</u>不肯以臺信章授鹵，至握章罵鹵死。夫人是日賦詩二十字，殉夫死。詩曰：“夫死國中②，婦死夫節。付與東君，秭歸啼血〔二〕。”

　　論曰：<u>南坦</u>③<u>達失帖木氏</u>婦〔三〕，不肯截首殉夫死，而徒截其鬢，卒爲鹵所污；<u>南端</u>大夫婦，從容賦詩以殉夫死。潔臭相懸，不能以寸，豈性有美惡歟？抑本于大臣之化，有能行不能行於其婦者歟〔四〕！

【校】

① 本文又載<u>鐵崖漫稿</u>卷五，據以校勘。<u>鐵崖漫稿</u>本無康里之“里”字，誤。
② 中：似當作“忠”。
③ 坦：當作“垣”。

【箋注】

〔一〕本文當撰於<u>元至正</u>二十五年乙巳(一三六五)冬十月十七日以後，即<u>南臺</u>大夫普花公夫人<u>李氏</u>自盡之後不久，其時<u>鐵崖</u>寓居<u>松江</u>。普花公：即<u>普化帖木兒</u>。<u>普化帖木兒</u>字兼善，<u>答魯乃蠻</u>氏，其時初任<u>江南</u>行臺御史大夫，不屈於<u>張士誠</u>，飲藥而死。其事迹附見<u>元史</u>達識帖睦邇傳。參見<u>鐵崖先生古樂府補</u>卷六<u>蔡葉行</u>。
〔二〕秭歸：即子歸，指杜鵑鳥。
〔三〕達失帖木：即<u>江浙</u>行省丞相<u>達識帖睦邇</u>。<u>達識帖睦邇</u>其時任<u>江南</u>行臺御史大夫。<u>元史</u>有傳。

〔四〕"抑本于大臣"二句：實爲譏斥江浙丞相達識帖睦邇。明書卷九十吳張士
　　誠記："（張）士誠怨達識不爲用，而於右丞答蘭帖木兒等賄詒之，媒蘗達
　　識之短……（士信）復脅御史大夫普化帖木兒於紹興，求寬受王爵。普化
　　不從，往逼其印。普化封其印庫中，曰：'即斷頭，不辱印。'從容賦詩訣妻
　　子，仰藥死。達識幽中愧之，曰：'大夫且死，吾何生爲？'亦仰藥死。"

山中餓夫傳〔一〕

　　山中餓夫者，雲間衛山翁之孫〔二〕，尚絅先生之子①〔三〕。餓夫②之
號，以時之人鄙其力却新主禄〔四〕，而甘受二墨氏之餓也〔五〕。然二墨氏
至餓而死，且作歌曰云云〔六〕，蓋傷禪受之代不及見，而不幸見于臣代
主者。

　　吾顧未知餓夫者歌曾作乎？作不作弗計也，亦計其礪名節于之
死不遷者何如耳。餓夫廬先墓于佘山〔七〕，有誓死文焚白于墓。要此
志也，可與金石爭剛、日月五宿爭明矣。故録其人卓行篇。

　　餓夫名毅，字叔剛，有世學，其著述多考古敕今云。

　　鋩史曰：考亭子謂伯夷無怨〔八〕，而史遷傳之爲有怨〔九〕。余以考
亭過求遷。遷感由③、光義高，而聖人之文辭不少概見爲可疑，因悲礪
行者必附青雲士然後能施於後世〔十〕，此則遷失言。古之君子求足於
己，不求足於人，又何計青雲士有附不附哉？余高衛餓夫義，爲之立
傳，傳亦以激代之操行不軌者，吾豈④以青雲士自居，爲餓夫附也哉！

【校】

① 本文又載鐵崖漫稿卷五，據以校勘。子：原本脱，徑爲增補。參見注釋。
② 餓夫之"夫"，原本誤作"久"，據鐵崖漫稿本改。
③ 由：原本誤作"尤"，據史記伯夷列傳改正。參見注釋。
④ 吾豈：原本作"吾氣豈"，據鐵崖漫稿本删"氣"字。

【箋注】

〔一〕文當撰於鐵崖晚年歸隱松江之後不久，即元至正十九年（一三五九）冬，或
　　稍後。繫年依據：其一，傳主衛毅爲世家子弟，其自號山中餓夫，必在遭遇

戰亂或家變之後;且文中謂“其力却新主禄”,知其時松江爲張士誠領地。
其二,衛毅曾“衰衰來拜”於鐵崖寓所,爲其父衛德嘉請墓銘,其時乃鐵崖
歸隱松江之初。其三,鐵崖歸隱松江不久,衛毅即辭世,本傳當作於衛毅
生前。衛毅生平,參見東維子文集卷七衛子剛詩録序注、同書卷二十六尚
綱先生墓銘。

〔二〕衛山翁:即衛謙,號山齋。衛毅祖父。參見東維子文集卷七衛子剛詩録
　　　序、卷二十六尚綱先生墓銘。

〔三〕尚綱先生:指衛毅之父德嘉,衛德嘉自號尚綱翁。參見東維子文集卷十九
　　　敬聚齋記、卷二十六尚綱先生墓銘。

〔四〕力却新主禄:指衛毅拒絕吳興守將以及太尉張士誠之徵聘。參見梧溪集
　　　卷五哭雲間衛叔剛、東維子文集卷七衛子剛詩録序。

〔五〕二墨氏:指伯夷、叔齊。詳見史記伯夷列傳。

〔六〕作歌:史記伯夷列傳:“及餓且死,作歌,其辭曰:‘登彼西山兮,采其薇矣。
　　　以暴易暴兮,不知其非矣。神農、虞、夏忽焉没兮,我安適歸矣? 于嗟徂
　　　兮,命之衰矣!’”

〔七〕佘山:位於今上海松江區。

〔八〕考亭子:指朱熹。朱熹“伯夷無怨”之説,見論語集注卷四述而。

〔九〕“史遷傳之”句:史記伯夷列傳:“孔子曰:‘伯夷、叔齊,不念舊惡,怨是用
　　　希。’‘求仁得仁,又何怨乎?’余悲伯夷之意,睹軼詩可異焉。其傳曰……
　　　由此觀之,怨邪非邪?”

〔十〕“遷感由、光義高”四句:概述司馬遷語。史記伯夷列傳。曰:“孔子序列
　　　古之仁聖賢人,如吳太伯、伯夷之倫詳矣。余以所聞由、光義至高,其文辭
　　　不少概見,何哉? ……閭巷之人,欲砥行立名者,非附青雲之士,惡能施於
　　　後世哉?”按:由指許由,光指務光。相傳堯讓位給許由,商湯讓給務光,
　　　二人皆推辭不受。